Über dieses Buch

Mit einem Paukenschlag beginnt dieser Roman: Ein Mann wird gehängt, ein amerikanischer Soldat. Man schreibt das Jahr 1944. Ein militärisches Protokoll schildert den Vorgang mit dienstlicher Präzision. Diese exemplarische Hinrichtung aber soll, so will es das Oberkommando, zunächst die letzte sein. Fortan wird man anders verfahren. Etwa so: Zwölf Häftlinge, wegen verschiedener Gewaltverbrechen verurteilt, werden vorläufig amnestiert. Unter der Bedingung, daß sie sich für einen Sondereinsatz zur Verfügung stellen. Kurz vor der alliierten Invasion in der Normandie will man sie mit einem bestimmten Auftrag hinter den deutschen Linien absetzen. Eine dreckige Aufgabe für ein dreckiges Dutzend. Die Ausbildung dieses wilden, verlorenen Haufens wird Hauptmann John Reisman anvertraut – einem Mann von tödlicher Tüchtigkeit. Ein eisernes Training unter kampfnahen Bedingungen hebt an. Dauermärsche, Überwindung schwierigster Hindernisse, Jiu-Jitsu, Fallschirm-Sprungschule. Der Autor zeigt, wie die Männer in diesem Schmelztiegel reagieren – hinter sich den Galgen, über sich den unerbittlichen Offizier, vor sich die unbestimmte Gefahr. Langsam, widerstrebend, wachsen sie zusammen; aus Lumpen und Außenseitern wird eine Gemeinschaft. Das alles ist psychologisch und sachlich überzeugend gestaltet. Menschliches und Allzumenschliches vor dem doppelt dunklen, doppelt dramatischen Hintergrund von Krieg und Verbrechen. Ein erregendes, hartes, fast schroffes Buch, das aber auf einem tiefgehenden Verständnis beruht.

Vollständige Taschenbuchausgabe

Die Originalausgabe »The Dirty Dozen«
erschien bei Random House Inc., New York
Aus dem Amerikanischen von
Dr. Gerhard Vorkamp
Umschlagfoto A. Bachmann
Gesamtherstellung Ebner, Ulm
Printed in Germany
ISBN 3-426-00214-0

1.–18. Tausend November 1969
19.–24. Tausend November 1970
25.–32. Tausend August 1971
33.–40. Tausend Juni 1972
41.–48. Tausend März 1973
49.–56. Tausend Februar 1974
57.–62. Tausend März 1975

E. M. Nathanson:
Das dreckige Dutzend

Roman

Droemer Knaur

Für meine Frau Marianne

*Dies ist ein Roman. Ich habe einmal eine Sage gehört,
daß es solche Männer gegeben haben könne. Aber nirgendwo
in den Archiven der Regierung der Vereinigten Staaten
noch in militärischen Darstellungen habe ich etwas darüber
aufgezeichnet gefunden.*

E.M.N.

*Teilt meine Zuversicht! So niedrig ist kein Wesen,
daß es nicht irgendwie, doch für uns unergründlich,
von Wert sei: Schicksalhaft erfüllt es stündlich,
was ihm obliegt, gelangt zu großem Ruhm aus sich,
schmeckt den Triumph der Welt, allein, vorbildlich.
Wo ist das Sandkorn unter Myriaden, weit
verstreut, das doch, wer weiß, zu irgend einer Zeit
zum höchsten Thron vordringt?*

*Robert Browning
Fifine at the Fair, XXIX*

ERSTER TEIL Der Galgen

1

Auszüge aus der Dienstakte des Soldaten Enos Gardiner, 32149763, als Vertraulich eingestuft und aufbewahrt im Aktenmagazin des Heeres St. Louis, Missouri ...

HAUPTQUARTIER
ETAPPENABSCHNITT SÜD, ETAPPE VEREINIGTES KÖNIGREICH
EUROPÄISCHER KRIEGSSCHAUPLATZ, US-HEER
Heerespostamt 490

20. Febr. 1944

Kriegsgerichtsbeschluß Nr. UK 73
Vor einem Kriegsgericht, das am 30. November 1943 in Camp Chiselden, Swindon, England, zusammentrat, wurde gemäß Paragraph 1, Sonderbefehl Nr. 74, Hauptquartier Etappenabschnitt Süd, ETOUSA*, vom 25. November 1943, Soldat Enos Gardiner, 32149763, Kompanie A, 501. Inf.-Batl., 4. Inf.-Div., angeklagt und vor Gericht gestellt.
a) Anklage: Verletzung der Kriegsartikel Nr. 92, 96 und 69.
Spezifizierungen:
(1) Daß Soldat Enos Gardiner, 32149763, Kompanie A, 501. Inf.-Batl., 4. Inf.-Div., bei den Wiltshire-Truppen, Wootton Bassett, England, am oder um den 20. November 1943 heimtückisch, vorsätzlich, willentlich, verbrecherisch, widerrechtlich und mit Überlegung Stabsfeldwebel George Trainor, 15368492, Kompanie A, 501. Inf.-Batl., 4. Inf.-Div., tötete, indem er ihn mit einem Karabiner erschoß.
(2) Daß Soldat Enos Gardiner, 32149763, Kompanie A, 501. Inf.-Batl., 4. Inf.-Div., am oder um den 20. November 1943 vorsätzlich, willentlich, verbrecherisch, widerrechtlich und mit Überlegung Beatrice Elizabeth Rosamund Hawley, eine ledige weibliche Person englischer Nationalität, tötete, indem er sie mit einem Karabiner erschoß.
(3) Daß Soldat Enos Gardiner, 32149763, Kompanie A, 501. Inf.-Batl., 4. Inf.-Div., als er in Uniform in betrunkenem Zustand und sich ungebührlich benehmend aufgegriffen wurde, ernstliche Mißachtung menschlichen Lebens und Mißachtung der Amtsgewalt zeigte, indem er bei seiner Verhaftung Widerstand leistete und einen Karabiner auf Angehörige der Polizei von Wootton Bassett und Angehörige des 322. Militär-Polizei-Batl.s richtete.
(4) Daß Soldat Enos Gardiner, 32149763, Kompanie A, 501. Inf.-Batl., 4.

* ETOUSA = European Theater of Operations, U.S. Army (Europäischer Kriegsschauplatz, US-Heer).

Inf.-Div., sich vorsätzlich durch einen Schuß mit einem Karabiner am Kopf verstümmelte und sich dadurch untauglich zur vollen Ausübung des Militärdienstes machte.

b) Der Angeklagte erklärt sich in allen Punkten der Anklage für nicht schuldig.

c) Das Gericht befindet den Angeklagten in allen Punkten der Anklage für schuldig.

d) Urteil: Der Angeklagte ist am Halse aufzuhängen bis zum Eintritt des Todes.

e) Das von der Anklagebehörde gebilligte Urteil, vom Kommandierenden General ETOUSA für rechtskräftig erklärt, ist in Übereinstimmung mit Kriegsartikel 501/2 am 25. Febr. 1944 im Militärgefängnis Nr. 1 des Vereinigten Königreiches, Marston-Tyne, Somerset, England, zu vollstrecken. Die Hinrichtung wird unter Leitung des Kommandeurs des 51. Strafausbildungslagers Marston-Tyne stehen.

Auf Anordnung des Kommandierenden Generals ETOUSA
F. S. Bryan, Generalmajor US-Heer
Stellvertretender Generalstabschef
I. D. Partch, Brigadegeneral US-Heer
Generaladjutant

HAUPTQUARTIER, 51. STRAFAUSBILDUNGSLAGER
ETAPPENABSCHNITT SÜD ETOUSA
Heerespostamt 490

26. Febr. 1944

Betreff: *Zusammenfassung* eines Berichts über das Verfahren bei der Hinrichtung des Häftlings Enos Gardiner, ehemals Soldat, 32149763, Kompanie A, 501. Inf.-Batl., 4. Inf.-Div.

An: Kommandierenden General ETOUSA, Heerespostamt 400 (durch Kommandierenden General Etappenabschnitt Süd, Etappe Vereinigtes Königreich, ETOUSA, Heerespostamt 490).

Gemäß Schreiben des Hauptquartiers Etappenabschnitt Süd ETOUSA, Akte Nr. 171 – Gardiner, Enos – vom 20. Febr. 1944, Betreff: »Vollstreckung des Todesurteils«, und gemäß Paragraph 9 der geltenden Ausführungsbestimmung Nr. 54, Hauptquartier ETOUSA vom 5. März 1942, wird hiermit nach erfolgter Hinrichtung folgender Bericht erstattet:

1. Ort der Hinrichtung war der Galgenraum des Stadtgefängnisses von Marston-Tyne, Somerset, das jetzt Militärgefängnis Nr. 1 im Vereinigten Königreich unter der Gerichtsbarkeit des Sonderkommandos 51. Strafausbildungslager ist. Der Raum ist hoch und ungefähr fünfundvierzig (45) Fuß lang.

2. Die Hinrichtungsstunde war 0300, vom Kommandanten bewußt so gelegt, um möglichst wenig Anstoß bei der weiteren Bevölkerung zu erregen, möglichst keinen der anderen Häftlinge im Gebäude aufzuwecken und keinen der verurteilten Männer in benachbarten Zellen zu beunruhigen.

3. Infolge einer lang anhaltenden Periode nassen Wetters war das Innere des Galgenraumes sehr feucht und ziemlich kühl. Zur Hinrichtungszeit wehte ein böiger Wind aus Westen, und ein heftiger Platzregen ging nieder, was von anderen Teilen aus zu hören und zu sehen war, nicht aber vom Hinrichtungsraum aus.
4. Um 2 Uhr 40 am 25. Febr. 1944 rief der Kommandant des 51. Str.A.L., Oberstleutnant Simon R. Tarbell, 0-2473629, zwanzig Beamte, Zeugen und befugte militärische und zivile Zuschauer und Beobachter im Hinrichtungsraum zusammen. Er las ihnen den Allgemeinen Kriegsgerichtsbeschluß Nr. UK 73 des Hauptquartiers Etappenabschnitt Süd ETOUSA vom 20. Febr. 1944 vor und gab genaue Verhaltens- und Vorsichtsmaßregeln, ihre Pflichten bei dieser dienstlichen Zusammenkunft betreffend.
5. Die Zeugen und Zuschauer wurden dann an ihren vorgesehenen Plätzen aufgestellt, d.h., die amtlichen Zeugen standen in einer Reihe fünf (5) Schritt von der südlichen Kante der Falltür, während die militärischen Beobachter und englischen Zivilisten in zwei (2) Reihen sieben (7) Schritt von der westlichen Kante der Falltür standen. Die Sanitätsoffiziere standen vier (4) Schritt von der nördlichen Kante der Falltür.
6. Um 2 Uhr 50 betrat eine Eskorte, die aus dem Kommandanten, dem amtlichen Protokollführer und zwei MP-Soldaten bestand, die Zelle des Verurteilten. Ein MP-Soldat, der das Stützbrett trug, wurde vor der Tür postiert.
7. Die Eskorte fand den Häftling im Gebet mit dem Geistlichen, Leutnant Thomas C. Pines, 0-5375923, ChC, Hq. und Hq.-Kompanie, 4. Inf.-Div. Der Kommandant unterrichtete sie, daß es Zeit zum Aufbruch sei. Die beiden Wachen banden dem Häftling die Hände auf den Rücken. Die Gruppe verließ die Zelle um 2 Uhr 52,5, an der Spitze Oberstleutnant Tarbell, ihm zur Linken Leutnant Pines, leise betend. Der Gefangene folgte mit einem Wächter an jeder Seite, dahinter der dritte Wächter, der das Stützbrett trug.
8. Um 2 Uhr 52,75 brachte der Tumult eines anderen Häftlings in einer Nachbarzelle den Zug zum Stocken. Um 2 Uhr 54,5 konnte der Zug wieder in militärischer Form fortgesetzt werden.
9. Um 2 Uhr 54,75 betrat die Gruppe den Hinrichtungsraum. Der Protokollführer gab das Kommando »Achtung!« Der Häftling wurde auf die Mitte der Falltür geführt. Die Wächter halfen dem Henker, die Füße des Häftlings zusammenzubinden und das Stützbrett auf seinem Rücken zu befestigen.
10. Der Kommandant nahm schräg rechts von dem Häftling Aufstellung. Der Geistliche nahm schräg links vor dem Häftling Aufstellung. Der Kommandant las dem Häftling die Spezifizierung seines Kriegsgerichtsurteils und den Hinrichtungsbeschluß vor und wandte sich dann wie folgt an den Häftling: »Soldat Gardiner, haben Sie mir gegenüber eine Erklärung abzugeben, ehe der Beschluß, der Ihre Hinrichtung verfügt, vollstreckt wird?«
Der Häftling gab keine Antwort.
Dann wandte sich der Geistliche wie folgt an den Häftling:
»Soldat Gardiner, haben Sie mir als dem Geistlichen etwas zu sagen?«
Der Häftling gab keine Antwort.
Der Geistliche begann zu beten. Der Henker streifte die schwarze Kapuze über

den Kopf des Häftlings, legte die Schlinge um seinen Hals und zog den Henkerknoten oberhalb seines linken Ohres stramm, wie in AR 633-15 vorgeschrieben.

11. Der Henker trat an den Holzgriff heran, der die Falltür auslöst. Der Kommandant nickte zu ihm hinüber, und der Henker legte den Hebel um 2 Uhr 58,5 herum. Der Klappenmechanismus funktionierte einwandfrei, und der Häftling stürzte deutlich durch die geöffnete Falltür und hing schwebend in dem darunterliegenden Raum. Der Protokollführer gab das Kommando: »Rührt euch!«

12. Der Körper hing lautlos schwebend, mit leichten, zusammenziehenden Muskelbewegungen der unteren Extremitäten. Die Zeugen und Beobachter verhielten sich schweigend, einige standen mit gesenktem Kopf da. Keiner der amtlich bestellten Zeugen oder Beobachter ließ sich durch einen Laut oder eine Bewegung eine Gefühlsregung anmerken.

13. Um 3 Uhr 03 befahl der Kommandant: »Meine Herren Sanitätsoffiziere, nehmen Sie Ihre Untersuchungen vor!« Um 3 Uhr 09 meldete der dienstälteste Sanitätsoffizier, Stabsarzt Paul L. Gordon, 0-1954372, MC, 51. Str.A.L., dem Kommandanten: »Sir, ich erkläre diesen Mann offiziell für tot.« Die Versammelten wurden um 3 Uhr 09,5 entlassen.

14. Die von dem Eintritt des Häftlings in den Hinrichtungsraum bis zum Auslösen der Falltür vergangene Zeit betrug dreidreiviertel (3,75) Minuten. Die von dem Fall des Häftlings bis zur Todeserklärung vergangene Zeit betrug zehneinhalb (10,5) Minuten.

15. Jeder der amtlichen Zeugen führte seine Aufgabe in höchst angemessener Weise durch. Das Verfahren wurde mit Würde, Ernst und militärischer Präzision durchgeführt.

LeRoy W. Strom, Leutnant, DC, 0-1638815
Genehmigt von:
Simon R. Tarbell, 0-2473629
Oberstleutnant, CMP
Kommandant

WESTERN UNION
KRIEGSMINISTERIUM
WASHINGTON, D.C.
26. FEBR. 1944

MRS. AILEEN GARDINER
ROUTE 3, POSTFACH 17
LOVELAND, TENNESSEE

WIR BEDAUERN, IHNEN MITTEILEN ZU MÜSSEN, DASS AM 25. FEBR. 1944 ENOS GARDINER IN AUSÜBUNG SEINES DIENSTES VERSTORBEN IST.

GENERALADJUTANT
HEER DER VEREINIGTEN STAATEN

2

In Marston-Tyne hatte es schon immer einen Galgen gegeben.
Er befand sich tief im Innern des alten Gefängnisses, das in seinen Mauern den Kehricht angelsächsischer Generationen beherbergt hatte und jetzt den nutzlosen Bodensatz des großen amerikanischen Heeres umschloß – des Heeres, das über das Meer in das Vereinigte Königreich gekommen war. Eine reizvolle, malerisch-ländliche Atmosphäre verbarg das Gebäude im Bereich des alten Marktfleckens.
Der Galgenraum war der dunkle Schoß des Hauses, gehörig verdeckt durch feuchte Steinmauern. Was man sich im Flüsterton über ihn erzählte, war geheimnisvoll und bruchstückhaft. Er wurde nur zu besonderen Anlässen betreten. Bei den Teilnehmern an der starren Zeremonie, die Brauch und militärische Anweisung für seine Benutzung vorschrieben, erzeugte die ahnungsvolle Erwartung seiner Funktion eine Verwirrung der Gefühle, die sich bis zur Unerträglichkeit steigerte. Die Geistlichen, die diese Dinge kannten, sagten, daß es ein trächtiger Ort sei; sie sprachen in dieser Weise über ihn, um die zitternden Männer zu beruhigen, die zur Hinrichtung hierhergebracht wurden.
Es existierte noch ein anderes Modell, ein transportables aus dauerhafter Vermontkiefer mit dem Stempel USQMC, das die Durchgangsarmee mit über den Atlantik gebracht hatte. Irgendein scharfer und hellsichtiger Verstand hatte es sich angelegen sein lassen, dieses Gerät unter die Kriegsmaschinen und Ausrüstungsgegenstände aufzunehmen, im sicheren Glauben, daß es gebraucht werden würde. Aber dann hatte man es, unausgepackt und unbenutzt, an einen verborgenen Platz gestellt, als ob man befürchtet hätte, das Gastland mit der allzu taktlosen Andeutung zu beleidigen, daß in Amerika bessere Galgen gemacht würden.
Es war der alte Galgen, über den Hump Edwards und Albie Salmon mit dem Yankee-Hauptmann im Schankraum der Gaststätte *The Butcher's Arms* in der dunklen, feuchten Stadt jenseits der Gefängnismauern sprachen.
»In den alten Tagen hat man es gewußt, wenn eine Hinrichtung stattfinden sollte«, sagte Albie. Er beugte sich dicht zu John Reisman hinüber. In seinem Atem war der süße Geruch des guten Somerset-Apfelweins. Seine trüben blauen Augen hielten Reisman mit der Hartnäckigkeit fest, die alten Männern eigen ist. »Damals machten sie es in der Morgendämmerung«, sagte Albie. »Vernünftige Stunde. Nichts von so 'ner Heimlichtuerei mitten in der Nacht, wie ich es von euch Yanks gehört hab'.«
Der amerikanische Hauptmann umklammerte sein Whiskyglas und stieß Albies Becher leicht an. »Trinken Sie aus, Alter«, sagte er mit leichtem Spott. »Ich bezahle noch ein Glas von dem Gift.« Er selbst bestellte sich einen weiteren Whisky; er trank bewußt und planvoll, um die Furcht vor seiner nächtlichen Pflicht zu betäuben.

Sie haben sich am 24. Febr. 1944 im 51. Str.A.L. in Marston-Tyne zu melden, um bei einer Hinrichtung als Zeuge zu fungieren ...

So las sich das. Nur zu. Es ist leicht. Du hast selbst schon schlimmere Sachen gemacht. Deshalb schätzen wir dich so hoch ein. Sieh zu, wenn das Militär ein schreiendes, armes Schwein aufknüpft.
Der Befehl hatte ihn im 10. Ersatzlager in Lichfield erreicht, wo er sich nach geeigneten Freiwilligen für eine neue Sonderaktion mit dem Kodenamen *Rosedale* umgesehen hatte. Aber er konnte keine Beziehung zwischen dem Hängen eines Verbrechers und der Durchführung von Spionageaufträgen hinter den feindlichen Linien erkennen.
Reisman hatte nicht einmal gewußt, daß das Militär etwas Derartiges überhaupt tat, und es hatte ihn wie ein Schock getroffen – ein Schock, der ihn wiederum auch reizte. Denn er glaubte inzwischen an seine eigene geistige und seelische Härte, ebenso wie an seinen drahtigen, narbenbedeckten Körper. Er hatte protestieren wollen, fragen, warum – denn in seinem Geschäft nahm das Warum manchmal dem Was etwas von seinem Gestank –, aber so dumm war er nicht gewesen. Die Argumentation der großen Geister im OSS-Hauptquartier in London war oft ebenso unverständlich wie das ganze Militär, und ihre Befehle waren ebenso unergründlich.
Als Reisman das fünfte Glas intus hatte, machte sich der Alkohol dämpfend in seinem Blut bemerkbar; er empfand den Zorn und die Angst, die er in die Kneipe mitgebracht hatte, weniger als seine distanzierte Neugier gegenüber Leben und Tod. Weder der Tod noch Gewalttätigkeit waren John Reisman fremd. Nicht rohe und falsch angebrachte Gewalttätigkeit, sondern geschickte und schlaue, raffinierte und richtig angesetzte Gewalt. Das war Reismans Geschäft seit Jahren. Er war ein Gewalttätiger von Berufs wegen, und deshalb ärgerte es ihn, daß er in dieser Nacht gestört werden sollte, um als geladener Gast an der Hinrichtung teilzunehmen. Er hatte ein überaus feines Bewußtsein seiner selbst, das ihn verspottete und ihm keine Ruhe gönnte, besonders als er erkannte, daß es ihm beispielsweise an Mut fehlte.
Die Tür von *The Butcher's Arms* öffnete sich, und Reisman fühlte, wie eine Kühle über seinen Nacken strich, als stamme sie von der Feindseligkeit, die er mit seinen Gedanken heraufbeschworen hatte. Vorübergehend erfüllte sie den Raum, bis auch sie durch das Feuer vertrieben war. Ein amerikanischer Soldat, der einen weiten, losen Militärmantel und eine Feldmütze trug, kam herein. Mit abgezirkelten, fast theatralischen Bewegungen entledigte er sich des Mantels und der Mütze und hängte sie beim Feuer auf. Er war ein gedrungener Mann, Mitte dreißig, mit einem dicken Gesicht, das schlaff und aufgeschwemmt war; und er hatte schmale, helle Augen, die rasch in jede Ecke und über jede Person im Raum huschten, als er behutsam zu einem Tisch ging und sich setzte. Er trug die Streifen eines Stabsfeldwebels auf beiden Ärmeln seiner Jacke – nicht der kurzen, neuen Jacke, sondern der alten Feldbluse, die gerade herunterfiel und Taille, Hüften und Gesäß bedeckte. An seinen Revers befanden sich die gekreuzten Pistolen des Militärpolizeikorps.
Nur wenige Soldaten saßen noch in dem Raum, denn es war eine Nacht, die die meisten Männer in den dumpfen, aber warmen Lager- und Flugplatzunterkünften der Wessex Downs hielt. Unter diesen wenigen bemerkte Reisman noch weitere mit den gekreuzten Pistolen, und er nahm an, daß sie zur

Gefängnisbewachung gehörten. Keiner von ihnen grüßte den Feldwebel; aber gerade ihre ablehnende Haltung – Augen wandten sich ab, Stühle wurden herumgeschoben, geflüsterte Unterhaltungen begannen – bewies, daß sie seine Gegenwart bemerkten, daß sie ihn kannten.
»Ja, das ist er – Morgan«, sagte Albie Salmon. »Und sieh dir seine Streifen an. Sie haben sie ihm tatsächlich gegeben, wie er's gesagt hat.«
Ein Mädchen, das Reisman vorher nicht beachtet hatte, kam aus der Küche und ging an den Tisch zu dem Soldaten. Reisman folgte ihr mit den Augen; seine Gedanken wandten sich ab von Gewalt und Tod. Sie hatte einen sehr üppigen, fraulichen Körper, von dem ein unmittelbarer sinnlicher Reiz ausging. Er wirkte besonders überraschend bei ihrem ganz jungen Gesicht.
Eine unerwartete Sehnsucht ergriff Reisman, als er sah, wie das Mädchen ihren dicken grauen Rock kokett eine Winzigkeit über das Knie hob, einen halben Schritt nach links, dann nach rechts schwang und schließlich herumwirbelte, während der Feldwebel auf ihre Beine starrte. Reisman konnte nicht hören, was sie zueinander sagten; aber das Mädchen lächelte breit, es lachte beinahe. Reisman sah, daß es fleischfarbene Seidenstrümpfe trug. In diesen Zeiten deutete das auf einen ausgeprägten Spürsinn hin sowie auf ein Opfer von seiten des Gebers, oft genug auch des Empfängers.
Der Feldwebel schien verlegen. Trotzdem streckte er seine Hand aus, berührte leicht die Kniekehle des Mädchens, während es herumwirbelte, und zog sie ebenso schnell wieder zurück. Als das Mädchen seine Pirouette beendet hatte, lockerte es sein halblanges sandbraunes Haar über jedem Ohr, um die billigen, glänzenden Marketenderohrringe, die daran baumelten, deutlicher zu zeigen – große, falsche Perlen, in dünnes, vergoldetes Filigran gefaßt.
»Kommt wie immer, um Speckpudding zu verdrücken und Milch zu trinken und 'n Blick auf die Deern zu werfen, schätz' ich«, sagte Hump Edwards. »Ist'n Wunder, daß er das kann.« Hump nuckelte an einer klobigen schwarzen Pfeife, die von zahnlosen Kiefern gehalten wurde, und stieß den kräftig riechenden Rauch in kleinen, dicken Wolken in die Luft.
»Mir kommt er gar nicht anders vor als früher«, antwortete Albie. »Dem sieht man seinen Beruf nicht an. Unser Mann, Poindexter – ich hab' ihn leibhaftig gesehen, weißt du –, der sah wie ein Doktor oder Leichenbestatter aus. War so'n Magerer in 'nem schwarzen Anzug und steifem Hut. So fröhlich anzusehen wie'n Begräbnis. Mann, der sah nach seinem Beruf aus.«
»Wer ist denn der da?« fragte Reisman.
Albie Salmon kippte seinen Kopf auf die linke Schulter, ließ seine Zunge herausquellen und verdrehte die Augen. Mit der Rechten hielt er ein imaginäres Seil über sich.
»Der Henker«, antwortete er.

Enos Gardiner – neunzehn, weiß, rothaarig, sommersprossig – war nervös, hatte aber keine Angst. Der Offizier, der ihn seinerzeit bei der Kriegsgerichtsverhandlung verteidigte, hatte ihm gesagt, er solle sich wegen des Urteils keine Sorgen machen. »Viele Burschen werden zum Tode verurteilt, Gardiner«, hatte er gemeint, »aber nur wenige Urteile werden vollstreckt.«

Damals hatte er den Offizier zum letztenmal gesehen. Der war dann auf einen andern Posten versetzt worden. Heute Rechtsanwalt, morgen bewaffneter Bandit, übermorgen Indianerhäuptling – das war das Militär, jeder ein Fachmann. Gardiner fragte sich, wie er wohl in seiner Heimat mit einem richtigen Anwalt davongekommen wäre. Zu Hause jedenfalls wurden nur Nigger gehängt, wegen eines Mordes an einem Weißen oder wenn sie mal ein Stück weißes Süßfleisch schief anguckten.
Der Oberst selbst war zu ihm gekommen und hatte ihm mitgeteilt, daß das Urteil rechtskräftig geworden sei; aber das berührte Gardiner immer noch nicht. Er wußte schon, was sie tun würden. Bis zur letzten Minute sollte er sich vor Angst in die Hosen machen, und dann würden sie ihn für die nächsten zwanzig Jahre ins Gefängnis sperren.
»Wollen Sie mit einem Geistlichen sprechen?« hatte der Oberst gefragt. »Mit einem bestimmten vielleicht?«
Klar wollte er einen Geistlichen. Jeder war ihm recht, der in diese lausige Zelle käme und bei ihm sitzen und reden würde. In einer Zelle weiter unten am Gang saß ein verrückter Makkaroni; der blieb bei seiner Behauptung, er sei Al Capones Vetter, und Capone würde den Laden schon schmeißen und sie alle hier rausholen. Er hieß Victor Franko, und sie sprachen durch das Gitter miteinander; aber die Wächter konnten ihr Geschrei nicht ausstehen und befahlen ihnen jedesmal, wenn sie vorbeikamen, sie sollten die Schnauze halten. Nun, Enos verstand sowieso die halbe Zeit nicht, was zum Teufel Franko da eigentlich quatschte. Wenn er kein Ausländer war, war er sicherlich ein Yankee. Enos sagte dem Oberst, er kenne nur einen Geistlichen, und er würde ihn tatsächlich ganz gern bald sehen. Das war Leutnant Pines von der 4. Division; der hatte ihn immer besucht, als er noch im Lazarett lag. Er war irgend so ein verrückter Katholik oder sowas, und zu Hause hatten sie immer was gegen die Katholiken gehabt. Aber der hier sprach wie ein Amerikaner aus der Gegend von zu Hause, und er war ein verdammt überzeugender Prediger. Wenn er, Enos, je einen Glauben kriegen würde – dieser Bursche wäre es, der ihm den verpassen könnte.
Jetzt war Pines da, und Gardiner hörte ihm zu, wie er über Gott und Christus und das kommende himmlische Reich sprach; aber er wußte, daß er in dieser Nacht nicht sterben würde. Sie würden ihn heute nacht nicht aus dieser Zelle holen, ihm einen Strick um den Hals legen und ihn aufknüpfen. Denn sonst hätten sie ihn doch vor vier Monaten sterben lassen, als er angeschossen worden war. Sie behaupteten, er habe versucht, sich selbst umzubringen, aber er glaubte das nicht. Einer der Militärpolizisten mußte das getan haben. Er erinnerte sich nur, daß er sich wahnsinnig betrunken und dann das Lager unerlaubt verlassen hatte. Trainor hatte ihm nämlich mitgeteilt, er habe Ausgangssperre, und hatte hinzugefügt: »Mach dir keine Sorgen, ich werde mich heute abend selbst um deine Freundin kümmern!« Er erinnerte sich, daß er Bea-Bea besuchen wollte, aber ihre Wirtin sagte ihm, der Feldwebel habe sie schon abgeholt, um mit ihr auszugehen. Dabei gehörte Bea-Bea doch ihm. »Du bist meine kleine rote Feuerkugel«, hatte sie unter ihm gestöhnt, wenn er auf ihrem Körper wie auf einem feuchten weißen Kissen lag. »Feuerkugel,

Feuerkugel, Feuerkugel, Feuerkugel ...!« Und sie hatte in der schmerzhaften Lust, die er ihr bereitete, geschrien. Er hatte noch nie eine Frau wie sie gehabt. Er hatte überhaupt noch nie eine Frau gehabt – bis er sie hatte –, und sie gehörte ihm. Zum erstenmal hatte er sie in Wootton gesehen, Trainor immer hinterher wie ein hitziger Bulle, der auftauchte, wenn man ihn nicht brauchen konnte; der ihr schmeichelte, versuchte, seine dreckigen Streifen auszuspielen. Eines Abends in Wootton war er zur Latrine gegangen, um das ganze widerliche, heiße, klebrige Bier auszupissen; dann war er in den einsamen, dunklen Verschlag hinten in der Kneipe zurückgekommen und hatte dort Trainor mit offenem Hosenschlitz bei ihr sitzen sehen. Sein großes, dickes Ding reckte sich daraus hervor in ihren Schoß, und sie, total betrunken, hatte ihre Hand dran und war beschäftigt, »Ooo, ooo, ooo!« Sie versuchte, Trainor wegzustoßen. Und da hatte er ihn rausgezerrt, ihn geschlagen, hatte sie von dem dreckigen Schwein weggezogen. Aber am nächsten Abend hatte Trainor ihn zum Dienst eingeteilt, und in seiner wahnsinnigen Angst, daß sich jetzt außerhalb des Lagers etwas abspielte, hatte er angefangen zu trinken. Bis es ihn schließlich hinausgetrieben hatte. Und dann mußte er wohl zurückgekommen sein und sich den Karabiner und die Munition geschnappt und die beiden gesucht haben. Denn als nächstes erinnerte er sich an dieses Schlafzimmer in Wootton und an die häßliche, weiße Nacktheit der beiden, die sich umschlungen hielten, und an die Knalle und das furchtbare Schreien von Bea-Bea mit dem toten Feldwebel in ihr. Nur wußte er nicht, daß der tot war, weil er immerzu den Abzug durchzog, bis Trainors Gedärme sich über sie ergossen, und da war sie dann endlich still gewesen. Und er hatte sie in die Arme genommen und leise zu ihr gesprochen, hatte ihr gesagt, sie brauche sich nicht mehr vor Trainor zu fürchten, weil er ihr nicht mehr weh tun könne, und er hatte über ihr geweint, weil sie so still war und so furchterregend aussah. Und dann war er wieder außer sich vor Wut geraten, als die Militärpolizisten kamen und versuchten, ihn fortzuschleppen, und dann die Dunkelheit und der entsetzliche Schmerz, als er aufwachte. Das war es, woran er sich erinnerte, und er fing jetzt an zu weinen, als er an Bea-Bea und ihr schönes, weiches mütterliches Fleisch dachte.

»Weine, mein Sohn«, sagte der Priester. »Es ist gut zu weinen. Unser Herr weinte auch über seine Sünden und die Sünden der andern. Weine und leere dein Herz von aller Bitterkeit und allem Haß und fülle es einzig mit der Liebe Unseres Herrn Jesus Christus, und du wirst gerettet werden.«

»Sie werden mich doch nicht wirklich hängen, nicht wahr, Leutnant?« fragte Gardiner. »Ich hab' ihnen gesagt, daß ich das Mädchen nicht töten wollte. Sie wer'n mich nicht hängen. Sie haben mich doch am Leben erhalten. Ich muß den Abzug durchgedrückt haben, ohne zu wissen, was ich tat, wie mit Bea-Bea, und die Ärzte sagten, ich wäre beinahe gestorben, aber das Militär hat mich gerettet. Warum sollten sie mich jetzt töten? Ich habe ihnen doch gesagt, es täte mir leid, nicht wahr, Leutnant?«

»Nenne mich Vater«, sagte Leutnant Pines freundlich. »Oder Padre, wenn dir das lieber ist. So reden mich die Soldaten meistens an. Möchtest du mit mir beten?«

»Ja, Vater, ich möchte beten«, antwortete Gardiner. »Ich möchte für Bea-Bea beten. Ich habe sie geliebt.«

Hauptmann Gordon und Leutnant Strom warteten in der Krankenbaracke des Gefängnisses. Das Feuer in dem dickbäuchigen eisernen Ofen machte den Raum warm und gemütlich. Aber die beiden hatten sich steif auf den Stühlen zurückgelehnt, die Füße auf Gordons Tisch gelegt und versuchten nun, während sie Kognak tranken, entspannt und ungezwungen zu wirken.
»Ich frage mich, was sie täten, wenn niemand käme«, sagte Gordon.
Er war der ältere von beiden – ein hochgewachsener hagerer Mann mit dichtem grau-schwarzem Haar und einer stahlgeränderten Militärbrille, die seine Augen unsichtbar machte, wenn das Licht der Tischlampe sich unversehens darin spiegelte.
»Wer sind *sie*?« fragte Strom.
Keine der Fragen war wirklich eine Frage. Bei Gordon war es lediglich eine Art ziellosen Denkens, dem er in Nächten wie dieser zu seinem eigenen Vergnügen frönte, oder vielleicht auch nur, um nicht verrückt zu werden. Es hatte schon andere Hinrichtungen gegeben, von Schwarzen und Weißen, aber irgendwie erschien ihm die Exekution dieses dummen, unwissenden Jungen verbrecherischer als die andern, verbrecherischer auch als die vorangegangene Gewalttat. Schließlich hatten sie in Taunton eine verdammt gute Arbeit geleistet, als sie ihn dem Leben wiedergaben.
Gordon starrte den blonden, blühend aussehenden jungen Zahnarzt an. »Wer sind *sie*?« wiederholte er. »Das ist eine gute Frage. Die unsäglichen, die schwer zu fassenden *Sie*. Tarbell, Sie, ich, Feldwebel Morgan – führen Sie das bis zum Kommandierenden General weiter, wenn Sie wollen. Was geschähe, wenn das Wetter so gottverdammt schlecht wäre, daß die Straßen unterspült würden? Oder die Deutschen uns bombardierten? Zum Teufel, ich wünschte, sie täten es. Nur eine kleine Bombe in Gardiners Zelle, und seine Mutter würde ein anderes Telegramm bekommen und jeder sich wohler fühlen.«
Gordon hörte, wie der Stabswagen draußen vorfuhr, und er wußte, daß nicht geschehen würde, was er so innig wünschte. Ereignisse, vor Wochen, vielleicht vor Jahren oder Jahrhunderten in Gang gebracht, mahlten dahin bis zu ihrem unerbittlichen Ende.
Strom ließ seine Füße vom Schreibtisch gleiten und stand auf, um durch das Fenster in den Regen hinauszuspähen. »Sie sind da«, sagte er. »Ich darf nicht vergessen, meinem Bericht über dieses weltliche Verfahren diesmal einen kleinen literarischen Schnörkel anzufügen. Vielleicht etwas über das Wetter.«
»Versuchen Sie doch, ihn in Ihrem Zahnarztblatt unterzubringen, mein Freund«, sagte Gordon, »als merkwürdiges Nebenergebnis des Krieges. Vielleicht führen sie dann an den ärztlichen und zahnärztlichen Fakultäten einen Schnellkurs im Hängen ein; oder – in Ihrem Falle – wenigstens einen über die sachgemäße Berichterstattung bei Hinrichtungen durch den Strang. Vielleicht sollte der Vortrag auf lateinisch gehalten werden, wie ein Rezept.«
Strom öffnete die Tür, und fünf Männer stürmten in die Wellblechbaracke, voran Hauptmann Keller vom Hauptlazarett in Taunton.

»n'abend, die Herren«, sagte er und steuerte auf den Ofen zu.
»n'abend, Doktor«, antwortete Gordon. »Hübsche Nacht, um jemanden aufzuknüpfen.«
Keller warf ihm einen unangenehmen Blick zu, in dem keine Spur von Humor lag. »Das ist nicht komisch, Paul«, sagte er und schüttelte seinen nassen Mantel und seine Mütze aus. »Ich hätte nie gedacht, daß man es bei diesem Burschen so weit treiben würde. Sonst hätte ich ihn wohl auf dem Operationstisch sterben lassen.«
»Und Ihren hippokratischen Eid gebrochen?«
»Zum Teufel mit meinem Eid«, erwiderte Keller, während er näher an den Ofen heranging und die Hände darüberhielt. Es waren Hände, von denen man in Medizinerkreisen sagte, in jeder Fingerspitze sitze ein Gehirn. Keller war ein unglaublich geschickter Chirurg, der sich am Tag nach Pearl Harbor freiwillig gemeldet hatte und das Soldatsein ebenso verabscheute, wie er sein Land liebte. »Ich habe viele Eide in meinem Leben geleistet, und die meisten von ihnen werde ich heute nacht brechen«, meinte er.
Leutnant Strom stellte sich und Gordon den Männern vor, die mit Hauptmann Keller hereingekommen waren. Es handelte sich um zwei Hauptleute und einen stellvertretenden Kommandeur der Militärpolizei vom Lager Chiselden sowie einen Oberleutnant von der Einheit, der Gardiner und Trainor angehört hatten. Einige andere sollten später kommen und sich im Büro des Kommandanten versammeln.
»Lassen Sie sich von dem Gedanken nicht bedrücken, meine Herren«, sagte einer der Polizeileute. »Es wird bald vorbei sein, und Gardiner erhält ja nur seine gerechte Strafe. Ich würde kein Mitgefühl an ihn verschwenden. Sie haben nicht gesehen, was er da oben in Wootton angerichtet hat. Einfach eine Schweinerei. Dann hielt mir der Saukerl auch noch den Karabiner vor die Nase, als ich ihn festnehmen wollte. Er hätte mich oder einen meiner Leute ebensogut umbringen können wie Trainor und das Mädchen. Wenn Sie schon Mitleid übrig haben, dann denken Sie auch an die beiden.«
»Seien Sie mit dem Doktor nicht zu streng, Hauptmann«, sagte Gordon. »Nur der Kunst dieses Arztes und seiner Assistenten ist es zu verdanken, daß Gardiner wieder vor Ihnen steht, geht, überhaupt lebt. Der Mann hätte schon vor vier Monaten tot sein können. Ich verstehe das. Kein Künstler sieht es gern, wenn sein bestes Werk zerstört wird.«
Keller ging zu Gordons Schreibtisch hinüber und setzte sich auf die Kante. Er war ein kleiner Mann mit einem runden, gütigen Gesicht und klaren braunen Augen, die seine Anteilnahme an der Welt widerspiegelten. »Ich bestreite nicht das Urteil, Hauptmann«, sagte er zu dem MP-Offizier, »und ich verstehe auch Ihre Haltung in dieser Angelegenheit. Aber der Bursche hat so viel durchgemacht, daß man das als Strafe und Vergeltung betrachten kann. Bestimmt ließen sich Gründe für eine Strafmilderung finden. Ich habe nicht erwartet, daß man ihn begnadigt oder völlig straflos laufen läßt. Aber dies hier habe ich auch nicht erwartet.«
Er wandte sich an den Oberleutnant aus Gardiners Kompanie. »Sie kennen den Mann ja, Oberleutnant«, sagte er. »Wie war er denn vor dieser Sache?«

»Kein übler Junge«, antwortete der Oberleutnant. »Etwas langsam und dumm; aber er hat nie wirkliche Schwierigkeiten gemacht, ehe er mit dem Mädchen anbändelte. Einige Stunden unerlaubte Entfernung von der Truppe, soviel ich weiß. Das war alles.«
»Glauben Sie, er verdient den Strick?« fragte Keller.
Der Oberleutnant war ein vorsichtiger Mann, der wußte, was seine Sache war, und damit basta, und er würde sich, verdammt noch mal, keine Blöße geben. »Hm, nun, ich weiß nicht«, erwiderte er. »Ich kann es nicht sagen. Es ist mir höllisch zuwider, einen meiner Leute zu verlieren, aber ich kenne mich in solchen Sachen nicht genug aus. Er wurde angeklagt, und wenn die Anklage stichhaltig ist, muß es wohl so sein.«
»Und Trainor?« fragte Keller unbeirrt. »Was für ein Mensch war er?«
»Ein guter Mann«, antwortete der Oberleutnant, »wirklich hart mit den Männern, hielt sie auf Vordermann.« Er schwieg einen Augenblick und lächelte beinahe. »Merkwürdig, wie er Gardiner zu reizen pflegte. Setzte ihm verteufelt zu, wohl nur zur Übung. Hätte nie gedacht, daß der Junge es ihm heimzahlen würde.«
»Sie kennen doch die Bibel, Doktor?« fragte der Hauptmann von der Militärpolizei. »Auge um Auge, Zahn um Zahn. Gardiner hat Glück. Er murkste zwei Leute ab, aber er wird nur einmal gehängt.«
»Da wir gerade die Bibel erwähnen, möchte ich daran erinnern«, warf Hauptmann Gordon mit beißendem Sarkasmus ein, »daß keiner von uns weiß, wovon er spricht. Vielleicht wird der arme Junge gehängt und gehängt und gehängt bis in alle Ewigkeit – es sei denn, der Hochwürdige Herr, der seit zwei Tagen bei ihm ist, kann ihm einen Sonderausweis verpassen.«
Leutnant Strom merkte, daß es Zeit war, das Thema zu wechseln. Er war der Rangniedrigste, aber er hatte nicht die geringste Scheu vor ihren silbernen Balken. Er würde jedem mit der gleichen unbekümmerten, albernen Miene die Zähne füllen oder ziehen. »Zu Bett, meine Herren, zu Bett!« rief er und wies auf die Feldbetten der winzigen Krankenabteilung, die nicht belegt war. »Vielleicht möchten Sie ein Schläfchen machen, bis es Zeit zur Gebetsversammlung ist. Falls jemand einen schlimmen Hustenreiz spüren sollte, wird mir der Hauptmann bestimmt gestatten, etwas von dem Allheilmittel zu verschreiben, das wir geschlürft haben.«
Während die andern in die Krankenabteilung gingen, um sich ihre Betten auszusuchen, blieb Hauptmann Keller bei Gordon. »Wie geht es ihm, Paul?« fragte er.
»Kann ich nicht genau sagen«, entgegnete Gordon. »Er glaubt nicht daran, daß er heute nacht wirklich gehängt wird. Wer weiß? Vielleicht steht er gewissermaßen noch unter der Wirkung eines schweren Schocks? Vielleicht ist es so besser. Ich muß jetzt gehen und ihn zum letztenmal untersuchen. Wollen Sie mitkommen?«
»Nein«, antwortete Keller. »Ich könnte es nicht ertragen.«
Gordon erhob sich von seinem Stuhl und nahm eine tragbare Waage, die neben ihm auf dem Boden stand. »Machen Sie es sich bequem, Fred«, sagte er. »Ich bin bald wieder da.«

»Wofür ist das?« fragte Keller, und wies auf die Waage.

Gordon hatte versucht, die Bewegung so beiläufig wie möglich erscheinen zu lassen, als habe sie nichts mit seinem dienstlichen Gang zu tun; aber Keller hatte seine gute Absicht durchkreuzt. Gordon sprach nun mit einer Bitterkeit, die er gewöhnlich anderen gegenüber anwandte und die nicht dem Arzt galt, den er bewunderte. »Muß noch einmal sein Gewicht prüfen«, antwortete er. »Für Feldwebel Morgan, damit er den Fall richtig berechnet. Man will ihn nicht strangulieren oder ihm den Kopf abreißen. Nur ein hübscher, rascher Bruch und aus.«

Wer unter euch ohne Sünde ist, der werfe den ersten Stein ...

Diese Worte gingen Reisman immer nach, so spürbar und bedrängend, als seien sie etwas Greifbares und nicht bloß Träumerei. Er hatte den Feldwebel minutenlang unsicher angestarrt und wußte nicht, wie er reagieren sollte, nicht einmal, was er wirklich empfand. Der Mann hatte wirklich Kälte mit in den Raum gebracht; doch unterdrückte Reisman Widerwillen, der in ihm aufstieg, und zwang sich zu einer Haltung akademischen Interesses.

Das Mädchen kam mit einem Tablett voll Essen an Reisman vorbei, und er hielt sie an. »Sagen Sie Ihrem Freund, ich möchte ihm ein Glas spendieren«, sagte er.

Wenn man sie näher betrachtete, war sie verwirrend hübsch. Ihre Haut war wunderbar rein und erinnerte ihn an erlesenes Porzellan. Ihren Händen aber hatte die Arbeit den Schmelz genommen und hatte sie dunkler gefärbt. Ihre Augen waren zartblau und sehr lieblich. »Ich habe keinen Freund, Sir«, antwortete sie lächelnd. »Wen meinen Sie?«

Reisman schien es, als sei ihre Antwort anzüglich, beinahe kokett gemeint, und er fühlte sich ein wenig erleichtert, obwohl er sich nicht erklären konnte, warum. Er mochte auch ihre Stimme. Sie klang voll und melodisch und hatte keine Dialektfärbung.

»Den Feldwebel da drüben«, sagte Reisman. »Sagen Sie ihm, ich möchte ihm ein Glas spendieren, um seine Beförderung zu feiern und ihn für seine Nachtarbeit zu stärken.«

Sie war im Nu zurück. »Der Feldwebel sagt, er trinkt nur Milch, aber er dankt dem Hauptmann für seine Freundlichkeit.«

»Dann bringen Sie ihm eben Milch.«

»Da haben Sie leider Pech, Sir«, entgegnete das Mädchen. »Irgend so ein verrückter Fritz hat vorgestern die Molkerei bombardiert, und seitdem haben wir keine Milch mehr bekommen.«

Reisman erhob sich von seinem Barhocker, ging an den Tisch hinüber und winkte dem Mädchen. »Es gibt keine Milch, Feldwebel«, sagte er lauter als beabsichtigt. »Was möchten Sie trinken? Whisky, Apfelwein oder vielleicht ein Bier?«

Carl Morgan saß über sein Essen gebeugt. Mit einem leichten Druck der Gabelkante trennte er ein Stück davon ab und kaute dann langsam und bedächtig. Nachdem er den Bissen hinuntergeschluckt hatte, blickte er zu dem Offizier auf und sprach.

»Darf ich den Hauptmann fragen, bei welcher Einheit er hier ist?«
»Bei keiner Einheit. Ich bin nur auf der Durchreise, Feldwebel. Möchten Sie ein Glas mit mir trinken oder nicht?« Reisman suchte nach einer verborgenen Spitze in den Worten des Mannes, aber er konnte nichts Besonderes entdecken.
»Ich frage den Hauptmann«, antwortete Morgan, »weil mir bekannt ist, daß der freundschaftliche Umgang zwischen Offizieren und Mannschaften ausdrücklich verboten ist. Wenngleich ich dem Hauptmann dankbar bin, kann ich seinem Ersuchen nicht nachkommen.«
»Es ist kein Ersuchen, Feldwebel – ach was, scheißegal«, murmelte Reisman. Er klaubte ein paar Shilling aus seiner Tasche und reichte sie dem verwirrten Mädchen, das noch neben dem Tisch stand. »Bringen Sie ihm noch einen Pudding und behalten Sie den Rest«, sagte er und wandte sich zur Bar, wo die beiden alten Bauern ihn interessiert beobachteten. »Er wird heute nacht seine Kraft brauchen.«
Reisman wußte, daß seine Handlungsweise kindisch gewesen war, aber einen Augenblick lang fühlte er einen winzigen Triumph.

Morgan beobachtete den Rückzug des Offiziers. »Sie können das Geld behalten«, sagte er zu dem Mädchen. »Ich möchte keinen Pudding mehr.« Er kannte die Stimmung der andern in diesem Raum, aber im Grunde machte er sich nichts daraus. Da waren diejenigen, die ihm seine Streifen mißgönnten. Und jene, die ihn fürchteten und ihn, weil sie ihn fürchteten, haßten. Aber er war jetzt kein Schütze Arsch mehr, mit dem jeder Knülch mit einem Streifen oder Balken auf der Uniform nach Belieben umspringen konnte. Er war jetzt wer in diesem ganzen gottverdammten Kommißhaufen. Er war etwas Besonderes, und es gab niemanden wie ihn. Er brauchte nicht zu trinken oder sich aufzupulvern, brauchte nichts und niemanden. Er mochte den fetten, dampfenden Speckpudding und die frische, sahnige Milch, die er heute abend nicht bekommen hatte. Er mochte das kleine Mädchen, das an den Tischen bediente – Bess oder Tess, er konnte nie genau ihren Namen behalten. Ihr war der militärische Rang gleichgültig. Sie war nett zu ihm gewesen, seit er zu der 51. gekommen war, um Poindexter zu helfen. Dieser Scheißkerl von einem Tommy hatte ihm überhaupt nichts beigebracht. Er hätte von Anfang an alles übernehmen und die ganze Arbeit tun können, anstatt nur zuzusehen. Aber die heutige Nacht war seine Nacht. Er würde ihnen schon gute Arbeit liefern. Zu Anfang waren hier die Leute freundlicher gewesen. Sie hatten ihn für irgendeinen Wächter mit einer verdammt beschissenen Aufgabe gehalten; doch dann bekamen sie es heraus, diese widerlich scheinheiligen Schweinehunde. Das Mädchen hatte immer ein Lächeln und ein freundliches Wort für ihn. Deshalb hatte er ihr die Strümpfe und die Ohrringe gekauft. Er war froh, daß es sie glücklich machte, und er wollte nichts dafür haben.
An der Bar bestellte Reisman sich noch einen Whisky und trank ihn langsam; auf eine geheimnisvolle Weise, die ihm eigen war, zog er sich in sich selbst zurück, fort von den Somersetleuten, fort von Feldwebel Morgan, fort von dem Mädchen. Er dachte an die gefallenen Deutschen im Schnee des Mattarone oberhalb des Ortasees. Der Tod von Deutschen war besonders gut und erhe-

bend, eine Haupttriebkraft in seinem Leben. Seine Mission in den Bergen wäre beinahe wegen seiner Begeisterung für blutige Nahkämpfe mit den Nazis fehlgeschlagen. Dies war, so vermutete er, einer der Gründe dafür gewesen, daß er aus dem unmittelbaren Geheimdienst versetzt und zum Organisieren von Sondereinsätzen eingeteilt worden war.

Nicht ganz so gut war der Tod von Italienern, denn er erinnerte ihn an seine italienische Mutter, an ihre durch Inzucht degenerierte Familie, die sich auf die weite Reise nach Chicago gemacht hatte. Aber außer seiner Mutter hatte dann keiner so recht begriffen, daß sie dort wirklich angekommen waren und ihre schützende Hülle verlassen konnten.

Der Tod von Engländern war bedauerlich, so wie es der Tod guter Franzosen, Belgier, Holländer, Skandinavier und Angehöriger anderer Völker des Kontinents war, die gegen die Nazis kämpften.

Völlig kalt ließ ihn der Tod von Russen, Polen, Ungarn und Rumänen. Sie waren auf ihre eigene Weise verderbt, ohne daß die Deutschen damit etwas zu tun gehabt hätten. Das hatte er oft genug aus dem Munde seines Vaters, Aaron Reisman, gehört, und er fand es im geographisch und völkisch weitgesteckten Freundes- und Familienkreis des Vaters bestätigt. Persönliche Erfahrungen unterstrichen diesen Eindruck noch.

Der Tod von Landsleuten im Kriege war eine traurige Tatsache, über die wenige Tränen vergossen wurden. Er hoffte, daß man diese wenigen auch seinetwegen vergießen würde, wenn er einmal dran war. Er hatte viele Kriegsjahre hinter sich und fühlte sich schon längst überfällig. Er erinnerte sich an diese verrückten Kriege in Südamerika, als er noch vor seinem zwanzigsten Lebensjahr durchgebrannt war. Das waren seine ersten Kämpfe gewesen, südlich des Rio Grande und am Karibischen Meer, und jede der beiden Parteien konnte Recht oder Unrecht gehabt haben; für ihn war es nur ein Spaß, ein Spiel mit der Gefahr. Dann kam Spanien, und er hatte geglaubt, einen echten Grund für den Kampf zu finden; aber er war sich dann doch nicht ganz sicher gewesen – die Kommunisten hatten ihre Ziele vernebelt –, bis alles vorüber war. China war unheimlich, fremdartig, exotisch und brutal gewesen, überdies vollkommen hoffnungslos – er war damals froh, als er wieder draußen war, denn er hatte eigentlich von diesem Krieg überhaupt nichts verstanden. In Palästina schließlich hatte er einen Sinn gefunden.

Er war nur zum Teil ein Stammesgenosse derer, die dort kämpften, aber er war sich dieses Teils nie vorher so deutlich bewußt gewesen. Es war ein beglückendes Gefühl, das mehr auf einer Stammesverbundenheit beruhte als auf einer religiösen Basis. Er hatte Männer gelehrt zu schießen, zu erdolchen, zu erdrosseln – Männer, die nie zuvor ihre Stimme im Zorn erhoben hatten. Einige von ihnen, in denen er den schlafenden Löwen geweckt hatte, führte er weiter; er lehrte sie, den Kampf an sich zu lieben, wie er selbst; eines Tages würden sie entsetzlich sein. Er hatte für ihre streitbaren Führer und ihre schwachen, aber zähen Organisationen Aufträge im Schlammfeld Mitteleuropas ausgeführt und versucht, ihre Brüder zu retten und ihre Bewacher zu einem Geschäft zu verlocken. Es waren fruchtbare Jahre gewesen, und er wußte, daß er eines Tages zurückkehren würde.

In Augenblicken wie diesem erinnerte sich Reisman gern seiner Kriegsjahre, um sich zu vergewissern, wer er war und was er getan hatte – nicht anders wie ein Kaufmann in einer andern Branche, der eine Bilanz seines Lebens zieht, um seiner gesellschaftlichen Stellung und seines untadeligen Lebens sicher zu sein.
Das Mädchen tauchte hinter Reisman auf, und er roch ihre jugendliche Frische, als sie ihn berührte.
»Sie brauchen mir das Geld nicht zu geben, Sir«, sagte sie und hielt eine Hand mit den Shillingstücken ausgestreckt. »Der Feldwebel wollte nichts mehr und läßt Ihnen danken.« Ihre andere Hand ruhte sanft auf seinem Arm. Entweder wußte sie in ihrer Naivität nicht, welche Gefühle sie bei ihm auslöste, oder sie tat es bewußt.
»Dann behalten Sie es.«
»Das geht nicht, Sir.«
»Darf ich Ihnen wenigstens etwas zu trinken anbieten?«
»Das geht nicht, Sir. Ich hätte zwar nichts dagegen, ein Bier mit Ihnen zu trinken und mich mit Ihnen zu unterhalten, aber nicht während der Arbeitszeit. Mein Onkel würde es nicht gern sehen. Der Gasthof gehört ihm.«
»Dann geben Sie das Geld Ihrem Onkel und sagen Sie ihm, daß ich ein Zimmer für heute nacht brauche.«
Sie entfernte sich, und er rief sie zurück. »Wie heißen Sie?« fragte er leise.
»Tessie Simmons, Sir«, antwortete sie. Sie konnte ihr Lächeln, das verlangende Vibrieren ihrer Stimme nicht unterdrücken. Sie wußte, was sie tat, daß sie vielleicht zu weit ging; aber wenigstens war sie ehrlich, und es würde niemandem schaden, vielleicht aber jemanden erfreuen. Sie wünschte sich und auch allen andern Menschen nur das Süße und Gute im Leben. Konnte sie es jemandem verschaffen, so würden sie es miteinander teilen, und es wäre doppelt so gut. »Ich gehe jetzt und sag es ihm. Wir haben fünf Zimmer zu vermieten. Er wird froh sein, daß Sie bleiben.«
»Und Sie, Tessie?«
»Ich natürlich auch, Sir. Ich freue mich auch, daß Sie bleiben«, sagte sie zurückhaltend.
Sie hatte den Hauptmann schon vorher an der Bar gesehen, als er mit Mr. Salmon und Mr. Edwards sprach. Es gab so viele verschiedene Arten von Amerikanern; sie konnte sie nie richtig auseinanderhalten. Sie fand den Hauptmann sogar hübsch, aber so wirkten alle Männer in Uniform, die in *The Butcher's Arms* kamen – außer dem komischen Kerl, der gerade Feldwebel geworden war und ihr die Geschenke gekauft hatte. Er hatte nie mehr von ihr gewollt, aber sie wäre wohl auch nicht sonderlich geneigt gewesen, ihm mehr zu geben. Die Leute in der Kneipe sagten, er sei der Henker im Gefängnis, aber das glaubte sie nicht. Sie wußte, daß man sie nur foppen wollte, so wie man Kindern Gespenster- und Koboldgeschichten erzählt, damit sie sich fürchten und artig sind. Aber sie war kein Kind mehr.
Ihr gefiel der Hauptmann. Er hatte die Hautfarbe eines Spaniers oder Italieners, ohne ausgesprochen dunkelhäutig zu sein. Sein Gesicht war jung, doch bereits ausgeprägt und gereift, mit scharfen Zügen und winzigen Fältchen um

die Augen und den Mund und auf der Stirn – Fältchen, die seinem Alter nicht entsprachen. Der Feldwebel hatte seinen Zorn erregt, obwohl sie nicht sagen konnte, warum, und seine Augen funkelten in kaltem Grau. Aber als er an der Bar mit ihr sprach, waren sie sanft und braun. Vielleicht konnte er wie ein Chamäleon ihre Farbe wechseln; oder vielleicht wechselte sie von selbst, um seine Stimmung zu verbergen.

Sie fand ihren Onkel in seinem Zimmer. Er drehte am Radio herum, bekam aber fast nur atmospärische Störungen. Er war ein Londoner, der vor vielen Jahren, angelockt durch einen Ferienprospekt, nach Somerset gekommen war. Es hatte ihm hier so gut gefallen, daß er dablieb und *The Butcher's Arms* kaufte, um davon zu leben. Jetzt war er Witwer – ein einfacher, zufriedener, vergnügter Mann, der abseits vom Getriebe der Welt lebte. Er überwachte den Geschäftsbetrieb mit freundlichem, unpersönlich prüfendem Blick, blieb jedoch meist allein in seinem Zimmer oder ging bei gutem Wetter auf den Landstraßen spazieren. Er kontrollierte zwar die Bücher; die übrigen Aufgaben aber überließ er der Obhut einer Köchin, eines Barkeepers und eines Mädchens. Während des schreckensreichen Winters vor vier Jahren, als London bombardiert wurde, hatte er Tessie Zuflucht gewährt. Doch jetzt, nachdem sie herangewachsen war, sorgte sie für ihn.

Tessie teilte ihm mit, daß sie einen Übernachtungsgast haben würden. Er nickte zustimmend und wies auf den Platz, wo er die Zimmerschlüssel aufbewahrte. Sie nahm den Schlüssel zu dem nettesten und gemütlichsten Zimmer. Es hatte einen guten Kamin und eine mollige Steppdecke auf dem Bett, und sie spürte ein bißchen schuldbewußt, wie eine erregende Wärme sie durchrann.

Der Hauptmann wartete, an das Geländer gelehnt, am Fuß der Treppe auf sie.

»Ich bekomme noch viereinhalb Shilling für das Zimmer«, sagte Tessie.

»Trauen Sie mir nicht?« fragte er. Er drehte sich um und lächelte sie an.

»Das schon, aber meist zahlen die Gäste im voraus. Sie haben mir vier Shilling gegeben, und das Zimmer kostet achteinhalb.«

Tessie nahm das Geld. Sie sah ihm zu, wie er sich in die Gästeliste eintrug, und als sie dann die Treppe hinaufstiegen, ging sie neben ihm her. Er war einen halben Kopf größer als sie, obgleich er nicht besonders hochgewachsen war, und hatte dunkles, welliges Haar, über das sie gern einmal gestrichen hätte.

»Haben Sie keinen Koffer?« fragte sie.

»Doch. Aber ich habe ihn woanders gelassen. Ich wußte nicht, daß ich hier bleiben würde. Ich bringe ihn mit, wenn ich zurückkomme.«

»Gehen Sie noch aus?« Sie versuchte, die Enttäuschung in ihrer Stimme zu verbergen.

»Nicht gleich«, antwortete Reisman, »ich muß später noch einmal weg.«

»Sicherlich Teufelswerk – in so einer Nacht«, sagte Tessie.

»Ja, Teufelswerk«, entgegnete er schroff.

Sie hatte einen Scherz machen wollen, aber da war irgend etwas in seiner Stimme und seinem Gesicht, und sie bedauerte es. Plötzlich wirkte er wieder

angespannt – geladen mit jener explosiven Substanz, die Energie erzeugt und mit der man behutsam umgehen muß, gefährlich wie eine scharf gemachte Bombe, deren Schrecken sie kannte. Sie fühlte sich schwach, als sie die Tür zu seinem Zimmer öffnete. Wenn er ihr zu nahe käme, wenn er sie berührte, würde sie erschauern vor Verlangen.
Reisman sah ihr zu, wie sie die Kissen auf dem Bett aufschüttelte und sich zum Kaminrost hinunterbückte, um Feuer zu machen. Er versuchte, sich nicht erregen zu lassen, und bewunderte wieder die Üppigkeit ihrer weiblichen Formen und die sinnliche Anmut ihrer Bewegungen. Auf ihrem Gesicht las er Begierde, in ihren Augen eine leise Furcht.
»Ich möchte ein paar Stunden schlafen«, sagte er. »Ist um halb zwei noch jemand auf? Ich möchte dann aufstehen. Ich muß aufstehen. Es ist sehr wichtig.«
»Ich habe eine Uhr in meinem Zimmer«, sagte sie rasch. »Ich werde Sie wecken.«
»Nein. Leihen Sie mir die Uhr«, erwiderte Reisman. »Ich möchte Ihnen keine Mühe machen.«
»Nein«, sagte Tessie. »Das macht mir nichts aus. Sie würden den Wecker vielleicht nicht hören. Ich bin daran gewöhnt. Sie könnten wieder einschlafen und Ihre Verabredung versäumen. Irgend jemand muß ja aufpassen, daß Sie aufstehen.«
»Na gut«, antwortete Reisman.
Er erhob sich vom Bett, auf dem er gesessen hatte, und wandte sich zur Tür. Sie ging dicht an ihm vorbei; ihr Gesicht zeigte eine schwache Enttäuschung. Er berührte sie leicht an der Schulter und hielt sie zurück. Als sie sich ihm zuwandte, um ihn nach seinen Wünschen zu fragen, beugte er sich schnell vor und küßte sie auf die Wange.
»Sie sind liebenswert, bleiben Sie es auch«, flüsterte er, und es war bemerkenswert, wie leicht ihm die Worte über die Lippen kamen. Dann schloß er leise die Tür hinter ihr.
Das kleine Feuer hatte den Raum langsam erwärmt. Reisman schleuderte die Schuhe von den Füßen und warf sich angekleidet auf das Bett. Er war von der langen Reise erschöpft, und seine Sinne waren vom Whisky betäubt. Und doch blieb ihm der Schlaf noch lange fern.
Wer sollte eigentlich an diesem bevorstehenden Morgen aufgehängt werden? Danny Deever? Ja, der war es wohl – Danny Deever, der gute Soldat.

Ja, sie hängen Danny Deever,
und du mußt dann bei ihm stehn.
Einen Schlafenden erschoß er –
mußt ihm in die Augen sehn.

Sollte er um Danny Deever weinen? Würde er es tun? Oder würde er Angst haben?
Aber was bedeutete ihm Angst eigentlich noch, und warum dachte er daran? Bestimmt nicht aus Sorge um seine eigene Sicherheit. Das hatte er vor langer Zeit abgetan. Das Getümmel der Schlacht, die Hochstimmung des Kampfes

verdrängten die eigene Angst. So etwas nennt man idiotischerweise Tapferkeit. Doch wo war hier der Kampf, die berauschende Erregung, das Singen des Blutes? Man hatte nur dazustehen, einen Menschen fürchterlich sterben zu sehen und kein Interesse zu zeigen; man hatte nichts zu tun, nichts dafür und nichts dagegen, sondern bloß unbeteiligten Gesichts zuzusehen – und davor fürchtete er sich. Alte Erinnerungen stiegen in ihm auf. An die heftige Übelkeit etwa, die aus seinem Magen herausquoll, ihm den Inhalt seiner Eingeweide herauspreßte. O nein, es war keineswegs alles Spaß und Spiel gewesen. Wenn er auch die ewige Furcht der Menschen vor Grausamkeit und Brutalität besiegt hatte – in einem einzigen, unerwarteten Augenblick der Schwäche konnte er diesen Sieg wieder verlieren.

Victor Franko lag auf seiner Pritsche; er hörte, wie die Gefängniswärter kamen, um Gardiner zu holen. Er hatte gegen den Schlaf angekämpft, um in diesem Augenblick hellwach zu sein, und jetzt hörte er, wie sie die Halle durchquerten. Er stürzte an die Tür seiner Zelle. Sie trugen andere Uniformen, hatten andere Methoden; sie bestraften anders, sogar ihre Auffassung von Recht und Unrecht war anders. Aber für Victor Franko waren sie Gefängniswärter, und nicht anders als die Wärter und Aufseher, die er in Sing-Sing, Dannemora und Leavenworth kennengelernt hatte.
Ehe sie kamen, waren die leise, eintönige Litanei des Priesters und gelegentlich ein Wort von Gardiner zu hören gewesen. Doch Franko konnte die beiden nicht sehen und auch nichts von dem Gesagten verstehen. Immerhin, obgleich man anfänglich meinen konnte, daß Gardiner nicht ohne weiteres mitgehen würde, schien es jetzt, als ob er seinen Gang festen Schrittes antreten würde. Franko wünschte sehr, daß er überhaupt nicht zu gehen brauchte. Denn wenn Gardiner nicht gehängt wurde, konnte er sicher sein, daß man Franko auch nicht hängen würde, und er konnte sein rasendes Denken nützlicheren Dingen zuwenden als den unzähligen Plänen, die er zu seiner Rettung im Geiste entworfen hatte.
Das Böse hatte ihn hierherein gebracht, und er wußte, das Böse würde ihn irgendwie, auf irgendeine Art, auch retten. Denn vor langer Zeit hatte Victor Franko in jenem Viertel von New York, das man die Teufelsküche nennt, seinen Pakt mit dem Bösen gemacht. Er war noch ein Kind, aber er hatte gewußt ... *Das Gute wird mich vernichten, wie es andere vernichtet oder wie es zugelassen hat, daß sie verderben; wie es meine Mutter verderben läßt, meinen Vater, meine Brüder und Schwestern und Freunde und Feinde verderben läßt. Und deshalb will ich böse sein, das Böse anerkennen, ihm huldigen, es in mir stärken und für mich arbeiten lassen.*
So lautete sein Schwur. Aber wenn er auch die nötige Gesinnung hatte, um Kraft aus dem Bösen zu ziehen, so hatte er doch nicht Verstand genug, um es erfolgreich für sich arbeiten zu lassen. Und obgleich er es niemals zugeben würde – zehn Jahre Gefängnisleben bestätigten diese Tatsache.
Das Böse hatte an jenem Tag in Leavenworth für ihn gearbeitet, als sie zu ihm gekommen waren und ihm Strafaussetzung angeboten hatten, wenn er Soldat würde. Na klar, er würde ein anständiger Kerl sein. Bloß hier raus und

irgendwohin, wo er eine Frau haben konnte und frische Luft atmen und essen und trinken konnte, was ihm, verdammt noch mal, gerade einfiel – und frei sein! Freiheit, daß ich nicht lache! Was für eine verfluchte Art Freiheit boten sie einem beim Kommiß? Fünftausend Sträflinge waren zusammen mit ihm auf dem Schiff nach England gekommen – lauter anständige Burschen, die versprochen hatten, sich von jetzt an gut zu benehmen und ihre Pflicht für Gott und Vaterland zu tun, und die dafür das Vorrecht erhielten, Kanonenfutter zu sein. Himmel, der General dieser fünftausend Männer zu sein – ein Regiment des Bösen, geschult und kommandiert vom Teufel, ein Regiment, das übers Meer segelte, um zu plündern, zu vergewaltigen, allein auf sich gestellt, ungebunden, unbesiegbar.
Aber wo waren sie jetzt? In verschiedenen Truppenteilen über das ganze Land versprengt, und Franko hatte nur seine eigenen kleinen, bösen Absichten verfolgt – und war wieder erwischt worden. Gewaltig erwischt. So gewaltig, daß sie sagten, diesmal würden sie ihn hängen. Aber noch war es nicht soweit. Sein Fall war noch in der Revision. Und wenn das nicht klappte, gab es andere Wege. Er kannte die Bibel. Er kannte ihre Bibel. Er kannte ihre *Dienstvorschrift für Kriegsgerichtsverfahren* und ihre *Kriegsartikel,* und es gab Möglichkeiten, aus dieser Sache herauszukommen – Möglichkeiten, an die sie nicht gedacht hatten. Und wenn das nicht klappen sollte, gab es andere Tricks. Er würde krank werden. Er würde sich selbst verstümmeln. Man mußte gesund sein, um gehängt zu werden. So hieß es in einem ihrer anderen Bücher. Er würde sich jeden Finger, einen um den andern, brechen. Er würde seinen Arm zerschmettern, sein Bein verstümmeln, wenn nötig, sich den Schädel zertrümmern. Er würde sein eigenes Fleisch, seine Knochen, seine Muskeln zerstören, aber nie würden sie mit ihm machen, was sie jetzt mit Gardiner machten.
Himmel, wie schnell sie gingen. Sie kamen jetzt aus der Zelle, das Arschloch von Oberst vorneweg, mit grimmiger Miene, wie es sich gehörte. Franko fragte sich, wo wohl der Henker war, dieser schleimig aussehende Hurensohn, der tagelang in den Gängen herumgeschlichen war, heute noch Soldat, am nächsten Tag mit Streifen bepflastert, der die Wärter ausfragte und wie ein Geier durch die Fensterschlitze glotzte.
Der Zug bewegte sich jetzt von den Zellen fort.
»Oberst!« schrie er gellend. »Oberst, lassen Sie mich ihm auf Wiedersehen sagen! Bitte, lassen Sie mich ihm auf Wiedersehen sagen!« Er hatte nicht gewußt, was er tun würde; aber als er jetzt schrie, ging es einfach mit ihm durch.
Überrascht durch das Gebrüll, hielt der Oberst den Zug an. »Bringt den Mann zum Schweigen!« befahl er.
»Ich möchte ihm nur die Hand geben, Oberst, das ist alles«, bat Franko. »Vater, sagen Sie ihm, daß ich mich von Gardiner verabschieden will. Es gibt kein Gesetz, das so etwas verbietet. Weiß Gott, der Junge braucht jetzt einen Freund.«
Der Oberst warf Gardiner einen raschen Blick zu. Dessen ungläubige Benommenheit schien einen Augenblick durchbrochen; aber er war sich nicht

wirklich dessen bewußt, was geschah. Er hatte keine letzte Mahlzeit verlangt, keine besonderen Wünsche gehabt. Du lieber Himmel, bringen wir diese verdammte Sache hinter uns, bevor ich kotze, dachte Tarbell. Er sah Leutnant Pines hilfesuchend an, und der Priester nickte.

»Laßt ihn für einen Augenblick hinüber«, sagte Tarbell.

Franko streckte eine Hand durch die Stäbe des kleinen Fensters und tastete nach Gardiners Hand; er sah jedoch, daß dessen Hände auf den Rücken gebunden waren. Rauh packte er Gardiners Schulter. Aber als er ihn nun festhielt – was, zum Teufel, sollte er eigentlich sagen? Was, zum Teufel, sollte er sagen? Sei tapfer, Junge! Bleibe stark, Junge! Laß dich von ihnen nicht unterkriegen, Junge! Die können dich mal, Junge! Warum wehrst du dich nicht? Tritt, kratz, beiß, schrei, aber laß dir das nicht antun, du blöder Hund!«

Er sagte nichts. Er verstärkte seinen Druck auf Gardiners Schulter, während der Mann ihn mit diesem irren, verständnislosen Blick anstarrte. Er verstärkte seinen Griff noch mehr und begann zu drehen. Wenn er kräftig genug drehte, konnte er vielleicht den Knochen brechen. Dann konnten sie Gardiner nicht hängen. Sie müßten ihn in seine Zelle zurückbringen, ihn ins Lazarett bringen, bis es ihm besser ging!

»Na los, Franko, sagen Sie was!« meinte der Oberst. »Das ist nicht Ihr Tanz. Sie werden bald genug drankommen.«

»Heuchler!« schrie Franko in einem plötzlichen Wutausbruch. »Dreckige, gottverdammte Heuchler!«

»Bringt den Mann zum Schweigen!« schnaubte Tarbell. »Verdammt noch mal, stopft ihm den Mund!«

Franko heftete seinen fanatischen Blick auf den verwirrten Priester.

»Sie, Sie salbadernder Scheißkerl! Sie sind der Schlimmste von allen! Reden von Gott, reden von Christus, von Rettung, reden von Recht und Unrecht, und Sie helfen denen, ein Kind zu kreuzigen!«

Die Militärpolizisten versuchten, Gardiner wegzuziehen und Franko zu packen. Der schleuderte ihnen eine Flut von Flüchen entgegen. Sie schlugen ihm auf die Hand, damit er losließe, während Gardiner, der schlaff in dem Handgemenge hing, nicht einmal etwas zu hören oder den Schmerz von Frankos wildem Griff zu empfinden schien.

Plötzlich dämmerte es Tarbell: Die glasigen Augen des Mannes, seine Erstarrung, seine Gefügigkeit, die marionettenhaften Bewegungen – das war nicht nur eine Art gnädigen Schocks; der Arzt hatte ihm etwas gegeben. Entgegen den Befehlen, entgegen den Regeln und Vorschriften hatte Gordon ihm ein Betäubungsmittel verabreicht, um ihn auf seinem Weg zu beruhigen. Nun, zum Teufel mit ihm, zum Teufel mit allen, zum Teufel mit dem Kommiß, der ihm diese widerwärtige Aufgabe übertragen hatte. Er schmetterte eine Handkante auf Frankos Handgelenk.

Franko fühlte, wie sein Griff sich lockerte. Einer der Polizisten öffnete die Zellentür, stieß sie mit nervenzerfetzendem Knall zurück und sprengte dadurch den Griff, mit dem Franko Gardiner umklammerte. Der Polizist schlug hart zu und traf ihn am Unterkiefer. Er fiel auf seine Pritsche und lag

schweratmend, aber schweigend da. Er hörte, wie die Zellentür zugeschlagen wurde, wie der Schlüssel sich im Schloß drehte und der Zug schnell den Gang hinuntermarschierte; aber er sagte nichts mehr. Es gab nichts mehr zu sagen.
Franko fühlte sich froh erregt. Gottähnlich – er hatte getan, was keiner von ihnen tun konnte. Er hatte getan, was Gott nicht tun konnte – wenn es Gott überhaupt gab, und er, Franko, hatte ein Leben geführt, als gäbe es ihn nicht, sondern nur den Teufel. Er hatte einem Mann Leben geschenkt. Er hatte Gardiner zwei Minuten mehr Leben geschenkt, als ihm zustanden.
Aber jetzt hatten sie ihn. Sie hatten ihn in jenem Raum. Er konnte das entfernte Reden hören, und das Beten, und dann das abschließende, unwiderrufliche Krachen der hölzernen Falltür – und er krümmte sich. Er krümmte sich auf seiner Pritsche in dem feuchten Gestank der Angst, den er ausschied.

Unmittelbar nach dem Befehl zum Wegtreten stürmte Reisman aus dem Hinrichtungsraum und hielt nur inne, um sein Gepäck aus dem Büro des Kommandanten zu holen. Als er die Gefängnismauer hinter sich hatte, nahm er seine Mütze ab und wandte sein Gesicht dem Regen zu. Er trank die Tropfen, sog sie gierig mit allen Poren auf, ließ sie tief in sich eindringen in dem Bedürfnis, sich innerlich zu reinigen. Wie gut war es, zu leben!
Er erreichte die Straße zu *The Butcher's Arms* und lief sie hinunter, wobei ihm der Koffer schmerzhaft an die Schienbeine schlug. Er lief vorbei an Straßen, Gassen und Hecken, an den nachtschwarzen Gärten, den dichten Gruppen dunkler Steinmauern, die die schlummernden Einwohner des uralten Dorfes schützten – gute Menschen hier und dort und überall, für die in dieser Nacht Gerechtigkeit geübt worden war.
Eine Gier trieb ihn vorwärts, eine Gier, die sich am Abend schon gemeldet hatte, ein übermächtiges Bedürfnis nach menschlicher Wärme, die ihn den brutalen Tod vergessen lassen würde. Warum hatte es so lange gedauert, bis der Junge tot war? Am Schluß wäre er am liebsten selbst in den Schacht hinuntergesprungen, wo der Körper hing, und hätte ein Ende gemacht.
Der Gasthof war dunkel, und Reisman versuchte die Tür zu öffnen. Sie war verschlossen. Er trat zurück und rüttelte dann wieder an der Tür wie jemand, der unbegreiflicherweise abgewiesen wird. Er fragte sich, ob es vielleicht noch einen anderen Eingang gäbe oder ob er wohl das Recht habe, jemanden zu wecken, da er ja für sein Zimmer bezahlt hatte.
Tess öffnete die Tür. »Ich habe ganz vergessen, Ihnen einen Schlüssel zu geben«, sagte sie leise. »Ich habe mir deswegen die ganze Zeit Sorgen gemacht.«
Als er sie vor sich sah, kam es Reisman zum Bewußtsein, wie unendlich erleichtert er war, wie dankbar für ihren Anblick, wie notwendig es für ihn gewesen war, daß gerade sie hier war, daß sie auf ihn wartete, um ihm Zuflucht und Beistand zu gewähren. Schnell ging er an ihr vorbei in den dunklen Flur und spürte dabei ihre geheime Hoffnung, daß er mehr zu ihr sagen würde als: »Es tut mir leid, daß ich Sie geweckt habe«. Er war sich aber nicht sicher, ob er ihre Stimmung richtig empfand, oder ob lediglich sein

eigenes Wunschdenken ihm etwas vorgaukelte. Vielleicht war es ja ihre Aufgabe, auf alle im Sturm verirrten Hunde zu warten.

Ein großes, anheimelndes Feuer brannte in dem dunklen, leeren Schankraum. Es warf tanzende Schatten in die Vorhalle und erhellte und verdunkelte abwechselnd ihre Gesichter.

»Du liebe Zeit, wie sehen Sie aus!« rief sie plötzlich, als sie näher an das Feuer traten.

Das Wasser rann in Bächen an seinem Zeug herunter und bildete um ihn herum kleine Lachen auf dem Boden. Seine Mütze troff vor Regen, und als er sie abnahm, war auch sein Haar durchnäßt und verfilzt. Er stand an der Treppe und überlegte, ob er sofort nach oben in sein Zimmer gehen sollte; aber das wollte er nicht. Er konnte die Nacht nicht mit dem beschließen, was er schon getan, schon gesehen hatte. Eines war sicher: Einige der Männer in dem Gefängnisraum wären unter der Belastung ohnmächtig zusammengebrochen, wenn die Sache noch ein paar Minuten länger gedauert hätte. Er hatte ihre Gesichter beobachtet, die krankhafte Blässe und den kalten Schweiß gesehen und gewußt, daß er trotz seiner Ängste stark war.

Tess übernahm die Initiative. »Ziehen Sie lieber Ihre Sachen aus, Herr Hauptmann«, befahl sie. »Sie sehen vielleicht aus! Kommen Sie ans Feuer und wärmen Sie sich. Ich werde Ihnen etwas Heißes bringen.«

»Danke«, sagte Reisman. »Das wäre schön. Das Feuer tut gut.« Er konnte nicht wie ein Idiot hier herumstehen, bis das Verlangen nach ihr von ihm Besitz ergriff. Er mußte etwas sagen – nicht bloß denken: Dein Anblick ist es, der mich erwärmt. Du in deinem drolligen, schweren Wollmantel, den du bis zum Hals zugeknöpft hast, um dich schamhaft vor mir zu verbergen oder um dich zu wärmen, ist ja egal – in deinem komischen Flanellnachthemd, das um deine Schuhe hängt – mit deinem verwuschelten Haar, das die Farbe des Sandes an einem einsamen Strand hat – dein hübsches, junges Gesicht – dein schöner fraulicher Körper – du bist es, die mich wärmt.

Er ließ sich beim Feuer auf dem Boden nieder und entdeckte neben einem Kissen einige Bücher. Sie hatte also nicht geschlafen; sie hatte gelesen. Romantisches Zeug im Schein des Kaminfeuers: zwei Romane, ein amerikanischer und einer, der auf irgendeiner weit entfernten geheimnisvollen Insel spielte; eine Sammlung von Reisebeschreibungen über die Vereinigten Staaten; und ein dünner Gedichtband – *A Shropshire Lad* von A. E. Housman.

Tess kam mit zwei riesigen, dampfenden Porzellantassen aus der Küche zurück, beugte sich zu ihm hinunter und hielt ihm eine hin.

»Das wird Ihnen guttun«, sagte sie.

Er führte die Tasse zum Mund, riß sie aber schnell wieder weg; die Hitze brannte noch auf seinen Lippen. »Was ist das?« fragte er. Sein Kopf war vom Dunst des alkoholischen Getränks eingehüllt.

»Reines Feuer«, antwortete sie. »Ein Feuer von Rum, eine Flamme von Apfelwein, mit Zimt erhitzt. Ein Amerikaner hat einmal zu mir gesagt: ›Es bringt dich um, oder es hilft.‹ Er hatte eine komische Aussprache, selbst für einen Amerikaner.«

»Kennen Sie viele?«

»Oh«, erwiderte sie lachend, »hunderte. Manchmal glaube ich, daß die ganze amerikanische Armee hier durchgekommen ist.«
»Wie viele genießen den Vorzug, so mitten in der Nacht noch bedient zu werden?« Aber als er ihre verletzte Miene sah, tat es ihm leid, daß er es gesagt hatte. Er hatte es nicht so gemeint, wie es klang.
»Sehr wenige«, antwortete sie und sah ihn gerade an; in ihren Augen fingen sich kleine Lichtfunken des Kaminfeuers.
»Entschuldigen Sie, bitte.«
»Schon gut, ich weiß, daß Sie nicht boshaft sein wollten.«
Eine Zeitlang waren sie still, starrten in das Feuer und tranken kleine Schlucke von dem dampfenden Gebräu. Sollte das vielleicht ihr kleines, vorbereitendes Geplänkel sein? fragte sich Reisman. Wo war jetzt noch die Zeit für richtige Begegnungen, flüchtig zuerst, mit »Hallo« und »Wiedersehen«, dann vertiefter – Zeit für ein langsames Sich-näher-Kommen, das die Bindung festigte und jedesmal etwas Neues hinzufügte?
Reisman hob den Gedichtband auf. »Ich dachte, nur verliebte junge Amerikaner läsen Housman.«
»Waren Sie verliebt, als Sie ihn lasen?«
»Ja – leider sehr oft. Aber ich habe es jedesmal überstanden, und jetzt tut es nicht mehr weh.«
»Das glaube ich Ihnen nicht.«
»Was nicht?«
»Daß es nicht mehr weh tut. Es wäre furchtbar, wenn man keinen Schmerz empfände, denn dann könnte man auch sonst nichts empfinden.« Sie hielt inne, nippte an ihrer Tasse und stellte sie dann auf die Kaminplatte. »Keine Güte, keine Liebe.«
Wie erschreckend weise sie trotz ihrer Jugend ist, dachte Reisman.
»Haben Sie mir meinen Kuß vorhin übelgenommen?« fragte er. Er hatte dieselbe Frage einmal einem Mädchen gestellt, als er vierzehn Jahre alt war, und einen befremdeten Blick geerntet. Er hatte es nie wieder gefragt, und es war immer richtig gewesen. Aber jetzt war er dreißig und Tess wohl höchstens achtzehn, und er fühlte sich einen Augenblick lang wieder wie vierzehn.
Tess drehte sich um und sah ihn voll an: »Ich dachte, Sie hätten das schon vergessen«, meinte sie. »Sie waren ja betrunken, und es bedeutete nichts.«
Reisman streckte die Hand aus und zog sie zu sich heran. Er hörte, wie sie atmete, als sie sich ihm sanft näherte, und fühlte neue Kraft in sich. Wieder überkam ihn jenes bezwingende Gefühl – glücklich, ja –, aber genoß er das Leben oder feierte er den Tod?
Tess entzog sich ihm. Er hatte begonnen, ihren Mantel aufzuknöpfen. Wie schön es war, durch den dicken Stoff ihren weichen, warmen Körper zu spüren. Was für unglaublich wunderbare Geschöpfe die Frauen waren.
»Nicht hier«, sagte sie sanft. »Ist dir jetzt warm?«
»Ja.«
»Dann nimm deine Tasse und geh nach oben ...«
Es war Reisman, als ginge etwas Unwiederbringliches verloren, und er hätte schreien mögen: »Nein!«

»... ich komme gleich zu dir«, beendete sie den Satz.
Sein Zimmer war warm. Auch hier hatte sie das Feuer in Gang gehalten. Reisman schälte sich aus seiner feuchten Uniform und hängte sie über einen Stuhl neben dem Feuer; er erzitterte unter dem heftigen, erwartungsvollen Schlag seines Herzens. Aber es war nicht gut, allein unter der weichen, dicken Steppdecke dazuliegen. Sein Geist begann wieder zu wandern; das Schreckgespenst nahte erneut. Es war ein glatter Fall gewesen, aber niemand würde wissen, ob der Junge gelitten hatte. Warum hatte man ihn nicht erschossen, kurz, schmerzlos, anstatt ihn dort eine Ewigkeit baumeln zu lassen?
Leise, mit fließenden, weichen Bewegungen betrat Tess das Zimmer; sie stand neben ihm, bevor er ihre Anwesenheit gespürt hatte. Reisman setzte sich auf und streckte seine Hand nach ihr aus. Sie ließ sich neben ihm auf das Bett fallen und küßte ihn. Sie schmeckte nach dem Feuer, das sie getrunken hatten, aber sie beherrschte sich noch. Wieder machte er sich daran, ihren schweren Mantel aufzuknöpfen.
»Im Bett behältst du ihn wohl nicht an?« fragte er.
»Nein«, sagte sie lächelnd. »Ich ziehe ihn mir schon selbst aus.«
Als sie zu ihm zurückkam, war sie noch immer von ihrem Nachthemd verhüllt. »Kannst du bei dem Licht etwas sehen?« fragte sie. Nur der Schein des Feuers erhellte das Zimmer.
»Genierst du dich?«
»Nein, das nicht«, antwortete sie. »Würdest du mir etwas vorlesen?« Sie griff nach den *Shropshire*-Gedichten, die sie mit nach oben gebracht und neben das Bett gelegt hatte.
»Nicht daraus«, sagte Reisman, als er sah, was es war.
»Warum nicht?«
»Weil das Buch nicht nur von romantischen Liebhabern und willigen Mädchen handelt«, entgegnete er. »Es steht zuviel vom Tod und vom Erhängen drin.«
Das Barbarische dabei war nicht so sehr die Tatsache, daß ein junger Mensch, der vor wenigen Minuten noch lebte, jetzt tot war – mein Gott, es herrschte Krieg, und überall wurde gestorben! –, sondern das unsinnige Ritual, das sein Sterben begleitete.
Sie drückte sich wieder an ihn und schauderte. »Dann ist es wahr«, sagte sie. »Heute nacht haben sie einen Mann erhängt. Der Feldwebel hat ihn gehängt. Du warst dabei.«
»Ja, ich war dabei«, flüsterte er. »Das stimmt. Weine. Weine um ihn. Weine um den Jungen. Um den Feldwebel. Um uns alle.«
Sie küßte ihn wieder, und einen Augenblick lang versank er vor ihr in dankbares, fast ehrfürchtiges Erstaunen. Dann zog er sie an sich und nahm sie, so daß sie wimmerte, lachte, sich wand und kleine Schreie ausstieß; und es war, als begehe er ganz für sich eine instinkthafte Feier zum Gedenken an den Toten.

3

In der ruhigen Würde eines Londoner Stadthauses, dem Hauptquartier für Sondereinsätze, das dem Amt für Strategische Streitkräfte unterstand, saß Major Max Armbruster an seinem Schreibtisch über einem geordneten Durcheinander von Papieren, Karten und Büchern. Er war ein gelehrt aussehender Mann, Anfang vierzig, mit einem dunklen, streng zurückgekämmten Haarschopf und einem eindrucksvollen Schnurrbart, den er seit seiner Ankunft in England, entsprechend einer Offizierstradition in der englischen Armee, zu einer üppigen männlichen Zierde entwickelt hatte und der sein ganzer Stolz war.

Es war ein Sonnabendmorgen, der sechsundzwanzigste Februar 1944. An den Universitäten, an denen Major Armbruster vor dem Krieg Vorlesungen über Politische Wissenschaften, Regierungsformen und Geschichte gehalten hatte, war an den Sonnabendvormittagen immer eine beruhigende Pause in der wöchentlichen Plackerei eingetreten. Doch die Regeln der Kriegführung, die von gebildeten Leuten vor einigen Jahren in Genf ausgearbeitet worden waren, ließen die akademische Fünf-Tage-Woche unberücksichtigt. Professor Armbruster war immer noch ein wichtiger Vermittler, ein Organisator des Wissens, der seine Kenntnisse weitergab und ein Mentor für andere war. Jetzt aber konnte seine Gelehrsamkeit das Leben vieler Männer und den Kriegsverlauf beeinflussen, und manchmal beanspruchte diese Arbeit seine körperlichen Kräfte und seine geistige Regsamkeit an sieben Tagen der Woche und vierundzwanzig Stunden am Tag.

Der Plan, über dem er jetzt brütete, trug den Arbeitstitel *Amnestie*. Major Armbruster war sich klar darüber, daß er nur von den obersten Befehlsstellen genehmigt worden sein konnte. Aber Armbruster hätte auch nie geglaubt, daß SHAEF* sich ernsthaft damit beschäftigen würde, denn er verstieß gegen alle herkömmlichen Regeln: Es sind zwölf Häftlinge auszusuchen, die kriegsgerichtlich verurteilt worden sind und hingerichtet werden sollen oder sehr lange Freiheitsstrafen wegen Mord, Vergewaltigung, Raub oder anderen Gewaltverbrechen abzusitzen haben. Sie sollen innerhalb einer kurzen, aber nicht genau festgelegten Zeit so gut wie möglich für das gerissene und schmutzige Geschäft des Operierens hinter den Linien ausgebildet werden. Und dann sollen sie kurz vor der Invasion heimlich auf das europäische Festland gebracht werden, um der deutschen Kriegsmaschinerie schwere Verluste an Menschen und Material beizubringen. Das war der Plan *Amnestie*.

Es war keine direkte Weisung – jedenfalls hatte sie nicht den üblichen Weg für Anordnungen dieser Art durchlaufen –, sondern mehr der skizzierte

* SHAEF: Supreme Headquarters Allied Expeditionary Forces (Oberstes Hauptquartier der Alliierten Expeditionsstreitkräfte).

Entwurf eines vorläufigen Planes. Die Blätter trugen keine Unterschrift. Es hatte auch niemand den Befehl zu dem Unternehmen gegeben. Der Entwurf wurde Armbruster einfach durch den jungen Leutnant für Psychologische Kriegführung überbracht, den man ihm, was auch noch nie dagewesen war, vom Obersten Hauptquartier der Alliierten Expeditionsstreitkräfte als Verbindungsoffizier und Offizier für Sonderaufgaben zugeteilt hatte, und zwar mit ausdrücklicher Billigung und Genehmigung vom Hauptquartier des militärischen Geheimdienstes am Grosvenor Square.
Es war nicht ungewöhnlich, daß der Plan zur Ausführung in Armbrusters Abteilung gebracht wurde; denn was woanders als unorthodox, unglaublich und unerprobt galt, war in diesem Büro immer die Regel gewesen. Doch hätte der Major gern gewußt, ob er je die Herkunft des Planes erfahren würde. Er mußte sich einmal vertraulich an Leutnant Kinder, den Verbindungsoffizier, wenden und versuchen, mehr herauszubekommen. Das würde gleichzeitig einen guten Hinweis erbringen, ob der Mann imstande war, Geheimnisse zu bewahren; und es würde ein Test für seine eigene Geschicklichkeit sein, Dinge herauszubekommen.

Auf dem Bahnhof Marston-Tyne löste Hauptmann John Reisman eine Fahrkarte dritter Klasse nach London. Gewöhnlich bevorzugte er ein bequemeres und wahrscheinlich weniger überfülltes Abteil erster Klasse; aber jetzt suchte er menschliche Gesellschaft.
Die Isolierung von den Menschen, die er empfunden hatte, der Abscheu, der ihn bei ihrem Anblick, ihrem Geruch, bei der Berührung mit ihnen überkommen hatte, waren verschwunden. Die Poren seiner Sinne waren wieder weit geöffnet; die feinen Enden seiner Nerven suchten den Kontakt mit der Wirklichkeit. Die Begegnung mit dem Mädchen hatte ihn geläutert, geheilt. Er wollte ihr irgend etwas kaufen und es dann in den Gasthof schicken lassen. Es würde für sie mehr bedeuten als für ihn, und so sollte es auch sein. Für ihn wäre es eine Nettigkeit, an die er im voraus mit Vergnügen dachte, und eine Möglichkeit, ihr zu sagen: Ich habe dich kennengelernt und denke von dir jetzt nicht schlechter, sondern besser. Was wir gemeinsam getan haben, bedeutet weit mehr für mich, als du ahnst – wenngleich ich nicht mehr daraus machen kann, da ich eben nicht aus meiner Haut kann. Für sie würde das Geschenk ein Zeichen sein, daß sie als Persönlichkeit anerkannt worden war, ein Unterpfand dieser Anerkennung, das ihr die Begegnung mit ihm jederzeit ins Gedächtnis rufen würde – mit Freude und nicht mit Bitterkeit. Denn obwohl sie nicht geweint, ihm auch keine Vorwürfe gemacht hatte, als er ihr sagte, daß er am Morgen abreisen müsse und nicht wisse, ob er je zurückkommen würde, so zeigte ihr Gesicht doch ein tiefes Bedauern.
»C'est la guerre!« hatte er gesagt und sich wegen dieser Platitüde geschämt. War es das hundertste oder gar das tausendste Mal, daß er es zu einem Mädchen gesagt hatte?
Während er auf der kleinen Station der Great Western Railway wartete, sah Reisman zu, wie ein Zug aus der Gegenrichtung einfuhr und die Fahrgäste ausstiegen. Wie überall in England trug auch dieser Bahnhof keinen Orts-

namen; man hatte die Schilder entfernt, um dem Feind keinen Anhaltspunkt zu geben. Reisman überlegte sich, wie viele Fahrgäste in den letzten Jahren wohl ihr Ziel verfehlt haben mochten, weil sie die Ankündigung des Schaffners überhört hatten oder nie dort gewesen waren, wo sie eben hinwollten, und nun ohne Hoffnung in einer namenlosen Welt herumirrten. Eines Tages würde man die Namen wieder anbringen, und die Überlebenden würden ihre Heimat, den Ort ihrer Herkunft wiedererkennen.

Dieses ständige, endlose und hingebungsvolle Streben nach Reisen, Aufregungen und Abenteuern, dem er zum Opfer gefallen und das fast Selbstzweck geworden war, hatte ihn vorher nie wirklich beunruhigt. Tatsächlich war dies das erstemal, daß er an seine Mannesjahre in Verbindung mit dem Wort Opfer dachte. Aber in diesen letzten Wochen, seit er aus Italien entkommen war, hatte er eine winzige und unerklärliche Unsicherheit in seinem vermeintlich unerschütterlichen Charakter gespürt. Als er in Bern auf das Kurierflugzeug wartete, nachdem er zu Fuß über die Grenze in die Schweiz geschlüpft war, hatte er festgestellt, daß an diesem Tag sein dreißigster Geburtstag war. Vielleicht lag hier die Ursache: im vorgeschrittenen Alter. Eine kraftraubende Langeweile infolge der Routine hatte sich eingestellt, sogar bei aufregenden Dingen – ein Stumpfsinn, der Ermüdung und Überdruß verursachte. Er war kein unbekümmerter Junge mehr. Jetzt konnte er natürlich nicht mehr aussteigen, wann er wollte. Er steckte bis zum Kriegsende drin, und seine Lebensweise war jetzt sanktioniert und hochgeschätzt. Was aber kam danach – sofern es ein Danach gab?

Als er an die Städte ohne Namen dachte, erinnerte er sich deutlich an einen Schreck in seiner Jugend; ob es aber ein Tagtraum oder ein Nachttraum oder sogar Tatsache gewesen war, das wußte er nicht mehr. Wie auch immer, es war so wie jetzt gewesen: Ein Junge im Zug, auf der Fahrt zu einem Ort, der keine eigene Station hatte, jedoch von der Bahn aus irgendwie erreichbar war; ein Junge, von entsetzlicher Panik erfüllt – wie werde ich wissen, wann ich aussteigen muß? –, während Station nach Station vorbeiflog und Landschaften und Lichter im raschen Vorübergleiten verschwammen. Und um ihn herum eine wogende Menge von Leuten, die einstiegen und ausstiegen und genau wußten, woher sie kamen und wohin sie gingen. Heute barg das Nachdenken darüber für ihn keinen Schrecken mehr; aber die Erinnerung daran war noch stark genug, daß er eine Parallele ziehen konnte.

Es war früher Nachmittag, als der Zug in London ankam. Während Reismans Abwesenheit hatte die große, durchscheinende Glaskuppel des Bahnhofs Paddington einen Bombenvolltreffer bekommen, und die nackten, gewaltigen Träger hatten keinen anderen Zweck mehr, als den offenen Himmel einzurahmen. Kleine Schutthaufen lagen herum, und winzige Glasscherben reflektierten den hellen Lichtstrom, der sich durch die zersplitterte Kuppel auf die Bahnsteige ergoß. Reisman erwischte in der Unterführung ein Taxi und gab dem Fahrer die Adresse des Hauses in der Baker Street an.

Das Wetter war so erstaunlich klar und warm, wie man es im Februar in London kaum erwarten konnte. Der Himmel war beinahe blau, die Sonne versuchte, gelb zu erscheinen, und das bedrückende Grau, das wochenlang geherrscht hatte, gab plötzlich Farben preis, die die Gesichter und Kleider in der großen, bewegten Menschenmenge sowie die Straßen und Gebäude aufleuchten ließen. Als das Taxi Reisman durch die belebten Straßen trug, starrte er zum Himmel empor und spielte mit der Vorstellung, daß die Stadt durch die Hunderte von Sperrballons, die an straffen Kabeln aufwärts strebten, an ihrem Platz gehalten werde – ein im Raum schwebendes Märchenland, die *pièce de résistance* auf irgendeiner kosmischen Kindergesellschaft, die davonfliegen würde, wenn sie nicht so festgehalten wäre. Alles und jeder schien die helle, neue Stimmung des Wetters in sich aufgesogen zu haben, schien lebhafter, sicherer und unendlich fröhlicher.

In der Baker Street gab Reisman dem Fahrer mehr Trinkgeld als nötig – eine Angewohnheit, die er schon längst aufgeben wollte. Die Amerikaner verdarben mit ihrer freundlichen Freigebigkeit die Taxichauffeure und untergruben die britische Sparsamkeit; darin unterschied er sich nicht von ihnen. Er zeigte dem Militärpolizisten an der Tür seinen Sonderausweis und betrat die vornehm möblierte Empfangshalle des Hauses.

Es war das Stadthaus eines Lord Soundso, zur Zeit aktiv im Dienst der Streitkräfte Seiner Majestät in Indien; er hatte es für die Dauer des Krieges an die Regierung vermietet. Lord Soundso war ein ziemlich reicher Mann, dessen beachtlicher Geschmack sich in der vornehmen Möblierung und Ausstattung der vielen Zimmer des fünfstöckigen Hauses mit Stuckfront widerspiegelte. Eines der köstlichsten und sinnlichsten Vergnügen Reismans war es, sich in der dampfenden Badewanne des großen, schwarzen Marmorbades zu rekeln, das an Major Armbrusters Büro stieß. Er war dieser Gewohnheit verfallen, seit er von seinem ersten Einsatz zurückgekommen war, und konnte sie einfach nicht wieder ablegen. Am angenehmsten wäre es ihm gewesen, wenn die hübsche englische Sekretärin von Max ihm den Rücken geschrubbt und ihn abgetrocknet hätte. Aber er hatte gezögert, das Thema zur Sprache zu bringen, weil er fürchtete, sich die Annehmlichkeiten zu verscherzen.

»Hallo, Maxl«, sagte Reisman, als er das dunkel getäfelte, mit einem Teppich ausgelegte Büro des Majors betrat. »Bad schon hergerichtet?«

Major Armbruster nahm seine dickrandige Lesebrille ab, stand auf und ergriff Reismans Hand. »Verschieben Sie das Bad auf später, John«, antwortete er. »Sie sehen so sauber aus wie eh und je.« Er schnupperte einige Male in die Luft und rümpfte die Nase. »Kein spürbarer Körpergeruch ... Sie sehen sogar überraschend heiter aus.«

Reisman versuchte, den lockeren Ton beizubehalten. »Warum auch nicht?« fragte er. »Nichts heitert einen so auf wie eine ordentliche öffentliche Hinrichtung durch den Strang. War das im guten alten England nicht eine Art Zeitvertreib?« Aber die Erinnerung überfiel ihn mit plötzlichem Schrecken, und er wußte, daß dies ihn ständig begleiten, daß es ihn belasten würde – mehr als die Erinnerung an jene Zeit, da er noch Lieferant des Todes war. »Ich wußte gar nicht, daß wir auch in der Unterhaltungsbranche tätig sind. Was soll das Ganze eigentlich?« fragte er.

Aber es gelang ihm nicht, sich völlig hinter seiner forcierten Munterkeit zu

verschanzen; Armbruster bemerkte es sehr wohl. Unsicherheit, wenn nicht sogar Zorn schwang in Reismans Ton mit; und wenn das zutraf, dann hatte das, was er als Zeuge hatte mit ansehen müssen, die gewünschte Wirkung gehabt. Wenn tief in seiner Seele eine ungeschützte Stelle getroffen, vielleicht versengt worden war, dann hatte Armbruster ihn annähernd richtig eingeschätzt. Die Schlüsselfigur für diese Aufgabe, so hatte Leutnant Kinder gesagt, müsse zu gleichen Teilen aus Brutalität und Mitleid zusammengesetzt sein. Major Armbruster kannte Reismans tödliche Tüchtigkeit bei Kampf- und Spionageaufträgen sehr wohl und hatte große Achtung vor seiner hohen Intelligenz. Er vermutete auch seit längerem, daß sich irgendwo tief unter dem gleichgültigen Äußeren seines Freundes Weichheit und Mitleid verbargen.
»Es ist etwas Neues«, antwortete der Major, »etwas ganz Neues.« Er setzte sich und bot Reisman einen Ledersessel an.
»Was ist mit den *Rosedale*-Einsätzen?«
»Ich ziehe Sie da heraus. Vergessen Sie alles, was Sie über *Rosedale* erfahren haben. Ich glaube, Sie haben noch nicht so tief dringesteckt, daß Sie diese Sache gefährden könnten.« Armbruster hielt inne, öffnete eine Schreibtischschublade und wühlte in ihr herum. »Ehe ich es vergesse . . . während Sie weg waren, ist ein Brief für Sie gekommen.«
»Wahrscheinlich mein Wehrersatzkommando, das wissen will, warum ich mich nicht gemeldet habe«, meinte Reisman. Aber er war höchst neugierig. Briefe zu erhalten, war er nicht gewohnt. Als er den Absender sah – Aaron Reisman aus Chicago, Illinois, USA –, war er eher erschrocken als überrascht. Er konnte sich kaum erinnern, je zuvor einen Brief von seinem Vater erhalten zu haben. Beiläufig ließ er ihn in seine Manteltasche gleiten. Zwar brannte er darauf, ihn zu lesen, aber er wollte dabei ungestört sein.
»Die Sache in Marston-Tyne ist Teil eines ganz neuen Unternehmens«, wiederholte Major Armbruster. »Sie ist sehr ungewöhnlich, sogar für uns.«
Sofort konzentrierte Reisman sich völlig auf das Berufliche. Aufmerksam beugte er sich in seinem Sessel vor. Armbruster erklärte ihm den Plan *Amnestie.*
»Ich möchte, daß Sie die Sache schmeißen, John«, sagte er zum Schluß. »Suchen Sie sich die benötigten Häftlinge aus und stellen Sie sie vor die Wahl: Vollstreckung des Urteils oder Ausbildung für die Einsätze.«
»Mir scheint, daß es da nicht viel zu überlegen gibt«, antwortete Reisman und zündete sich eine Zigarette an. »Besonders für die zum Tode Verurteilten. Es ist ein Geschenk. Wo steckt der Haken?« Er blies eine Rauchwolke gegen die Decke und wartete mit ausdruckslosem Gesicht, um den Aufruhr in seinem Innern zu verbergen.
»Ich weiß nicht recht, ob ein Haken dabei ist«, sagte Armbruster.
»Wie sieht die Belohnung aus, wenn sie die Sache schaukeln und zurückkommen? Werden sie freigelassen?«
»Belohnungen sind nicht versprochen worden. Kann sein, daß der Revisionsausschuß oder der Kommandierende General oder sogar der Präsident später die Akten im Licht der neuen Dienste betrachtet, die die Leute geleistet haben. Im Augenblick ist es einfach ein Tausch, eine befristete Amnestie gegen das

Vorrecht, als Soldat zu dienen, wie Leutnant Kinder sagen würde ... Oh, Sie werden übrigens mit Kinder zusammenarbeiten. Sie werden ihn bald kennenlernen. Sie sind zwar ranghöher als er und so weiter; aber Sie werden einige Ihrer Instruktionen von ihm bekommen. Er ist unser Verbindungsmann nach oben. Ich möchte dazu jedoch sagen, daß er auf mich den Eindruck macht, als geriete er bei so einer Sache leicht aus dem Häuschen vor Begeisterung. Sie werden wohl mit Ihrem außergewöhnlichen diplomatischen Takt vorgehen müssen, um sich und ihn im Zaum zu halten, wenn Sie gut zusammenarbeiten wollen.«

Armbruster griff nach Pfeife und Tabaksbeutel auf seinem Schreibtisch und setzte sich bequem in seinen hochlehnigen Sessel zurück. Während seine Finger den Tabak geschickt in den Pfeifenkopf stopften, ließ sein Blick Reisman nicht los. »Nun, was halten Sie von dem Ganzen?« fragte er.

»Es stinkt!« sagte Reisman angewidert. »Warum gehen wir nicht zur Truppe und bitten um echte Freiwillige, wie wir es im Fall der Jedburgh-Gruppen gemacht haben, wie ich es für *Rosedale* gemacht habe, anstatt auf solche Galgenvögel zurückzugreifen?«

»Sie kennen die Schwierigkeiten, die wir hatten, um die Mannschaft für Jedburgh zu kriegen, John«, entgegnete der Major, »und Sie haben für *Rosedale* den letzten Rest zusammengekratzt. Es ist uns von oben vorgeschrieben worden, wen wir einzusetzen haben, und wir können es nicht ändern.«

»Ich kann Ausbildungsposten nicht leiden, Max«, erwiderte Reisman. »Sie wissen das. Ich möchte wieder irgendwo dabeisein. Egal wo.«

»Das ist völlig ausgeschlossen. Sie werden eine Zeitlang nirgends dabeisein.«

»Warum nicht?«

»Ich dachte, darauf brauchten wir nicht einzugehen.«

»Ich habe mir so meine eigenen Gedanken gemacht, aber es hat mir noch keiner etwas darüber gesagt.«

»Also gut«, sagte Armbruster. »Beim Stab war man sehr beunruhigt über einige Vorgänge, die sich während der letzten großen Waffenabwürfe in den Mattarone ereigneten, bis Sie wiederauftauchten. Ihre Befehle lauteten, Feindberührung unter allen Umständen zu vermeiden, lediglich die Ausrüstungsgegenstände einzusammeln und dafür zu sorgen, daß sie in die richtigen Hände kamen. Der Plan sah nicht vor, daß die deutschen Soldaten in eine regelrechte Schlacht verwickelt würden, bei der unsere Partisanen Verluste hatten. Beim Stab war man der Meinung, es sei Zeit, daß Sie sich etwas ausruhen.«

»Und warum will man mir jetzt diese Sache anvertrauen?«

»Das war mein Vorschlag.«

Reisman verbeugte sich spöttisch. »Dann habe ich es mit Ihnen noch nicht verdorben?«

»Nein.«

»Dafür bin ich Ihnen sehr verbunden, Major«, sagte er lächelnd. »Wieso meinen Sie, daß ich der richtige Mann dafür bin? Warum nicht die Militärpolizisten oder die Sträflingsausbilder?«

»Es handelt sich um einen Spionageeinsatz«, antwortete Major Armbruster. Seine Pfeife war ausgegangen; er zündete ein neues Streichholz an, brachte die Pfeife in Gang und blies die Flamme mit einem Strom von Rauch aus. »Sie haben über das, was diese Männer lernen müssen, schon geschrieben, und Sie haben es draußen auch selbst ausprobiert.«
Er beachtete Reismans Einwände überhaupt nicht. Die waren auch mehr eine Gewissenserforschung, eine Klärung seiner Gedanken, als Ausflüchte.
»Ich kann mir nicht vorstellen, wie ich den Aufseher spielen soll, Max. Ich weiß nicht einmal, wie man mit solchen Männern fertig wird. Die Leute, mit denen ich bisher immer gearbeitet habe, waren prima Jungens – intelligent, auf Draht, zäh, durch und durch patriotisch, wirkliche Freiwillige. Wie können wir uns im Ernstfall auf einen Haufen Dreckskerle verlassen?«
»Letztlich«, erwiderte Armbruster ruhig, »werden Sie das ganz allein entscheiden müssen, John. Wenn sie nicht bereit wären, würden wir sie auch nicht einsetzen. *Sie* können das schaffen; sonst hätte ich Ihre Arbeit für *Rosedale* nicht unterbrochen. Was für Pläne die maßgeblichen Stellen auch haben, es kann für die Invasion weitreichende Folgen haben.«
»Was passiert mit den Männern, die ich nicht nehme? Pronto kaputt?«
»Man sagte mir, daß, abgesehen von einigen besonderen Fällen, alle weiteren Hinrichtungen bis nach der Landung aufgeschoben werden. Es hängt ganz von den Umständen ab.«
»Na schön«, sagte Reisman ohne Überzeugung. Er wußte, er konnte den Auftrag ablehnen, ohne daß es Folgen haben würde. Aber er hatte noch nie eine Aufgabe abgelehnt, und es bestand immerhin die Chance, daß man ihn wieder vorn einsetzen würde, wenn er diese Sache gut machte.

Der Offizier, der hastig Major Armbrusters Büro betrat, trug eine hervorragend geschneiderte Uniform aus der Savile Row und hatte eine Aktenmappe bei sich, die an sein linkes Handgelenk gekettet war. Er war ein kleiner, schlanker, junger Mann; sein knabenhaftes Gesicht zeigte einen Ausdruck guter Laune, der wie aufgeklebt wirkte. Reisman war überzeugt, daß er, wenn nötig, einen ebenso grimmigen Ausdruck aufsetzen könne.
Der Offizier trat an Reismans Schreibtisch heran und grüßte. »Oberleutnant Stuart Kinder wie befohlen zur Stelle, Sir«, stieß er zackig hervor.
Reisman hatte den Eindruck, daß Max sich plötzlich unbehaglich fühlte.
»Diese Förmlichkeit ist hier unnötig, Leutnant«, sagte Armbruster. »Ich möchte Sie mit John Reisman bekannt machen. Ich habe ihn über die Aktion *Amnestie* bereits soweit wie möglich unterrichtet.«
»Freut mich, Sie kennenzulernen, Sir«, sagte Kinder und lächelte Reisman zu.
»Das Sir können Sie mir gegenüber ebenfalls streichen«, antwortete Reisman. »In diesem Unternehmen sind wir alle Blutsbrüder. Übrigens könnten Sie mich eines Tages im Rang überflügeln, und ich möchte nicht, daß Sie es dann mir gegenüber ausspielen.«
»Also gut, Hauptmann«, antwortete Kinder, immer noch lächelnd. »Major ...« Er drehte sich wieder zu Armbruster um. »Der General und die andern sind bereit und erwarten uns zur Besprechung.«

Sie gingen die Treppe hinunter in einen Salon, der für Konferenzen benutzt wurde. Reisman war hier oft gewesen. Seine Augen schweiften über den geordneten Luxus des Zimmers hin: über die Wände, die mit einem zart gemusterten Stoff verkleidet waren – wahrscheinlich Seide –, über den dicken Teppich, die schönen Lampen und Bilder und den marmornen Kaminsims. Er liebte die Stimmung dieses Raumes, die in einem so starken Gegensatz zu den Orten stand, wo er früher gewesen war. Man hatte einige große Tische, zusätzliche Stühle, Wandregale und Behälter für Landkarten in das Zimmer gestellt, um es für seinen gegenwärtigen Zweck benutzen zu können. An einem der Tische saßen drei Offiziere. Bisher hatte Reisman selten Gelegenheit gehabt, einen Mann mit einem Stern auf der Schulter aus der Nähe zu sehen, und aus irgendeinem merkwürdigen Grund regte sich sofort ein Gefühl der Feindseligkeit in ihm: Na, los, zeig mir, warum du General bist!
»Sie kennen Major Armbruster, Sir«, sagte Leutnant Kinder, der mit Leichtigkeit seine Rolle als Verbindungsoffizier übernahm, zu dem General. »Darf ich Hauptmann Reisman vorstellen?«
Reisman wußte nicht, ob er salutieren oder die Hand ausstrecken sollte. Er wußte nie, wann, zum Teufel, er salutieren mußte oder nicht.
»General Worden vom Stab des Chefs der Militärjustiz«, bemerkte Kinder. Der grauhaarige Herr erlöste Reisman aus seiner Unsicherheit; er klemmte sich eine vorzügliche Zigarre zwischen die Lippen und streckte die Hand aus, mit der er sie gehalten hatte. »Oberst Gould von der Militärpolizei«, fuhr Kinder fort, »und Oberst Denton, den Sie ja wohl schon kennen.«
»Natürlich. Guten Morgen, Sir«, sagte Reisman und gab jedem der Männer die Hand. Denton gehörte dem Etappenhauptquartier am Grosvenor Square an und nahm an den Hauptberatungen des militärischen Geheimdienstes teil. General Worden übernahm sofort den Vorsitz.
»Wegen der ungewöhnlichen Natur dieser Aufgabe«, sagte er, indem er sich direkt an Reisman wandte, »waren wir der Meinung, daß Sie ein Recht auf einen umfassenden Überblick über die Sachen haben, jedenfalls soweit wir ihn im Augenblick geben dürfen. Bitte, tun Sie sich keinen Zwang an, Hauptmann, und Sie, meine Herren, ebenfalls nicht.« Er schwenkte seine Zigarre über ihren Köpfen, als erteile er mit dem päpstlichen Zepter die Absolution. »Lassen Sie militärische Förmlichkeiten beiseite und sagen Sie, was Sie denken. Unterbrechen oder widersprechen Sie, wenn Sie es für nötig halten.
Zunächst, meine Herren, darf ich feststellen, daß wir einen solchen Plan nicht verfolgen würden, wenn wir nicht die Billigung von ganz oben hätten. Ich persönlich finde, daß die Aktion *Amnestie* einfach eine Sache menschlicher Logik ist. Diese Männer wären vielleicht auch im Zivilleben in Schwierigkeiten gekommen, aber man kann sie genausogut als Opfer des Krieges ansehen. Dem ganzen Plan wohnt eine gewisse Pragmatik inne. Es ist besser, die Leute zu verwenden, als sie zu verschwenden. Zum Beispiel –«, er hielt inne, um den gewichtigen Teil seines Satzes noch eindrucksvoller zu machen, »wissen wenige, und ich glaube, auch Sie nicht, meine Herren, daß vor einigen Monaten fünftausend Sträflinge, die bedingt aus Strafanstalten der Bundes-

regierung in die Armee entlassen wurden, mit der *Empress of Scotland* im Vereinigten Königreich gelandet sind. Nur wenige dieser Leute haben uns Veranlassung gegeben, diese bedingte Strafaussetzung zu bedauern. Sie sind jetzt ein integrierter Bestandteil der Armee.«
Jeder musterte den andern, um zu sehen, wer unter ihnen den selbstgefälligen Ausdruck des bereits Informierten zur Schau trug; aber niemand zeigte ihn. Nicht nur Reisman war überrascht, sondern auch alle übrigen, einschließlich Stuart Kinders, der verdrossen aussah.
»Obwohl man das für eine recht großzügige Auslegung halten kann«, fuhr der General fort, »gibt es Heeresdienstvorschriften und Anweisungen, die ein Projekt wie die Aktion *Amnestie* durchaus auf eine legale Grundlage stellen.« Der General schwenkte seine linke Hand in Richtung auf Leutnant Kinder und schnalzte zweimal mit den Fingern. »Kinder, haben Sie das da?«
Kinder schlug in einem Handbuch eine bestimmte Seite auf. »Jawohl, Sir. Hier. Paragraph siebzehn der Heeresdienstvorschrift 600/375: ›Kommandanten mit entsprechenden kriegsrechtlichen Befugnissen haben eine vorübergehende, bedingte Haftentlassung oder eine Aussetzung oder einen Erlaß nichtverbüßter Strafen in Betracht zu ziehen, wenn es den Interessen der Wehrkraft dienlich ist.‹« Er griff nach einem vervielfältigten Blatt und legte es auf das Handbuch. »Dies ist ein Auszug aus einer Vorschrift, die die ›Rettung von Menschenmaterial und Begnadigungsmöglichkeiten zum Besten der Truppe‹ betrifft. Darin heißt es: ›Sonstige Kriminelle, die jedoch intelligent und kampfkräftig sind, sollten nach dem Muster der französischen Fremdenlegion in Sonderkampfgruppen oder Baueinheiten für Aufgaben an oder nahe der Front zusammengefaßt werden.‹«

»Ich danke Ihnen, Leutnant«, sagte General Worden. »Ob wir in der Lage sind, diese ›intelligenten, kampfkräftigen Männer‹ unter Sträflingen zu finden, die wegen besonders niederträchtiger Verbrechen verurteilt sind, bleibt abzuwarten. Meine Funktion bei der Aktion *Amnestie* erstreckt sich nur auf die juristischen Aspekte dieses Verfahrens. Das Militär bemüht sich aufs äußerste, diesen Männern gegenüber fair zu sein. Für die Reumütigen besteht hier eine Chance, sich zu bessern. Wer einer langjährigen Freiheitsstrafe entgegensieht, hat die Möglichkeit, wenigstens zeitweilig davonzukommen. Für die zum Tode Verurteilten bietet sich hier Gelegenheit, auf eine anständige Art zu sterben – wenn ihnen das beschieden sein sollte.«
Bis hierher hatte der General zu der gesamten Gruppe am Tisch gesprochen; nun aber wandte er sich direkt an Reisman. »Sie tragen eine schwere Verantwortung, Hauptmann«, sagte er, »und ich muß Sie eindringlich auf die Notwendigkeit eines taktvollen und verschwiegenen Vorgehens hinweisen, obwohl ich weiß, daß das für Sie und Ihre Gruppe gewohnte Arbeitsbedingungen sind. Oberst Gould von der Militärpolizei, der auch ein erfahrener Anwalt ist, wird Ihnen bei der Zusammenstellung Ihrer Mannschaft behilflich sein. Leutnant Kinder ist Ihr direkter Verbindungsoffizier zu denjenigen Heeresdienststellen, die an der Aktion *Amnestie* interessiert sind, darunter SHEAF, sein eigenes Amt für Psychologische Kriegführung und Oberst Dentons

Dienststelle für Einsatzplanung bei Ihrem Etappenhauptquartier. Leutnant Kinder, bitte, fahren Sie fort.«
Stuart Kinder kettete die Aktenmappe von seinem Handgelenk los, schloß sie auf und entnahm ihr einen dicken Stapel von Schnellheftern. Er war sofort bei der Sache.
»Ich habe hier«, sagte er zu Reisman, »die Dienstakten und Abschriften der Kriegsgerichtsprotokolle einer Reihe von Männern, aus denen Sie die Leute für diese Aufgabe wählen können. Wenn Sie mit diesen nicht zufrieden sind, wird die Abteilung des Chefs der Militärjustiz Sie Einblick in ihre Akten nehmen lassen, und Sie sind ermächtigt, sich jede Gruppe von Sträflingen auszusuchen, die Sie wollen. Außerdem habe ich hier die Übersichten und Listen von den Kriegsgerichtsverhandlungen gegen Soldaten, die wegen der verschiedensten Vergehen, von der unerlaubten Entfernung von der Truppe bis zum Mord, angeklagt wurden. Sie sind nach den Arten der Vergehen unterteilt und nehmen außerdem Bezug auf Herkunft, Erziehung, Rasse, Religion, Alter und andere festliegende persönliche Faktoren. Es versteht sich wohl von selbst, daß wir nur an harten Burschen interessiert sind. Die Gründe dafür werde ich Ihnen sogleich erläutern.«
Alle Männer im Raum, einschließlich des Generals, hörten Kinder, der die Situation völlig beherrschte, gebannt zu.
»Ich habe hier«, fuhr der Leutnant fort, »noch einen Entwurf für die besondere Ausbildung dieser Männer. Die ist nämlich unerläßlich, wenn sie die Aufgaben, die man ihnen stellen wird, wirklich erfüllen sollen.«
»Wenn ich also recht verstehe«, unterbrach Major Armbruster, »wird es sich nicht um eine Gruppenaktion handeln, sondern um eine Reihe von einzelnen persönlichen Aufgaben?«
Oberst Denton mischte sich ein. »Bis jetzt ist es so geplant, Max«, sagte er. »Aber Sie wissen ja, wie viele Voraussetzungen sich zwischen der ursprünglichen Planung und der endgültigen Ausführung eines derartigen Unternehmens ändern können. Die eigentlichen Aufgaben werden zur Zeit einer genauen Prüfung unterzogen. Bislang kann nur gesagt werden, daß eine bestimmte, nicht sehr saubere Arbeit geleistet werden muß, die für die Invasion wichtig ist; und diese Männer sollen sie ausführen. Die Art dieser Aufträge wird streng geheimgehalten, bis Hauptmann Reismans Gruppe mit der Ausbildung fertig und kampfbereit ist. Das wird wahrscheinlich kurz vor dem Einsatz sein – wohlgemerkt, sofern wir die Leute überhaupt einsetzen.«
Reisman entnahm dieser verschwommenen Instruktion, daß es bis jetzt noch keine Aufgaben gab. Es gab bisher nur eine Idee.
Leutnant Kinder setzte seine Erläuterungen gewandt an dem Punkt fort, an dem er unterbrochen worden war. »Als nächstes möchte ich über die Rolle meiner eigenen Sonderabteilung, Psychologische Kriegführung, bei der Aktion *Amnestie* sprechen«, sagte er. Er schob einen Schnellhefter von seinem Haufen herunter und brachte dadurch einige handgeschriebene Notizen zum Vorschein. »Die Tatsache, daß die ›Psychologische Kriegführung‹ hier eingeschaltet wurde, ist ziemlich ungewöhnlich. Doch bietet sie uns eine einzigar-

tige Möglichkeit, unsere Gedanken und Methoden an Hand eines bestimmten Projekts gleich in zweierlei Hinsicht zu erproben. Wie Sie wissen, meine Herren, befaßt sich die Abteilung Psychologische Kriegführung damit, den Feind durch Propaganda zu schwächen, ihn geistig anzugreifen, zu verwirren und zu zermürben. Sie arbeitet aber auch auf einem weniger bekannten und heikleren Gebiet. Sie sucht unsere eigenen Streitkräfte anzuspornen, noch tapferer zu kämpfen. Wenn wir nun eine Gruppe von so geringem soziologischem Wert wie die, die wir aufstellen wollen, unter wirksamer Kontrolle haben, dann wird uns Gelegenheit gegeben, gewisse Theorien in der Praxis auszuprobieren, unbrauchbare auszuscheiden und andere in das militärische Informations- und Erziehungsprogramm einzufügen. Programme, die sich bei dieser Gruppe bewähren, werden sich bestimmt noch besser bei Personen bewähren, die in disziplinarischer Hinsicht nie Schwierigkeiten gemacht haben. Am Ende dieses Planes, sozusagen am Zielpunkt, werden diese Männer Aufgaben sowohl physischer als auch psychologischer Art zu erfüllen haben; und wir hoffen dabei natürlich, deren Wirkung auf den Feind ebenfalls auswerten zu können.«
Leutnant Kinder griff nach seiner Aktenmappe und verstaute seine Akten darin. Damit deutete er an, daß er seinen Teil zu der Besprechung beigesteuert habe.
»Darf ich hier eine Frage stellen, Sir?« wandte sich Reisman an den General.
»Selbstverständlich.«
»Einer vorangegangenen Unterredung mit Major Armbruster sowie Ihren Bemerkungen und Leutnant Kinders Ausführungen entnehme ich, daß ich mir nicht einfach Strafgefangene aussuchen soll, sondern zum Tode verurteilte Mörder und Frauenschänder.«
»Oberst Denton?« sagte der General.
»Das ist richtig, Hauptmann«, antwortete der Oberst. »Soweit man es bis jetzt übersehen kann, schlagen wir dadurch mehrere Fliegen mit einer Klappe. Von unserm Gesichtspunkt, der Einsatzplanung, benötigen wir für die vorgesehenen Aufgaben eben diesen Menschentyp.«
Reisman hatte mit Max bereits recht offen gesprochen, jedoch noch nicht mit den andern. Wenn er aber bei diesem Unternehmen Erfolg haben sollte, mußte er den Plan von allen Seiten untersuchen und jedes Quentchen Information aus ihnen herausquetschen, ganz gleich, ob es sich um handfestes Wissen, Gewäsch, Meinungen oder Tatsachen handelte. Er wollte überzeugt sein, und das war er bis jetzt noch nicht.
»Ich bin bisher der Ansicht gewesen, daß Kriminelle im allgemeinen zutiefst Feiglinge sind«, sagte Reisman. »Glauben Sie, man könnte sie bei der Stange halten?«
»Das, Hauptmann«, erwiderte Oberst Denton, »wird ganz von dem Mann abhängen, der sie ausbildet. Wenn Sie meinen, daß dieser Auftrag nichts für Sie ist, werde ich Major Armbruster nahelegen, einen andern dafür zu suchen.«
»Schon gut, Oberst«, unterbrach ihn General Worden. »Ich glaube, daß Hauptmann Reisman berechtigt ist, diese Frage zu stellen.« Er wandte sich an

Reisman. »Oberst Dentons Antwort gibt jedoch die Lage prägnant und zutreffend wieder. Alles wird von dem Mann abhängen, der die Gruppe ausbildet. Sie werden vermutlich feststellen, daß Ihre besten Kandidaten jene Leute sind, deren Fälle sich noch in der Berufung befinden. Einige sehen ihre Chance vielleicht darin, daß der Berufungsausschuß formaljuristische Mängel in ihrem Prozeß entdeckt; aber erwähnen Sie das nicht. Diejenigen, die nicht zum Tode verurteilt sind, ziehen vielleicht sogar die relative Sicherheit eines Zuchthauses der Unsicherheit der Aktion *Amnestie* vor. Sie müssen Ihre ganze Geschicklichkeit einsetzen – möglicherweise mit Hilfe von Leutnant Kinder, der in solchen Sachen geschult ist –, um bei einem Mann, von dem Sie glauben, daß er ein Gewinn für Ihre Gruppe sein könnte, einer derartigen unerwünschten Reaktion zu begegnen.«

»Darf ich noch einen wichtigen Punkt anfügen, Sir?« fragte Leutnant Kinder.

»Bitte sehr.«

Kinder wandte sich Reisman zu, und sein Gesicht hatte einen grimmigen Ausdruck, wie Reisman es vorausgesehen hatte. »Sie müssen Männer nehmen«, sagte er, »denen die Möglichkeit, bei diesen Einsätzen den Tod zu finden, sogar Rettung bedeutet. Männer, die völlig ohne Hoffnung sind und denen das Unternehmen eine Hoffnung bietet. Aus diesem Grunde hielten wir es für das beste, Sie selbst einer Hinrichtung in Marston-Tyne beiwohnen zu lassen – damit Sie aus eigener Anschauung begriffen, was das bedeutet. Und durch Sie werden Ihre Männer es begreifen.«

»Wieviel Zeit habe ich?« fragte Reisman. Am liebsten hätte er gesagt: Das war ein billiger, gemeiner Trick, wie überhaupt die ganze Angelegenheit! Aber er hielt sich im Zaum und verschanzte sich hinter dem, was Max treffend als seinen ungewöhnlichen diplomatischen Takt bezeichnet hatte. Überdies reizte ihn, trotz seiner Einwände, dieses außerordentliche Projekt mehr als alles, was er bisher getan hatte.

Nach der Besprechung wußte Reisman, daß er bestenfalls drei Monate zur Verfügung hatte, schlimmstenfalls zwei. Denn wenn eine Invasion in der nächsten Zeit geplant war, müßte sie im Mai oder Juni vonstatten gehen. Niemand wußte es genau – wahrscheinlich nicht einmal der Kommandierende General –, aber es lag etwas in der Luft, und alles strebte darauf zu. In diesen kärglich bemessenen Wochen mußte Reisman Soldaten machen aus Menschen, die das Recht verloren hatten, Menschen zu sein. Er mußte in ihnen den Willen zum Kampf wecken und ihnen beibringen, wie man kämpft. Er mußte sie lehren, wie man aus einem Flugzeug mit dem Fallschirm in die schwarze Leere der Angst sprang.

Die Art der Ausbildung, der Standort, die Methoden waren mehr oder weniger ihm überlassen. Leutnant Kinder würde in London bleiben und sich nur dann in das Gelände bemühen, wenn es nötig war oder um eine der Anregungen, die er ausarbeiten würde, zu ergänzen oder darüber zu berichten. Kinder überließ Reisman die Aktenmappe mit dem Material. »Ich habe natürlich Abschriften im Safe meines Büros«, sagte er, als er ihm die Schlüssel übergab.

Reisman und Armbruster blieben allein zurück. Während sie die Treppe zu Armbrusters Büro emporstiegen, sprach Reisman einen Gedanken aus, der ihn quälte: »Halten Sie es für möglich, daß der begabte junge Mann die ganze Sache allein ausgeheckt haben könnte?«
»Würde mich gar nicht überraschen«, antwortete der Major.
»Ich habe direkt darauf gewartet, daß er sagen würde: Einen wirklich schlechten Jungen gibt's gar nicht«, meinte Reisman.
Armbruster wandte sich ihm zu und lächelte. »Sie hätten ihn natürlich sofort durch Ihr eigenes Beispiel widerlegen können«, gab er zu bedenken.
Reisman fragte sich, ob Max ahnte, wie nahe er der Wahrheit kam. Doch wirklich wissen konnte er es auf keinen Fall, denn Chicago und jene erste, verworrene Begegnung mit dem gewaltsamen Tod und der Polizei lagen weit zurück in seiner Jugend.

4

In einem Zimmer des Stadthauses von Lord Soundso im belagerten London, viele Meilen und Jahre von dem entfernt, was Reisman ohne Sehnsucht oder Freude wirklich als sein Zuhause bezeichnen konnte, las er die Zeilen seines Vaters. Ein lange gehegtes, schmerzliches Gefühl der Liebe stieg in ihm auf, und er lächelte.

4. Februar 1944

Mein lieber Sohn Jakob,

dies ist eine Überraschung, und ich hoffe, daß sie Dich nicht erschreckt. Ja, dies ist ein Brief von Deinem Vater.
Wie kommt es, daß Du mir nicht öfter schreibst, wie die andern Jungens aus der Nachbarschaft, die beim Militär sind? Mütter und Väter zeigen mir die Briefe und Bilder (der Sohn von Mrs. Ellenstein, meiner Wirtin, von dem ich sein Schlafzimmer miete, bis er aus dem Krieg nach Hause kommt, er ist Flieger drüben in China, was, glaube ich, weiter von Chicago weg ist als Du, und doch schreibt er zweimal im Monat). Sie fragen mich alle, wie es kommt, daß mein Sohn nicht schreibt, und ich erzähle ihnen, daß er beim Militär viel zu tun hat und wohlauf ist, denn wenn er es nicht wäre, würde man mich benachrichtigen. Ich habe noch Deinen Brief von vor mehr als einem Jahr aus England und ich hole ihn manchmal vor und lese ihn. Wann wird man Dich auf Heimaturlaub schicken wie die andern Jungens? Fünf Jahre habe ich Dich nicht gesehen. Ich hoffe, Du bist immer noch am selben Ort und kriegst diesen Brief. Ich weiß, ich schreibe Dir nicht oft, vielleicht ist dies das erstemal und vielleicht solltest Du mich ausschimpfen. Aber es ist schwer für mich, einen Brief zu schreiben (entschuldige die Buchstabiererei und die schlechte Schrift). Aber ich schrieb Dir nicht, um Dich auszuschimpfen. Nur damit Du Dich wieder einmal an Deinen alten Vater erinnerst, wie Du es manchmal tust. Ich bekam die Geburtstagskarte und die zum Jüdischen Neujahr. Danke. Aber

schreibe mir bald etwas. Laß ein Bild machen, damit ich Mrs. Ellenstein zeigen kann, Du bist hübsch, nicht wie Dein alter Vater.
Weißt Du, was heute ist? Heute ging ich in die Synagoge um *Jahrzeit* für Deine Mutter zu beten, möge sie in Frieden ruhen. Du weißt, was *Jahrzeit* ist, Du *Schegez* Du. (Ich mache nur Spaß.) Ein Gebet, das wir für die Toten an ihrem Todestag sprechen, damit Gott sich an sie erinnert und freundlich zu ihnen ist. Du hast es wahrscheinlich vergessen, aber wenn Du kannst, geh in eine Synagoge und bitte den Rabbi Dir beim Beten zu helfen.
Du solltest an Deine Mutter denken, Jakob, und sie ehren. Ich habe keine Frau vorher oder nachher geliebt wie sie. Sie war für mich eine Jüdin. Es war nicht sie, die mir die Hucke vollgeredet hat wegen Priestern und Kirche und Deiner Erziehung – das waren diese Gangster. Sie kannte die Geschichte von Ruth in der Bibel. Ruth war auch eine *Schickse*, entschuldige, daß ich dies Wort benutze. Ich benutze das Wort nicht gern. Die Leute sprechen es zu oft wie einen Fluch aus, aber ich meine es bei Deiner Mutter nicht so. Ruth sagte zu Naomi, ihrer jüdischen Schwiegermutter: »Wo du hingehst, da will ich auch hingehen, wo du bleibst, da bleibe ich auch. Dein Volk ist mein Volk, und dein Gott ist mein Gott.« Wer weiß? Vielleicht habe ich nicht stark genug an meinen Gott geglaubt. Erst seit kurzem, da ich älter bin und jeder stirbt und ich so sehr allein bin, gehe ich oft in die Synagoge.
Vor zwei Tagen ging ich zu einem Begräbnis. Diamond. Erinnere Dich an Diamond den Delikatessenhändler, wo ich Dich manchmal zum Essen mitnahm. Er ist gestorben. Ich ging zum Begräbnis, weil wir zur selben Synagoge gehören. Ich gehe jetzt dauernd zu Begräbnissen. Ich würde nur zu meinem eigenen zu spät kommen (haha).
Ich bin kein Springinsfeld mehr, Jakob, und ich wünsche Du würdest Dich daran erinnern. Mir geht es gut. Gesund und ohne Bauch, wie Du stolz gesagt hast, wenn Du so getan hast, als ob Du mich aus Spaß in den Bauch boxen wolltest, als wir zum Eichenparkstrand fuhren. Außer den Schmerzen und *Quätschen* eines *ollen Kacke*r bin ich in Ordnung. Aber ich bin jetzt 61, und ich möchte, daß Du Dich daran erinnern sollst, falls etwas passiert. Es gibt soviel, wovon ich nie zu Dir gesprochen habe wie ich sollte. Du bist mein Sohn, und ich möchte, daß Du weißt, ich habe was für Dich übrig. Ich weiß nicht, warum Du Dich nie entschlossen hast, einen Beruf zu ergreifen und zu heiraten und eine Familie zu gründen. Aber wer bin ich, daß ich darüber rede? Ich war über 30, als ich Deine Mutter heiratete, und sie war einige Jahre älter, also besteht für Dich doch noch Hoffnung, was Junge?
Ich weiß nicht, warum Du die ganze Zeit davonläufst. Vielleicht ist es mein Fehler, weil ich nie mehr geheiratet habe und Du keine Mutter hattest, die Dir wirklich ein Zuhause bereitet hätte. Ich weiß nicht einmal, womit Du Deinen Lebensunterhalt verdienst, oder ob Du ihn ehrlich verdienst. Außer daß ich jetzt weiß, daß Du beim Militär bist, weiß ich auch nicht, wie es kommt, daß Du davongelaufen bist an Orte, die Dich nichts angehen und in Kriegen kämpfst. Ich denke nur, daß Du wie Errol Flynn in den Filmen bist, und wenn Du so sein willst, ist das Deine Sache. Jetzt ist es in Ordnung, weil ich verstehe was Du tust. Es ist Krieg gegen Hitler und die Nazis und alles,

was sie den Juden angetan haben, und wenn die Armee mich nehmen würde, ginge ich selber.
Ich denke viel an die schöne Zeit, die wir zusammen hatten, wenn wir zu Verwandtenbesuchen gingen, in den Park, an den Strand, ins Kino, es machte sogar Spaß mit meinem Sohn in die Synagoge zu gehen, wie wir es manchmal taten. Vielleicht hätten wir öfter gehen sollen. Du warst ein guter Junge, John, ein guter Sohn, und ich liebe Dich. Wie es geschehen konnte, daß der *Unfall* passierte, weiß ich nicht, vielleicht war es meine Schuld, daß es geschah, und danach bist Du fortgelaufen. Daß ein Vater nicht fähig ist, seinen sechzehnjährigen Sohn zu verstehen und ihm zu helfen, ist eine schreckliche Sache. Es tut mir leid.
Das erinnert mich daran, daß ich Neuigkeiten für Dich habe. Erinnerst Du Dich an Osterman den Detektiv, der Dir half. Was sagst Du, der *olle Kacker* ist beim Militär. Ich sehe ihn manchmal in der Gegend, und er fragt immer nach Dir. Er kam extra zu mir und sagte, er werde nach drüben gehen und möchte Deine Adresse, um Dich aufzusuchen. Ich gab sie ihm vor einigen Wochen, also solltest Du ihn vielleicht erwarten, wenn er nach England ging. Ob er es getan hat oder nicht, weiß ich nicht, weil Präsident Roosevelt, Gott segne ihn, mir nicht alles erzählt, wohin er unsere Jungens schickt. Ich wünsche, er würde es mir nur bei Dir sagen, ich wäre glücklich.
So, dies ist jetzt das Ende meiner Geschichte. Ich habe noch nie in meinem ganzen Leben einen solchen Brief geschrieben, der so lang ist. Ich hoffe, nicht zu lang für Dich zum Lesen. Die alte Gegend geht zum Teufel, es ist nicht mehr wie es war, weil die Schwarzen einziehen, aber Du solltest wissen, daß Du immer, wenn Du willst, bei mir ein Heim hast, Junge.
Schreibe mir und schicke mir ein Bild.

Viele herzliche Grüße von Deinem Vater

Aaron

Vom Heimweh übermannt, lehnte sich Reisman in seinen tiefen Ledersessel zurück und schloß die Augen. Die Seiten des blauliniierten, mühselig mit akkuraten, breiten Zügen beschriebenen Schulpapiers lagen auf seinem Schoß. Sein Verlangen, ihren Inhalt in sich aufzunehmen, war noch nicht gestillt. Wie vertraut ihm die Muster und der Rhythmus der Sätze waren. Sein Vater war zwar in Chicago geboren und dort einige Jahre zur Schule gegangen; aber je älter er wurde, desto mehr klang es, als wäre er in dem kleinen deutsch-polnischen Dorf geboren, aus dem sein eigener Vater in den achtziger Jahren emigriert war. Das lag nicht so sehr an seiner Aussprache, als vielmehr an der Wahl der Wörter und an den Ansichten und rassischen Vorurteilen in jener dichtbevölkerten, alten Gegend rund um die Roosevelt Road, in der er gelebt hatte.
Fast sein halbes Leben hatte Reisman dort verbracht; aber das war jetzt bedeutungslos geworden. Er hatte sich mit Gewalt davon losgerissen und hatte sich den Eindrücken aus andern Gegenden der Welt aufgeschlossen, und seine Erinnerung wurde jetzt von den tausend Ereignissen, Orten und Men-

schen beherrscht, die ihn geprägt hatten und noch immer beeinflußten. Und doch schrieb ihm sein Vater so, als hätte die Welt sich nicht verändert, als ob sie um die Roosevelt Road kreiste, als ob er, John, noch in dieser Nachbarschaft lebte und von dort aus in den Krieg gezogen wäre.

Vielleicht war es ja wirklich so. Vielleicht wußte sein Vater es besser, und er lebte noch immer in jener beschränkten Welt, hatte dort seine Wurzeln, auch wenn er es nicht glaubte. Zweifellos gab es dort etwas, das den Lauf seines Lebens beeinflußt hatte, indem es ihn hinaus- und forttrieb. Er hatte versucht, die Wurzeln auszureißen, aber sie waren noch vorhanden, wenn auch etwas schwächlich und verkümmert ...

4. Februar ... das beunruhigend vertraute Datum des Briefes ... aber seine Bedeutung war ihm nicht eingefallen, bis er weitergelesen und sich darüber gewundert hatte, daß sein Vater nach all den Jahren noch immer eine tote Frau verehrte und an einem Ort um sie trauerte, der ihm heilig, ihrem Glauben und ihrer Überzeugung aber so fremd war ...

Winter in Chicago. Eisige, im weiten kanadischen Nordland geborene Winde peitschten vom Michigansee herüber; sie fegten durch die belebten Straßen ... Grippe im ganzen Land ... Seine Mutter – eine schattenhafte, stille Arbeiterin im Haushalt und gelegentlich auch eine Trösterin – lag unverständlicherweise krank darnieder ... Es war doch bloß eine gemeine, heftige Erkältung, eine von der Art, durch die seine Mutter ihn selbst mit Arzneimitteln und heißer Fleischbrühe hindurchgepflegt hatte? Eine furchterregende Stille und Bedrückung in dieser Mietswohnung, die nichts von den Annehmlichkeiten des Lebens enthielt und sogar einiges Lebensnotwendige vermissen ließ ... Sein Vater, der in einer dunklen Ecke saß und mit Tränen in den Augen betete ... der Arzt, der hilflosen Blicks aus dem Schlafzimmer kam ... die Donatos, die plötzlich die Wohnung bevölkerten ... Und der Priester mit seinem heiligen Öl und lateinischen Sprüchen vom unabänderlichen Geschick, während der siebenjährige Junge in neugierigem Entsetzen den alten Ritus der Letzten Ölung beobachtete und hörte, wie seine Großmutter weinend »*Povera disgraziata tornato ad Dio!*« rief und wie sie schluchzte, weil sie nicht nur Leben, sondern auch Tod in die Welt gebracht hatte ...

Die Erinnerungen füllten Reisman plötzlich mit einer großen Leere, einem entsetzlichen Gefühl des Verlusts, des Es-war-einmal. Er suchte in seinem Gedächtnis nach einer Spur der Sanftmut, nach einem Bild von Mary Donato, das ihm geblieben war.

Ihr Tod besserte die Beziehungen zwischen seinem Vater und den Donatos nicht. Da seine Gebräuche, seine Sprache und sein Glaube ihnen fremd waren, hatten sie ihm nie vergeben, daß er Mary geheiratet hatte. Er war der Anlaß zu dem, was sie als Marys Sünde ansahen, und sie machten ihn gewissermaßen für ihren Tod verantwortlich. Der Junge aber war ihrer aller Fleisch und Blut, getauft »im Namen des Vaters, des Sohnes und des Heiligen Geistes«. Zwar war er durch eine äußerliche Verunstaltung befleckt, die sie nie begreifen konnten noch wollten; doch ging John auch in ihre Kirche und hatte mit dem Unterricht für die erste Kommunion begonnen. Von den Donatos und von seiner Mutter hatte er auch, mit der raschen Auffassungs-

gabe des Kindes, ein kindliches Italienisch gelernt. Doch sie vertieften Aarons Kummer durch Forderungen, die noch über die Kompromisse hinausgingen, die er seiner Frau bereits vor der Heirat zugestanden hatte. Sie befürchteten, John könne wieder vom Glauben abfallen, nun, da die Mutter des Jungen nicht mehr den katholischen Teil seiner Erziehung überwachen konnte.
Noch einmal las Reisman die ersten Worte des Briefes: *Mein lieber Sohn Jakob* ... Und er erinnerte sich ...
»... Das ist mein Sohn Jakob.«
»Bitte, Paps – John!«
»John, Jakob, wo ist da der Unterschied? Was für ein Name ist John für einen guten jüdischen Jungen?«
»Ich bin ebenso katho –« Nein, laß das. Er weiß es ja; kränke ihn nicht. Sacht. »So steht es in meiner Geburtsurkunde: John.«
»Ein Wunder, daß sie nicht versucht haben, dich Jesus zu nennen!«
Starrsinn, Rechtschaffenheit und ein rasch reagierendes Selbstgefühl – alles das einer unbeugsamen Wirklichkeit zum Trotz. Diese Charakterzüge hatte er, John Reisman, neben anderen, von seinem Vater geerbt. Die Donatos waren immer *die* oder *die da* gewesen, und manchmal *diese Gangster*, weil Onkel Pete einen Revolver trug und angeblich der Chauffeur von Al Capone war. Aber Pete war ein toller Bursche gewesen. Er hatte ihn *Johnny-the-kid* genannt und ihm wilde Abenteuer- und Räuber-und-Gendarm-Geschichten erzählt. Und er war sein liebster Verwandter, obgleich für die Donatos Pete ein ebenso schwarzes Schaf war wie die Tochter, die durch ihre Heirat die Grenzen des Erlaubten überschritten hatte.
Als Kind hatte Reisman nie das Empfinden gehabt, aus Bruchstücken zusammengesetzt zu sein – teils der jüdischen Welt seines Vaters anzugehören, teils der italienisch-katholischen Welt der dominierenden Familie seiner Mutter, geprägt auch von einem oberflächlichen Amerikanismus, dem sie alle huldigten, während sie darum kämpften, ihn in ihre jeweilige Welt zu ziehen. Als getaufter John und beschnittener Jakob hatte er einst ein kindlich-erhebendes Gefühl gehabt, weil er an so vielen Welten teilhatte und darum etwas Besonderes war. Nur durfte er es nie zu Konflikten zwischen ihnen kommen lassen. Er durfte nicht zu einem Schlachtfeld werden!
Reisman erinnerte sich an ein Erlebnis, das er im Alter von elf oder zwölf Jahren einmal gehabt hatte. Es war an einem Sonntag; er und sein Vater befanden sich bei den Donatos, wo sich der riesige Clan stets versammelte, herein- und herausströmte, je nachdem, welche Messe man besuchte. Eine Kusine, die entweder die Anwesenheit Aarons und seines Sohnes nicht bemerkt hatte oder sich nicht darum kümmerte, sagte, daß es die Juden seien, die das ganze Geld hätten; sie seien Gauner, und man dürfe ihnen bei einem Handel keine Chance lassen, sondern müsse sie vorn und hinten betrügen, wo man nur könne. Da stand der Junge auf und schrie: »Du Schandmaul! Mein Vater ist Jude, und ich bin Jude. Sehen wir so aus, als ob wir alles Geld der Welt haben?« Tränen der Wut füllten seine Augen, und er zitterte vor Zorn. Eine eisige Stille entstand im Zimmer, und er war verblüfft, daß er, ein Kind, in diesem Augenblick sie alle beherrschte. Er stürmte aus dem Haus. Im

Vorübergehen erhaschte er noch Onkel Petes Lächeln und Augenzwinkern, und es tat ihm unendlich gut. Sein Vater eilte ihm nach, nahm ihn an der Hand und ging einige Sekunden schweigend neben ihm her. »So ein Wort darfst du nicht aussprechen, John«, sagte er.
Aber auch Aaron tat wenig, um den Familienstreit zu beenden. Er lehnte es ab, in einem Donato-Haushalt zu essen: »Nein, danke, ich habe gerade gegessen!« Nicht, daß er sich so strikt an die alten religiösen Regeln gehalten hätte; aber, verdammt noch mal, wenn sie ihn ständig argwöhnisch als Fremden betrachteten, würde er ihnen schon zeigen, wie halsstarrig und unbeugsam und anders als sie er sein konnte, und sie würden es noch bereuen. Der Tag, an dem sie ihm gefillte Fisch, Matzeklößchensuppe und Fleisch von einem koscheren Schlächter servierten, auf rituell gesäuberten Tellern, einzeln angerichtet, das war der Tag, an dem er an ihrem Essen teilnehmen würde. Und Reisman erinnerte sich belustigt daran, wie seine matriarchalische Großmutter zornig zu seinem Vater gesagt hatte: »Na, was ist? Glaubst du, ich werd' dich vergiften? Ist das nicht gut genug für dich?«
Als sein Vater endlich beschloß, seine Besuche bei den Donatos auf etwa einen im Jahr zu beschränken, John dagegen hingehen zu lassen, wann immer er wollte, äffte er einige der harmlosen Bestandteile ihrer sonntäglichen Unterhaltung nach, die ihn abstießen: »Schon zur Messe gewesen? Hast du gebeichtet? Wirst du das Abendmahl nehmen? Für mich sind das böhmische Dörfer. Man möcht meinen, daß sie mit Kardinal Mundelein oder dem Papst verwandt oder die größten Engel von der Welt sind, so wie die reden! Die wollen, daß ich zur Kirche gehe. Warum kommen die nicht mit mir in die Synagoge? Sogar deine Mutter, sie ruhe in Frieden, wollte nicht mitkommen. Es wäre gegen ihren Glauben, sagte sie.«
Wie hatten diese beiden sich dann je finden können? So verschieden sie ihrer Herkunft nach waren, so ähnlich waren sie sich in ihrer Einsamkeit. Wie oft hatte er diese romantische Geschichte von seinem Vater gehört, und er erinnerte sich sogar noch der Zeit, als seine Mutter sie lachend berichtigte und Einzelheiten hinzufügte oder ihre eigene Version erzählte. Auch im letzten Sommer vor dem Krieg hatte er die Geschichte wieder gehört, als er von Europa nach den Staaten zurückgereist war, weil er geglaubt hatte, daß die Weltausstellung in New York sehenswert sei. Dann war er für einige Tage nach Chicago weitergefahren und hatte sich wie ein Fremder gefühlt.
Er hatte seinen Vater damals wieder in einem gemieteten Schlafzimmer angetroffen. Aaron war kleiner und schmächtiger als sein Sohn. Sein alter, wilder dunkler Haarschopf wurde grau und spärlich, und er trug nun eine Brille mit einem schmalen braungesprenkelten Gestell – »nur zum Lesen«, obgleich nie dafür etwas in der Nähe war, ausgenommen Zeitungen. Die frühere Wohnung hatte er schon vor langer Zeit aufgegeben. »Wozu brauche ich für mich so viel Platz?« Aber er hatte keineswegs übermäßig viel Platz gehabt; er war nur einsam gewesen. Lieber als in einer eigenen Wohnung wohnte er jetzt in Untermiete, um wenigstens teilweise in das Leben anderer Menschen einbezogen zu werden.
»Warum heiratest du nicht wieder, Paps?« hatte Reisman beiläufig gefragt.

»Heiraten? Hach. Kommst du jetzt auch damit?« murrte er. »Die ganze Familie fragt immer wieder: ›Warum heiratest du nicht wieder, Aaron?‹ Sogar die Toten, wie dein Onkel Bernie und Tante Rose und andere Onkel und Tanten und sogar Vettern, die jünger gestorben sind als ich, die sehe ich in meinen Träumen, wie sie vor zehn Jahren waren, und sie sagen: ›Wann wirst du eigentlich wieder heiraten? Hast du eine Freundin, Aaron?‹ Nur die doofe Jenny, antworte ich denen. Die sollen sich um ihre eigenen Angelegenheiten kümmern. Ich möchte nicht wieder heiraten. Wenn mein Sohn heiratet, dann heirate ich.«

Und er hatte die alte Geschichte wieder erzählt, wie er am vierten Juli* eine Dampferfahrt nach Benton Harbor gemacht und dabei eine Frau gesehen hatte, die an der Reling lehnte und aussah, als ob sie weinen wollte. »Sie sah jüdisch aus, mit ihrer dunklen Haut und dem dichten, schwarzen Haar, das hinten hochgesteckt war; und nun stell mal Juden und Italiener unter'n Haufen Leute, wer kann da einen Unterschied erkennen, vielleicht nicht einmal Gott.«

Sie sagte ihm, sie heiße Mary und sie werde gleich anfangen zu heulen vor Wut, weil sie seekrank werde. Denn sie habe noch nie etwas Aufregendes erlebt, und sie habe sich doch schon so lange auf die Bootsfahrt gefreut. Viele Leute waren mit einem Verein gekommen, »Kirche, politische Gruppen; ich kam mit dem Arbeiterbund, alle nett zusammen, um den amerikanischen Feiertag zu begehen«; andere waren Ehemänner mit ihren Frauen und Kindern, oder Jungen und Mädchen, die gemeinsam einen Ausflug machten, oder Alleinstehende wie Aaron Reisman und Mary Donato, die jemanden finden wollten. Sie erzählte ihm, sie sei mit einer Kirchengruppe gekommen.

Einem plötzlichen, unerklärlichen Einfall nachgebend, behauptete er prahlerisch, er heiße Tony. Sie blieben zusammen, und er spendierte ihr eine Limonade, und sie unterhielten sich, und sie war nicht mehr seekrank.

In Benton Harbor gingen sie zusammen spazieren, vergnügten sich, und schon bald schlenderten sie Hand in Hand dahin. »Dann wußte ich, daß ich ihr eigentlich sagen mußte, ich heiße gar nicht Tony. Denn sie stellte mir Fragen: wo ich lebte, und in welche Kirche ich ginge, und wo ich arbeitete, und wie mein Nachname sei, und ich mußte mir schleunigst eine Geschichte ausdenken. Aber sie sah so glücklich aus, und wenn ich ihr gesagt hätte, daß ich nicht Tony sei, wäre sie vielleicht wütend geworden oder hätte geweint, und der Tag wäre ihr verdorben gewesen. Deshalb spielte ich an diesem Tag den großartigen *Schegetz* namens Tony, und wer sollte da schon was merken?«

Aber dann kam die Rückfahrt bei Nacht auf dem Schiff. »Du bist alt genug, um zu wissen, wie das nachts im Mondschein auf dem Wasser mit einem Mädchen ist, das man mag. Ich wußte schon, daß es mich gepackt hatte. Deine Mutter sprach zu mir, als ob sie mich schon ein Leben lang kennte; sie erzählte mir, was sie zutiefst empfand, und ich fühlte so sehr mit ihr, daß ich das arme Mädchen in meine Arme nehmen und trösten mußte.«

* Nationalfeiertag aus Anlaß der Unabhängigkeitserklärung 1776.

Er hatte sie gefragt, warum ein so schönes Mädchen wie sie keinen Mann oder Freund habe, und sie hatte geantwortet, daß sie einst einen in Italien gehabt habe. »Und weißt du was? Sie hatte ihn nie mehr gesehen, seit sie ein kleines Kind war; sie schrieb ihm immer nur, auf italienisch. Sie war in der alten Heimat geboren und als kleines Mädchen hier herübergebracht worden. Und du weißt ja, wie das drüben in der alten Heimat ist: wie Eltern zu einem Nachbarn oder Freund sagen, daß ihre Kinder heiraten werden, und es ist gleich ein Versprechen. Naja, so erging's ihr jedenfalls, und jahrelang wartete sie darauf, daß dieser Bursche herüberkäme und sie heiratete. Der tauchte aber nie auf, und ihre Mutter und ihr Vater zwangen sie zu warten. Sie hatte vor ihnen Angst wie ein kleines Mädchen. Schließlich hörte sie, daß dieser Bursche drüben in der alten Heimat geheiratet hatte und nie kommen würde, und es war, als ob sie hörte, daß ihr Mann gestorben sei. Nur starb er, bevor sie erfuhr, was es überhaupt bedeutet, einen Mann zu haben. Sie sagte, sie wollte Nonne werden, doch ihre Mutter schrie wie am Spieß, und ihr Vater sagte, er würde das nicht erlauben. Sie sollte zu Hause bleiben und sich um ihre Eltern kümmern, wie es ihr von Gott bestimmt sei. Sie wollte so gern heiraten, aber damals waren alle Männer, die sie kannte, schon verheiratete Familienväter. Ich neckte sie. Ich sagte, ich würde sie heiraten, wenn sie mich nehmen würde.«

Reisman erinnerte sich, wie tiefernst sein Vater geworden war, als er weitererzählte. Sie hockten in seinem Zimmer; Aaron saß zusammengesunken auf seinem Bett, rauchte und hing seinen Erinnerungen nach. Reisman saß in dem einzigen bequemen Sessel; auf seinem Schoß lag die *Tribune* mit einem Bericht über die neuesten Forderungen der Nazis und mit einem Artikel über die Möglichkeit eines Krieges in Europa. »Wenn ich dir einen Rat in meinem Leben geben darf, Jakob«, hatte Aaron gesagt, »scherze nie über solche Dinge. Damit ist es eine ernste Sache. Sie fragte mich, ob ich es ernst meinte, und ich sagte ja. Du hast noch nie so viel Hoffnung und Freude in den Augen einer Frau gesehen, Jakob, und so viele Tränen. Und ich dachte, ich müßte wohl verrückt sein; ich kannte dieses Mädchen ja nicht einmal, eine italienische Schickse, Gott segne sie, und ich bitte sie, mich zu heiraten, und sie sagt ja. Mädchen, die ich kannte und bat, mich zu heiraten, sagten nein, weil sie alle wissen wollten, wie sie dran wären, wieviel ein Mann verdient, was er tut, was für eine Zukunft er hat. Von mir wußten sie ganz genau, daß ich keine Aussichten hatte, keinen Ehrgeiz, und ich war nicht einmal einer von diesen gutaussehenden Burschen, die sie glücklich machen konnten. Mary Donato, möge sie in Frieden ruhen, war im Laufe eines einzigen Tages glücklich und verliebt in einen Schlemihl wie mich und wollte mich heiraten. Bloß, daß sie mich Tony nannte, und nun mußte ich ihr die Wahrheit sagen, daß ich Aaron Reisman war und aus einer anderen Familie kam und eine andere Religion hatte wie sie. Sie war verwirrt und wohl etwas erschrocken, aber sie sagte: ›Weißt du, ich habe gar nicht angenommen, daß du Italiener bist.‹ Dann sagte ich: ›Ich glaube, du möchtest lieber vergessen, was du zu mir gesagt hast‹, und sie sah mir fest in die Augen und antwortete: ›Nein, ich habe nicht gescherzt. Ich bin noch nie mit jemand so glücklich gewesen wie heute mit dir, Aaron. Ich habe nie jemand erzählt, was ich dir erzählt habe. Es ist, als ob wir uns schon lange kennen, als ob wir schon verheiratet wären.‹ Ganz plötzlich meinte ich es im Ernst, was ich vorher halb im Scherz gesagt hatte, so stark war meine Liebe zu ihr schon geworden. Ich fühlte mich groß und gut, zum erstenmal wie ein Mann.«

»Denk mal an das, Johnny« – er hatte ihn kaum jemals Johnny oder John genannt, und es klang seltsam aus seinem Mund –, »was du von Abenteuern und Fortgehen und Andere-Sachen-Tun gesagt hast, weil die Welt nicht nur da ist, wo man geboren ist und wohnt und wo die Menschen sind, die man kennt. Vielleicht war die Heirat mit deiner Mutter mein Abenteuer.«

Mary Donato ging in jener Nacht nicht nach Hause, weil sie fürchtete, ihre Meinung könnte sich ändern, oder man würde sie nicht mehr hinauslassen, oder Aaron könnte andern Sinnes werden. Am nächsten Morgen waren sie die ersten Heiratskandidaten im Rathaus. »Mochten die Familien sich heiser schreien, soviel sie wollten; wir waren verheiratet und glücklich und damit basta. Mit meiner Familie war auch kein Staat zu machen. Ich arbeitete damals für meinen Bruder Bernie in dem Laden an der Maxwellstraße, und er redete die ganze Zeit davon, daß ich ihm in den Rücken fiele und Mama und Papa beleidigte. Er sollte mir eine Lohnerhöhung geben; aber er tat es aus reiner Bosheit nicht, deshalb ging ich aus dem Laden weg. Du wirst dich nicht erinnern, du warst damals zu jung, aber danach hatte ich immer eine Reihe verschiedener Jobs und verdiente nie genug Geld, um so leben zu können, wie wir eigentlich leben sollten. Wir hatten zu essen und ein Dach über dem Kopf, das war alles. Und diese Gangster, die brachten es dahin, daß deine Mutter ein schlechtes Gewissen bekam, indem sie ihr immer vorredeten, sie wäre gar nicht verheiratet, wenn sie nicht zu einem Priester ginge. Mich haßten sie, als ob ich sie ihnen gestohlen hätte, eine Frau über dreißig, die nie das Haus verlassen hatte und sich nur um den Haushalt und ihre alte Mutter und ihren Vater und die Brüder und Schwestern und alle andern gekümmert hatte. Du weißt, ich bin weitherzig und nicht so koscher gläubig, aber nicht einmal für deine Mutter wäre ich zu einem Priester in eine Kirche gegangen und damit basta.«

Es war komisch gewesen, ihn damals, im Sommer 1939, über *diese Gangster* schwadronieren zu hören, denn die alten Donatos waren bereits in ihren Himmel eingegangen, und sogar Onkel Pete war dahingegangen, erschossen bei einem Gefecht zwischen Banden. Reisman bedauerte den Tod von Pete mehr als den der andern, denn er hätte ihn gern noch einmal gesehen und ihm seine eigenen, aufregenden Geschichten erzählt, und Pete wäre vielleicht auf ihn stolz gewesen.

Doch sein Vater hatte immer weitergeredet, und Reisman hatte sich überlegt, warum manche Menschen mit zunehmendem Alter abgeklärter wurden und andere bitterer. »Ich weiß, du gingst mit ihr in die Kirche, als du ein kleiner Junge warst, und das war auch nicht so schlimm. Laß sie nur, sagte ich. Die durften dich in die Kirche mitnehmen, wenn sie wollten, aber du gingst auch in die Synagoge, erinnerst du dich? Wenn du wüßtest, was für einen Tumult sie machten, als sie herausbekamen, daß ich in meiner eigenen Wohnung und mit meinen eigenen Verwandten eine *Bris* an dir hatte vornehmen lassen. Deine Mutter, die sich im Schlafzimmer von der Geburt erholte, sagte, es ist gut, weil sogar der Doktor sagte, es ist gesund, das zu tun. Hab' ich ein solches Theater gemacht, als sie dich taufen ließen? Sie sollten dich nur nicht in dem ganzen heiligen Wasser ertränken. Zweimal gesegnet zu werden ist vielleicht keine so schlechte Sache, dachte ich ...«

So war das also. Anfangs hatte John Reisman in kindlicher Freude und Verwunderung über die Schönheiten und Mysterien seiner geteilten Welt ebenfalls geglaubt, daß er doppelt gesegnet sei. Aber mit der Zeit mißfielen ihm die feierlichen Gebete in Kirche und Synagoge. Es war nicht nur die Enttäuschung eines Jungen, der verlockendere Interessen entdeckt hat und zappelig wird, weil er still sitzen muß und sauber und gesittet sein soll, sondern es waren auch plötzliche Konflikte und Verwirrungen: das Erkennen der schweren Denkfehler und der Heuchelei, aus denen sich Dogmen zusammensetzen.

Als die Zeit für seine Firmung in der Kirche und für *Bar Mizwa* in der Synagoge gekommen war, hatte er rebelliert und sich geweigert, an einer der beiden Handlungen teilzunehmen, denn er konnte sich zu keiner mit reinem und ehrlichem Herzen bekennen. Er hatte sich erleichtert und in seinen eigenen Entschlüssen bestärkt gefühlt, als dieser Abschnitt hinter ihm lag; denn mit einem Rest kindlicher Furcht vor dem allmächtigen Zorn Gottes hatte er die Möglichkeit in Betracht gezogen, daß er zur Strafe für seine Unterlassungssünden vorzeitig dahingerafft werden könnte.

Und später, als man von ihm verlangte, daß er sich zu etwas bekenne – nicht sein Vater, auch nicht die Donatos, sondern irgendwelche Mächtige mit merkwürdigen Vorurteilen, die er nicht verstand –, als ihm klarwurde, daß es ihm nicht erlaubt sein würde, ein vollständiges Wesen in seiner zweiteiligen Welt zu sein; daß er sich für den einen oder den andern Teil zu entscheiden hätte oder beide verlassen und eine völlig andere Welt aufsuchen mußte; als er beschimpft wurde, entweder weil er dem einen oder weil er dem andern Teil seiner Welt gehörte – erst da hatte er seinen Glauben an Gott, seine Achtung für den Status quo verloren und sich fortan seine Maßstäbe nur noch selbst gesetzt.

Erfüllt von Erinnerungen, die der Brief heraufbeschworen hatte, versuchte Reisman, sich Aaron beim Schreiben vorzustellen. Er saß wohl an einem kleinen, gestrichenen Schreibtisch in seinem gemieteten Schlafzimmer, mit einer wackligen, kleinen Lampe aus Porzellan oder uraltem Ahorn, die nur wenig Licht spendete. Er hatte seine lange Unterhose an – es wurde einem hübsch kalt, wenn man mit einem Taxi durch die Straßen karriolte, auch wenn der Wagen eine Heizung hatte –, und eine Hose, Strümpfe und Pantoffeln und einen Morgenrock, der fest um seinen schmächtigen Oberkörper gewickelt war. Im Zimmer hing der Geruch der Dampfheizung; ein kleines Tischradio spielte leise, und man hörte das Tacken der Heizkörper, die keuchend und ringend in Betrieb waren.

Paps! Du bist ein großartiger alter Bursche, dachte er. Ich bin froh, daß Mary Donato nicht irgendeinen Provinzler aus der alten Heimat geheiratet hat.

Denn obgleich ich vielen begegnet bin, einige gemocht und andere gehaßt habe – ich hätte nicht dich zum Vater gehabt, und das wäre schade gewesen. Du trägst die ererbte, angeborene, beharrende Zähigkeit in dir, mit der die geteilten Stämme von Juda und Israel am alten Glauben festhalten, und sagst, ich glaube! Deshalb ist es wahr. Es hat nie einen *Unfall* gegeben. Du weißt, daß es kein *Unfall* war. Du weißt es, denn du unterstreichst das Wort, so wie du deine herrlichen jiddischen Wörter unterstreichst. Und damit gibst du mir zu verstehen, daß es, genau wie sie, etwas Besonderes ist, von besonderem Wert und besonderer Bedeutung. Du weißt also, daß es kein Unfall war. Ich habe damals einen Mann umgebracht. In blinder, gerechter Wut, mit der Kraft nie vergessener Feigheit habe ich einen Mann getötet. Denn als ich das erstemal herausgefordert wurde – wie jeder Mann, jeder Knabe in seinem Leben herausgefordert werden muß –, habe ich kehrtgemacht und bin davongelaufen; ich schwor mir, daß ich nie mehr davonlaufen würde. Und habe es nie mehr getan.

5

Oberstleutnant Simon R. Tarbell sah von den Transportpapieren auf, in denen er gerade gelesen hatte, und murmelte ein leises »Gott sei Dank« vor sich hin. Seine zitternden Hände beruhigten sich, und das Gefühl der Übelkeit wich. Es war nicht der Befehl, der ihn mit Dankbarkeit gegenüber seiner privaten Gottheit erfüllte, sondern die rücksichtsvolle Notiz, die ein Freund im Etappenhauptquartier Süd in Salisbury beigelegt hatte. Obgleich sie nie darüber gesprochen hatten, ahnte dieser, wie sehr Tarbell auf seinem Posten als Gefängnisdirektor und Oberster Scharfrichter litt.
Unter den Gefangenen, die an diesem Tag – Mittwoch, dem 1. März 1944 – nach Marston-Tyne gebracht wurden, waren schwerbewachte Sträflinge, die auf die Revision ihres Todesurteils warteten. Für gewöhnlich bedeutete das binnen weniger Wochen Arbeit für Feldwebel Morgan und neue Alpträume bis in alle Ewigkeit für Tarbell. Er wußte schon jetzt, daß er nie mehr der gleiche Mann sein würde – ein Ergebnis seines Dienstes im vergangenen Jahr. Aber die persönliche Notiz lautete: »Von maßgeblicher Seite höre ich, daß Hinrichtungen bis nach der Invasion aufgeschoben werden – trotz der Schlüsse, die Sie über die Gefangenen ziehen können, die auf der beiliegenden Liste aufgeführt sind.«

Auf dem Flughafen Belfast in Irland, über den ein starker Wind strich, riß sich Samson Posey von seinen bewaffneten Wächtern los und rannte fort. Jetzt würden sie schießen, und alles wäre vorbei!
Er lief schnell, aber unbeholfen – den Kopf zwischen die Schultern gezogen, die Rückenmuskeln für den Einschlag der Kugeln gespannt, die, wie er hoffte, sein Leben beenden würden. Er hatte keine Angst vor dem Sterben, aber sie sollten ihn nicht hängen. Wie konnte seine Seele frei und leicht davonfliegen, wenn ein letzter Atemzug in ihm erstickt würde?

Aber der scharfe Schmerz, auf den er wartete, kam nicht.
Hatten sie ihn verfehlt?
Er war ein großer Mann, ein leichtes Ziel. Er verlangsamte seine Schritte. Er hörte keine Schüsse. Und in den nächsten Sekunden seines Laufes, da er bereit und begierig war, auf diese Art zu sterben, dachte er an Billy Dreibein, der geheimnisvolle Kräfte hatte; und an Old Charlie, seinen Großvater; an Yucca, seinen Vater; Anna, seine Mutter; Eva, seine Frau; und Klein-Charlie, seinen Sohn; und an Das Volk – und er schämte sich. So ging es auch nicht. Er hatte sich umgedreht und floh, wie Das Volk sich umgedreht hatte und geflohen war, bis das Gebiet, in das sie alle liefen, kleiner und kleiner wurde und trostlos wie die Leere ihres Lebens.
Keuchend hielt er auf einem Fleck saftigen, grünen Grases an und sog die duftende Feuchtigkeit ein, in der allein schon die Erklärung für die Stärke des weißen Mannes liegen mochte, wie Billy Dreibein sagte. Diese wunderbare Feuchtigkeit in Farbe! Wenn sie daheim solches Gras hätten, um ihre abgemagerten Rinder und Schafe zu füttern, von denen sie sich dann selbst ernährten, dann hätte er vielleicht nie fortzugehen brauchen.
Er drehte sich um – wieder ein Riese und nicht eine Schildkröte; erhobenen Hauptes, die Schultern zurückgenommen, wie es bei den Soldaten immer verlangt wurde, die gewaltige Brust herausgestreckt, um die Kugeln zu empfangen. So blickte er seinen Feinden ins Gesicht, und so würde er sterben. Dann würden sie es wissen, und die zu Hause würden es wissen, daß er nicht als Feigling gestorben war. Billy Dreibeins Kraft war so groß, daß sie bis hierher reichte und ihn herumdrehte. Er hatte immer daran geglaubt, aber nun wußte er es bestimmt. Es würde gut sein, hier in dem dichten, grünen Gras zu sterben, seine Feuchtigkeit einzuatmen, seine Kraft mit dem eigenen Blut zu mischen und beides wieder Dem Volk zu vermachen.
Aber sie schossen nicht. Sie stürzten sich auf ihn – die drei Wächter, die ihn aus dem provisorischen Gefängnis hierhergebracht hatten, und die andern, die von ihrem wütenden Kojotengekläff aufgeschreckt worden und ihnen zu Hilfe gekommen waren. Er kämpfte mit Bärenkräften, aber sie überwältigten und fesselten ihn und trugen ihn, zusammengebunden wie ein Schaf zum Schlachten, in den brummenden Bauch des Flugzeugs.
Es stieg auf wie ein Adler. Es spie Feuer und Donner, trug ihn mit sich, und er staunte, daß er flog, wirklich flog. Nie zuvor hatte er etwas Ähnliches getan. Und plötzlich ließ die Spannung in ihm nach; er hörte auf, an seinen Ketten zu zerren, und wurde ruhig. Er erinnerte sich an die Zeit, als er Suh-gatz genannt wurde...

Der Schrei des Adlers schreckte Suh-gatz auf. Er war allein mit Yuccas Schafen in einer gestrüppreichen Schlucht des Ute-Mountain. Er hatte keinen ungewohnten Anblick oder Laut erwartet, am wenigsten einen Adler; denn in den zehn Sommern seines Lebens hatte er dort nie einen gesehen, obwohl er Adler kannte.
Die Schafe blökten vor Angst, und die Lämmer liefen zu ihren Müttern. Suh-gatz wirkte groß und stark für sein Alter. Trotzdem war er noch ein

Junge, und das Unerwartete erschreckte ihn. Er umklammerte seinen Stock fester; sein Blick huschte über den Rand der Schlucht und suchte den klaren Himmel, die Felsspalten, die grünen Fichten- und Wacholderbestände ab.
Da! Dort war der Adler! Sein Anblick erfüllte Suh-gatz mit dem Triumphgefühl eines Entdeckers und mit neuer Sorge um die Sicherheit seiner Schafe. Yucca konnte es sich nicht leisten, eines zu verlieren, nicht einmal ein Lamm. Suh-gatz stürmte in sein Zelt und riß das alte Gewehr an sich. Old Charlie hatte ihm beigebracht, wie man damit umging. Suh-gatz wollte den Adler nicht töten. Er würde ihn auch nicht töten, wenn der Adler Yuccas Schafe in Ruhe ließ. Aber was für eine Geschichte würde er zu erzählen haben, wenn er ins Lager zurückkehrte! Wie groß der Adler war, und was für einen gewaltigen Lärm er machte! Was für einen Wind wirbelte er mit dem Schlag seiner mächtigen Schwingen auf, wenn er herabstieß und wieder aufstieg, herab und hinauf am oberen Rand der Schlucht, als ob er jemandem etwas zuriefe – als ob er schrie: »Komm, flieg, Junge! Folge dem Adler in den Himmel!«
Da bemerkte er noch etwas und lachte. Lachte vor Vergnügen, weil er Zeuge eines so großen Ereignisses wurde und weil er seinen Irrtum erkannte. Der Adler war kein Er, sondern eine Sie. Als Suh-gatz über den Gewehrlauf visierte, sah er, wie dort auf dem Berg sich noch etwas bewegte. Kleine Köpfe zeigten sich da und Flügel, die aufgeregt den Schlag nachahmten: Er hörte kleine Schreie und wußte, daß der Adler wirklich rief: »Komm, flieg! Folge mir in den Himmel!«
Dann stieß das Adlerweibchen auf den Horst herunter, wo es hauste und wo seine Jungen waren. Und als ob an diesem Tag ein unerwarteter Besuch nicht genug wäre, kam noch ein anderer Laut zu ihnen. *Ihnen*, denn Suh-gatz und der Adler waren wahrhaft verbunden in jenem furchterregenden Augenblick, als das Flugzeug kam, dessen Lärm schon zu hören war, noch ehe es über den Bergkamm glitt. Das Adlerweibchen wußte nicht, was es war. Es schwebte über seinem Horst und breitete schützend die Flügel über seinen Jungen aus. Aber Suh-gatz wußte es, nachdem er den ersten Schrecken des Begreifens überwunden hatte. Wenn er auch noch nie einen von den Vögeln des weißen Mannes gesehen hatte, Vögeln aus Holz, Stoff und Eisen, so hatte er doch schon davon gehört.
Wochenlang erzählte Suh-gatz danach jedem, den er traf, von dem Adler und dem Flugzeug. Aber niemand war darüber so aufgeregt oder hatte etwas so Interessantes zu sagen wie Billy Dreibein, den er unten in der Towoac-Handelsniederlassung traf. Das war, bevor Billy wirklich große Fähigkeiten bekam und mit einem Stock wieder zu gehen begann; deshalb wurde er noch Billy-ohne-Bein genannt. Aber er war gerissener als irgend jemand sonst in der Gegend und konnte sogar schon damals manches zustande bringen, obgleich er nur sechs oder sieben Jahre älter als Suh-gatz war – noch nicht wirklich alt genug, um so geachtet zu sein wie der mächtige Medizinmann.
Es war nicht so sehr das Flugzeug, das Billy interessierte – jedesmal, wenn er in dem weißen Krankenhaus lag, um seine Beine in Ordnung bringen zu lassen, hatte er eine Menge davon gesehen –, sondern er wollte mehr über

das Adlerweibchen und seine Jungen wissen. Sie redeten miteinander in der Ute-Sprache. Billy konnte recht gut englisch, außer ihm aber fast niemand in diesem Teil des Reservats. Suh-gatz verstand es nicht. Er kannte die Sprache Des Volkes und dazu nur einige englische und spanische Wörter, die er von Schäfern, Viehtreibern und Händlern aufgeschnappt hatte.
»Wenn du mir zeigst, wo dieser Adler ist, bringe ich dir Poker bei«, sagte Billy.
Billy beherrschte das Glücksspiel ziemlich gut. Wie die meisten Ute-Indianer um Towoac herum verbrachte er viel Zeit mit Pokern und mit dem spanischen Monte. Sogar Yucca, der sich mit Schafen und Rindern auskannte, und Old Charlie, der mehr über die alten Zeiten wußte als irgend jemand sonst, hätten Suh-gatz nicht besser im Spielen unterrichten können.
Deshalb trafen sie ein Abkommen; und als sie ein paar Tage später auf Billys Pferd zum Ute-Mountain ritten, gestand Billy Suh-gatz, daß er eines der Adlerjungen haben und es abrichten wolle. Er erzählte, daß Das Volk früher Adler als zahme Haustiere gehalten habe. Man stumpfte ihre Schnäbel und Krallen mit einem Stein ab und stutzte ihnen die Schwingen. Die Adler blieben in der Nähe des Lagers und wurden mit Abfällen und Heuschrecken gefüttert.
»Ein Adler besitzt eine große Macht«, sagte Billy. »Du weißt über diese Dinge noch nicht Bescheid, aber ich. Du weißt, ich habe besondere Fähigkeiten. Aber wenn ich erst einen Adler habe, wird mich das noch stärker machen. Vielleicht kann ich dann sogar gehen.«
Eine Zeitlang ritten sie schweigend. Sie ließen den kargen Beifuß hinter sich und klommen in höheres, etwas grüneres Gebiet vor. Um das Pferd nicht zu ermüden, schlugen sie eine gemächliche Gangart an. Suh-gatz hielt die Zügel, und er war groß genug, um über Billy hinwegsehen zu können, der vor ihm saß.
»Kommen wir jetzt in die Nähe?« fragte Billy neugierig.
»Nein, noch nicht. Noch ein weiter Weg.«
Da fing Billy an, über das zu reden, was Suh-gatz auf dem Berg gesehen hatte. »Wenn du höhere Fähigkeiten hättest, würdest du begreifen«, sagte er.
»Was meinst du?«
»Erst ruft der Adler den Jungen zu: ›Folgt mir!‹ Dann fliegt ein Flugzeug vorüber und sagt dasselbe, aber zu dir. Das Flugzeug gehörte wahrscheinlich dem Militär. Was es bedeutet, ist leicht zu erklären, wenn man Fähigkeiten hat wie ich.«
»Was bedeutet es?«
»Wirst du mir dann helfen, den Adler zu fangen? Du wirst wahrscheinlich Felsen hochklettern oder eine Felswand hinauf müssen, um zum Horst zu kommen. Willst du das tun?«
»Natürlich!« antwortete er rasch.
Da deutete Billy ihm das Zeichen. Der große Adler, das war die Regierung, die ihnen das alte Stammesland fortgenommen und sie der Armut überliefert hatte. Das Flugzeug gehörte dem Militär, gegen das ihre Väter und Großväter gekämpft hatten. Beide zusammen bedeuteten, daß eine Zeit kommen würde,

da Suh-gatz zu den Soldaten des Adlers müsse, um an ihrer Seite zu kämpfen und seinem Volk Ehre zu bringen.

Die Sache ging so weit über sein Begriffsvermögen hinaus, daß Suh-gatz nicht wußte, was er sagen sollte. Schließlich fragte er mit großen Augen: »Wie hast du diese Fähigkeiten bekommen, Billy? Sonnentanz? Ißt du Peyotl?«

»Nein, noch nicht. Eines Tages, ja; aber jetzt noch nicht. Man darf diese Dinge nicht übereilen, sonst bringt es einen um«, antwortete Billy. Er schlug auf seine Nietenhose, dorthin, wo sie seine zerschmetterten Beine bedeckte, und dann auf die beiden Krücken, die am Sattel angeschnallt waren. »Davon habe ich meine besonderen Kräfte bekommen. Von den Kugeln der weißen Männer. Damals, als ich noch ein Baby war und angeschossen wurde, bekam ich sie; nur wußte ich es da noch nicht. Die weißen Männer haben sie mit ihrem Blei in mich hineingeschossen. Wenn man das in sich hineinbekommen hat und am Leben geblieben ist, dann ist man wirklich stark.«

Suh-gatz kannte die Geschichte. Das ganze Volk kannte sie. Als Billy noch ein Baby war, wurde sein Lager drüben in Utah von einer Rotte weißer Polizisten angegriffen; sie wollten einen Ute verhaften, der einen Mexikaner getötet haben sollte. Das war nur fünf Winter vor Suh-gatz' Geburt, und es war das letztemal, daß Das Volk den weißen Männern eine wirkliche Schlacht geliefert hatte.

Sie erreichten die gestrüppreiche Schlucht, in der Suh-gatz mit Yuccas Schafherde gewesen war. »Dort!« sagte er und deutete hinüber. »Da habe ich den Adler gesehen!«

Billy reckte sich hoch und beugte sich vor; gierig heftete er seinen Blick auf die angegebene Stelle. Er sah nichts als die steilen Wände, den klaren Himmel, die Felsspalten, die grünen Fichten- und Wacholderbestände. Eine tiefe, überwältigende Stille herrschte in dem hohen Tal. Billy drehte sich im Sattel um, bis seine Augen sich mit denen von Suh-gatz trafen.

»Ich habe die Wahrheit gesprochen«, sagte Suh-gatz.

Er trieb das Pferd, das doppelt schwer zu tragen hatte, weiter aufwärts. Dann stieg er ab und führte es sorgfältig durch das tückische Geröll, bis Schmutz und Steine unter dem Tier wegrutschten und es scheute.

»Hilf mir herunter«, bat Billy. »Ich bleibe hier.«

Er lehnte sich auf seine Krücken und blickte sehnsüchtig am Berg empor. Auf seinem Gesicht malte sich Enttäuschung. Er tat Suh-gatz leid.

»Vielleicht sind sie davongeflogen«, sagte er leise. Am liebsten hätte er seine Worte gleich wieder zurückgenommen, obwohl er recht zu haben schien.

Er band das Pferd an einem großen Stein fest, nahm sein Gewehr und begann zu klettern. Eigentlich wollte er gar nicht auf den Adler schießen, auch nicht eines seiner Jungen stehlen, damit Billy mit ihm tun konnte, was, wie er behauptete, Das Volk getan hatte. Aber wenn es Billy helfen würde, war es schon richtig so.

Das Klettern war gefährlich, und jeden Augenblick erwartete Suh-gatz, den Schrei des Adlers zu hören oder gar angegriffen zu werden. Aber es geschah nichts. Er näherte sich schon der Stelle, wo er den Horst vermutete, da hielt eine Felsnase ihn plötzlich auf. Es ging nicht mehr weiter.

Er warf Steine und rief: »Adler! Adler! Adler!« in der Hoffnung, die Vögel aufzujagen, wenn sie dort wären. Aber an der Felswand bewegte sich nichts außer ihm selbst.
Als er mit leeren Händen zu dem wartenden Billy hinunterkletterte und sah, mit welcher Enttäuschung dieser ihn empfing, tat es ihm leid, daß er je in dieses Abkommen eingewilligt hatte.
»Du brauchst mir nicht das Pokern beizubringen«, sagte er.
Billy lächelte – und für Suh-gatz war das etwas Wunderbares, denn er hatte ihn kaum einmal lächeln sehen.
»Ich werde dir das Pokern beibringen«, antwortete Billy. Er streckte seine Hand aus und legte sie auf Suh-gatz' Schulter. »Gehst du wieder mit mir den Adler suchen?«
»Natürlich«, antwortete er.
Aber sie fanden den Adler nie, und insgeheim war Suh-gatz froh.
Deshalb also erschreckte dieses Flugzeug Samson nicht. Es erinnerte ihn an die Zeit, da er noch ein Junge war. Es war ein Adler, und durch die Fähigkeiten von Billy Dreibein, der die Zeichen gedeutet hatte, sprach es zu ihm, ermahnte ihn, nicht zu verzweifeln. Denn dies sei sein richtiger Weg; er sei nicht im Stich gelassen worden. In der Zwischenzeit waren nämlich Dinge geschehen, die ihn beunruhigt und zu dem Glauben gebracht hatten, die Zeichen der Jugendzeit seien falsch gewesen oder nicht richtig gedeutet worden.
Samson fühlte schmerzlich, daß er unwissend und ungebildet war. Das Militär hatte ihn zwar genommen, hatte ihm aber nur wenig von dem Soldatenhandwerk beigebracht. Man hatte ihn beiseite geschoben, als sei er verrückt. Er mußte arbeiten wie ein Navajo, heben, schleppen, graben, stapeln. Und dann, weil er schon so lange so weit von zu Hause und von Eva weg war, hatte er sich in seiner großen Einsamkeit und Not auf die Suche nach einer Frau gemacht und riskiert, die Liebeskrankheit zu erwischen, der er zu Hause dadurch entgangen war, daß er Eva zur Frau genommen hatte. Und dann war er in einen todbringenden Zorn hineingetrieben worden.
Wenn doch bloß der Frauenverkäufer nicht das Messer gezogen hätte! Betrogen und beschimpft zu werden, daran war er gewöhnt. Sich aber vor einem Messer als Feigling zu erweisen, das war etwas ganz anderes. Er hatte den Mann mit seinen bloßen Händen niedergeschlagen – und der Kerl war tot gewesen, ehe Samson es richtig gemerkt hatte.
Als der Offizier, der beim Gerichtshof der Soldaten zu seinen Gunsten sprach, für ihn um Gnade gebeten hatte, da hatte der Offizier, der gegen ihn sprach, den Richtern über die andere Sache berichtet: als er, Samson, einmal beinahe zwei Soldaten getötet hatte, die ihn beim Pokern betrogen hatten. Deshalb war ein hartes Urteil über ihn gesprochen worden. Wahrscheinlich härter, als wenn er diese andern Männer nie verletzt hätte. Und in gewisser Weise sah er sogar ein, daß eine Art von Gerechtigkeit in dem harten Urteil liegen könnte; denn nur wenige Menschen kannten die Tricks, die Billy Dreibein ihm im Kartenspiel beigebracht hatte, diese kleinen Tricks, die man auch Betrug nennen konnte und die er mit großem Vergnügen weißen Männern gegenüber angewandt hatte, ohne daß er je erwischt worden wäre.

Der Gerichtshof der Soldaten hatte gesagt, er müsse aufgehängt werden. Er verstand nicht, warum sie ihn nicht auf der Stelle hängten. Aber das war nur eines von den vielen Dingen, die Samson Posey in dieser fremden Welt nicht verstand – einer Welt, von der er sich dummerweise hatte einfangen und mitreißen lassen. Jetzt war nichts mehr geblieben als die alte Bitterkeit, die sein Erbteil war, der angeborene Haß gegen die *Belegana*, die bleichgesichtigen Eisenmacher aus dem Osten mit den haarigen Mündern und abstehenden Ohren. Nun, da er wußte, auf welche Art er nach dem Urteil der Soldatenrichter sterben sollte, hoffte er, das Flugzeug würde in die See stürzen und er würde auf diese Art sterben. War besser, als gehängt zu werden.
Aber diese Hoffnung trog. Sie landeten, und er empfand trotzdem eine herrliche Erregung, als das Flugzeug vom Himmel herabglitt.
Im Lkw dachte er an zu Hause, döste dazwischen vor sich hin und fragte sich, wohin die Soldaten-Polizisten ihn wohl brachten. Er fühlte, wie der Lkw die Fahrt verlangsamte, und als er wendete, stemmte sich sein mächtiger Körper gegen die Ketten, die ihn an die Seitenwand fesselten. Der Wagen hielt an, und Samson hörte Stiefel auf Steinen, dann das Kojotengekläff von Frage und Antwort. Holz schlug gegen Holz, Holz schlug gegen Metall. Ein Wächter erwachte verwirrt und richtete das Gewehr auf ihn. Der andere Wächter hob die Segeltuchklappe und lugte in die graue Feuchtigkeit des Tages hinaus, in der weitere Soldaten-Polizisten zusammenliefen. Sie befanden sich offenbar an einem umschlossenen Ort, denn der Wind hatte ausgesetzt. Alle Sinne Samsons waren wach. Einst hatte er gewünscht, er verstünde mehr von der Sprache dieser Männer, und er hatte sich sehr darum bemüht. Jetzt war es ihm gleichgültig. Seine Ohren vernahmen alles, und wenn er auch die Worte nicht verstand, so doch ihre Bedeutung. Das Rauschen des Regens sprach zu ihm. Irgendwo wehte der Wind, aber nicht um den Wagen, denn Mauern oder Gebäude hielten ihn auf. Ein Geruch von feuchtem Segeltuch stieg ihm in die Nase. Der erregte in seinem leeren Magen Übelkeit und war ganz anders als der Geruch von heißem Segeltuch unter brennender Sonne. An den vor allem erinnerte er sich, obgleich es auch viele Winter mit Nässe und Schnee und Kälte gegeben hatte.
Wenn dies der Ort, wenn dies die Stunde war, würde er es merken, und er würde etwas tun, daß sie auf ihn schießen müßten. Er furchtete sich nicht vor dem Sterben, aber hängen wollte er auf keinen Fall. Wie konnte seine Seele mit seinem letzten Atemzug frei davonfliegen, wenn der in ihm erstickt würde, wenn er, Samson, wie ein Hund mit der Schlinge erdrosselt wurde?
Die Wächter standen auf und näherten sich ihm gebückt, lauernd, einer auf jeder Seite. Das Segeltuch war jetzt hochgeschlagen, die Rückwand hinuntergelassen. Sein Blick fiel auf einen Haufen neugieriger Soldaten, die sich um den Lkw drängten.

»Was, zum Teufel, habt ihr denn da, Jungs?« fragte Feldwebel D'Alessio.
»Sonderlieferung von Belfast, Irland«, antwortete gelassen der Stabsfeldwebel. der mit schußbereitem Gewehr im Wagen gesessen hatte, »aber nicht etwa irischer Whisky.«

»Wie viele haben Sie?« fragte D'Alessio und ließ sich den Marschbefehl geben. »Bowren, lassen Sie schleunigst die verdammte Wache antreten!« brüllte er den Obergefreiten an.
Obergefreiter Clyde Bowren brachte die Leute auf die Beine: »Baracke zehn! Richt euch! Rührt euch!« Dann ließ er sie stehen und drehte sich um, weil er sehen wollte, was den Feldwebel an der Rückseite des Lkw so wild machte.
»Nur einer!« brüllte D'Alessio. »Diese ganze Artillerie für einen Scheißdreck!«
Bowren starrte angestrengt in das muffige Innere des Fahrzeugs. Er hörte einen Mann der Wache im Lkw befehlen: »Na los, Chef, raus hier mit deinem Arsch! Benimm dich, und niemand tut dir was.« Dann hörte er Kettenrasseln – und schnappte nach Luft und trat unwillkürlich zurück. Er konnte nicht anders, und es war auch verständlich, denn D'Alessio benahm sich genauso.
»Heilige Mutter Gottes!« Der Feldwebel stieß einen Pfiff aus. »Was ist das?«
»Was is'n los? Noch nie 'n Indianer gesehn?« fragte der Stabsfeldwebel lachend. »Der da sprechen nix Englisch. Mußt du reden mit Händen. Er muß was Besonderes sein. Sie haben uns ein ganzes gottverdammtes Flugzeug gegeben, um ihn über die Irische See zu bringen. Mensch, bin ich froh, daß ich den Scheißkerl loswerde. Versuchte doch tatsächlich einen Ausbruch auf dem Flugplatz!«
»Nehmt ihm diese verdammten Dinger ab«, sagte D'Alessio und wies auf die Ketten.
Der Stabsfeld übergab ihm die Schlüssel und trat zurück. Er sprach es nicht aus, aber sein Ausdruck besagte: Nur zu, du Klugscheißer; das ist dein Begräbnis! Eine erwartungsvolle Stille senkte sich auf den Gefängnishof, als D'Alessio sich über die Fesseln beugte. Er warf nur einen raschen Blick in das breite, nußbraune Gesicht des Mannes, der hoch über ihm aufragte, und stellte damit stillschweigend eine Verständigung her.
»Lassen Sie die Wache in zwei Gliedern antreten, Obergefreiter«, sagte D' Alessio. »Und dann bringen Sie ihn ins Krankenrevier.«

Während Kendall B. Sawyer auf den Beginn der Untersuchung in der Arztbaracke wartete, wünschte er nichts sehnlicher, als sich rasieren und duschen zu können. Er fühlte sich gereizt und unsauber, und das Warten unter den andern, die sich wahrscheinlich einen Dreck daraus machten, verstärkte das Gefühl offenbar. Wenn er etwas beim Militär gelernt hatte, dann das tägliche Ritual der Reinlichkeit; daran hatte er inzwischen so viel Gefallen gefunden, daß es ihm jetzt wirklich fehlte: Das Gesicht rosa und glänzend gescheuert, die Haare nie länger als drei Millimeter, die Ausgehuniform tadellos gebügelt, ein Arbeitsanzug, der seinen Namen Lügen strafte, die Sommeruniform knisternd steif gestärkt, Schuhe, die so stark glänzten, daß die inspizierenden Offiziere ihn aufzuziehen pflegten – sie könnten ihr eigenes Aussehen darin kontrollieren, sagten sie –, die Auszeichnungen einwandfrei und am richtigen Platz, und zwei wunderschöne Streifen am Ärmel – ein Rang, der genügte, um ihn aus den Dreckarbeiten herauszuhalten, aber zu niedrig war, als daß er sich eigene Gedanken hätte machen müssen.

So war es drei Jahre lang gewesen, die Zeit der Kämpfe in Afrika, Sizilien und Italien ausgenommen. Und selbst da genoß ein Panzerschütze ein wenig mehr von den gewohnten Annehmlichkeiten, hatte etwas mehr Gelegenheit, sich zu pflegen. Jetzt war es vorbei mit den Streifen, vorbei mit dem Mustersoldaten Kendall B. Sawyer, und er allein war daran schuld. Das betrübte ihn aufrichtig. Unter seiner regenfeuchten und zerknitterten Uniform, der Dreckschicht vom Transport und dem stoppeligen Bart suchte er den Mustersoldaten vergeblich.

»Lesen Sie die Namenliste vor, Feldwebel«, sagte Hauptmann Gordon. In dem Raum befanden sich jetzt acht neue Häftlinge, Männer, die im Laufe des Vormittags einzeln oder zu zweit aus allen Teilen Englands nach Marston-Tyne gebracht worden waren. Nun warteten sie darauf, daß er geruhte, ihnen Leben und Gesundheit zu attestieren. Er überlegte sich, bei wie vielen von ihnen er wohl in den kommenden Wochen den Eintritt des Todes in der Hanfschlinge würde attestieren müssen. Später, wenn er mehr Zeit hatte, würde er sich ihre Dienstakten und die Abschriften von den Kriegsgerichtsverhandlungen durchlesen. Das fand er stets faszinierend und manchmal sogar aufschlußreich. Es war eine seltsame und bunte Gruppe, die ihm gegenüberstand. Er sah den Riesen an und dachte an Queequeg, den wilden Harpunier in *Moby Dick*.
»Wenn ich Ihre Namen aufrufe, treten Sie vor und antworten Sie ›Hier‹«, befahl Feldwebel D'Alessio. »Jimenez, Luis.«
»Hier!« Ein Junge, neunzehn, zwanzig, vielleicht einundzwanzig, klein, dünn und dunkelhaarig.
»Lever, Roscoe K.«
»Hier!« Ein bißchen älter, aber nicht viel. Ein bißchen größer und breiter. Braunes Haar mit Geheimratsecken. Dünne Lippen, die der Mann ständig mit der Zunge befeuchtete. Augen, die scheu auswichen und dann plötzlich ausdrückten: Leck mich am Arsch!
»Maggot, Archer.«
»Hier!« Es war eine leise Antwort, eine, die deutlich machen sollte, daß er vielleicht da war, vielleicht auch nicht; wenn er aber da wäre, gehörte er nicht hierher. Ein blonder Mann mit rotem Nacken und wäßrigen Augen, Mitte zwanzig. Gordon wollte jede Wette eingehen, daß er ein Südstaatler war.
»Odell, Myron.«
»Anwesend, Sir!« Ebenfalls blond, die Haare seitlich gekämmt, der Scheitel wie mit der Axt gezogen. Ein dünner, nervöser, verschüchterter Mann, der eifrig durch seine stahlgeränderte Militärbrille äugte. Wahrscheinlich Mitte zwanzig, aber der Typ, der jünger aussah und sich sogar jünger gab.
»Ich habe Ihnen befohlen, mit ›Hier‹ zu antworten!« sagte D'Alessio. »Und sparen Sie sich das Sir, Freundchen. Oder sehen Sie etwa Offiziersabzeichen auf meinen Schultern?«
»Verzeihung«, antwortete Odell verwirrt.
»Posey, Samson.«
Der trat langsam vor, sagte jedoch nichts, starrte vor sich hin, sah andere

Dinge, andere Leute. D'Alessio sah ihn abwartend an. Jeder im Raum hatte seine Augen dem Indianer zugewandt – scheu, respektvoll, ängstlich, neugierig.
»Sawyer, Kendall B.«
»Hier!« Er trat forsch vor, doch Scham stand auf seinem kantigen, stoppligen Gesicht geschrieben, Scham darüber, daß er sich hier befand und antworten mußte; seine Augen waren niedergeschlagen und vermieden die Blicke der andern.
»Smith, Calvin Ezra.«
»Hier!« Natürlich mußte ein Smith dabei sein. Salz der Erde. Jedermann und niemand. Dieser Smith war groß, hatte runde Schultern, ein langes Gesicht mit einem betonten Kinn, blaue Augen mit Sonnenfältchen in den Winkeln und eine wettergegerbte Haut. Er war vielleicht ein wenig älter als die andern.
»White, Napoleon.«
Es war nur noch einer übrig: der Farbige. Schon die Notwendigkeit, vorzutreten und sich zu melden, war eine Demütigung für ihn.
»Hier«, sagte er leise.
Ein Kichern ging durch die Reihe, und sogar Doktor Gordon fühlte, wie er wider Willen lächeln mußte. Es war ein ungewöhnlicher Name.
»White, Mensch«, murmelte Maggot und gab damit der allgemeinen Stimmung Ausdruck. »War dein Pappi farbenblind?«
Napoleon hörte es. Jeder im Raum hörte es. Napoleon drehte sich um, entdeckte den Beleidiger, und ehe jemand es verhindern konnte, warf er sich auf Maggot, und sie rangen miteinander auf dem Boden.
D'Alessio und einige Wächter stürzten sich auf die Kämpfenden. Maggot bekam das meiste ab. Doch als sie versuchten, den Neger von ihm wegzuzerren, war es, als ob sie versuchten, einen Schraubstock mit bloßen Händen auseinanderzuziehen. D'Alessio verpaßte ihm ein paar böse Genickschläge, dann hatten sie sie getrennt: Beide keuchten, die Augen des Negers waren wuterfüllt. Von Maggots Lippen rann Blut, und oben auf seiner Wange zeichnete sich eine rote Prellung ab. Aber auch er wollte sich wieder in den Kampf stürzen und versuchte, sich von den Männern loszureißen.
»Sie! Großschnauze!« bellte D'Alessio, während er Maggot eine verpaßte. »Halten Sie Ihr Maul, wenn man Sie nicht gefragt hat!« Den Neger ranzte er genauso laut an, obwohl er diesmal seine Stimme am liebsten gesenkt hätte. »White, Sie sollten sich lieber am Riemen reißen. Vor allem Ihre verdammte Hitzköpfigkeit hat Sie doch wahrscheinlich hierhergebracht.«
Napoleon schob sein glänzendes Gesicht an D'Alessios heran; und alles, was sich an Erbitterung in ihm angesammelt hatte, spie er mit seinen schweren, wütenden Atemzügen aus. »Sie haben recht, weißer Mann!« keuchte er frohlockend. »Ich habe einen Mann von der Farbe des Abschaums getötet! Ich habe ein Messer in den Wanst eines Niggerhassers gestoßen. Und bei Gott, halten Sie mir diesen Scheißkerl vom Leib, oder ich bringe ihn um! Man kann mich nur einmal hängen!«
D'Alessio fühlte, wie der Mann vor Wut schäumte, und obgleich er selbst

hätte wütend sein können, sagte er nichts. Er legte dem Häftling die Hand auf den Arm und führte ihn mit festem Griff in die Reihe zurück. Bisher hatte er noch nichts von der Vergangenheit und Zukunft dieser Männer gewußt; sie waren ihm einfach anvertraut, auf daß er sie mit der bei ihm üblichen Mischung aus lästerlicher, höflicher und militärischer Verachtung behandelte. Aber jetzt, nachdem er dieses Bekenntnis des Verbrechens und der Strafe gehört hatte und ihm die Gründe für das neuerliche Aufbrausen des Mannes klar waren, fühlte er das gleiche Mitleid, das er für den Indianer in Ketten empfunden hatte. Ihr Schicksal war besiegelt.
Als Antwort auf diesen Wutausbruch versuchte Maggot, sich auf den Neger zu stürzen, aber die Wächter hielten ihn fest. »Du kriegst schon noch dein Teil, Schwarzer!« rief er herausfordernd. »Warte nur ab!«
D'Alessio sah ihn angewidert an, dann wandte er sich an den Militärarzt; er war froh, daß er sich herausgehalten hatte. »Bitte um Entschuldigung, Herr Hauptmann. Wollen Sie eine Disziplinarstrafe verhängen lassen?«
»Nein, das wird nicht nötig sein, Feldwebel«, antwortete Hauptmann Gordon. »Halten Sie die beiden auseinander und lassen Sie sie scharf bewachen.«

Als der Kampf begann, war Myron Odell vor dem Durcheinander zurückgewichen. Sein Herz hämmerte. Diese entfesselte Leidenschaft und Roheit hier im Raum machte ihn krank. Ein Wächter befahl ihm, in die Reihe zurückzutreten. Erwartungsvoll lächelte er die beiden Gefangenen links und rechts von sich an: den dünnen, kleinen Mexikaner Jimenez und den stämmigen Burschen Sawyer; er hatte es sich angelegen sein lassen, sämtliche Namen zu behalten.
Jimenez zuckte mit den Schultern und nahm wie auf Befehl Haltung an. Sawyer wußte mit dem Lächeln nichts anzufangen und wandte sich ab. Odell fragte sich, ob er Schlafgenossen haben würde, oder ob jeder eine eigene Zelle bekäme. Er würde einen Freund brauchen. Er wünschte sich verzweifelt einen Freund – jemanden, dem er seine Geschichte erzählen könnte. Der Anblick des riesigen Indianers hatte ihn erschreckt, die anschließende Schlägerei ganz durcheinandergebracht.
Der Feldwebel sprach. »Runter mit den Klamotten für eine allgemeine Untersuchung. Wenn jemand Wertsachen bei sich hat, wird's jetzt Zeit, sie zur Aufbewahrung im Safe abzugeben. Sie können nie wissen, wem Sie trauen dürfen.«
D'Alessio hatte auf beifälliges Kichern gehofft; bei diesem Haufen blieb es aus.
Während Odell langsamer als die andern seine Kleider auszog, überkam ihn das Gefühl des Entzückens und der Furcht, das er dabei immer hatte. Es schien, als habe es in seinem ganzen Leben nichts als lange Reihen nackter Flanken und Rücken und männlicher Organe gegeben. Zuerst kleine, harmlose, spielerische, die nicht ahnten, daß da noch etwas anderes war – in Krankenhäusern, Duschräumen, Schlafsälen, stets die Reihen der nackten Jungen. Dann jugendliche Körper, größer, stärker, mit einer tieferen Stimme, mit sprießenden Haaren. Verwirrung und Verlegenheit stellten sich ein, eine

schreckliche Neugier und Ungewißheit, wie es weitergehen sollte. Er rätselte am Geheimnis des weiblichen Geschlechts herum, über das sie nun sprachen. Später die erwachsenen Körper, voll ausgebildet, herausfordernd und verlangend; und wieder Schlafsäle und Duschräume und lange Reihen, die zur Untersuchung anstanden, und Kasernen und Latrinen. Ausgerechnet ihn hatten sie in eine Sanierstube in Glasgow gesteckt, damit er Spritzen reinjagte und sich diese Weibergeschichten anhörte. Wie hätten sie sich vorstellen können, daß jemand wie er morden würde, mit wahrer Lust morden: das morden, vor dem er Angst hatte, das er nicht kennenlernen, nicht sehen, nicht anrühren wollte . . .
Er machte all die qualvollen Prozeduren durch: die Untersuchung, die Abnahme der Fingerabdrücke, die Ausgabe der Gefängniskleidung, das Fotografieren. Er suchte nach dem Gesicht eines freundlichen Menschen, der ihm vielleicht helfen würde. Und er fand es bei dem Arzt, der noch einmal nett mit ihnen sprach, ihnen wie ein Priester eine Predigt hielt. Natürlich! Der Doktor war ein mitfühlender Mann; er würde ihn verstehen, würde wissen, wie man ihm helfen konnte. Er war ein älterer Mann – vielleicht war er Vater; vielleicht hatte er irgendwo Kinder, die er liebte, die von ihm Führung und Liebe und Kraft erwarteten, und deshalb würde er wissen, was es bedeutete, wenn jemand weder Vater noch Mutter gehabt hatte . . .

Gordon kam zum Ende seiner üblichen Belehrung: »Ich bin für euch da; ich bin hier, um mich um euer Wohlergehen zu kümmern, euch zu helfen, wenn ihr mich braucht . . .« Seine Stimme bekam nun wieder die gebührende Härte. »Doch etwas werde ich nicht dulden: Drückebergerei. Wenn sich jemand von euch krank meldet, tut er verdammt gut daran, auch krank zu sein!«
Dann übergab er die Leute wieder dem Feldwebel, und sie verließen in einer Reihe die Baracke. Jede Individualität, die sie vorher besessen hatten, war untergegangen in der amorphen Masse grüner Gefängnisanzüge aus Drillich, die mit großen, weißen Buchstaben auf Beinen und Rücken gekennzeichnet waren. Einer von den Leuten blieb zurück und ging auf den Doktor zu. Es war der dünne, käsig aussehende Junge mit der Brille. Gordon wollte gerade fragen »Was ist los, Soldat?«, als ihm einfiel, daß sie keine Soldaten mehr waren und auch nicht mehr so angesprochen werden sollten. Der Mann wirkte nervös und aufgeregt und beugte sich wie ein Verschwörer flüsternd zu ihm.
»Doktor, ich muß mit Ihnen reden«, bat Odell. »Sie müssen mir bitte helfen. Ich bin unschuldig. Niemand will mir glauben. Ich bin unschuldig!«
»He, Sie!« donnerte D'Alessio von der Tür her. »Schon geht's los mit der Drückebergerei. Raus mit Ihnen, zum Teufel!«
Bestürzt sah Gordon dem Jungen nach, der wie ein aufgescheuchtes Insekt hinter den andern her durch die Tür hastete. Er erinnerte ihn an eine Heuschrecke, die ihn schon immer fasziniert hatte: eine bronzefarbene Heuschrecke, die nach Belieben bluten konnte, wenn sie bedroht wurde; große Blutstropfen konnte sie vergießen, als eine Bitte um Erbarmen. Verärgert, aber nicht ohne Mitgefühl schüttelte er den Kopf, als er sich hinsetzte, um die Dienstakten der neuen Gefangenen durchzulesen.

6

Reisman zeigte den Militärpolizisten am Tor seinen Ausweis, erwiderte ihren Gruß und fuhr seinen Jeep in den Hof des Gefängnisses von Marston-Tyne. Gruppenweise bewegten sich Gefangene, die den Takt ihrer Marschtritte zählten, kreuz und quer durch das Gelände. Einige schlurften; nur wenige brüllten mit soldatischem Eifer. Aber viele beäugten Reisman neidisch und mißtrauisch, als er langsam an ihnen vorbei auf einen Parkplatz neben den Verwaltungsgebäuden fuhr.

Ein kalter Sprühregen rieselte hernieder, doch die Leute trugen keine Mäntel. Die weißen Buchstaben auf ihren Rücken und Beinen tanzten geisterhaft dahin, leuchtendster Teil der trostlosen Atmosphäre, die die Männer verbreiteten. Das gab Reisman einen Vorgeschmack von der Aufgabe, die er durchzuführen hatte. Er zweifelte zwar immer noch an dem Erfolg des Projekts; aber nachdem er tagelang in London und Salisbury über Akten gebrütet, Befehle erteilt und Beziehungen genutzt hatte, war seine Entscheidung gefallen. Er hatte zwölf Männer ausgesucht, die er bereits als seine eigene Legion der Verdammten betrachtete.

Die Franzosen hatten ein Wort dafür. Sie hatten immer ein kluges Wort bei der Hand. »*Ah! le petit enfant!*« gluckten sie beim Anblick eines brabbelnden Babys. Wenn es dann erwachsen war, Hoden und Muskeln hatte, nahmen sie dieses selbe *enfant*, gaben ihm eine Uniform und ein Gewehr, schickten es hinaus, um eine verlorene und unmögliche Arbeit zu erfüllen, und nannten es *l'enfant perdu* – verlorenes Kind. Wie gut hatte das in den Tagen des »Sitzkrieges« gepaßt und auch hinterher, als Reisman ihnen geholfen hatte, den vergeblichen Kampf zu kämpfen, während der Nazimoloch sich auf Paris zuwälzte. Verlorene Kinder, verlorene Soldaten, verlorene Sache – *les enfants perdus!*

Es könnte wieder passen. Vier seiner Gefangenen hatte Reisman schon in Marston-Tyne vorgefunden: einen, der auf die Bestätigung seines Todesurteils wartete, und drei, die lange Freiheitsstrafen antraten, deren letzten Teil sie in Leavenworth oder irgendeinem andern Zuchthaus drüben in den Staaten absitzen würden. Die übrigen standen entweder auf den Listen der unlängst Verurteilten oder sie schmachteten in provisorischen Gefängnissen und erwarteten ihr Schicksal in verschiedenen Teilen des Königreichs. Reisman hatte kurz erwogen, seine Suche noch auf andere Kriegsschauplätze auszudehnen, vielleicht sogar bis in den sicheren Heimatbereich jenseits des Atlantiks. Aber Leutnant Kinder hatte von irgendeiner geheimnisvollen Stelle Befehle überbracht, daß dies nicht vorgesehen sei.

Reisman hatte bis zum Überdruß die Berichte über das Vorleben und die Verbrechen dieser Leute gelesen und empfand gegenüber den meisten Gefangenen, die er ausgesucht hatte, nur noch Verachtung. Trotzdem waren zwei oder drei unter ihnen, deren Herkunft auf eine andere Persönlichkeit schließen ließ, als die, zu der sie sich dann entwickelt hatten – Männer, die er auch unter normalen Umständen für eine solche Aufgabe in Betracht gezogen hätte.

Ohne Zögern hatte er die zum Tode Verurteilten ausgewählt und dabei ein Gefühl der Gottähnlichkeit gehabt. Er würde jedem von ihnen eine Chance geben: Entweder verstanden sie, sie zu nutzen, oder sie wurden wieder dem Henker überantwortet. Diese Männer hätten eine Fähigkeit zur Gemeinheit bewiesen, so hatte Leutnant Kinder ihn belehrt; und gerade diese Fähigkeit müsse er unter strenger Kontrolle fördern und schließlich bereithalten, sozusagen als gebrauchsfertige Konserve, die man sofort benutzen könne, sobald die Armee es verlange. Doch stimmten sie beide darin überein, daß die Sache in gewisser Weise absurd war. Wenn ein Mann einmal zu einer Gewalttat wie Mord oder Vergewaltigung getrieben worden war, so bedeutete das noch nicht, daß es in ihm gewissermaßen einen Knopf gab, auf den er einfach zu drücken brauchte, um eine solche Tat unter veränderten Umständen zu wiederholen. Sobald die Gruppe aufgestellt war, wollte Kinder die Leute einer Reihe von Rorschach- und Thematischen Apperzeptionstests unterziehen. Er glaubte nämlich, daß sie dazu neigten, sich plötzlich in Affekthandlungen Luft zu machen, wie er es ausdrückte, und er wollte seine Theorie nachprüfen.
Als Reisman gerade das Gebäude betreten wollte, blieb er auf einmal stehen und kehrte zum Jeep zurück. Er schraubte den Verteilerkopf ab, ließ ihn in die Tasche seines Regenmantels gleiten und steuerte wieder auf das Büro des Kommandanten zu.

»Schade, daß das hier nicht bei Ihrem letzten Besuch schon eingetroffen war«, sagte Oberst Tarbell und tippte mit dem Finger auf die Befehle, die Reisman ihm ausgehändigt hatte.
»Sie meinen den rothaarigen Jungen – Gardiner?«
»Ja.« Tarbell schwieg nachdrücklich eine ganze Weile, dann fuhr er fort: »Ich vermute, daß Sie mir nicht erzählen dürfen, was das alles zu bedeuten hat ... Nein? Schon gut, bemühen Sie sich nicht um eine Erklärung. Hier lese ich, daß die Männer Ihnen unterstellt werden und daß ich Sie in jeder Hinsicht unterstützen soll. Das genügt mir.«
»Ich danke Ihnen, Oberst«, antwortete Reisman. Er spürte die Erleichterung des Mannes und glaubte, sie zu begreifen. »Aber sie unterstehen mir bis jetzt noch nicht wirklich. Ich kann ihnen nur ein Angebot machen, wie man es mir befohlen hat, und abwarten, ob sie es annehmen. Es handelt sich um ein Entweder – Oder ...«
»Das heißt also: Entweder machen sie mit, oder – das Kriegsgerichtsurteil wird vollstreckt?«
»Ja.«
»Das ist ja allerhand«, sagte Tarbell nachdenklich. Er kam hinter seinem Schreibtisch hervor, ging ans Fenster und starrte hinaus. Das rhythmische Zählen der exerzierenden Gefangenen drang zu ihnen herauf. »Für die meisten von ihnen ist es wahrscheinlich besser, als sie es verdienen. Ich beneide Sie nicht. Sie haben da eine hundsgemeine Aufgabe, wie auch immer sie aussieht. Bei dem Haufen, der heute vormittag angekommen ist, hat es bereits eine Schlägerei gegeben. Ein Farbiger gab einem Idioten, der ihn gereizt hatte, eins in die Schnauze.«

Das mußte Napoleon White sein, sagte sich Reisman. Nach allem, was er über den Mann wußte, war er nicht überrascht. Im Grunde war der Zwischenfall ihm sogar recht. Es war besser, wenn die Spannungen untereinander sich gleich am Anfang entluden, damit man dann an die Arbeit gehen konnte.
»Was ist mit dem Indianer aus Belfast? Ist er hier?«
»Alle Männer, die Sie angefordert haben, sind hier, Hauptmann«, antwortete Tarbell. Er wandte sich vom Fenster ab und schlenderte zu seinem Schreibtisch zurück. »Vor dem Indianer fürchten sich alle etwas, glaube ich. Meine Leute übrigens auch.«
»Was macht er für einen Eindruck?«
»Der e-e-edle Wilde?« Tarbell zog das Wort in die Länge, um seine Lächerlichkeit zu betonen. »Entweder weigert er sich zu sprechen, oder er kann kein Englisch. Aber bislang befolgt er wenigstens die Befehle. Etwas muß er zumindest verstehen, denn immerhin ist er bis jetzt beim Militär durchgekommen.« Der Oberst ließ seinen wuchtigen ermüdeten Körper in den Drehstuhl zurückfallen. »Werden Sie Unterstützung brauchen, Hauptmann?«
»Sogar sehr viel«, erwiderte Reisman. »Zunächst einmal ein Dutzend erfahrene Militärpolizisten und einen Feldwebel, um die Leute auf Vordermann zu bringen. Einer oder zwei von ihnen könnten Obergefreite sein, falls Sie zu viele Obergefreite haben sollten, Oberst. Das ist mir jedoch gleichgültig. Ich möchte lediglich für jeden Gefangenen einen Wächter haben. Sie müssen zum Dienst bei mir abkommandiert sein, damit ich sie einsetzen kann, wo immer ich sie brauche. Sobald sie bei meiner Gruppe sind, stecken sie drin, bis alles vorbei ist.«
Tarbell stieß einen Pfiff aus. »Sie wissen, was Sie wollen, Hauptmann. Ich müßte Ihnen aber ziemlich viele meiner Leute überlassen.«
»Also gut, feilschen wir«, bot Reisman lächelnd an. »Aber für Sie ist es bedeutend leichter, Leute zu bekommen und auszubilden, als für mich. Ich brauche jetzt gleich Männer, die Erfahrung im Umgang mit Gefangenen haben.«
Sie feilschten, bis Reismann sich mit sechs Gefreiten, einem Obergefreiten und einem Feldwebel begnügte. »Wer ist Ihr bester Mann?« fragte er.
»Feldwebel D'Alessio. Da muß ich aber gleich einen Riegel vorschieben«, sagte Tarbell freundlich. »Den können Sie nicht bekommen, Hauptmann. Ich bin zu sehr auf ihn angewiesen.«
Reisman hätte den Oberst gern weiter bedrängt, aber er wußte, wann er aufhören mußte. »Wen kann ich haben?«
»Ich habe noch einen Mann in diesem Dienstgrad, der unbeschäftigt ist und es wohl noch einige Zeit sein wird.«
»Ich nehme ihn.«
»Carl Morgan?«
»Der Henker?«
»Ja.«
»Ich nehme ihn.«
Auf den Gedanken war Reisman nicht gekommen, doch lag eine eigentümliche Logik darin. Wenn es ihm nicht gelang, die Gefangenen durch sein

eigenes Beispiel und seine eigene Kraft dazu zu bringen, daß sie ordentlich mitmachten, gehorchten und sich anständig aufführten, dann würde er ihnen einen Schrecken vor Morgan einjagen. Die gespenstische Anwesenheit des Mannes wäre für sie eine ständige Bedrohung.

»Wäre es möglich, sie jetzt in Einzelzellen unterzubringen, damit sie sich nicht miteinander verständigen können?« fuhr Reisman fort. »Ich werde mit jedem von ihnen gesondert sprechen, nachdem ich einen allgemeinen Eindruck von der Gruppe habe.«

Tarbell erläuterte den Arbeitsplan des Gefängnisses. Die Männer hatten jeweils nacheinander zu exerzieren, Freiübungen zu machen und Werkstattarbeiten zu verrichten. »Alle, mit Ausnahme der zum Tode Verurteilten. Denen verschaffen wir einmal täglich etwas Bewegung, aber damit hat sich's. Etwas anderes verlangen wir von ihnen nicht mehr.«

»Könnten Sie jetzt eine Ausnahme machen?« fragte Reisman. »Lassen Sie alle zwölf Gefangenen einschließlich der Todeskandidaten hinaus, und teilen Sie sie einem Zug zum Exerzieren zu. Ich möchte sehen, wie sie auf einige einfache Kommandos reagieren.«

»Wenn Sie so vorgehen, werden Sie Schwierigkeiten bekommen«, antwortete Tarbell. »Warum machen Sie ihnen nicht zunächst Ihr Angebot?«

»Ich werde von jetzt an nichts als Schwierigkeiten haben, Oberst«, erwiderte Reisman. »Aber irgendwo muß ich ja anfangen. Und dies scheint mit der beste Weg. Keine Versprechungen. Keine Hoffnungen. Nichts Neues, damit sie nicht die Ohren spitzen. Wir fangen einfach an und sehen, was dann geschieht.«

Victor Franko war mißtrauisch, aber er befand sich in gehobener Stimmung. In seinem Tagesablauf hatte sich ein seltsamer Wechsel vollzogen, den er nicht verstand, aber zu seinen Gunsten auslegte. Wenigstens für den Augenblick war er der Abgeschlossenheit entkommen, in der die Fast-Toten gehalten wurden. Auch vorher hatte man ihn schon herausgelassen – doch nur wie einen Hund, der täglich an der Leine den gleichen Weg geht, um die Stelle zu finden, an der er das letztemal gepinkelt hat. Stets der gleiche Weg in einem kleinen, abgeschiedenen Teil des Gefängnishofes, wo man sich mit niemandem unterhalten durfte. Selbst die zwei miserablen Mahlzeiten wurden in die Einsamkeit seiner Zelle gebracht. Deshalb war er erfreut, wieder mit andern Männern zusammen zu sein, neue Gesichter zu sehen. Noch war ihm nicht klar, ob er mit den nächsten Geschehnissen einverstanden sein würde; aber er wartete auf den richtigen Augenblick, um einen nächsten Schritt zu tun, einen nächsten Gedanken zu fassen.

Der Regen hatte aufgehört, und die Luft war kühl und rein. Obergefreiter Bowren ließ den Zug antreten. Es schien Franko, daß eine ungewöhnlich starke Wachmannschaft die vier Glieder zu je zwölf Mann in Rührt-euch-Stellung umgab. Mit flinken Augen musterte er die Gefangenen und Wachen und versuchte, auf Grund des jeweiligen Gesichtsausdrucks und der Haltung ihre Körperkraft und ihre Charaktereigenschaften abzuschätzen. Einige der Gefangenen hatte er schon aus der Ferne gesehen, aber von diesen befand sich

keiner in seinem Glied. Stärke bemerkte er, ziellose, unbezwingliche Kraft, verkörpert in dem Riesen, der steif dort stand und geradeaus starrte. Auch Reste von dem, was einst Stärke war, bemerkte er. Er sah die Kraft der Verschlagenheit; aber keiner war so verschlagen wie er. Er sah Mittelmäßigkeit – jene körperliche und geistige Mittelmäßigkeit, die in jedem Gefängnis so stumpf und deprimierend von den eingeschüchterten und teilnahmslosen Mithäftlingen ausstrahlte. Er sah Schwäche, spürte den abstoßenden Ausdruck und Geruch der Feigheit. Das alles bemerkte er, denn von allem war etwas in ihm.
Die Wachen hielten ihre Karabiner schußbereit. Franko kannte einige von ihnen. Von der schlanken Taille des Obergefreiten Bowren, der ihn oft ausgeführt hatte, baumelte eine schwere 12-mm-Pistole. Franko lief das Wasser im Mund zusammen – bis sein Blick auf den stämmigen Stabsfeldwebel fiel, der sich schweigend, mürrisch und unruhig am Rande des Zuges aufhielt. Franko erkannte ihn augenblicklich und erschrak. Aber sein Schrecken verflog im Bruchteil einer Sekunde und machte einem Gefühl des Hasses Platz. Mich kriegst du nicht, du Schweinehund, schrie er innerlich.
Rasch wandte er seine Aufmerksamkeit dem Gefangenen neben sich zu, ohne ihn direkt anzusehen. Der Mann hatte etwas Scheues, Gejagtes an sich. Eine bange Frage stand in seinen Augen, als sie versuchten, Frankos Blick auf sich zu ziehen, als sie ihn musterten.
»Was soll dieser ganze Quatsch?« murmelte Franko, ohne den Kopf zu wenden. Es war ihnen verboten zu sprechen.
»Ich weiß nicht«, flüsterte Odell fröhlich. Es tat ihm gut, daß jemand ihn ansprach. »Ich hoffte, du wüßtest es. Ich bin erst heute angekommen. Wahrscheinlich werden sie uns exerzieren lassen.«
»Den Teufel werden sie. Aus mir machen sie noch lange keinen Zinnsoldaten.«
»Was willst du damit sagen?«
Franko wußte nicht, was er damit sagen wollte, aber er wußte, daß er langsam klarsehen mußte. Er war ein alter Hase, und er würde es ihnen schon beweisen. Er kannte die Regeln und Vorschriften.

Überall waren hier Nigger. Trotzdem fand Maggot den, mit dem er am Morgen aneinandergeraten war. Er stand am andern Ende der Reihe. Die Wachen hatten sie möglichst weit auseinandergehalten; aber daß Maggot nun neben dem Indianer stand, war genauso schlimm – vielleicht sogar noch schlimmer, denn er wußte, daß er nie etwas tun oder sagen würde, was den Riesen herausfordern könnte. Der Geruch stach ihm in die Nase. Jetzt kannte er die Antwort auf die Frage der Jungens zu Hause: »Was stinkt mehr als ein Nigger?«
Daß er mit ihnen, und obendrein mit Indianern, Mexikanern und Ausländern in einen Topf geworfen wurde, regte Maggot von allem, was ihm passiert war, am meisten auf. Juden waren keine da, weil Juden nicht den Mumm hatten, das zu tun, was er getan hatte. Das Todesurteil machte ihm Sorgen, klar; aber der gerissene Judenanwalt hatte ihm gesagt, es bestehe gute

Aussicht, daß es umgewandelt werde. Und wenn er sich Sorgen machen wollte, war dazu immer noch Zeit genug, wenn es mal ans Aufhängen ging. Doch eins war ihm klar gewesen: Wenn er ins Gefängnis kam, war todsicher ein Nigger drin. Er hatte auch gehört, daß es außerhalb seiner Heimat Orte gab, wo man weiße Männer und Nigger zusammensteckte. Schon der Gedanke daran erfüllte ihn mit Furcht und Abscheu.
Als man ihnen die Zellen zuteilte, hatte Maggot den Wächtern zugehört, die sich unterhielten, und hatte bei einem den erhofften Tonfall herausgehört, der Musik in seinen Ohren war. Alsbald hatte er den Mann beiseite gezogen.
»Bist du aus Georgia, Junge?« hatte er gefragt.
»Shaw – Savannah . . . na und?«
»Du, hör mal, ich laß mich mit keinem Nigger einsperren.«
»Wo, zum Teufel, glaubst du denn, wo du hier bist? Im Sanatorium?« hatte der Wächter spöttisch gefragt. »Ihr geht dahin, wo wir euch hinschicken!«
Aber man hatte ihm eine Einzelzelle in der dritten Galerie des Gebäudes gegeben, und das war schon etwas.

Reisman stand vor ihnen und kam sich wie ein Fußballtrainer vor, der die Ersatzmannschaft in Schwung bringen soll. Er hatte die Meldung des Obergefreiten Bowren entgegengenommen, während Stabsfeldwebel Carl Morgan wartend abseits stand und nicht recht wußte, was er tun sollte und wohin er gehörte. »Alle mal herhören! Wir exerzieren jetzt in geschlossener Formation!« Sie starrten ihn teils feindselig, teils neugierig an. »In drei Gliedern der Größe nach antreten, marsch, marsch!«
Reisman spürte deutlich, daß Morgan sich der Nacht in *The Butcher's Arms* erinnerte und ihn wiedererkannte. Der Mann war sichtlich beunruhigt, da er nicht begriff, was Reisman hier zu suchen hatte und warum er ihm zugeteilt worden war. Möglicherweise hatte Oberst Tarbell ihm nichts Genaueres über die Gründe seiner Versetzung mitgeteilt; doch offensichtlich hatte er ihn über seine zeitweilige Suspendierung von seinem bisherigen Dienst informiert, denn Stabsfeldwebel Morgans Gesicht zeigte den verdrossenen Ausdruck eines bösartigen Kindes, dem ein Frosch gerade in dem Augenblick entrissen wird, da es ihn aufschlitzen will.
Bei Morgans Anblick fiel Reisman zum erstenmal Tess Simmons wieder ein. Wie war es nur möglich, daß sie aus seinem Gedächtnis so völlig entschwunden war! Als habe sie für ihn nie existiert. Er nahm sich vor, sie später einmal aufzusuchen.
Die drei Glieder gerieten in ziemliche Unordnung, als sie sich neu formierten, aber schließlich klappte es. Seine Leute, überragt von der Gestalt Samson Poseys, standen im ersten Glied, wie er es befohlen hatte. Er sah sie zum erstenmal, und es war für ihn ein seltsames Gefühl, zu wissen, was er wußte, und zu wissen, daß sie es nicht wußten. Sie sahen nicht anders aus wie die Männer in den andern Gliedern oder die sonstigen Gefangenen, die er hier gesehen hatte. Trotzdem ertappte er sich dabei, wie er die zwölf herausfordernd anstarrte.
Reismans Stimme war tief und klar, und er war mit ihrem Klang zufrieden,

als sie über den Platz dröhnte: »Auf Kommando von links nach rechts abzählen, von vorn nach hinten!« Er liebte das berauschende Gefühl des Kommandierens: »Wenn ich Grund habe, euch anzureden, geschieht das mit der Nummer. Wenn ihr Grund habt, mich anzusprechen, heißt es: Herr Hauptmann oder Sir! Also, abzählen!«
Nur wenige schienen sich ihrer Sache sicher zu sein, und es gab die üblichen Stockungen, wenn die Zahlen auf ein anderes Glied übersprangen. Aber Reisman hatte es noch nie erlebt, daß ein eben erst aufgestellter Zug gut abzählen konnte, wenn es nicht vorher geübt worden war. Als sie durchgezählt hatten, wandte sich Reisman an Morgan.
»Übernehmen Sie den Zug, Feldwebel, und exerzieren Sie mit ihm!«
Morgan trat an ihn heran und grüßte. »Darf ich Herrn Hauptmann unter vier Augen sprechen?«
»Natürlich.«
Sie entfernten sich von dem Zug. Reisman bog den Kopf angewidert zurück, als Morgan sich geheimnisvoll zu ihm beugte, so nah, daß er den Mann atmen hören konnte.
»Was haben Sie auf dem Herzen, Feldwebel?«
Morgan flüsterte es ihm verlegen zu, und Reisman hätte am liebsten laut aufgelacht. Allerdings wurde ihm klar, daß er jetzt eine weitere Schwierigkeit zu bewältigen hatte.
»Nun, dann sehen Sie am besten gut zu und lernen es schnell«, sagte er steif. »Denn das wird von jetzt an zu Ihren Aufgaben gehören.«
Reisman ging zu den Männern zurück. Der Stabsfeldwebel folgte ihm niedergeschlagen: Er hatte noch nie mit einem Zug exerziert.
»Obergefreiter Bowren!« rief Reisman.
Bowren kam herbei und grüßte schneidig. »Ja, Sir?«
»Verstehen Sie etwas vom Exerzieren in geschlossener Formation?«
»Ja, Sir.«
»Dann übernehmen Sie das Kommando und lassen Sie die Grundübungen ausführen.«
Schon beim ersten »Rechts um! Im Gleichschritt, marsch!« begann der Ärger. Die hinteren Reihen setzten sich vorschriftsmäßig in Bewegung, aber ein Mann in der ersten Reihe blieb wie angewurzelt stehen und behinderte dadurch die Folgenden.
»Abteilung, halt!« kommandierte Bowren und sah Reisman spöttisch an.
»Lassen Sie von neuem antreten und versuchen Sie es noch einmal, Obergefreiter.«
Der Vorgang wiederholte sich, aber diesmal gab es eine Balgerei. Bowren fuhr dazwischen und trennte die Männer.
»Der Schweinehund will nicht vorwärts«, sagte Sawyer.
Reismans Blick ging zu dem drahtigen, dunkelhäutigen Gefangenen hinüber, der wie angewurzelt dastand und sie böse anstarrte.
»Paßt Ihnen etwas nicht, Nummer Sieben?« fragte Reisman.
»Mir paßt einiges nicht«, antwortete Franko anmaßend.
»*Was* paßt Ihnen nicht?«

»Mir paßt einiges nicht.«
»Mir paßt einiges nicht, *Sir!*« schnauzte Reisman.
»Ich brauche weder Sie noch sonst jemanden mit Sir anzureden, Hauptmann. Und ich brauche nicht zu marschieren, wenn ich nicht will. Das steht in der Dienstvorschrift, und Sie kennen sie auch.«
»Warum brauchen Sie nicht zu marschieren, Nummer Sieben?«
Der Zug stand glotzend und nervös herum, verblüfft über diesen Wortwechsel. Ein überhebliches Lächeln umspielte Feldwebel Morgans Lippen. Obergefreiter Bowren hätte am liebsten seine Faust in Frankos gelbe Zähne geknallt. Er hatte schon immer gewußt, daß der Mann ein Unruhestifter war; aber jetzt sah es so aus, als ob der Hauptmann absichtlich einen Streit heraufbeschwor.
»Zum Tode Verurteilte brauchen nicht zu exerzieren«, erwiderte Franko.
Andere Männer im ersten Glied hörten das und machten sich ihre Gedanken. Reisman beobachtete, wie in jedem von ihnen ein Kampf begann, wie sich eine wortlose Unruhe ausbreitete, die den Zusammenhalt der Gruppe ins Wanken brachte. Die Hintertür alberner Proteste schien sich zu öffnen, und wenn die Leute wirklich glaubten, noch Rechte zu haben, würden sie daraus neue Kräfte ziehen.
»Was haben Sie denn getan? Den Hund des Obersten überfahren?« spottete Reisman.
Es drängte Franko zu sprechen, den Mord hinauszuschreien. Seine Finger zitterten vor blindwütigem Verlangen, sich um den Hals des Hauptmanns zu krallen. Aber wenn er jetzt hinausbrüllte, daß er gemordet habe, wäre das ein Geständnis gewesen – das er doch nie ablegen würde; denn es hätte die Vollstreckung der verhängten Strafe nahegelegt.
»Jawohl, Hauptmann«, antwortete er.
»Sie weigern sich mitzumarschieren?« fragte Reisman.
»Jawohl.«
»Wie heißen Sie?«
»Nummer Sieben.«
»Er heißt Franko, Herr Hauptmann«, warf Obergefreiter Bowren ein.
»Kommen Sie mal hierher, Franko. Ich möchte mit Ihnen reden«, sagte Reisman mit versöhnlicher Stimme.
Franko zuckte die Achseln, trat aus dem Glied und schlenderte in der von Reisman angegebenen Richtung davon. Reisman lächelte, ging mit ihm und legte seinen Arm um Frankos Schulter. Sie hatten beide die gleiche Statur. Reisman beugte sich dicht zu Frankos Ohr hinüber.
»Hör zu, du Makkaronifresser. Wenn du nicht mitmachst, schlage ich dich zusammen«, sagte er sachlich. Dann ließ er den Arm fallen, drehte sich auf dem Absatz um und ging zum Zug zurück.
Er wußte, daß Franko kam. Er spürte den Angriff wie einen Luftzug hinter sich, ließ sich auf ein Knie fallen, zog den Kopf ein und griff nach oben. Franko schlug auf den festgetretenen Erdboden auf; sein Kopf befand sich neben Reismans Knie. Er rang nach Atem. Reisman streckte seine Hand aus, als ob er dem Mann aufhelfen wollte, und schlug ihm dabei seitlich hart

gegen das Kinn. Franko lag bewußtlos da, und Obergefreiter Bowren beugte sich über ihn. Die andern Wachen rückten dichter an den Zug heran.
»Haben Sie etwas bemerkt, Obergefreiter?« fragte Reisman.
»Jawohl. Ich habe beobachtet, daß der Hauptmann von diesem Gefangenen angegriffen wurde und sich gegen ihn verteidigen mußte«, antwortete Bowren.
»Danke, Obergefreiter«, erwiderte Reisman. Er rief Morgan zu: »Schaffen Sie diesen Mann wieder in seine Zelle, Feldwebel. Lassen Sie sich dabei von einem der Wächter helfen.«
Sofern er sich allerdings Fügsamkeit auf seiten der anderen erhofft hatte, irrte er. Aus ihren Reihen klang ein Murren auf.
»Wenn jemand von Ihnen was zu sagen hat, dann 'raus damit«, sagte Reisman. »Ich höre.«
»Wenn es wahr ist, was er sagt, mache ich auch nicht mehr mit«, bemerkte Maggot vorsichtig. »Warum, zum Teufel, sollte ich auch? Ich werde ja sowieso gehängt, sagen sie.«
»Na schön, Mister Dixieland«, befahl Reisman. »Treten Sie aus dem Glied.«
Maggot trat zögernd vor. »Das versuchen Sie aber nicht mit mir, Hauptmann«, sagte er und deutete auf Frankos schlaffe Gestalt, die gerade weggetragen wurde. »So was bringt Sie vors Kriegsgericht. Wenn Sie hier Zirkus mit uns machen, werden Sie mächtigen Ärger kriegen.«
Reisman erkannte, daß hier ein Bündnis der Verdammten entstand. Einerseits fand er das richtig; andererseits stand er als Trottel da.
»Sonst noch jemand von euch Rechtsgelehrten, der glaubt, er braucht nicht zu exerzieren? – Vortreten!« forderte er auf.
Odell wußte nicht recht, was er machen sollte. Aber wenn es zutraf, daß die Todeskandidaten nicht zu marschieren brauchten, warum sollte er es dann tun? Franko hatte mit ihm gesprochen; er war ein netter Bursche. Vielleicht sollte er sich deshalb ebenfalls zur Wehr setzen. Sawyer wollte marschieren. Er wollte eine frische, neue Uniform anziehen und marschieren und marschieren und marschieren; also wartete er ab. Napoleon White trat vor. Es war kein eigentlicher Protest; aber es schien ihm besser, sich so wenig wie möglich gefallen zu lassen. Jimenez trat vor. Er würde schon zum Galgen marschieren müssen, das genügte. Odell trat vor und hatte dabei ein erregendes Gefühl. Schließlich trat auch Sawyer vor. Als Samson Posey sah, daß der Mann neben ihm sich vorwärts bewegte, ging er ebenfalls. Sechs Leute standen nun vor dem Zug; die andern in der ersten Reihe blieben unbeweglich stehen. Reisman kannte ihre Akten, aber nicht die Männer, die jeweils dazugehörten. Und doch war er überzeugt, daß sie sich in eine Gruppe des Lebens und eine des Todes geteilt hatten.
»Obergefreiter Bowren«, rief er. »Stellen Sie einen Mann der Wache ab, der diese Leute in ihre Zellen zurückbringt. Dann lassen Sie den Zug dreißig Minuten exerzieren und wegtreten.«

Die Gefangenen beendeten ihre zweite und letzte Mahlzeit um drei Uhr. Dabei fluchte jeder über den faden Rosenkohl vor sich hin.

Reisman kletterte zum Wachgang der dritten Galerie hinauf und begann seinen Rundgang. Stabsfeldwebel Morgan hatte er wieder nach draußen geschickt, um bei Oberfeldwebel D'Alessio die Leitung eines Exerzierens in geschlossener Formation zu lernen. Obergefreiter Bowren und ein Militärpolizist begleiteten Reisman zu jeder Zelle mit dem strikten Befehl, sich zehn Schritt entfernt zu halten und die Ohren zu schließen, bis er herauskäme oder nach ihnen riefe.
Als er sah, wer seine Zelle betreten hatte, ließ Victor Franko seine Füße von der Pritsche gleiten und saß sprungbereit da.
»Hallo, Franko«, sagte Reisman. Er sah sich nach einem Platz um, wo er sich hinsetzen könnte, aber außer dem Bett war keiner da. Deshalb stellte er sich in die Mitte der Zelle und ließ seine Augen ohne Eile herumwandern. »Ich möchte mit Ihnen über etwas sehr Wichtiges sprechen.«
»Ich spreche nur noch mit dem Oberst«, erklärte Franko mit wildem Blick. Ihm konnte nichts passieren. Er wußte, was er wollte. Abwarten. Wenn die Revision zu seinen Ungunsten ausfiele, würde er Zeter und Mordio wegen brutaler Behandlung schreien und versuchen, eine Kriegsgerichtsverhandlung zu erzwingen. Ein Offizier durfte einen Soldaten nicht ungestraft schlagen. Sogar General Patton durfte das nicht. Ike hatte ihn angeschissen und ihn gezwungen, sich zu entschuldigen. Wenn sie den Hauptmann anklagen würden, brauchten sie ihn, Victor Franko, als Zeugen. Ein toter Mann kann nicht reden. Das würde seine Zeit dauern – Zeit, in der er am Leben war und sich etwas ausdenken konnte.
»Lassen wir das von heute früh jetzt beiseite«, sagte Reisman. »Sie würden doch sicher gern hier herauskommen?«
»Kommen Sie mir bloß nicht auf die Tour!«
»Al sagte mir, daß Sie ein harter Bursche sind.«
»Al wer?« Sein Mund stand fragend offen.
»Capone ... Ihr Vetter Al. Haben Sie nicht allen Wärtern erzählt, Sie wären Al Capones Vetter?«
»Ach! So'n Quatsch! Diese Säcke haben keine Ahnung!«
»Und wenn ich Ihnen jetzt sage, Al hat es hingekriegt, daß Sie hier herauskommen?«
»Dann würde ich sagen, Sie sind ein Scheißkerl und wissen's selbst ganz genau!«
Reisman konnte eine Arroganz verstehen, die ihren Grund im Stolz hatte, und er wußte mit ihr umzugehen; Frankos Arroganz jedoch war die Unverschämtheit einer Ratte. Reisman kannte die Frankos dieser Welt sehr gut. Vor langer Zeit, in Chicago, hatten sie ihn mit ihrer Fähigkeit, Schrecken zu verbreiten, beeindruckt. Aber damals war er weit jünger gewesen; und nachdem er erkannt hatte, daß auch sie bluteten, schrien, Angst hatten und starben, war er ihnen ebenbürtig, war vielleicht sogar stärker als sie geworden. Das Spiel und die kommende Auseinandersetzung mit der Ratte hier würde er genießen, so wie er heute früh die Überlegenheit seines Verstandes und seiner Kräfte genossen hatte. Er spürte ein Verlangen, Franko zu packen, ihn von Wand zu Wand zu prügeln und ihn gebrochen und wimmernd auf

dem Boden liegen zu lassen; aber das wäre kindisch und würde zu nichts führen.
»Als Soldat sind Sie ein Würstchen, Franko!« sagte er halblaut. »Ich habe das in Ihrem Führungszeugnis gelesen, und Sie haben es heute früh bewiesen. Man hätte Sie in Leavenworth lassen sollen. Warum haben Sie den Tausch überhaupt gemacht? Sie wollten ja gar nicht zum Militär zurück.«
»Sagen Sie, was, zum Teufel, soll das eigentlich?« antwortete Franko argwöhnisch. »Sind Sie so was wie ein Rechtsanwalt?« Plötzlich verlor seine Stimme ihre Schärfe. »Sie haben doch noch keinen Bescheid vom Revisionsgericht, nicht wahr, Hauptmann? Man wird mich doch laufenlassen!«
»Nein, ich bin kein Rechtsanwalt, und ich habe keinerlei Bescheid, Franko«, sagte Reisman sachlich. Wie, zum Teufel, sagst du es, fragte er sich. Wie sagt man einem Mann, selbst solch einem Miststück wie diesem, daß man ihm ein neues Leben bietet? Bringt man ihm das ohne Umschweife bei, oder kostet man es eine Weile aus, geht auf dramatische Wirkungen aus? »Was würden Sie sagen«, fuhr er fort, »wenn die Armee Ihnen noch einmal Gelegenheit gäbe, Ihre Reue zu beweisen?«
»Um Himmels willen, rücken Sie damit heraus, Hauptmann!« erwiderte Franko. Wenn es nur der kleinste Hoffnungsstrahl ist, dann raus damit, du Sauzahn von einem Hauptmann. Aber beobachte ihn, Jesus, behalte ihn im Auge, er ist gerissen! Sag, was man von dir erwartet, und sag es so, wie man es von dir erwartet. »O ja, Sir, Jesus, ja, Sir!« Es kam wie ein tonloser Schrei heraus und klang ungläubig.
»Diesmal kommen Sie allerdings nicht zu einer regulären Einheit. Wenn man Sie hier rausläßt, sind Sie für die Welt schon gestorben. Und Sie müssen dann ranklotzen, bis Ihnen das Wasser im Hintern kocht. Marschieren, Kämpfe Mann gegen Mann, Pistolen, Sprengungen, Fallschirmabsprünge – bis Sie auf Befehl irgendwo eingesetzt werden. Vielleicht gehen Sie auf diese Art schneller drauf als durch den Strick und vielleicht noch ungemütlicher. Wenn alles gut geht, bekommen Sie nichts dafür – nichts als ein Vielleicht. Der Strick winkt immer noch!«
»Ich würde ja sagen!«
»Ja, *Sir!*« versetzte Reisman. »Ja, ich denke auch . . .« Jedenfalls so lange, bis du gesehen hast, woher der Wind weht. Aber im Grunde willst du den Handel jetzt genausowenig wie damals in Leavenworth. »Diese Sache hat nichts mit Ihrer Berufung beim Kriegsgericht zu tun, Franko. Wenn Sie mitmachen, wird die Revision vorübergehend aufgeschoben.«
Ja, ja, ja, Hauptmann, Herr, Sir! Was, zum Teufel, soll ich denn sonst sagen . . . Nein? »Ich bin einverstanden, Sir. Geben Sie mir bloß eine Chance!«
»Na schön, Franko«, sagte Reisman ruhig. »Die Henkerparty ist abgeblasen.« Er zog ein Päckchen Zigaretten aus seiner Manteltasche und bot an. »Nehmen Sie eine?«
»Das ist gegen die Vorschriften.«
»Schon gut, nehmen Sie nur. Sie haben sie sicherlich nötig. Wir werden von jetzt an gegen viele Vorschriften verstoßen, aber *Sie* tun es nur, wenn ich es

Ihnen ausdrücklich befehle. Im übrigen stecken Sie Ihre Nase nirgends rein und machen Sie keinen Ärger, dann werden wir miteinander auskommen.«
Reisman fiel auf, daß er schon jetzt wie ein einfallsloser Pinsel daherredete, den er eigentlich verachten würde. Aber wie sollte er sonst vorgehen? Dies war eine der Widrigkeiten seines Auftrags, und es würde noch schlimmer werden.
Franko schnellte die Zigarette mit einem Ruck seiner Lippen hoch und entzündete sie an dem Feuerzeug, das Reisman in der Hand hielt. »Danke, Hauptmann«, sagte er. O Gott, ich mache es. Ich haue sie wieder in die Pfanne. Aber ich kenne dich, du Hund! Du willst etwas von mir! Das Militär will etwas von mir! Du kommst doch nicht zu Victor Franko, wenn du Victor Franko nicht brauchst. Und ganz egal, was ich sage oder wie ich es sage – du brauchst *mich*, Herr Hauptmann, Sir, und deswegen gibt es zwischen uns von jetzt an keinen Unterschied mehr.
Reisman verließ die Zelle. Jenseits der gesprochenen Worte hatten sie sich auf eine unmittelbare Art verstanden. Und jeder hatte an dem Gegner, mit dem er es aufnehmen mußte, von neuem Maß genommen.

7

»Ihnen ist eine so fette Laus über die Leber und von dort ins Gehirn gelaufen, Leutnant, daß Sie nicht mehr richtig denken können«, murmelte Reisman. Er wußte, er faßte die Sache bei Napoleon White ganz falsch an, aber nun konnte er es auch nicht mehr ändern. Er kam nicht an den Mann heran.
Napoleon lag auf seiner Pritsche; er hatte die Hände unter dem Kopf verschränkt und starrte finster an die Decke. »Ich will Ihnen mal etwas sagen, Hauptmann«; er sprach gegen die Decke. »Und zwar das, was Flavius Honorius, der letzte weströmische Kaiser, zu den unterworfenen Völkern sagte, als er sich aus ihrem Gebiet zurückzog. ›Seht zu, daß ihr euch selbst verteidigt!‹« Er stützte sich auf einen Ellbogen und sah Reisman zornig an: »Und halten Sie mich nicht zum Narren mit ihrem verdammten ›Leutnant‹. Ich bin kein Leutnant. Ich bin ein ganz gewöhnlicher Häftling.« Er ließ sich zurücksinken und starrte wieder an die Decke. »Ich verstehe Sie nicht, White«, entgegnete Reisman. Von allen Leuten, die er ausgesucht hatte, war dieser Mann einer der wenigen, denen er ehrlich helfen wollte, einer der wenigen, mit denen er eine Zusammenarbeit als Soldat und Kamerad für möglich hielt. »Warum, Menschenskind, sind Sie überhaupt zum Militär gegangen? Warum haben Sie sich denn freiwillig zum Offizierslehrgang gemeldet? Das muß Ihnen doch einmal etwas bedeutet haben, sonst hätten Sie sich doch gar nicht erst darauf eingelassen.«
»Einmal schon«, murmelte Napoleon. Er setzte sich auf und schwang seine Beine auf den kalten Steinboden. »Ich bin aus dem gleichen Grund zum Militär gegangen wie Sie. Und glauben Sie mir, die bloße Tatsache, daß ein Farbiger als Soldat einrückt, gibt ihm mächtig Auftrieb. Es war Krieg, und sie sagten zu mir, ich stünde doch auf ihrer Seite.«

»Jedenfalls stehen Sie jetzt nicht auf der anderen Seite, oder?«
»Ich stehe auf keiner Seite. Es ist nicht mein Krieg. Wenn eine schwarze Armee auf Washington marschierte, dann würde ich auf deren Seite stehen; und zum Offizierslehrgang habe ich mich freiwillig gemeldet, weil ich vier Jahre Universität hinter mir hatte und dachte, ich könne etwas, und weil man mir erklärte, aus mir würde noch mal ein Offizier und Gentleman. Sehen Sie mich doch an, Hauptmann«, sagte er und hob den Arm. »Ich bin ein Nigger. Ich werde immer ein Nigger bleiben, ob sie mir nun die Schlinge um den Hals legen oder ob sie mir die Schlinge nicht um den Hals legen. Und wissen Sie was? Ich bin nachgerade stolz darauf. Mein Leben bedeutet mir nicht soviel, als daß ich den Rest, der mir verblieben ist, nicht gern verschleuderte. Geben Sie mir Gelegenheit, wieder einen umzubringen wie schon einmal, und ich tu's.« Napoleon musterte ihn verächtlich. »Sie, zum Beispiel, Hauptmann, könnte ich umbringen.«
Reisman lächelte. »Das könnten Sie nicht«, sagte er. »Weil ich nämlich der bessere Mann bin, White. Ich verstehe etwas mehr vom Kämpfen und Töten als Sie. Nicht das Leben biete ich Ihnen an, weil ich das nicht versprechen kann. Aber diese Sachen, die würde ich Ihnen beibringen und Ihnen Gelegenheit geben, Ihren Blutdurst zu stillen. Im Augenblick sind Sie weiter nichts als ein Mann, der sich selber leid tut.«
Napoleon legte sich wieder hin, starrte an die Decke und erwiderte nichts. Sein Zorn war verraucht, die Auseinandersetzung hatte ihn ermüdet.
»Ich komme später wieder, Leutnant«, schloß Reisman. »Das ist dann Ihre letzte Chance. Sie können sie ergreifen oder es bleibenlassen. Ergreifen Sie sie nicht, sind Sie ein Esel.«
Er trat wieder auf den Wachgang hinaus, winkte Bowren und den Militärpolizisten und ging zur nächsten Zelle. Wenn White nein sagte, würde er weitere Zeit daranhängen müssen, um Ersatz aufzutreiben, und das konnte er sich nicht leisten. Zwar bestand die Möglichkeit, daß es zu Rassenkonflikten kam; aber wenn das einmal durchgeboxt war, würde die Gruppe um so besser zusammenstehen. Außerdem besaß White Köpfchen; er war eine Führernatur und hatte sich einmal für ehrliche Überzeugungen begeistert – ein Gefühl, das vielleicht neu geweckt werden konnte. Reisman brauchte solch einen Mann, um den zersetzenden Kräften von Franko und Genossen entgegenzuwirken. Wenn er sie jemals dahin brächte, einen Neger als ihren Führer zu respektieren und ihm zu folgen – nicht weil er schwarz war, sondern weil er unter ihnen der Beste war, vorausgesetzt, er war es –, dann wäre das ein Zeichen dafür, daß sie sich wirklich über ihre kleinliche Halsstarrigkeit erhoben hatten und über sich hinausgewachsen waren.

Es dauerte eine Weile, bis Napoleons Gedanken in frühere Zeiten zurückfanden. Es dauerte jetzt immer lange, denn die helle und behütete Welt von einst lag so hoch oben und so weit fort. Er hatte zäh darum gekämpft, in seinem Elfenbeinturm bleiben zu können, und war grausam auf die Nase gefallen. Aber der Hauptmann hatte ihm geholfen. Das Gespräch mit ihm hatte Niveau gehabt; es hatte ihn angeregt und trieb ihn, Bilanz zu ziehen. Früher hatte

Napoleon nicht darüber nachzudenken brauchen, wer er eigentlich war oder wo er stand: Die Welt war gut gewesen, so wie sie war, und er hatte sie als ihm zugehörig hingenommen.
Was war für ihn der Höhepunkt gewesen? Jener Erntedanktag, dieser unvergleichlich zauberhafte Tag? Oder war er nur zauberhaft, weil er, White, ihn sich heute, in seinem tiefsten Elend, so vorstellte? Nein, es war wirklich ein zauberhafter Tag gewesen ...
Die Luft war wärmer, als sie von Rechts wegen Ende November sein durfte. Von einem wolkenlosen blauen Himmel herab flutete gelbes Morgenlicht verheißungsvoll in das Stadion, und eine leichte Brise, die erfrischend von den New Yorker Flüssen über das Football-Feld wehte, trug eine wehmütige Herbststimmung und den Geruch des Landes herein. Er stand bei den Spielern, die violett-weiße und braun-goldene Trikots trugen. Sie sahen einander fröhlich und stolz und mit einer Art belebender Furcht in die Augen. Trotz kahler brauner Stellen auf dem Rasen stieg ihnen der Duft des frisch gemähten Grases berauschend zu Kopf, und mit dem Wind kam ein Hauch von versengtem Laub, der ältere Erinnerungen an Washington und die Schulzeit heraufbeschwor. Damals waren Spieler und Zuschauer noch ein großes Meer von ausnahmslos braunen Gesichtern gewesen. Auch damals hatte es ihm gutgetan, war es herrlich gewesen, umjubelt zu werden, die Nummer eins zu sein.
Auf diesem Spielfeld jedoch war er der einzige Neger, und das war erfreulich und zugleich schrecklich. In dem weiten Stadion – genau wie in dem erweiterten, vielseitigeren Leben, das er sich erwählt und das er gemeistert hatte – verloren sich die dunklen Gesichter von Freunden und Familienangehörigen in dem brüllenden weißen Meer. Ein großes Wunder war es jedoch, daß ihm, Napoleon, aus diesem Meer heraus Menschenmassen zujubelten; und diejenigen, die krakeelten, waren keineswegs seine Feinde, sondern ergriffen nur Partei für Braun-Gold.
»Na-po-lee-on! Na-po-lee-on! Na-po-lee-on!« Wie hatten sie an jenem Tag geschrien! Und wie hatte er gespielt!
Abpfiff! Spoletti lag an der Seitenlinie und strampelte vor Schmerzen mit den Beinen. Spieler und Offizielle rannten zu ihm hin, Napoleon drehte sich der Magen um, als er sah, wie vom Auge seines Ersatzmannes das Blut floß. Napoleon war ein schneller, überlegter Spieler und im freien Lauf unerreichbar. Spoletti dagegen war schwerer und konnte härter durch Knochen- und Muskelwände brechen. Eben deswegen hatte der Trainer ihn aufs Spielfeld geschickt, um Napoleon auf Halblinks zu ersetzen. Die Uhr lief unerbittlich weiter; die Violett-Weißen lagen einen Treffer im Rückstand. Noch zwölf Yards bis zur gegnerischen Torlinie.
Einer sagte: »O Gott, sieh dir den bloß mal an!« Er beugte sich nieder und versuchte den Blutstrom zu stillen.
»Laß ihn in Ruhe!« schrie der Trainer und stellte sich vor Spoletti. Er fürchtete, der Anblick des Blutes, die zuckenden Arme und Beine, das schmerzliche Stöhnen könnten demoralisierend wirken. »Macht, daß ihr aufs Spielfeld zurückkommt, verdammt noch mal! Napoleon!«

Napoleon lief zu ihm hin, und der Trainer beugte sich ein wenig, um ihm etwas ins Ohr zu flüstern: »Um Himmels willen, spiel du weiter und tu etwas, Nappy!« flehte er. Spoletti, der sich das aufgeplatzte Lid zuhielt, wurde vom Platz getragen, und dann ging das Spiel weiter.

Als sie sich vor dem Anpfiff zur Besprechung zusammendrängten, raunte Napoleon: »Der Trainer sagt: Nummer siebzehn!« Der Mannschaftsführer sah ihn spöttisch an. »Verdammt guter Zeitpunkt für Tricks. Wir müssen doch ihre Linie weit auseinanderreißen!«

»Nein. Er sagt: Siebzehn.«

»Du willst dich wohl zum Footballstar aufschwingen, was?«

»Vielleicht.«

»Na schön, Nappy, dann also siebzehn!« Der Mannschaftskapitän gab ihm, als sie auseinanderschwärmten, einen Klaps auf den Hintern. »Ran an den Speck!«

Siebzehn war ein »Wirbel mit Variationen«. Sie hatten ihn das ganze Jahr trainiert, aber nur ein- oder zweimal in brenzliger Lage angewandt, und die Variationen mußten sich erst noch bewähren. Wie das bei derartigen Tricks so ist – wendet man sie zu oft an, sind sie wertlos, weil jeder Bescheid weiß. Der Spielführer nahm die Rückgabe an der Viertellinie auf, warf sich herum und gab den Ball an Napoleon ab, als dieser nach rechts rochierte. Doch Napoleon behielt ihn nicht. Mit langen Schritten preschte er los, als wollte er die rechte Seitenlinie hinunterstürmen, spielte aber den Ball unter der Achsel dem rechten Verteidiger zu, der eben jetzt hinter ihm vorbei auf die linke Seite lief. Ohne Ball rannte Napoleon weiter bis über die Torlinie. Er dachte, er hätte die Braun-Goldenen auf sich gezogen und dem Spieler mit dem Ball auf der anderen Seite freie Bahn verschafft. Aber die Braun-Goldenen wurden vom Publikum angefeuert: »Haltet die Linie.« Sie kamen schnell heran – zu schnell – und drängten den rechten Verteidiger samt dem Ball sieben Yards hinter die Mittellinie zurück.

Die Mannschaft drängte sich wieder zur Besprechung zusammen. Die Spieler waren verdrossen, ergrimmt, schwer enttäuscht. »Was hat der Trainer noch zu dir gesagt, Nappy?« fragte der Mannschaftskapitän.

»Er hat gesagt: Bleibt bei siebzehn.«

»Das ist doch nicht dein Ernst?«

»Doch. Das hat er gesagt. Laßt uns diesmal die Paß-Variation versuchen. Wenn ich ihn verfehle, rettet uns wenigstens die Uhr.«

»Also noch einmal die Siebzehn«, sagte der Kapitän. »Wir nehmen den Paß. Diesmal muß es aber klappen. Es muß!«

Als sie sich aufstellten, wagte Napoleon einen verstohlenen Blick auf die Uhr. Noch 32 Sekunden, und das ganze Stadion war auf den Füßen. Die Mannschaft stand in dicht geschlossener Reihe, als hätte sie die Absicht, mit aller Kraft durchzubrechen oder über einen der Flügel zu stürmen. Auch die Braun-Goldenen standen wie ein Mann.

Der Ball kam von der Mitte zurück. Napoleon übernahm ihn von dem vorlaufenden Mannschaftsführer und gab ihn abermals weiter an den nach links wechselnden Rechtsverteidiger. Nur schlug er diesmal, anstatt einen

Angriff entlang der Seitenlinie vorzutäuschen, zwischen Mittelfeld und Verteidigung einen scharfen Haken und raste so schnell er nur irgend konnte, auf die Torlinie zu.
Auf den Tribünen erhob sich auf einmal ein mächtiges Gebrüll, halb Hoffnung, halb Angst. Napoleon hatte sich freigelaufen; von hinten kam der Ball in leichtem Bogen auf ihn zugeflogen, unbehelligt von der verteidigenden Mannschaft, die plötzlich kapierte, was los war. Er stürmte vorwärts, rannte, preßte das herrliche Leder an die Brust und warf sich hinter die Torlinie, wobei er den Rücken krümmte, um den Aufprall der nachkommenden Leiber abzufangen.
Ah, was für ein Geschrei! Was für ein gewaltiges Jubelgeschrei erfüllte da das Stadion! Die Kameraden schlugen ihm auf die Schulter, umarmten und küßten ihn, und die Schiedsrichter mußten die Polizei rufen, um das Spielfeld für den nun fälligen Schuß übers Tor von Zuschauern räumen zu lassen. Und auch der glückte ihnen! Vom Sieg beflügelt, wie sie waren, glückte ihnen auch der. Dann umringten sie Napoleon erneut, hoben ihn auf die Schultern und tanzten mit ihm um das Spielfeld. Ihre freudestrahlenden weißen Gesichter hüpften und sprangen unter seinem hübschen braunen, das von Schweiß und Tränen glänzte. Die Torpfosten wankten und stürzten krachend um; es war wie in einem Tollhaus, und alles wurde übertönt von dem Chor:
»Na-po-lee-on! Na-po-lee-on! Na-po-lee-on! . . .«
Herrgott, war das schön, so schön . . . Geschüttelt von den ruhmreichen Erinnerungen, die ihn auf dem harten Bett seiner Zelle in Marston-Tyne heimsuchten, weinte Napoleon . . .

Und hinterher wollten sie ihn nicht fortlassen. Jeder wollte ihn an diesem Erntedanktag zum Abendessen einladen. »Nein, meine Familie aus Washington ist hier«, sagte er. »Vielleicht ein andermal.«
Seine Angehörigen nahmen den nächsten Zug, und er begleitete sie zum Bahnhof. Sie hatten gehofft, er käme mit ihnen und verbrächte das lange Wochenende zu Hause, doch verstanden sie es auch, als er ihnen erklärte, er bliebe lieber in New York, um sich hinter seine Bücher zu setzen. Er holte sich stets erstklassige Zensuren, und das wollte er auch weiterhin. Seine Familie mühte sich zwar redlich ab, um ihn zu unterstützen, doch sein Studium wurde ihm in erster Linie durch das Stipendium ermöglicht, das er erlangt hatte, und darum waren gute Zensuren für ihn genauso wichtig wie Football.
Danach war er frei.
Im Schummerlicht der *Tropicana* wartete Zelda auf ihn. Sie saß in einer Nische, rauchte eine Zigarette und trank Kaffee. Komisch, daß ausgerechnet die *Tropicana* ihr Treffpunkt geworden war. – Sie aßen dort Paprikaschoten oder überbackenes Hühnchen und tranken eisgekühltes Bier. Oder sie tranken nach dem Kolleg einen Kaffee, bevor er in die Bronx zum Footballtraining fuhr. Oder Zelda wartete auf ihn bei Bier und Tanzmusik aus dem Musikautomaten, wenn sie abends in der Stadt blieb. Sie hatten nie ein Wort darüber verloren, aber beide wußten instinktiv, daß dies ihr Lokal war, daß sie dort hineinpaßten und alles dort die gleiche Sprache sprach. Sie kamen

meistens mit Gruppen von anderen farbigen oder weißen Studenten, und wenn sie einmal allein waren, fanden die netten Barmixer und Kellner nichts dabei. Man nahm wohl an, daß sie auf die andern warteten. Manchmal kamen die andern auch noch, aber oft blieben sie ganz allein.

Von den wenigen, weitverteilten trüben Lichtquellen, die die unechte Tropendekoration eher verbargen als beleuchteten, fiel ein glitzernder Schein auf ihre Brillengläser, als sie aufblickte. Warum hatten sie sich nicht einen hellen Platz ausgesucht, wo jeder sie sehen konnte? Nun, sie hatten es eben nicht. Es war doch aber eine Studentenkneipe. Und selbst wenn es das nicht wäre? Sie gingen doch auch zusammen durch die Stadt. Zelda hängte sich bei ihm ein, wenn sie eine Straße überquerten, und manchmal hielten sie sich sogar flüchtig bei der Hand.

»Nein. Setz dich neben mich«, sagte Zelda, als Napoleon auf die Bank gegenüber rutschen wollte. Sie ergriff sein Handgelenk und schob ihre Hand forsch besitzergreifend in seinen Jackenärmel, um die Stärke der Muskeln zu fühlen. »O Nappy, Nappy, du warst fabelhaft! Ich war so stolz, daß ich dich kenne . . .«

Ein unvermuteter sinnlicher Kitzel lief sein Rückgrat hinunter und setzte sich in den Lenden fest. Er hatte schon öfter ihre Hand gehalten; sogar auf die Wange hatten sie einander geküßt, aber noch nie hatte so viel Sinnlichkeit in einer so harmlosen Geste gelegen wie dem Streicheln seines Armes.

»Nicht wegen des Spieles«, fuhr sie fort. »Du weißt, ich finde es albern – eine Zeitverschwendung; sondern weil du sie alle übertrumpft hast. Du warst der Beste, der Star. Welch ein Sieg für dein Volk.«

Napoleon hatte es gar nicht gerne, wenn Zelda so von *seinem Volk* sprach, als wäre er ein Prophet oder geradenwegs von den *Grünen Auen* gekommen. Doch wußte er, daß sie es nicht böse meinte. Sie war jung und noch ganz erfüllt von den Ungerechtigkeiten des Lebens. Er andererseits war zu sehr damit beschäftigt, seine Bildung zu vervollkommnen und Siege zu erringen, um sich über solche Fragen den Kopf zu zerbrechen.

»Wie lange hast du Zeit?« fragte er. »Mußt du zum Abendessen nach Hause?« Wenn sie ihn zum Essen einlüde, würde er mitgehen. Er wäre gern mit zu ihr nach Hause gegangen. Sein gesellschaftliches Leben blieb nämlich trotz seiner Beliebtheit an der Uni auf Studenten und studentische Aufgaben beschränkt. Es wäre ein lohnendes Erlebnis, ihre Verwandten und Freunde kennenzulernen und in einem Kreis von älteren Menschen außerhalb der Universität zu verkehren.

»Nein«, antwortete Zelda. »Meine Eltern sind übers Wochenende nach Lakewood gefahren. Ist das nicht herrlich? Ich habe die Wohnung ganz für mich allein.«

Er spürte eine plötzliche Beklemmung.

»Hast du nicht Lust mitzukommen?« fragte sie. Und dann, harmloser: »Das heißt, wenn du nichts anderes vorhast. Wir können auch den ganzen Abend hier bleiben.« Sie sagte es fast kichernd. »Gearbeitet wird nicht. Schließlich ist heute Erntedanktag.«

Napoleon hatte immer gewußt, daß einmal der Augenblick kommen mußte, da sie die Schwelle flüchtiger Zärtlichkeiten überschreiten würden. Aber wie harmlos und natürlich es aus ihrem Munde klang! »Nein, ich glaube, es ist besser, wenn ich nicht mit dir komme«, sagte er langsam. »Du ganz allein mit mir. Das würde ein schlechtes Licht auf dich werfen. Die Leute würden reden. Ich weiß, wie sie sind, wenn sie jemanden wie mich in einem hübschen weißen Viertel erblicken.«

Es war das erstemal, daß er das Thema ihrer verschiedenen Hautfarbe berührte, aber es mußte nun sein. Um seinetwillen, weil er sich vor einem Zwischenfall fürchtete, und um ihretwillen, weil er ihren Ruf schützen wollte. Ihr Vater war Geschäftsmann. Er verdiente viel Geld, und wahrscheinlich bewohnten sie ein protziges Haus. Es lag am Central Park West und hatte vermutlich einen Pförtner und einen Fahrstuhlführer, und beide würden Fragen stellen und klatschen.

»Napoleon, wie kannst du nur so etwas sagen.« Zelda ließ nicht locker. »Es ist doch mein Elternhaus. Ich kann jeden mitbringen, den ich will.«

Aber er wußte, er konnte nicht mitgehen – durfte es nicht. Die unausgesprochene Angst würde alles, was dort geschehen mochte, verderben. Freilich konnte er Zelda ebensowenig mit zu sich nehmen. Er bewohnte ein billiges Zimmer bei einer Familie in Harlem. Wenn sie dorthin mitginge, würde es genauso ein häßliches Gerede geben. Und sollte sie nach Einbruch der Dunkelheit von einer der Halbstarkenbanden in seiner Begleitung erwischt werden, würde man ihn durchprügeln, und es würde eine wüste Schlägerei geben. Andern war das schon passiert. In Harlem herrschten genauso idiotisch starre Ansichten über Sitte und Moral wie in der übrigen Welt.

Nun war Napoleon an jenem Tage zwar kein gierig keuchender Schürzenjäger, aber auch nicht gerade ein Unschuldsengel. »Wie wär's, wenn wir in die Wohnung von Rex hinübergingen?« schlug er vor. »Er ist nicht da. Ich habe den Schlüssel. Er hat gesagt, ich könnte jederzeit hinein, wenn ich wolle.« In Greenwich Village hatte man gegen solche Dinge nichts einzuwenden.

»Einverstanden«, sagte sie. »Gehen wir.«

Der Universitätsplatz war fast menschenleer. Sie betraten den Washington Square und gingen quer durch die braunen, kahlen Anlagen zu dem Labyrinth wenig luxuriöser Wohnblocks hinüber, die sich nach Süden und Westen erstreckten. Rexford Mace hatte sich dort eine Wohnung eingerichtet, die zwar nicht viel Komfort aufwies, aber auch nicht schlechter war als irgendeine an der Park Avenue – wenn man erst einmal die schmutzige Straße und den dumpfen Müllgestank in den Hausfluren hinter sich hatte. Das Haus war überwiegend von freundlichen, aufgeschlossenen Bohemiens, Bisexuellen, Studenten und Intellektuellen bewohnt. Hier fiel die Tatsache gar nicht ins Gewicht, daß Rex – der als Sohn einer wohlhabenden westindischen Familie mit erstaunlichem Oxford-Akzent sprach – wohl der schwärzeste Neger von ganz New York war.

Wenn Napoleon überhaupt jemanden beneidete und schätzte, dann Rexford Mace. Er hatte es sich sogar angewöhnt, den geschliffenen Oxford-Akzent seines Freundes nachzuahmen. Damit setzte er gewissermaßen sein Selbst-

vervollkommnungsprogramm fort, mit dessen Hilfe er vor langer Zeit schon seinen Südstaatler-Slang abgelegt hatte.
»Wo hast du bloß deinen Namen her, Napoleon White?« pflaumte Rex ihn an, nachdem sie sich kennengelernt hatten. »Er ist unmöglich, seltsam oder einmalig – je nachdem, wie man es ansieht. Dein Vater muß Großes mit dir vorgehabt haben, als du zur Welt kamst.«
Es fiel Napoleon leicht, in das Lachen einzustimmen – leichter als sonst, wenn er über sich und seine Herkunft sprach. »Ich glaube, da hat sich vor gut hundert Jahren mal ein arkadischer Liebhaber auf der Plantage herumgetrieben«, sagte er und versuchte ernst zu bleiben, was ihm jedoch bei Rexfords ansteckendem Gelächter schwerfiel. »Meine Familie stammt aus Louisiana, nicht weit von New Orleans. Jedenfalls war dieser Franzose offenbar mein Urgroßpapi.«
»Schön, das erklärt, woher der Name White kommt. Aber mußte man denn so furchtbar patriotisch oder unamerikanisch mit ihm umspringen?« scherzte Rexford. »Sieh mich doch mal an, ich bin rein schwarz, Auslese!«
»Es ist eine Art Familientradition«, erklärte Napoleon unbeholfen. »Damals hießen, glaube ich, alle Franzosen Napoleon. Seither gab es in jeder Generation einen Napoleon.«
Nach der Art zu schließen, wie Rexford dachte, handelte und lebte, schien er sich der Tatsache, daß er ein Neger war, überhaupt nicht bewußt zu sein. Abgesehen von geringfügigem Ärger hier und da, den er mit Humor, Spott und Arroganz ausräumte, schien seine Hautfarbe ihn in keiner Weise zu belasten. Rexford wußte, was er vom Leben wollte, und er verfügte über die Fähigkeiten und das Auftreten, um es auch zu erreichen und zu genießen. Er war ein hochintelligenter Student im vorklinischen Semester. Seinerzeit hatte er sich gar nicht erst damit aufgehalten, um Zulassung an einer amerikanischen Universität nachzusuchen; das hielt er für unter seiner Würde. Vielmehr war er längst in Edinburgh angenommen. Vielleicht hätte er Heidelberg oder eine andere deutsche Hochschule noch vorgezogen. Angesichts der Rassenpolitik Hitlers schlug er sich das aber aus dem Kopf. »Das können sowieso unmöglich noch gute Universitäten sein«, sagte er.
Rexford war ein Charmeur; Mädchen spielten in seinem Leben eine wichtige Rolle. Wahrscheinlich sowohl weiße wie farbige, wobei die Hautfarbe für ihn lediglich eine sinnliche Zierde darstellte, nicht anders als die Form einer Brust, die Kurven eines Hinterteils oder eine klare, schlanke Beinlinie. »Im Grunde sind mir die orientalischen Frauen am liebsten«, meinte er einmal, als er auf einer Couch lag und lässig eine Sobranie in einer schwarzen Onyxspitze rauchte. »Sie sind so herrlich willfährig, so emsig bemüht zu gefallen, eine wunderbare Beschäftigung.« Weißen Frauen gegenüber verhielt er sich eingestandenermaßen wie ein Vampir. Ob sie ihn sexuell nun reizten oder nicht, er brauchte sie einfach, um etwas in sich zu nähren und zu stärken.
Napoleon hatte dieses Bedürfnis nicht, aber er wollte mal einen Versuch machen.

»Rexford hat so einen guten Geschmack«, sagte Zelda.
»Und das nötige Geld dazu«, erwiderte Napoleon.
Sie war in die kleine Küche gekommen, wo er Martinis mixte. Nun zeigte sie ihm ein schwarzes Spitzennegligé, das sie über einen Arm drapiert hatte.
»Ich habe mir schon immer mal gewünscht, hier ein wenig herumzuschnüffeln«, sagte sie schadenfroh. »Dies habe ich in einem Kleiderschrank gefunden.«
»Nicht doch, Zelda. Das ist nicht nett.«
Beim Umrühren klirrten die Eiswürfel im Mixbecher. Das Geräusch versetzte sie in fröhliche Festtagsstimmung. Im Grunde war es ihm gleichgültig, ob sie schnüffelte; Rexford wäre es auch gleichgültig.
»Du glaubst doch wohl nicht, daß er das trägt, oder?« kicherte sie. »In tollen und geheimnisvollen, nur ihm bekannten Stunden?«
»Nein, mein unschuldiges Fräulein«, sagte er lächelnd, aber mit einem flauen Gefühl. »Das ist für Logiergäste. Rexford ist sehr fürsorglich und aufmerksam.«
»Ich würde es liebend gern mal anziehen. Wenn ich mir so etwas kaufte, würde meine Mutter mich umbringen.«
Er sah, während er die Gläser vollschenkte, flüchtig auf. »Tu's doch«, sagte er. Seine Stimme hatte einen Widerhaken. »Du sähst wahrscheinlich aus wie Hedy Lamarr.«
»Ich schwärme für Josephine Baker«, sagte sie. »Paris ... ich wollte, wir wären jetzt in Paris. Da ist es anders.«
»Vive la différence!« Napoleon prostete ihr zu, indem er die Gläser aneinanderstieß und ihr eins überreichte.
»Möchtest du's wirklich?« fragte Zelda und starrte ihn an.
Ihre Augen suchten und fanden sich, hielten sich fest, als wollte jeder tief in den andern hinabtauchen und feststellen, was er dachte. Er hatte sie sehr gern. Doch was immer auch die selbstlose Liebe einer Frau sein mochte – er bezweifelte, daß er solch ein Gefühl hegte. Sie stellte für ihn eine Herausforderung dar und schmeichelte seiner Eigenliebe. Sonderbarerweise konnte er nicht einmal sagen, ob sie hübsch war. Für ihn sah sie aus wie andere weiße Mädchen auch.
»Ja, ich möchte es«, sagte Napoleon leise.
»Also schön«, erwiderte Zelda fröhlich. »Ich komme gleich wieder.« Sie drehte sich um, nahm ihren Martini und verließ die Küche. Er fragte sich, ob sie sich wohl ein bißchen Mut antrinken wolle.
»Zel!« rief er.
Im Wohnzimmer blieb sie stehen. Ihre bestrumpften Füße versanken in dem flauschigen Teppich. Die Wohnung war mit aufregend modernen, neuen Sachen ausgestattet – unaufdringlich und solide, aber mit klaren Linien und leuchtenden Farben. Die Einrichtung gefiel ihr, denn sie stand in einem so wohltuenden Gegensatz zu der steifen, altmodischen, dunklen und ziemlich unpersönlichen Eleganz der großen Wohnung ihrer Eltern.
»Sieh, was ich hier alles habe«, sagte Napoleon. »Komm doch mal her.« Er öffnete den Kühlschrank. »Puter, Preiselbeeren, Füllung und Zutaten. Ich hatte

es mir schon halb gedacht. Wir können uns selbst unser Festessen bereiten. Kannst du kochen?«
»Kann ich!« Sie küßte ihn glückstrahlend auf die Backe und lief ins Schlafzimmer.
Napoleon saß auf einer Couch und nippte nervös an seinem Martini. Plötzlich hörte er Zeldas Stimme: »Nun, wie findest du mich?«
Sie stand in der Tür zum Schlafzimmer. Er stieß einen bewundernden Pfiff aus. Was tut man im Zweifelsfalle? Man paßt sich einfach dem allgemeinen Brauch an und folgt der Masse. Man tut, was von einem erwartet wird, und macht's wie im Film. Nur werden solche Dinge im Film nicht gezeigt.
Sie stellte sich in Pose – Negligé und hohe Hacken. »Sexy, was? Sehe ich nicht wie ein Vamp aus?« Er merkte, daß Zelda sich jetzt kokett gab, um ihre eigene Nervosität zu überspielen. Ob sie wohl schon jemals mit einem andern Mann so etwas gemacht hatte? Ob sie schon einmal mit einem geschlafen hatte? Wußte sie, was sie tat? War sie noch unberührt?
Sie hatte ihre Brille abgenommen. Das dichte, schwarze Haar war gelöst und durchgekämmt; es hing ihr frei auf die Schultern. Zwar hüllte das Negligé ihren Körper ein, doch war es so durchscheinend, daß er dank der Lichtverteilung im Wohnzimmer und dem weichen Gegenlicht, das durch die Schlafzimmertür fiel, ihren üppigen Busen erkennen konnte. Ihre Weiblichkeit war Napoleon nicht verborgen geblieben, aber bislang hatte sie ihn nie ausgesprochen erregt – nicht so, wie es bei andern im College war, die ständig von »großen Titten« redeten und »Sieh dir bloß diesen Hintern an« und »Mensch, wenn diese Beine da mich mal umschlingen würden«. Sie hatte ihren Schlüpfer oder Hüfthalter anbehalten, unter dem Negligé zeichnete er sich ab.
»Ich kann gar nichts sehen«, sagte Zelda blinzelnd. »Sag doch etwas. Sitz nicht einfach da und sperr Mund und Nase auf.«
»Du siehst entzückend aus«, sagte Napoleon. »Sehr attraktiv ... sehr sexy ... sehr ...«
»Jetzt hör aber auf«, sagte sie und schritt auf ihn zu. »Warte, ich will mir eben mein Glas holen.« Sie ging ins Schlafzimmer zurück, wo sie es hatte stehenlassen, kam dann wieder und ließ sich ihm gegenüber in einen Sessel fallen. Sie schlug die Beine übereinander und wippte ein paarmal mit dem oberen, um ihre Fesseln und Pumps einer Prüfung zu unterziehen. Darauf nippte sie an ihrem Martini. »Hmm, köstlich. Gott, ist das gemütlich. Als wären wir's nicht anders gewohnt.«
Ein verrückter Gedanke schoß ihm durch den Kopf und verursachte ihm Übelkeit. Warum hatte sie sich nicht neben ihm auf die Couch gesetzt? Als sie aus dem Schlafzimmer kam, hatte er mit der Hand auf den Platz neben sich geklopft, um anzudeuten, daß er für sie sei. War das Ganze nur ein neckisches Spiel? Wollte sie bis hierher gehen und nicht weiter? Wenn das der Fall war, na schön – so dringend brauchte er sie nun auch wieder nicht. Allerdings hatte er schon von Mädchen gehört, weißen Mädchen, die einen Jungen erst aufreizten und dann, wenn er sich an sie heranmachte, um Hilfe schrien und behaupteten, er habe sie vergewaltigen wollen. Himmel nein,

nicht Zelda. Die war nicht so. Hoffentlich zog sie sich wieder an. Sie könnten nett zusammen essen, Rexfords Calypso-Platten spielen, und dann könnte jeder nach Hause gehen. Das wäre dann ein schöner Abend gewesen.
»Sollen wir nicht anfangen zu kochen?« fragte Napoleon und stand auf. »Ich helfe dir. Sag mir, was ich tun soll.«
»Ihr Männer denkt nur ans Essen«, antwortete Zelda und blinzelte ihm zu. »Wie wäre es mit noch einem Schluck?« Sie hielt ihm ihr leeres Glas hin.
Sie schenkten sich noch zweimal ein und unterhielten sich über Freunde, über die Universität, das Footballspiel und ihre Familien. Es war ein regelrechtes Sparring. Jeder kam dem andern bald nahe, bald entfernte er sich von ihm. Sie suchten die Vertrautheit wieder, die sie verband, wenn andere dabei waren und sie nicht gegen dieses Stärkere anzukämpfen hatten. Zelda mühte sich, standhaft zu ihrer Überzeugung zu stehen. Napoleon wußte nicht, was er tun sollte.
An Frauen hatte es ihm nie gefehlt. Er sah gut aus, und die Mädchen liefen ihm nach. Das französische Blut hatte seine Haut aufgehellt und den negroiden Gesichtsschnitt etwas verändert. Seit er alt genug war, ließ er sich einen schmalen Schnurrbart stehen, der ihm das Gefühl gab, weltmännisch zu wirken. Und mit wenig, aber guter Garderobe, die er sich durch Halbtagsbeschäftigung und während der Sommermonate verdiente, brachte er es stets fertig, sauber und gut angezogen zu sein. Trotz einer strengen Erziehung und trotz seiner Zugehörigkeit zur Kirche hatte es bei ihm früh mit dem Sex angefangen, schon als er noch zu Hause war. Auf der Universität gab es ein paar heißblütige Asiatinnen, die hinter ihm her waren. Doch abgesehen von ein paar Bettgeschichten hatte er mit keiner ernstlich etwas angefangen. Überdies liefen in Harlem eine Menge Mädchen herum, die rasch für ein Amüsement zu haben waren; seine sexuellen Bedürfnisse waren nie unbefriedigt geblieben. Aber ein weißes Mädchen hatte er noch nie gehabt.
»Nappy, mein Schatz, ich bin beschwipst«, sagte Zelda schließlich. Sie stand langsam auf und glitt auf ihn zu. »O je, ich habe zuviel getrunken.« Sie ließ sich auf seinen Schoß fallen, und es durchfuhr ihn wie ein Schlag, als er unter dem dünnen Negligé plötzlich ihre weiche Üppigkeit spürte. Den Kopf hatte sie an seine Schulter gelegt, und ihr Parfüm berauschte ihn. »O Nappy«, sagte sie, »küß mich. Magst du mich nicht?«
Er küßte sie auf Hals und Wange und dann auf die vollen, feuchten Lippen. Ihre Zunge schoß in seinen Mund, und dann stöhnte sie und grub ihre Nägel in seine Schultern. Es war verrückt, aber vielleicht lag es am Footballspiel.
»Ah, das hat gutgetan«, sagte sie. »War's ehrlich gemeint, Nappy?«
»Ja, Zel«, sagte er und strich ihr besänftigend übers Haar. Er hätte gern ihr weiches Fleisch unter dem Stoff berührt, wagte es aber nicht. »Hmm, bist du schwer«, sagte er und rückte sie bequemer zurecht.
»Zu fett«, erwiderte Zelda, sie küßte ihn flüchtig auf den Mund und lächelte ihn an. »Aber für dich doch nicht, Nappy. Du bist stark. Du bist ein Star. Das habe ich heute gesehen.« Wieder fuhr sie mit ihrer Hand an seinem Arm entlang, massierte ihn und prüfte die Stärke seiner Muskeln. »Ich wette, du kannst mich tragen. Los, Nappy, trag mich mal.«

Er stand mit ihr auf, und sie kuschelte sich an seine Brust.
»Trag mich dort hinein«, sagte sie und zeigte auf das Schlafzimmer. »Ich fühle mich so schwach; ich werde bestimmt ohnmächtig, wenn ich mich nicht hinlege.«
Napoleon trug sie ins Schlafzimmer. Schwer lag sie in seinen Armen. Er mochte es nicht, wenn ein Mädchen betrunken war. Allerdings konnte er nicht beurteilen, ob Zelda es wirklich war oder nicht. Vielleicht tat sie nur so. Alles schien nach einem vorbestimmten Plan abzulaufen, den er nicht aufhalten konnte, selbst wenn er es gewollt hätte.
»Es wäre besser, wir fingen mit dem Kochen an«, sagte Napoleon. »Das bringt dich wieder auf die Beine. Braucht ein Puter lange?«
»Gleich, Nappy«, flüsterte Zelda ihm ins Ohr. »Bitte, laß mich einen Augenblick ausruhen ... bitte, bitte.« Er legte sie behutsam auf das Bett und paßte dabei auf, daß das Negligé sie überall verhüllte. »Nimm du inzwischen den Vogel aus dem Eisschrank – ach, ist das komisch ... Vogel aus dem Eisfach ..., er muß erst auftauen, weißt du. Geh schon ... ich komme gleich.«
Napoleon ging in die Küche, wo er eine Weile nervös herumhantierte. Warum, zum Teufel, ließ er sich überhaupt mit einem weißen Mädchen ein? Weil es eine Herausforderung war, eine aufregende und gefährliche Sache? Vielleicht bildete er sich das nur ein, und in Wirklichkeit war es ganz harmlos. Vielleicht ging es ihm einfach zu rasch mit Zelda. Er hatte sich ihr nie anders als freundschaftlich genähert. Napoleon brühte eine Kanne Kaffee auf und blieb so lange in der Küche, bis alles fertig war. Dann trug er zwei dampfende Becher voll ins Wohnzimmer.
»Zel!« rief er. »Ich habe Kaffee gekocht, der wird dir guttun. Komm her.«
Er hörte sie seufzen, setzte die Becher ab und ging langsam zu ihr hinein. »Was ist los, Schatz?« fragte er. Als er sie aber in diesem Augenblick erblickte, vergaß er alles und spürte nur, wie sein Herz vor Verlangen schneller schlug.
Zelda lag bäuchlings auf dem großen Doppelbett. Das geliehene Negligé hatte sie beiseite geworfen. Sie trug nur noch einen blaßrosa Hüfthalter, von dem die kleinen Strumpfbänder hinten und seitlich auf ihre Oberschenkel hingen. Napoleons Blick strich über die zarte Glätte ihres nackten Rückens und die hohe Wölbung des bedeckten Hinterteils, über die gespreizten, weißen Oberschenkel, geschwungenen Beine und die Stelle, wo ihre Brüste sich gegen das Laken drückten. Die dunklen Jalousien waren herabgelassen. Sie verbargen die Außenwelt; ob es Tag oder Nacht war, blieb ohne Bedeutung.
»Nappy, Nappy, was tust du mit mir?« sagte Zelda schluchzend mit abgewandtem Gesicht. Sie stützte sich auf die Ellbogen, drehte ihm ihr feuchtes Gesicht zu und flehte: »Ich sehne mich so sehr nach dir ... möchte deinen Körper ... an mir fühlen ... deine Kraft ... Willst du mich nicht?«
»Es ist gut, Zelda«, flüsterte Napoleon und beugte sich über sie. »Alles ist gut jetzt. Ich bin ja da.« Er spürte seinen rasenden Herzschlag so stark, daß er dachte, es müsse ihn in Stücke hämmern. Mit der Hand berührte er ihre Taille und streichelte sie mit kreisenden Bewegungen. Zelda stieß einen

langen Seufzer aus, als ob alle Luft aus ihrem Körper entwiche. Sie sackte auf dem Bett zusammen und drängte ihren Rücken gegen seine Hand. Napoleons Finger berührten den Gurt des Hüfthalters, schoben sich darunter und umfaßten die weiche Fülle ihres Körpers. Dann kam auch die andere Hand nach. Er küßte Zelda auf die Taille und streifte ihr den Hüfthalter über Schenkel, Knie und Knöchel ab. Jetzt dachte er an keine Hautfarbe, keine Vorbehalte mehr. Er sah nur noch das Mädchen, nach dem er verrückt war, das ihn, aus welchem Grunde auch immer, begehrte.

Zelda starrte ihn verlangend an; sie reckte sich hoch, um ihm beim Ausziehen zuzusehen. Napoleon wandte sich ab; es war ihm peinlich, sich vor ihr zu zeigen. Nackt trat er zu ihr. Er kniete zuerst mit einem Bein auf dem Bettrand und hielt den Gummischutz in der Hand versteckt. Scheu und gierig und gespannt tasteten ihre weitgeöffneten Augen ihn ab. Als sie sah, wie sein Körper reagierte, griff sie dorthin und berührte ihn. »Mein Gott, so also ...« murmelte sie. »Komm, mein Nappy ... komm doch zu mir ...«

Einen Augenblick zögerte er noch. Eine Ahnung durchzuckte ihn, und dann die unumstößliche Gewißheit, daß er – kaum glaublich – der erste Mann für dieses Mädchen war.

»Zieh etwas darüber, Nappy ... bitte, bitte«, rief Zelda. »Ich habe von nichts eine Ahnung ... tu es ... o mein Gott! ...«

Napoleons Lenden schmerzten, als er jetzt an dieses Erlebnis zurückdachte. Er preßte die Fäuste in die Augen und spürte mit dieser Erinnerung erneut die Qual des Es-war-einmal-und-kommt-nie-wieder. Auch Zelda war ein Teil dieses verzauberten Tages, dieser wunderbaren Jahre gewesen. Doch wenn er geglaubt hatte – was Rexford damals zweifellos tat –, der Umstand, daß er mit Zelda schlief, würde ihm zu einem neuen, sieghaften Lebensgefühl verhelfen, so täuschte er sich. An jenem Tag war keine wilde Begierde gestillt worden; er hatte nämlich keine verspürt. Er schwebte in einem Wolkenkuckucksheim, das nichts, gar nichts mit der übrigen Welt zu tun hatte. Die Begierde war später gekommen und hatte nichts mit Frauen zu tun.

Und die arme Zelda! An jenem Tag und an den folgenden Tagen war für sie beide eine große Seifenblase geplatzt – damals, als sie ihn angefleht hatte, es noch einmal zu versuchen, und er sie so wahnsinnig gern glücklich gemacht und ihr geholfen hätte, jene Höhen der Lust zu erreichen, nach denen sie sich verzehrte – vergebens. Allmählich hatten sie sich seltener gesehen, selbst in der *Tropicana*, und obgleich er sie immer noch mochte und nicht schlecht von ihr dachte, war es ihm sehr recht so, weil ihre Beziehung zu einer körperlichen und geistigen Strapaze geworden war. Für ihn blieb es gefährlich, für sie unbefriedigend.

Erst viel später waren ihm schließlich über Zelda die Augen aufgegangen. Er hatte sein Examen gemacht, hatte sich monatelang erfolglos nach einer halbwegs anständigen Arbeit umgesehen und war dann, unmittelbar nach Pearl Harbor, eingezogen worden. Der Krieg gab ihm endlich eine Art Ziel. Im Urlaub fuhr er nach New York und überraschte Rexford mit seinem Besuch.

Er traf Zelda bei Rexford in dessen Wohnung an. Sie wirkten beide so verlegen, als seien sie in flagranti ertappt worden, was wohl auch der Fall war.
»Nappy, wie schön, dich wiederzusehen«, sagte sie befangen. »Erzähl doch. Du siehst ... hm ... prachtvoll aus!« Sie stellte sich auf die Zehenspitzen und küßte ihn auf die Backe.
Ihre Gegenwart störte Napoleon; aber er war viel zu sehr von Stolz geschwellt, als daß er es sich hätte anmerken lassen. Beiläufig erwähnte er: »Übrigens habe ich die Grundausbildung hinter mir und bin soeben für den Offizierslehrgang angenommen worden.«
Sie setzte ihm einen Dämpfer auf: »Und was bedeutet das? Ich meine ... du weißt schon, Ausbildungslager im Süden und so?«
»Ach so, ja«, sagte er. Er wußte genau, was sie meinte: die Sondereinheit; den Quark, den man sich von ein paar weißen Offizieren und Unteroffizieren als angeblich militärisch wichtig vorsetzen lassen mußte; den Nepp in den Städten, obwohl man Uniform trug – oder vielleicht gerade deswegen.
Nach kurzer Zeit verabschiedete sich Zelda. Als wäre weiter nichts gewesen, sagte sie zu Rexford: »Vielen Dank für das Buch« und zu Napoleon: »Ruf mich doch an, Nappy, wenn du Zeit hast« – was ganz albern war, denn selbst als sie noch miteinander gingen, hatte er sie nie zu Hause angerufen.
»Du bist doch nicht böse?« fragte Rexford verlegen, als er von der Wohnungstür zurückkam. »Ihretwegen?«
»Keine Spur. Das ist längst vorbei.«
Sie tranken etwas und unterhielten sich. Der Krieg hatte Rexfords Reise nach Edinburgh vereitelt; er studierte nun in New York.
»Bevor ich soweit bin, Kugeln herauszuoperieren und zerfetzte Leiber zu flicken, haben die zivilisierten Rassen vielleicht aufgehört, sich gegenseitig zu erschießen und in die Luft zu jagen«, meinte er. »Das heißt, wenn ich Glück habe und weder die Regierung Seiner Majestät noch der Große Weiße Vater in Washington beschließen, daß ich besser zum Kanonenfutter tauge als zum Arzt.«
Unvermeidlich kam das Gespräch auf Zelda zurück. »Wenn du nicht möchtest, spreche ich nicht von ihr«, sagte Rexford.
»Doch, doch, erzähl mir von ihr. Es interessiert mich. Vielleicht fühle ich mich irgendwie verantwortlich. Ich weiß nicht.«
Zelda hatte sich in Greenwich Village den Ruf erworben, daß sie leicht zu haben sei. Dauernd hatte sie andere Männer. »Worauf auch immer das Mädchen aus ist – sie macht einen verrückt damit. Sogar ich habe es ihr nicht geben können«, gestand Rexford. »Und das bei meinem Ruf! Alle Naselang schaut sie bei mir herein, damit ich sie tröste und um zu sehen, ob ich mir nicht inzwischen etwas Neues für sie ausgedacht habe. Schade, wirklich. Es tut mir leid, daß sie auf diese Bahn geraten ist.«
Mit einem Mal wurde Napoleon seine ganze Affäre mit Zelda klar. Er begriff sie. Sie hatte in ihm einen *Chef de cuisine* der Lust gesehen, der möglicherweise fabelhaft war – einen Zuchtbullen, der es ihr besorgen würde, weil sie es so wollte und brauchte, und von dem man annehmen durfte, daß er sie

gleich beim erstenmal richtig hochbringen würde. Napoleon war deswegen nicht verbittert, er grollte ihr nicht – das hatte er eigentlich nie getan. Er empfand nur eine schmerzliche Wehmut. Und auch eine gewisse Komik war dabei, wenn auch eine recht klägliche, denn im Grunde tat sie ihm leid.

Das waren die guten Erinnerungen: jener Erntedanktag, jene Jahre, jener Kreis, jenes Mädchen ... Doch waren sie nur durch ihn hindurchgegangen; sie hatten ihren süßen Bodensatz zurückgelassen und ihn dem Hunger, der Rache und dem Haß nähergebracht.

8

Reisman verabscheute das, was er in diesen Stunden tun mußte, da er von Zelle zu Zelle durch das düstere und feuchte alte Gefängnis schritt, seine Sätze von Mal zu Mal vervollkommnete und seinen schwachen Hoffnungsschimmer anbot. Er wünschte, jemand anders hätte für ihn diese Szenen gespielt und ihm dann zwölf Soldaten vorgestellt, die bereit waren, mitzumachen.

Auf dem Exerzierplatz am Nachmittag, als er die einzelnen Leute noch nicht kannte, hatte er sich mit einer Denkaufgabe beschäftigt: Welches Verbrechen gehört zu welchem Mann? Er hatte sich vorher die Akten angesehen. Die Verbrechen und einiges von der jeweiligen soziologischen, psychologischen, militärischen und medizinischen Vorgeschichte kannte er; aber er kannte die Leute nicht. Posey fiel ihm natürlich auf. Auch wußte er, daß Napoleon White der Neger war, und Franko lernte er dann ja rasch kennen. Bei den übrigen aber konnte er nur schwer kombinieren, allenfalls intuitiv.

Obergefreiter Bowren nannte Reisman jetzt an jeder Zelle, zu der sie kamen, den Namen des betreffenden Häftlings. Vorher hatte es da nur ein wesenloses Verbrechen und einen schemenhaften Mann gegeben; jetzt konnte der Hauptmann jeden mit seinem Verbrechen in Verbindung bringen.

Aber die entspannten Gesichter und Körper in den Zellen verrieten keinerlei Leidenschaft, die die Leute als Totschläger, Mörder, Frauenschänder, Diebe ausgewiesen hätte. Reisman fand das befremdlich und geradezu erschreckend, als hätte er erwartet, sie müßten sich durch ein bösartiges Schielen und eine lasterhafte Gesichtsbildung oder Körperhaltung zu erkennen geben – so wie einst die Leprakranken mit einer Schelle um den Hals herumliefen und die Glücklichen dieser Welt warnten: »Ich bin unrein! Unrein!« Doch taten diese hier es genausowenig, wie ihm selbst die Schuld am Tod vieler Menschen im Gesicht geschrieben stand. Und bei Reisman handelte es sich, ebenso wie bei diesen Männern, nicht etwa darum, daß er vermutlich jemanden aus einer Entfernung von zweihundert Metern mit dem Gewehr getötet hatte, oder mit einer Bombe, die er routinemäßig vom Himmel hatte fallen lassen. Nein, unmittelbar unter seinen Händen hatte er Leben verenden sehen. Und doch, so ging es ihm durch den Sinn, wurde er deswegen nicht verfolgt. Warum dann sie? Warum sollten ihre Taten sich auf ihren Gesichtern widerspiegeln? Warum sollte es sie verfolgen, wenn es ihn nicht verfolgte!

Luis Jimenez nahm es, nach Reismans Ansicht, von allen am besten auf – unkompliziert und ohne Umschweife.
»Gern, Hauptmann, warum nicht?« sagte Jimenez. »Habe nichts zu verlieren.«
Er war ein hübscher Junge mit ebenmäßigen weißen Zähnen, die von seiner glatten olivfarbenen Haut abstachen. Er sah immer so aus, als werde er gleich lächeln; doch tat er es nie ganz. Unsentimental und wortkarg traf er seine Abmachung mit Reisman, ohne sichtliches Interesse an seinem Schicksal, aber auch nicht passiv.
Jimenez hatte einen Leutnant getötet, der ihn angemeckert hatte, weil er, Jimenez, keine Sonderwache schieben wollte. Er war ein reizender Junge, ein Obstpflücker aus Kalifornien, der sich immer nur um seinen eigenen Kram gekümmert und nie Ungelegenheiten gehabt hatte – bis zu jenem Abend, an dem er mit seiner M-1 auf das Herz eines Mannes gezielt und ihn gelassen erschossen hatte. Warum? *Quién sabe?* Vielleicht einfach, weil er gerade ein geladenes Gewehr in der Hand hielt, wie befohlen; vielleicht, weil der blöde Leutnant ihn nicht in Ruhe lassen wollte, wie Jimenez hinterher behauptete.
Eben dieser unbekannte Faktor war es, der Jimenez gefährlich machte. Der Mann gehörte zu der dumpf dahinbrütenden, aber doch nur scheinbar passiven Masse der Unbeteiligten, und Reisman wußte, daß er das keinen Augenblick lang vergessen durfte.

Kendall B. Sawyer war der einzige aus der Gruppe, der Fronterfahrung hatte, und hauptsächlich deshalb interessierte Reisman sich für ihn. Sein Intelligenzquotient war nicht hoch, aber offenbar war Sawyer mal ein guter Soldat gewesen. Er hatte bei der Fünften Sturmgeschützbrigade gedient, als diese von der italienischen Front nach England verlegt wurde, um der Invasion das Rückgrat zu stärken. Eines Tages gingen Sawyer und Panzerfahrer Claude Bonner in Plymouth aus. Aber der Wechsel war zu schnell gekommen für die schwerfälligen Gemüter, die noch unter der Anspannung des Kampfes standen; die noch das Motorengebrüll im Ohr hatten und den Kanonendonner und die heranheulenden Granaten; denen noch die Angst in den Knochen steckte, die sie empfunden hatten, als sie in ihren ratternden Todesöfen wie in einem Sarg eingeschlossen waren; die noch den scharfen Gestank von Pulver und Entsetzen und Leichen in der Nase hatten. Eine Umschulung, eine psychologische und soziologische Neuorientierung nach diesem räubermäßigen Leben fand nicht statt. Solange man sich in Deutschland oder Italien aufgehalten hatte und keine Hühnerhunde in der Nähe waren, schnappte man sich einfach, was man konnte und wollte, und ging meistens straffrei aus. Nun nahmen diese Soldaten sich Plymouth in der gleichen Gemütsverfassung vor, in der sie den italienischen Stiefel hinaufgestürmt waren, und irgend jemand hatte vergessen, ihnen zu sagen, daß die Briten auf ihrer Seite standen.
Sawyer erzählte später, wie es gewesen war; eine andere Möglichkeit, den Hergang zu erfahren, gab es nicht. Die beiden hatten ihr ganzes Geld verjuxt und schwankten in Nähe der großen Uhr durch das zerbombte Stadtzentrum.

»Holen wir uns doch welches von einem dieser blöden Tommies!« sagte Bonner, und Sawyer willigte achselzuckend ein. Er war vom Alkohol benommen und ergeben wie ein Schaf. Sie riefen ein Taxi herbei und stiegen mit dem Vorsatz ein, den Fahrer auszurauben.
Bei der Kriegsgerichtsverhandlung sagte Sawyer folgendes aus: »Ich ließ das Taxi anhalten, stieg aus und entfernte mich etwa zwanzig Meter, um zu pinkeln. Als ich zurückkam, war der Fahrer tot, und Bonner sagte: ›Los, nichts wie weg hier!‹ Umbringen sollte er den Mann nicht. Das lag niemals in meiner Absicht. Bonner muß ihn von hinten gepackt und dann zu fest zugedrückt haben.«
Zu dem Zeitpunkt jedoch, da Sawyer vors Kriegsgericht kam, war Bonner ebenfalls tot. Nach dem Mord waren sie nämlich nicht zur Truppe zurückgekehrt, und als sie den heißen Atem der englischen Kriminalpolizei im Nacken spürten, hatten sie sich getrennt. Bonner trieb irgendwo ein Gewehr auf, feuerte es ab und wurde erschossen. Sawyer, der schon in Haft saß, hatte ihn deshalb verwünscht. Einfach zu sterben und ihm die Verantwortung allein zu überlassen!
»Sie können auf mich rechnen, Hauptmann«, schwor Sawyer. »Helfen Sie mir, dann können Sie auf mich rechnen. Sie wissen nicht, was es für mich bedeutet. Ich hatte ein gutes Führungszeugnis. Es macht mir nichts aus zu sterben – aber nicht so. Geben Sie mir eine Chance, und ich tue alles für Sie.«
Sawyer schrie das förmlich heraus, und Reisman sah verlegen zur Seite. Kein einziges Mal, solange er hier war, hatte Sawyer ihm in die Augen sehen können. Und trotzdem glaubte Reisman, daß Sawyer von allen der verläßlichste war.

Archer Maggot wollte sich nicht durch ein einfaches Ja oder Nein festlegen. Er wollte haargenau wissen, warum und wozu, was sie tun sollten und wer der Einheit noch zugeteilt würde.
»Ich glaube nicht, daß man mir das wirklich anhängen kann, Hauptmann«, sagte er. »Das Mädchen behauptet, sie sei vergewaltigt worden. Teufel, in meinem ganzen Leben hab' ich noch nie eine vergewaltigt.« Sein prahlerisches Kichern war Reisman widerwärtig. »Brauchen sich nur über Archer Maggot in Russelcounty zu erkundigen. Warum soll ich denn meinen Kopf riskieren und bei Ihnen mitmachen?«
Reisman drehte sich wortlos um und wollte die Zelle verlassen.
Maggot sprang von seiner Pritsche auf. »Nicht so eilig, Hauptmann. Nicht gleich sauer werden. Habe ja noch gar nicht nein gesagt.«
»Sie haben auch nicht ja gesagt, Maggot. Entscheiden Sie sich jetzt, oder halten Sie die Klappe. Ich habe meine Zeit nicht gestohlen.«
Maggot war ein Spieler. Er war siebenundzwanzig Jahre alt und früher Zuhälter in einem Reich des Trubels und des Lasters gewesen, das sich von Fort Benning in Georgia über Phenix City in Alabama bis zur Hauptstadt erstreckte. Seine Einnahmen stammten aus Tausenden kleiner Einsätze von Burschen, die auf Vergnügen und leichtes Geld aus waren, auf schwarzge-

brannten Whisky und billige Erotik. Sich selbst hielt Maggot für einen großen Spieler vor dem Herrn, und er gefiel sich darin, hohe Einsätze zu wagen, wenn er einmal durch Phenix City kam. Dabei wurde er gemein, wenn er verlor. Diesmal jedoch war ihm der Einsatz zu hoch. Irgendwie, egal wie, wollte er zurück an die Ufer des Chattahoochee und mit den Freunden und Nachbarn abrechnen, die an seiner Einberufung zum Militär schuld waren, wo er nun selbst so ein armes Würstchen darstellte wie all die andern, die er in den lukrativen ersten Kriegsjahren ausgenommen hatte.
Maggot sah Reisman ins Gesicht und lächelte. Er sagte: »Also schön, ich glaub, Sie zählen mich lieber dazu.«

Bei Samson Posey war Reisman nie sicher, ob der Mann überhaupt alles verstand, was er sagte. Der Indianer kauerte mit untergeschlagenen Beinen auf einer schmutzstarrenden Decke, die über den Steinboden gebreitet war, und hielt die Lider gesenkt, als schliefe er. Reisman beugte sich zu ihm hinab, hockte sich dann hin und setzte sich schließlich. Mit eindringlichem Blick und sorgfältig gewählten Worten versuchte er, dem Häftling ein Zeichen des Verstehens und der Zustimmung zu entlocken.
Als Posey endlich sprach, fragte er ungläubig: »Ich werde nicht gehängt?«
»Nein, Sie werden nicht gehängt«, sagte Reisman begütigend und betrachtete gebannt das grobgeschnittene walnußbraune Gesicht. In diesem Augenblick war er froh, daß er Hoffnung brachte. »Sie müssen jedoch einsehen, daß ich Ihnen für die Zeit nach dem Einsatz noch nichts versprechen kann! Das liegt nicht in meiner Macht. In gewisser Weise hängt es von Ihnen ab.« Reisman bezweifelte erneut, ob der Indianer ihn wirklich verstand. Er sprach zwar stockend englisch, und sie würden sich zumindest verständigen können, aber begriff er wirklich den Zusammenhang?
Ein Ausdruck unendlicher Erleichterung erschien auf Poseys Gesicht und machte seine Züge weicher. »Ich werde kämpfen ... vielleicht sterben, wie Sie sagen ... aber man wird mich nicht hängen.« Er erhob sich, und für den Bruchteil einer Sekunde überkam Reisman ein Angstgefühl, wie der Riese da vor ihm aufragte. »Danke«, sagte Posey. »Ich folge Ihnen.«
Reisman ergriff die ausgestreckte Hand des Indianers. Und obgleich er es nicht wollte, obgleich er den hochmütigen Gedanken heftig von sich wies, wurde ihm doch die Macht bewußt, die er ausübte.

Roscoe K. Lever fuhr sich mit der Zunge über die Lippen, und seine Augen wichen Reismans geradem Blick aus. Er versuchte zwar ruhig zu bleiben und gab seiner Stimme sogar einen polternden Ton, eine unechte, überlegene Schärfe, aber Reisman merkte doch, wie es in ihm arbeitete.
Lever hatte eine schwerere Entscheidung zu fällen als manche von den übrigen. Auf sein Verbrechen stand nicht der Galgen. Trotzdem fand Reisman den Mann samt seiner Tat gemeiner als die andern.
»Mir hat noch nie jemand was geschenkt, und beim Militär fangen sie bestimmt nicht damit an, so viel ist mal klar. Nicht, nachdem sie mich erst verknackt haben«, sagte Lever.

»Aber Sie waren doch schuldig, nicht? Was meckern Sie also?«
Lever gab keine Antwort. Er war schuldig, ja – er war selber schuld daran, daß man ihn erwischt hatte. Er hatte einen dämlichen Fehler gemacht, und das sollte ihm nicht noch einmal passieren. Sein Mund war so trocken, daß die Zunge sich wie ein geschwollener Lehmklumpen anfühlte. Er wünschte sich sehnlich eine Flasche kühles Bier. Immer hatte er jetzt das Verlangen, etwas Kaltes zu trinken. Der Hauptmann wartete auf seine Antwort, und Lever fühlte sich ertappt wie an jenem Tag in Birmingham ...
Er war damals Gefreiter beim 37. Artilleriebataillon und tat Dienst in einer Fahrbereitschaft. In einem kleinen Juwelierladen hatte er leichte Beute gewittert. Es war nicht sein erster Einbruch – von den andern wußte niemand etwas – und hoffentlich auch nicht sein letzter. Allerdings hatte er nie jemanden von der Truppe bestohlen – nur Zivilisten. Alle, die keine Uniform trugen, verdienten schweres Geld, eben weil *er* sie trug, und somit stand ihm ein Anteil zu. Sein System war narrensicher: bewaffneter Raubüberfall. Man sucht sich einen kleinen Laden, eine Tankstelle oder ein Geschäft aus; Kleinvieh macht auch Mist. Man geht zu Fuß oder fährt in einem gestohlenen Wagen, trägt Zivilklamotten oder verkleidet sich. Irgendwo am Fluchtweg hält man eine Uniform versteckt; nicht allzuweit davon parkt man ganz offiziell ein Militärfahrzeug. Die Möglichkeiten waren zwar beschränkt, und der Zeitablauf mußte genau festgelegt sein; aber in den Beschränkungen lag auch ein Sicherheitsfaktor. Es hatte in ganz Amerika geklappt ...
»Waren Sie nun schuldig oder nicht?« bohrte Reisman.
»Nicht so, daß man mir dreißig Jahre hätte aufbrummen müssen.«
»Sie haben noch Glück gehabt«, sagte Reisman scharf. »Die Briten hätten Sie aufgehängt. Wenn Sie hier ein Ding drehen und dabei bewaffnet sind, kommen Sie nicht so davon. Sie hätten die Gepflogenheiten des Landes vorher studieren sollen.«
Er war mehrmals an dem Juweliergeschäft vorbeigegangen, um es zu beobachten, und hatte stets einen alten Mann oder ein junges Mädchen hinter dem Tresen gesehen. Zusammen waren sie nie da, und selten war ein Kunde drin. Lever wählte sich eine Zeit aus, da der Mann im Laden war, denn er sagte sich, mit dem Alten könne er leichter fertig werden. Dann betrat er das Geschäft in einem groben Arbeitsanzug, Gesicht und Hände schwarz angemalt. Auf dem Kopf trug er eine Mütze, und bis über die Nase hatte er sich ein Taschentuch vorgebunden. Die schwere Luger jagte seinem Opfer Angst ein – wie immer; und das erregte Lever seltsamerweise genausosehr wie die Gier nach dem Geld. Zitternd stand der Inhaber da. Die Augen traten ihm aus dem Kopf; die Hände stützte er auf den Tresen. Mit einem nachgeahmten Cockneyakzent befahl Lever ihm, sie dort zu lassen. »Dies ist nur ein kleines Geschäft; ich habe wenig Geld«, keuchte der Alte. Lever heizte ihm noch stärker ein. Er schlug ihm mit dem Revolver erst auf die Hände, dann quer übers Gesicht und riß ihm dabei die Brille fort. Der Mann brach zusammen. Er versuchte zu schreien, brachte aber nur ein Wimmern heraus.
»Was ist nun, Lever? Machen Sie mit oder nicht?« fragte Reisman.
Damit unterbrach er die Gedankenreihe des Häftlings. Lever näherte sich in

seiner Erinnerung gerade dem Teil, wo es schiefging. Er antwortete rasch – noch nicht ja oder nein, sondern einfach irgend etwas, um den Hauptmann hinzuhalten, während er die Sache noch einmal durchdachte. »Wenn ich mitmache, kann es doch gut sein, daß ich dabei draufgehe, nicht?«
»Vielleicht«, sagte Reisman ungeduldig. »Aber wenn Sie lieber dreißig Jahre im Zuchthaus verrotten wollen, bitte sehr!«
»Das ist nicht so schlimm«, spottete Lever. »Keiner wird für dreißig Jahre eingesperrt. Der Revisionsausschuß verkürzt die Zeit, und nach dem Krieg, wenn der Druck weg ist, verkürzt er sie noch einmal. Dann bin ich fein raus, und die Helden sind alle tot ...«
Er würde fein raus sein, denn bis zu der Panne von Birmingham war alles glatt gegangen. Er war klug genug gewesen, nicht über die Verhältnisse eines Gefreiten zu leben, wenn er mal Ausgang hatte. Doch hatte es ihm nie an den nötigen Moneten für einen guten Schluck und eine anständige Mahlzeit gefehlt oder an dem Geld, um einem Mädchen zu imponieren oder eine Hure zu bezahlen. Nicht wie bei anderen Soldaten, diesen Trotteln, die immer knapp bei Kasse waren. Kameraden konnte er die nicht nennen; er hatte nämlich keine, und eben deshalb war ja immer alles so glatt gegangen. Der größte Teil seiner Beute wartete auf Sparkonten und in Banktresoren unter verschiedenen Namen, bis er es holte. Als er nach England eingeschifft wurde, hatte er keinen Grund gesehen, seine erfolgreichen Raubzüge aufzugeben. Was in der Welt geschah – und höchsten Ruhm genoß, sofern es nicht gegen die Gesetze der Machthaber verstieß –, war seiner Meinung nach alles verbrecherisch. Er sah es einfach so: Das Militär, sein Land und überhaupt die ganze Welt war in das schandbarste Verbrechen aller Zeiten verwickelt; und er war nun darauf bedacht, seinen Teil abzubekommen.
»Dann lautet Ihre Antwort also nein, Lever?« beharrte Reisman.
»Das habe ich nicht gesagt, Hauptmann«, erwiderte er bissig. Er brauchte Zeit, um nachzudenken und die Sache hinauszuzögern. Allerdings war ihm eben das in Birmingham nicht gut bekommen. Gerade darin hatte der Fehler gelegen.
Schnell war er zu dem großen, alten Eisensafe gegangen und hatte ihn verschlossen gefunden. Er stürzte zu dem halb bewußtlosen Ladeninhaber zurück und mühte sich vergeblich, ihn zum Öffnen des Safes zu bringen. Die Zeit verstrich. Er mußte weg. So holte er sich das Kleingeld aus der Kasse und schob Schmuck und Edelsteine haufenweise in seine Taschen. In diesem Augenblick kam das Mädchen herein. Es wollte schreien; vor Schreck kam aber nur ein keuchender Ton heraus. Ehe sie es zum zweitenmal versuchen konnte, war er über ihr, hielt ihr den Mund zu und zerrte sie hinter den Ladentisch neben den Besitzer. Als sie den Alten erblickte, fing ihr Mund wieder an sich zu bewegen – lautlos, wie bei einem Fisch an der Angel. Er mußte weg, aber er konnte den Blick nicht von ihr lassen. Es lag etwas in ihrem flehenden, entsetzten Gesicht, wie sie den bewußtlosen alten Mann da sah, den sie für tot halten mußte – irgend etwas in ihrer völligen Hilflosigkeit, ihren bloßen Geruch ... Er wollte es nicht, hatte so etwas noch nie getan. Aber überwältigt von einer nie gekannten Gier, wie unter einem Zwang, sie

eben jetzt, auf dem Gipfel seiner unglaublichen Macht, zu nehmen, riß er an ihren Kleidern. Da schrie sie ... und schrie ... und schrie. Er ließ von ihr ab und floh – geradewegs in die Arme von Passanten, Schupos, Militärpolizisten. Die Anklage lautete auf versuchten Raubüberfall, versuchten Mord, versuchte Notzucht. Spruch: in allen Punkten schuldig.
»Ich hätte wissen müssen, daß Sie für so eine Sache keinen Mumm haben«, sagte Reisman voller Verachtung. »Mumm genug, einen alten Mann mit dem Revolver niederzuschlagen und einem Mädchen Angst zu machen, den haben Sie; aber nicht genug, um als anständiger Soldat Ihre Pflicht zu tun, wie Sie es geschworen haben. Sie sind ein ganz erbärmlicher Feigling, Lever.«
Reisman hatte nicht zornig werden wollen. Es war nicht gut, wenn man sich bei einer Sache, die kaltblütig und überlegt erledigt werden mußte, von Gefühlen hinreißen ließ. Er hatte ein Entweder – Oder zu verlangen und keinen Tadel zu erteilen; aber diesmal benahm er sich ungeschickt.
Lever hörte das Wort Feigling, das ihm mit tiefster Verachtung an den Kopf geschleudert wurde. Und von der ganzen unerwarteten und unangebrachten Schmähung des Hauptmanns war es dieser Ausdruck, der ihn traf. So etwas Kindisches – selber Feigling! –, aber er war kein Feigling. Ein Einbrecher ist ein Feigling, ein Taschendieb – aber nicht Roscoe Lever. Er ging methodisch vor. Roscoe genoß es, seinem Opfer ins Gesicht zu sehen. Es war ein berauschendes Gefahrenmoment dabei, das die Früchte versüßte – eine Herausforderung des Schicksals, oder wie immer man es nennen wollte. Schön, er benutzte eine Waffe, und er suchte sich die Opfer und den Zeitpunkt aus, wie es ihm paßte. Aber schließlich war der Räuber gegenüber dem Beraubten immer im Nachteil, und somit stellte die Waffe lediglich das Gleichgewicht wieder her.
»Warum, zum Teufel, geraten Sie denn so aus dem Häuschen?« platzte Lever heraus. »Ich habe nur nachgedacht, weiter nichts.« Er schwieg, zögerte noch vor seiner endgültigen Zustimmung, konnte sie aber nicht länger hinausschieben. »Ich mach's, verdammt noch mal«, murmelte er. »Nur um Ihnen zu beweisen, daß ich kein Feigling bin, mach ich's!«
Reisman fühlte, wie seine Spannung nachließ. Für Herausforderungen war er empfänglich. »Dann fangen Sie gleich damit an«, befahl er. »Wie wird ein Offizier angeredet?«
Lever nahm übertriebene Haltung an. »Sir«, sagte er. »Ich melde mich freiwillig zu Ihrer Einheit, Sir!«
Das *Sir* wie auch das *freiwillig* waren reiner Hohn.

Als Reisman Myron Odells Zelle verließ, fühlte er sich ganz kribbelig, so, als hätte sich ein Heer von Läusen in seiner Kleidung festgesetzt. Nachdem Odell endlich begriffen hatte, was Reisman ihm anbot, war er vor ihm zu Boden gefallen, hatte die Knie des Hauptmanns umschlungen und teils dankbar, teils flehentlich geschluchzt. Seine ersten Worte gingen Reisman immer noch nach: »Ich bin unschuldig!« Denn keiner von den andern hatte das behauptet, obwohl ihre Kriegsgerichtsprotokolle allesamt Anträge auf »Nicht schuldig« enthielten.

In Odells Akte stand, daß er ein Psychopath sei. Das einzige Mädchen, mit dem man ihn jemals freundlich hatte umgehen sehen, war in der Sanierungsstelle T/5, die Odell in Glasgow geleitet hatte, tot, vergewaltigt und verstümmelt aufgefunden worden.

Ob er schuldig oder unschuldig war, kümmerte Reisman nicht, und er lehnte es ab, sich bei dieser Frage aufzuhalten. Wie sollte er aber aus so einem Häufchen Elend einen Mann, geschweige denn einen Soldaten machen? Er hatte ihn auf Grund unpersönlicher Protokollakten ausgewählt, genau wie die andern auch; doch zweifelte er nun, ob er ihn überhaupt in Erwägung gezogen hätte, wenn er ihn zuvor gesehen hätte. Wahrscheinlich doch – und sei es nur, um das arme Schwein vor seinem Schicksal zu bewahren. Denn da Reisman nun einmal Macht über Leben und Tod besaß, hatte es ein unangenehmes Schuldgefühl bei ihm ausgelöst, wenn er einen Verurteilten durch einen andern ersetzt hätte. Odell verdiente es so gut wie mancher andere, vielleicht sogar mehr, er war wirklich ein *enfant perdu.*

Den übrigen fiel die Wahl ebenso schwer wie Roscoe K. Lever. Sie waren nach Kriegsartikel 96 wegen Gewaltverbrechen abgeurteilt, sahen aber nicht wie jene sieben, die man wegen Vergewaltigung und Mord verurteilt hatte, dem Strang entgegen.

Calvin Ezra Smith, Vernon Pinkley, Joseph Wladislaw, Glenn Gilpin – auch sie waren Reisman nicht fremd. Wie ihm überhaupt bewußt wurde, daß alle seine Leute ein ihm vertrauter Menschenschlag waren. Nur durch ihre Verbrechen unterschieden sie sich von andern – nicht durch das, was sie waren oder hätten sein können, oder durch ihre Herkunft.

Reisman hatte sie überall im ganzen Land sitzen sehen: in den ländlichen Gasthöfen, in den Dorfcafés und in den Wirtshäusern der Städte. Im Süden auch, wo man die Aufhebung der Prohibition ablehnte, wo der Vertrieb von Alkohol heimlich vonstatten ging und als unehrenhaft galt, wo jeder seine eigene Flasche mitbrachte und sich etwas zurechtmischen ließ und wo die Atmosphäre im Raum immer spannungsgeladen war. An schmalen, waldumstandenen Bergstraßen in Neuengland hatte Reisman sie gesehen, wo sie voll Zorn auf die Städte aufwuchsen und an Samstagabenden rein gar nichts anfangen konnten – nur mit ihren alten Vehikeln durch die Dörfer donnern, Mädchen aufgabeln oder den Touristen einen Schreck einjagen. Im benachbarten Chicago auch, wo sie bloß die Straße überquerten und schon ein fremdes Land betraten, in dem die Melodien aus dem Musikautomaten und die Unterhaltung anders waren, und der Himmel mochte ihnen beistehen, wenn sie in das falsche Lokal gerieten und die Einheimischen gerade schlechte Laune hatten. Auf den weiten Feldern und Wiesen des Südwestens traf man sie an, auf den Ebenen, die ein ganzes Weltreich mit Nahrung und Kraftstoff versorgten und in Gang hielten. Dorthin brachten sie ihre Einsamkeit und ihre Enttäuschung, und wenn niemand sie mit ihnen teilte, zogen sie verdrossener denn je von dannen.

Dorther kamen sie, die Smith, Pinkley, Wladislaw, Gilpin, und wenn es keinen Krieg gegeben hätte, wären sie auch für immer dort geblieben. Sie alle

sagten ja zu Reisman; denn sie wollten heraus aus ihrer Klemme, und hier war ein Weg, vielleicht ein bequemer, vielleicht der Weg zum Ruhm.
Smith umklammerte eine Bibel: »Ich habe hier gesessen, Hauptmann, und zum Herrn gebetet, er möge mir einen Weg zeigen, und nun hat er's getan.«
Pinkley: »Haben wir auch Freizeit? Sie wissen schon ... um in die Stadt zu gehen und so?«
Wladislaw, als Reisman ihm seinen Geburtsort genannt hatte: »Was Sie nicht sagen, Chicago! Sagen Sie, kennen Sie da einen ...«, als ob es nicht über eine Million Leute dort gäbe.
Gilpin: »Kommiß ist Kommiß, zum Teufel, egal wo man eingesetzt ist.« Es war ihm noch nicht aufgegangen, daß er nicht mehr Soldat war, sondern im Gefängnis saß.
Es gab noch mehr Leute wie sie, die Reisman hätte auswählen können, und es wäre ihm schwergefallen zu erklären, warum er gerade diese genommen hatte. Ein intuitives Gefühl, ein Wort oder Satz in ihren Akten, ein Fingerzeig, daß sie unter den Schlimmsten die Besten seien? Diese Männer standen hinter dem großen Fragezeichen Amerika, scheinbar ständig auf der Suche nach etwas, was sie nie fanden, ständig bereit zu streiten oder zu kämpfen oder irgendwo mitzumachen, wo man leicht Geld verdienen konnte. Männer, die stumpfsinnig an Bars herumsaßen und schon am frühen Morgen oder noch spät am Abend tranken, die sich stritten oder den Mund voll nahmen oder sich prügelten. Keine Trunkenbolde, wohl aber Männer, die man immerzu in Wirtshäusern anzutreffen schien, obwohl sie Arbeit oder irgendwelche finanziellen Mittel haben mußten, um ihre Getränke und die untätig verbrachten Stunden zu bezahlen.
Holzfäller, Wasserschöpfer, kleine Leute aus kleinen Ortschaften mit einer unstillbaren Sucht nach Wohlstand, Ruhm und Sensationen, die ihnen von dem modernen Gott-Teufel, dem tyrannischen Ungeheuer Presse und Funk, eingeimpft wurde. Infolgedessen haßten sie ihre Arbeit, und jene unerklärlichen Ausbrüche von Wildheit waren Proteste gegen ihr Los.
Sie mochten Freundinnen haben oder Frauen – gute Frauen, die um sie klagten, oder Schlampen, die sie schröpften. Sie mochten Kinder haben, die sie streichelten oder straften, je nach Neigung. Aber dieses andere war ihr wahres Leben, dieses Herumsitzen und Warten auf einen Nervenkitzel, einen Anreiz, eine Begeisterung, auf einen Stärkeren, der ihnen schon den Weg zum nächsten Krawall wies.
Als er damit fertig war, wußte Reisman, weshalb Leutnant Kinder darauf bestanden hatte, daß er persönlich jeden Gefangenen auf seine Chance hinwies. Der Augenblick, in dem er ihnen eröffnete, wozu er hier war, knüpfte ein eigenartiges, gefühlsmäßiges Band zu jedem von ihnen. Odell, Sawyer, Posey, diese drei hatten ihm – obgleich an Fähigkeiten und Charakter so verschieden – den psychologischen Vorteil einer persönlichen Anwerbung am deutlichsten vor Augen geführt. Bei den übrigen lagen die Dinge wahrscheinlich nicht anders, nur daß sie sich nichts anmerken ließen und es abstreiten würden. Ihre Treue wie ihr Haß würden ihm gelten. White, zu dem er nun

zurückkehren mußte, um sich die Antwort zu holen, war ihm noch ein Rätsel.
Reisman erinnerte sich an das, was Leutnant Kinder ihm gesagt hatte: »In gewisser Weise werden die Männer wie neugeborene Kinder sein, und Sie werden ihnen Vater und Mutter sein müssen; Sie werden ihnen das Leben schenken und sie unter Ihre Fittiche nehmen, wenn ihnen die Augen aufgehen.«
Ein erschreckender Gedanke. Wie sollte er aus so brüchigen Fäden überhaupt einen haltbaren Teppich weben? Von der Gefahr, die in seiner eigenen gefühlsmäßigen Beteiligung lag, gar nicht zu reden.

9

Stabsfeldwebel Carl Morgan saß allein an einem Tisch in *The Butcher's Arms*, stopfte sich mit Essen voll und trank gläserweise kalte, sahnige Milch. Die andern wußten jetzt, was ihm passiert war. Es ging das Gerücht, daß eine Zeitlang keine Hinrichtungen mehr stattfinden würden, und es gab keinen, der nicht erleichtert war – einige insgeheim, andere sprachen es offen und freudig aus. Stabsfeldwebel Morgan war überflüssig und wurde im Exekutivausschuß des 51. Strafausbildungslagers nicht mehr gebraucht.
Man hatte ihn am späten Nachmittag auf dem Exerzierplatz gesehen, wie er hilflos einen Zug von Versuchskaninchen in einen Sauhaufen verwandelte. Zuerst waren die Häftlinge über das Nachexerzieren wütend gewesen. Als sie jedoch Morgans Unfähigkeit erkannten, verbreitete sich eine feixende Verachtung. Die Leute legten beim Marschieren einen größeren Eifer an den Tag; zugleich aber leisteten sie dem Feldwebel unmerklich Widerstand, indem sie aus scheinbarer Unkenntnis seine Fehler vergröberten. Ehedem hatten die Soldaten und Gefangenen von Marston-Tyne ihn gefürchtet; jetzt lachten sie ihn aus. Nach längerem Nachdenken war Morgan darauf gekommen, daran sei Hauptmann Reisman schuld; diesen traf daher sein ganzer Haß.
Tess brachte ihm ein neues Glas Milch. Als sie sich zum Gehen wandte, ergriff er sie am Handgelenk und hielt sie fest. Auch sie war nicht mehr so freundlich wie früher. Na ja, eine war eben wie die andere.
Tess wollte sich losmachen; er tat ihr weh. »Was ist denn?« fragte sie.
»Was ist los? Magst du mich nicht mehr?« fragte er. Sie hatte keine Strümpfe an und trug auch seine Ohrringe nicht. Seit dem Abend, an dem er Reisman zum erstenmal in *The Butcher's Arms* begegnet war, seit der Nacht der Hinrichtung hatte sie seine Geschenke fortgetan.
Es lag eigentlich nicht in ihrer Art, zornig zu werden; jetzt aber schoß ihr die Röte ins Gesicht, und mit einem Ruck befreite sie ihren Arm aus dem Griff des Feldwebels. Richtig angefaßt hatte er sie noch nie, und sie hatte nichts Böses dabei gefunden, nett zu ihm zu sein oder sogar mit ihm zu flirten, um ihn ein wenig aufzuheitern. Doch nun hatte sie das Gefühl, sein Griff habe sie beschmutzt. »Wen ich mag und wen nicht, ist meine Sache«, sagte sie von oben herab.

»Dein feiner Freund ist wieder da«, spottete Morgan, »aber vermutlich weißt du das schon.« Sie horchte auf und sah ihn verdutzt an.
»Oder etwa nicht?« fragte er höhnisch. »Ich kenne dich, deinesgleichen, und ich kenne ihn. Es gibt noch mehr Gasthöfe im Ort, mußt du wissen, und noch andere Mädchen.«
Tess errötete stärker. Das konnte er ja gar nicht wissen; er sprach wohl nur eine Vermutung aus. Es sei denn, der Hauptmann hätte mit seiner Eroberung geprahlt – aber das glaubte sie nicht.
»Was für ein Freund?« fragte sie daher mit gespielter Gleichgültigkeit.
»Der Hauptmann, der letzte Woche hier war. Der mit dem großen Mundwerk und der großen Nase. Ich habe ihn damals in seine Schranken verwiesen, und ich tue es wieder, wenn er versucht, mir in die Quere zu kommen. Das kannst du ihm von mir bestellen, wenn du ihn siehst.«
Morgan schwieg, da er plötzlich merkte, wie töricht und großmäulig er daherschwatzte. Was wußte das Mädchen denn von dem Hauptmann? Was wußte es überhaupt? Wenn er sich gegen den Hauptmann stellte, über ihn herzog, dann hatte der doch die Macht, ihn vors Kriegsgericht zu bringen und ihm das Genick zu brechen. Wie lange konnte das gut gehen, wenn er unter seinem Befehl stand; wie lange würden sie ihm seine Streifen lassen? Er fragte sich, ob der Hauptmann wohl Jude oder so etwas war; allerdings hatte er noch nie einen Juden in solcher Stellung gesehen.
Tess verlies wortlos den Tisch des Feldwebels. Ein Gefühl des Glücks und der Angst durchströmte sie. Der Hauptmann war wieder da, und die köstliche Erinnerung an ihre Liebesnacht stieg in ihr auf.

In der qualvollen Düsternis seiner Zelle merkte Napoleon kaum, daß es Abend geworden war. Seit der Hauptmann fortgegangen war, hatte eine Erinnerung die andere abgelöst. Nun kam er an den Punkt, wo der goldene Traum mit solcher Endgültigkeit zerbrochen war, wo sie ihm etwas so Unaussprechliches angetan hatten, daß er sich fürchtete, daran auch nur zu denken. Aber er zwang sich dazu. Denn die schönen Erinnerungen hatten ihn schwach gemacht, so daß er wieder an das Leben dachte, eine Hoffnung hegte, wie der Hauptmann sie ihm angeboten hatte. Darum galt es, auch das andere zu beschwören, damit er wieder hart wurde ...
Wie stolz er seine goldenen Balken getragen hatte. Er war damals Planungs- und Ausbildungsoffizier der besten Negereinheit in Fort Huachuca, Arizona, und das machte sie zur besten der Welt. Sie alle brannten darauf, ihr Können zu zeigen.
Sie zogen nach Ost-Louisiana in das riesige Manövergebiet, wo Armeen zum Leben erwachten und in Scheingefechten ihre Muskeln stählten. Panzer, Lastwagen und massierte Formationen schwenkten ein, stießen zurück und zeigten einander knirschend die Zähne, über Wiesen, Sümpfe und Straßen hinweg. Sie ballerten mit ihren Gewehren, ließen Salven donnern und dachten sich allerlei schöne und naive Tricks aus, die sie anwenden wollten, falls sie je in den Krieg zögen. Jetzt war noch Zeit, all das unbrauchbare Zeug loszuwerden; später würde es ins Auge gehen.

Ausgezeichnet klappte das. Es tat gut, mit den weißen Kameraden zusammenzuarbeiten, Selbstgefühl zu zeigen, die Treue zur gemeinsamen Fahne und seine Fähigkeiten als Ausbilder zu beweisen. Napoleon nahm einen Gruß freundlich entgegen und gab ihn elegant und knapp zurück, und auch mancher weiße Soldat entbot ihm den Gruß, und er erwiderte ihn: *Ich weiß genau, was du denkst. Wir sitzen beide im selben Boot; und wenn du auch heute bloß die Rangabzeichen grüßt, weil du dazu verpflichtet bist, wirst du vielleicht, wenn ich Glück habe, eines Tages auch den Mann grüßen.*
Eines Abends in Davisville grüßten sie den Mann.
Die Manöver waren vorbei. Die Truppen hatten eine Ruhepause und schwärmten in die Stadt aus. Napoleon schlenderte um das Negerviertel herum; er war außerstande, es tatsächlich zu betreten. Es gab dort keine Lampen und – nach dem Gestank zu urteilen, der von ihm ausging – wohl auch keine Kanalisation. Dunkle, zerlumpte Gestalten tauchten aus dem Schmutz auf und starrten neugierig und neidisch herüber. Zornige, traurige und schmerzliche Laute drangen aus Schuppen, Gäßchen und offenen Parzellen in die sommerlich stille Nachtluft. Nicht weit entfernt erklang schrilles Gelächter. Wohin er auch blickte, nirgends fand er etwas, was die Müdigkeit des Krieges vertrieben, sein Verlangen nach Abwechslung und Entspannung oder auch einem Reiz, einer Erregung – warum schließlich nicht – befriedigt hätte. Er wanderte zu den Straßen mit den Bumslokalen für Weiße hinüber, wohl wissend, daß er auch dort nicht hingehörte, daß er dort unerwünscht war. Aber er war begierig, es einmal darauf ankommen zu lassen – schon fühlte er prickelnd die Gefahr des Wagnisses –, war begierig, durch seine bloße Anwesenheit zu protestieren.
Er redete sich ein, er sei ganz kühl, nur von sachlicher Neugier erfüllt. Als er die lauten, von Uniformen wimmelnden, neonhellen Straßen entlangging, machte er die tröstliche Feststellung, daß er auch hier nichts versäumte. Etwas herablassend, wie jemand, der nicht dazugehörte, sah er hinter den Weibern, den Zechbrüdern und all dem Trubel den Schmutz, das Laster und die Habgier, und er wußte: ob Weiß oder Schwarz, hier versäumte niemand etwas.
Soldaten rempelten ihn an, und die wenigen, die ihn grüßten, taten es linkisch, denn da sie ihn hier in einer ungewohnten Umgebung sahen, waren sie sich nicht sicher, wie sie sich wohl zu verhalten hätten. Er ging an einem Café vorbei, aus dem gerade eine Gruppe Leute herausgestürmt kam. Eine Frau taumelte gegen ihn, und er streckte die Hand aus, um sie zu stützen.
Sie drehte sich um; ihr überreifes Gesicht war in einem Lächeln erstarrt. Sie sagte noch: »Verzeihung ... ich ...« und schloß dann mit einem beleidigten »Oh ...« Woraufhin sie schrie: »Nun guckt euch den mal an!«
»Laß ja deine dreckigen Finger von der Frau!« brüllte ein Soldat.
Zu fünfen standen sie vor ihm – zwei Frauen, zwei Soldaten und ein fetter Zivilist. Der Sprecher, ein langer Obergefreiter mit Hasenscharte und eingedrückter Nase, war Panzergrenadier.
»Was hast du hier zu suchen, Nigger?« fragte der Zivilist.
Napoleon sah, daß sie betrunken und erhitzt waren, und er wußte, daß die Menschen sich mit einer Frau und beim Geldverdienen ungern stören lassen.

Er übersah den Zivilisten und wandte sich an die beiden Uniformierten: »Tut mir leid«, sagte er ruhig, ohne zu wissen, weshalb er sich überhaupt entschuldigte, und das wurmte ihn.
Er wollte weitergehen.
Der Obergefreite stellte sich ihm in den Weg: »Du entschuldigst dich bei dem da, hörste!« befahl er.
Der andere Soldat starrte ihn kopfschüttelnd an. »Himmel«, sagte er. »Das is einer von den Niggerleutnants.«
»Jawohl, mein Junge. Du entschuldigst dich und haust hier ab«, sagte der Zivilist fröhlich. »Wolltest wohl auch mal auf deine Kosten komm, was?«
»Sie haben es nicht richtig gesehen«, sagte Napoleon; er fühlte, wie Zorn in ihm aufstieg. »Ihre Freundin ist gestolpert, und ich habe ihr geholfen.« Er wandte sich wieder den Soldaten zu. Nun ließ er es nicht mehr durchgehen: »Und Sie beide besinnen sich wohl lieber auf die militärische Höflichkeit«, sagte er heiser. »Ein Offizier wird mit ›Sir‹ angeredet und gegrüßt. Das wollen wir doch gleich einmal üben!« Er sagte es ohne Schadenfreude, ohne Triumph – vielmehr mit einem starken Gefühl der Übelkeit und mit gewaltsam unterdrückter Furcht. Er war jetzt zum Kampf bereit – aber nicht wegen so einer Sache, bitte, nicht deswegen!
»Von allen anmaßenden Niggern, die ich je gesehen habe...«, platzte die Frau heraus.
Der Menschenstrom um sie herum auf dem heißen, schmutzigen Bürgersteig bewegte sich langsamer und kam, als die Soldaten und die Leute aus der Stadt sahen, was vor sich ging, ganz zum Stehen. Napoleon erkannte die Feindseligkeit der Menge, und Zorn kämpfte in ihm mit Angst – Angst eher vor einem so unliebsamen, dummen Zwischenfall als um seine eigene Person. Da hielt ein Streifenwagen der Militärpolizei am Bordstein, und ein Feldwebel, dem der Gummiknüppel vom Gürtel baumelte, sprang vom Rücksitz. Zwei weitere Militärpolizisten folgten ihm.
»Was ist hier los?« fragte er den Obergefreiten.
»Der Nigger da hat mein Mädchen beleidigt«, sagte der Obergefreite. Er langte zur Seite und zog die Frau zu sich heran, als ob er sie schützen wollte. Ihr Mund stand offen; sie nickte eifrig und grinste.
Der MP-Feldwebel wandte sich an Napoleon. Erst jetzt bemerkte er dessen goldene Rangabzeichen. Er grüßte, und Napoleon erwiderte den Gruß.
»Ach, du großer Gott!« sagte der Zivilist, als er das sah.
»Kann ich mal Ihren Urlaubsschein sehen, Leutnant?« fragte der Feldwebel. Er nahm Napoleons Urlaubsschein und Ausweis entgegen und ging zum Wagen. »Sir, ich glaube, Sie nehmen das besser selbst in die Hand«, sagte er.
Ein Oberleutnant der Militärpolizei öffnete die Tür; er ärgerte sich über die Belästigung. Dann sah er, daß der Neger Offizier war, und begriff sofort, daß er die Angelegenheit rasch und ohne Aufsehen erledigen mußte.
»Wir wollen im Wagen sprechen, Leutnant«, sagte er und deutete auf den Vordersitz.
Napoleon stieg ein; er wußte, der Mann wollte nur taktvoll sein.

»Jaaaa, das Schwein wird verhaftet!« schrie eine Stimme aus der Menge.
»Na los, steht hier nicht rum! Weitergehen!« befahl der Feldwebel. »Ihr zwei bleibt hier«, sagte er zu den beiden Soldaten.
Der fette Zivilist protestierte: »Ihr habt uns gar nix zu befehlen!«
»Sagen Sie Ihren Freunden, sie sollen verschwinden, Obergefreiter, oder es könnte ihnen dreckig gehen.«
»Geht wieder ins Café«, sagte der Obergefreite ängstlich. »Haltet die Mädchen da fest. Wir kommen gleich.«
Die Menge zerstreute sich, und die Spannung ließ nach. Wer jetzt an dem Streifenwagen vorbeikam, sah darin bloß einen weiteren Trupp von Schnüfflern. Die Stadt war voll davon.
Napoleon berichtete, was geschehen war, aber er kam sich gedemütigt vor, daß er seine Wege und Beweggründe bis ins einzelne schildern mußte, wie ein kleiner Junge, den man mit der Hand in der Keksdose erwischt hat. Danach hörte er in schweigender Wut zu, wie die beiden Soldaten versuchten, ihn als Lügner hinzustellen. Wenn sie völlig nüchtern gewesen wären, hätte es wohl nicht schlecht um sie gestanden.
»Sind Sie bereit, eine Entschuldigung von ihnen entgegenzunehmen?« fragte der Militärpolizeioffizier. »Und sie dann laufenzulassen? Ich glaube, das Ganze war ein Mißverständnis.«
Die beiden Soldaten standen an der Wagentür, durch die Militärpolizisten von der vorbeidrängenden Menge getrennt. Ihr Freund in Zivil und die beiden Frauen warteten im Eingang des Cafés ab, was nun weiter geschehen würde. Vorüberkommende Soldaten warfen den Frauen einladende Blicke zu, die mit einem affektierten Lächeln erwidert wurden.
Napoleon gab nach. »Ja, ich bin mit einer Entschuldigung einverstanden«, sagte er.
»Also los, ihr zwei!« befahl der Offizier.
Der Obergefreite und sein Kumpel sahen erst sich an und dann Napoleon und die Militärpolizisten. Keiner wollte den Anfang machen; ihre Blicke huschten unruhig zum Eingang des Cafés zurück.
Der Obergefreite wischte sich mit dem Handrücken über den Mund: »Also, tut uns leid«, murmelte er.
»Tut uns leid und *weiter?*« half der Offizier nach.
»Tut uns leid, Herr Leutnant«, sagte der Obergefreite, aber er sah beim Sprechen an Napoleon vorbei auf den Oberleutnant.
»Na schön, hauen Sie ab«, sagte der Offizier.
Beide grüßten, sagten »Yessir« und verschwanden eilends im Café.
»Wir wollen hierüber keinen Bericht machen, Leutnant«, sagte der Offizier der Militärpolizei. »Ich hoffe, Sie tun das gleiche und sehen über den Fall hinweg.«
»Ja. Vielen Dank für Ihre Hilfe«, sagte Napoleon. »Es hätte recht unangenehm werden können.«
Napoleon wollte schon aussteigen, da legte ihm der Offizier eine Hand auf den Arm und hielt ihn zurück. »Können wir Sie irgendwo absetzen?« fragte er mit einem bedeutungsvollen Unterton.

»Nein, danke. Ich gehe lieber von hier aus weiter.« Er stieg aus, grüßte den Offizier und wandte sich in die Richtung, aus der er gekommen war.
Im Anfang ging er schnell. Als er dann merkte, daß niemand sich sonderlich um ihn kümmerte, verlangsamte er den Schritt wieder, versuchte sich zu entspannen und sich Menschen und Dinge, an denen er vorbeikam, anzuschauen. Er achtete sorgfältig darauf, daß er niemanden anrempelte oder angerempelt wurde. Sein Tastsinn war überwach und überlagerte Gehör und Sehvermögen; es schien Napoleon, als ob die Berührung eines andern Menschen, eines weißen Menschen, ihn verbrennen würde.
Der glitzernde Schein der Bumslokale blieb zurück, der Lärm lag hinter ihm; die Menge war verschwunden. Napoleon ging allein durch die ruhige Straße eines Wohnviertels. Da kam von hinten langsam ein altes Auto angerollt. Er bemerkte es erst, als eine Stimme rief: »Sollen wir Sie mitnehmen, Leutnant?«
Er ging näher heran, um zu sehen, wie dieser Samariter aussah, und um dankend abzulehnen. Da erblickte er hinter dem Steuerrad den fetten Zivilisten, der mit den Soldaten zusammen gewesen war. Die Hintertür flog auf, sie sprangen aus ihrem Versteck und stürzten sich auf ihn; ihre Gesichter waren verzerrt in frohlockender Wut. Der lange Obergefreite mit der Hasenscharte und der eingedrückten Nase schwang seinen Arm in einem unheimlich weiten Bogen herum. Napoleon hatte nur den Bruchteil einer Sekunde Zeit, um den Kopf einziehen und die volle Wucht des Montiereisens mit der Schulter abzufangen. Er fühlte, wie der Knochen brach, und wollte vor Schmerz aufschreien. Aber Ton und Atem blieben ihm in der Kehle stecken, weil ein Arm seinen Hals umklammerte und nach hinten riß.
Von der Gewalt des Schlages fortgewirbelt, klirrte das Montiereisen auf die Straße. Der Obergefreite knallte Napoleon die Faust auf den Mund. »Du schwarzes Negerschwein!« stieß er hervor. Er spie die Worte aus, die in seinen Eingeweiden knurrten und gärten und sumpfige Blasen trieben – mußte sie ausspeien, um sie loszuwerden. »Deine Schuld, daß wir die Mädchen los sind.« Fluch folgte auf Fluch, während sie ihn verprügelten, ihn zu Boden warfen und auf ihm herumtraten.
Schwach und benommen von der Plötzlichkeit und Roheit des Überfalls, schlug Napoleon mit Armen und Beinen um sich; aber sie hielten ihn fest und zerrten ihn ins Auto.
Der andere Soldat hämmerte mit seinen Fäusten auf Napoleon ein und schrie immer wieder wie besessen: »Leutnant, Leutnant, Leutnant, Leutnant . . .«
»Habt ihr ihn?« fragte der Fahrer kurz. Er legte einen Gang ein, und das Auto schoß davon. »Nehmt ihm das Messer, nehmt ihm das Messer ab; die Nigger haben alle Messer!« warnte er.
Napoleon kämpfte mit aller Macht, um vom Boden des fahrenden Wagens hochzukommen, sie abzuschütteln und zu schreien. Aber ein schwerer Stiefel krachte gegen seinen Schädel, ein zweiter trat ihm in die Leistengegend, und dann noch mal. Und unter dem Ruf »Leutnant, Leutnant, Leutnant . . .«, der ihm dumpf und höhnisch in die Ohren drang, verlor er das Bewußtsein.
Neger aus der Stadt fanden ihn bei Tagesanbruch stöhnend und halb ohn-

mächtig in einem Abwassergraben des Farbigenviertels von Davisville, über und über mit Schlamm und Kot bedeckt. Er war nackt und mehr tot als lebendig; sein Körper war voller blutverkrusteter Quetschungen. Rings um ihn lagen die Fetzen seiner Uniform verstreut; vom Kragen waren die Leutnantsbalken abgerissen. In seiner Leistengegend wühlte ein entsetzlicher Schmerz.
Der Arzt im Krankenhaus erklärte ihm, woher dieser Schmerz kam. Man hatte absichtlich ein Rasiermesser oder sonst ein scharfes Messer durch seinen Hodensack gezogen. Das würde jedoch wieder heilen, sagte der Arzt; falls man etwas Schlimmeres mit ihm beabsichtigt habe, so sei das mißlungen. Dieser letzte, unsagbare Akt der Verhöhnung setzte sich jedoch in Napoleons Gehirn fest. Dort, wo das Rachegefühl sitzt, brannte sich ein Bild ein.
Der Militärpolizei erzählte er lediglich, ein Wagen sei plötzlich aus der Dunkelheit aufgetaucht und habe ihn erfaßt, weil er auf dem Fahrdamm gegangen sei. An mehr erinnere er sich nicht, sagte er. In den Wochen einer schmerzhaften, bitteren Genesung heilten Knochen und Gewebe, aber nicht die Wunde in seinem Denken, das auf einen einzigen Zweck gerichtet war. Nicht den fetten Zivilisten wollte er haben, auch nicht den Soldaten, an dessen Gesicht er sich nicht einmal erinnern konnte; seine Rachsucht konzentrierte sich auf den langen Obergefreiten mit der Hasenscharte und der eingedrückten Nase und auf eine Panzerdivisionsnummer, die er nie vergessen würde ...
Nun, da Napoleon den Mann im Geist vor sich sah, hätte er am liebsten geschrien. Aber wer konnte ihn schon hören? Heftig warf er sich auf seiner Pritsche herum – jäh und voller Verzweiflung, als könne er dadurch einer Erinnerung entfliehen, die ihn nur auf einer Seite quälte, nicht auf der anderen. Er schluchzte auf; seine Brust sank zusammen, und die feuchte Kälte des englischen Winters traf ihn unter der Decke. Hatte er jenes Gesicht nicht gebannt? Hatte er es nicht für immer ausgelöscht mit Blut und Stahl? Und doch sah er es immer noch, verfolgte es ihn, verhöhnte es ihn, wie es ihn damals verhöhnt hatte. Das war das Furchtbare an einer so scheußlichen Zwangsvorstellung: es gab keine Rettung – niemals ...

Napoleon tat schließlich wieder Dienst. Er erzählte keinem – weder der Polizei noch Freunden noch Vorgesetzten –, was ihm in jener Nacht in Davisville zugestoßen war. Das war seine Angelegenheit, er würde sich selbst sein Recht holen. Denn das wenige, was ihm an Stolz und Ehre geblieben war, vertrug nicht das grelle Scheinwerferlicht der Öffentlichkeit, wie eine offizielle Untersuchung und ein Gerichtsprozeß es mit sich brachten. Seinen Dienst versah er, wie es sich gehört, aber ohne die Begeisterung, die er früher empfunden und seinen Leuten mitgeteilt hatte. Ein Schatten stand dicht hinter ihm, nach dem er sich manchmal umdrehte, um ihn zu packen. Nachts schreckte er schweißgebadet und zitternd aus seinen Träumen hoch. Schmerzhafte Stiche durchzuckten ihn unerwartet an Stellen, wo jene Männer ihn geschlagen und gestochen hatten.
So speicherten sich in ihm die Qualen seines Volkes auf. Ja, es war nun sein Volk; er entstammte seinem Volk und gehörte ihm an. Er durchstöberte

Zeitungen und Illustrierte und schnitt Artikel über Mißhandlungen und Verfolgungen von Negern aus. Sein Geist, seine Augen und Ohren öffneten sich den schmachvollen Berichten. Erst jetzt hörte, ja achtete er überhaupt auf die ungebildete Redeweise seiner Leute, wenn sie murrten und ihre Niggergeschichten erzählten. Mit grimmigem Kopfnicken erinnerte er sich dann an manches.

Er erinnerte sich an Harlem und die bombastischen, sinnlosen Ansprachen schwarzer »Führer« an den Ecken der Lenox Avenue ...

»Heil Hitler ... ich bin für Hitler ... Jawohl, ich bin für Hitler. Der macht's richtig. Laßt die Weißen sich doch gegenseitig umbringen. Um so weniger bleiben übrig, mit denen wir's später zu tun bekommen – wenn der schwarze Mann aufstehen und Gerechtigkeit für sich erlangen kann.«

Schwarze Nationalisten! Damals unglaubhaft ... komisch ... peinlich ... denn er war Student, gebildet, sprachgewandt, gut angezogen und in einer offenen, freundlichen Welt zu Hause. Zufällig war er ein Neger. Gewiß, das legte ihm Beschränkungen auf; er wußte das und hatte sie auch zu spüren bekommen. Aber schließlich litt ja jeder Mensch unter Beschränkungen: Juden, Katholiken, Iren, Italiener, Polen und Deutsche, gebürtige Amerikaner und eingebürgerte, schwarze und weiße. Es war ein Land der unbeschränkten Beschränkungen. Er hörte einer solchen Straßenrede zu ...:

»Alle Juden sind Kommunisten, und die Kommunisten wollen die Neger genauso ausbeuten wie die Weißen. Ich würde keinen Finger rühren, um einen Juden zu retten ...«

Nein! Das stimmt nicht! hätte er am liebsten gerufen; einige meiner besten Freunde sind Juden! Aber er tat es nicht. Gab nur Schwierigkeiten, wenn man sich in so etwas hineinziehen ließ. Diese Schlägertypen, die da zuhörten, würden es einem heimzahlen. Und außerdem war der Redner von seiner ersten, aus der Luft gegriffenen Haßtirade schon zur nächsten übergegangen.

Einmal besuchte Napoleon eine Versammlung in einem Keller. Er war erstaunt, wie verhetzt die Leute hier waren, wo sie nicht mehr auf der Straße standen, sondern in den vertrauten eigenen Höhlen. Der Redner schien ihm direkt ins Gesicht zu blicken, als er herausschleuderte: »Je schwärzer der Neger, desto besser. Je schwärzer der Neger, desto ehrenvoller ist es für seine Rasse. Mulatten sind Bastarde. Sie halten mit den Weißen zusammen. Sie sind Feinde des schwarzen Negers. Wir wollen ein schwarzes Reich in Afrika. Wir wollen ein nationales Leben, das sich ausschließlich auf schwarze Menschen gründet. Die Rettung meiner Rasse ist meine Religion. Was Hitler von der Überlegenheit der Arier gesagt hat, gilt genauso für den Neger ...«

Der Franzose in ihm wand sich und wollte sich verkriechen. Napoleon schlich davon; er kam sich unrein und ausgesondert vor ...

Aber vielleicht hatten sie recht, diese lächerlichen, ungebildeten schwarzen Führer. Wie war es denn ihm ergangen! Dabei hatte er doch das Spiel der Weißen nach deren Regeln gespielt.

In den Monaten nach dem Vorfall in Davisville beherrschte ein einziger Gedanke sein Leben. Napoleon verfolgte sämtliche Anhaltspunkte und offiziellen Berichte über Truppenverschiebungen, so daß er zu jeder Zeit wußte, wo die Division des Mannes lag, den er jagte. Sein Herz schlug schneller, wenn es schien, daß ihre Wege sich kreuzen könnten. Geschah das nicht, so nagte das an ihm, und seine schwärende Wunde schmerzte.
Es gab Zeiten, da dachte er daran, Urlaub zu nehmen, sich ohne Erlaubnis von der Truppe zu entfernen, sich dem Obergefreiten an die Fersen zu heften und der Sache ein Ende zu machen – aus Angst, der Mann könne versetzt werden, könne sterben, fallen oder auf sonst eine Art verlorengehen und Napoleon als halben Mann, ohne Genugtuung, zurücklassen. Aber er wartete. Er fürchtete, es könne die Qual als solche sein, die er genoß, und nicht die Aussicht auf ihr Ende, aber er wartete. Denn er wußte, es mußte eine bessere Möglichkeit geben; der geeignete Augenblick mußte kommen, wenn er ihn nur mit der überwältigenden Kraft seines Rachedurstes herbeizwang.
Im Spätherbst wurde ihm ein Kommando in England angetragen, wo zur Vorbereitung der Invasion kleine Negereinheiten in größere Verbände eingegliedert werden sollten. Selbst hier war er in seiner Entscheidung nicht völlig frei. Wo steckte der Obergefreite? Was würde er tun? Wohin kam seine Division? Napoleon forschte nach, und erst als er ganz sicher war, traf er seine Wahl. Sein Leben war unauflöslich mit dem des anderen verbunden, und wenn es sein mußte, auch sein Tod.
Der Zug trug ihn in nordöstlicher Richtung nach New Jersey und nach New York, dem Hafen, wo sie eingeschifft werden sollten. Napoleon starrte durch die Scheibe auf das Gesicht der Landschaft. Er haßte ihr winterliches Weiß; es machte, daß er sich noch fremder fühlte, als er durch Geburt schon war. Warum schneite es nicht schwarz? Warum mußte der Schnee weiß sein, wie alles andere auf der Welt, in die er hineingeboren war? Wenn es eines Tages schwarz schneite, dann würde alles auf Erden im reinen sein, und er würde seine Rache aufgeben. Er haßte das häßliche Weiß – schneeweiße Winterkälte, bald schmutzigweiß. Schwarz wurde nie schmutzig; es war einfach schwarz. Oder vielleicht war sein Haß auf das winterlich weiße Land einfach eine körperliche Reaktion auf die ungewohnten und unangenehmen Temperaturen – eine Reaktion, die in Generationen nackter schwarzer Menschen in einem fernen Urwald, von denen er abstammte, schon angelegt gewesen war.
Er hätte nach Washington fahren können, aber er wollte es nicht. Er hätte Rexford in New York anrufen können, seine Freunde von der Universität, seine Lehrer, aber er tat es nicht. Er wolte niemanden sehen.
Die *Ile de France* lief in den Nordatlantik aus. Napoleon strich durch die Decks und Gänge des Schiffes, das in unvorstellbarer Weise mit Menschen und Kriegsmaterial vollgestopft war. Zu Räumen, wo er nichts zu suchen hatte, verschaffte er sich durch Tricks und Befehle Zutritt. Er ging zwischen den Panzergrenadieren umher und musterte ihre Schulterklappen und ihre Gesichter. Als er den langen Obergefreiten mit der Hasenscharte und der eingedrückten Nase sah, war es heller Tag. Viele Zeugen waren zugegen.

»Achtung, Schnüffler!« flüsterte jemand. Der Obergefreite blickte von seinem Pokerblatt auf, schaute dann aber wieder auf sein Spiel, da es offenbar niemand Wichtiges war.
Napoleon griff zu, riß den Kopf des Mannes an den Haaren zu sich herum, um ganz sicherzugehen, daß es sich um den Mund, die Nase, die wütende Visage handelte, die er in Erinnerung hatte. Die andern saßen verblüfft dabei und hielten die Karten lose in der Hand; ihr Geld lag auf dem Tisch. Niemand begriff, was geschah.
»Kennst du mich noch?« fragte Napoleon. Er bewegte sich schnell, ehe die übrigen sich von ihrem Erstaunen erholt hatten. Mit der rechten Hand schlug er dem Obergefreiten rechts und links hart in das aschgraue Gesicht.
Der Mann bemühte sich hochzukommen; er umklammerte die Hand, die sein Haar mit schmerzhaftem Griff festhielt. »Was fällt dir eigentlich ein, Nigger!« schrie er.
»Davisville ... im letzten Sommer«, sagte Napoleon. Seine Hände zitterten nicht, seine Stimme war unwahrscheinlich ruhig. Er faßte in die Tasche. Die Augen des Obergefreiten weiteten sich vor Entsetzen, als er ein Klicken hörte und die aufblitzende Klinge sah – und sich erinnerte. »Hier ist das Messer, das ihr damals gesucht habt!« sagte Napoleon. Seine Stimme wurde triumphierend. »Ich habe es für dich gekauft. Denn ich wußte ja, daß du Wert darauf legst.« Er stieß es dem Mann durch die Kehle, zog es wieder heraus, und als die anderen aus ihrer Erstarrung erwachten und nach ihm griffen, rammte er es dem Obergefreiten mit aller Macht in die Brust ...
... und hörte sein eigenes Schreien und das Schreien des Obergefreiten noch jetzt in einer von Gespenstern heimgesuchten Zelle in Marston-Tyne. Er spürte, wie das klebrige, warme Blut des Mannes hervorquoll und seine Hände besudelte, seine Uniform, sein Leben ...

Als Reisman die Zelle betrat, fand er Napoleon zerschlagen vom Kampf gegen seine Erinnerungen vor. Schweißnaß und erschöpft lag der Neger unter der Wolldecke. Das Gesicht kam Reisman weicher vor, nicht mehr so verbissen in seiner zornigen Sicherheit. Doch mochte das elektrische Licht, das nur von einer schwachen Glühlampe an der Decke kam, zu diesem hoffnungsvollen Schimmer beitragen.
Jetzt erkannte Napoleon ihn.
»Ich bin schon wieder klar«, sagte Napoleon. »Eben dachte ich fast, Sie wären eine Gestalt aus meinen bösen Träumen.«
»Jedenfalls bin ich aus Fleisch und Blut«, antwortete Reisman. Auch er war müde. »Darf ich mich setzen?«
Napoleon schob seine Beine zur Wand, und Reisman setzte sich. Er hatte den Obergefreiten Bowren samt der Wache fortgeschickt und dann, ehe er in die Zelle zurückging, noch einmal Napoleon Whites Akte durchgelesen. Er hatte einen Anhaltspunkt gesucht, wie er Napoleon fassen und zu der gewünschten Antwort bringen konnte. Wenn es etwas gab, was für das frühere Leben dieses Mannes charakteristisch war, dann seine Vitalität.
»Warum haben Sie vor dem Kriegsgericht nicht besser gekämpft?«

Verdutzt setzte sich Napoleon hoch. »Waren Sie denn dabei?«
»Nein, aber ich mußte die Protokolle lesen.«
»Ich habe ihnen meine Geschichte ja erzählt, und damit basta. Als man mich in Ketten vom Schiff führte, sprachen sowieso schon drei gewichtige Punkte gegen mich. Ich war schuldig, ehe meine Schuld überhaupt erwiesen war. Ein Dutzend Leute hatten gesehen, wie ich diesen Kerl erstach – kaltblütig, wie sie sagten.«
»War es denn kaltblütig?«
»Die Temperatur meines Blutes war zu der Zeit alles andere als normal, das können Sie mir glauben. Kalt war es jedenfalls nicht. Schon so lange hatte ich mich an diesem Mann rächen wollen. Ohne Rache wäre ich einfach zugrunde gegangen. Damals war ich als Soldat sowieso nichts mehr wert – und als Offizier bestimmt noch weniger.«
»Aber Ihre Antworten in den Protokollen sind so teilnahmslos, als ob das alles Sie gar nichts anginge. Warum haben Sie nicht gekämpft?«
»Ich habe ihnen meine Geschichte erzählt. Das genügte doch wohl. Wenn sie das nicht überzeugte, konnte gar nichts sie überzeugen.«
»Ja, ich habe Ihre Aussage vor der Kriminalpolizei in Greenock gelesen, wo man Sie in Gewahrsam genommen hatte. Ihr Verteidiger hätte den Zivilisten aus Davisville und den andern Soldaten zur Verhandlung vorladen sollen.«
»Das hat er versucht. Der Zivilist sagte unter Eid aus, daß er sich an nichts erinnern könne.«
»Und der andere Soldat, der Sie damals überfallen hat?«
»Man konnte ihn nicht finden. Es hätte irgend jemand irgendwo sein können. Ich wußte ja weder seinen Namen noch seine Einheit noch sonst etwas. Und wenn man ihn auch gefunden hätte – er hätte den Überfall doch abgestritten.«
Der Offizier, der Napoleon verteidigt hatte, war gewitzt genug gewesen, Krankenberichte und eine Aussage des behandelnden Arztes über das Ausmaß der Verletzungen beizubringen, die Napoleon davongetragen hatte. Das Kriegsgericht sah darin jedoch einen Fall für sich. Jedenfalls habe keine Notwehr vorgelegen. Ein parallel laufender Antrag, das Gericht möge wegen zeitweiliger Unzurechnungsfähigkeit des Angeklagten auf »Nicht schuldig« erkennen, hatte keinen Erfolg; denn die Anklage wies nach, daß Napoleon seine militärischen Pflichten in den Monaten nach seiner Wiederherstellung ordnungsgemäß erfüllt hatte und daß der Mord an dem Obergefreiten an Bord der *Ile de France* vorsätzlich geschehen war.
»Und da haben Sie einfach aufgegeben!« sagte Reisman vorwurfsvoll. »Nun wollen Sie nichts mehr aus Ihrem Leben machen.«
»Nur noch hassen will ich«, sagte Napoleon. »Zum Beispiel Sie, weil Sie Kaukasier sind. Um zu beschreiben, was Sie sind, ist dies das saudümmste Wort, das ich je gehört habe. Was, zum Teufel, hat eine Provinz in Rußland mit der Hautfarbe eines Menschen zu tun? Der Haß wird mir das Sterben erträglicher machen. Wenn ich noch frei wäre und handeln könnte, dann nur für mich und Menschen meiner Hautfarbe – gegen die weiße Herrenrasse.«
»Das ist doch Mist! Wie steht's denn mit den Gelben und den Roten?« fragte

Reisman. »Am Ende des Ganges sitzt ein Indianer, der genauso einsam und elend ist wie Sie. Wollen Sie den auch hassen? Mit dem, was Sie meinen, wäre es nämlich noch nicht zu Ende. Was soll die Schwarzen, Gelben und Roten daran hindern, sich gegenseitig zu bekämpfen, wenn sie nach dem Kampf gegen die Weißen die Beute verteilen – falls es je dahin kommt!«
Reisman war aufgestanden und schritt nervös in der engen Zelle auf und ab. Er konnte nie still sitzen bleiben, wenn so viele Gedanken und Argumente sich in seinem Kopf drängten. Napoleon beobachtete ihn gespannt. Er hatte die Decke zur Seite geschlagen und folgte Reisman begierig mit Augen und Ohren.
»Und was heißt schon für sich selbst handeln?« hielt Reisman ihm vor. »Was, zum Teufel, haben Sie denn bisher überhaupt getan? Jeder tut das. Ich tue das. In dieser Hinsicht unterscheiden Sie sich nicht im geringsten von andern. Ich glaube nicht an Ihren großartigen, edelmütigen Haß, und vermutlich tun Sie das selbst nicht. Ich glaube weiter nichts, als daß Sie einen Mordsschock erlitten und noch nicht verwunden haben. Ich weiß es nicht. Kann sein, Sie haben einen heftigen Schlag gegen den Kopf bekommen. Dieser Quatsch, den Sie mir da erzählen, ist Ihnen zu einer vertrauten und nützlichen Phrase geworden, weiter nichts. Sie wollen hassen? Sie wollen kämpfen? Sie wollen töten? Bitte sehr! Ich gebe Ihnen Gelegenheit dazu. Ich gebe Ihnen die Möglichkeit, gegen Deutsche zu kämpfen! Nazis zu töten! Den verrotteten Schlamm der weißen Herrenrasse.«
Der zornige Monolog des Hauptmanns riß Napoleon mit. Es war verrückt. Der Hauptmann war jetzt sein Verteidiger, der ihm sagte, warum er leben sollte, aber auch, wie er wirklich leben würde. Und Napoleon war gewissermaßen ein halsstarriger, unbarmherziger Richter und ein Ankläger zugleich – beide gegen ihn selbst verbündet. Ja, er hatte bereits aufgegeben – erst vor wenigen Wochen, aber es schien schon lange her.
»Sie haben doch Familienangehörige, nicht wahr?« fuhr Reisman eindringlich fort.
Napoleon nickte. Eine gute, hart arbeitende, achtbare, geachtete Familie. Er hatte versucht, in diesen Wochen nicht an sie zu denken. Selbstsüchtig? Vielleicht. Nicht einmal geschrieben hatte er, abgesehen von einer kurzen Mitteilung, daß er nach Übersee ginge und sie eine Zeitlang nichts von ihm hören würden. Sie hatten ihm immer Gutes getan, und mit dieser Sache hatten sie nichts zu tun. Um so stärker mußte es sie treffen – sie tief verwunden. Sie würden eine Nachricht bekommen, daß er gestorben sei, und würden Näheres wissen wollen. Ob man ihnen die Wahrheit sagte? Und in welcher Form? Wenn sie es dann wußten – und dennoch nicht richtig wußten –, mußten sie sich doch entehrt fühlen, da ihr Sohn verurteilt worden war, während andere Söhne ausgezeichnet wurden, weil sie töteten. Andere Söhne starben ruhmvoll, und ihrer wurde in Schande hingerichtet.
»Glauben Sie denn, ich möchte nicht auch hier heraus?« stieß Napoleon erregt hervor. »Aber nicht auf Ihre Weise – nicht auf die Art des Militärs. Ich möchte hier raus, Mann, und fort – fort aus diesem Leben voller Heuchelei. Ich würde sogar zu Hitler gehen oder vielleicht nach Afrika. Dann zöge ich

meine Kleider aus und entschwände einfach in den Busch oder sonstwohin, woher auch immer meine Vorfahren stammen mögen.«

In diesem Augenblick vernahm Reisman den mißtönenden Klang des Gefangenenorchesters unten im Innenhof; die Leute stimmten ihre Instrumente. Er erinnerte sich, daß Obergefreiter Bowren ihm gesagt hatte, heute sei der wöchentliche Vergnügungsabend. So ein verdammtes, blödes, nervtötendes Zeug! Was, zum Teufel, hatte das mit Kriegführen zu tun? Was hatten Musik und Vergnügen und all die halben Zugeständnisse an die Menschlichkeit, an Geistigkeit und Freundlichkeit mit einem Gefängnis voller Verbrecher zu tun? Was hatte das zu tun mit den sieben Männern, denen der Strang bestimmt war, und ihren fünf Genossen in seiner Legion der Verdammten? Jawohl, Herr Oberst, Sir, nichts wünschte ich mir mehr für meine letzte Nacht auf Erden, als daß Mr. Rudi Staritus und seine Starlights für mich spielten. Und könnten Sie dann nicht dieses schmutzige Geschäft noch eine Woche oder so verschieben? Da finden nämlich »Höhepunkte der Heiterkeit« statt mit Hank Ladd, und vielleicht bringt er eins dieser breithüftigen, vollbusigen Superschätzchen mit. Und nichts möchte ich lieber, als sie singen hören *To each his own,* wenn ich in das große, tiefe Loch falle.

Napoleon hörte die Musik ebenfalls. Den Anfang machte ein Potpourri von Tanzmelodien: Glenn Miller ... Tommy Dorsey ... Jimmy Dorsey ... Harry James ... Es weckte in ihm eine Sehnsucht nach vergangenen Zeiten – nach Schülerfesten und Studentenbällen, nach Greenwich-Kneipen und dem Sänger Cab Calloway in einem verräucherten Nachtklub an der 125. Straße. Schöne Zeiten, nette Leute, gute Sachen. Er wurde schwach, und er wollte auch schwach werden, denn wer möchte schließlich nicht gern leben oder zumindest einen andern Tod sterben als den in einer Schlinge? Aber er sagte: »Zeigen Sie mir einen Weg hier heraus, an dem keine Bedingungen hängen, und ich gehe ihn. Aber ein noch entwürdigenderes Leben als vorher zu führen, das ist nichts für mich. Der Tod wäre wenigstens sauber und endgültig – und keine Schmerzen nach dem ersten Schmerz mehr. Und selbst dazu haben sie, soviel ich weiß, ein geschicktes kleines Ungeheuer, das mit dem Strick umgeht und ihn so herrichtet, daß die Reise vorbei ist, ehe man überhaupt merkt, daß sie begonnen hat.«

Reisman wollte nicht mehr weiterstreiten. Er hatte sich tiefer in die Sache eingelassen, als ihm lieb war, als er durfte. Gerade das hatte er nicht beabsichtigt – diese heftige, gefühlsmäßige Beteiligung. Auf einmal kam ihm noch ein Gedanke, ein letztes Wort, ein Quentchen Weisheit in den Sinn, das er einmal gelesen und gierig aufgenommen hatte. »Sie sind doch ein gescheiter Mann, White«, sagte er müde. »Gebildet. Das Zitat, das Sie mir heute nachmittag an den Kopf geworfen haben ›Seht, daß ihr euch selbst verteidigt!‹ ist sehr gut. Aber ich weiß ein besseres: ›Vom Menschen wird verlangt, daß er an den Leidenschaften und Taten seiner Zeit teilhat, wenn er nicht als jemand dastehen will, der sein Leben nicht gelebt hat.‹ Dieses Wort stammt von Oliver Wendell Holmes, Richter am Obersten Bundesgericht der Vereinigten Staaten. Und wenn Ihnen das nichts bedeutet, dann lasse ich Sie in Ihrem Selbstmitleid schmoren. Sagen Sie ja oder nein.«

Ja oder nein? War es denn so einfach? Napoleon mühte sich in diesen Sekunden, klarzusehen. Wieviel von dem, was ausschließlich und persönlich sein war und was er eifersüchtig hütete, hing nun an diesen Worten? Welches war der Weg des Feiglings und welches der des Helden? Nein, nicht den Weg des Helden, sondern den richtigen – selbst wenn es feige war.
Napoleon öffnete den Mund, obwohl er selbst jetzt noch nicht wußte, was herauskommen würde. Sein Körper sackte vor Erschöpfung zusammen; nur seine Augen bewegten sich, weiß und glühend.
»Ja«, sagte er.
Wie froh Reisman auch sein mochte – er ließ sich nichts anmerken.
Er stand auf und streckte die Hand aus. Napoleons Hand war klebrig feucht, sein Griff schlaff.
»Wir fangen morgen früh an«, sagte Reisman. Er drehte sich um und verließ die Zelle mit einem Gefühl, als hätte er gerade einen großen Ringkampf hinter sich.

10

Am späten Abend, nachdem die Leute von der Truppenbetreuung gegangen waren, berichtete Reisman Oberstleutnant Tarbell im Büro des Kommandanten, was er erreicht hatte. Eben war er dabei, seine Pläne für den nächsten Tag darzulegen, als das Telefon klingelte. Tarbell hob ab, lauschte einen Augenblick und sagte dann zu Reisman: »Der OvD am Haupteingang. Da ist ein Mädchen, das nach Ihnen fragt.«
»Ich gehe mal hin«, sagte Reisman und stand auf. »Sie haben doch verstanden, was ich Ihnen über Uniformen und die feldmarschmäßige Ausrüstung gesagt habe, die wir morgen brauchen?«
Tarbell sah Reisman an, als wollte er ihn auffressen; dann aber holte er tief Luft und besann sich eines Besseren. »Unsere Kammer ist gut versehen«, sagte er. »Wir haben hier laufend Leute für die Front ausgerüstet.« Er schwieg, um seine Worte sorgsam abzuwägen, und fuhr darauf in scherzendem Ton fort: »Wissen Sie, Hauptmann, man sollte Sie für diese Aufgabe befördern. Wenn ich als Hauptmann so mit Obersten umgesprungen wäre wie Sie, dann wäre ich heute General oder ich wäre zum gemeinen Soldaten degradiert worden.«
»Ich wollte Sie nicht beleidigen, Oberst«, sagte Reisman rasch. »Sie werden mich sowieso bald los.«
Der Kommandant erhob sich hinter seinem Schreibtisch und begleitete Reisman zur Tür. »Oh, ich bin nicht beleidigt, mein lieber, junger Freund; aber es gibt Leutnants, die wären es, von Majoren, Obersten und Generalen ganz zu schweigen. Wann gedenken Sie mit Ihrer Gruppe aufzubrechen?«
»Spätestens Sonntag – und wenn wir auf dem Hochmoor in Zelten kampieren müßten.«
»Dann also gute Nacht«, sagte Tarbell. Er streckte seine Hand aus, und Reisman ergriff sie. »Viel Glück, Hauptmann.«

Tessie Simmons stand in der kleinen Wachstube am Haupteingang und preßte das Gesicht erwartungsvoll gegen eine Glasscheibe. Reisman rannte sie fast um, als er eintrat; sie hatte ihn nämlich durchs Fenster gesehen und war zur Tür gestürzt, um ihm aufzumachen. Sie schwebte auf einer Woge von unverkennbarer Zuneigung und strahlte. Ihr Gesicht war rosa überhaucht. Ob das nun von der kalten Nacht, von dem warmen Zimmer oder von einer gewissen Verlegenheit infolge der Erinnerung an die erste Begegnung herrührte, wußte er nicht.

Die Blicke der Soldaten in dem Raum gingen zwischen Reisman und dem Mädchen hin und her. Die Leute waren gespannt, wie die beiden miteinander sprachen; daraus konnte man Rückschlüsse auf die Beziehungen zwischen ihnen ziehen.

»Hallo«, sagte Reisman, und da er die allgemeine Aufmerksamkeit im Zimmer bemerkte, nahm er ihren Arm und führte sie hinaus. Als er die Tür hinter sich geschlossen hatte, stellte Tess sich auf die Zehenspitzen und küßte ihn zärtlich; ihre Lippen und Wangen drückten sich warm gegen sein Gesicht und überwanden so seine natürliche Zurückhaltung und Befangenheit.

Reisman zog das Mädchen fest an sich, und sie küßten sich mit der ungeduldigen Erwartung, die jungen Liebenden eigen ist.

»Das habe ich so entbehrt«, sagte Tess, als sie voneinander abließen.

Reisman hätte gerne etwas Ähnliches gesagt, um das sanfte Feuer, das sie ihm entgegenbrachte, zu schüren. Statt dessen platzte er mit den Worten »Was machst du denn hier?« heraus.

»Ich hörte, daß du zurück bist, und hatte Angst, du würdest nicht zu mir kommen«, sagte Tess.

Sie schlenderten aus dem Hof und hielten einander im Rücken umfaßt.

»Ich wäre bestimmt gekommen. Ich hatte bis jetzt Dienst. Wer hat dir erzählt, daß ich hier bin?« fragte er.

Tess dachte an Morgan und beschloß, ihn nicht zu erwähnen. »Ach, ein paar von den Männern unterhielten sich darüber in der Wirtschaft.«

Rings um Marston-Tyne wurde doch verdammt viel geredet, dachte Reisman verärgert. Das meiste mochte ohne Folgen bleiben; aber manchmal konnte es auch anders sein, und es gab keine Möglichkeit, zu erfahren, an welche Ohren die Nachrichten weitergetragen wurden oder mit welcher Raffinesse irgend jemand die Einzelheiten zusammenfügte. Er mußte mit Tarbell darüber reden und ihn veranlassen, seinen Leuten zu ihrer aller Schutz den Mund zu verschließen.

»Bist du böse?« fragte Tess.

»Nein. Natürlich nicht«, erwiderte er. »Ich freue mich, daß du da bist. Wir können irgendwohin gehen und eine Kleinigkeit essen, dann bringe ich dich nach Hause.«

Sie schlugen den Weg zum Dorf ein, ließen das Gefängnis hinter sich und drängten sich eng aneinander. Der Wind pfiff durch die Zweige der Eiben, die die Straße säumten. Im freien Gelände erhellte der Mond die Nacht und beleuchtete die Winterwolken, die hier und da über den Himmel jagten.

»Bleibst du über Nacht?« fragte Tess leise. »Dein Zimmer ist fertig.«

Reisman wandte sich ihr zu. »Es ist also jetzt mein Zimmer geworden, ja?« Aber was sie da sagte und die Art, wie sie ihn begrüßt hatte, weckte in ihm ein eigenartiges Gefühl; ihm war, als sei er nach Hause gekommen.
»Ja«, sagte Tess. »Und meins auch. Seit du fort bist, habe ich dort geschlafen.« Sie streckte ihren Arm aus, zog seinen Kopf zu sich herab und küßte ihn rasch auf die Lippen. »John? Heißt du John oder Johnny? Wie nennen dich die Leute, wenn sie nicht Hauptmann sagen? Zu dumm, daß ich nicht einmal das weiß.«
»Was ist dir lieber?«
»John. Ich glaube für Johnny bist du ein wenig zu gefährlich.«
»Das höre ich aber gar nicht gern«, sagte er.
Wieder küßte sie ihn flüchtig. »John«, sagte sie, »ich danke dir für den Morgenrock. Er ist gestern angekommen, und ich habe ihn seither fast nicht mehr ausgezogen. Ich hätte ihn auch jetzt angezogen; aber das schickt sich nicht, wie Mrs. Culver sagen würde. Sie ist unsere Köchin in der Wirtschaft.
»Paßt er denn?« fragte er. »Ich bin es nicht gewohnt, für Frauen etwas einzukaufen.«
»Und ich nicht, Geschenke aus London zu bekommen. Noch dazu von Selfridge! Ich bin selig. Du mußt ihn sehen, wenn ich ihn anhabe.«
»Aber das schickt sich doch nicht«, spöttelte er.
»Doch«, sagte sie einfach. »Ich liebe dich.«
Reisman zog sie wieder an sich. Die Sinnlichkeit der zärtlichen Gebärden erfüllte ihn mit Erregung. Er küßte sie auf den Hals.
»Und wenn ich dich nun noch einmal ohne sehen möchte?« flüsterte er.
»Das wäre schön«, sagte sie. »Hältst du mich nun für lüstern?«
»Ja«, erwiderte er schnell, aber sein gestrenges Stirnrunzeln war so offensichtlich gespielt, daß sie beide lachten. Sie gingen jetzt durch das Gäßchen, das zu *The Butcher's Arms* führte. Reisman überlegte, ob er erst ins Gefängnis zurück sollte, um den Jeep und seine Sachen zu holen; dann aber dachte er: Ach, zum Teufel damit.
»Mrs. Culver behauptet es nämlich«, sagte Tess. »Dabei weiß ich kaum, was das Wort eigentlich richtig bedeutet.« Plötzlich hielt sie in ihrem hüpfenden Gang inne, zog ihn hinter einen Baum und flüsterte ihm etwas ins Ohr, daß ihm ein Kitzel über den Rücken lief.
»Du hast mich in etwas Neues und Wunderbares eingeführt, weißt du das?«
»Eingeführt?«
»Ja . . .« Wenn er wüßte, wie sie sich nach ihm gesehnt hatte.
Fünf Tage, vier Nächte – ohne zu wissen, ob er wohl wiederkommen würde.
»Ich weiß, daß ich lüstern bin; es gibt aber keinen vor dir . . .« Sie küßte ihn leidenschaftlich und wollte fortlaufen; doch er hielt sie an der Hand fest und drehte sie zurück in seine Arme. Sie fielen gegen den schützenden Baumstamm.
»Wenn ich dich also – eingeführt habe, bin ich auch für dich verantwortlich«, sagte Reisman. Sie gingen weiter, heimwärts. Wir benehmen uns wie Halbwüchsige, dachte Reisman, wie kindische, verliebte junge Menschen. Aber mit

ihrer überströmenden Zärtlichkeit verscheuchte Tess viel von dem Ingrimm in seinem Herzen.

Sie lagen nebeneinander auf dem breiten Bett. Die Bettdecke hatten sie auf den Fußboden geworfen, und in der gemütlichen Wärme des tanzenden Feuers erforschte Tess mit den Fingerspitzen Reismans Körper. Sie kam an eine Stelle auf dem rechten Oberschenkel, wo eine Narbe durch das weiche schwarze Haar schimmerte, das dort wuchs. Die Rinne begann oberhalb des Knies und lief im Bogen herum bis in die Wölbung seines Gesäßes.
»Du bist ja verwundet worden«, sagte sie zärtlich und fuhr mit den Lippen an der Wunde entlang.
»Ja«, sagte er. »Manchmal vergesse ich es. Es ist schon lange her. Auf die bin ich nicht sehr stolz. Es sieht so aus, als sei ich davongelaufen. Ich wollte, sie hätten besser gezielt und mir die Verletzung ein wenig weiter vorn beigebracht.«
»Um Gottes willen, bloß nicht.« Sie schüttelte sich. »Sag so etwas nicht.« Dann lachte sie, deutete mit dem Finger und sagte: »Dann hätte es dich dort getroffen, und das wäre schrecklich gewesen.«
Reisman hob den Kopf, blickte auf die Stelle, auf die sie zeigte, und sagte: »Ja, das wäre wohl noch schlimmer gewesen. Allerdings könnte man sagen, daß ich auch dort einmal verwundet worden bin, absichtlich. Die Wunde des Glaubens. Das Zeichen des Bündnisses zwischen dem alten Abraham und seinem Gott.«
»Heißt das, daß du Jude bist?« fragte Tess.
»Nein, nicht unbedingt«, sagte Reisman. »Beschneidungen werden heute auch in nichtjüdischen Familien vorgenommen. Aber ich bin Halbjude. Mein Vater versuchte, mich im mosaischen Glauben zu erziehen, doch ich habe ihn nicht angenommen. Meine Mutter war eine gute Christin und eine lautere Seele, aber auch das hat bei mir nicht angeschlagen.« Er griff mit der Hand nach ihrem Kopf und zerzauste ihr Haar: »Wieso weißt du bei deiner bisherigen Unschuld überhaupt etwas von diesen Dingen? Oder hast du mich beschwindelt?«
»O nein!« sagte sie. »Was ich gesagt habe, stimmt. Aber ich bin kein Kind mehr und habe manches gehört.« Sie strich mit den Fingern sacht über seinen Oberschenkel bis dorthin, wo seine Beine zusammentrafen. Dann berührte sie noch einmal die lange Narbe.
»Wie ist es passiert?« fragte sie.
»Granatsplitter, in Spanien«, antwortete Reisman, der sich träge erinnerte.
»Sprichst du nicht gern darüber?« fragte Tess zögernd. »Oder macht es dir nichts aus? Ich meine, manchmal, wenn jemand etwas Schreckliches erlebt hat, dann redet er nicht gern darüber. Ich habe ja noch nicht viel erlebt, aber es gibt Dinge, an die wage ich nicht zu denken. Noch weniger möchte ich darüber sprechen ...«
»Erzähl ich's dir, erzählst du's mir«, sagte er, so wie man zu einem kleinen Mädchen spricht.
»Gut«, antwortete sie.

Jetzt wurde er hellwach. »Ich war neunzehnhundertsechsunddreißig mit der Internationalen Brigade dort«, sagte er. Er erinnerte sich: ... Franco drängte auf Madrid zu, und ein paar von ihnen waren es leid, dauernd zurückzuweichen. Sie wollten mal sehen, wie es wohl wäre, wenn sie sich zur Abwechslung einmal vorwärts bewegten. Ein törichtes Unterfangen. Sie hatten keine Unterstützung – eine Artillerie, die praktisch nicht vorhanden war; und ihre paar Panzer stellten keinen Gegner für die Deutschen und Italiener dar, die auf spanischer Seite kämpften. Es war überhaupt ein verrückter Krieg. Alles ging durcheinander. Man wußte nie, wer wirklich die Befehle gab, was man eigentlich tun sollte und wie. Manchmal war jeder ein Kommandeur, manchmal gab es überhaupt keinen. Und immer war etwas Politisches dabei im Spiel und richtete mehr Schaden an als der Feind ... »Ich lief zusammen mit andern über ein offenes Feld auf ein paar faschistische Panzer zu ...« Nie würde er den Anblick der Kanonen vergessen, die sich senkten, genau auf sie zeigten, als wären sie ebenfalls Panzer. Ein beherzter Mann mit einer Benzinflasche und einem Streichholz konnte einem Panzer nämlich ebenso gefährlich werden wie eine Kanone ... »Ich erinnere mich, wie ich rannte und ringsum Granaten explodierten. Und dann weiß ich nur noch, daß ich auf einem Truppenverbandsplatz der Stadt aufwachte. Ein Freund von mir hatte mich aufgehoben, in einen Wagen gepackt und zurückbefördert.«
»Hattest du keine Angst?« fragte sie.
»Nein, nicht solange ich fuhr. Erst später, als ich die Bescherung mit meinem Bein sah; da fürchtete ich, irgendeiner im Lazarett würde kommen und es mir abschneiden. Alles war so entsetzlich primitiv damals. Die Sache sah aber schlimmer aus, als sie war. Keine gebrochenen Knochen. Bloß ein ordentliches Stück Fleisch aus meinem Fell herausgefetzt und eine Menge Blut verloren. Ich wurde in wenigen Wochen einigermaßen wieder zusammengeflickt und machte, daß ich aus Spanien wegkam.«
Tess drückte sich schaudernd an ihn. »Wie schrecklich!« flüsterte sie.
»Ach, eigentlich nicht«, sagte er. »Da ist mir schon Schlimmeres passiert. Ich habe noch ein paar andere kleine Erinnerungen, falls es dich interessiert.« Er fühlte, wie es mit ihm durchging, wie er die Rolle des alten Kriegers zu spielen begann – des alten Aufschneiders, wie er sich vorwarf – aber, na wennschon! An sich sprach er selten über diese Dinge; selten hatte er die Möglichkeit, mit seinen Wunden unter Umständen zu protzen, die für einen fahrenden Ritter so lohnend waren.
Er zeigte ihr seinen Daumen, den er nicht mehr richtig bewegen konnte, seit man ihn gebrochen und die Sehne durchschnitten hatte; das Pfeffer-und-Salz-Muster aus Granatsplittern in seinem rechten Unterarm; den Tunnel, dort, wo eine Pistolenkugel ihm glatt die Schulterspitze durchschlagen hatte; und die andern Stellen, an denen man seinem Körper Gewalt angetan hatte. Er fand Vergnügen an seinen Wunden, wenn man einmal von den ausgestandenen Schmerzen absah – an den ehrenvollen Wunden aus seinen Kriegen und den denkwürdigen Verletzungen, die er sich bei üblen Schlägereien in Bars, Docks und Hintergassen zugezogen hatte, in Städten in aller Welt, durch die er gestromert war – manchmal auf Zusammenstöße aus, manchmal nicht,

doch stets auf sie gefaßt. Und wenn es dann zu einer Schlägerei gekommen war, hatte er mit einer Heftigkeit und Niedertracht reagiert, die seine Gegner und auch ihn selber überrascht hatten, und mit einer Tüchtigkeit, dank derer er stets durchgekommen war.

»Und das hier?« fragte Tess und berührte seinen Nabel.

»Das schlimmste – die Wunde der Geburt«, sagte er.

»Freust du dich nicht zu leben?«

Einen Augenblick lang dachte er darüber nach. »Doch, wohl. Ich kenne nichts anderes.«

»Wieso mußt du darüber erst nachdenken?« fragte sie.

»Kein Ziel ... keine Pläne ... keine Ideale«, gestand er.

»Aber das ist doch nicht wahr!« sagte sie aufgebracht. »Natürlich hast du ein Ziel. Den Krieg zu gewinnen, ist das kein Ziel? Und nach Amerika zurückzukehren und ein Heim und eine Familie zu gründen und ...« Da stockte sie. Erst als es schon heraus war, wurde ihr bewußt, was sie gesagt hatte. »Sieh doch mal, du hast den Krieg von Anfang an mitgemacht, warst schon vorher dabei. Du hast starke Ideale. Du hast schon in Frankreich gegen die Deutschen gekämpft, als dein Land noch gar nicht im Krieg war! Und in Spanien! Ein Mann ohne Ziel und Ideale tut so etwas nicht.«

»Doch«, sagte Reisman. Er griff nach ihr und küßte sie zärtlich auf die Wange. Sie kuschelte sich an ihn, so daß er sich ihr in diesem Augenblick ganz nahe fühlte, nun, da Sinnlichkeit und Leidenschaft keine Rolle spielten. Sanfter Druck und Gegendruck; die geschmeidige, weiche Haut; die Wärme, die von ihr ausstrahlte und ihn einhüllte; die schmiegsame Nacktheit ihres Fleisches, das sich überall seinem straffen, muskulösen Körper anzupassen schien. Aber auf einmal überfiel ihn wieder das alte, verdrängte Schuldgefühl – das Schuldgefühl befriedigter, gesättigter Sinne, wie er es in den letzten Jahren in voll ausgekosteten Augenblicken der Lust oft empfunden hatte. Mit welchem Recht durfte man essen, trinken, spielen, reine unbeschwerte Luft atmen oder bis zu einem Moment köstlicher Erschöpfung lieben, solange noch ein anderer hungerte, dürstete, fror, Qualen erlitt, eine Kugel in den Bauch bekam oder in einem dumpfen englischen Gefängnis geächtet auf seiner Pritsche lag und zitternd an den Galgen dachte? Und doch – wie sinnlos war dieser Fanatismus des Mitleids!

Manchmal, wenn es ihn so wie jetzt überkam, fragte er sich, ob er nicht lieber Geistlicher hätte werden sollen, um Seelen zu retten und Menschen zu leiten. Aber dann hätte er nie ein katholischer Allerweltspriester sein können, sondern schon einer von jenen feuerspeienden, Himmel und Hölle beschwörenden Predigern, so daß er in die Welt hätte hinausschreien und seiner Leidenschaft wie seinem Mitleid ein Ventil hätte öffnen können. Für einen Rabbiner war sein Wesen nicht gütig genug. Denn alle Rabbis, das wußte er, sollten eigentlich gütige Menschen sein, gelehrt und gottergeben.

»Ich war nicht aus Idealismus in Spanien«, sagte er. »Ich war ein Abenteurer. Jahrelang bin ich kreuz und quer zur See gefahren, habe an kleinen Kriegen teilgenommen, von denen du noch nie etwas gehört hast, und dann kam der da, und es gab Arbeit.«

»Aber du standest doch auf der richtigen Seite, nicht?«
»Ich denke schon«, erwiderte er: Dann fiel ihm etwas ein, und er kicherte. »Weißt du, einmal in Mexiko – ich war das erste Mal draußen – stand ich tatsächlich auf der falschen Seite.«
»Was um alles in der Welt hast du da denn gemacht?« fragte Tess. »Haben die Amerikaner dort Krieg geführt?«
»Nein, damals nicht; das war ungefähr 1846 ... und dann gab es das große Herumgemurkse, als Pancho Villa seinen Aufstand machte. Aber dies war was anderes. Ich war noch ein halbes Kind und fuhr damals ungefähr ein Jahr zur See. Wir hatten in New Orleans landwirtschaftliches Gerät geladen, das für Veracruz bestimmt war. Nur stellte es sich leider heraus, daß das gar kein landwirtschaftliches Gerät war. Sondern was wir ausluden, waren Maschinengewehre, Gewehre, ein paar Granatwerfer und jede Menge Munition, und zwar an einem verrückten Ort namens Tabasco – weißt du, so wie die Sauce heißt, die es zu Chili gibt ...«
Tess sah ihn belustigt an: »Chile ... das ist in Südamerika, nicht?«
»Dieses Chili kann man essen«, sagte Reisman. »Hier in England kennt man es wahrscheinlich nicht. Es besteht aus Bohnen, Hackfleisch, Tomatensauce und scharfen Gewürzen.«
»Klingt schrecklich!«
»Dort unten herrschte ein kleiner Mussolini namens Cannibal oder Cannabal oder so ähnlich. Du weißt ja, wie es damals in Mexiko so zuging: Irgendein General bemächtigte sich einfach eines Staates oder einer Stadt und regierte sie wie sein Eigentum, so als gehöre ihm alles und jedermann darin. Junge, der trug seinen Namen wahrhaftig zu Recht! Er hatte zwei Söhne; den einen nannte er Luzifer, den anderen Lenin. So einem Burschen mußte man einfach Respekt zollen. Er war schlecht und machte auch kein Hehl daraus. Nichts von diesem scheinheiligen Getue, mit dem einen die Hitler und Mussolini einwickelten – von wegen ›zum Wohl des Volkes‹ und so. Was immer dort geschah, das geschah zum Wohle Cannabals. Er besaß eine Privatarmee, die ›Rothemden‹, und für die kaufte er all diese Waffen auf. Der Preis war gepfeffert, infolge des Schmuggels und solcher Sachen. In seinem Sold standen ein paar Amerikaner und Engländer und ein oder zwei Deutsche. Sämtliche Ausländer waren Offiziere; sie trugen Phantasieuniformen und wurden gut bezahlt. Während wir nun die Ladung löschten, hörte ich, daß Cannabal noch Leute suche. So beschloß ich, mich anwerben zu lassen und mal zu sehen, was dabei herauskommen würde. Die Angelegenheit wurde mit dem Kapitän geregelt, und ich heuerte ab.«
Reisman erzählte das so, als sei weiter gar nichts dabei gewesen; in Wirklichkeit aber hatte es ihm damals viel bedeutet. Ein junger Bursche, den es treibt, einmal an sich selber auszuprobieren, was Angst und Mut eigentlich sind. Zwar waren Tabascos Angelegenheiten ihm herzlich gleichgültig, und er war weder innerlich noch äußerlich an dem, was dort geschah, beteiligt; aber nun, da er einmal dort war und ihm diese Möglichkeit geboten wurde, hätte es ihn gewurmt, hätte er seelisch, geistig und körperlich gelitten, wenn er einfach mit seinem Schiff wieder ausgelaufen wäre. Für ihn war dies ein

weiterer Schritt auf einem schon betretenen und erprobten Weg, der ihn immer weiter zog und keine Rast versprach.

»Willst du damit sagen, daß du dich einfach verpflichtet hast, für einen solchen Mann zu kämpfen?« fragte Tess.

Ihre Stimme tönte gegen seine Brust, wo ihr Kopf lag, und hatte einen anklagenden Unterton. Eigentlich hatte er die Sache als einen Jux hinstellen wollen, was sie anfangs ja auch gewesen war – gut zu essen und zu trinken und massenhaft *mestizo* und Indianermädchen; aber jetzt tat es ihm leid, daß er überhaupt davon angefangen hatte.

»Ich habe für keine bestimmte Person oder Sache gekämpft, wenn du das meinst«, antwortete er lahm. »Es war einfach ein Job.«

»Und weiter?« fragte sie. »Was hast du dann gemacht?«

»Na ja, ich bin ein paar Monate dageblieben, habe Truppen ausgebildet und den Leuten beigebracht, wie sie mit ihren neuen Waffen umgehen müssen.« Und er hatte dabei auch selbst etwas gelernt, hatte sich überall durchlaviert und im Vorbeigehen alles mögliche mitgenommen. Freudig stellte er fest, daß er für derlei Dinge ein Talent besaß. Was eigentlich politisch gespielt wurde, merkte er zuerst nicht so recht. Es dauerte eine Weile, bis er herausfand, daß die Schwierigkeiten, die Cannabal voraussah, von einer unterdrückten und ernüchterten Bürgerschaft drohten. Die Wirklichkeit unterbrach seine romantischen Tagträume von Freibeutern und Glücksrittern, die einfach in einem fremden Ländchen oder auf einer unzivilisierten Insel die Macht übernahmen, sich mit Ruhm bedeckten und mit Gold beluden.

»Gab es Krieg?«

»Keinen richtigen Krieg. Nur so ein Scharmützel ...« Was wirklich geschehen war, wollte er nicht sagen: Daß die Armee, die schließlich gegen sie antrat, keine organisierte Streitmacht gewesen war, sondern ein zusammengelaufener Haufen von politisch Entrechteten, Tagelöhnern und Studenten, ausgerüstet mehr mit Eifer als mit Waffen ... Er wollte ihr nicht sagen, wie dieser Trupp auf seine befestigte Stellung vorgerückt war und wie eine Angst in ihm aufgestiegen war, er könne an diesem unsäglich lächerlichen Ort, wo niemand ihn kannte oder nach ihm fragte, sterben, könne verletzt oder verstümmelt werden, könne kehrtmachen und ausreißen oder sich verstecken und dadurch erst recht zum Krüppel werden, weil er dann mit einem Makel wurde weiterleben müssen ... Er wollte ihr nicht sagen, wie es ihn gedrängt hatte, hinauszulaufen und mit ihnen zu reden, ihnen zu sagen, sie sollten sich zurückziehen; wie seine angstvolle Erregung noch stärker wurde und er den Haß, der ihm entgegenschlug, fast sehen und riechen konnte.

»Wurden auch welche getötet?« flüsterte sie traurig.

Er wollte schon sagen: Ich weiß nicht ... vermutlich ja. Aber wozu diese plötzliche Sucht, Tess vor der Wirklichkeit zu schützen, vor dem klaren Ja oder Nein, Schwarz oder Weiß, Gut oder Böse und den unendlich vielen Zwischenstufen. »Ja«, sagte er. »Ein paar auf beiden Seiten.«

Tess drängte sich schaudernd an ihn. »Warum muß es Krieg geben?« murmelte sie.

»Er ist leider so alt wie die Welt und wird wohl ebenso lange bestehen wie sie. Das ist keine neue Weisheit.« Seine eigene Schuld auf seinem Weg konnte er ihr aber nicht eingestehen, und er konnte ihr auch nicht erzählen, wie er sich eingehämmert hatte, daß jeder, der auf *ihn* losging, ein *Feind* war, und daß er, um seine Angst und seinen Mut auf die Probe zu stellen, andern Menschen schreckliche Opfer auferlegen müsse. Das war in jenem Augenblick geschehen, als das Schießen anfing und er merkte, daß der Tod nach ihm griff; als er Kugeln in der Nähe einschlagen sah und ihr Jaulen und Klatschen hörte; als er den Pulverdampf roch, den Geschmack davon auf der Zunge hatte und erlebte, wie Menschen vor Haß, Furcht und Schmerzen schrien oder sich stumm und ungläubig krümmten; wie Körper zu Boden fielen, aus denen das Blut spritzte.

»Deine Worte klingen so gefühllos – so als ob Leben und Menschen dir nichts bedeuten«, sagte Tess. »Aber ich kann einfach nicht glauben, daß du so bist, denn sonst könnte ich dich nicht lieben. Ich hasse Gewalttätigkeit.«

»Ich auch«, sagte Reisman. »Gegenüber Tieren wie gegenüber Menschen.«

»Wie meinst du das?«

»Stierkämpfe, Hahnenkämpfe, Reiten, Jagen und natürlich Schlachthäuser.«

»Du machst dich über mich lustig«, sagte Tess.

»Nein, im Grunde nicht. Weißt du, daß es in Indien den Dschainismus gibt, dessen Anhänger den Weg fegen, auf dem sie gehen, damit sie die süßen kleinen Tierchen nicht verletzen, die auf der Straße krabbeln und die man nicht sieht? Das ist höchste Achtung vor der Heiligkeit des Lebens. Und doch lachen die Leute über sie. Ich lache auch über sie, obwohl ich sie achte und beneide.«

Sie räkelte sich in seinen Armen hoch und setzte sich. »Sieh mal! Wie herrlich!« rief sie. Der Mond war weitergewandert bis vor das breite Erkerfenster; sein helles, kaltes Licht flutete herein und kämpfte mit dem gelben Feuerschein. Sie zog ihren neuen Morgenrock an und stellte sich vor das Mondscheinfenster.

Reisman sah fasziniert zu, wie sie ihre Arme in einer Geste ausstreckte, die man als huldigend oder ehrfürchtig bezeichnen konnte, und rezitierte:

All hail, new moon, all hail to thee!
I prithee, good moon, reveal to me
This night who shall my true love be;
Who he is, and what he wears,
And what he does all months and years.

»Hübsch«, sagte er.

Sie lief zu ihm zurück, sprang aufs Bett, schlug den Morgenrock zur Seite, so daß ihre Brüste sich warm an ihn drückten, und breitete ihn dann schützend um sie beide.

»Bist du mein treuer Liebster?« flüsterte sie.

»Ja«, sagte er.

»Dann sage mir, wer du bist und was du all die Monde und Jahre tust.«

»Nein. Jetzt bist du an der Reihe mit Erzählen«, sagte er.

»Was?«

»Die schrecklichen Dinge, die du erlebt hast«, sagte er lachend, denn er glaubte nicht recht daran. »Weißt du nicht mehr – wir haben ausgemacht: ›Erzähl ich's dir, erzählst du's mir.‹ Ich habe dir, wie ich es versprochen hatte, von Spanien erzählt, und sogar noch mehr ...«

»Muß ich?« fragte sie bittend. Es war die Stimme eines kleinen Mädchens, ein Wimmern, als habe man sie bei etwas ertappt, und sie wolle es nie wieder tun.

»Jawohl.« Er sagte es, ohne weiter darüber nachzudenken, und dann tat es ihm leid, denn sie tat einen so tiefen Atemzug, ehe sie begann: »Es war bei den Bombenangriffen in London. Meine Mutti und mein Vati kamen dabei ums Leben ...«

»Du brauchst es mir nicht zu erzählen, wenn du nicht möchtest«, unterbrach er sie – zu spät.

»Ich möchte es aber«, murmelte Tess. Sie hatte selten darüber gesprochen – einmal mit ihrem Onkel, als es passiert war und sie zu ihm zog; und dann Jahre später mit Mrs. Culver, als ein plötzliches, unerklärliches, verzweifeltes Gefühl der Einsamkeit sie überwältigt hatte. Damals hatte die Köchin sie in Tränen aufgelöst gefunden und getröstet.

Nun erzählte sie ihm von dem großen Luftangriff der deutschen Bomber im August 1940. Sie wohnte im betriebsamen, dichtbevölkerten East End. Kaum hatte sie das erwähnt, da wußte Reisman schon, was kommen würde, denn er hatte die sinnlosen, trostlosen Zerstörungen dort gesehen. Es war, als hätten die Nazis an der dort wohnenden armen Arbeiterbevölkerung eine persönliche Rache geübt. Zur Zeit der ersten Fliegerangriffe waren die Luftschutzkeller noch unvollkommen, und Tausende von Menschen hatten sich noch nicht daran gewöhnt, nachts dorthin zu flüchten. Statt dessen blieben sie lieber auf gut Glück zu Hause und vertrauten darauf, daß sie und ihre Wohnungen verschont bleiben würden, da sie ja kein militärisches Ziel waren. Mit allen traurigen Einzelheiten schilderte Tess ihre Schreckensnacht ...

Zuerst hörte man die Sirenen in der Ferne, im südlichen Teil der Stadt, von wo die Bomber anflogen. Sie heulten hinauf, hinunter, hinauf, hinunter – brüllten eine Schreckenstonleiter heraus, die vor den Flugzeugen her über London dahinraste.

Die Sirenen von Stepney und Wapping nahmen den Alarm auf und gaben ihn an die Innenstadt weiter. Den verebbenden Ton überlagerten das entfernte Krachen von Bomben und das Donnern der Flak. Dann nahm das Tempo der Bombenabwürfe und der Flaksalven zu; das furchterregende Crescendo von Lärm und Angst kam eilends näher, untermalt vom Pfeifen und Prasseln der Granaten, die hoch am feurigen Himmel zerborsten waren und nun in Splittern auf die Stadt und die Kanoniere zurückregneten. Dann die Bomber. Welle auf Welle dröhnte heran, bis Tess meinte, ihr Trommelfell müßte platzen. Entsetzliche Bilder von monströsen Fliegern stiegen vor ihr auf – Fliegern, denen in jener Nacht von Berlin aus befohlen worden war, sie, einzig sie, Tessie Simmons, zu treffen. Zitternd war sie aus dem Bett aufgestanden, von Angst geschüttelt, wie auch das Gebäude unter den Erschütterungen wankte und bebte. Sie rief nach ihrer Mutter und wollte zu ihr gehen, denn allein war es am allerschrecklichsten. Sie hörte noch, wie ihr Vater aus dem Schlafzimmer antwortete – und dann gab es den entsetzlichsten Krach, den sie je im Leben gehört hatte. Sie wurde zu Boden geschleudert; das Zimmer drehte sich ... Stunden später fanden Rettungstrupps sie drei Stockwerke über der Erde eingeschlossen zwischen den losen Trümmern ihres Zimmers, unter die sie sich in Todesangst gekauert hatte – nach ihren Eltern und um Hilfe rufend, schluchzend und wie betäubt von dem Unvorstellbaren, das ihr widerfahren war.

Nach ihrer unberechenbaren Art war eine der Bomben als Volltreffer in den Innenhof dieses Wohnblocks gefallen. Tess trug Hautabschürfungen und eine bleibende Narbe in ihrer Seele davon. Ihre Eltern lebten nicht mehr; sie waren auf den Hof geschleudert und unter tonnenschweren Trümmern begraben worden.

»Sie waren so freundliche Menschen«, sagte Tess. »Mein Vater war ein schwer arbeitender, ehrbarer Mann, meine Mutter eine herzensgute Frau, mit meinem Vater und mir zufrieden; dabei hatte sie sonst nicht viel vom Leben gehabt.«

Reisman tröstete sie. »Es tut mir leid«, sagte er. »Ich hätte nicht so neugierig sein sollen.«

»Ich wollte es dir gern erzählen«, sagte sie, und dann: »Glaubst du an Gott?«

»Nein«, erwiderte er, zu schnell.

»Ich auch nicht«, sagte Tess ernst, »denn gäbe es ihn, dann hätte er das nicht geschehen lassen. Meine Eltern glaubten fest an Gott. Er würde nicht zulassen, daß es Kriege gibt – Leid – etwas Böses. Ich glaube jedoch an den Glauben an Gott«, setzte sie hinzu. »Ich glaube an das Gute und Schöne – und an das Böse.«

»Dann glaube ich an dich ... fest«, sagte Reisman und küßte sie.

»Sag mir jetzt«, erwiderte sie und setzte sich mit untergeschlagenen Beinen auf, als bereite sie sich auf ein langes und ernsthaftes Gespräch vor, »was du machst.«

Er schwieg einen Augenblick. Gern hätte er es ihr gesagt, hätte er sich ihr mitgeteilt; doch wußte er, er durfte es nicht.

»Ich kann es wirklich nicht«, sagte er, »ich vermute aber, es hat etwas mit Gut und Böse zu tun und dem relativen Wert und Nutzen von beidem.« Ihm wurde bewußt, daß er mit ihrer Hilfe auf etwas gekommen war, zumindest was den Krieg anbelangte.

11

Um fünf Uhr morgens hörte Victor Franko die Wärter den Gang herunterkommen. Es hörte sich an wie ein ganzes Regiment, genau wie damals, als sie Gardiner geholt hatten – nur daß er jetzt keine Angst mehr hatte. Nun konnte er es ja ruhig zugeben, daß er Angst gehabt hatte; aber jetzt hatte er keine mehr.

Der Obergefreite Bowren war überrascht, daß Franko schon wach und munter

an der Tür stand, als er aufmachte. »Nehmen Sie Ihr Waschzeug und schließen Sie sich an«, befahl er.
Franko stellte sich in der Häftlingsreihe in dem trübe erleuchteten Gang als letzter an. Er erkannte die Leute wieder; es waren die Männer, die am Tag vorher auf dem Exerzierplatz mit ihm in Reih und Glied gestanden hatten: der Nigger, der Indianer, der Schleicher, der aussah wie ein Lustknabe, die Südstaatler und die Bauern. Da wußte er, daß er nicht der einzige war, mit dem der großkotzige Hauptmann geredet hatte; diese andern gehörten ebenfalls dazu – der Himmel mochte wissen, wozu. Auch Morgan war dabei; er bildete die wachsame Nachhut. Als Franko ihn sah, durchzuckte ihn für den Bruchteil einer Sekunde wieder die Angst, aber nur diesen einen Augenblick, denn was immer der Henker hier verloren hatte, mit der Aufknüpferei war Feierabend.
Im Waschraum teilte Bowren jedem Mann eine Rasierklinge zu. Aus den Hähnen sprudelte dampfend heißes Wasser in die Becken.
Kendall B. Sawyer roch seinen eigenen Gestank – der jetzt allerdings nicht mehr so schlimm war wie vor der Aussicht auf Rettung – und äugte zu den Duschkabinen hinüber. »Könnten wir nicht schnell mal, Obergefreiter?« fragte er.
»Klar, Junge, klar«, sagte Bowren. Er bölkte die Gruppe an: »Befehl vom Hauptmann! Alles duscht sich heiß ab, rasiert sich und zieht A-Uniform an. Ihr sollt aussehen und riechen wie eine Rose.«
Franko spuckte einen Mundvoll Wasser in das Waschbecken. »Wo kriegen wir denn die A-Dinger her, Herr General?« brummte er.
»Eure Klamotten sind in einer Minute zur Stelle, Sie Witzbold«, sagte Bowren. Die andern kannte er noch nicht so gut. Er wußte auch nicht, weshalb dieser Haufen überhaupt zusammengestellt war, wohl aber, daß die Leute ihm von nun an anvertraut waren; und Franko kannte er. Auf ihn mußte er am meisten von allen aufpassen.
Im Spiegel sah Franko Morgan wie einen gottverdammten Kakerlaken durch die Gegend schleichen, der alles bemerkte, nichts sagte, nur umherblickte. Der Mann machte ihn nervös – mit seinen Scheißaugen. Er sah einen nicht an. Er sah einen überhaupt nicht. Er sah durch einen hindurch, als könne er bei einem die Knochen im Leibe zählen. Als wäre man ein Skelett. Ein Nichts.
Franko zog an seiner eingeseiften Backe und schabte mit dem Rasierapparat vom rechten Haaransatz abwärts. Die Seife verschwand, nicht aber der dunkle Bart. Er versuchte es noch mal, und es ging wieder nicht.
»Die Sauklinge haut nicht hin«, beschwerte er sich bei Bowren.
»Was heißt ›haut nicht hin‹?« fragte der Obergefreite argwöhnisch. »Es ist eine neue Klinge, frisch aus der Packung.«
»Versuchen Sie's doch selbst, wenn Sie mir nicht glauben. Wenn ich mich rasieren soll, müssen Sie mir 'ne neue geben.« Sein Geschimpfe galt nicht Bowren. Auch nicht der Klinge. Sondern Morgan. Doch erreichte er damit nur, daß er auffiel. Morgan unterbrach seine langsame, unentwegte Untersuchung des Raumes und heftete den Blick auf ihn, als Bowren ihm widerstrebend eine neue Klinge hinhielt.

»Nehmen Sie die«, befahl er. »Geben Sie mir die andere zurück!«
Franko gab sie ihm. Er hätte sie gern behalten. Es war so gut wie nichts, aber er hätte sich stärker gefühlt.

Samson Posey beugte sich tief zum Spiegel hinab und untersuchte sein walnußbraunes Gesicht nach sichtbaren Haaren. Er fand keine und legte die noch eingewickelte Klinge auf das lange Regal, das über den Waschbecken hing. Ein Vorteil, wenn man Indianer war; die Weißen mit ihren behaarten Mündern und Gesichtern und den abstehenden Ohren mußten sich jeden Tag rasieren.
Roscoe K. Lever sah, daß Samson die Klinge fortlegte. Aus dem Augenwinkel verfolgte er, wie der Indianer sich tief über das Becken beugte, mit den hohlen Händen eiskaltes Wasser schöpfte und sich immer wieder das Gesicht abspülte; dabei grunzte er zufrieden wie ein Bär. Lever sah rasch nach beiden Seiten und hinter sich, nahm die Klinge und steckte sie in seinen Waschbeutel.

Franko beendete seine Rasur und wartete vor einer besetzten Duschkabine. Da packte von der Seite her jemand seinen Arm und zerrte ihn vor eine andere Kabinentür.
»Du!« sagte Archer Maggot, »nimm die. Ich warte, bis sie sauber ist!«
Franko riß seinen Arm los. »Nimm deine dreckigen Pfoten weg, Dixie!« raunzte er. Dann sah er die dunkle Gestalt, die da aus der Kabine kam, und begriff. Und als Bowren zu ihnen herüberkam, hatte er seine Antwort schon parat.
»Was, zum Teufel, ist denn nun schon wieder, Franko?« fragte Bowren.
»Mir hat nicht gefallen, was er über Farbige gesagt hat, weiter nichts.« Franko sah rasch auf. Napoleon wartete gespannt; das Handtuch hing ihm lose in der Hand, und er sah aus, als wolle er jeden Augenblick zuschlagen. »Wo ich her bin, spucken wir auf solchen Mist.«
Maggots gerötetes, hellhäutiges Gesicht bekam einen verdrossenen, haßerfüllten Ausdruck. Napoleon beugte sich aufmerksam vor und hörte zu. Er wußte nicht recht, was gespielt wurde.
Bowren wandte sich an Maggot. »Schluß jetzt mit dem Sklavenkrieg, verstanden?« Er schüttelte angewidert den Kopf. »Nicht mal auf den Lokus könnt ihr gehen, ohne Streit anzufangen. Vorwärts jetzt!«
Franko winkte und nickte Napoleon freundlich zu und trat in die Duschkabine. Nun würde der Nigger auf seiner Seite stehen. In sämtlichen Gefängnissen, in denen er gesessen hatte, gab es Führer und Geführte, und diesmal war er am Drücker. Diesmal würde er die Nummer eins sein und ihnen über Morgan Bescheid sagen – wie der Gardiner fertiggemacht hatte – und auch sie fertigmachen würde. Die andern wußten nichts, dessen war er jetzt ziemlich sicher; sie waren noch nicht lange genug hier.
Napoleon setzte sich in Bewegung. Die Spannung in ihm ließ nach. Unter andern Umständen hätte er vermutlich über Frankos komische Kumpanei gelacht, aber jetzt blieb er auf der Hut. Der Kerl war ihm nicht gerade als

edler, großmütiger Charakter aufgefallen, wie er auf dem Exerzierplatz mit Hauptmann Reisman aneinandergeraten war.
Maggot zögerte vor seiner Kabine. Als sich der nächste hinter ihn stellte, faßte er ihn am Arm und schob ihn vor. Es war ein sehr weißer Arm, der sich unter seinen Fingern wie Gelee anfühlte. »Komm, mein Junge, geh du vor. Ich warte.«
»Vielen Dank«, sagte Myron Odell erstaunt. Er behielt sein Handtuch um die Hüfte geschlungen, bis er die Kabine betrat. Dort fand er keinen Haken, an dem er es aufhängen konnte, und mußte sich noch einmal hinausbeugen, um es auf den Boden zu werfen.

Als ihre Uniformen und Ausrüstungen hereingebracht wurden, befaßten sich die Häftlinge eine ganze Weile mit ihren Habseligkeiten; sie streichelten sie und packten sie wieder ein. Kaum einer hatte erwartet, sie jemals wiederzusehen. Bowren verlas eine Liste mit den vorschriftsmäßigen Uniformteilen und Ausrüstungsgegenständen. Das Fehlende wurde den Leuten aus der Kammer nachgeliefert. Was an persönlicher Habe Inspektionen, Diebstähle und Verordnungen überlebt hatte, mußte zurückbleiben.
Calvin Ezra Smith wickelte das schwere, schwarze Buch in einen Pullover und wollte es in den Kleidersack stecken. Dann aber hielt er inne und ging traurig zu dem Obergefreiten. »Dies muß ich einfach mitnehmen, Mr. Bowren«, sagte er. »Sie ahnen nicht, was es mir in diesen Wochen bedeutet hat.«
»Zeigen Sie mal her«, sagte Bowren. Erfahrungsgemäß konnte eine Rasierklinge in der Bibel versteckt sein. Die Seiten machten ein schnurrendes, pfeifendes Geräusch, als er sie rasch durch die Finger laufen ließ. Ein Blatt Papier fiel heraus; beide bückten sich danach. Bowren erhaschte es.
»Sie haben mein Lesezeichen herausfallen lassen, Mr. Bowren«, sagte Smith vorwurfsvoll.
»Ach was, Lesezeichen! Ich wette, Sie können überhaupt nicht lesen. Und hören Sie auf, mich Mister zu nennen. Es heißt Obergefreiter.«
»Jawohl, Sir, ich kann doch lesen«, sagte Smith empört. »Und auch gut im Kopf behalten.«
Es war jetzt ganz still im Raum; alle hörten und sahen zu.
»Ich mache Ihnen einen Vorschlag, Smith«, sagte Bowren. »Sagen Sie mir eine einzige Stelle aus dem Buch auswendig auf, dann können Sie's behalten.«
Smith stand in Grundstellung, die Hände lose an der Seite, das Kinn himmelwärts gereckt, den Blick starr durch die Decke des Waschraums auf irgendeine Herrlichkeit hoch droben gerichtet. »Der Herr ist nahe allen, die ihn anrufen, allen ...«
Bowren hätte am liebsten gelacht, brachte es aber nicht fertig. Unwillkürlich nahm er hier an dieser unsäglich lächerlichen Andachtsstätte eine ruhige, gelassene Haltung ein.
»... die ihn mit Ernst anrufen. Er tut, was die Gottesfürchtigen begehren, und höret ihr Schreien und hilft ihnen.«
Schweigend händigte der Obergefreite Bowren ihm die Bibel wieder aus. Smith wickelte sie in seinen Pullover und stopfte sie in den Kleidersack.

Als alle fertig waren, stellten sich die Häftlinge in einer Reihe im Waschraum auf. Sie trugen ihre Uniformen, hatten die Mäntel über den Arm gehängt und die Kleidersäcke zu ihren Füßen liegen. Bowren ging die Reihe entlang und sammelte die Rasierklingen ein. Als er zu Samson kam, sah der Indianer ihn bestürzt an.

»Ihre Klinge, Häuptling«, sagte Bowren. »Sie müssen Sie zurückgeben. Keiner darf sie behalten.«

Samson schüttelte den Kopf.

»Sie haben sich doch rasiert, oder nicht?«

»Nein«, sagte Samson.

Joseph Wladislaw erinnerte sich an heiße, lautstarke Nachmittage im Independence Kino von Chicago und vergaß für den Augenblick, wer und wo er war. »He, Mann, ham Sie noch nie 'n Indianerfilm gesehen?« platzte er heraus. »Indianer haben keine Bärte.«

Einige fingen an zu kichern.

Stabsfeldwebel Morgan, der die Vorgänge schweigend und mit wachsender Erregung verfolgt hatte, übernahm plötzlich entschlossen das Kommando. Sein Finger deutete auf Samson: »Was haben Sie mit der Klinge gemacht?«

Samson zeigte auf das Regal, ging hinüber und sah sich ratlos um. Bowren blieb neben ihm, versuchte ihm zu helfen. Er wandte sich an die übrigen und fragte: »Wer hat die Klinge weggenommen?«

Niemand sagte etwas.

Morgan fühlte, wie er vor Wut anfing zu zittern. »Leeren Sie Ihren Kleidersack und ziehen Sie sich aus, Häuptling«, befahl er. Dann wandte er sich zu den anderen: »Ich bekomme die Klinge, oder keiner verläßt dies Scheißhaus.« Er sprach leise.

Samson stand nackt in der Mitte des Waschraums, während die Wachen sich seine Uniform, sein Waschzeug und den Inhalt seines Kleidersacks vornahmen und gründlich durchsuchten.

»Na gut. Bücken und Arschbacken auseinander«, sagte Morgan. Seine Stimme war heiser, kaum hörbar.

Samson tat wie ihm geheißen, ohne Zorn oder Gewissensbisse. Der Hauptmann hatte ihm versprochen, er werde nicht gehängt. Alles andere war gleichgültig – wenn sie ihn auch beleidigten, wenn sie ihn auch zum Narren hielten. Als die Wachen fertig waren, zog er sich schweigend wieder an.

Morgan schritt die Reihe der Gefangenen ab und forschte in ihren Gesichtern nach einer Spur. »Wer die Klinge genommen hat, gibt sie sofort zurück. Ich stelle keine Fragen.«

Alle blieben stumm. Niemand rührte sich; keiner sagte etwas.

Lever wußte, daß er die Klinge jetzt keinesfalls behalten konnte. Er wußte, er hatte in dem Augenblick, als sie sich den Indianer vorknöpften und nicht mehr aus der Zange ließen, abermals einen Fehler gemacht. Wenn sie weitersuchten, würden sie die Klinge bei ihm finden. Er mußte sie loswerden.

Franko, den Blick starr geradeaus gerichtet, merkte, daß Morgan vor ihm stehenblieb und sein Blickfeld unnatürlich riesig ausfüllte. Dennoch sah er ihn nicht; er weigerte sich, den Blick auf ihn zu richten.

»Sie!« sagte Morgan.
Sie! Als wäre ich irgendein namenloser Dreck, dachte Franko. Himmel, weiß der nicht mal meinen Namen? Und im gleichen Augenblick dieselbe Angststimme in seinem Innern: Nein! Und es ist gut, daß er meinen Namen nicht weiß!
»Jetzt Sie«, sagte Morgan leise. »Kippen Sie Ihren Sack aus und raus aus den Klamotten!«
Bei Bowren hätte Franko vielleicht protestiert: Warum, zum Teufel, gerade ich? Ich habe Ihre blöde Klinge nicht genommen! Ich habe Ihnen meine ja gegeben! Aber für den Henker zog er sich widerspruchslos aus und stellte sich zitternd und nackt hin, während sie ihn und seinen Kleidersack untersuchten.
Obergefreiter Bowren war gespannt, wie lange Morgan sich noch in seiner Macht sonnen würde, ohne ein Ergebnis zu erzielen. Es gab geeignetere Wege, diese Sache zu regeln; aber offiziell hatte Morgan das Kommando, und obgleich der Kerl ihn bisher eigentlich hatte machen lassen, war Bowren nicht so dumm, vor den Gefangenen zu protestieren.
Als sie mit Franko fertig waren, sah Morgan plötzlich müde und geschlagen aus. »Übernehmen Sie das Kommando, Obergefreiter«, murmelte er. »Entweder wird die verdammte Klinge gefunden, oder es gibt kein Frühstück . . .«
Und dabei ließ er es bewenden. Er ging durch die Waschraumtür hinaus und schloß sie leise hinter sich, als ob zumindest er mit dem Erreichten zufrieden sei.
Bowren stand schweigend vor den Leuten und überlegte, was er tun sollte. Wenn sie wirklich, wie der Hauptmann gesagt hatte, miteinander leben und ausgebildet werden sollten, dann mußte dieser Quatsch auf der Stelle ein Ende haben. »Ihr Burschen wißt alle, was für eine Chance ihr bekommen habt«, sagte er. »Wenn ihr aber solche Schweinereien macht, geht die Sache schief, und ihr seid die Dummen. Wir lassen euch jetzt fünf Minuten allein. Seht ja zu, daß ihr die Klinge findet!«
Sobald sich die Tür hinter den Wachen geschlossen hatte, sprang Franko aus der Reihe hervor und drehte sich zu den Häftlingen um. »Welches Schwein war das? Raus damit!« sagte er. »Habt ihr gesehen, was sie mit mir gemacht haben? Ihr wißt, daß ich sie nicht habe.«
Maggot verzog sein Gesicht zu einem schiefen Lächeln. Er hatte mit diesem Niggerfreund sowieso noch ein Hühnchen zu rupfen. Doch nicht alles auf einmal, nicht jetzt. »Wer, zum Teufel, hat denn dir das Kommando übergeben?« höhnte er. »Von dir laß ich mir noch lange nix befehlen!«
»Hast du die Klinge, Dixieland?«
»Einen Dreck hab' ich«, sagte Maggot und latschte auf ihn zu.
Sawyer trat rasch vor und stellte sich zwischen sie. Seine breite Gestalt und das unerwartet herausfordernd vorgeschobene Kinn hielten sie tatsächlich auseinander. Wieder verspürte er ein verrücktes Pflichtgefühl. »Kein Grund zur Aufregung«, sagte er leise. »Sehen wir doch einfach mal nach. Vielleicht finden wir sie.«
Das war die Gelegenheit, die Lever brauchte. In Sekundenschnelle hatte er Kleidersack und Waschbeutel geleert und die Klinge sorgsam in der hohlen

Hand verborgen. »Hier sind meine Sachen«, rief er laut in den Raum. »Ihr könnt alle nachsehen.«
Bis auf Samson und Franko, die erwiesenermaßen Unschuldigen, folgten alle seinem Beispiel; Franko und Samson inspizierten. Sie hatten erst die halbe Gruppe hinter sich gebracht, als plötzlich ein Laut – der kaum hörbare Laut eines auf den harten Steinboden fallenden, kleinen Gegenstandes – Samsons Kopf herumfahren ließ. »Da!« rief er triumphierend. Die eingewickelte Rasierklinge lag bei den Waschbecken auf der Erde. Daß sie vorher nicht dort gelegen hatte, war klar. Woher sie nun gekommen war, wußte Samson nicht. Aber er war froh, daß er sie gefunden hatte.
Maggot stürzte auf die Klinge. Aber Napoleon trat mit dem Fuß darauf, direkt neben seine Finger. Wütend blickte er auf.
»Haste Hunger, Massa Archa?« fragte Napoleon.
Maggot machte ein verdutztes Gesicht, einmal weil Napoleon ihn mit Namen anredete, und dann auch wegen seiner komischen Ausdrucksweise.
»Habe auch Hunger, Massa Archa«, spottete Napoleon. »Und will keinen Ärger mehr vor dem Frühstück. Schlage vor, wir lassen's dabei, und die Herren finden sie, wenn sie zurückkommen.«

Als Reisman im Gefängnis eintraf, wartete Stuart Kinder allein im Büro des Kommandanten. Er trug zwei Silberbalken auf den Schultern.
»Habe ich's Ihnen nicht gesagt?« meinte Reisman lächelnd. »Gratuliere, Hauptmann.«
»Danke, Hauptmann«, sagte Kinder. »Ich habe schon eine Weile damit gerechnet.« Er schwieg, gerade lange genug, um Reisman noch Gelegenheit zu ein paar passenden Bemerkungen zu geben. Es kamen aber keine, und so fuhr er fort: »Ich bin begierig zu hören, was Sie erreicht haben. Ich warte seit sechs Uhr hier.«
»Mit Schlafen geben Sie sich wohl nicht ab?« fragte Reisman.
»Konnte ich nicht. Ich bin gestern abend mit einem späten Zug hierhergekommen – oder vielleicht war es ein früher Morgenzug«, sagte Kinder mit einem dünnen Lachen. »Kommt auf den Standpunkt an. Sah Ihren Jeep draußen, wußte aber nicht, wo Sie stecken. Der Kommandant sagte, er glaube nicht, daß Sie heute nacht die Stellung hier gehalten hätten.«
Kinders leiser Tadel entging Reisman nicht, aber er fand ihn eher belustigend als ärgerlich. »Es ist mir gelungen, ein gastlicheres Quartier zu finden«, sagte er und blinzelte verschmitzt. Aber gleich darauf bedauerte er seine Worte, denn er fühlte plötzlich, daß er damit in gewisser Weise Tess herabgesetzt hatte. »Was gibt's? Was tun Sie hier?« fragte er rasch.
»Ich möchte gleich heute ein paar psychologische Tests durchführen. Ich hoffe, es läßt sich einrichten, daß ich mit den Leuten sprechen kann, die Sie ausgesucht haben.« Er schwieg einen Augenblick und suchte nach möglichst unverfänglichen Worten. »Ach übrigens – der Vorfall gestern auf dem Exerzierplatz . . . hat doch keinen Schaden angerichtet, oder?«
Im ersten Augenblick war Reisman über die Frage verblüfft; aber dann begriff er, was gemeint war. »Nein«, erwiderte er schroff. Er zog aus seiner Jacken-

tasche ein Päckchen Zigaretten und steckte sich eine in den Mund. Das war der zweite kleine Vorwurf von Kinder, und Reisman fragte sich, worauf, zum Teufel, der Mann wohl hinauswollte. Natürlich war Kinder nicht sein Vorgesetzter, und Reisman zog es überhaupt vor, in ihm einen aufgeputzten Laufburschen und ein Mädchen für alles zu sehen. »Im Gegenteil, es hat etwas genutzt«, sagte er. »Wer hat Ihnen das eigentlich erzählt?« Er zündete sich die Zigarette an und ließ sein Feuerzeug ärgerlich zuschnappen.
»Dieser Morgan ... der Feldwebel«, sagte Kinder. Er nahm ein Blatt Papier von Oberst Tarbells Schreibtisch, an dem er sich häuslich niedergelassen hatte. »Um Zeit zu sparen, hat mir der Kommandant einen Durchschlag Ihrer Namenliste gegeben. Ich habe Morgan kommen lassen. Er ist jetzt zum Frühstücken gegangen, aber wir haben uns recht nett unterhalten. Er hat mir auch von einem weiteren unangenehmen Vorfall heute früh erzählt ... irgend etwas mit einer Rasierklinge. Weiß nicht, wie die Sache ausgegangen ist; doch fürchte ich, Sie haben da einen recht widerborstigen Haufen.«
»Du liebe Zeit noch mal!« explodierte Reisman. »Was haben Sie denn erwartet? Eine Pfadfindergruppe?«
Kinder steckte ein wenig zurück. »Das sollte natürlich kein Vorwurf gegen Sie sein«, versicherte er lächelnd. »Aber da ist noch ein anderer wichtiger Punkt, wenn Sie erlauben. Glauben Sie, daß es klug war, sich Feldwebel Morgan als Spieß auszusuchen? Sie wissen doch, daß er der Henker war?«
Drei Schwinger, und du bist k. o., dachte Reisman wütend. »Wir wollen eins klarstellen, Stu«, sagteer. »Die Auswahl der Leute für dieses Unternerhmen war ausschließlich in mein Ermessen gestellt, oder nicht?«
»Doch, doch«, sagte Kinder beschwichtigend. »Ich wollte nicht etwa ...«
Reisman wechselte das Thema. »Also dann ... was kann ich für Sie tun?« fragte er liebenswürdig.
»Ach so, ja ... Ich wüßte gern, wie weit Sie sind ... was für Pläne Sie haben, und so weiter.« Dann, mit zögernder Stimme: »Vielleicht könnten wir mal sehen, wo sich meine Tests einschieben lassen.«
Mit wenigen Worten setzte Reisman ihn ins Bild und stufte die Fähigkeiten der einzelnen Häftlinge nach bestem Wissen ein. »Sie können ebensogut jetzt mit Ihrer Sache anfangen wie später«, schloß er. Er hoffte, es klang nicht zu herablassend, denn etwas Derartiges lag nicht in seiner Absicht. »Ich fahre heute los, um mich nach einem Ausbildungsgelände umzusehen.«
»Fein. Ich bin doch hier, um zu helfen!« sagte Kinder eifrig. »Ich stimme mit Ihnen völlig darin überein, daß die Leute von hier weg müssen. An welche Gegend denken Sie?«
»Ich versuch's zuerst in Devon«, antwortete Reisman. »Dort gibt es nicht weit von der Küste eine Fallschirmspringerschule, die ich gern in der Nähe hätte. Der Kommandant ist ein Scheißkerl namens Breed, mit dem ich mal vor längerer Zeit in Italien einen Tanz hatte. Damals als Major war er ein aufgeblasenes Rindvieh. Wie er heute als Oberst ist, kann ich nur ahnen. Aber sein Ausbildungsbetrieb soll ausgezeichnet sein, und nur darauf kommt es an. Außerdem liegen in der Nähe verschiedene Stäbe, von denen ich schnellstens Unterstützung und Material bekomme, falls ich sie brauche. Was unsere

Goldjungs betrifft – um so etwas zu verstecken, haben wir noch allemal einen hübschen, ruhigen Platz gefunden. Viele Leute vom niederen Adel haben Güter und Landsitze auf unbestimmte Zeit zur Verfügung gestellt. Ich finde schon eins.«

»Was geschieht mit den Männern, solange Sie fort sind?« fragte Kinder.

»Ich lasse ihre Grundausbildung auffrischen, und zwar so hart, wie es sich hier irgend bewerkstelligen läßt – ohne Waffen natürlich. Sie sollen marschieren, exerzieren und trainieren vom Morgengrauen bis Sonnenuntergang«, erläuterte Reisman. »Wenn Sie wollen, können Sie die Leute gleich nach meiner Ermunterungsansprache haben. Ich werde in wenigen Minuten zu ihnen gehen. Stimmen Sie sich in meiner Abwesenheit mit Morgan oder Bowren ab. Übrigens ist Bowren der zuverlässige Unteroffizier. Morgan nehme ich nur als Schwarzen Mann dazu. Als Führer ist er einen Dreck wert. Bowren ist erst Obergefreiter; aber ich habe die Absicht, das zu ändern, sobald ich den Zeitpunkt für gekommen halte.«

»Nun, Sie scheinen die Dinge ja recht gut im Griff zu haben«, sagte Kinder. »Kann ich Ihnen sonst irgendwie helfen?«

»Das können Sie«, sagte Reisman. »Erzählen Sie mir, wer uns diese Suppe eingebrockt hat.«

Er hatte darauf keineswegs eine Antwort erwartet und war erstaunt, als Kinder ihm beflissen eine gab.

»Ich weiß nicht genau, ob es stimmt, vermute aber, daß der Erfolg, den das britische Heer mit seinen Sondereinheiten hatte, die erste Anregung gegeben hat, zumindest was die personelle Besetzung angeht«, erklärte Kinder. »Ich habe den Befehl, mich von Zeit zu Zeit mit britischen Truppenpsychologen zu besprechen, die auf diesem Gebiet tätig sind.«

»War das im Zivilleben Ihr Spezialgebiet, Hauptmann?« fragte Reisman.

»Nun ja«, bestätigte Kinder. »Psychodiagnostik, und auch in die Soziologie habe ich ein wenig die Nase gesteckt.«

»Was sind das eigentlich für Sondereinheiten? Sie verstehen darunter doch nicht die üblichen Sonderkommandos?«

»O nein. Entschuldigen Sie, ich dachte, Sie wüßten das«, antwortete Kinder. Es machte ihm Spaß, sich darüber verbreiten zu können. »Sie bestehen aus Leuten, die aus den regulären Ausbildungs- oder Fronteinheiten wegen Disziplinlosigkeit oder krimineller Delikte herausgezogen wurden. Es handelt sich hier nicht um Gefangenenlager, sondern um Einheiten, in denen man versucht, die Männer durch eine gezielte und individuelle Behandlung wieder einsatzfähig zu machen. Man hat an die fünfundsiebzig Prozent mit Erfolg wieder in die kämpfende Truppe eingliedern können.« Kinder ließ Reisman Zeit, das zu verdauen, warf ihm dann einen verständnisinnigen Blick zu, als habe er aus der Schule geplaudert, und fuhr fort: »Ich kann mich des Gefühls nicht erwehren, als wenn kürzlich irgendwo ein hohes amerikanisches Tier mit einem hohen englischen Tier beim Mittagessen zusammengesessen, von der Angelegenheit gehört und beschlossen habe, wir dürften uns von niemandem übertreffen lassen und müßten die Sache eine Nummer besser machen.«

Reisman hatte den Verdacht, daß dies die äußerste Respektlosigkeit war, zu

der Hauptmann Kinder sich je versteigen würde. Was er von den Briten sagte, war interessant, und er nahm sich vor, das vielleicht selber noch einmal weiter zu untersuchen.
»Eine bestimmte Methode, die ich ausprobieren möchte, hat sich bei den Briten als recht erfolgreich erwiesen«, fuhr Kinder fort. »Und zwar unternehmen sie alle Anstrengungen, damit ihre Leute sich wieder als Menschen fühlen. Sie bemühen sich nicht nur, sie körperlich zu beeinflussen, sondern ebenso auf der geistigen und moralischen Ebene.« Seine Stimme hob sich erregt zu Kommandolautstärke: »Sie dürfen sich nicht als Versager fühlen. Als erstes würde ich zum Beispiel vorschlagen, die Häftlinge von dem schrecklichen Drillichzeug mit den aufgemalten Buchstaben zu befreien, das sie hier tragen müssen. Ich würde sie in richtige Uniformen stecken und fehlende Stücke oder Ausrüstungsteile ergänzen. Wissen Sie: ihnen das Gefühl geben, daß man ehrliches Interesse an ihnen hat. Aus psychologischen Gründen – wie bei einer Frau, die sich ein neues Kleid und einen neuen Hut kauft oder zum Friseur geht ...«
Reisman unterbrach ihn: »Hauptmann Kinder«, sagte er lächelnd, »ich glaube, wir werden gut zusammenarbeiten. Sie haben mir aus der Seele gesprochen. Gehen wir?«

12

Munter betraten sie den Raum, in den man die Häftlinge gebracht hatte, und Reisman rief: »Guten Morgen, meine Herren!« Sie fuhren erschrocken herum. Einige antworteten: »Guten Morgen, Herr Hauptmann« – einer oder zwei recht laut, die anderen leise. Wladislaw schrie: »Hei–ei Chicago!« Damit wollte er sich bei den anderen ranschmeißen; aber jedes weitere Wort erstarb ihm unter Reismans kaltem Blick in der Kehle.
Reisman schickte die Wachen hinaus; sie schoben verdattert ab. Feldwebel Morgan machte ein wütendes Gesicht, als bezweifle er, daß es rechtens sei, ihn auszuschließen. Stuart Kinder, feinfühliger, als Reisman es ihm zugetraut hatte, ging gleichfalls auf die Tür zu.
»Ich warte draußen, bis Sie mich brauchen«, sagte er.
Reisman sah die Leute einen Augenblick an und sammelte seine Gedanken. Sie saßen auf Holzstühlen in einem Tagesraum im Erdgeschoß des Gefängnisses: die zwölf Erwählten, ein Querschnitt durch Amerikas Verbrecherwelt. Nicht weit über ihren Köpfen hatte Enos Gardiner noch vor wenigen Tagen an einem Strick gebaumelt. Zum erstenmal standen sie sich jetzt allein gegenüber. Nur er und sie.
»In ein paar Tagen rücken wir ab«, fing Reisman langsam an. »Von den vielen Dingen, die Sie in den nächsten Wochen lernen müssen, dürfen Sie zwei niemals außer acht lassen. Denn wenn Sie mich in diesen beiden Punkten enttäuschen, sind Sie erledigt.«
Seine Stimme war leise, zwang die Männer zur Aufmerksamkeit. Nun wurde sie ein wenig voller und nachdrücklicher.

»Das erste ist absolute Verschwiegenheit. Sie dürfen niemals irgendeinem Menschen gegenüber preisgeben, was Sie tun und was Sie erfahren. Das gilt auch für die Wachen. Erzählen Sie ihnen nichts. Hören Sie auf sie. Befolgen Sie ihre Befehle. Beantworten Sie ihnen dienstliche und alltägliche Fragen; aber erzählen Sie ihnen nie, was ich für geheim erkläre. Das gilt für jeden Unteroffizier oder Offizier, mit dem Sie in Berührung kommen, egal wie hoch sein Rang ist. Es gilt sogar für den Kommandierenden General. Sie dürfen auch untereinander keine Dinge preisgeben, die Ihnen einzeln im Vertrauen erzählt werden. Wer gegen diese Regel verstößt, ist erledigt. Eine zweite Chance gibt es nicht. Jeder von Ihnen weiß, wer er ist, was er getan hat und wie sein Urteil lautet. Auch ich weiß es. Die Strafe für Geheimnisverrat ist sofortige Urteilsvollstreckung. Eine Berufung dagegen gibt es nicht.
Zweitens. Sie dürfen keinen Fluchtversuch unternehmen. Sie dürfen nicht einmal an einen Fluchtversuch denken. Ihr Geist wird auch so genug beschäftigt sein. Die Strafe für jeden, der bei einem Fluchtversuch erwischt wird, ist sofortige Urteilsvollstreckung. Eine Berufung gibt es nicht.«
Er konnte spüren, wie sie lauschten – nicht nur zuhörten, sondern gespannt lauschten und, während er sprach, mit ihm auf einer Waage zwischen Hoffnung und Niedergeschlagenheit auf- und niederstiegen.
»Ob Sie sich untereinander erzählen, wer Sie sind und was Sie getan haben, bleibt Ihnen überlassen. Ich weiß es – Sie wissen es – das genügt. Was die Art unserer Arbeit, die Art unseres Auftrags betrifft, so erfahren Sie Näheres, wenn Sie sich dessen würdig erwiesen haben. Lassen Sie mich für heute nur soviel sagen: Sie ist wichtig. Sie ist sehr wichtig. Sowohl für Sie wie für Ihr Land. Setzen Sie sich voll und ganz dafür ein, dann machen Sie wieder gut, was Sie vor Ihrem Gewissen wiedergutzumachen haben.«
Als Reisman sich selbst so reden hörte – wirklich hörte –, war er von dem, was er da sagte, überrascht. Er hatte es sich nicht zurechtgelegt; es floß ihm einfach so über die Lippen. Und indem er seine Worte hörte, spürte er, daß es die richtigen waren.
»Wir werden viele Wochen zusammen sein. Ich habe die Hoffnung, daß Sie sich gut vertragen und gut zusammenarbeiten«, schloß er leise.
Ob er an sie herangekommen war oder nicht, wußte er nicht. Er konnte sich vorstellen, daß die meisten von ihnen im stillen Kraftausdrücke murmelten. Aber vielleicht einer oder zwei ... vielleicht mehr ...
Sie blieben still, als Reisman zur Tür ging und Hauptmann Kinder und die Wachen hereinrief. Die Militärpolizisten verteilten sich rings im Raum. Kinder lehnte eine sehr große Ledertasche gegen einen vorn stehenden Tisch, kettete seine Aktenmappe los und legte sie auf den Tisch.
Reisman stellte ihn vor: »Hauptmann Kinder wird sich in den nächsten Wochen von Zeit zu Zeit mit Ihnen beschäftigen. Er stellt Ihnen persönliche Fragen, die Sie beantworten müssen. Ausgenommen natürlich solche Dinge, auf die ich Sie ausdrücklich hinweise. Er führt mit Ihnen bestimmte Tests durch, die uns helfen, Ihnen zu helfen.«
Dann ließ er Kinder allein dort stehen, ging in den rückwärtigen Teil des Raumes und setzte sich. Er beabsichtigte dabeizubleiben, zumindest für den

Anfang, um Kinder schweigend, aber kritisch bei der Arbeit zu beobachten, und auch um zu sehen, ob er nicht vielleicht etwas lernen könne.

Stuart Kinder fühlte die Blicke der Leute, die ihn musterten, abschätzten; die Wachen taxierten ihn, wie Soldaten stets Vorgesetzte taxieren, denen sie auf Gedeih und Verderb Achtung und Gehorsam entgegenbringen müssen. Von Reismans einführenden Worten war er angenehm enttäuscht; er hätte nicht gedacht, daß der Mann eine so klare Vorstellung von seiner Aufgabe hatte. Andererseits war er nervös und hoffte, man merke es ihm nicht an.

Denn hier, am neuralgischen Punkt, jenseits der grauen Theorie, sah die Sache anders aus. Hier stand er Auge in Auge mit Männern, die etwas auf dem Kerbholz hatten, die einen Erfahrungsbereich betreten hatten, der ihm, Gott sei Dank, immer fremd bleiben mußte, obwohl er sich bemühte, sie kennenzulernen und zu verstehen, und obwohl er beim Lesen der Akten die Erschütterungen und Greuel nachempfunden hatte, die sie durchlebt hatten. Dies waren Männer, die Verbrechen von solchen Ausmaßen begangen hatten, daß er nicht wußte, wie er zu ihnen sprechen oder sie ansehen sollte, ohne sich die Scheu anmerken zu lassen, die sie ihm einflößten. Die zusätzlichen Streifen auf seinen Schultern waren da keine wirkliche Hilfe.

Er bewunderte die Art, wie Reisman diese Leute anfaßte, sie selbstbewußt ansprach und zur Aufmerksamkeit zwang.

Er suchte nach einem Gesicht, einem sympathischen Gesicht. Dort, der dünne, blasse Bursche mit Brille. Und er begann zu sprechen: ... es sollte ein Spiel sein ... es sollte Spaß machen ... nichts von Psychologie ... nichts von Tests ... nichts, was Feindseligkeit oder Skepsis weckte ...

»Ich möchte, daß Sie mir bei einem kleinen Experiment helfen«, sagte Hauptmann Kinder. »Vielleicht macht es Ihnen sogar Spaß ...«

Reisman hörte sich das alles an, und ihm war, als säße er zwischen lauter Kindern. In Stuarts Stimme schwang ein Lächeln mit. Liebenswürdig bat er die Männer, allerlei Dinge zu tun, bis jeder von ihnen beschäftigt war und der Raum zur lustigen, bienenemsigen Schulklasse wurde. Drei Tische wurden zu einem Halbkreis zusammengeschoben; dahinter stellten sie zwölf Stühle. Einer legte Bildvorlagen und Bleistifte an jeden Platz; andere rückten einen Tisch an den von Kinder bezeichneten Platz und stellten darauf einen Stuhl als Stütze für einen verdeckten Stapel großer Karten, die der Hauptmann aus seiner Ledertasche nahm.

»Öffnen Sie Ihre Vorlagen erst, wenn ich es sage«, wies Kinder sie an.

Alle saßen ruhig, aufmerksam und willig auf ihrem Platz. Napoleon war gespannt, was für einen Blödsinn der Mann vorhatte. Bei dem Herumgerenne und -gerücke hatte er einen Augenblick lang empört gedacht, er werde hier in einen primitiven Geschicklichkeitstest hineingelotst, wie man ihn mit einer Klasse zurückgebliebener Kinder oder mit intelligenten Affen durchführt. In Hauptmann Kinder erkannte er den typischen Mann vom Wohlfahrtsamt. Diese Sorte hatte er nämlich zur Genüge an der Uni und auch sonstwo herumlaufen sehen. Aus eigener Erfahrung wußte er, daß ihre höchst eigennützige und selbstgerechte Tätigkeit darin bestand, Angehörige und Probleme

seiner Rasse aufzugreifen und für ein berufliches Herumprobieren und Interpretieren auszuwerten.
Doch wie er jetzt sein Büchlein vor sich hatte und den Stoß Karten neben dem Hauptmann sah, dämmerte es Napoleon, was gemacht werden sollte, obgleich er die Sache so noch nie erlebt hatte.
»Nun, Sie haben doch gewiß alle«, sagte Kinder, »irgendwann einmal aus Versehen einen Tintenklecks aufs Papier gemacht. Vielleicht beim Briefschreiben oder bei den Schularbeiten, oder vielleicht haben Sie es auch absichtlich getan, so als Spiel. Ich jedenfalls habe das mal gemacht; ich habe das Papier gefaltet, die Tinte verteilt und mir dann zum Spaß die dunklen Bilder, Formen und Figuren betrachtet. Ungefähr das gleiche haben wir hier. Ich zeige Ihnen Stück für Stück eine Reihe von Karten, auf denen Tintenkleckse wiedergegeben sind. Die meisten schwarz, weiß und grau getönt. Einige sind auch farbig. Insgesamt sind es zehn. Sie werden nun sehen – sobald ich Sie dazu auffordere –, daß die gleichen Kleckse in den Heften dargestellt sind, die Sie vor sich haben, und daß jeweils die gegenüberliegende Seite frei gelassen ist. Ihre Aufgabe besteht einfach darin, auf die freie Seite zu schreiben, was Sie in diesen Tintenklecksen erkennen: Bilder, Formen, Gestalten, alles, an was die Kleckse Sie erinnern, wem sie ähneln oder was sie bedeuten könnten. Es kommen alle Karten nacheinander dran; Sie brauchen nichts zu überstürzen. Lassen Sie sich für jede Karte so viel Zeit, wie Sie brauchen. Es spielt überhaupt keine Rolle, ob ein anderer mit irgendeiner Karte vor Ihnen fertig ist. Ferner möchte ich Sie bitten, um die Teile des Kleckses, über die Sie etwas schreiben, einen Kreis zu ziehen, den Kreis jeweils zu numerieren und die gleiche Nummer neben das Geschriebene auf die freie Seite zu setzen. Hat noch jemand Fragen?« Viele hatten Fragen, und Kinder mußte seine Anweisungen mehrmals wiederholen.
Napoleon wunderte sich über die Dummheit dieser Leute, mit denen man ihn zusammengesteckt hatte. Als zum Schluß der Hauptmann – fast als wäre es ein nachträglicher Einfall – fragte, ob irgend jemand dieses kleine Spiel schon einmal mitgemacht habe, war Napoleon drauf und dran, die Hand zu heben und unmißverständlich und in fachgerechter Terminologie zu erklären, daß er, jawohl, den Rorschachtest schon einmal gemacht habe, auf der Universität nämlich; daß er ihn in Theorie und Praxis gut kenne und somit das Ergebnis bei ihm nicht sehr brauchbar sein werde. Und ob es nicht mehr als merkwürdig sei, daß ein gewissermaßen hochheiliges Verfahren, das man nur in völliger Ruhe und Abgeschlossenheit mit Einzelpersonen durchführen könne, hier in einer Gruppe durchgepaukt werde. Dann aber dachte er: Ihr könnt mir gestohlen bleiben, und ließ seine Hand unten.
Ihm fiel die Geschichte von dem Schlaumeier ein, der die Untersuchung eines Professors dadurch verdarb, daß er alle Kursusteilnehmer dazu anstiftete, beim Einzeltest zu jedem Tintenklecks das gleiche zu schreiben: ein weibliches Becken. Aber das war zu bequem. Napoleon besah sich Karte eins. Der Klecks sah aus wie ein großer, schwarzer Elefant mit fledermausähnlichen, zerfransten Wedelohren, der dem Beschauer den Rücken zukehrte; er saß da wie eine neugierige Katze und wartete auf zwei sich aufbäumende graue Esel, um mit

ihnen zu kämpfen – oder ein Menuett zu tanzen. Aber das schrieb er nicht hin. Vielmehr fing er an, das obszönste und übelste Zeug zu schreiben, das ihm einfiel. Auf einmal stutzte er, denn ihm ging auf, daß er daran Vergnügen fand; er nahm wieder Anteil, er funktionierte wieder und wußte nicht, ob er froh oder verrückt oder traurig oder sonstwas war ...

Victor Franko überlegte ängstlich hin und her, als das Deckblatt abgehoben und der erste Tintenklecks enthüllt wurde. Der Angeber da vorne hatte zwar gesagt, es sei ein Experiment; aber die Sache sah mehr wie eine Prüfung aus – eine Prüfung, bei der man mit guten oder schlechten Noten rechnen mußte, ein Test, bei dem es Erste und Letzte gab, Gewinner und Verlierer, und Franko raffte seine sämtlichen Geistesgaben zusammen, um es gut zu machen, obwohl er keine Ahnung hatte, wie.

Myron Odell erblaßte beim Anblick des ersten Tintenkleckses. Es war ein widerliches, schmutziges Durcheinander. Er mochte es nicht, aber etwas schreiben mußte er ja. Hauptmann Kinder gefiel ihm. Er wollte gern mitarbeiten. Er wollte es ihm gern recht machen, wollte ihm auf irgendeine Art gern zeigen, daß er unschuldig war.

Roscoe Lever sah, wie einige schon anfingen zu schreiben, und fragte sich, was zum Teufel die da wohl hinschrieben. Er konnte in dem Fleck nichts erkennen. Es war irgendein fauler Zauber. Ach, Scheiße. Er würde es ihnen schon zeigen. Das würde er schreiben. Es ist gar nichts.

Auch Archer Maggot überlegte, was zum Henker die andern bloß schrieben. Aber was ihn am meisten wurmte, war, daß der Nigger fleißig in seinem Büchlein kritzelte, als wisse er genau, was er wolle. Dann ging es ihm plötzlich auf, was er in dem Tintenklecks da sah, und er kicherte in sich hinein, denn er erinnerte sich an Frauen, schwarze und weiße, und er bezweifelte, daß der Korinthenkacker da vorne je wissen könne, was er wirklich dachte. Und dann spürte er – wie einen Stoß zwischen die Beine – die quälende, nun schon so viele Monate ungestillte Begierde. Er nahm aber nicht an, daß er etwas über das schwarze Loch einer Frau oder das Loch einer schwarzen Frau schreiben solle; so sah er denn etwas anderes da vorne. Das war eine Mordssache; am liebsten hätte er gelacht, und er schrieb hin: eine dicke, schwarze Niggerkatze.

Victor Franko schrieb: ein Geist hinter einem Fenster.

Myron Odell schrieb: ein schmutziges Durcheinander.

Luis Jimenez schrieb: Teil einer Frau.

Calvin Ezra Smith schrieb: ein Schmetterling.

Ken Sawyer, Vernon Pinkley und Glenn Gilpin schrieben: eine Fledermaus.

Joseph Wladislaw schrieb: eine Röntgenaufnahme.

Reisman saß hinten und besah sich die Karte mit dem Tintenklecks; kopfschüttelnd wandte er den Blick ab. Im Grunde wollte er seine eigene Reaktion gar nicht wissen; so redete er sich ein, er sitze zu weit ab, um mit dem Gebilde irgend etwas anfangen zu können. Er beobachtete die Häftlinge und spürte, wie sie sich in ihre Aufgabe vertieften – und darauf allein kam es an. Als er Samson Poseys breiten Rücken und wuchtigen Schädel entdeckte, hätte er gern sein Gesicht gesehen.

Samson hatte keine Fragen gestellt; er tat, was man ihm sagte, denn er begriff, was von ihm erwartet wurde. Viele Dinge erkannte er in diesen Tintenklecksen – Dinge, über die er lachen mußte, denn ihn hatte sofort die komische Seite an diesem seltsamen Spiel angesprochen; Dinge, die den Traumbildern eines Meskalinrausches glichen; Dinge, die frühere Zeiten und Menschen herbeizogen. Aber wie sollte er niederschreiben, was er sah? Einige Wörter wußte er, andere nicht. Verzweifelt versuchte er, sich zu erinnern, die Zeiten zurückzuholen, die gut waren und...

Er saß auf einer Decke unter dem mächtigen Schattenbaum in der Nähe der Handelsniederlassung von Towaoc. Sie spielten zu acht Poker. Eine Menge Männer und Frauen standen um sie herum und sahen zu. Oft nahm einer aus ihrer Mitte den Platz eines Spielers ein, der mit fliegenden Fahnen untergegangen war. Billy Ohne-Bein fehlte. Er war fort, wieder im weißen Krankenhaus, um sich seine Beine neu einpassen zu lassen. Samson hatte den ganzen Tag beim Spiel Glück gehabt, wie gewöhnlich. Und den ganzen Tag war das Hämmern und Klopfen zu hören gewesen, das von dort drüben herüberschallte, wo der Korral für den Bärentanz errichtet wurde.
Die Luft war voller Erregung, Erwartung. Männer, Frauen und Kinder strömten in Scharen herbei – zu Pferde, per Bahn, in kleinen Lastautos. Ute-Indianer aus Allen Canyon in Utah; Ute-Indianer aus Ignacio im östlichen Teil des Reservats; Navahos aus Shiprock in New Mexico; Apachen aus ihrem eigenen Reservat im Südosten.
Den alten Bräuchen zufolge sei es schon spät für den Bärentanz, hatte sein Großvater gewarnt. Beinah zwei Monate war es her, seit Old Charlie den ersten Frühlingsdonner gehört und gesagt hatte: »Der Bär regt sich. Er ist schwach; er braucht Nahrung; er sieht nicht gut. Jemand sollte sofort den Bärentanz veranstalten. Wir müssen dem Bären helfen, uns selber helfen.«
Doch obgleich Das Volk sonst zäh an den alten Bräuchen festhielt, tat man es erst jetzt, da die Indianer sich von ihren kümmerlichen Schafen und Rindern frei machen konnten oder von ihren Bauernhäusern, falls sie, wie der weiße Mann, Bauern geworden waren. In der Gegend von Towaoc war Ende Mai eine gute Zeit.
Samson hatte seiner Familie geholfen, die Schafe zu den Wasserrinnen von Navajo Springs zu treiben, und war dann nach Towaoc hinaufgeritten, um frühzeitig zum Pokerspiel da zu sein. Seine Familie würde nachkommen, sobald sie jemanden gefunden hatte, der die Schafe hütete.
Bevor er sie verließ, hatte Old Charlie bewundernd zu ihm, dem so hoch Gewachsenen, aufgeblickt und gesagt: »Es ist ein guter Name, den wir dir jetzt geben, nicht wahr? Ein starker Mann. Ein Kriegsheld.«
»Es ist eines weißen Mannes Name, aber es ist ein guter Name, und er gefällt mir«, antwortete er ehrerbietig.
»Du mußt den ganzen Bärentanz durchtanzen, um zu zeigen, daß du stark bist«, hatte sein Großvater gesagt. »Du solltest dich verheiraten. Der Bärentanz ist die rechte Zeit, um zu heiraten.«
Es war eine gute Zeit, um zu heiraten; Samson spürte das mächtig in seinem

Blut. Unter dem Schattenbaum von Towaoc war er zwar nur auf sein Pokerspiel bedacht, alles andere kümmerte ihn nicht; aber in einem Winkel seines Herzens regte sich die Sehnsucht nach dem Tanz. Seine Zeit war gekommen.

Er war achtzehn, sehr männlich – doch noch ein Junge. Zwei Jahre lang hatte er einen schrecklichen inneren Kampf ausgefochten, wenn er in einer Sommernacht den Klang der lockenden Flöten hörte. Er wußte, die anderen jungen Männer streunten dann um die Dörfer herum – wußte aber auch von der Liebeskrankheit, die viele bekamen, und daß sie Mann und Frau zerstörte. Wenn er durch die Gnade des Schöpfers-der-Menschen in diesen schlechten Zeiten zu solcher Körpergröße und -kraft gediehen war, dann wollte er nicht den Versuchungen Sunavawis, des Wolfs, nachgeben und sich in eine zerstörerische Lust verstricken. Sein Vater Yucca hatte ihn zur Vorsicht gemahnt. Billy Ohne-Bein hatte ihn gewarnt. Er glaubte ihnen. Da er stark und gesund bleiben wollte, hatte er Augen und Sinne von den Frauen und den Frauengeschichten abgewandt. Nun aber war der Aufruhr seines Blutes stark. Er war achtzehn, und wie Old Charlie gesagt hatte: »Der Bärentanz ist die Zeit, um sich zu verheiraten.«

Der Anführer des Bärentanzes kam auf einem großen Schimmelhengst angeritten. Er war für seine Rolle ansehnlich ausstaffiert – Mokassins, perlenbestickte Stulpenhandschuhe, Brustharnisch, lederne Reithose, Adlerfedern am schwarzen Sombrero; auf seiner Brust hüpften lange, schwarze, mit Otterleder durchflochtene Zöpfe. Die Spieler legten die Karten nieder und lauschten seinen feierlichen Worten:

»Wir müssen diesen Tanz zu einem guten Tanz machen wie in den alten Zeiten. Jeder muß tanzen. Es wird euch Freude machen, und ihr werdet Krankheit und Böses von Dem Volk fernhalten.«

Er erzählte die Geschichte vom Bärentanz: Wie am Anfang ein Ute-Jäger sich mit einer Bärin angefreundet habe und wie sie ins Dorf gekommen sei und Das Volk tanzen und Raspel spielen und die richtigen Lieder singen gelehrt habe.

Wie oft hatte Samson diese Geschichte in allen Abwandlungen nicht schon gehört – als Kind, als Junge und nun als Mann. Doch jedesmal fesselte und begeisterte sie ihn aufs neue. Sie gab ihm eine Vorstellung von der Geschichte und dem Schicksal seines Volkes und seiner selbst. Sie gemahnte ihn an seine innere Verbundenheit mit diesem Land und den Geschöpfen, die es bewohnten – wenn auch die Ute-Indianer ein besiegtes und entmachtetes Volk waren.

»Der Bärentanz soll eine gute Zeit bringen«, erklärte der Anführer des Bärentanzes. »Wir sind froh, daß wir den langen Winter hinter uns haben. Jeder gehe nun zur Bärenhöhle. Ihr dürft nicht trinken! Es ist schlecht, wenn man dort betrunken ist.«

Samson trank nicht, aber andere Utes taten es. In der Handelsniederlassung allerdings konnten sie keinen Whisky kaufen, weil das gegen die Vorschrift verstieß; doch sie verließen das Reservat und brachten ihn von außerhalb mit. Er machte sie glücklich. Er half ihnen zu vergessen. Neuerdings gab es

auch das Meskalin. Aber das war etwas anderes; das war des Indianers Religion.
Der Anführer des Bärentanzes ritt davon, um seine Ansprache an anderer Stelle zu wiederholen, vor anderen Bummlern, und sie zum Korral zu drängen, den er die Bärenhöhle nannte. Samson steckte seine Karten und seinen Gewinn in die Tasche – all die Münzen und Dollars, die früher einmal Decken, Felle, Pferde, Rinder, Schafe oder Gutscheine für Altersversorgung und Armenunterstützung gewesen waren, bis man dies alles in Geld umgetauscht und bei der Hauptunterhaltung von Towaoc aufs Spiel gesetzt hatte. Er bestieg sein Pferd und ritt zum Korral. Oben darüber wehte von einer Stange ein liebevoll schwarz-weiß bemaltes Tuch; in der Mitte standen ein Bär mit erhobenen Pranken und die Worte: UTE MOUNTAIN BÄRENTANZ 1938.
Das rhythmische Reiben der Pappelholzraspeln begann sehr leise. Die Musikanten bewegten ihre Kuhknochen, Stöcke und Limonadeflaschen auf und ab und lenkten den Schall gegen den Resonator aus Eisenblech, der in den Boden eingelassen war. Samson saß bei den Männern auf einem Klotz an der Nordseite des Korrals und lauschte auf die ersten gesungenen Lieder, einige neu, einige alt. Und dann war es Zeit für den Tanz.
Geschlossen erhob sich die Hälfte der Frauen auf der Südseite des Korrals und schritt auf die Männer zu. Erst war Samson kühn und nahm sie sorgfältig in Augenschein: die alten, die mittleren Jahrgänge und die jungen, insbesondere Eva Pavisuk. Aber dann kamen sie näher, und er schlug verlegen die Augen nieder.
»Du«, hörte er ein Mädchen rufen. »Der große Bursche da.«
Es war ein Mädchen aus den Dörfern vom Ute Mountain. Dann war aber auch schon Eva da, die plötzlich unter dem ausgestreckten Arm des Mädchens hindurchschlüpfte. Eva ergriff Samsons Hand und drehte sich mit einem herausfordernden Blick zu dem Mädchen um. Die forderte einen anderen auf. Samson und Eva stellten sich in der Mitte des Korrals in den getrennten Reihen der Männer und Frauen einander gegenüber auf.
Der gedämpfte, stetig untermalende Rhythmus der Raspeln steigerte sich plötzlich zu einem Getöse. Die Stimmen der Sänger wurden laut und erregt. Der Tanz begann – zwei Schritte vorwärts, zwei Schritte rückwärts, die Frauen aggressiv, die Männer verhalten. Die Reihen schwangen vor und zurück, vor und zurück, immer wieder, immer wieder.
So tanzten sie eine Weile. Weder Samson noch Eva sprachen; sie konzentrierten sich auf ihre Bewegung und warfen nur gelegentlich einander einen verstohlenen Blick zu. Er trug eine Arbeitshose und hatte die lose Drillichjacke offen gelassen, um sein reich verziertes, rotes Cowboyhemd zu zeigen. Seine Füße steckten in einem Paar guter Cowboystiefel; auf dem Kopf saß ein Cowboyhut – ein flacher, nicht so einer, wie die alten Männer ihn trugen. Es war der gleiche Anzug, den er schon den ganzen Tag unter dem Pokerbaum angehabt hatte; er hatte ihn sich zur Bärentanzwoche neu gekauft. Evas Kleid war aus bedruckter, gelber Baumwolle, gerade und lose geschnitten, in der Taille, wie früher die Felle, von einem breiten Ledergürtel gehalten. Ihre Beine wurden züchtig von schwarzen Baumwollstrümpfen verdeckt, aber an den

Füßen hatte sie blank geputzte, weiße Mokassins. Zum Schutz gegen den frühen Abendwind trug sie einen grünen Wollschal um die Schultern. Ein silbernes Navaho-Armband klirrte als Schmuck an ihrem Handgelenk.
Als sich immer noch mehr Paare anschlossen, wurden die Reihen zu lang. Samson und Eva lösten sich aus der Gruppe. Er legte ihr den rechten Arm um die Taille, was einzeln tanzenden Paaren erlaubt war. Aber Samson war zu groß; es störte ihn, so tief hinabgreifen zu müssen.
»Du bist in diesem Jahr sehr gewachsen, Suh-gatz«, sagte Eva und lächelte ihn an.
»Du aber auch, Eva Pavisuk«, antwortete er verlegen. »Übrigens bin ich nicht mehr Suh-gatz. Ich heiße jetzt Samson.«
»Wie in der Bibel?«
»Ja.«
»Was weißt du über die Bibel?« forderte sie ihn heraus.
Er wußte nichts. Eva Pavisuk aber wußte einiges. Ihr Vater war nämlich zweiter Stammesvertreter; sie bewohnten ein Fachwerkhaus und gingen manchmal in die presbyterianische Mission – obwohl sie mehr am Indianerglauben festhielten, sagte sie.
»Ich weiß, wer Samson war«, antwortete er stolz. Aber in Wirklichkeit wußte er sehr wenig – nur das, was er von dem schwarz gekleideten Mormonenmissionar gehört hatte, der im Winter zu ihnen ins Dorf gekommen war und Yucca und Old Charlie in ein Gespräch verwickelt hatte. Der Missionar hatte die Sprache Des Volkes gut gesprochen. Mit einem Blick auf Suh-gatz sagte er: »Er erinnert mich an den hebräischen Kriegshelden Samson. Ihr solltet ihn so nennen.« Old Charlie fragte, wer die Hebräer denn seien, ob sie ein Indianerstamm seien. Der Missionar sagte, sie seien ein altes und mächtiges Wüstenvolk gewesen, genau wie die Ute. Sie hätten in einem weit entfernten Land gelebt, seien unterjocht und über die ganze Welt zerstreut worden. »Dieses Buch«, sagte er, indem er auf das schwarze Religionsbuch in seiner Hand klopfte, »erzählt von den Hebräern, den verlorenen Stämmen Israels.« Darauf hatte er sie mit der Erklärung verblüfft: »Ihr stammt von diesem Volk ab, von Samson und seinem Stamm.«
Der Tanz wurde schneller – vier Schritte vorwärts, vier Schritte rückwärts –, und die Sänger sangen vom Bären und von den Ute, von Mann und Frau, der Geschichte Des Volkes, der Vergangenheit und Gegenwart. Samsons Arm drückte sanft gegen Evas Brüste, seine Hand umfaßte ihre Schulter. Er war sich im klaren darüber, wo er sie berührte, aber es schien ihr nichts auszumachen. Mehrmals sah er ihr verstohlen ins Gesicht, und sie erwiderte Blick um Blick. Wenn er schon heiraten sollte, dann würde er gern jemanden wie Eva Pavisuk heiraten. Ob sie ihn haben wollte oder nicht, wußte er nicht. Bärentanz und Hochzeit waren zweierlei. Aber sie hatte ihn aufgefordert, und als dann abgeklatscht werden durfte und andere Mädchen zu ihm kamen, sah Samson, wie sie den anderen Mädchen wütende Blicke zuwarf.
An jedem Tag der Bärentanzwoche spielte Samson Poker und Spanisch Monte. Jeden Nachmittag tanzte er bis zum Sonnenuntergang mit Eva Pavisuk. Jede Nacht machte er ihr den Hof.

In dem Fachwerkhaus – einem der wenigen, die es in Towaoc gab – unterhielt er sich mit ihrem Vater ausführlich über die Probleme der Zeit, ihren starken Mangel an Wasser, aus Brunnen, aus einer seit langem von der Regierung in Washington versprochenen und längst überfälligen Bewässerungsanlage. Denn das im Winter anfallende Wasser schien immer weniger zu werden und immer rascher in Flüßchen und Tümpeln zu versickern und zu verdunsten. Es ließ nur alkalihaltige Lachen zurück, und in den Bergen schrumpften die Flüsse zu mageren Rinnsalen ein. Evas Mutter machte er Komplimente über die Gerichte, die sie kochte. Er brachte Lebensmittel und Geschenke mit, die er in der Handelsniederlassung kaufte, denn Samson nahm beim Spielen viel mehr Geld ein, als ihr Vater, der stellvertretende Bevollmächtigte, verdiente. Auch mit Eva unterhielt er sich und ging mit ihr draußen spazieren in der sternenüberdachten, kühlen Nacht der Hochwüste, aber stets in Sicht- und Hörweite des Hauses.
Sie hielten einander bei der Hand.
»Mir gefällt dein Name«, sagte sie. »Er paßt gut zu dir.«
»Jetzt haben wir beide weiße Namen.«
»Ja. Gefällt dir meiner?«
»Es ist ein schöner Name.«
Sie küßten sich zart und umarmten einander. Sie war schlank wie eine Espe, aber rund, wo eine Frau rund sein soll. Und obwohl sie ihm nur bis zur halben Brust reichte, war sie für ein Ute-Mädchen doch ganz schön groß, und vielleicht wuchs sie noch, wo sie doch erst sechzehn war.
»Hast du viele Mädchen gehabt?« fragte sie.
Jetzt wäre der Augenblick zum Lügen dagewesen, der Moment, mit vielen Eroberungen in den Dörfern des Reservats zu prahlen. Aber er mochte das nicht.
»Nein. So wie mit dir habe ich's mir immer gewünscht«, sagte er und neigte sich wieder über ihre Lippen.
»Ich bin froh«, flüsterte sie lächelnd. »Ich bin froh, daß mein Vater und meine Mutter streng waren. So habe ich's mir auch immer gewünscht.«
Darauf kehrte er allein und mit sehnsuchtsvollen Lenden in das Zelt zurück, das er in einem der Zeltdörfer aufgeschlagen hatte.
Als seine Familie im Laufe der Woche nach Towaoc kam, bat Samson seinen Vater Yucca, ihm zu zeigen, wie man aus einer Weidenrute eine Flöte schnitzt. Yucca lächelte wissend. Old Charlie erhob sich von seiner Stahlmatratze, die mit einer Decke belegt war und auf dem Erdboden im Zelt lag. Dort verbrachte er die meiste Zeit, denn auf die Matratze hatte er ein Daueranrecht: sie war der seinem Alter gebührende Thron. Mit einem breiten, zahnlosen Grinsen sagte er: »Bärentanz ist die Zeit zum Heiraten.« Samson schätzte den anzüglichen Ton der Unterhaltung nicht, die nun zwischen den Alten stattfand.
Nachdem er an jenem Abend Eva zur Tür des Holzhauses begleitet hatte, kehrte er nicht in sein Zelt zurück. Er trieb sich in Sichtweite des Hauses herum und wartete, bis ihre ganze Familie sich schlafen gelegt hatte und die Kerosinlampen gelöscht waren. Dann kroch er vorsichtig wie ein uner-

schrockener Jäger zu ihrem Fenster. Er setzte die Flöte an die Lippen, und die süßen Töne wurden zum geheimen, bedrängenden Wort, dem Volk eigen, und nur Liebenden verständlich.

In langgezogenen Tönen mit kurzen, abgehackten Trillern und Stakkatos sang die Flöte: »Eee-va ... Eee-va ... Eee-va Pa-vi-suk! ... Kom-m-m-m heraus! ... Kom-m-m-m heraus! ... I-i-ch li-i-ie-be di-i-ch ... I-ch l-i-i-i-i-ie-be d-i-c-h!«

Sie schob das Fenster hoch, kam aber nicht heraus. Als er hereinzuklettern versuchte, wehrte sie ihn ab.

»Mein Vater und meine Mutter«, flüsterte sie.

»Sie haben es gehört«, sagte er. »Durch ihr Schweigen stimmen sie zu.«

»Aber du willst doch mich heiraten und nicht meinen Vater und meine Mutter, ist es nicht so?«

Sie verwirrte ihn. »Natürlich«, antwortete er schüchtern.

»Hast du drei Dollar?«

»Aber ja. Ich habe noch mehr.«

»Dann wollen wir nach Cortez gehen und nach Art der Weißen heiraten«, sagte Eva.

»Ich bin ein Ute und kein weißer Mann«, protestierte er wütend, »und ich mache es wie ein Ute.«

»Dann wirst du mich nicht heiraten«, sagte sie leise und schloß das Fenster zwischen ihnen.

Als er in jener Nacht wieder allein in seinem Zelt war, spürte Samson das Drängen seines Blutes so stark, daß er meinte, er könne es nicht ertragen. Dann doch lieber den Verlockungen Sunavawis, des Wolfes, erliegen. Eva aber kam am folgenden Nachmittag wieder zu ihm, als wenn nichts gewesen wäre, und holte ihn zum Tanz; und obwohl er böse auf sie war, konnte er sich nicht weigern. Ein Mann durfte einen Tanz nicht verweigern – sonst würde der Bär in den Bergen über ihn kommen. Außerdem waren da die Bärentanz-Helfer mit Zedernzweigen, die die Faulen zum allgemeinen Vergnügen mit sanften Schlägen züchtigten.

Als der Tanz an jenem Tage endete, war Samson nicht mehr böse auf Eva. Wie sollte er denn jemanden nicht gern haben, der so ... so ... Er bestand nur noch aus Sehnsucht und Verlangen. Später am Abend kam er zu ihrem Haus mit seiner werbenden Flöte, und Eva machte ihm das Fenster auf.

»Ich will mit dir nach Cortez gehen«, bot er widerstrebend an. »Wenn du es so haben willst. Es kann mich nicht verletzen.«

Sie beugte sich aus dem Fenster und küßte ihn lange und innig, und Samson fühlte sich schrecklich schwach und hilflos. »Es ist also nicht nur ein Spiel bei dir, Samson«, sagte sie glücklich, »und bei mir auch nicht. Deine Liebe ist echt.«

Er wollte seine langen Beine über die Fensterbank in ihr Zimmer heben, aber sie hielt ihn mit sanfter Gewalt zurück. »Wir wollen miteinander reden«, sagte sie.

»Über was?«

»Glücksspiel ist ein schlechter Zeitvertreib. Du brauchst Rinder und Schafe

oder Ackerland, und eines Tages müssen wir uns ein Haus bauen, das schöner ist als das meines Vaters.«
Wütend und verblüfft fuhr er zurück. »Spielen ist so meine Art«, sagte er. »Es ist alte Ute-Art.«
Sie streckte die Hand aus und streichelte seine Wange. »Sei nicht böse«, bat sie. »Ich möchte keinen andern als dich zum Mann. Du bist stark und hübsch, und im ganzen Reservat gibt es keinen wie dich. Anfangs werde ich in deinem Zelt wohnen und gehen, wohin du willst. Aber wir müssen für uns etwas Besseres erreichen ... für unser Volk ... für unsere Kinder.«
»Am Spielen ist gar nichts auszusetzen«, beharrte Samson. »Ich verdiene mehr als die Bauern und die Viehtreiber. Ich schaffe mehr Nahrung und Kleidung für meine Familie herbei als mein Vater mit seinen Schafen.«
»Dann mach nur so weiter«, sagte Eva traurig und schloß das Fenster zwischen ihnen.
Am nächsten Nachmittag verließ Samson zeitig das Spiel, ging in sein Zelt und zog sich seinen kunstvoll gearbeiteten Wildlederstaat an. Nun wünschte er, sein Haar wäre lang wie bei den älteren Männern und er könnte um Haarflechten, die bis auf seine Brust hingen, ein rotes Band binden. Sein Haar war aber nach der Mode junger Weißer, die er in Cortez gesehen hatte, kurz geschnitten.
Als er hinkam, war der Bärentanzkorral voll von Menschen, alle froh erregt und festlich gekleidet – wenn nicht in Wildleder, dann mit dem Besten angetan, was sie besaßen. Männer und Frauen trugen Adlerfedern im Haar.
Der Tanz begann, aber Eva forderte ihn nicht auf. Sie forderte andere junge Männer auf – Männer, von denen Samson wußte, daß sie kein guter Umgang für Eva waren. Andere Frauen kamen zu Samson; er tanzte mit ihnen, aber ohne die Freude, die er bei Eva empfunden hatte. Er wartete, bis die Tänze kamen, bei denen auch die Männer abklatschen durften; dann klopfte er Evas Partner auf die Schulter und verscheuchte ihn mit einem zornigen Blick.
»Warum hast du mich nicht aufgefordert?« fragte er und blickte Eva finster an.
»Du mußtest ja auffordern«, erwiderte sie schnippisch.
»Ich sollte dich eigentlich ruhig mit diesen Kojoten tanzen lassen«, spottete er. »Sie stürzen dich ins Unglück, und dann wirst du ja wohl zufrieden sein.«
»Nein. Ich möchte immer noch dich zum Mann«, sagte sie leise. »Ich will jetzt nur noch mit dir tanzen, wenn du es möchtest.«
An diesem Tage hörten sie bei Sonnenuntergang nicht zu tanzen auf. Das Gerassel der Raspeln erfüllte den Korral und schnarrte hinaus in die hohen Berge, wo der Bär sie hören konnte. Die Stimmen der Sänger erschallten laut. Im Korral wurden Feuer angezündet. Die Tänzer bewegten sich vibrierend in Erwartung der bevorstehenden Herausforderung: Wer von ihnen war so stark und so kühn, die Nacht durchzutanzen?
Vier Schritt vorwärts, vier Schritt rückwärts, immer wieder, immer wieder.
Samson sah die stolzen Blicke seines Vaters und Großvaters, die bei den Männern saßen. Er sah den beifälligen Blick seiner Mutter, die bei den Frauen saß. Er schaute Eva ins Gesicht, die stark und entschlossen aussah. Ohne daß

ein Wort fiel, wußte er, sie würde so lange tanzen wie er, und war überzeugt, daß keiner von ihnen umfallen würde.
Als die Stunden dahingingen und der Sonnenaufgang näherrückte, schien es Samson, als werde ihr Gesicht noch lieblicher und strahlender, ihr geschmeidiger, in Wildleder gekleideter Körper noch begehrenswerter, mitgerissen von den peitschenden Rhythmen der alten Tänze. Etwas sehr Starkes, sehr Echtes verband sie in dieser Nacht.
Andere Tänzer fielen erschöpft um, und der Anführer des Bärentanzes kam zu ihnen, schritt um sie herum und rieb sie mit seiner Raspel, um das Böse aus ihnen auszutreiben und sie vor Krankheit zu schützen. Samson und Eva tanzten die ganze Nacht hindurch, und als bei Sonnenaufgang Raspeln und Gesang leiser wurden und verstummten, rieb man ihnen weißen Lehm ins Haar als Zeichen ihres Mutes und ihrer Stärke.
Am Nachmittag gab es ein Festessen, und obgleich sie tüchtig aßen und glücklich waren, ging Eva früh heim in ihr Holzhaus, um sich auszuruhen, und Samson zog sich zeitig in sein Zelt zurück. Später in der Nacht, als es in den Zeltdörfern still wurde und nur die Geräusche der Nacht zu hören waren, erhob Samson sich von seinem Lager und ritt zum Holzhaus von Eva Pavisuk.
Wieder spielte die Flöte: Eee-va ... Eee-va ... Eeeva Pa-vi-suk! ... Komm-m-m-m heraus! ... Komm-m-m-m-m-m heraus! ... I-i-ch li-i-i-i-ie-b-e dich! ... I-i-ch li-i-i-i-i-i-ie-be dich!
Da kam sie leise wie ein Reh zu ihm. Über ihr Nachthemd hatte sie eine Decke geschlungen. So trat sie aus der Tür des Holzhauses und ergriff seine Hand.
»Du bist ein Mann, Samson«, sagte sie, »und mußt tun, was ein Mann tut. Wenn du nach Cortez gehen willst, so können wir das irgendwann einmal tun. Es kommt nicht darauf an. Wenn du spielen mußt, dann spiele gut – und vielleicht werden wir auch Schafe und Rinder und ein Haus besitzen.«
Gemeinsam ritten sie zu seinem Zelt nahe beim Bärentanzkorral.
Dort nahm er ihr mit einer Behutsamkeit, die seine große Kraft und sein Verlangen Lügen strafte, die Decke von den Schultern, streifte ihr das Nachthemd vom Körper und machte sie zu seiner Frau. Am nächsten Morgen traten sie, verlegen und glücklich, gemeinsam in den strahlenden Sonnenschein, wo Eva über einem Lagerherd sein Frühstück bereitete, und alle aus dem Volk, die da waren, sahen, daß Eva Pavisuk und Samson Posey verheiratet waren ...

»Posey!« hörte er jemanden rufen – und Samson wurde aus seiner Träumerei gerissen. Verzweifelt versuchte er noch, Evas Bild festzuhalten. »Posey!« Es war der Offizier, der die komischen Bilder zeigte.
»Kommen Sie nicht zurecht?« fragte er.
»Nein«, sagte Samson traurig. »Ich kann nicht schreiben.«

13

Dort an der Steilküste von Devonshire herrschte das große Nichts, wie am Ende der Welt. Es flutete hinauf und hinaus zum Felsrand, der über die nebelige See ragte, und sank auf den schmalen Strand hinunter. Reisman bahnte sich einen Weg durch den dichten, widerspenstigen Stechginster, der dort wuchs und auf den Frühling wartete. Das Gestrüpp griff nach ihm wie ein Heer halbtoter Bittsteller, die vor seinem festen Schritt zurückwichen. Es war eine alte Gewohnheit von Reisman: Er mußte ein Gebiet genau erkunden, sämtliche Zu- und Ausgänge kennen, ehe er einen Ort oder eine Stadt betrat oder zum Kern eines Problems kam.

Jenseits des Kanals – so nahe, daß er sie wohl beinah würde sehen können, wenn der Nebel wich – lagen die Deutschen in ihrer Festung Europa. Ihnen so nahe zu kommen, zu wissen, dort saßen sie, war beklemmend und ungemütlich.

Der Wind trug ihm das Bellen eines Hundes zu. Er sah hinab und bemerkte ein riesiges Tier, das immer wieder in die Brandung sprang und am Strand hin und her raste. Auch eine Frau war dabei. Sie wirkte klein und von weitem einsam und verlassen; ein warmer Mantel und ein flatternder Schal hüllten sie ein. Sie starrte aufs Meer, ging weiter, starrte aufs Meer und kümmerte sich nicht um den Hund, obgleich das Tier hinter ihr her raste, in großen Sätzen auf sie zu und von ihr fort sprang und mit ihr spielte.

Reisman beobachtete sie, bis sie hinter dem Felsen verschwanden. Vermutlich schlugen sie einen Pfad ein, der vom Strand heraufführte. Dann wandte auch er der See den Rücken und ging durch den Stechginster zur Straße zurück, wo er seinen Jeep hatte stehenlassen.

Es war nur eine kurze Fahrt bis Stokes Manor. Man hatte ihm im Dorf den Weg gut beschrieben, und sobald die Schornsteine des großen Hauses über der dichten Baumgruppe aufgetaucht waren, hatte er angehalten, um die Gegend zu erkunden.

Als er an das hohe Eisentor kam, war es mit einer Kette und einem Vorhängeschloß zugesperrt. Vergeblich zerrte er daran. Er rief und hupte – umsonst. Es schien niemand in der Nähe zu sein. Darauf holte er seine 12-mm-Pistole aus dem Jeep, zielte sorgfältig aus einem Meter Abstand und sprengte Schloß und Kette auseinander; zugleich zerriß die frühmorgendliche ländliche Stille.

Im Haus antwortete immer noch niemand auf sein Klingeln, Klopfen und Rufen. Aber er zögerte, noch einmal die Pistole zu Hilfe zu nehmen. Ein Vorhängeschloß mit Kette aufzubrechen, das war etwas anderes und eher zulässig, als Schloß und Holz einer Haustür zu zerstören. Die Tür war alt und schön, aus Eiche und mit Ziernägeln beschlagen. Sie mochte zwei- bis dreihundert Jahre alt sein. Reisman war in England schon öfter in solchen Häusern gewesen und betrachtete sie nicht mehr mit so viel Ehrfurcht wie einst. Immerhin war es eins jener Häuser, von denen er als Kind geträumt hatte, die er Palast oder Schloß genannt und mit feinen Damen und Herren, Herzögen und Herzoginnen, Königinnen und Königen bevölkert hatte, wie im Film.

Das riesige Gebäude aus Naturstein besaß gotische Bögen und Bleifenster mit Mittelpfeilern. Er ging über den Kiesweg zur Rückseite des Hauses. Die Rasenflächen waren voller Unkraut, die Hecken, Bäume und Blumenbeete verwildert. Seit Jahren hatte man sie nicht mehr gepflegt. Der Ort war von Tragik umwittert, als sei jemand gestorben und als seien alle Angehörigen fortgegangen, um zu vergessen. In einer Entfernung von etwa vierzig Metern hinter dem Haus lag die Felsküste; sie fiel steil zum Meer ab. Von dort, wo er stand, konnte er die Brandung gegen die Felsen dröhnen hören.

Es war jedoch nicht das Haus selbst, das Reisman interessierte, sondern die ausgedehnten, hügeligen Felder und dichten Waldungen, die zum Grundstück gehörten. Er hatte nicht die Absicht, seine Häftlinge in einem komfortablen altenglischen Landsitz einzuquartieren.

Auf einer großen Lichtung in einem Eichen-, Erlen- und Nußbaumwäldchen fand er einen geeigneten Platz, wo er ein Lager errichten konnte. Die Bäume würden es gegen das Haupthaus und das übrige Anwesen abschirmen und sogar die Möglichkeit einer Beobachtung von der weiter entfernten Straße her ausschließen. Was hier geschah und wer hier hauste, ließ sich geheimhalten.

Reisman beschloß, es noch einmal an der Haustür zu versuchen, bevor er nach Stokesmouth zurückfuhr. Er würde dem Dorfvogt erklären, daß entgegen seiner Auskunft in Stokes Manor offenbar niemand wohnte.

Aber als er diesmal klingelte, hörte Reisman im Haus einen Hund bellen, und schließlich öffnete sich die Eichentür. Im Rahmen stand eine junge Frau; sie hielt die Tür so, daß sie sie immer noch rasch zuschlagen konnte. In Taillenhöhe tauchte der knurrende Kopf eines Dobermanns auf, der sich zwischen ihr und der Tür hindurchzuzwängen versuchte. Reisman packte den Griff seiner 12-mm-Pistole, die er am Tor in die Manteltasche gesteckt hatte.

»Was wollen Sie?« fuhr ihn die Frau an.

Reisman erkannte, daß sie das weibliche Wesen war, das er unten am Strand gesehen hatte. Sie hatte noch keine Zeit gehabt, Mantel und Schal abzulegen. Solche Mäntel, wie sie ihn trug, hatte er früher schon gesehen – an jungen Nazis in Deutschland vor dem Kriege und an toten deutschen Offizieren.

»Miss Strathallan?« fragte er. »Ich dachte, es sei niemand zu Hause. Haben Sie mich vorhin nicht gehört?«

»Ja, ich bin Lady Margot«, erwiderte sie. »Nein, ich habe Sie nicht gehört. Ich komme eben ins Haus. Wer sind Sie und was wollen Sie? Wie sind Sie überhaupt hereingekommen?«

Ihre Haltung schien die menschliche Entsprechung zu der des knurrenden Hundes zu sein. Mit gefletschten Zähnen schnappte das Tier nach ihm und wurde nur durch ihre Hand am Halsband und ihr Bein von der offenen Tür weggedrängt.

»In welcher Reihenfolge möchten Sie Ihre Fragen beantwortet wissen, Miss Strathallan?« fragte er.

»Lady Margot, bitte«, beharrte sie. »Und es besteht kein Anlaß, unverschämt zu werden« – sie musterte ihn rasch, sah die Rangabzeichen –, »Herr Hauptmann.«

»Ich fange mit dem Namen an«, sagte er. »Ich glaube, so gehört es sich. Ich heiße John Reisman. Ihr Vater hat meiner Organisation die Erlaubnis erteilt, hier eine Gruppe von Leuten ausbilden zu lassen ...«
»Mein Vater wohnt nicht hier«, unterbrach sie ihn, »nur ich.«
»Das habe ich bemerkt, Miss Strathallan ...«
»Ich habe Ihnen schon einmal gesagt, daß ich mit Lady Margot angeredet werde!«
Er sah sie genauer an – ein schlankes Mädchen mit blassen, gepuderten Wangen und nußbraunem Haar – und war überzeugt, daß ihre Kraft nicht sehr groß war. Sie gehörte zu den Menschen, die allem und jedem mit Macht Widerstand leisten, die sich nicht im geringsten beugen, aber dann brechen.
»Lady Margot also«, sagte er, »General Sir Howard Stokes Strathallan hat die Erlaubnis erteilt. Sie hat den ordentlichen Dienstweg durchlaufen, und man hat uns durchaus darauf hingewiesen, daß Sie hier wohnen. Wir werden nichts beschlagnahmen, was zu den Einrichtungen Ihres Hauses gehört, lediglich einen abgeschlossenen Teil des Grundstücks.«
»Wie sind Sie hereingekommen?«
»Durch das Tor.«
»Es war zugesperrt und mit einer Kette verschlossen.«
»Das Schloß zerbrach mir in den Händen«, sagte er. »Kriegsware ... Man macht die Sachen nicht mehr so gut wie früher.« Sein Blick streifte wieder ihren Mantel. »Ein schönes Stück haben Sie da an. Etwas weit, aber hübsch. Ideal für Moorwanderungen und so. Eigenhändig erbeutet?«
»Das geht Sie gar nichts an, Hauptmann«, erwiderte sie. »Ihr geschmackloser Versuch zu scherzen ist weiter nichts als – frech. Ich habe für solchen Humor nichts übrig und wäre Ihnen dankbar, wenn Sie verschwänden.«
»Können wir noch einmal von vorne anfangen, Lady Margot?« sagte Reisman. »Im Ernst ... Ihr Vater hat uns Stokes Manor zur Verfügung gestellt, damit wir hier eine Gruppe von Leuten ausbilden. Nämlich Amerikaner. Wie Sie sicherlich wissen, sind wir auf Ihrer Seite in den Krieg eingetreten.«
»Und das berechtigt Sie wohl, unhöflich zu werden?«
Sie mußte ihren Griff am Hundehalsband gelockert haben, denn das Tier drängte sich bellend vor, und sie konnte es nur mit Mühe halten.
»Ich wäre Ihnen dankbar, wenn Sie sich von Ihrem Freund da trennen würden«, sagte Reisman. »Wir können uns möglicherweise ungestörter unterhalten. Wenn ich unhöflich war, bitte ich um Entschuldigung. Schreiben Sie es meiner Müdigkeit und Unbildung zu.«
»Sagen Sie mir klipp und klar, was Sie von Stokes Manor wollen ... und von mir.«
»Von Ihnen nichts, außer ein wenig guten Willen«, erwiderte Reisman, »und – darauf muß ich mit Nachdruck hinweisen – Ihre absolute Verschwiegenheit. Sie müssen unbedingt unsere Anwesenheit hier geheimhalten. Niemand darf etwas davon erfahren.«
Er unterrichtete sie flüchtig über die Anzahl der Leute, die er hier unterbringen würde, über die Notwendigkeit, mit Fahrzeugen über die Felder zu fahren, und darüber, daß sie auf der Waldlichtung ein Lager bauen müßten

und ihre Kraftstation, Küche und sanitäre Einrichtungen selbst mitbrächten. »Beschädigungen Ihres Eigentums werden selbstverständlich repariert oder vergütet«, versicherte er. »Und dann ist da noch etwas: Meine Leute erhalten den strikten Befehl, sich von Ihrem Haus fernzuhalten. Auch Sie dürfen keinesfalls in die Nähe unseres Gebietes kommen. Es liegt weit genug vom Wohnhaus entfernt und wird Sie, glaube ich, nicht behindern, wenn Sie gern spazierengehen.«

»Klingt bedrohlich«, sagte sie.

»Im Grunde nicht«, antwortete er leichthin. »Eine Notwendigkeit. Ich möchte diese ganze Geschichte für Sie so schmerzlos wie möglich machen. Wir wollen nicht in Ihren privaten Bereich eindringen, und sicherlich können wir es einrichten, daß zusätzliche Rationen für Sie und Ihr Personal abgezweigt werden – Dinge, die Sie wohl in letzter Zeit kaum noch bekommen haben. Es wäre das mindeste, was wir für Ihre Freundlichkeit, uns in Kauf zu nehmen, tun könnten.«

»Machen Sie mir doch kein Theater vor, Hauptmann«, sagte sie ärgerlich. »Sie wissen genau, daß kein Personal da ist. Sie sind alle fort, im Krieg, in Fabriken oder bei sonstwelchen idiotischen Dingen, und ich bin Gott sei Dank kein Kind, das man mit dem Versprechen von Süßigkeiten, Zigaretten und Schokolade für sich gewinnt. Das ist eine der widerlichsten Angewohnheiten von Ihresgleichen.«

Reisman kehrte zu seinem Jeep zurück und murmelte vor sich hin: »Jesses, Verehrteste, du hast mir wirklich noch gefehlt!« Dann lauter, damit sie ihn hören konnte: »Am Sonntag schlagen wir unser Lager hier auf.«

DRITTER TEIL Das dreckige Dutzend

14

Am Sonntag, dem 5. März, verließ die Wagenkolonne in aller Frühe das Gefängnis von Marston-Tyne.
Victor Franko fuhr einen Lastwagen, der mit Stacheldraht, Bauholz und einer riesigen Lattenkiste beladen war. Neben ihm saß der Obergefreite Bowren, eine 12-mm-Maschinenpistole im Schoß und eine automatische 12-mm-Pistole im Halfter. Eine zweite Wache, in der gleichen Weise bewaffnet, saß hinten im Wagen.
Frankos Fahrzeug fuhr als erstes in der Kolonne, und Bowren schnauzte ihn in einem fort an, er solle langsamer fahren; immer mit der Ruhe. Das Gefühl des Pedals unter dem Fuß und des Steuerrads in der Hand, die beide seinem Druck gehorchten und seinem Bedürfnis nach Bewegung entgegenkamen, dem Bedürfnis zu fliegen, auf und davon zu gehen, erfüllte Franko mit einer Erregung, wie er sie nur von einer Frau oder von der völligen Freiheit erwartet hätte. Wenn er eine Frau über die Landstraße gehen oder radeln sah, hupte er, schrie und pfiff. Bis Bowren ihm schließlich erklärte, wenn er das noch einmal mache, würde er einen der anderen Häftlinge ans Steuer setzen.
Franko hatte ziemlich gut im Kopf, wer und was sich in jedem Fahrzeug befand. Sämtliche Häftlinge und Wachsoldaten hatten beim Aufladen geholfen, und er hatte sich alles sorgfältig gemerkt, denn man konnte nie wissen, wozu es mal gut war. Sawyer fuhr den Lastwagen hinter ihm; er hatte nur einen Militärpolizisten im Fahrerhaus. Die Ladung bestand aus weiterem Stacheldraht, Pfählen und Bauholz, Küchengerät, Benzinfässern und Vorräten. Den dritten Wagen fuhr der Polacke aus Chicago, Joe Slaw oder Ski, neben ihm Morgan und hinten drin ein Militärpolizist sowie eine Ladung von Werkzeug, Ausbildungsgerät, Waffen und Munition.
Pinkley – was für'n Name! –, dieser Bauerntrampel aus Vermont oder New Hampshire oder irgend so 'ner Gegend, fuhr den Wagen mit den restlichen Leuten und ihren Klamotten. Den Schluß – und von dort würde er sich wohl kaum wegbewegen – bildete der forsche Hauptmann in einem Jeep, der einen Wasserwagen zog. Am Steuer saß der Nigger. Franko nahm an, der Chef habe sich den Nigger als Burschen mitgenommen für die Dreckarbeiten.
Auch Obergefreiter Bowren war froh, daß er auf der Landstraße fuhr und der Gefängnisdienst, den er sich nicht ausgesucht und nicht gemocht hatte, hinter ihm lag. Er hielt die Maschinenpistole scheinbar lässig im Schoß; aber wenn es darauf ankam, würde er sie in weniger als einer Sekunde entsichert haben und Franko die Mündung gegen den Bauch drücken. Es war ein guter Einfall vom Chef gewesen, ihre Gewehre und Karabiner durch die saftige Feuerkraft der Maschinenpistolen zu ersetzen. Der neue Chef war in Ordnung – sonderbar und hart; aber er verstand sein Handwerk und wußte, wie man an eine

Aufgabe heranging. Allerdings hätte Bowren nicht mit Sicherheit sagen können, auch wenn er es gedurft hätte, worin eigentlich ihre Aufgabe bestand. Am Tage vorher war das gesamte Wachkommando zu einer kurzen Einsatzbesprechung zusammengetreten: Bowren, die sechs Militärpolizisten, der Hauptmann und Morgan, diese Niete. Dann hatte der Hauptmann alles durchgesprochen – bis auf den Zweck des ganzen Unternehmens.
»Sie haben alle zwei Aufgaben«, hatte er ihnen erklärt. »Die erste ist, dafür zu sorgen, daß keiner der Häftlinge entwischt und daß sie spuren, wie ich es befehle. Die zweite Aufgabe ist, mir bei ihrer Ausbildung zu helfen. Wir werden einen Dienstplan ausarbeiten, so daß immer einige von Ihnen die Häftlinge beaufsichtigen und einige mit mir Dienst tun. Die Leute durchlaufen zunächst ein paar Ausbildungsstufen für Rekruten; später werden die Anforderungen dann härter. Zum Beispiel Sprungschule – daran können Sie auch teilnehmen, brauchen es aber nicht.«
Sie hatten sich um einen Tisch versammelt, auf dem Hauptmann Reisman Karten des Ausbildungslagers und seiner Umgebung mit den benachbarten Städten ausgebreitet hatte. Ferner zeigte er ihnen seine Skizzen für einen Stacheldrahtverhau, Beobachtungstürme und eine einfache Holzbaracke. An Proviant und Ausrüstung schien der Chef alles, was er wollte, mit absolutem Vorrang vom Heer zu bekommen. Bis auf ein paar Sachen, die sie im Bedarfsfall noch heranschaffen würden, waren sie eine unabhängige, sich selbst versorgende motorisierte Einheit, einschließlich eines kleinen Feldgenerators für Elektrizität, einer Feldküche und einer Warmwasseranlage für einen Behelfswaschraum, Dusche und eine Wäscherei.
Abschließend hatte der Hauptmann bemerkt: »Sie dürfen niemandem erzählen, was Sie tun. Sie müssen Ihren Mund halten. Sie haben die Häftlinge nicht nach Dingen zu fragen, die sie auf mein Geheiß für sich behalten. Wenn Sie etwas erfahren oder sehen, das Ihnen einen Anhaltspunkt für unser Vorhaben gibt, dann haben Sie es mir zu melden – niemand anderem. Wenn irgendeiner der Häftlinge Ihnen oder jemand anderem gegenüber etwas ausplaudert, werde ich sofort verständigt.«

Nachdem er Napoleon bei der Abfahrt die notwendigen Anweisungen erteilt hatte, saß Reisman schweigend neben ihm in dem offenen Jeep am Schluß der Kolonne. Er hatte gehofft, wenn er Napoleon für diese Fahrt zu sich hole und ihm den Jeep anvertraue, werde das seine Moral und seine Haltung verbessern. Aber das schien nicht der Fall zu sein. Napoleon fuhr wie eine gesengte Sau; er trat abwechselnd heftig auf Gashebel und Bremse und ließ den Jeep samt Wasseranhänger um Kurven und Ecken schleudern wie ein wildgewordener Halbwüchsiger, der es jemandem mal zeigen will.
Nach einem besonders halsbrecherischen Schlenker fuhr Reisman ihn an: »Haben Sie die Absicht, uns ins Jenseits zu befördern, oder wollen Sie die Vorstellung schmeißen, bevor überhaupt die Proben begonnen haben? Wenn Sie sich umbringen wollen, Freundchen, dann ohne mich. Ich werde noch gebraucht.«
»Angst?« rief Napoleon herausfordernd durch den Fahrtwind.

»Wenn ich abkratze, suche ich mir meine eigene Methode aus. Fahren Sie die Kiste, wie sich's gehört.«

»Jawohl, Sir, Herr Hauptmann, Sir!« sagte Napoleon.

»Was ist denn nur los mit Ihnen, in drei Teufels Namen?« fragte Reisman. »Außer der alten Geschichte?«

»Wieso setzen Sie mich hier herein zu Ihnen?« fragte Napoleon grollend. »Angst, ich könnte mit dem weißen Abschaum da vorne Streit anfangen?«

»Ach, das ist es«, sagte Reisman, der plötzlich begriff. Seine Maßnahme hatte genau das Gegenteil von dem bewirkt, was er gewollt hatte. »Herrgott noch mal, White, ich habe doch nahezu auf den Knien vor Ihnen gelegen und mich ja wohl klar genug ausgedrückt letzte Woche. Ich kann Ihnen nicht garantieren, daß alle Sie gern haben und anerkennen; aber bei mir bekommt jeder die gleiche Chance. Ich werde Sie nicht wie einen Säugling behandeln. Sie müssen genauso harte Schläge einstecken wie wir alle. Sie haben sich zu einer bestimmten Arbeit bereit erklärt, und ich nehme Sie beim Wort.«

Napoleon fuhr grimmig und schweigend weiter, aber seine Fahrweise wurde ausgeglichener, und er hielt den Jeep in gehörigem Abstand hinter dem vorausfahrenden Lastwagen. Sie fuhren unter einem grauen, regenschweren Himmel dahin. Die Felder von Devonshire waren schon bestellt, obwohl es bis zum Frühlingsanfang noch über zwei Wochen hin war.

»Was meinen Sie, Leutnant, wollen wir Burgfrieden schließen?« Reisman ließ nicht locker. »Wollen Sie nicht aufhören, gegen die Welt anzurennen und gegen mich?«

»Noch nicht, Hauptmann«, antwortete Napoleon und wandte kurz den Kopf.

»Sie haben doch Ihre Rache gehabt. Jetzt ist Ihre Strafe ausgesetzt. Was, zum Teufel, wollen Sie noch?«

»Ich sehe die Dinge heute anders, Hauptmann. Ich will Ihnen mal eine kleine Geschichte erzählen, dann wissen Sie, was ich meine.«

»Schießen Sie los, aber achten Sie auf's Fahren.«

»Ich kann beides.« Napoleon mußte schreien, damit Reisman durch den Motorlärm und den Fahrtwind jedes Wort verstehen konnte. Trotzdem sprach er hastig und mit der bitteren, zornigen Stimme weiter, die Reisman allmählich für normal hielt. »Nach meiner Kriegsgerichtsverhandlung besuchte mich regelmäßig ein Leutnant Dewey Robinson, ein Negerkaplan. Er war an Bord der *Ile de France* gewesen, hatte gehört, was ich getan hatte, und war entschlossen, meine auf ewig verdammte Seele auf den Pfad des Herrn zurückzuführen. Er war ein gebildeter Mann, gescheit und verständlich – keiner von denen, die bloß immer von Hölle und Verdammnis reden. Seine Methode beruhte auf Verstand und Logik, die er frei auf das Schulbuchwissen, soweit er es für vertretbar hielt, anwandte. Er glaubte fest an Jesus Christus, nicht auf eine mystische oder magische Weise und ohne den ganzen Zauber von Brot und Wein und Leib und Blut – darin waren wir einer Meinung, daß das nicht mehr wert war als irgendein Medizinmann-Hokuspokus, den unsere afrikanischen Vettern heute veranstalten. Sondern er glaubte an Jesus auf die gleiche Art, wie er an Gandhi, seinen modernen Helden, glaubte. Halte auch die linke Backe hin! Gewaltlosigkeit! Er stand auf dem Standpunkt, auf diese Weise werde der amerikanische Neger alles erreichen. Was ich getan habe, sei falsch, wie sehr man mich auch gereizt habe. Er brachte mich wahrhaftig fast so weit, daß ich es selbst glaubte. Er wolle mich nicht am Galgen sehen, sagte er und riet mir, reumütig zu sein und mich von da an tipptopp zu benehmen, wie nur irgendein scheinheiliger Plantagenneger; dann wolle er alles tun, um die Revisionsstelle beim Chef des Militärjustizwesens über die Hintergründe meines Falles zu unterrichten, damit man dort das Urteil mildere.«

»Das kann doch immer noch geschehen«, unterbrach ihn Reisman. »Schließlich will man ja nicht um jeden Preis jeden hängen. Das ist einer der Gründe für unseren Auftrag. Es macht sich nicht gut in den Berichten oder in der Zeitung. Lieber setzen sie einen Mann, so gut sie können, für ihre Zwecke ein.«

»Ich rieche den Braten schon, Hauptmann«, sagte Napoleon; er wandte den Blick von der Straße und sah Reisman an. »Ich glaube, was Sie brauchen, ist Kanonenfutter, und es ist wohl eleganter, man überläßt den Deutschen das Töten, da es nun einmal sein muß.«

»Jeder Soldat muß mit dieser Möglichkeit rechnen, White«, sagte Reisman. Er beugte sich zu Napoleon und sprach laut, damit der Sinn und die Überzeugungskraft seiner Worte nicht im Wind und im Dröhnen des Motors untergingen. »Und wenn Sie bei mir bleiben, werden Sie Soldat spielen wie nie zuvor. Ihr Haß stand einem Todeskandidaten ganz gut an; aber was hätten Sie gemacht, wenn das Kriegsgericht Sie freigesprochen hätte?«

Napoleon schwieg einen Augenblick, als habe irgendein neuer, verwirrender Gedanke ihn aus dem Gleichgewicht gebracht. »Lassen Sie mich meine Geschichte zu Ende erzählen«, sagte er schließlich.

»Na, los.«

»Sie kennen ja wohl diesen Rassentrennungsquatsch da unten in den englischen Grafschaften. Einige Städte sind für Negereinheiten da, einige für die andern.

»Nein, darüber weiß ich nichts«, sagte Reisman. »Ich war im Feld.«

»Vielleicht wüßten Sie's auch sonst nicht. Ich wußte es auch nicht, bis Robinson es mir erzählte. Die Sache war nicht offiziell. Man handhabte das von der Divisionsebene an abwärts so. Die Negertruppen verkehrten zu freundschaftlich mit den Einheimischen. Sie wurden sonntags zum Abendessen eingeladen und führten die Mädchen zum Tanz aus. Da wurden die weißen Kameraden sauer. Wenn eine schwarze Einheit verlegt wurde und die Leute wollten eine Stadt besuchen, die zum weißen Ausgangsgebiet erklärt worden war, gab es Scherereien. Regelrechte Schlachten mit Pistolen und Messern. Dann muß man im Obersten Hauptquartier davon gehört haben, denn es hieß: keine Aufteilung der Städte mehr, und jeder Mann wird auf Waffen untersucht, bevor er Urlaub kriegt.«

»Klingt nicht so, als ob Robinson Ihnen mit einer solchen Geschichte sehr geholfen hätte«, sagte Reisman. »Worauf wollte er hinaus?«

»Er brauchte damals selbst Beistand«, antwortete Napoleon. »Komisch, daß er ihn ausgerechnet bei mir suchte. Ich, mit meiner Schlinge um den Hals! Unsere Jungens wurden also bis aufs Hemd durchsucht, da wir ja notorische

Messerstecher sind; bei den Weißen hingegen machte das irgendeiner mit der linken Hand. Sie rotteten sich gegen die Neger zusammen, und zwar dort, wo sie sie nicht haben wollten. Robinson predigte den Negern immer noch, sie sollten die andere Backe hinhalten; aber bei seinem letzten Besuch merkte ich, er glaubte allmählich selbst nicht mehr an seine Philosophie. Er holte mich weiter nach den Gründen aus, die mich zu der Gewalttat getrieben und in meine mißliche Lage gebracht hatten. Und eines Tages sagte er zu seinen Leuten: Geht und verteidigt euch selbst. Vergeßt die Gebote. Klaut euch Waffen, wenn es sein muß, aber versprecht mir, sie nur zu eurer Verteidigung zu benutzen. Jemand denunzierte ihn, und er kam vors Kriegsgericht. Stellen Sie sich diese Säcke vor! Bringen einen solchen Mann vors Kriegsgericht! Seine Reden wurden als Anstiftung zur Meuterei ausgelegt. Zwanzig Jahre Zuchthaus, vom Kommandierenden General auf fünfzehn herabgesetzt. Und darum benehme ich mich nicht tipptopp, Hauptmann. Ich trete um mich.«

Reisman langte hinüber und drehte den Zündschlüssel ab. »Bremsen Sie«, befahl er.

Der Jeep kam am Straßenrand zum Halten. Napoleon starrte verdrossen geradeaus, seine Hände umklammerten das Steuerrad.

»Schauen Sie mich an, White«, befahl Reisman.

Napoleon drehte sich zur Seite. Reisman sah ihm in die dunklen zornigen Augen und hielt seinen Blick fest.

»Treten Sie ja nicht nach mir, mein Freund! Ich warne Sie!« sagte er. »Versuchen Sie es ein einziges Mal, und ich drehe Sie ab wie diesen Motor hier. Haben wir uns verstanden?«

»Ja.«

»Ja, was?«

»Ja, Sir.«

»Fahren Sie weiter. Wir haben noch einen Batzen Arbeit zu tun, bevor wir uns auf den Sack hauen können.«

Es regnete leicht, als der Zug vormittags am Tor von Stokes Manor ankam. Der Obergefreite Bowren kam im Laufschritt zu Reismans Jeep. Die übrigen Bewacher hatten sich zu beiden Seiten der Lastwagen aufgestellt.

»Damit hätte ich uns also richtig hierhergelotst, Herr Hauptmann«, sagte Bowren, die Karte schwenkend. »Scheint aber so, als wären wir nicht willkommen.«

»Wieso?«

»Tore verschlossen und zugekettet und niemand zu Hause.«

»Dämliches Weibsstück!« murmelte Reisman.

»Was meinten Sie, Sir?«

»Nichts. Bringen Sie ihn zu den übrigen«, sagte er, auf Napoleon deutend.

Als Reisman zu Feldwebel Morgan kam, befahl er ihm: »Lassen Sie Häftlinge und Wachen im Doppelkreis um das Tor antreten, Morgan. Wachen außen. Alles zieht Mäntel an.«

Reisman ging den Weg zu dem hohen Eisentor hinauf und stellte fest, daß eine neue Kette und ein neues Vorhängeschloß angebracht waren. Er öffnete seinen Halfter und nahm die 12-mm-Pistole heraus. »Ihre Ausbildung meine Herren, beginnt hiermit«, sagte er. »Sie haben das hier vielleicht irgendwo beim Militär schon einmal gehabt und kennen das alles; trotzdem fangen wir von vorne an. Dies ist eine Automatikpistole Kaliber 12 mm, M 1911 Al. Ihre maximale Reichweite beträgt etwa fünfzehnhundert Meter; sollten Sie aber jemals auf diese Entfernung mit ihr schießen müssen, können Sie sich die Mühe sparen. Die wirksame Reichweite liegt etwa bei fünfundsiebzig Metern. Bis zu dieser Entfernung hat sie eine Mordsdurchschlagskraft, und ich möchte nicht der Empfänger sein. Zusätzlich zu seiner sonstigen Bewaffnung trägt jeder Angehörige des Wachkommandos hier stets eine durchgeladene 12-mm bei sich. Im Bruchteil einer Sekunde ist sie entsichert und abgefeuert.«

Er ließ die beiden Halbkreise bis auf etwa sechs Meter Abstand zurücktreten. Dann wischte er sich den Regen vom Gesicht und aus den Augen, zielte sorgfältig, feuerte zweimal auf das Schloß und zerschmetterte es. Ein paar von seinen Leuten schwenkten die Torflügel auf.

»Ich hole den Jeep und übernehme von hier ab die Spitze, Bowren«, sagte Reisman. »Sagen Sie den Fahrern, sie sollen Vierradantrieb und einen niedrigen Gang einschalten. Wir fahren ein Stück querfeldein.«

Reisman stand noch neben dem letzten Laster und wartete darauf, daß die Männer einstiegen, als er Bowren rufen hörte: »Herr Hauptmann, sehen Sie doch mal! Sehen Sie mal, was da ankommt!«

Margot Strathallans Hund kam mit feucht glänzendem Fell die Auffahrt vom Haus heruntergerast. Wie ein Expreßzug kam er angebraust und sah so böse aus, als wolle er es mit der ganzen Kolonne aufnehmen.

»Jetzt ist es aus mit ihm«, murmelte Reisman. Er nahm wieder die Pistole aus dem Halfter und rief: »Alles zurücktreten.«

Der Hund mußte seine Stimme erkannt oder ihn gewittert haben, denn er änderte plötzlich die Richtung und kam genau auf Reisman zu. Mit gefletschten Zähnen setzte der Dobermann zehn Fuß vor ihm zum Sprung an. Reisman hatte seine Pistole erhoben und zielte schon, als plötzlich jemand von hinten seinen Arm herunterschlug, »Nein! Nicht töten!« schrie und sich an ihm vorbei dem Hund entgegenwarf.

Samson Posey wälzte sich mit dem knurrenden, zähnebleckenden Hund auf dem nassen Boden. Dann stand er auf, drückte das zappelnde Tier wie ein Junges an die Brust und hielt ihm mit einer Faust die zitternde Schnauze zu.

Reismans Arm schmerzte an der Stelle, wo Samson ihn getroffen hatte. Wer von den Häftlingen und Wachen gesehen hatte, was vorgefallen war, verfolgte gespannt, wie die Sache weiterging. Der Indianer wartete gleichmütig darauf, körperlich oder mit Worten gezüchtigt zu werden. Es lag aber auch ein gewisser Stolz in seinem Blick, aus dem Reisman ablesen konnte: Siehst du, was ich für dich getan habe ... ich habe dir Ärger erspart ... und dich vor einer schändlichen Tat bewahrt.

»Bowren, bringen Sie Posey und den Hund ins Haus«, sagte Reisman. »Klingeln Sie so lange, bis jemand aufmacht. Der Hund gehört der Besitzerin. Wenn Sie die Auffahrt zurückkommen, sehen Sie unsere Wagen quer über die

Felder fahren. Es dürfte nicht schwer für Sie sein, uns zu finden. Wir fahren etwa eine halbe Meile dort hinüber in ein Wäldchen.« Der Hauptmann wies mit der Hand in die betreffende Richtung.

Es war leichter, zum Lagerplatz zu gelangen, als er gedacht hatte. Der leichte Regen hielt an, und die Felder waren feucht, aber nicht schlammig. Sie mußten sich zwar kunstgerecht zwischen den Bäumen durchschlängeln und etliche Schößlinge und Büsche abhauen, aber endlich konnte Reisman doch die Wagen im Kreis um die Lichtung aufstellen, und zwar mit der Rückseite nach innen, so daß sie abladebereit dastanden. Er winkte Morgan heran und nahm ihn beiseite.

»Das Lager muß in einem Tag stehen, Feldwebel«, sagte er. »Gegen Mittag machen wir eine Essenspause und arbeiten dann durch, bis wir fertig sind. Bringen Sie alle Häftlinge mit ihren Siebensachen in Wagen vier und lassen Sie Drillichzeug und Regenmäntel anziehen. Anschließend soll sich jeweils ein Militärpolizist umziehen, bis alle in Arbeitskleidung sind, Sie und ich eingeschlossen – klar?«

»Ich habe kein Drillichzeug, Herr Hauptmann.«

»Sie dachten wohl, Sie brauchten es nicht mehr?«

»Jawohl, Herr Hauptmann. Nichts für ungut, aber als ich mich freiwillig für meine Spezialaufgabe im Gefängnis meldete, sagte man mir, ich hätte nur diese eine Aufgabe zu erfüllen und sonst nichts. Darum habe ich meine gesamte Sonderausrüstung, die ich mithatte, abgegeben.«

»Sie werden sich schmutzig machen, Morgan. Wir sind eine kleine Einheit, und jeder muß mit zupacken. Sie haben sechs Streifen auf den Ärmeln, und Sie werden arbeiten müssen, wenn Sie sie behalten wollen.«

»Jawohl, Sir«, murmelte Morgan.

»Kümmern Sie sich jetzt um die Leute.«

»Jawohl, Sir«, murmelte Morgan abermals und trat weg.

Während die Männer sich umzogen, kam der Jeep mit dem Obergefreiten Bowren und Samson Posey. Reisman hatte ihretwegen ein ungutes Gefühl. Nicht daß er fürchtete, der Indianer könnte auf komische Gedanken kommen – da war er ganz sicher; nein, Reisman dachte, er hätte als der Verantwortliche vielleicht selbst in das Gutshaus gehen müssen, und davor hatte er sich gedrückt.

»Wie war's?« fragte er.

»Befehl ausgeführt«, erwiderte Bowren strahlend. Er sah sich auf der Lichtung um und meinte: »Bißchen klein, aber vermutlich für eine Weile unser Heim, Sir. Zu schade, daß Sie nicht ein paar Räume in dem großen Haus für uns locker machen konnten.«

»Dort hat keiner etwas verloren, verstanden, Obergefreiter!« fuhr Reisman ihn an. Seine Stimme klang erheblich wütender, als es in seiner Absicht lag. »Weder Sie, noch ich, noch sonst jemand von unserer Einheit. Das Haus ist Sperrzone, Zutritt verboten!«

»Selbstverständlich, Herr Hauptmann. Habe wohl nur laut gedacht.«

»Ihr werdet es schon ganz hübsch gemütlich haben, wenn erst mal Zaun und Baracke stehen.« Reisman schwieg einen Augenblick, ehe er weitersprach: »Was hat sie gesagt?« fragte er.
»Nichts, Sir. Hat nur den Hund genommen und uns die Tür vor der Nase zugeschlossen. Komisch ist die.«
»Ja, ich weiß. Ich kenne sie.«

Reisman teilte die Häftlinge in zwei Arbeitsgruppen zu je sechs Leuten ein – eine für die Einzäunung, die andere für die Wachttürme und die Baracke. Glenn Gilpin rief er zu sich. Er erinnerte sich an Einzelheiten aus Gilpins Lebenslauf, in dem etwas von kuriosen Berufen im Südwesten stand: Bau, Ölfelder, Landarbeit. Der Mann war ein zielloser Mensch, den es schließlich bei Kriegsanfang zu den Pionieren verschlagen hatte. Er war achtundzwanzig – ein schlanker, knochiger, finster dreinblickender Mann mit einem Gesicht voll schwarzer Bartstoppeln, das nie frisch rasiert aussah.
»Sie müßten sich eigentlich in diesen Dingen auskennen«, sagte Reisman. Er tippte mit dem Fuß an eine Rolle Stacheldraht, die schon abgeladen war und auf der Lichtung lag.
»Na ja, weiß wohl, wie man Weiden einzäunt«, sagte Gilpin, »aber die da möcht' ich nicht mit meinen Händen anpacken.«
Reisman überhörte die Bemerkung. »Sie sind dem Obergefreiten Bowren zugeteilt«, belehrte er ihn. »Was er nicht kann, zeigen Sie ihm und den andern auch; und dann achten Sie darauf, daß es richtig gemacht wird. Pfosten, Draht und Werkzeuge sind vorhanden. Ihre Aufgabe ist damit klar.«
Außer Gilpin teilte Reisman noch Posey, Maggot, Jimenez, Sawyer und Pinkley für den Drahtzaun ein. Drei Militärpolizisten standen Wache. Feldwebel Morgan beaufsichtigte Franko, Smith, White, Odell, Lever und Wladislaw beim Roden des Unterholzes an der Stelle, wo die Baracke errichtet werden sollte. Die drei übrigen Militärpolizisten bewachten sie mit bereitgehaltener Maschinenpistole.
Reisman saß im Fahrerhaus eines Lastwagens und studierte seine Bauzeichnungen, als er plötzlich Morgan mit jemandem streiten hörte. Er steckte den Kopf aus dem Fenster in den Nieselregen und rief: »Was ist los, Feldwebel?«
Morgan zog einen Häftling zum Wagen. Es war Calvin Ezra Smith.
»Er sagt, er will nicht arbeiten, weil heute Sonntag ist, Herr Hauptmann«, erklärte Morgan.
»Das stimmt, Herr Hauptmann«, bestätigte Smith. Er hob sein langes Gesicht schräg nach oben, damit er Reisman im Wagen ansehen konnte. Der Regen lief ihm die Backen hinunter und verband sein spitzes Kinn durch ein Rinnsal mit der Erde. »Es steht geschrieben: ›Du sollst den Feiertag heiligen.‹«
Reisman öffnete die Tür und sprang vom Wagen. »Es steht vieles geschrieben, Smith. Sie haben versucht, einen Offizier zu töten, nicht wahr – deshalb sind Sie ja hier. Ich glaube, Ihre religiöse Wiedergeburt ist nur ein Vorwand für Drückebergerei, was?«

»Nein, Sir, Herr Hauptmann«, protestierte Smith. »Da hatte ich Gott verloren; aber jetzt habe ich ihn wiedergefunden und werde nach seinem Gebot leben.«
»Sie werden nach meinem Gebot leben, Mann«, herrschte Reisman ihn an, »und das tun, was Sie mir in Marston-Tyne versprochen haben.« Wenn er ein einziges Zugeständnis machte, einen einzigen Unsinn durchgehen ließ, dann würde ein anderer der nächste sein und dann wieder einer. Aber plötzlich fiel ihm etwas Besseres ein.
Er ließ die gesamte Arbeit einstellen und trommelte alle Häftlinge auf der Lichtung zusammen. Smith und Morgan standen neben ihm. »Leute, ihr habt alle zu arbeiten angefangen, und wir haben noch viel vor uns, das heute fertig werden muß«, erklärte Reisman. »Mr. Smith hier sagt, er möchte nicht arbeiten, weil heute Sonntag ist. Nun will ich keinen Menschen in seinen religiösen Gefühlen verletzen, und vielleicht sind noch ein paar von euch strenggläubig. Das weiß ich ja nicht. Ich überlasse es also euch. Smith kann sich etwas abseits hinstellen oder auf und ab gehen und uns Verse aus der Bibel vorlesen. Und wenn euch das anfeuert, den durch ihn entstandenen Arbeitsausfall wettzumachen, um so besser. Wenn ihr aber dafür stimmt, daß er arbeiten soll, dann *arbeitet* er!«
»Er soll arbeiten!« schrie Lever. »Was bildet der sich denn ein!«
»Arbeiten!« riefen ein paar andere.
»Wie wär's, wenn wir warten, bis der Regen aufhört, Hauptmann?« fragte Archer Maggot. »Zu Hause lassen wir nich' mal die Feldarbeiter im Regen arbeiten, und weiße schon gar nich'.«
Reisman sah, wie Napoleon White sich straffte; und dachte eine Sekunde lang, er würde sich auf Maggot stürzen. Statt dessen trat er dicht an ihn heran und fragte ihn so laut, daß alle es hören konnten: »Haste schon mal was von den Römern gehört, Massah?«
»Ja, hab' ich schon was von gehört«, sagte Maggot. »Und?«
»Schon mal was von dem römischen Geschichtsschreiber Tacitus gehört, Massah?«
»Kann sein; kann sein, auch nich'. Was geht dich das an?« Er versuchte, die Situation durch Frechheit zu retten.
»Der Geschichtsschreiber Tacitus«, fuhr Napoleon fort, »schrieb etwa hundert Jahre vor Christus, daß zwar das Klima in Britannien infolge des häufigen Regens und Nebels widerwärtig, die Kälte aber keineswegs zu streng sei. Behalt das schön im Kopf, Massah, dann haut's hin.«
Reisman lachte schallend, und weil er es tat, taten's auch die anderen – selbst die, den den Scherz nicht verstanden und nicht wußten, von wem die Rede war. Sogar Maggot lachte, wenn auch leicht gequält. Napoleon lächelte, als er sich von Maggot abwandte. Es war das erstemal, daß Reisman ihn lächeln sah.
»Sie sind auf der ganzen Linie überstimmt, Smith«, sagte Reisman schließlich. »Entweder arbeiten Sie, oder Sie bekommen heute mittag nichts zu essen.«
Smith schlurfte mit den anderen davon und sah etwas verdutzt aus. Als Napoleon an ihm vorbeikam, hielt Reisman ihn am Arm zurück.

»Fassen Sie das Großmaul genauso an wie eben«, sagte Reisman freundlich, »dann erweisen Sie sich und vielleicht auch ihm einen besseren Dienst, als wenn sie ihn mit einem Vorschlaghammer niederstrecken.«
»Vielleicht, Hauptmann, vielleicht haben Sie recht«, erwiderte Napoleon müde. »Aber wissen Sie, ich glaube, der blöde Kerl weiß nicht mal, wovon die Rede war.«
»Der Meinung bin ich auch«, sagte Reisman.

Gegen Mittag hörte es auf zu regnen. Die graue, aufs Gemüt drückende Wolkendecke, die manchmal einen so unveränderlichen und vertrauten Eindruck machte, als sei sie nie etwas anderes gewesen und also ewig, fing an, dünner zu werden,; sie riß hier und da auf und versprach einen blauen Himmel. Einigen Häftlingen schien die Arbeit sogar Spaß zu machen. Nachdem Glenn Gilpin ihm einmal gezeigt hatte, wie er die Sache anfassen mußte, erwies Samson Posey sich als unerhört tüchtig im Graben von Pfostenlöchern. Seine langen Arme hoben und senkten sich, seine breite Brust und der mächtige Rücken warfen sich in den Stoß hinein. Er weigerte sich hartnäckig, sein Gerät auch nur für eine kleine Ruhepause einem der anderen abzutreten.
Zum Essen setzten die Häftlinge sich im Kreis auf der Erde und auf der Barackenplattform nieder. Sie verzehrten trockene Einsatzrationen und tranken Kaffee, den sie sich mit Hilfe eines Benzinofens aus Kaffeepulver und heißem Wasser bereitet hatten. Dann gingen sie wieder an die Arbeit.
Alle sechs Männer aus Feldwebel Morgans Gruppe, Morgan und Reisman nicht ausgenommen, mußten anfassen, um die riesige Kiste abzuladen, die Franko in seinem Laster von Marston-Tyne hertransportiert hatte.
»Was, zum Teufel, ist denn da drin?« ächzte Franko, als sie die Kiste absetzen. Morgan gab ihm Hammer und Stemmeisen. »Machen Sie auf«, befahl er.
»Aber vorsichtig«, warnte Reisman. »Wir brauchen das Holz.« Franko lockerte ein Seitenbrett, faßte mit dem Splitthammer nach und stemmte es hoch. Die anderen standen drum herum und sahen zu, bereit, was immer zum Vorschein kommen würde, anzupacken. Die Nägel quietschten, als sie aus dem Holz herauskamen; einige zuckten zusammen. Auf Morgans Gesicht sah Reisman den gleichen Ausdruck genüßlicher, gieriger Erwartung, den der Feldwebel in *The Butcher's Arms* gehabt hatte, als er sein Essen schlabberte.
Franko drückte ein weiteres Brett hoch und dann noch eins. »Sie!« sagte Morgan zu Myron Odell, »nehmen Sie sich einen zweiten Hammer, schlagen Sie die Nägel aus den Brettern und klopfen Sie sie gerade.«
»Jawohl, Herr Feldwebel!« erwiderte Odell. Sogleich machte er sich an die Arbeit, riß sich, als er nach dem ersten Brett griff, sofort an einem Nagel, zuckte zusammen und leckte behutsam das Blut ab.
Endlich waren die oberen Bretter alle von der Kiste abgenommen. Dunkles, wasserundurchlässiges Wachspapier wurde sichtbar. Obenauf lag ein vom Lagern stockig gewordener, dicker Bogen weißes Papier. Franko nahm ihn neugierig in die Hand und faltete ihn ein-, zwei-, dreimal auseinander; dann

sah er, daß es eine Bauzeichnung war. Auf einmal wurde er blaß vor Schrecken und schrie: »Ihr Schweine! Ihr gemeinen, hinterlistigen Schweine! Seht euch das an! Nun seht euch das bloß an!« Er drängte dem nächstbesten – es war Joe Wladislaw – den Plan in die Hand, stieß ihn dabei fast zu Boden, packte mit den Fingern das dunkle Wachspapier in der Kiste und riß es vor Wut in Fetzen.

Darunter lag Holz: lange, breite und dicke Balken aus Vermont-Kiefer; und ein Seil aus Manilahanf, gedreht, gespannt und säuberlich Lage auf Lage in Längsrichtung der Kiste gepackt; es nahm zwischen den Pflöcken und Querträgern, den Treppengeländern und den Stufenbrettern einen beträchtlichen Platz ein.

»Seht euch das mal an, Leute«, schrie Franko mit wildem Blick. »Es ist alles beisammen! Ein Galgen! Ein Scheißgalgen zum Aufhängen!« Morgans Gesicht erschien vor seinen Augen; es war durch das breite Gerüst auf erschreckende Weise körperlos geworden.

Plötzlich herrschte tödliche Stille auf der Lichtung. Die Leute vom Zaunkommando ließen die Arbeit liegen und kamen zu der Kiste. Die Wachen hinderten sie nicht daran. Sie hielten ihre Waffen schußbereit und folgten langsam hinterdrein. Der Vorgang hatte etwas Gespenstisches, das sie faszinierte.

Archer Maggot riß den verfluchten Plan aus Joe Wladislaws kraftlosen Händen. Wladislaw war genauso entsetzt wie die anderen, obwohl er gar nicht zum Tode durch den Strang verurteilt war. Maggot seinerseits ließ sich den Plan widerspruchslos von Roscoe Lever wegnehmen; Lever warf nur einen Blick darauf und zuckte die Achseln; sein Verbrechen reichte nämlich nicht ganz fürs Hängen. Grinsend gab er den Galgenplan Kendall Sawyer, den sein Schicksal immer noch ereilen konnte.

Franko bewegte sich langsam, wie in Trance. Er bemerkte Reisman, bückte sich und ergriff den Hammer, den er hatte fallen lassen. Dann ging er auf den Hauptmann zu: »Sie gemeine, verlogene Großschnauze!« zischte er.

Morgan stand am dichtesten bei Franko. Er hätte ihn aufhalten, sich auf ihn stürzen, irgend etwas tun können – aber er tat nichts. Er sah nur gespannt und gierig zu.

»Sollten wir nicht mit heiler Haut davonkommen?« schnarrte Franko; er wog den Hammer in der Hand. »Hatten wir nicht eine Abmachung getroffen?«

Reisman sah, daß einige der Militärpolizisten ihre Maschinenpistolen auf Franko richteten. »Nicht schießen!« rief er und ging Franko entgegen.

Da warf sich Napoleon White im Hechtsprung, linke Schulter voraus, gegen Franko. *Zielt auf die Schienbeine, hat der Trainer gesagt; den Rest besorgen die Naturgesetze – Arsch über Kopf!* Er traf Franko genau unterhalb der Kniekehlen und brachte ihn zu Fall. Reismans Stiefel trat fest auf das Handgelenk mit dem Hammer; dann wetzte Bowren herbei, landete mit beiden Knien auf Frankos Rücken und drehte ihm den Arm mit einem Judogriff nach hinten.

Napoleon rollte sich zur Seite und sprang auf. Er atmete heftig und wütend, bereit, es mit jedem Angreifer aufzunehmen.

»Danke, Leutnant«, sagte Reisman, ohne ihn anzusehen. »Ich tue Ihnen auch mal einen Gefallen.«
»Dann tun Sie es gleich, Herr Hauptmann«, erwiderte Napoleon. Er sprudelte die Worte erregt heraus. »Ich habe Ihnen keineswegs einen Gefallen getan! Ich wollte nur, daß Sie hier Farbe bekennen!« Er sprang mit langen Sätzen zu der riesigen Holzkiste und riß mit einem Ruck das verhaßte Seil heraus. »Was, zum Teufel, ist das? Was für'n Ding wollen Sie mit uns drehen?«
Niemand sonst sprach. Jeder blieb an seinem Platz – die Häftlinge noch immer aus Furcht, die Wachen aus Neugier und weil sie keine unnötigen Scherereien machen wollten. Aber jeder spürte die Spannung, der über der Lichtung lag, innerhalb des Drahtverhaus, der sie alle zusammenhielt.
»Was Sie da in der Hand halten, ist ein Seil«, sagte Reisman; er sprach leise. »Ein schlichtes Seil. Der Inhalt der Kiste ist Bauholz, schlichtes Bauholz.« Er ging zu Napoleon und nahm ihm das Seil aus der Hand. »Wir sind hier in England, und der Krieg dauert schon lange. Material ist schwer zu bekommen.« Reismans graue Augen wanderten von Gesicht zu Gesicht. »Wir benötigen Bauholz, um unser Lager zu errichten.« Der gespannte, wachsame und erschrockene Ausdruck auf ihren Gesichtern wich langsam. »Morgan!« rief Reisman . . .
Er fragte sich, ob die anderen den Henker in ihrer Mitte kannten, so wie Franko ihn kannte und fürchtete – und wie Reisman es gewünscht hätte. Er würde es ihnen aber niemals ins Gesicht sagen. Denn Morgan war ein notwendiges Übel, ein wirksames Relikt, um Gerüchten unter Häftlingen und Wachen Nahrung zu geben – Gerüchten, die sich nie als richtig erweisen oder bestätigt werden würden, es sei denn, durch neue Gerüchte und den natürlichen Lauf der Dinge.
Stabsfeldwebel Morgan trat langsam vor. Das idiotische Grinsen einer geheimen sinnlichen Erregung war von seinem Gesicht verschwunden. »Herr Hauptmann«, meldete er sich.
Der Schafottplan lag zu Kendall Sawyers Füßen. Die Linien und Bogen, Abmessungen und Anweisungen waren in ihrer häßlichen Vollkommenheit wie ein Hohn.
»Nehmen Sie das und verbrennen Sie es!« befahl Reisman. Diejenigen, die den Henker kannten, würden begreifen. Die anderen würden es vielleicht später erfahren und sich hieran erinnern.
Morgan nahm das große, weiße Papier auf. »Ich habe keine Streichhölzer bei mir, Herr Hauptmann«, sagte er.
Reisman holte aus einer Tasche seiner Drillichjacke sein Feuerzeug. Morgan drehte ein paarmal widerwillig das Rädchen, bis der Docht aufflammte, und sprang dann zurück. Der Schafottplan flatterte zu Boden und verbrannte als flammender Scheiterhaufen.
Reisman drehte sich wieder zu Franko um; er war sich bewußt, daß alle Häftlinge nun Frankos Bestrafung erwarteten. Wenn er sie nicht sofort vollzog, dann würde allen klar sein, daß in ihrer Disziplin eine Lücke klaffte. »Lassen Sie ihn aufstehen, Obergefreiter«, befahl er.
Bowren zerrte Franko auf die Füße und hielt ihn an einem Arm fest. Frankos

Drillichjacke stand offen; sein Haar war wirr und stumpf von Schweiß und Dreck; er blickte nicht auf.
»Sie heben Latrinen aus, Franko«, sagte Reisman. »Und wenn Sie noch einmal versuchen, solch einen Zirkus aufzuführen, begrabe ich Sie darin! Machen Sie ihm Beine, Obergefreiter. Wenn er Sie schief anguckt, jagen Sie ihm eine Kugel in den Schädel.«
Reisman bückte sich, nahm Frankos Hammer auf und gab ihn Feldwebel Morgan. »Alles übrige wieder an die Arbeit!«
Langsam schoben sie ab. Morgan und die Militärpolizisten übernahmen das Kommando und trieben sie an. Reisman trug das Henkerseil zu einem Lastwagen und warf es wütend in den Laderaum; seine Hände fühlten sich von der Berührung ganz klebrig an.

15

Die Waldlichtung hallte wider vom Lärm und vom Rufen der arbeitenden Männer. Sie gruben, sägten, hämmerten, fluchten, kommandierten. Frisches Sonnenlicht vermischte die Gerüche der schuftenden, angespannten Körper mit dem Duft feuchter, warmer Erde, dem Duft von Büschen, Bäumen und knospenden Blumen. Von jenseits des Waldes, jenseits des Gutshauses, kam aus Südwesten ein Hauch Seeluft.
Am späten Nachmittag war das Lager fertig. Es bestand aus einem doppelten, zweieinhalb Meter hohen Zaun – ein unregelmäßiges Viereck in einem unregelmäßigen Viereck –, dessen Form durch den Verlauf des Waldrandes und den Vorrat an Pfählen und Stacheldraht bestimmt war. Der äußere Zaun verlief in einem Abstand von zehn Metern von der Baumgrenze; der innere war sieben Meter vom äußeren entfernt. Die Baracke lag zwischen beiden. Sie füllte eine Seite des Ganges in voller Tiefe, aber nicht in ganzer Breite aus. Um das Lagerinnere zu betreten beziehungsweise zu verlassen, mußten Häftlinge wie Wachen zwangsläufig eine Sperre von fünf ständig überwachten Kontrollstationen passieren: Stacheldrahttor, Holztür, Baracke, Holztür, Stacheldrahttor. Auf der einen Seite die strenge Einschließung, auf der anderen eine ungewisse Freiheit.
Innerhalb der Baracke führte eine Leiter aufs Dach, wo ständig ein Militärpolizist Wache hielt, wenn die Häftlinge im Lager waren. An dieser Leiter und an den beiden Wachttürmen konnte man das Holz von dem tragbaren Galgen am deutlichsten wiedererkennen. Die Wachttürme waren schmale, mit einem Geländer versehene Plattformen, die über die Zäune hinausragten und ebenfalls über Leitern zu erreichen waren. Sie lagen an strategischen Punkten vor der äußeren Umzäunung und hatten ein Schußfeld, das den Korridor zwischen den Zäunen sowie das Lager umfaßte. Auch sie würden Tag und Nacht besetzt sein, wenn die Gefangenen sich im Lager aufhielten.
Es gab zwei Latrinengräben; beide hatte Victor Franko ausgehoben. Sein müder Körper war erfüllt von Haß; in sein Denken fraß sich die Fäulnis, wie schon bald auch in die Gräben. Die Gefangenenlatrine lag innerhalb des

Lagers, so weit von der Baracke entfernt wie möglich, dank einer kunstvollen, kleinen Ausbuchtung der Zäune sogar betont abgelegen. Sie war von den beiden Wachttürmen aus sehr gut zu übersehen. Die zweite Latrine für das Wachkommando lag etwa fünfzig Meter von der Baracke entfernt im Wald.
Als alles zu Reismans Zufriedenheit fertiggestellt war, ließ der Hauptmann die Häftlinge im Lager antreten. Von den Lastwagen brachten sie ihre gesamte feldmarschmäßige Ausrüstung mit.
Victor Franko, der vor Wut schäumte und nach Dreck, Schweiß und Lysol stank, schleppte sich mühsam durch die Baracke; dabei ließ er seine Augen rasch durch den Raum flitzen, und auf dem Weg über die sieben Meter Holzdielen von einer Tür zur anderen verschaffte er sich einen Überblick: Feldbetten, aber längst nicht genug für die ganze Belegschaft; Waschschüsseln in einem Holzgestell, darüber Wasserhähne, die an den Warmwasserboiler draußen angeschlossen waren; in einer Ecke auf einem zweiten Gestell Feldküchengerät; dann noch ein winziger, abgeteilter Raum. Durch seine halbgeöffnete Tür sah man ein Feldbett, Tisch und Stuhl – wahrscheinlich Reismans Zimmer.
Die Häftlinge waren im Lager in einer Reihe angetreten und standen in Rührt-euch-Stellung. Vor jedem Mann lag sein Kleidersack und seine Ausrüstung auf der Erde. Drei Militärpolizisten standen auf dem Barackendach und den beiden Wachttürmen Posten. Feldwebel Morgan, Obergefreiter Bowren und die übrige Wachmannschaft warteten vor dem Barackeneingang. Alle sahen aus, als hätten sie ein Bad nötig, eine Mahlzeit und einen guten Nachtschlaf. Morgans olivgrüne Uniform war zerknittert und verdreckt.
»Ihr habt eure Sache gut gemacht«, verkündete Reisman. »Wir schlagen jetzt Zelte auf, waschen uns, und dann gibt es eine anständige Mahlzeit.«
»Zelte?« murmelte Archer Maggot. »Was, zum Teufel, soll'n wir denn mit Zelten? Sehe keine Zelte.« Er wollte es eigentlich nur flüstern, aber Reisman hatte ihn doch gehört.
»Was macht Ihnen Kopfzerbrechen, Kollege Maggot?« fragte er.
»Dachte, wir schliefen da im Hühnerstall, den wir bauen mußten«, erwiderte Maggot. »Sehe nirgends Zelte, Hauptmann. Und denn wär' das auch unfair, uns die ganze Arbeit für nix machen zu lassen.«
»Sie schlafen dort, wo Sie stehen, auf der Erde in Zelten«, eröffnete Reisman nun erstmals der gesamten Gruppe. Die meisten sahen überrascht aus, ein paar enttäuscht, einige wütend. »Die Baracke ist für die Wachmannschaft und für besondere Anlässe. Wir stehen im Fronteinsatz und operieren unter angenommenen Kampfbedingungen. Falls Sie es nach Ihrem Erholungsurlaub in dem gemütlichen englischen Gefängnis vergessen haben sollten: In Ihrem Marschgepäck befindet sich eine Zeltbahn. Zusammen mit einer zweiten ergibt sie ein kleines Zweimannzelt. Wir bauen die Zelte jeden Abend auf und brechen sie morgens wieder ab. Überall, wohin wir gehen, bei allem, was wir tun, nehmen wir das volle Marschgepäck einschließlich der Zelte mit. Heute abend lasse ich Ihnen noch Zeit, aber in zwei Tagen bauen Sie die Zelte in vorschriftsmäßiger Zeit auf.«
Dann teilte er die Zeltbelegschaften ein. Er tat so, als rassele er die Namen,

jeweils zwei zu zwei, einfach so herunter. In Wirklichkeit hatte er den ganzen Tag, als er sie bei der Arbeit beobachtete und ein wenig kennenlernte, darüber nachgedacht. Er legte Maggot und Jimenez zusammen, Franko und Posey, Odell und Smith, Sawyer und Lever, White und Wladislaw, Gilpin und Pinkley. Erst murrten die Leute zwar, aber dann machten sie sich doch daran, ihre Zelte aufzuschlagen und ringsherum Regenrinnen zu graben. Solange Reisman die Unruhestifter voneinander trennen konnte – indem er möglicherweise einen schlimmen mit einem weniger schlimmen zusammenlegte und das Beste hoffte –, mochte seine Aufgabe leichter zu erfüllen sein.
Reisman lieh sich eine Zelthälfte von dem Obergefreiten Bowren, knüpfte sie mit seiner eigenen zusammen und schlug für sich ein Zelt dicht am Barackeneingang auf. Von jetzt an würde er, soweit wie möglich, das gleiche tun wie sie, schlafen wie sie, essen wie sie, und sie würden es wissen. Morgan, Bowren und die Militärpolizisten würden von ihnen abgesondert sein; er nicht.

Reisman arbeitete allein in dem winzigen abgeteilten Raum der Baracke und stellte den Dienstplan für den nächsten Tag auf. Im Lager hielten die Gefangenen in ihren Zelten Nachtruhe. Bald würde auch er in sein Zelt gehen in der Hoffnung auf einen ungestörten Schlaf. Von dem flachen Barackendach her hörte er Morgans schweren Schritt. Der Feldwebel hatte die erste Vier-Stunden-Wache. Um zwei Uhr würde Bowren ihn ablösen. In der kommenden Nacht hatte Bowren frei; Morgan würde die zweite Wache übernehmen und Reisman die erste. Für die Militärpolizisten auf den Wachttürmen galt dasselbe: Ihre Wachstunden wechselten, und jede dritte Nacht blieb frei.
An der halboffenen Tür wurde geklopft. Reisman sah auf. Obergefreiter Bowren stand dort und druckste um etwas herum. Er hielt eine Trompete in der Hand; ihre goldene, blankpolierte Oberfläche blitzte.
»Was gibt's, Obergefreiter?« fragte Reisman.
»Verzeihen Sie, daß ich Sie störe, Sir«, sagte Bowren. »Erinnern Sie sich, daß ich Ihnen einmal sagte, daß ich dieses Ding hier spiele?«
»Natürlich.«
»Was meinen Sie, Herr Hauptmann, ob ich wohl Zapfenstreich blasen soll. Wissen Sie – damit sie das Gefühl haben, wieder bei der Truppe zu sein. Könnte vielleicht ganz gut sein – für die Stimmung. Ich weiß, es klingt sentimental, aber mir läuft immer ein Schauer über den Rücken, wenn ich die Signale höre. Nicht gerade beim Wecken«, fügte er mit einem Lächeln hinzu.
»Das ist eine gute Idee, Obergefreiter«, antwortete Reisman. »Gefällt mir sehr.« Er schwieg einen Augenblick nachdenklich und fuhr dann fort: »Wenn Sie wollen – aber sagen Sie mir nicht, Sie hätten sich da was Schönes eingebrockt –, möchte ich, daß Sie von morgen ab auch die übrigen Signale blasen: Wecken, Flaggenappell ... Ich habe eine Fahne mitgebracht, damit wir die Leute daran erinnern können, auf welcher Seite sie stehen, wenn es soweit ist ... Wir können auf dem Dach einen Mast errichten ... Essen fassen ... diese ganzen Dinge bis hin zum Zapfenstreich. Das ist eine gute Idee. Danke.«

Die letzten Töne des Zapfenstreichs wurden vom Nachtwind verweht.
»Smith?« flüsterte Myron Odell. Er war schon halb eingeschlafen, als die Trompete erklang und ihn aufweckte. Er räkelte sich in seinem Bettzeug. »Smith, bist du wach?« flüsterte er noch einmal.
»Das war wirklich schön«, sagte Calvin Ezra Smith leise. »Diese Melodie hat etwas Religiöses. ›Gott ist nah.‹ Wußtest du, daß die Weise mit diesen Worten aufhört? Und das stimmt auch.«
»Sie erinnert mich an längst vergangene Zeiten«, sagte Odell.
Das klingt verdammt, als wenn er gleich anfangen wollte zu heulen, dachte Smith. »Wann war das?« fragte er.
»Pfadfinderlager – da habe ich's zuerst gehört. Bist du mal Pfadfinder gewesen, Smith? Wir hatten eine Gruppe in dem Waisenhaus, wo ich aufgewachsen bin.« Odell schwatzte, ohne auf Antwort zu warten, weiter. »Das eine Jahr fuhren wir in ein richtiges Lager, in einem großen Wald, mit Seen dabei. Das war schön. Ich war nur das eine Mal mit. Nach diesem Sommer durfte ich kein Pfadfinder mehr sein. Ich wurde bestraft ... Aber ich erinnere mich noch gut.«
»Was hast du gemacht«, fragte Smith, »daß man dich bestraft hat?«
»Kann ich dir nicht sagen.«
»Mir macht das doch nichts aus«, flüsterte Smith. »Du kannst nichts Schlimmeres getan haben als ich. Jeder kann mit dem Herrn wieder ins reine kommen. Das steht geschrieben. Wo bist du her, Myron? So heißt du doch, nicht, Myron?«
»Ja. Aus Cleveland, Ohio. Da war das Waisenhaus, und darum stamme ich wohl daher.«
»Ich bin aus Tennessee, Myron. Weißt du, wo das ist?«
»Klar weiß ich, wo das ist, Smith. Ich war noch nie da, weiß aber, wo es ist. Bin ja schließlich zur Schule gegangen.«
»Nenn mich von jetzt an Cal, hörst du. Wenn du Kummer hast, dann heraus damit. Sag es mir, dann sehe ich nach, ob ich in der Bibel die Antwort finde. Da steht alles drin. Alles, was du wissen willst, steht da drin.«
»Ich bin unschuldig, Cal ... Ich bin unschuldig«, sagte Odell. »Ich habe es ihnen immer wieder gesagt, aber keiner glaubt mir.«
Der fing doch verdammt noch mal an zu heulen, stellte Smith unbehaglich fest. »Klar doch«, sagte er. »Und Jesus Christus auch – unschuldig wie ein Lamm. Ich weiß doch, daß du ein gläubiger Mensch bist, Myron. Das wußte ich sofort, als ich dich sah. Du glaubst doch an Gott und Jesus Christus, nicht?«
»Ich bin katholisch erzogen. Es war ein katholisches Heim.«
»Donnerwetter!« sagte Smith. »Hätte ich nicht gedacht. Aber jetzt sage ich dir etwas, Myron, und das tut dir bestimmt gut. Hör mir zu: ›Der Herr ist mein Hirte; mir wird nichts mangeln. Er weidet mich auf einer grünen Aue und führet mich zum frischen Wasser ...‹«

»Saubande, lassen die einen denn nie schlafen!« flüsterte Archer Maggot. Von Luis Jimenez kam keine Antwort, und so redete er weiter: »So 'ne Hühner-

kackmusik, zum Teufel. Nee, so was!« Es kam immer noch keine Antwort. »Wieso haste dich heute abend freiwillig für die Küche gemeldet, Lui?« wollte Maggot wissen.
»Nicht Küche«, antwortete Jimenez verschlafen. »Zum Kochen.«
»Scheiße, ist doch dasselbe. Kriechst du dem Hauptmann in'n Hintern, Lui?«
»Sieh dich vor mit dem, was du sagst, mein Freund. Ich koche eben gern, weiter nichts.«
»Biste Koch im Zivilleben?«
»Ja, manchmal koche ich«, sagte Luis. »Ich war Tellerwäscher und Hilfskoch im Speisewagen in Salinas. Schlechte Zeiten. Ich flog raus, darum ging ich wieder aufs Land. Mein Vater, meine Mutter, meine sämtlichen Geschwister, alle arbeiten auf dem Land. Ich wollte Militärkoch werden, aber sie haben mich nicht genommen.«
»Sag ma', Lui ... biste Messikaner?«
»Nein, nicht Messikaner – Mexikaner. Bin aber in Amerika geboren, auf der kalifornischen Seite. Ich bin amerikanischer Staatsbürger.«
»Sage ich doch, Lui, du bist Messikaner. Is' besser als Nigger oder Makkaroni oder Jude oder Indianer, das steht ma' fest. Du bist in Ordnung, Lui. Warum warste vorm Kriegsgericht?«
»Ich habe einen Scheißleutnant umgebracht!«
»Oh ... verdammt!«
»Und du, Gringo?«
»Habe nix gemacht. Sie behaupten, doch ... ich behaupte, nein.«
»So ist das Leben, amigo. Halt jetzt die Klappe und schlaf; ich bin müde.«
»Ja, ja! Is' gut! Du bist in Ordnung.«

»Wieso nennt der Hauptmann dich Leutnant?« fragte Joe Wladislaw.
»Das geht dich einen Dreck an«, erwiderte Napoleon. Die Trompete hatte ihn an alte Zeiten erinnert ... an Fort Huachuca und sein Regiment. Junge, da war es hart hergegangen.
Wladislaw bedachte seine Worte sorgfältig. Es war in seinem Leben nicht oft vorgekommen, daß er genötigt war, so angestrengt darüber nachzudenken, ob er die richtigen Worte fand. »Hör mal«, beharrte er unaufdringlich, »versteh mich nicht falsch. Ich wollte dich nicht veräppeln oder so. Ich habe nur mal gefragt, weiter nichts – ganz freundlich. Wenn's mich nichts angeht, dann geht's mich eben nichts an, aus! Dann sag es. Ich weiß nicht, wer du bist – du weißt nicht, wer ich bin; aber wir hausen hier zusammen in einem Zelt, darum dachte ich, wir reden was. Wie zu Hause. Wenn ich auf ein Bier in 'ne Kneipe gehe, dann nicht, weil ich Bier will – Mann, das kann ich zu Hause trinken, soviel ich will ... Nee, nur um mit anderen Leuten zu reden, herumzualbern, zu schwatzen – du weißt schon, mit den ganzen Leuten aus der Nachbarschaft. Es macht Spaß.«
Napoleon stützte sich auf einen Ellbogen und starrte durch die Dunkelheit des Zeltes. »Du bist aus Chicago, nicht, Joe?« fragte er.
»Ja. Woher weißt du das?« antwortete Wladislaw glücklich.
»Weil ich Ohren habe und Augen und ein Gehirn und weil ich gewohnt bin,

davon Gebrauch zu machen. Und wenn ihr dann das ganze Bier intus hattet, Joe, wie oft bist du dann mit Freunden in den Südteil der Stadt gefahren, um ein paar Nigger zusammengeschlagen?«
»Nie!« erwiderte Joe Wladislaw empört. »Warum, zum Teufel, sollt' ich das wohl? Habe mit 'n paar Farbigen auf Lastern zusammen gearbeitet, die waren prima. Habe wohl mal was gesagt, wenn ich sauer war, und mich auch 'n paarmal geprügelt. Aber was du sagst, hab' ich nie gemacht. Wozu auch?«
»Zum Spaß, Joe – einfach zum Spaß.«
»Ach, geh doch los«, sagte Wladislaw und drehte sich im Dunkeln auf die andere Seite. »Habe dich ja nur gefragt, ob du Leutnant warst. Ist das vielleicht unhöflich? Rede ich da verächtlich mit dir?«
»Du hast mich gefragt, warum der Hauptmann mich Leutnant nennt. Und nicht, ob ich Leutnant gewesen bin.« Napoleon lächelte im Dunkeln. Er formulierte seine Sätze deutlich und langsam, als spräche er zu einem Kind. Dabei war er im Grunde nicht verbittert – und darüber wunderte er sich. »Das ist doch ein Unterschied, Joe, oder nicht?«
Wladislaw drehte sich wieder zu ihm um. »Ach ja? Schon möglich. Warst du nun Leutnant oder nicht?«
»Ich war Leutnant.«
»Das muß schon was gewesen sein«, sagte Wladislaw mit unsicherer Bewunderung. »Das muß wirklich was gewesen sein. Soll ich dich mit Leutnant anreden? Soll ich es den andern erzählen?«
»Nenn mich Nappy«, antwortete Napoleon, den plötzlich eine wehmütige Erinnerung überkam. »So nannten sie mich auf der Schule.«

Samson Poseys Herz schlug im Takt einer anderen Melodie – eines leisen, zärtlichen Wiegenliedes, das Eva Pavisuks süße Stimme sang – *Apuikwai, apuikwai,* summte sie dem Kind vor, »schlafe ein, schlafe ein. Wenn du groß bist, wirst du ein Jäger sein ... Kaninchen wirst du jagen ...« Leise fragte er: »Bist du verheiratet, Kamerad?«
Victor Franko drückte sich in die entlegenste Zeltecke, so weit von seinem Gefährten weg wie möglich. Er hoffte auf einen traumlosen Schlaf, in dem er nicht von Gespenstern heimgesucht wurde.
»Bist du verheiratet, Kamerad?«
»Nein, zum Teufel«, murmelte Franko durch die Zähne. »Das fehlt mir gerade noch; ein Weib am Hals wie mein Alter, und meine Mutter balgt sich dauern mit sechs Balgen in einem Loch herum. Ich habe schon allein genug Ärger.«
»Ich habe eine Frau, Eva, Klein Charlie, das Baby, Großvater Old Charlie, Mutter Anna und Vater Yucca.«
»Warum, zum Teufel, bist du dann nicht zu Hause und kümmerst dich um sie? Was tust du beim Militär? Sieh zu, daß sie dich zurückstellen als Ernährer der Familie oder so was.«
»Ich habe mich freiwillig gemeldet. Bin nach Cortez gegangen und habe mich freiwillig gemeldet. Gut für meine Familie. Gut für mein Volk. Regierung schickt Geld und sorgt für sie.«

»Freiwillig! Mensch, bist du verrückt?«
Samson reckte sich wütend. »Verrückt? Nein, sag das nicht zu mir! Du bist verrückt.«
Kaum war es ihm herausgefahren, da tat es Franko auch schon leid, denn er fühlte – mehr, als daß er es sah –, wie der Indianer sich bedrohlich in seinem Bettzeug aufrichtete. »Schon gut, schon gut, reg dich nicht auf. Tut mir leid, tut mir leid. Dann bin ich eben auch verrückt!«

Es war die nächtliche Stunde, da die Knospen aufbrachen, da die Geschehnisse des Tages in die Erinnerung eingingen und nur die Dunkelheit und die Geschehnisse der Nacht noch vor einem lagen und bewältigt werden mußten. In den Zelten von Sawyer und Lever, Gilpin und Pinkley herrschte die Ruhe des Waffenstillstands. Jeder lauschte auf den Atem des anderen und fragte sich, woran der andere wohl dachte, jeder aber behielt seine eigenen Gedanken für sich.
Hauptmann Reisman ging durch die Baracke nach draußen und verließ die Lichtung; vorsichtig bahnte er sich seinen Weg durch Bäume und Büsche. Ein letzter Kontrollgang, entschuldigte er sich. Ein letzter Kontrollgang vorm Schlafen – ruhelose Gedanken an Tessie Simmons quälten ihn – er brauchte sie, oder jemanden wie sie –, und er stapfte durch den Wald hindurch, weiter als er beabsichtigt hatte, bis er die dunklen Umrisse des unbeleuchteten Gutshauses gegen den klaren Nachthimmel sah. Dann kehrte er durch den Wald und die Baracke zurück in das Gefangenenlager.

Der Obergefreite weckte Reisman um 6 Uhr.
»Soll ich denen eins vorschmettern, Sir?« fragte Bowren und schob seine Trompete durch die Zeltklappe.
»Klar, aber strahlen Sie deswegen nicht gleich wie ein Honigkuchenpferd«, sagte Reisman lächelnd. »Lassen Sie mir noch ein paar Minuten Zeit, bis ich hier raus bin, und dann blasen Sie los.« Er war schon munter und zog sich an, während er sprach. Mit seinen Gedanken war er bereits bei den Plänen des Tages. »Ich schaue mich draußen ein wenig um, werde aber wohl gegen 7 Uhr 30 zurück sein. Die Tageseinteilung und den Dienstplan übergebe ich Feldwebel Morgan, bevor ich gehe.«
»Jawohl, Sir«, sagte Bowren und zog den Kopf aus dem Zelt.
»Obergefreiter!«
Bowren steckte den Kopf wieder herein. »Ja, Sir?«
Reisman schnürte sich die Stiefel zu und suchte nach den richtigen Worten. »Ich möchte, daß Sie wissen, wie sehr ich Ihre Arbeit schätze ... Ich halte viel von ihr ... Sie tun mehr, als Sie für Ihre zwei Streifen müßten.«
»Danke, Sir. Es macht mir nichts aus.«
»Es kann sein, daß Sie von heute an noch mehr zu tun bekommen. Wir fangen sofort mit dem Ausbildungsdienst an, und Feldwebel Morgan wird sich das Nötige nach und nach aneignen müssen. Seine Erfahrung in diesen Dingen ist begrenzt. Schalten Sie sich also, wenn nötig, ein. Aber diplomatisch, verstehen Sie mich?«

»Jawohl, Herr Hauptmann. Ich verstehe«, sagte Bowren.
Der Obergefreite zog den Kopf aus dem Zelt, und nach ihm krabbelte Reisman in einen neuen feuchten, grauen Tag hinaus. Er wusch sich rasch in einer Waschschüssel in der Baracke, verschob Rasieren und Frühstück auf später und strebte eilends, bevor noch die ersten Weckrufe der Trompete erschallten, durch den Wald den Dünen am Meer zu.

Franko wickelte sich fester in seine Decke, zog die Knie an den Bauch und drückte den Kopf an die Brust zwischen die geballten Fäuste. Die Trompete verstummte, aber er stand noch nicht auf. Ein paar Augenblicke lang redete er sich ein, er wisse nicht, wo er sich befinde. Dann legte sich eine schwere Hand auf seinen Rücken – sanfter als er es sich vorgestellt hatte – und stieß ihn an. Während der Nacht hatte der Indianer sich hin und her geworfen und gestöhnt, und Franko war von der Last seines Armes, der sich schwer über ihn legte, aufgewacht. Er war zu erschrocken gewesen, um ihn wegzuschieben, und hatte deshalb schlecht geschlafen.
»Steh jetzt auf«, sagte Posey. »Feldwebel kommt, und gibt vielleicht Ärger für dich. Du hast gestern genug Ärger gehabt.«
Franko schlüpfte aus seinem Bettzeug heraus und zog sich an. Der blöde Indianer nahm so viel Raum ein – mit dem Kopf stieß er gegen die Zeltspitze –, daß Franko sich kaum bewegen konnte, ohne ihn anzustoßen. Er hatte noch nicht mal richtig seine Socken an, da hörte er den Obergefreiten Bowren schon brüllen: »Antreten zum Appell! Im Laufschritt marsch-marsch! Heraus mit euch, und zwar *sofort*!« Seit dem Wecken waren etwa fünf Minuten vergangen.
Franko torkelte nach draußen; in seinen nassen und schlenkernden, unverschnürten Stiefeln konnte er schlecht laufen. Bowren ließ die Männer antreten und sich ausrichten; dann rief er ihre Namen auf.
»Hier!« schrie Franko. Was, zum Teufel, sollte dieser Quatsch? Glaubten die vielleicht, einer sei nachts abgehauen? Er sah die zwei Militärpolizisten auf den Wachttürmen, deren Maschinenpistolen abwärts gerichtet waren, und wußte, daß ein dritter hinter ihnen auf dem Barackendach stand. Sie hatten den Platz verdammt gut abgesichert. Gestern, als sie über die Landstraße fuhren, hatte er eine Zeitlang einen jähen Freiheitsrausch verspürt und an Flucht, Flucht, Flucht gedacht. Aber jetzt war es womöglich noch schlimmer als in Marston-Tyne. Mit einem Indianer zusammen auf der Erde schlafen, Zusammenstöße mit dem blöden Hauptmann, Latrinengräben ausheben und immer das Gefühl, daß nach allem vielleicht doch noch der Strick kam, egal wieviel Schinderei sie sich gefallen lassen mußten. Dieser Hauptmann! Dieser blöde Hauptmann! Wo der wohl wieder steckte!
Franko beobachtete Morgan, der wie ein fettarschiger General dabeistand und von Bowren die Morgenmeldung entgegennahm. Was sollte das? Konnte der Sack nicht selbst bis zwölf zählen? Und wieso trug er kein Drillichzeug wie die übrige Wachmannschaft?
Der Henker schritt die Front ab und inspizierte sie; sein Kopf wanderte von den Drillichkäppis hinunter bis zu den Kampfstiefeln. Bowren kam mit der

Liste hinterdrein. »Stiefel nicht zugeschnürt«, sagte Morgan und starrte in Frankos Augen. »Teilen Sie ihn für die erste Dreckarbeit ein, die heute anfällt.«
Franko zitterte in der morgendlichen Kälte und vor unterdrückter Wut.
Morgan und ein Militärpolizist führten die Leute jeweils zu viert auf die Latrine, während die übrigen die Zelte abrissen und die Regenrinnen zuschütteten.
Archer Maggot sah aus seiner Hockstellung zu Franko auf, der sich den Hosenschlitz zuknöpfte. »Ah, der Herr Latrinenbauer persönlich!« spottete er. »Was is', Meister, Verstopfung?«
»Halt die Klappe, Maisfresser!« fauchte Franko. »Das ist gar nicht komisch.« Er hatte es versucht, aber es ging einfach nicht – jedenfalls nicht wenn Morgan dabeistand und sie anstarrte –, obwohl Darm und Blase nach Erleichterung lechzten.
»Der Hauptmann sagt, wenn wir woanders hinkacken, fressen wir's auf, weil's ungesund ist, wenn's in der Gegend rumliegt«, höhnte Maggot. »Bei mir keine Gefahr. Hast deine Sache hier aber hübsch gemacht, Jungchen. Urgemütlich. Sind alle ganz stolz auf dich, was, Jungs?« Die Gefangenen und Wachsoldaten kicherten. Feldwebel Morgan starrte ihn mit einem zynischen Grinsen an. »Wenn's nach mir ginge, würde das für dich 'ne Dauerstellung.«
Franko wollte auf ihn losgehen.
»Sie!« stieß Morgan hervor. Franko blieb stehen.
Morgans Finger zeigte flatternd auf Archer Maggot. Der Feldwebel lächelte. »Sie haben ein großes, ungewaschenes Maul«, sagte er ruhig. »Wenn alle fertig sind, bleiben Sie hier, sprühen Lysol aus und schaufeln ein Zoll Erde darüber. Genau einen Zoll – nicht mehr und nicht weniger. Sie steigen hinunter in den Graben und messen nach, Zoll für Zoll.«
Franko hätte am liebsten gelacht, aber er wagte es nicht.

Bowren baute das Zelt des Hauptmanns ab – womit er unbeabsichtigt demonstrierte, daß der Hauptmann tatsächlich nicht mehr schlief, sondern sich auf leisen Sohlen davongemacht hatte – und führte vor, wie die Zelthälften zusammengerollt und für einen sofortigen Eilmarsch feldmarschmäßig verpackt wurden. Waschzeug und Eßbesteck blieben draußen, bis die Leute sich gewaschen und rasiert und dann gefrühstückt hätten. Sonderausrüstung, die für den Marsch und die Ausbildung an diesem Tag nicht angesagt war, sollte in die Kleidersäcke gepackt und in der Baracke abgelegt werden.
Einer der Militärpolizisten kam mit einer Fünfzehn-Liter-Kanne Wasser durch das Tor.
»Alles herkommen. Wasser fassen!« befahl Bowren und winkte die Häftlinge zu sich heran. »Helme mitbringen.«
»Wozu das?« fragte Roscoe Lever argwöhnisch.
»Waschen, Rasieren, Zähneputzen ... Ihr könnt auch im Helm baden, wenn ihr wollt«, erklärte Bowren, »und eure Rationen oder Wasser darin heiß machen. Der Helm ist einer der vielseitigsten Ausrüstungsgegenstände beim Militär.«

»Warum können wir nicht das heiße Wasser und die Schüsseln da drinnen benutzen, wie es der Hauptmann gestern abend erlaubt hat?« fragte Lever und zeigte auf die Baracke. »Noch sind wir Menschen.«
»Wollen Sie Wasser haben, Lever?« fragte Bowren und kippte die Fünfzehn-Liter-Kanne. »Oder wollen Sie sich lieber trocken rasieren?«
Lever mußte schleunigst seinen Helm hinhalten, um das platschende, kalte Wasser aufzufangen, sonst hätte es ihn naßgespritzt. Die übrigen Häftlinge drängten sich um Bowren und hielten ihm ihre Helme hin, obgleich es nicht so aussah, als seien sie sehr erbaut davon, und Obergefreiter Bowren spürte, wie sich Unheil zusammenbraute. Aber schließlich führte er ja nur Befehle aus: Offizier an Morgan an Obergefreiten. So wollte es der Hauptmann heute morgen haben. Er wollte sie nicht länger verhätscheln, und vermutlich war das eine gute Methode.
Archer Maggot kam von der Latrine; Feldwebel Morgan stolzierte zufrieden hinter ihm her. »Ich brauche heißes Wasser, und zwar 'ne Menge, um dies stinkige Zeug da an mir loszuwerden, Obergefreiter«, beklagte er sich.
»Sie bekommen das gleiche wie alle andern, Kamerad«, sagte Bowren. »Holen Sie Ihren Helm.«
»Na, wißt ihr, was ihr mich dann alle mal könnt, Freundchen«, platzte Maggot zornig heraus. »Dann bleib' ich eben so, wie ich bin, und denn wollen wir ma' sehen, wen der Gestank mehr stört, Sie oder mich!«
Feldwebel Morgan marschierte rasch um Maggot herum, zeigte mit dem Finger auf ihn und wollte etwas sagen – aber er brachte es nicht mehr heraus. Maggot haute zu und schlug Morgans Hand nach unten. »Nehmen Sie ja Ihre dreckigen Finger aus meinem Gesicht, Feldwebel, verstanden!« schrie er.
Für einen Augenblick schien alles im Lager still zu stehen, mehr vor Überraschung als vor Schreck. Bowren wartete ab, wie Morgan die Sache anfassen würde. Einem anderen wäre er helfend beigesprungen; er hätte Maggot eins übergebraten. Aber Feldwebel Morgan tat manches, ohne dazu berechtigt zu sein. Es schien ihn zu jucken, die Leute unnötig, manchmal geradezu töricht zu schikanieren, und er genoß die Angst vor dem bösen Mann, die er in einigen von ihnen erweckte. Abgesehen davon machte es ihm Freude, mit seinen sechs blöden Streifen anzugeben.
Feldwebel Morgan fuhr verblüfft zurück und rieb sich die schmerzende Hand. Dann steckte er beide Hände unter die Arme, vielleicht, um sich am Fingerzeigen zu hindern, vielleicht auch, weil es ihn äußerlich entspannt und überlegen machte. »Sie haben heute den ganzen Tag Latrinendienst«, sagte er zu Maggot mit unerwartet ruhiger Stimme. »Hier bei der im Lager und bei der anderen da draußen. Wenn wir später zurückkommen, haben Sie sich um beide zu kümmern, oder Sie bekommen nichts zu essen.« Darauf ging der Feldwebel in die Baracke, seine Backenmuskeln arbeiteten.
»Holen Sie Ihren Helm, Maggot«, befahl Bowren, »und fangen Sie an mit Waschen und Rasieren.«
»Ich bleibe, wie ich bin«, wiederholte Maggot, »das wollen wir doch ma' sehen.«

»Dann stellen Sie sich da drüben bei Ihren Sachen hin«, befahl Bowren, »und zwar im Stillgestanden.« Er spürte, wie sich die Spannung rings um ihn verdichtete. Die Lunte aus Zorn, Furcht und Haß war für diesen Tag angezündet worden. Vielleicht konnte er sie austreten, vielleicht machte er aber auch alles nur noch schlimmer. Doch etwas tun mußte er jedenfalls – der Explosion ins Auge sehen, die Wachen in Bereitschaft setzen.

Victor Franko beobachtete, wie der Obergefreite herumging und Rasierklingen austeilte. Er nahm eine und hockte sich neben seinem Helm nieder. Auf dem Knie jonglierte er einen der kleinen Rasierspiegel, die die Wachen herumgereicht hatten; sie verfolgten genau, was die Häftlinge mit ihnen anstellten, als wären es Handgranaten. Er warf einen flüchtigen Blick auf Maggot, der neben ihm stand, und haßte ihn – obwohl oder vielleicht weil dieser Dixie etwas getan hatte, was er selbst nicht getan hatte: sich gegen den Henker auflehnen! Aber hätte er's auch getan, wenn er Bescheid wüßte?

Franko erschrak vor seinen eigenen blutunterlaufenen Augen im Spiegel. Er versuchte, mit dem eiskalten Wasser in seinem Helm Seifenschaum zu schlagen. Der Schaum fühlte sich so klebrig an wie Zahnpasta. Seine Augen wanderten voll Haß zu dem Nigger Napoleon hinüber. Er hatte versucht, mit diesem Burschen gut Freund zu sein, hatte versucht, ihm zu helfen; aber jetzt haßte er ihn, weil er sich gestern eingemischt hatte, haßte ihn, weil er keine Latrinengräben ausheben mußte. Unter der kratzenden Klinge zuckte er zusammen – stumpf! Wieder stumpf, verdammt noch mal! Er haßte *sie* und die Wachen und die Großschnauzen! Und der Schädel tat ihm weh, als er sich zu erinnern versuchte, was es hieß, wieder ein Mensch zu sein. Und dann schleuderte er die Rasierklinge fort und fluchte: »Zum Teufel damit!«

»Was ist los mit Ihnen, Franko?« erkundigte sich Bowren.

»Ich rasiere mich nicht – nie mehr, Schluß, aus – ich rasiere mich nicht!«

»Sie rasieren sich, Franko!« befahl Bowren und schob sein Gesicht dicht an ihn heran. Er spürte die wachsende Spannung, ärgerte sich, daß die Disziplin Risse bekam, und schürte die Unruhe noch selbst, obgleich er sie zu besänftigen wünschte.

»Sie rasieren sich, ob Ihnen das paßt oder nicht!« Er sah, daß die anderen zu ihnen herüberblickten und gespannt warteten, wie die Sache ausging.

»Nein!« schrie Franko frohlockend. »Keiner von uns rasiert sich mehr!« Dieser Einfall war ihm soeben gekommen. Er sah die anderen an: eingeseifte Gesichter, nasse Gesichter, halbrasierte Gesichter, in der Luft schwebende Rasierapparate. Alles war erstarrt, sogar die Wachen. Er aber bewegte sich schnell. Wie besessen stürzte er von Häftling zu Häftling: »Hört auf, verdammt noch mal, ihr alle!« schrie er. »Sie können uns nicht zwingen, uns zu rasieren oder zu waschen. Es liegt an *uns*, nicht an *ihnen*. Wir müssen nur zusammenhalten. Sie werden uns nicht deswegen aufhängen!« Er schnappte sich die Rasierapparate und schmiß sie zu Boden, ohne sich völlig klar darüber zu sein, was er tat – halb in dem Glauben, die anderen würden ihm folgen, halb fürchtend, sie würden es nicht tun. Mit dem Fuß trat er gegen die Helme, wobei er dem Obergefreiten Bowren und den plötzlich lebendig werdenden Wachen geschickt auswich.

Die Gefangenen waren erst starr über sein Gezeter und begriffen nicht. Dann ging ihnen ein Licht auf. Napoleon White wußte, daß es glatte Meuterei wäre, und wünschte, es käme dazu ... Lever, Gilpin, Wladislaw, Jimenez, Smith, Pinkley und Odell freuten sich und glaubten, sie kämen damit durch – glaubten plötzlich, es sei ihr gutes Recht, vielleicht das einzige, das sie noch besaßen. Es würde sich bald genug erweisen, ob sie darauf pochen konnten. Posey war eins so gleichgültig wie das andere; ohnehin wußte er nicht genau, was eigentlich vor sich ging. Dann aber fühlte er, daß sie ihn auf ihrer Seite haben wollten, daß er das gleiche tun sollte wie sie, und da machte er mit. Sawyer, der am liebsten den Befehl befolgt hätte, weil er sich den Teufel um kaltes Wasser, Helme und stumpfe Rasierklingen scherte – schließlich hatte er Schlachten erlebt, von denen die anderen in ihren wildesten Angstträumen nichts ahnten –, Sawyer schloß sich trotzdem an. Er wollte sich nicht gegen die Gemeinschaft stellen. So warfen sie denn alle ihr Waschzeug, ihre Seifenstücke und schaumverschmierten Handtücher mitsamt den Rasierklingen in den Dreck. Und Archer Maggot lachte, als er sah, wie die anderen von den Wachen zusammengetrieben wurden, denn was immer ihm nun blühte, das blühte allen.

Reisman betrat kurz vor 7 Uhr 30 durch das Außentor die Baracke. Auf seiner Landkarte war mit Bleistift eine Marschroute eingezeichnet, einschließlich der Halteplätze, wo sie Geländedienst absolvierten, Unterricht abhalten und Freiübungen machen würden. Die Baracke war leer, und sein erster Eindruck war der einer ungewöhnlichen Stille im Lager; er hatte viel mehr Betrieb erwartet. Mit großen Schritten durchquerte er den Raum und öffnete die Tür zum Lager. Sie waren alle beisammen: Die Häftlinge standen unbeweglich stramm, Morgan, Bowren und das Wachkommando im Kreis um sie herum. Die Bewacher hatten die Maschinenpistolen erhoben, als ob irgend etwas passiert wäre, das sie nervös machte.

»Obergefreiter Bowren!« brüllte der Hauptmann.

Bowren blickte erschrocken auf und kam im Laufschritt herbei. Reisman ging in die Baracke zurück und ließ warmes Wasser in eine Waschschüssel laufen, um sich zu rasieren. Der Obergefreite trat ein und schloß sorgfältig die Tür hinter sich. Er machte ein belämmertes Gesicht.

»Gut, daß Sie da sind, Herr Hauptmann«, sagte Bowren. »Ich fürchte, wir kriegen Schwierigkeiten. Die Leute weigern sich, sich zu rasieren oder zu waschen.«

»Alle?«

»Es fing mit Franko und Maggot an, und die anderen machen mit. Auch die, die ich für vernünftiger gehalten hätte. Alles, was wir tun konnten, war, sie so lange in Schach zu halten, bis Sie zurückkamen.«

»Wie lange stehen die Leute da schon so?«

»Fast eine Stunde.«

»Das ist eine Menge Zeitverschwendung.«

»Tut mir leid, Sir.«

»So war's nicht gemeint«, sagte Reisman. Während er sprach, zog er sich bis

aufs Unterhemd aus und fing an, sich das Gesicht einzuseifen. »Sie können ja nichts dafür. Haben Ihre Leute schon gefrühstückt?«
»Keiner, Herr Hauptmann. War einfach unmöglich.«
Mit langen, raschen Strichen schabte Reisman sich die dunklen Stoppeln von den Backen. Er drehte sich vom Spiegel weg und sah Bowren an. »Keine Sorge, Clyde«, sagte er. »Sie haben die Lage ja in der Hand. Ich mache mich rasch fertig und übernehme dann das Kommando.«
Nach wenigen Minuten ging Reisman in das schweigende Lager hinaus. Er nickte Feldwebel Morgan zu, der ziemlich nervös aussah – zweifellos sorgte er sich um seine sechs Streifen –, sagte aber zunächst nichts. Er schritt die Reihe der Gefangenen ab und sah jedem in die Augen. Sie wichen seinem Blick aus. Als er mit seiner Inspektion fertig war, trat er ein paar Schritte zurück und drehte sich mit dem Gesicht zu ihnen um.
»Wenn ihr stinken wollt, dann stinkt!« donnerte er. »Wenn ihr wollt, daß es euch juckt, dann soll es euch eben jucken!« Er mußte sich anstrengen, damit seine Stimme wütend klang, denn im Grunde war er es nicht. Was sie getan hatten, war zwar eine schamlose Verletzung der Disziplin; aber es war zugleich das erste Zeichen dafür, daß sie eine Gruppe bildeten, die möglicherweise zu gemeinsamer Arbeit zusammengeschweißt werden konnte – das erste Anzeichen von Korpsgeist in diesem zusammengewürfelten Haufen überführter Mörder und Schurken. Ob der Geist und die Schurken etwas taugten oder nicht, wußte er noch nicht; wohl aber wußte er, daß es sich sehr bald würde erweisen müssen.
»Wenn ihr im Kampf ständet, würdet ihr auch stinken und euch kratzen!« sagte er. »Fragt mal Sawyer, wenn's euch interessiert. Der weiß Bescheid. Er war vorne und ist zurückgekommen!« Ken Sawyer machte ein verlegenes Gesicht. Er hielt die Augen gesenkt. »Aber von jetzt an bekommt ihr keine warme Mahlzeit mehr – nicht nach dem Vorfall von heute morgen. Nichts außer Einsatzverpflegung.«
Reisman hatte nie die Absicht gehabt, ihnen etwas anderes als Einsatzverpflegung vorzusetzen, es sei denn, sie hätten sich eine besondere Belohnung verdient. »Möchte einer von euch noch zurücktreten, dann soll er es jetzt sagen. Ihr wißt, was euch in Marston-Tyne erwartet!«
Victor Franko wußte es. Obwohl er die andern zur Auflehnung angestiftet hatte und froh darüber war, durchfuhr ihn ein Angstschauer. Sein Blick schweifte zu den leeren Wachttürmen, verweilte bei den Pfosten und Querbalken, den Stufen und Treppengeländern. Die unumstößliche Gegenwart Feldwebel Morgans und die Erinnerung an eine Nacht, da der Henker am Werk gewesen war, peinigten ihn.

16

Das Trompetensignal des Obergefreiten Bowren schallte über die Lichtung. Reisman sah unverwandt auf die Flagge, die ein Militärpolizist über dem Barackendach hißte. Die seefeuchte Morgenbrise packte das Tuch, straffte es

und ließ es über dem Lager flattern. Ein plötzliches, unerwartetes Gefühl von Stolz ergriff Reisman.
So lächerlich es war, dies hier war sein Lager, war sein Kommando, seine Stellung. Sein Blick kehrte zu den Männern zurück. Es war ein lascher Haufen, verwahrlost, die meisten grüßten schlampig. Einige zeigten deutlich, daß sie ihn und die Wachen verachteten, wenn nicht gar die Flagge.
»Nehmen Sie Haltung an!« schnauzte er.
Einige machten den Rücken steif, andere reckten das Kinn hoch, die übrigen verlagerten lediglich das Körpergewicht. Die Trompetenklänge verhallten, die Flaggenleine wurde am Mast festgebunden.
»Rührt euch!« befahl Reisman.
Die Männer ließen sich ein wenig mehr zusammensacken, aber das war auch der einzige Unterschied in ihrer Haltung. Typische Gefangene. Nach der guten Arbeit vom Vortag hatte er mehr von ihnen erwartet: Lust zum Anfangen, zum Lernen, und die Bereitschaft, sich Mühe zu geben und voranzukommen. Jeder einzelne von ihnen hatte mindestens eine Grundausbildung durchgemacht, und in Marston-Tyne hatte Bowren intensiv mit ihnen exerziert.
»Stillgestanden!« brüllte Reisman sie an. Erschreckt von seiner heftigen Stimme, rissen sie die Hacken zusammen.
Sie erinnerten ihn an sich selbst! Er fühlte, daß er teil an ihnen hatte und in gewisser Weise gleichfalls schuldig war. Mit bestürzender Klarheit traf ihn die Erkenntnis, daß er angesichts dieser Flagge und seiner Stellung als Amerikaner ebenso schuldig sein mochte wie sie. Nie hatte er sich über sein Amerikanertum Gedanken gemacht, die über das hinausgingen, was man als Schulkind mechanisch lernte und was er bei seinen Streifzügen durch die Welt als gutes Recht in Anspruch nahm. Er hielt das Geburtsrecht für eine Selbstverständlichkeit, erfüllte es aber nie mit einem Sinn. Fast bis über die Grenze des gesetzlich Zulässigen hinaus hatte sich bei ihm dieser erzamerikanische, hundertfünfzigprozentige Schutzanspruch der expatriierten Patrioten und Nonkonformisten entwickelt – eine Einstellung, die sich obendrein selbst nicht ganz ernst nahm. Was für ein Hohn also – oder wie passend? –, daß er nun zum Wächter dieser Männer bestellt war. Was für ein fein abgestimmter, vorausschauender, überlegener Geist oder welche Schicksalsfügung hatte das ersonnen!
Reisman warf einen Blick auf seine Armbanduhr. Es war fast acht Uhr. »Wir rücken in dreißig Minuten aus«, verkündete er schroff. »Vorher werden Sie die Dinge lernen, die Sie eigentlich längst können müßten. Eins davon ist das Geradestehen. Wenn Sie nicht spuren, mache ich Sie einen nach dem andern zur Sau und schicke Sie dahin zurück, woher Sie gekommen sind. Lernen Sie es schnell, dann bekommen Sie etwas zu essen. Andernfalls marschieren Sie mit leerem Magen ab.«
Er schickte Morgan und die halbe Wachmannschaft in die Baracke zum Frühstücken. Zehn eiserne Minuten lang ließ Reisman dann Kommandos auf die Häftlinge niederprasseln: Stillgestanden! Richt euch! Augen geradeaus! Augen links! Augen geradeaus! Rührt euch! Stillgestanden! Rührt euch! Dabei schritt er mit dem Obergefreiten Bowren und drei Militärpolizisten die

Front ab, klopfte hier gegen einen Bauch, dort gegen eine Brust, ein Kinn, ein Bein, einen Arm, einen Hintern, einen Rücken und befahl: »Einziehen!« oder »Herausstrecken«, bis er mit den Leuten zufrieden war.
Die drei Militärpolizisten schickte er nacheinander auf die Wachttürme und das Barackendach. Er wartete jeweils, bis der eine seinen Posten bezogen hatte, bevor er den nächsten losschickte. Die Häftlingsreihe stand regungslos. Sogar ihr Atmen geschah ohne Geräusch oder Bewegung. Jetzt sahen sie für Reismans Gefühl schon etwas weniger nach Gefangenen und etwas mehr nach Soldaten aus. Er kehrte ihnen den Rücken zu und schritt zum Tor. Dem Obergefreiten Bowren winkte er, ihm zu folgen.
»Lassen Sie ihre Verpflegung bereitstellen und blasen Sie zum Frühstück!« befahl er.
Aus der geringen Entfernung beobachtete Reisman die Häftlinge. Nicht einer von ihnen bewegte sich; nicht einer wich von seinem Geradeausblick ab. Sie blieben sogar im Glied, als Bowren zum Essenfassen blies, als wüßten sie nicht genau, was das Signal bedeutete oder ob der Ruf ihnen gelte.
»Verpflegung fassen!« rief Bowren.
Sie sackten wieder zusammen, traten unsicher weg und sahen wie Gefangene aus. Am Tor nahmen sie Päckchen mit den Tagesrationen in Empfang und schlurften dann zu ihrem Gepäck zurück. Mürrisch flätzten sie sich auf die Erde hin, müde wickelten sie ihre Frühstücksriegel aus. Reisman setzte sich zu ihnen und kaute seine Stange gehackter, trockener Früchte, gehackten, trockenen Schweinefleischs, gehackter, trockener Eier und dazu Zwieback, der ihn an Hundekuchen erinnerte. Er versuchte, ein Gesicht zu machen, als genösse er jeden Bissen. Die Häftlinge warfen ihm verstohlene Blicke zu: häßliche, argwöhnische, verdrossene Blicke. Reisman überflog den Lagerumkreis: die Militärpolizisten in Bereitschaft auf den Wachttürmen und dem Barackendach, Bowren am Tor.
Feldwebel Morgan trat ins Lager und löste den Obergefreiten Bowren ab. Ein Militärpolizist trug einen Kessel heißes Wasser für den Kaffee der Häftlinge herbei. Ohne ein Wort der Erklärung stellte er ihn neben sie auf die Erde und ging durch das Tor in die Baracke zurück. Reisman sah, wie er durch die Luke aufs Barackendach kletterte, um den Soldaten, der dort stand, abzulösen. Er sah auch die beiden andern Militärpolizisten, die am Außenzaun entlanggingen und die Turmwachen ablösen wollten.
»Im Laufschritt marsch-marsch, die Herren!« rief er.
Sie trabten zu den Türmen und kletterten eilig die Leitern hoch. Ihre abgelösten Kameraden rutschten die Leitern hinunter und trotteten zum Frühstück in die Baracke.
Reisman wartete ab, ob einer der Häftlinge zu dem dampfenden Kessel griff, um sich selbst zu bedienen, wenn schon nicht die anderen; aber keiner rührte sich. Er wußte, die Leute hatten Kaffee nötig, schon um das fade Zeug, an dem sie kauten, hinabzuspülen. Er stand auf und nahm den Kessel.
»Wer will Kaffee?« fragte er.
Sie sahen verdutzt zu ihm hin, waren verlegen und unschlüssig. Ein paar fummelten an ihren Päckchen mit Kaffeepulver, Milchpulver und Zucker. »Ich

möchte welchen, Herr Hauptmann«, brachte Kendall Sawyer schließlich heraus. »Ich auch, Sir«, sagte Myron Odell rasch. Die anderen antworteten teils vernehmlich und freundlich, teils brummig. Sie hielten ihre Becher hin. Reisman ging von einem zum andern und schenkte ihnen Wasser ein. Nachdem er alle versorgt hatte, setzte er sich mitten unter sie und schlürfte seinen Kaffee.

»Hört mal her«, sagte er ruhig. »Glaubt mir, was ich euch jetzt sage ...« Wieder sahen sie ihn argwöhnisch an. Einige wurmte es noch, daß Reisman sie geschliffen hatte; andere waren gelangweilt, denn sie hatten das alles schon mal gehört. »Wenn diese ganze Angelegenheit hier für euch weiter nichts ist als eine Flucht vor dem, was euch in Marston-Tyne erwartet hätte, dann steigt lieber gleich aus und laßt euch aufhängen oder zwanzig Jahre oder für den Rest eures Lebens in ein Militärgefängnis einsperren oder was immer eure Strafe ist. Dann kommt ihr nämlich hier nie klar.« Sie sahen ihn mit plötzlich erwachtem Interesse an. »Aber ich sage euch: Ihr habt in dieser Einheit eine Chance, für die manche Truppe ihr linkes Ei hergäbe. Was ich damit meine, könnt ihr noch nicht wissen, weil ihr nicht wißt, was auf euch wartet. Aber ihr werdet es erfahren, sobald ihr wieder anfangt, Soldaten zu sein und keine Sträflinge mehr. Ihr könnt vom untersten Ende unseres Heeres geradenwegs zur Spitze gelangen mit niemandem mehr vor euch. Damit meine ich natürlich nicht, daß ihr alle General werdet oder so was.« Falls er Gelächter erwartet hatte – das blieb aus. »Generale haben wir genug. Was wir brauchen, sind Soldaten.«

»Warum haben Sie dann den da mitgebracht?« fragte Victor Franko, trotzig und nervös. Er deutete mit dem Kopf auf Morgan. »Der ist kein Soldat. Sie wissen ja, was der ist.«

Die anderen kauten weiter, schlürften ihren Kaffee und starrten von Franko zu Reisman, denn sie spürten, Franko meinte etwas, das sie eigentlich wissen mußten.

»Ja, ja, Hauptmann«, warf Archer Maggot ein, dämpfte aber seine Stimme, »wenn ich auch meist mit einem wie dem da nich' übereinstimme«, er sah hämisch grinsend zu Franko hinüber und blickte dann wieder Reisman an, »aber so'n Unteroffizier wie den Morgan hab' ich noch nie gesehen. Wenn Sie wüßten, wie der mich heute morgen auf die Palme gebracht hat ...«

»Das meine ich doch gar nicht, Dixie«, stieß Franko heiser aus. »Du hast keine Ahnung. Los, Hauptmann, erzählen Sie ihnen, wen Sie uns da zur Gesellschaft mitgebracht haben.« Besorgt rieb er sich die stoppeligen Wangen und den Nacken.

Reismans Augen flogen wieder über den Saum der Lichtung hin. Die Wachen standen in Bereitschaft und beobachteten die Gefangenen, obwohl sie wahrscheinlich nicht alles mitbekamen, was geredet wurde.

»Was meint er mit dem Feldwebel, Herr Hauptmann?« fragte Joe Wladislaw. Dann biß er wieder von seinem Frühstücksriegel ab.

»Feldwebel Morgan war der Henker im Gefängnis von Marston-Tyne«, sagte Reisman ruhig.

Joe Wladislaw hörte auf zu kauen. Niemand sprach. Niemand rührte sich.

Niemand wagte, zu Morgan hinüberzusehen. In einem sekundenschnellen Stimmungsumschwung drängten sie zueinander und scharten sich um Reisman. Ein spöttisches, in diesem Augenblick fast obszön wirkendes Gelächter brach das Schweigen.
»Meinen Sie diesen fetten, komischen Knülch?« höhnte Napoleon White. »Das ist doch ein Witz!«
»Es ist kein Witz!« schrie Franko wild.
Archer Maggot lachte dünn: »Dann wundert's mich nicht, daß du vor ihm bibberst, Mann!« sagte er zu Franko.
Aber es war ein beklommenes Lachen, verkrampft und kraftlos. Einige von den anderen nahmen es auf, um die eigene Furcht zu beschwichtigen – sogar ein paar von denen, die nicht dazu verurteilt waren, mit dem Henker Bekanntschaft zu machen. Nur Roscoe Lever lachte, weil das Unglück der Kameraden und die Tatsache, daß er sich juristisch nicht im Bannkreis des Henkers befand, ihn aufrichteten. Myron Odell versuchte zu lachen, aber das Lachen blieb ihm im Halse stecken, und er fühlte sich elend. Kendall Sawyer und Luis Jimenez lachten überhaupt nicht.
Samson Posey lachte auch nicht. Er verstand, was gesagt worden war, und fand den Mut, den Kopf zu heben und Morgan anzustarren. Von nun an würde er vor dem da auf der Hut sein, denn Verrat war etwas, das er nur zu gut kannte. Da saß das Böse; er wußte es und würde dagegen angehen: hart arbeiten, reine Gedanken denken, zum Schöpfer der Menschen beten und Billy Dreibeins Macht anrufen, damit sie ihm half.
»Ich wußte, es ist etwas Sündhaftes an diesem Mann«, flüsterte Calvin Ezra Smith. Er warf einen raschen Blick auf Feldwebel Morgan und sah dann wieder weg.
Reisman, der gespannt auf einen neuen Wutausbruch seiner Leute wartete, atmete gelassener, immer noch schwankend, ob er über ihre Reaktion enttäuscht oder erleichtert sein sollte.
»Lacht ihr nur, ihr Idioten!« sagte Franko grollend; seine Angst war eine allen sichtbare offene Wunde. »Was wißt ihr denn? Ich war dabei. Ich habe ihn gesehen.«
»Ich auch!« sagte Reisman. Die Erinnerung an die Hinrichtung war wieder ganz frisch und zeichnete sich auf seinem Gesicht ab.
Mann für Mann sah er seine Leute an und dann wieder auf Franko. »Sie haben nicht genug gesehen. Hübsch ist es nicht. Und angenehm auch nicht. Sie sollten sich daher über das, was Sie hier tun, Gedanken machen.«
Er trank seinen Kaffee aus und stand auf. Jetzt herrschte Furcht, sogar bei denen, die nervös gelacht hatten. Und falls Franko darauf aus gewesen war, sich zu ihrem Sprecher und Anführer zu machen, dann hatte er diese Chance nun durch seine Worte und seinen offensichtlichen Schrecken vertan.
Sie beendeten ihr Frühstück, und Reisman rief: »Pinkelpause!« Eine Gruppe führte er selbst zur Latrine.
Franko hätte dem Hauptmann die Füße küssen mögen. Er war inzwischen in arge Bedrängnis geraten, denn die Verpflegung hatte bei ihm abführend gewirkt. So klappte es diesmal, denn Morgan blieb an der Baracke zurück.

Sie stellten sich am Tor auf. Bowren und Reisman schritten die Reihe ab, um die Ausrüstung zu überprüfen. »Helft euch gegenseitig«, sagte Reisman. »Prüft wechselseitig euer Gepäck. Denkt in meiner Einheit immer daran, dann kommen wir gut miteinander aus: Kümmert euch, so gut ihr könnt, um euch selbst; danach kümmert euch um euren Nebenmann.« Er trat hinter Franko und hob seinen Tornister, in dem die Zusatzausrüstung verpackt war, etwas an. »Ziehen Sie die Riemen strammer, Franko«, sagte er, »oder der Hintern hängt Ihnen nach einer halben Meile auf den Fersen.«
Sie marschierten durch die Baracke und das Außentor aus dem Lager und bildeten am Waldsaum eine Doppelreihe, immer die Zeltgefährten nebeneinander. Reisman ließ sie dort haltmachen.
»Noch eins, bevor wir ausrücken«, warnte er. »Wer glaubt, er könne jetzt abhauen, weil er außerhalb des Lagers ist, bekommt eine Kugel verpaßt. Es gibt keine Flucht. Ihr könnt nicht entkommen. Und selbst wenn – wohin wolltet ihr gehen?« Er wies auf das Lager zurück. »Dreht euch um und seht es euch an. Das ist euer Zuhause. Ihr habt es selbst aufgebaut, und ihr habt es genauso gut gemacht wie Pioniere. Fragt Glen Gilpin. Er kann es euch bestätigen, denn er war eine Zeitlang bei den Pionieren.« Gilpin blickte Reisman finster an, weil er ihn hervorgehoben hatte. »Wir bleiben auf dem Marsch zusammen«, fuhr Reisman fort. »Es ist kein Stoßtrupp, und niemand schießt hier draußen auf euch. Und jetzt zeigt mir, ob ihr mehr Ausdauer habt als ein Pfadfinderzug – ob ihr solche Draufgänger seid, wie ihr glaubt.«
»Scheiße!« murmelte Franko durch die Zähne.
Sie zogen durch den Wald auf die Felder und Dünen von Stokes Manor hinaus. Die Marschrichtung führte vom Gutshaus weg hinter den Küstenfelsen entlang und verlief im großen und ganzen parallel zu ihnen; der Ärmelkanal blieb jenseits des ansteigenden Geländes verborgen. Reisman ging an der Spitze, die Militärpolizisten flankierten den Zug, Bowren pendelte zwischen Spitze und Schluß, und Stabsfeldwebel Morgan bildete hinter Franko und Posey die Nachhut.
Reisman war entschlossen, an diesem Tag die Ausdauer der Leute zu prüfen. Sie fertigzumachen. Mit List oder Beschämung, Gewalt oder Verachtung oder jedwedem Kniff, der ihm half, sein Ziel zu erreichen: nämlich aus ihnen das zu machen, was sie werden mußten. Wenn es nicht anders ging, würde er sie erst fertigmachen und dann wieder aufrichten und fertigmachen und aufrichten, immer abwechselnd, wie er es an diesem Morgen schon und auch am Tage vorher gemacht hatte. Und wenn schon die kleinste Frage der Disziplin zu einem Aufstand führte, dann würde er ihnen und sich selbst Tag für Tag von neuem auf den Zahn fühlen und Tag für Tag gegen ihren Haß, ihre Angst, ihre Dummheit, ihre Temperamentsausbrüche und Albernheiten ankämpfen. Er mußte ihnen zeigen, wie schlecht sie in Form waren; er mußte ihnen die Dinge zeigen, die er beherrschte und sie nicht – Dinge, die sie würden lernen müssen, um das Risiko herabzusetzen, wenn sie eines Tages in die Nazi-Kriegsmaschine geworfen würden. Davon wußten sie immer noch nichts.
Die Häftlinge brachen unter der feldmarschmäßigen Ausrüstung, die auf

ihren Rücken und Hintern lag und ihre Koppel nach unten zerrte, schier zusammen. An ihre Tornister waren zusammenklappbare Spaten geschnallt. Reisman trug das gleiche, und zusätzlich noch fünfzehn Pfund an Waffen und Munition. Die M3-Maschinenpistole hatte er sich über die Schulter gehängt; die 12-mm-Pistole steckte an der Hüfte. Dagegen marschierte die Wachmannschaft leicht: Waffen, Wasser und Verpflegung, aber kein schweres Gepäck, das sie niederdrückte. Bowren und ein paar von den Militärpolizisten trugen aufgerollte Seile und Äxte für die Geländeübungen.

Reisman hatte weder Zeit noch Leute genug gehabt, um künstliche Hindernisse und Schwierigkeiten zu schaffen, wie sie die Neulinge in den Schulen des militärischen Geheimdienstes, wo Männer für Sabotageakte hinter den Linien ausgesucht und ausgebildet werden, täglich überwinden mußten. Darum nutzte er jedes natürliche Hindernis im Gelände aus, das er finden konnte. Wenn es einen Hügel zu erklimmen gab, führte er die Häftlinge zum steilsten Punkt; wenn es eine Schlucht zu durchqueren oder einen Fluß zu durchwaten galt, wies er sie an, Baumstämme, Äste und Seile zu benutzen und menschliche Ketten zu bilden. Er verbot ihnen, den leichtesten Weg hinüber zu nehmen, und stieß sie immer auf das Schwierige, Gefährliche, Ermüdendere. Langsam spürte er das an den Muskeln reißende Gewicht seines Gepäcks, spürte er die Riemen, die ihm durch den Drillichanzug in die Haut schnitten und sie wund scheuerten. Doch wußte er, die Häftlinge spürten es noch mehr, mit Ausnahme vielleicht von Samson Posey, der nicht zu ermüden schien und aussah, als könne er für den Rest des Tages sich selber tragen und vielleicht noch einen oder zwei Mann dazu.

Bei jeder Verschnaufpause, die Reisman den Häftlingen gönnte, warfen sie sich erschöpft zu Boden. Aber er ließ sie nicht einfach nach Luft schnappen oder sich auf der Erde räkeln. Er ließ sie sich in Reih und Glied hinsetzen, das Gepäck ordentlich aufgebaut, und hielt Unterricht – zuerst über den einfachen Grundstoff: militärische Höflichkeit, Disziplin, körperliche Gesundheit, Hygiene, alle Stunde ein Zehnminuten-Vortrag. Es folgten fünf Minuten Leibesübungen in der kühlen, grauen Morgenluft. Dazu mußten die Häftlinge sich bis aufs Unterhemd ausziehen. Hinterher zogen sie sich rasch wieder an, um den schwitzenden Körper vor dem kalten Wind zu schützen, nahmen ihr Gepäck auf und marschierten weiter. Sie meckerten untereinander und murrten, gaben sich aber doch Mühe.

Als Reisman sie während eines Unterrichts genau musterte und festzustellen versuchte, ob sie ihm wirklich zuhörten und ihn auch verstanden, merkte er, daß er etwas übersehen hatte. Unvermutet schaltete er ein: »Von jetzt an wird jeder von Ihnen Bleistift und Notizbuch bei sich tragen, sich beim Unterricht Notizen machen und zusammenfassen, was wir auf Geländemärschen gelernt haben. Abends nach dem Essen wird abgefragt, damit ich sehe, ob Sie Ihre Lektionen gelernt haben. Sie brauchen nämlich auch Köpfchen.«

Posey hatte Schwierigkeiten mit der Sprache, und vielleicht war es bei einigen der anderen nicht viel besser. Aber dann sollten sie sich eben Zeichnungen machen oder irgend etwas als Gedächtnisstütze hinkritzeln. Reisman würde überdies versuchen, die Schlaueren wie White und Gilpin als Hilfen einzusetzen. Und wo er Kraft und Ausdauer brauchte, würde er sich die Kräftigen heranholen, wie Posey und Sawyer und vielleicht Maggot und White ebenfalls, um dadurch einen Grundstock an Vertrauen, Können und innerem Zusammenhalt zu schaffen – alles Dinge, die überhaupt erst eine Arbeitsgemeinschaft ausmachen. Die Leute mußten dazu gebracht werden, soldatisch zu denken; sie mußten darüber nachdenken, was sie taten und lernten; was auf sie zukam. Sie sollten den Wunsch haben, es gut zu machen, und auf diese Weise über ihre Vergangenheit, ihr eigenes Ich, ihre kleine und schäbige Existenz hinauswachsen.

Reisman führte die Häftlinge bis zum entferntesten Punkt des Grundstücks, kreuz und quer durch das Gelände diesseits der Steilküste, um möglichst große Entfernungen und möglichst viele Hindernisse bewältigen zu können. Er trieb die Häftlinge fast über das Erträgliche hinaus und führte sie dann einen Pfad zur Küste hinunter, wo sie endlich Mittagspause machten.

Sie rissen Münder und Nasen auf, um die frische Seebrise einzusaugen, sanken in den weichen Sand und schüttelten das Gepäck von den wund gescheuerten, schmerzenden Schultern. Seemöwen segelten kreischend über ihren Köpfen und drehten sich im Wind.

Samson Posey verfolgte neidisch ihren Flug und starrte ehrfürchtig auf die wogende Brandung des Englischen Kanals. Er hatte andere Wasser gesehen, kleine und große, seit er Towaoc verlassen hatte, und immer diese gleiche Ehrfurcht verspürt, die fast Skepsis war. Weit über den unvorstellbaren Ozean war er nun in des weißen Mannes Land gekommen; aber nie hatte er getan, was er so gern gewollt hätte: hineingehen, untertauchen, fühlen, wie es ihn umspülte, ihn reinigte, die Kraft des Wassers spüren und in sich aufsaugen. Nie hatte er die Möglichkeit dazu gehabt.

Er ging zum Hauptmann. »Kann ich hineingehen?« fragte er und zeigte aufs Meer. »Waschen ... trinken.«

»Nun, trinken können Sie es nicht, Posey«, antwortete Reisman. Er brachte ein Lächeln zustande. »Es ist Salzwasser. Aber Sie können sich waschen, wenn Sie wollen. Können Sie schwimmen?«

»Schwimmen? Nein.«

Franko hörte den Wortwechsel und plärrte heiser und noch immer nach Luft schnappend heraus: »Keiner wäscht sich, Häuptling, keiner von uns. Hast du das von heute morgen schon vergessen?« Er warf einen zornigen Blick in die Runde, suchte Unterstützung, ohne sich um Reisman und die Wachen oder selbst Morgan zu kümmern. Er pochte auf seine harmlose, kleine, hartnäckige Meuterei, die da hieß *wir* gegen *sie*. »Wir haben abgemacht, kein Waschen, kein Rasieren, Häuptling! Kapito?«

Samson sah ihn verdutzt an und dann die anderen, von denen einige zustimmend nickten. »So ist es, Häuptling!« murmelten sie, öffneten ihre kleinen Verpflegungspäckchen, schlürften Wasser aus dem Kochgeschirr und beobachteten ihn gespannt. Samson begriff, was sie meinten, fürchtete aber, es werde Ärger mit dem Hauptmann geben, oder er werde es verbieten.

Reisman hörte zu und beobachtete die Leute scharf. Er zuckte lässig die Achseln, als ob ihn an dieser kleinen, organisierten Rebellion wirklich nichts

störe. »Gehen Sie nur, Posey, wenn Sie wollen«, sagte er. Er hatte schon beschlossen, ihnen in dieser besonderen Sache ihren Willen zu lassen.
Samson war zwischen seinem Verlangen, die Kameraden nicht zu kränken, an ihrem Bündnis teilzuhaben, und der mächtigen Verlockung der See hin und her gerissen. »Nur trinken!« sagte er schnell, drehte sich um und rannte auf die Brandung zu.
»He! Weißt du nicht, daß in dem Wasser Salz ist?« schrie Wladislaw.
Samson sprang auf die schaumigen Ausläufer der Wellen und verscheuchte einen Schwarm dreister Möwen. Er beobachtete, wie eine Woge zurückflutete, eine zweite heranschwemmte und seine Stiefelsohlen benetzte. Dann schöpfte er zwei Hände voll Wasser, kippte es an die Lippen und in den Mund, ließ es schuldbewußt über Gesicht und Handgelenke schwappen. Gleich darauf würgte er und spuckte. Er kam zu der Gruppe zurückgerannt, wischte sich angewidert und enttäuscht über den Mund.
»Salz!« sagte er.
Sie aßen ihre trockene Verpflegung, tranken das nach Metall schmeckende Wasser aus dem Kochgeschirr und waren heilfroh über die längere Rast. Ein paar aßen rasch und machten sie zu einem kurzen Nickerchen lang; sie drehten ihr Gesicht der schwachen Sonne zu, die sich durch den Wolkenschleier kämpfte und wiederum einen milden Tag versprach. Andere aßen langsam, lehnten sich gegen ihr Gepäck und sahen dem besänftigenden Rhythmus der See zu. Samson warf den Möwen Zwiebackbrocken hin.
Eine halbe Stunde ließ Reisman den Männern; dann befahl er: »Antreten! Gleiche Formation wie heute morgen.«
Er behielt sie jetzt am Strand auf einem ebenen Marschweg ohne Hügel und Hindernisse, doch war es ebenso strapaziös, wenn nicht schlimmer, in dem weichen Sand zu marschieren, der nach den müden, schmerzenden Beinen griff und sie doppelt schwer werden ließ. Überdies wurde das Tempo beschleunigt: fünf Minuten Laufschritt, fünf Minuten Schritt.
Die Männer fingen an zu taumeln und aus dem Glied zu fallen. Zuerst Odell, der verloren und bestürzt aussah. Dann Franko; Posey packte ihn fest am Arm und schleifte ihn mit, aber er fluchte: »Weg da, blöder Affe!« und riß sich los. Dann Maggot und Lever mit einem Ausdruck, der besagte: Leck mich am Arsch. Pinkley und Wladislaw etwas widerstrebender, denn sie hätten gern durchgehalten. Sie alle sackten in den Sand, stahlen sich einen Augenblick Rast, wurden von den ermüdeten Militärpolizisten angetrieben und torkelten weiter – langsam nur, was Feldwebel Morgan, der den Schluß bildete, bloß recht sein konnte; er war nämlich selbst nahe am Zusammenbrechen. Es war lange her, daß er dergleichen mitgemacht hatte.
Reisman ließ halten. Auch er war mordsmäßig müde, hätte aber weitergemacht, wenn alle durchgehalten hätten. White, Sawyer, Jimenez, Smith und Gilpin fielen in den Sand gegen ihr Gepäck, japsten und nahmen sich nicht einmal mehr die Mühe, die Riemen abzustreifen. Sie hatten durchgehalten wie er, und das war gut. Samson stand mit schweißtriefendem Gesicht da – auch er zu guter Letzt müde, doch keineswegs erschöpft – und wartete auf neue Befehle.

»Sie können sich setzen, Posey«, sagte Reisman.
Nur anderthalb Meilen waren sie den Strand entlanggekommen, und genauso weit mußten sie zurück bis zu dem Steilfelsen beim Lager. Der Zickzackmarsch am Morgen hatte etwa neun Meilen ausgemacht. Reisman wartete, bis Bowren und die Militärpolizisten die Nachzügler heranbrachten, sowie auf Morgan, der mit offenem Mund keuchte.
»Müde?« fragte Reisman spöttisch und sah von einem Gesicht zum andern. Sein Blick blieb auf Napoleon White haften.
Napoleon nahm die Herausforderung an. »Was Sie können, kann ich auch«, gab er zurück. »Vielleicht sogar noch mehr!«
»Wie wär's, wenn Sie dann das Kommando übernähmen und den Rückmarsch anführten, Sie Angeber?« erwiderte Reisman. »Bestimmen Sie das Tempo und geben Sie die Befehle. Wir folgen. Sie müssen das können; Sie machen es ja nicht zum erstenmal.«
Archer Maggot rappelte sich auf. Trotz seiner Erschöpfung war sein Gesicht bleich vor Wut. »Also, Hauptmann, der verdammte Feldwebel da hat mich heute schon zum Scheißeschippen verdonnert, und ich weiß nich', was zum Teufel Sie noch alles mit mir machen können, außer mich verhungern zu lassen oder mich aufzuhängen. Diese ganze Marschiererei und Schleiferei kratzt mich nich', weil ich, wie der Nigger so richtig sagt, schon lange kann, was Sie können, und mehr. Aber der Teufel soll mich holen, wenn ich mir von dem da Befehle geben lasse!«
Napoleon wollte sich schon aus seinen Gepäckriemen winden und sich aufrappeln, sah Maggot dann aber von oben bis unten an, wie er da vor ihm stand und vor Empörung schnaufte, und ließ sich in den Sand zurückfallen. »Du Knallfrosch bist die Anstrengung nicht wert«, sagte er höhnisch.
Reisman stellte sich zwischen sie. »Wie lange sind Sie schon beim Militär, Maggot?« fragte er.
»Ungefähr 'n Jahr.«
»Schon mal einen Nachtangriff mitgemacht – ein Kommandounternehmen?«
»Nee.«
»Dann will ich Ihnen mal was sagen, mein Junge«, sagte Reisman leise, als mache er ihm eine vertrauliche Mitteilung. Auch die anderen, die erschöpft am Boden lagen, hörten zu. »Bei einem Nachtangriff färben wir uns alle die Gesichter schwarz, weil es ein wirklicher Vorteil ist. Das ist einer von den Fällen, in denen White hier Ihnen überlegen ist. Es gibt noch andere, aber welche das sind, müssen Sie in harter Erfahrung selbst lernen. Wollen Sie den Rückmarsch anführen?«
Maggot schüttelte bestürzt den Kopf, der Mund stand ihm offen. »Nee, Hauptmann, ich will den Marsch nich' anführen.«
»Dann halten Sie die Klappe und passen sie gut auf, vielleicht können Sie noch was lernen«, sagte Reisman eisig.
Diesmal gab er ihnen eine Pause von zehn Minuten, während derer nicht geredet werden durfte; dann stand er auf. »Also White«, sagte er. »Die Leute unterstehen Ihnen. Zeigen Sie uns, was Sie können.«
Napoleon stand langsam auf und starrte ihn an. »Es ist Ihnen also Ernst?«

»So ist es, Kamerad. Mithalten oder Mund halten.«
»Also schön, mein Herr und Meister«, gab ihm Napoleon blitzend zurück. »Alles auf! Gleiche Marschordnung wie vorher. Hauptmann neben Wladislaw. Bowren drei Schritte rechts hinter mir ... Morgan, stellen Sie Ihre Nachzüglerposten auf und halten Sie sie in Bewegung.« Seine Stimme klang fest, sicher, berufsmäßig. Die Wachen und Häftlinge traten an, wie er es befohlen hatte – Maggot wütend, die anderen amüsiert, neugierig oder gleichgültig. Reisman stellte sich neben Wladislaw ins Glied. Seine Anwesenheit mitten unter ihnen übte eine beruhigende Wirkung aus. Ehe sie noch viel nachdenken konnten, hatte Napoleon es schon für sie getan. »Im Gleichschritt – marsch!« Er führte den Zug ans Wasser hinab, auf den bei Ebbe festen, feuchten Sandboden. Dann drehte er sich um und marschierte rückwärts mit dem Gesicht zu ihnen, ohne aus dem Tritt zu kommen. Am liebsten hätte er ihnen ins Gesicht geschleudert, daß er einmal eine Einheit unter sich gehabt hatte, die anders marschieren konnte; da wäre jedem von ihnen die Luft weggeblieben, und er brüllte: »Links ... links ... links, zwei, drei, vier, links ...!« Aber sie waren nicht seine alte Einheit, und sie nahmen seinen Marschtritt nicht auf, sondern schleppten sich stumpfsinnig dahin.
Archer Maggot schäumte innerlich vor Wut, weil die anderen nicht explodierten und sich mit ihm gegen diesen saublöden Hauptmann stellten – was war los mit dem? Wußte er nicht, was ein Nigger ist? – und gegen diesen unverschämten Negerlümmel ... Maggot fühlte den Schmerz jetzt mehr im Schädel und in den Eingeweiden als in Bein und Rücken ... und erkannte beinah, daß hier ein Unterschied war ...
... und Victor Franko murmelte »Scheißdreck!« zwischen den Zähnen, so wie er es bei jedem Kommando tat. Doch dachte er, daß das mal ein gewitzter Nigger war, der sie auf dem nassen, festen Sand marschieren ließ, wo es sich leichter ging ... und noch dazu damit durchkam ...
... und Hauptmann John Reisman, der in glänzender Stimmung war, marschierte selbstsicher in dem straffen Schritt, den Napoleon anschlug.

Sie umrundeten eine Landspitze, und von weitem konnte Reisman schon die Schornsteine von Stokes Manor sehen. Er trat aus dem Glied und trabte nach vorne.
»Treten Sie wieder ein, White«, befahl er. Napoleon zögerte, als erwarte er noch einen Kommentar, aber es kam keiner, und so reihte er sich wieder neben Wladislaw ein.
»Jetzt packen wir's! Vorwärts!« schrie Reisman. Er stieß zweimal die geballte Faust in die Luft und führte den Zug mit schnellen Schritten wieder auf den weichen Sand.
Da, wo der Hauptmann schließlich halten ließ, ragte der Felsen über dreißig Meter hoch auf. In den roten Sandstein war ein Kletterpfad gehauen, den der Hauptmann am frühen Morgen schon benutzt hatte. Er wußte, daß ein ganzes Stück den Strand hinunter, hinter einer Landzunge, die See genau unterhalb der verlassenen Fenster des Gutshauses gegen den Felsen brandete. Und weiter dahinter, wo der Fluß in den Kanal mündete, lag das Dorf.

Die Häftlinge sanken in den Sand, als Reisman wegtreten ließ. »Ich brauche einen Freiwilligen!« rief er.
Nur die schreienden Möwen antworteten und das Rauschen der Brandung. Niemand meldete sich. Die Häftlinge streckten sich der Länge nach im Sand aus oder plumpsten erschöpft gegen ihr Gepäck, offensichtlich völlig teilnahmslos. Reisman sah auf seine Armbanduhr. Sie waren weniger als fünf Stunden unterwegs und hatten lumpige zwölf Meilen hinter sich gebracht; dabei sahen sie mit Ausnahme von Posey aus, als kämen sie nie mehr bis nach Hause.
»Morgan!« rief er.
Mißtrauisch kam der Feldwebel zu ihm.
»Postieren Sie Ihre Leute im Halbkreis dreißig Schritt von uns entfernt.« Zu den Häftlingen sagte er: »Setzen Sie sich aufrecht hin und rücken Sie näher zusammen.«
Die Wachen zogen ab und übernahmen die Sicherung. Reisman ließ sein Gepäck fallen und setzte sich im Schneidersitz hin, die Maschinenpistole auf den Oberschenkeln. Nicht weit weg spitzte Morgan die Ohren, um zu hören, was gesprochen wurde.
»Ich habe nach einem Freiwilligen gefragt«, wiederholte Reisman ruhig. »Was er tun soll, ist sehr wichtig. Unser Leben wird von ihm abhängen, wenn wir den Strand verlassen. Ich werde ihn einweisen.«
Er sah von einem Gesicht zum andern; sie starrten ihn neugierig oder ausdruckslos an oder wichen seinem Blick aus. Keiner hob die Hand oder sprach. Kendall Sawyer hätte es fast getan, erinnerte sich aber an den ersten Grundsatz des Soldaten: Melde dich niemals freiwillig.
»Wißt ihr, was es bedeutet, ein richtiger Soldat zu sein? Einige unter euch haben es einmal gewußt, und darum habe ich sie ausgewählt. Ich erwarte, daß sie mit gutem Beispiel vorangehen und den anderen helfen. Jeder von euch kann es. Keiner ist dumm. Keiner ist verkrüppelt oder krank. Sonst wärt ihr nicht hier.« Aber sie waren dumm, sie waren krank und verkrüppelt – wenn nicht körperlich, dann in ihrem Selbstgefühl und in ihrer Einstellung –, und eben deshalb, das wußte er beinah mit Sicherheit, hatte er sich endgültig und unwiderruflich an sie gebunden. Er sprach weiter: »Ihr habt Dreck am Stecken, na und! Ich habe auch schon Dreck am Stecken gehabt!« Er machte dieses Eingeständnis, ehe es ihm recht bewußt wurde, und er zweifelte, ob das der richtige Weg war – ihnen zu bekennen, daß sie Gut und Böse miteinander teilten. Wo fing die List an, wo hörte die Wahrheit auf? »Was immer ihr einmal getan habt, hat nichts zu tun mit dem, was ihr hier tut. Ihr habt nur eine Aufgabe: Soldaten aus euch zu machen – und dazu habt ihr nur kurze, kostbare Zeit zur Verfügung. Was wir gemeinsam tun, was ich euch heute beibringe, morgen, in den nächsten Wochen, das kann euer Leben retten und jegliche Schuld, die ihr der Truppe, dem Vaterland oder euch selber gegenüber habt, tilgen. Wer meldet sich freiwillig?«
Kendall Sawyer, Glenn Gilpin und Samson Posey hoben die Hand. Napoleon White hätte sich auch gern gemeldet, wollte aber nicht übertreiben und sich nicht zu eifrig zeigen. Calvin Ezra Smith hätte es fast getan, aber er mißtraute

diesem Hauptmann, der über Gott und Sabbat spottete und so leichtfertig über das Böse sprach.

»Ich nehme Sie, Posey!« sagte Reisman. Samson stand auf und machte ein ungeheuer erfreutes Gesicht. »Sawyer und Gilpin, Sie kommen ein andermal dran.« Sie sahen enttäuscht, ja gekränkt aus. »Die übrigen mobilisieren schon mal ihre Reserveluft und neuen Mumm. Ihr werdet beides sehr bald nötig haben. Der Tag ist erst halb vorbei.«

Er rief die Wachen. »Gebt mir sämtliche Seile«, sagte er, »und eine Axt.« Einige nahmen aus ihrem Leichtgepäck die Stricke, die sie morgens schon beim Überwinden von Hindernissen im Gelände benutzt hatten. Samson ging von einem zum andern und sammelte sie ein; er stülpte sich die Rollen über seine langen Arme. Bowren reichte Reisman eine Axt, die dieser ins Koppel steckte. Reisman und Samson erklommen den steilen Serpentinenpfad, der oben hinter einer überhängenden Felskante endete und auf ein mit Stechginster und Heidekraut bewachsenes Plateau führte. In einer Entfernung von fast einem Kilometer konnte man das Gutshaus erkennen. Reisman sah sich nach einem stämmigen Baum oder einem breiten Findling um, fand aber nichts Geeignetes.

»Wir seilen uns über die Klippe ab und klettern dann mit den anderen wieder hoch. Verstehen Sie, Posey?«

»Ja.«

»Haben Sie einen Einfall, wie wir das Seil hier festmachen können?« Reisman gestikulierte mit den Händen, um anzudeuten, wie man ein Seil festbindet und daran zieht.

Samson blickte sich um. »Keine Bäume . . . keine schweren Felsbrocken«, sagte er. Er klopfte auf den zusammengeklappten Spaten an Reismans Tornister. »Ich grabe Loch – stelle mich hinein. Sie binden Seil um mich.«

»Nein, das geht nicht, aber Sie bringen mich auf eine gute Idee«, erwiderte Reisman schnell. Er zog die Axt aus dem Koppel und zeigte auf ein paar Bäume, die an die hundert Meter von der Klippe entfernt standen. »Hauen Sie mir sechs dicke Äste ab und bringen Sie sie her.« Er hielt Samson die Axt hin. Zögernd streckte Samson die Hand aus. Ihre Augen trafen sich, und ihr Blick besagte, daß zwischen ihnen Vertrauen herrschte. Samson nahm die Axt, ließ sein Gepäck und die Seilrollen fallen und lief zu den Bäumen.

Reisman knüpfte vier Seile aneinander und begann, gut drei Meter hinter dem überhängenden Felsen einen Graben auszuheben. Als Samson mit den Ästen zurückkehrte, banden sie daraus zwei einfache Anker zusammen und befestigten daran das Seil. Dann verkeilten sie die Anker im Graben und schaufelten ihn zu. Sie zogen mit aller Macht an dem Seil, aber die Anker hielten.

»Ich gehe zuerst«, sagte Reisman und nahm sein Gepäck auf.

»Nein, ich«, widersprach Samson.

»Ich gehe zuerst. Warten Sie, bis ich Ihnen ein Zeichen gebe«, erklärte Reisman. Er hängte sich die M3 quer über den Rücken und zog die Riemen stramm an. Dann äugte er über den Felsrand, rief den Männern unten eine Warnung zu und warf das Seil hinab. Es ringelte sich am Boden und hatte reichlich Spielraum, doch stellte Reisman fest, daß das Seil oben stramm und

flach auflag, dadurch wurde die Sache gefährlicher, als es in seiner Absicht lag, insbesondere, weil die letzten Meter der Kletterstrecke unter dem überhängenden Felsen verliefen. Hier mußte man ohne die zweifelhafte Bequemlichkeit der Felswand und ohne den Halt auskommen, den sie den Füßen bot. Der Hauptmann schickte Posey noch einmal nach Ästen aus; dann brachten sie am Felsrand eine Dreifußstütze für das Seil an. Dieses wurde dadurch weit über den Felsen gehoben, so daß ein hochkletternder Mann den Rand mit Armen und Beinen fassen konnte.
Reisman schlang sich das Seil einmal ums Gesäß, stieß sich rückwärts vom Felsrand ab und begann sich hinabzulassen, indem er das Seil langsam durch seine fest zusammengelegten Hände und Beine gleiten ließ. Wo der Überhang abfiel, stieß er sich hinaus, schwang etwas tiefer wieder ein und setzte die Füße auf einen Vorsprung, um sich einen Augenblick auszuruhen. Dann glitt er an dem losen Seil abwärts. Zweimal konnte er einwärts schwingen und auf dem Fußweg stehenbleiben. Als er unten ankam, sahen ihn die Häftlinge beklommen an. Die Wachen schielten mit einem Auge auf ihn, mit einem auf die Männer. Reisman trat von dem Felsriff so weit zurück, daß er die Spitze sehen konnte.
»Fertig, Posey!« rief er. »Kommen Sie herunter!«
Samson kam mit weniger Vorsicht und mehr Dampf herab. Er stoppte nur an den Stellen, wo das Seil geknotet war und das Abwärtsrutschen unterbrochen wurde. Seine Hände, Arme und Beine waren um das Seil geschlungen und regulierten das Tempo. Samson kam mit solchem Schwung unten an, daß der Sand hochspritzte.
»Tornister aufsetzen und antreten!« befahl Reisman.
»Was ist mit dem Weg?« brummte Roscoe Lever. »Ich bin schließlich kein Bergsteiger!«
»Es gibt keinen Weg!« schnauzte Reisman. »Dies ist der einzige Weg hinauf. Von ihm hängt euer Leben ab!«
Sie bewegten sich widerstrebend – waren schon ganz hibbelig wegen der bevorstehenden Kletterei.
»Nun mal 'n bißchen dalli«, trieb Reisman sie an. »Bowren, lassen Sie die Leute ein paar ordentliche Kniebeugen und Liegestütze machen, damit die steifen Knochen in Bewegung kommen und man sieht, daß noch Leben drin ist.«
Er schickte Feldwebel Morgan und einen Wachtposten über den Fußweg nach oben und drei Militärpolizisten jeweils an diejenigen Stellen des Pfades, wo man an die Kletterer herankam und ihnen notfalls helfen konnte. Dann versammelte er die Häftlinge am unteren Seilende um sich.
»Man kann diese Sache richtig und falsch machen«, erklärte er. »Richtig ist es so.« Während er sprach, machte er vor, wie man hinaufkletterte. »Mit den Armen hochziehen und mit den Beinen festklammern. Mit den Armen ziehen, mit den Beinen klammern.« Er ließ sich wieder zu Boden gleiten. »Wenn ihr nervös werdet, nicht nach unten schauen! Ihr tragt fünfzehn Pfund weniger als ich; schätzt euch also glücklich, daß man euch noch keine Waffen gegeben hat.«

»Geben Sie uns doch die Pistolen. Oder trauen Sie sich nicht?«
»Ein andermal, Franko!« sagte Reisman. »Heute nicht. Wie wär's, wenn Sie nach mir als erster rangingen und den anderen zeigten, wie gut Sie sind?«
»Ich warte lieber, bis ich an der Reihe bin, Herr Hauptmann.«
»Und merkt euch«, sagte Reisman. »Wer dieses Hindernis nicht bewältigt, ist erledigt, kaputt wie die Krauts. Ich dulde keine Drückebergerei. Wenn ihr dies nicht schafft, sei es allein oder mit gegenseitiger Hilfe, dann seid ihr auch nicht imstande, die anderen Dinge zu schaffen, die von euch verlangt werden, und euer Wert für diese Einheit ist gleich Null.« Er machte eine Pause, um seine Worte genügend wirken zu lassen. »Wer folgt mir als erster?«
Samson schob sich durch die Gruppe nach vorn, und niemand verwehrte es ihm. Reisman gab ihm das lose Seilende in die Hand.
»Jeder merkt sich, was ich ihm jetzt zeige«, sagte er mit Nachdruck. »Der Mann an diesem Seilende ist genauso wichtig wie der Kletterer selbst. Er mußte das Seil mit Armen und Beinen stramm ziehen.« Er brachte Samsons Arme und Beine in die richtige Stellung zum Festhalten des Seils und vergewisserte sich, daß der Mann genau verstand, was er meinte. »Wenn das Seil so straff gehalten wird wie ein Feuerwehrmast, geht es leichter. Wer nicht mehr weiter kann und eine Fußstütze braucht, ruft zu dem Mann am Seilende hinunter, daß er ihn einwärts schwingen läßt, und zwar so:« Er zwang Samson, das Seil locker zu halten und wie ein Pendel auf die Felswand zuschwingen zu lassen. »Wer versucht, vom Seil abzuspringen, bevor er oben angekommen ist, geht schnurstracks wieder hinunter und fängt von vorne an. Nehmt also meinen Rat an und macht es gleich beim erstenmal richtig. Nun noch eins, und das ist das Wichtigste: Blickt mal alle nach oben! Ihr seht, daß der Felsen überhängt. Das Seil ist so angebracht, daß ihr über den Rand kommen könnt; der Mann hier unten kann euch dabei aber folgendermaßen helfen:« Er zog Samson langsam mit dem Seil zurück, so daß es stramm durch seine Hände lief, bis der ganze Spielraum aufgebraucht war und das Seil straff in einem Winkel zur Felswand verlief. »Wenn Sie das Seil so schräg spannen, erleichtern Sie Ihrem Kameraden da oben die Sache.« Er zerrte es aus Samsons Händen. »Lassen Sie es aber locker, dann kann das seinen Tod bedeuten! Bowren, Sie überwachen jeweils den Mann am unteren Seilende und helfen ihm. Schnappen Sie sich das Seil, Posey!«
Er begann rasch emporzuklettern und gab dabei Anweisungen: »Mit den Armen hochziehen, mit den Beinen klammern! Mit den Armen hochziehen, mit den Beinen klammern! Nicht nach unten blicken, nicht in Panik geraten! Notfalls gibt es von überall Hilfe.« In der Mitte rief er: »Schwingen Sie mich einwärts zum Pfad, Posey!« Der dort postierte Militärpolizist griff nach ihm, als er näher kam, und hielt ihn fest – die Leute sollten einmal sehen, wie das gemacht wurde –; dann ließ er ihn weiterklettern. Am Überhang arbeitete Reisman sich Stück für Stück weiter. Er fühlte, wie das Seil sich von der Felswand weg spannte, so daß er, halb auf ihm liegend, an dem Vorsprung vorbeikam. Morgan und die Militärpolizisten starrten ihn aus der kurzen Entfernung an und streckten ihm die Hände hin. Er winkte ab und zog sich allein über den Rand.

Posey kam sehr gut hinauf. Sawyer kämpfte sich als nächster mit wildem, verzweifeltem Gesicht über den Überhang hinweg und sackte dann mit noch zitternden Nerven und Muskeln auf dem Plateau zusammen. Als nächster kam Gilpin. Er war völlig fertig, warf aber einen grimmig-zufriedenen Blick auf Reisman. Dann niemand mehr. Reisman äugte über den Rand. Sie stritten sich, wer nun dran war.
»Vorwärts, Bowren!« rief er hinunter. »Franko ans Seil!«
Franko kam langsam herauf, nützte jeden Halt für die Füße aus und verbrachte mehr Zeit mit Pausen als mit Klettern. Am Überhang glitt er ab und hing mit dem Rücken nach unten. »Verdammt noch mal, Hauptmann, ich rutsche. Ich kann nicht!« Er glitt langsam abwärts.
»Franko, Sie bleiben, wo Sie sind!« schrie Reisman, der ihn wegen des Überhangs nicht sehen konnte. »Wenn Sie runtergehen, sind Sie erledigt. Haben Sie mich verstanden? Dann ist Ihre Zeit bei dieser Einheit zu Ende. Sie wandern noch heute abend nach Marston-Tyne zurück!«
Über dem Felsrand tauchten Frankos Finger auf, zerkratzt und blutig; dann kam der Kopf mit einem Mund, der nach Atem rang.
»Helfen Sie ihm, Feldwebel«, befahl Reisman.
Auf Frankos Gesicht trat ein Ausdruck des Abscheus, als Morgan nach ihm griff. Reisman packte den Feldwebel am Koppel, um nicht etwa noch alle beide Leute einzubüßen.
Smith, Wladislaw und Jimenez kletterten mit Bedacht hinauf. Sie schonten ihre Kräfte, indem sie ihren Nachfolgern unten am Seil kurz vor Erreichen des Überhangs ein Zeichen gaben, sie zum Felsrand pendeln zu lassen, und arbeiteten sich dann die letzten paar Meter mit einem Friß-Vogel-oder-stirb-Ausdruck empor.
Myron Odell machte seine Sache gut bis zur letzten Rast; dann rückte und rührte er sich nicht mehr. Er klammerte sich an das Seil, wollte aber nicht weiterklettern, weder hinauf noch hinunter. Reisman rannte den Pfad hinab bis zu der Stelle, wo er ihn sehen konnte.
Wütend schrie er den Männern am Strand zu: »He ihr da! Verdammt noch mal, steht nicht so herum! Einer klettert hoch und hilft ihm!«
Maggot war an der Reihe. »Das woll'n wir doch ma' sehen, ob ich da raufgehe und mich für diesen feigen Yankee umbringe!« brummte er. »Warum zum Teufel springt er nich'? Dann hat er Ruhe!«
Ehe er noch recht erfaßte, was er tat, trat Napoleon vor und riß Maggot an der Schulter zurück. »Geh weg!« herrschte er ihn an und begann hinaufzuklettern.
Maggot kam ihm nach, packte ihn rasch an den Fußgelenken, riß ihn vom Seil herunter in den Sand und bearbeitete seinen Kopf und Körper mit den Fäusten.
Starr vor Entsetzen sah Myron Odell wie durch einen Schleier dem Kampf zu. Er fühlte, wie ihm das Seil aus den Händen gerissen wurde, und wäre dadurch fast von dem schmalen Platz, auf dem er stand, abgestürzt. Er sah, wie die anderen die Streithähne auseinanderrissen und festhielten, und hörte den Hauptmann rufen, erst von dem Fußweg, dann unten vom Strand.

Reisman ließ das Seil zur Felswand pendeln. »Fassen Sie zu, Odell!« rief er.
Odell kauerte sich zusammen, gelähmt, allein; ihm war es egal, ob er für immer dort blieb, dort starb.
»Bedienen Sie das Seil, Obergefreiter«, befahl Reisman grimmig. »Es gibt nur eine Möglichkeit, diesem Scheißkerl Beine zu machen.« Er nahm die Maschinenpistole vom Rücken, entsicherte sie und zielte. »Odell!« schrie er. »In fünf Sekunden klettern die Kugeln den Felsen hinauf. Nehmen Sie das Seil und machen Sie vorwärts!«
Odell hörte die Worte, sah die Gestalten dreißig Meter unter sich, hörte die ratternden Explosionen und sah gebannt und ungläubig, wie die Kugeln sich in den Felsen fraßen und Sandsteinstückchen herausbissen, während der Strahl näher zu seinem Platz kam. Da sprang er, Hände, Arme und Beine in das Seil verhakt. Er hetzte hinauf, weg von dieser Sturzflut aus Krach, Staub und explodierendem Gestein – mit einer neuen Furcht, die ihn anspornte, den Überhang zu nehmen, als wäre er gar nicht vorhanden. Niemand half ihm, denn alle waren vor den wilden Pistolengarben zurückgesprungen.
Zitternd und triumphierend fiel Odell neben die glotzenden Militärpolizisten auf das Plateau. Er hatte es geschafft. Er hatte es geschafft! Mehr noch, er war hinaufgefeuert worden. Er! Hatte einen Vorgeschmack von dem bekommen, was man unter einem heißen Gefecht verstand. Hatte winzige Todesflügel vorbeijagen sehen, die ihm nichts getan hatten. O Gott, er hatte es ihnen gezeigt!
Reisman stieß einen tiefen Seufzer der Erleichterung aus.
»Also weiter!« fuhr er die anderen an. »Macht, daß ihr hinauf kommt!«
Maggot, White, Pinkley und Lever kletterten mit erstaunlicher Leichtigkeit hoch.
Bowren übergab Reisman das lose Seilende. »Jetzt bin ich dran, Herr Hauptmann«, sagte er. »Ich möchte nicht, daß die Kerle glauben, sie könnten mir was vormachen.«
Fix kletterte er hinauf und über den Felsrand. Reisman trottete ihnen den Fußweg hinauf nach.
Odell starrte den Hauptmann mit einem Gefühl an, das gemischt war aus Haß und Achtung, weil er ihn zu dieser Tat gezwungen hatte, und Bewunderung, ja Zuneigung – die er aber abgestritten hätte. Aber was wäre, wenn der Hauptmann ihn getötet hätte? Dann läge er, Myron Odell, der jetzt dem Vortrag des Hauptmanns über Taktik und Selbstversorgung zuhörte, in dieser Minute tot, blutüberströmt und zerschmettert am Fuß des Felsens – und war doch unschuldig! Die Vorstellung des Nichts fiel ihm schwer und entsetzte ihn. In das Nichts zu gehen! Ob er wohl seine Hände auf die Wunde gepreßt, sich um die eigene Achse gedreht und die Ich-bin-getroffen-Grimasse geschnitten hätte, wie man das im Film sah? Oder ob er mit einem nicht endenden Schrei hinabgestürzt wäre, wie sie's ebenfalls im Film machten? Keins von beiden hatte er getan, und so wußte er nicht recht, wie er sich jetzt fühlen sollte – gut oder schlecht, beschämt oder stolz? Der Hauptmann hatte ihn auch nicht aus seinem Zwiespalt erlöst. Er war den Fußweg heraufgekommen, hatte ihm einen neugierigen Blick zugeworfen und ihn dann links liegenlassen.

Als der Unterricht beendet war, zogen sie sich wieder aus, um Freiübungen zu machen. Würde der Mann sie denn nie in Ruhe lassen? Jeder Muskel und Knochen im Leibe tat Odell weh, und doch erschienen ihm die unerschlossenen Kraftquellen, die er in sich entdeckt hatte, wunderbar.
Bevor sie sich auf den Heimweg machten, gingen sie austreten und entfernten sich aus einem gewissen, gleichwohl zweifelhaften Intimitätsbedürfnis ein Stück von der Stelle, wo sie gesessen hatten, seitwärts zur voraussichtlichen Marschrichtung. Nach Hause! So hatte der Hauptmann es am Morgen genannt. Odell wußte, es war ebenso ein Zuhause wie jedes andere auch.
Franko stand neben ihm, schwenkte freigebig seinen Penis über Stechginster und Heidekraut und fragte sich, ob er ihn jemals wieder zu etwas anderem als zum Pinkeln benutzen würde. Er warf einen sonderbaren Blick auf Odell. Der wandte sich ab – und fuhr zusammen. »Mein Gott, eine Frau!« rief er. In seinem hastigen Bemühen, seine Blöße zu bedecken, machte er sich naß.
Es war tatsächlich eine Frau – beziehungsweise das, was von ihr sichtbar war: ihr Körper von der Taille an aufwärts. Sie stand wie angewurzelt ein paar Meter unterhalb der Stelle, wo der Fußweg auf das Plateau mündete. Victor Franko ging auf sie zu, die Gegenwart seiner Kameraden hatte er vergessen. Dann sah er den Hund.
Reisman hörte den Hund bellen, und als er aufblickte, erkannte er Margot Strathallan, die etwa dreißig Meter entfernt auf dem Weg stand und den zerrenden Dobermann an einer kurzen Leine festhielt.
»Kommen Sie hierher, Franko«, rief er.
Franko drehte sich mit einem Gesicht um, in dem ein gemeiner, kläglicher Zorn stand.
Reisman faßte Bowren am Arm. »Laufen Sie und sagen Sie ihr, sie solle auf den Strand zurückgehen, bis wir hier verschwunden sind!« befahl er. »Morgan, bringen Sie die Leute rasch hier herüber und lassen Sie antreten!«
Die Häftlinge rannten durcheinander, einige aus Neugier, die meisten mit einem gierigen, lüsternen Seitenblick auf die Frau. Samson blickte besorgt vom Hauptmann zum Hund. Feldwebel Morgan ließ sie mit Front in entgegengesetzter Richtung antreten.
Bowren trabte zurück und flüsterte Reisman zu: »Sie sagt, dies sei ihr Grundstück, und niemand könnte ihr vorschreiben, wo sie spazierenzugehen habe. Sie möchte den Offizier sprechen.«
»Marschieren Sie ab, Bowren. Im Laufschritt zurück ins Lager. Ich hole Sie schon ein.«
Der Dobermann schnappte nach ihm und knurrte in unterdrückter Wut, als Reisman herankam.
»Ruhig, Sigismund«, besänftigte Margot das Tier auf deutsch und streichelte ihm Kopf und Flanken.
»Er gehorcht Ihnen gut«, antwortete Reisman trocken, ebenfalls auf deutsch.
»Sprechen Sie deutsch?« fragte sie überrascht.
»Ja, aber der Klang dieser Sprache geht mir jedesmal gegen den Strich; manchmal macht er mich wütend, manchmal muß ich lachen«, erwiderte er, nun auf englisch.

Sie wandte sich wieder dem Hund zu. »Der nette Offizier tut uns nichts. Er möchte sich nur mit uns unterhalten.« Der Hund beruhigte sich. Sie lächelte Reisman an. »Ich hörte Schüsse. Haben Sie ein wenig Krieg gespielt?«
»Ich hatte Sie doch gebeten, das Gebiet, in dem wir arbeiten, zu meiden«, sagte Reisman schroff.
»Eine recht ordinäre Gesellschaft«, spottete sie. »Amerikaner? Und damit wollen Sie den Krieg gewinnen? Sie werden sich steigern müssen, ich weiß.«
»Ich sage es Ihnen jetzt zum letztenmal«, erwiderte er leise und zwang sich, beherrscht zu bleiben. »Sie haben sich von meinen Leuten fernzuhalten. Außer Sicht- und Hörweite!«
»Außer Hörweite?« lachte Margot. »Das ist ziemlich schwierig bei dem Krach, den Sie veranstalten. Schüsse an meinem Strand und Hornsignale zu jeder Tageszeit. Soll ich mich Ihnen zuliebe in meinem Zimmer einschließen?« fuhr sie ihn wütend an. »Ich darf Sie daran erinnern, daß dies mein Besitz ist und Sie nur dank meiner Nachsicht hier sind.«
»Wenn es Ihnen lieber ist«, sagte Reisman, jetzt ruhiger, »werde ich etwas tun, was ich zu vermeiden hoffte. Ich werde das Kriegsministerium davon unterrichten, daß es für uns von höchstem Interesse ist, Sie zu evakuieren.«
Sie erschrak und biß sich nervös auf die Unterlippe; aber als sie weitersprach, klang es noch genauso hochmütig. »Das wird nicht nötig sein. Ich hatte nicht die Absicht, Sie bei Ihrer Arbeit, wie Sie das nennen, zu stören. Ihr Anblick ist mir widerwärtig. Es wird mir ein Vergnügen sein, Ihnen aus dem Weg zu gehen.«
Margot zog den Hund an ihm vorbei aufs Plateau, und er sah, wie sie über die Dünen auf das Gutshaus zuging. Er wollte seine Drohung nicht wahrmachen, zumindest jetzt noch nicht. Dann lief er hinter seinen Männern her, denn es lagen noch arbeitsreiche Stunden vor ihm.

17

Überall in dem großen Königreich rückten die Menschen in jener Nacht dichter zusammen. Sie klammerten sich in Liebe, Furcht, Zärtlichkeit und Leidenschaft aneinander, denn das waren ihre Waffen gegen Langeweile und Schrecknis; die einen im Bett; falls sie verwundet, glücklich oder wohlversorgt waren ... die anderen an kalte, ebenerdige Fensterbrüstungen in Belfast geschmiegt ... gegen dunkle Mauern in Liverpool gelehnt ... in Abteilen und Gängen der Fernzüge ... bei den Ein-Pfund-Gefälligkeiten in London, wo die Huren durch Picadilly streichen wie das Netz eines Fischers und kaum ein Fisch durch die Maschen schlüpfte.
Einige behalfen sich mit sich selber.
Archer Maggot behalf sich mit seinen Erinnerungen. Er lag in seinem Bettzeug auf dem harten Boden; seine Muskeln und Knochen taten ihm weh, und er stank nach den Latrinen, die er durchgearbeitet hatte. Er dachte an die Frau auf dem Felsen, die ganz in ihren großen, weißen Mantel eingehüllt gewesen war, so daß er nicht hatte erkennen können, ob sie Titten, einen Hintern,

Beine oder sonst was besaß, und er war verrückt nach ihr, malte sich aus, wie es wohl wäre, und hätte gern gewußt, ob sie in der Nähe wohnte, in dem großen Haus, und ob der Hauptmann etwas mit ihr hatte.

»Hast du's doll getrieben, Lui, wie du zu Hause warst?«

»Es reicht.«

»Ihr Messikaner sollt ja heiße Burschen sein.«

»Klar, sind wir auch, was dachtest du denn?«

»Mann, ich hab's doll getrieben; mir war schließlich schon schwach vom Hingucken.«

»Gib nicht so an.«

»Bin nämlich 'n großer Mann zu Hause, Lui.«

»Ach nee!«

»Bestimmt, Lui. So viel Weiber, wie ich wollte. Die ganzen taufrischen Bienen von den Dörfern kamen zu Archer Maggot. Mußte's ihnen machen und ihnen die Kniffe zeigen. Und auch so viel Schnaps wie ich wollte, und mehr Geld in der Tasche, als du in deinem ganzen Leben gesehen hast.«

»Was hatt'ste denn – 'n Puff?«

»'n Puff? Mensch, du hast keine Ahnung. Warste nie in Phenix City?«

»Wo 's das denn?«

»Wo 's das denn! Mensch, Lui, du hast keine Ahnung. Dachte, jeder beim Kommiß war schon mal in Phenix.«

»Arizona ... mein Vetter hat da mal gearbeitet, als Pampelmusenpflücker.«

»Junge, du bist typisch vom Land. Habe nie von keinem Phenix City in Arizona gehört. Dies hier ist in Alabama. Von da bin ich her, aus dem Bezirk Russel, gleich hinter'm Chattahoochee von Columbus aus, Georgia. Da gibt's Puffs und Striptease und Kneipen und Automaten und Spielkarten und Würfel, und jeder wettet bei Pferderennen ... und Hahnenkämpfe, und wenn einer 'ne Spritze braucht oder 'ne Pille, schaffen wir's ran. Alles, was das Herz begehrt, gibt's da.«

Die Vierzehnte Straße, die Dillingham-Straße, die Seale Road waren von gleißendem Neonlicht erfüllt und mit Massen gutgläubiger Trottel vollgestopft, die über die Brücken von Columbia hereinströmten; die aus der Provinz und landauf hereinströmten, aus Birmingham, aus dem gesamten Süden, von Miami herauf, von Tallahassee und Mobile und New Orleans; Yankee-Spieler aus Chicago, New York und Detroit; Cowboys aus Reno und Orten im Westen ... und vor allem das Militär ... zu Tausenden und aber Tausenden kamen sie aus Fort Benning über die Brücken, mit Taschen voll Moneten, und ihre sexuelle Gier trieb sie geradenwegs dorthin, wo die Mädchen warteten: in die Bumslokale, Nachtklubs, Hotels, Motels; die Masse quoll über in die Provinz, in alte Fachwerkhäuser und Maisspeicher, in Karnickelställe und Fischerdörfer an verkommenen, schmutzigen Straßen. Und Archer Maggot war ein großer Mann. Nicht der größte, kein König, obgleich er sich manchmal einbildete, er wär's – oder würde's –; nein, einer, der die Hände rührte, der für die Großen, denen der Vergnügungsrummel gehörte, die Dinge schaukelte; der darauf achtete, daß alles reibungslos verlief, neue Talente heranschaffte und die Mädchen auf Vordermann brachte; einer, der den

Polypen, Sheriffs und Politikern ihr Schmiergeld brachte und sich um die Gimpel kümmerte, die was von gezinkten Karten und verwässertem Schnaps oder zuwenig Zeit mit bezahlten Weibern herumquakten; einer, der die Schreihälse mit Schlagringen, Ketten, Palmknütteln und Totschlägern fertigmachte oder auch manchmal nur seine gewalttätigen Fäuste und stampfenden Stiefel benutzte. Es bereitete ihm ein ausgesprochenes Vergnügen, obgleich er und seine Jungs auch manchmal zu weit gingen, und irgend jemand dann einen aufgedunsenen Körper aus dem Chattahoochee fischte.

»'ne schöne Scheiße«, meinte Jimenez. »Mach das alles mal da, wo ich her bin, dann haste sofort die Polizei am Hals. So'ne Städte gibt's bei uns nicht.«

Maggot fuhr aus seinen Träumen auf. »Sag das ja nich' noch mal, das wär' Scheiße«, flüsterte er böse. »Polizeileute und Politiker haben für uns gearbeitet, so wie wir das laufen hatten; die kamen genauso und schnupperten hinter den Weibern her, nach Mondschein und 'n bißchen Spaßvergnügen, wie alle andern auch.«

»Wenn du so 'n großer Mann bist, wie kommste dann hierher?«

»Das ist 'ne lange Geschichte, Lui . . . 'ne lange Geschichte.«

»Ach scheiß doch drauf . . . ich hab' einen harten Tag gehabt, und der verdammte Hauptmann sagt, er läßt uns keine Ruhe. Ich will schlafen.«

Archer Maggot konnte nicht einschlafen, weil er immer daran denken mußte; weil sein Fleisch brannte . . . seine Nerven fieberten . . .; weil er sich erinnerte, wie sie feucht wurden, wie sie anfingen, sich zu winden, zu schwitzen, zu stöhnen und zu riechen, wie sie sich anklammerten, keuchten und schrien und dann still lagen mit nassem, strähnigem Haar und aufgeweichten Körpern. Er konnte nicht einschlafen, weil er sich an die eine in London erinnerte, die geschrien hatte: »Vergewaltigung!« Obwohl Tausende sie vor ihm gehabt hatten! Eine, die schuld daran war, daß er dann vors Kriegsgericht kam; die Kratzer von ihm am Gesicht und am Körper vorzeigte. Eine Hure! Nicht einmal hübsch oder gut im Bett wie die, die er in Phenix City unterwiesen und trainiert hatte. Eine billige Nutte, die ihn zynisch an den Galgen bringen wollte; die ihn zu einem Nigger, einem Indianer und einem Mexikaner ins Gefängnis werfen ließ!

Er konnte nicht einschlafen, weil er an den Morgen in Phenix City denken mußte, als ihm der geschniegelte Gerichtsdiener seine Einberufung brachte . . . Sie wurde ihm nicht per Post zugeschickt, sondern persönlich überreicht, damit sie wußten, daß er den Stellungsbefehl auch wirklich bekommen hatte, und damit er bestimmt wußte, woher er kam . . . Er war in die Stadt zum Gericht gegangen, um herauszufinden, wer ihm diesen Teufelsstreich gespielt hatte. Aber sie hatten ihn mit Schafsgesichtern angesehen, als wäre er ein Niemand, und hatten erklärt, er habe zu tun, was in dem Wisch stünde, und Soldat zu werden . . . Er konnte das nicht verstehen, denn er hatte immer von oben Protektion gehabt, egal was er machte . . . und als er zu den Großen ging, die alles deichseln konnten, erklärten sie ihm, es habe zu viele Schlägereien gegeben, zu viele Bewußtlose, zuviel Gerede über ihn . . . zu viele Beschwerden seien gekommen, und sie würden von Fort Benning unter Druck gesetzt, und vielleicht müßten sie ein paar Betriebe zumachen, was schlecht

fürs Geschäft sei ... So hätten die maßgebenden Leute beschlossen, die Sache auf diese Weise zu regeln ... ihn aus dem Verkehr zu ziehen ... Sie täten ihm einen Gefallen damit ... es gebe andere, die sähen ihn wegen seiner vielen Faxen lieber im Gefängnis von Kilby ... oder im Chattahoochee ... oder eingegraben ... Aber die Großen hätten ihn zu lieb, um derlei zu tun, sagten sie; und darum brauche er nur zum Militär zu gehen wie all die übrigen vaterlandsliebenden Leute aus ihrem hübschen Städtchen und großmächtigen Staat auch ... Und sie möchten ihm verdammt raten, über die Dinge in Phenix City den Mund zu halten ... Wenn er nämlich plappere, hätten sie viele Wege, ihn zu kriegen ... Wenn er aber ein braver Junge sei und tue, was man ihm sage, könne vielleicht ein Job auf ihn warten, wenn er heimkomme. Seit jenem ersten Tag, da er die Uniform angezogen hatte, nährte Archer Maggot seinen Groll. Er hatte sich geschworen, als ein größerer Mann heimzukehren und mit denen, die ihn zum Barras geschickt hatten, reinen Tisch zu machen. Aber als Soldat blieb er nie lange genug an einem Ort, um mehr auf die Beine zu stellen, als ein paar Würfel- oder Pokerrunden für den Tagesbedarf. Und notgedrungen ehrlich zu spielen mit Leuten, die im Bilde waren, hatte sich für ihn nie ausgezahlt. Erst als er nach London verlegt wurde und bei einer Transporteinheit landete, kam ihm seine glorreiche Idee: die Huren in London so zu organisieren, wie man es bei ihm zu Hause mit den Weibern tat. Sie irgendwo zu etablieren und unter Aufsicht zu nehmen, ihnen die Kerle zuzuführen, von den Piepen das meiste abzusahnen und sie, falls nötig, zu verprügeln. Sein eigenes Reich!
Und dann diese erste Nutte, die er sich in Picadilly gegriffen hatte ... Nein, stimmt nicht! Sie hatte sich ihn gegriffen, wie er es dem Kriegsgericht auch gesagt hatte ... Lachte ihm ins Gesicht, als er ihr seinen Vorschlag machte – das heißt, sie gar nicht erst lange fragte, sondern einfach bestimmte. Sie lag nackt auf dem Bett und sagte, er solle sich beeilen; er war noch in der Unterhose und erklärte ihr, was er für sie und ihre Freundinnen tun wolle – dem Kriegsgericht sagte er das natürlich nicht – nur daß sie ihn aufgegabelt, sein Geld genommen und ihm nichts dafür gegeben habe; und wenn er sie vielleicht ein bißchen geschlagen habe, dann nur, weil sie ihn übers Ohr gehauen habe ... Sie hatte ihn einfach ausgelacht. Sie sei unabhängig. Habe nichts zu schaffen mit Zuhältern und brauche auch keinen. Er war kein Zuhälter, verdammt noch mal! Yankeegewäsch! Und dann belegte sie ihn mit den unflätigsten Ausdrücken, die er je aus dem Munde einer Frau gehört hatte. Sie zog sich an, ohne ihm zu geben, was er schon bezahlt hatte. Da aber brachte er ihr die Flötentöne bei; er riß ihr die Kleider herunter, nahm sich, was ihm für sein Geld zustand, und schlug sie windelweich, um ihr zu zeigen, daß er hier die Befehle gab und daß er eines nicht leiden konnte: ausgelacht zu werden. Sie schrie so laut, daß die Nachbarn die Tommypolizei holten und die Militärpolizei, und jeder einzelne von diesen Dreckskerlen behauptete, er habe das Weib vergewaltigt.
Genommen hatte er sie sich! Weiß der Henker, das hatte er! In seinem dumpfen Brüten kam er nicht von ihrem Bild los, wie sie da nackt vor ihm lag und er sie hernahm und dreinschlug und sie hernahm und dreinschlug ...

Auch Samson Posey konnte nicht schlafen. Er stand auf, nahm die kleine, scharfe Muschel aus der Tasche, die er am Strand gefunden hatte, und schnitt sich mit großer Anstrengung kleine Schnitzel von den Finger- und Fußnägeln ab. Dann kroch er vor, hob die Zeltklappe hoch und hielt die Nagelstückchen himmelwärts. »*Inusakats!*«, rief er leise den alten, vertrauten Gott der Mildtätigkeit an. »Gib mir ein langes Leben und hilf mir, *Inusakats*!« psalmodierte er. Darauf warf er die Nagelstückchen in den Nachtwind, kroch zu seinem Lager zurück und schlief ein.
Victor Franko verkroch sich mit großen Augen und schlaflos in die äußerste Zeltecke. Der blöde Kerl ging ihm auf die Nerven.

Auf dem Barackendach schritt Hauptmann Reisman auf und ab und beobachtete das Lager. Er hörte geflüsterte Unterhaltungen, die er nicht verstehen konnte, und nahm Bewegungen wahr, ohne sie deutlich zu sehen. Er fluchte, was ihm nur in den Sinn gekommen sei, diese Wache zu übernehmen, obwohl er es als Einheitsführer gar nicht nötig hatte ... Keiner erwartete das von ihm. Wann würde er wohl, falls überhaupt, dieses ungute Gefühl eines drohenden Verhängnisses abschütteln können, das auf ihm lastete? Was war es nur, das ihm so zusetzte? Die Erinnerung an ungemütliche Zeiten? Angst vor neuen? Würde es ihm nie möglich sein, den Häftlingen ganz zu vertrauen, sich selbst und dem Wachkommando die Arbeit zu erleichtern? In gewisser Weise war es für die Wachsoldaten am härtesten, denn auch ihnen wurde durch ihre Abkommandierung eine Strafe auferlegt; sie mußten fast ununterbrochen Dienst tun, bis auf die ungenügenden, von Wacheschieben unterbrochenen Schlafstunden und die freie Nacht, die ihnen alle drei Tage zustand. Heute allerdings hatten Bowren und die drei dienstfreien Militärpolizisten nicht einmal das.
Nach dem Zapfenstreich hatte Reisman sie – mit dem strikten Befehl, nichts über ihr Standquartier und die Art ihrer Tätigkeit auszuplaudern – nach Marston-Tyne geschickt. Sie sollten drei der vier Lastwagen zurückbringen und im Jeep wieder nach Stokes Manor kommen. Fröhlich waren sie abgefahren, und sei es auch nur, weil sie von dem schweren Druck, der auf diesem Ort und seinen Menschen lastete, loskamen. Dabei hatten sie den Schlaf am nötigsten; vielleicht hätten sie ein paar Stunden Entspannung oder zweifelhaften Amüsements in dem Dörfchen Stokesmouth vorgezogen, wenn sie die Wahl gehabt hätten. Er wäre selbst gern gefahren ... eine Nacht mit Tess ... auch, nur ein paar Stunden oder Minuten, um sich mit ihrem Liebreiz, ihrer Zärtlichkeit und Leidenschaft zu trösten.
Marston-Tyne war für ihn mit unglaublich gegensätzlichen Erinnerungen behaftet – Angst, Ekel, Tod; Liebe, Schönheit, Leben ... Ob Tess vertrauensvoll darauf wartete, daß er zu ihr zurückkäme, sobald er konnte – wie sie es einfach so, einfach süß, mit ihrer jungen, wohlklingenden Stimme gesagt hatte, obgleich er sie nie darum gebeten hatte oder bitten würde und sich auch nicht berechtigt glaubte, es zu erwarten? Sie war ein wunderbares Erlebnis für ihn. Aber was konnte er ihr schon sein? Bei seiner nicht wegzuleugnenden Vergangenheit – und den Aussichten für die Zukunft? Er spürte eine starke,

fast schmerzliche Sehnsucht bei dem Gedanken, daß ein anderer das für sie geworden sein könnte, was er ihr war – daß ein anderer es noch werden könnte.
Warum lernte er nie, ohne Gefühl zu lieben und nur sein Vergnügen zu suchen!
Er dachte an Margot Strathallan, die so nahe war. Sein Dienst nahm ihn derart in Anspruch, daß er sie beinah vergessen hatte – bis sie da auf dem Felsen auftauchte und die Männer durcheinanderbrachte. Herrgott noch mal! Was für ein unpassender, geschmackloser Auftritt! Albern! – es sei denn, er paßte bedauerlicherweise vielleicht doch zu ihr, je nachdem, wie pervertiert ihr Geschmack in diesen Dingen war – wenn er auch darum genauso unpassend blieb ... jawohl, und wenn sie ihn aus dem Gleichgewicht brachte, verdammt noch mal! ... in ihrer seltsamen, verlassenen Welt da drüben, die sich über alles lustig zu machen schien – ihrem Gefängnis, das sie scheinbar selbst gewählt hatte ... warum, wußte er immer noch nicht, würde es wohl auch nie wissen ... »Ziege!«

Drei Tage lang jagte Reisman die Häftlinge erbarmungslos durch eine harte körperliche, theoretische und disziplinarische Schule. Eine Ausbildung, die ihnen unter normalen Umständen in Wochen und Monaten zuteil geworden wäre – was bei den meisten auch der Fall war –, mußten sie nun in Stunden und Tagen neu durchlaufen, sich wieder aneignen: Gewaltmärsche kreuz und quer durch das ausgedehnte Grundstück und entlang der Küste; an Steilfelsen Seile hinauf- und hinunterklettern; auf, über oder quer durch irgendwelche Hindernisse hetzen, die Reisman ausfindig machte oder sich ausdachte; geschlossenes Exerzieren im Lager; Freiübungen, immer gerade dann, wenn die Leute die traditionellen zehn Minuten Pause erwarteten oder nötig hatten; schnelle Nachtmärsche, wenn sie glaubten, sie hätten ihr Tagewerk hinter sich und könnten in die Falle sinken. Ständig erschallte Reismans nimmermüde Stimme: Sie kommandierte, ermunterte, stachelte an; sie drohte und dozierte, wechselte in Tonfall, Rhythmus, Stimmlage und Lautstärke, je nachdem wie die Situation es verlangte, je nach Wortwahl und Satzbau: bald breite Mundart, Landserjargon, Vertraulichkeit von Mann zu Mann; bald das langsame, sorgfältig artikulierende Sprechen des Offiziers, Gentlemans und Intellektuellen, womit ein Teil der Männer überfordert war. Reisman machte dann Pausen, damit sie nachkamen und auch sicher verstanden, was er meinte.
Den Unterricht variierte und wiederholte er – weitete ihn aus und verbesserte ihn, fügte Neues hinzu, wenn er fühlte, daß die Häftlinge dafür aufnahmefähig waren: Erste Hilfe, Kartenlesen, Kompaßorientierung, Grundsätzliches über den Infanteriekrieg, Waffenkunde. Er ließ sie die Waffen zwar nicht in die Hand nehmen und schon gar nicht benutzen – noch nicht –, erklärte ihnen aber das M1-Gewehr, den Karabiner, die 12-mm-Automatikpistole und die M3-Maschinenpistole, machte sie wieder mit der einfachen Grundbewaffnung des Fußsoldaten vertraut. Wahrscheinlich müßten sie erst wieder lernen, damit umzugehen, bevor man kompliziertere oder interessantere Dinge in

Angriff nehmen könne ... falls sie es verdienten, falls er sie dessen für wert halte ... falls er ihnen trauen könne.
Das wechselnde Wetter spielte bei alldem überhaupt keine Rolle. Die Leute mußten lernen, in jedem Gelände und bei jedem Wetter wirksam zu operieren, Tag und Nacht – bis zu dem Zeitpunkt, da Reisman endgültig Klarheit über ihren Auftrag erhielt. Das Wetter änderte sich von Stunde zu Stunde. Regelrechte Wasserwände kamen herunter, die Menschen und Material peitschten, nachts an den kleinen Zelten zerrten, die Regenrinnen überfluteten und alles aufweichten. Der Regen verpestete das Lager mit Latrinengestank, tropfte durch das Barackendach und suchte die Militärpolizisten heim, die draußen Wache schieben mußten. Dann wieder war das Wetter mild und fast freundlich, ein Vorbote des Frühlings – und der Invasion.

Es war der Obergefreite Bowren, der den Häftlingen ihren Namen gab – ihre Parole – sozusagen ihre Identität. Vier Tage nachdem die Ausbildung begonnen hatte, trat er frühmorgens durch die Tür zu Reismans kleinem Büro und meldete mit ironisch huldvoller Würde:
»Das dreckige Dutzend steht zu Diensten, Sir!«
Reisman sah von den Übungsarbeiten auf, die er den Häftlingen am Abend vorher gegeben hatte. Einige der schriftlichen Antworten waren ausgezeichnet, einige ausreichend oder dürftig und einige nahezu unleserlich – Samson Posey benutzte Worte und kleine Zeichnungen –, aber Reisman freute sich, in welcher Weise es mit diesem Teil der Ausbildung voranging. Er kam jedenfalls an sie heran; sie arbeiteten mit, bemühten sich, dachten nach. Da er aus seiner Konzentration herausgerissen worden war, fiel seine Antwort barscher aus als beabsichtigt: »Was heißt das, Obergefreiter?«
»Das dreckige Dutzend, Herr Hauptmann – erwartet Sie«, wiederholte Bowren mit Verbeugung und galanter Armhaltung. Er lächelte, war aber plötzlich nicht ganz sicher, ob er den kameradschaftlichen Ton, den der Hauptmann zwischen ihnen duldete, nicht übertrieben hatte.
»Haben die Leute jemals gehört, daß Sie sie so nennen?«
»Ich glaube nicht, Sir«, antwortete Bowren nun ernst. »Ich habe nur Spaß gemacht. Sie denken hoffentlich nicht, daß ich sie schikaniere ...« Er meinte, wie Morgan sie manchmal schikanierte – unnötig hart und grausam –, mehr um sich selbst daran zu ergötzen, als um den Leuten oder dem Hauptmann zu nützen.
»Sie können sie schikanieren, soviel Sie wollen«, erklärte Reisman unmißverständlich, »wenn Sie meinen, es tut ihnen gut. Ich will die Leute hager, zäh und bissig haben. Wenn sie es hier vertragen, vertragen sie es auch dort, wohin sie geschickt werden. Nein, deshalb fragte ich nicht. Ich glaube vielmehr, daß ihnen ein solcher Spitzname gefällt. Darum habe ich ihnen auch diesen Quatsch mit dem Waschen und Rasieren durchgehen lassen. Sorgen Sie dafür, daß den Leuten der Name zu Ohren kommt. Sagen Sie den Wachen, sie sollen ihn benutzen – Teufel auch, der paßt genau, was?« sagte er kichernd. Er stand auf, um zu den Leuten hinauszugehen. »Sie fangen wirklich langsam an zu stinken.«

Sie stanken in der Tat – obgleich nicht so schlimm, daß man sich ihnen nicht mehr hätte nähern können, worauf sie insgeheim hofften und worüber sie stolze Gespräche führten. Erwartungsvoll durften sie diesem Ereignis entgegensehen, wenn sie nur lange genug durchhielten. Aber sie stanken in der Tat nach Schweiß und dem Schmutz ungewaschener Körper, nach verschmierten Rationen, nach Angst und Zorn und nach Urin. Mit ihren Backen- und Schnurrbärten sahen sie verwegen aus – obwohl es in diesem Stadium erst kurze Stoppeln waren, die bei dem einen spärlich, beim andern kräftig und dunkel wuchsen und von Schmutz starrten. Posey sah schon von Natur wild aus, wogegen Odell sich mit dem bißchen Flaum, den er zustande brachte, redlich mühte.

Jeden Tag wurde ihnen Gelegenheit geboten, sich zu waschen und zu rasieren; aber sie lehnten ab. Es war der einzige Augenblick, da Reisman ihnen eine Disziplinlosigkeit erlaubte. Daraus war ein morgendlicher Ritus geworden: Die Wachen kamen mit der Fünfzehn-Liter-Kanne Wasser heraus und boten den Häftlingen an, sich zu waschen und zu rasieren; einer ließ sich Wasser geben und schüttete es unter dem ablehnenden Gelächter der andern auf die Erde. Dann tauchte Reisman auf, das Gelächter verebbte, und die Dinge kehrten zu ihrer normalen Ordnung zurück. Es war ein kleines Sicherheitsventil, das der Hauptmann ihnen zubilligte.

Reisman stand vor ihnen im Lager. Die Häftlinge saßen auf der Erde; die Zelte waren abgebrochen, die Verpflegung verzehrt; das Gepäck lag sauber aufgereiht hinter ihnen, und jeder war zum Abmarsch bereit. Im stillen nannte er sie jetzt »Das dreckige Dutzend« – wie sie sich bestimmt bald selbst nennen würden; eine Art verkehrter, pervertierter Moral, die für *sie* arbeiten würde.

»Ich werde Ihnen heute morgen zeigen, wie man einen Menschen umbringt«, sagte der Hauptmann übergangslos.

Einige sahen ihn entsetzt an, andere geradezu peinlich berührt. Da ging ihm auf, wie absurd das klang. In ihren Akten stand, daß White, Franko, Posey, Jimenez und Sawyer wegen Mordes verurteilt worden waren, Odell wegen Mordes an einer Frau; Maggot, Lever, Smith, Pinkley, Wladislaw und Gilpin wegen schwerer Körperverletzung, die hart genug an Mord grenzte, um ihre Anwesenheit hier zu rechtfertigen.

»Ich werde Ihnen zeigen, wie man einen Menschen hiermit umbringt.« Er hielt einen kleinen Finger hoch. »Und hiermit.« Er hielt die drei mittleren Finger steif in die Höhe und kreuzte den Daumen und den kleinen Finger vor der Handfläche. »Und wie man sich verteidigt, selbst wenn man unbewaffnet ist – so wie Sie es im Augenblick sind und noch für eine ganze Weile bleiben werden. Wie man sich gegen Schußwaffen, Knüppel, Säbel und Messer verteidigt oder gegen einen Kerl, der zweimal so groß ist wie Sie . . . Posey zum Beispiel. Versuchen Sie übrigens niemals, einen Menschen auf folgende Weise zu töten oder auch nur zu schlagen.« Er ballte die Faust. »Es schadet Ihnen selbst wahrscheinlich mehr als dem andern; Sie können sich dabei sogar die Knöchel und die Finger brechen. Sehr schmerzhaft.«

Wieder hielt er den kleinen Finger hoch. »Wenn ich sage, einen Menschen hiermit töten, dann übertreibe ich natürlich ein wenig, um der Anschaulichkeit willen. Gemeint ist die Handkante einschließlich des kleinen Fingers« – während er sprach, demonstrierte er, was er vortrug –, »die eine ausgezeichnete Waffe abgibt, wenn die übrigen Finger fest dagegen gelegt werden und man den Daumen im rechten Winkel abspreizt, damit der Muskel vom Handgelenk zum kleinen Finger gespannt wird. Nehmen Sie Hefte und Bleistifte heraus. Feldwebel Morgan, würden Sie mir bitte einen Ast oder ein Stück Holz holen – ungefähr fünf Zentimeter dick und einen halben Meter lang?«
Die Gefangenen kramten in ihrem Gepäck nach den Schreibsachen und saßen dann mit gezückten Bleistiften und den Heften auf dem Schoß parat – wie eine übriggebliebene Schulklasse, über die die Zeit verheerend hinweggestürmt war.
»Was ich Ihnen jetzt beibringe, ist die Wissenschaft des Angriffs ohne Waffen und der waffenlosen Verteidigung, von den Japanern Jiu-Jitsu oder Judo genannt. Sie haben bestimmt schon etwas davon gehört und kennen womöglich das eine oder andere. Vielleicht hat man Sie in Ihrer militärischen Laufbahn irgendwann einmal in diesem Fach unterrichtet und Sie haben Ihre Kenntnisse schon angewandt. Vielleicht haben einige der Herren auch ihre eigene Tötungsmethode, die sie vorziehen – oder angewandt haben. Sie werden in einem späteren Stadium der Ausbildung Gelegenheit haben, das Ihre zur Vervollkommnung der Gruppe beizutragen. Bis dahin folgen wir meiner Methode. Es gibt Variationen und Feinheiten, die Ihnen Spaß machen werden.« Er sah Napoleon White an, um auf eine alte Streitfrage zwischen ihnen hinzuweisen.
»Übrigens haben die Japse – nur, um Sie über das, was wir tun, ein wenig ins Bild zu setzen – Judo und Jiu-Jitsu nicht erfunden«, belehrte Reisman die Häftlinge. »Es wurde im zwölften Jahrhundert von chinesischen Mönchen entwickelt. Ihre Religion verbot ihnen nämlich, Waffen zu benutzen. Smith, Sie müßten das eigentlich verstehen und zu würdigen wissen. Was sollten die armen Kerle aber machen, wenn sie ständig von Nomaden und Räubern überfallen wurden? Sie verloren viele ihrer Brüder. Dann arbeiteten sie jedoch Jahre hindurch ein Kampfsystem aus, das sie tatsächlich stark machte. Nun konnten sie sich auf Nahkampf einlassen. Das geschah zu einer Zeit, als Kriege meistens Auge in Auge und Mann gegen Mann ausgefochten wurden. Man mußte damals wirklich Schneid haben, um Soldat zu werden, und wirklich auf Draht sein, wenn man mit dem Leben davonkommen wollte. Die Japse machten nach, was die chinesischen Mönche angefangen hatten. Sie haben es, wie Sie wissen, in dieser Kunst weit gebracht, haben sie verbessert und verfeinert. Aber sie haben kein Patent darauf und besitzen kein Geheimmittel, das sie besser oder stärker macht als uns. Und das gilt genauso für die Nazis! Ich habe gegen beide schon gekämpft; sie besitzen weder ein Monopol auf Terror noch die Kampfkraft von Übermenschen.«
Feldwebel Morgan kam mit einem dicken Ast an; die Gefangenen kritzelten noch eifrig in ihre Hefte. Morgan machte keine allzu glückliche Figur, doch

zeigte Reisman ihm, wie er den Ast halten solle: fest an beiden Enden gepackt, die Arme ausgestreckt.
»Aufgepaßt!« rief Reisman den Häftlingen zu.
Mit einem geschmeidigen Hieb schnitt seine Hand das Holz durch.
»Jeder von Ihnen müßte das in ein paar Wochen können«, sagte er. »Sie auch, Feldwebel. Sie müssen nur den betreffenden Muskelstrang durch Übung härten. Schlagen Sie bei jeder Gelegenheit, in jedem freien Augenblick Ihre Handkante gegen eine harte Oberfläche. Wir wollen damit gleich anfangen. Auf die Erde!« Alle streckten die Hand aus und spreizten den Daumen ab, wie er es ihnen gezeigt hatte. Dann schlugen sie die Handkante auf den Boden; es machte ihnen Spaß. »Und nun will ich auch die praktische Anwendung zeigen.« Morgan trat ängstlich zurück; er hielt noch immer die zwei Asthälften. »Keine Angst, Feldwebel, Sie können mir vertrauen. Ich berühre Sie nur leicht und schlage nicht mit voller Kraft zu.«
Er zeigte den Häftlingen, wo man einen Menschen unmittelbar über dem Nasenbein zwischen die Augen treffen muß, um einen papierdünnen Knochen zu brechen und einen Splitter ins Gehirn zu treiben, was den sofortigen Tod zur Folge hat. Und wie man den Schlag genau unter der Nase ansetzt und schräg aufwärts zu den Ohren führt, worauf Bewußtlosigkeit oder Tod eintritt. Und wie man mit aller Kraft auf den Kehlkopf schlägt – exitus. Dann piekte er in Morgans vollen Bauch unterhalb des Brustbeins und zeigte ihnen die Stelle, wo man die drei Finger, hart wie Dolche und mit der Handfläche nach oben, in den Solarplexus stoßen muß, um die Aorta aufzureißen und durch eine massive innere Blutung den Tod herbeizuführen.
Einige der Häftlinge lachten, als sie sahen, wie unbehaglich Morgan zumute war, der die Rolle des Opfers spielte.
Reisman hielt inne und starrte sie an. »Lachen Sie nicht«, sagte er kalt. »Lacht nicht über Tod, Verletzungen und Schmerzen eines Mitmenschen. Das ist kein Zeitvertreib und kein Spaß. Sinnvoll wird das alles nur durch einen bedeutsamen Zweck. Selbstverteidigung – oder ein übergeordneter Auftrag. Keiner von Ihnen wird einen dieser Schläge jemals ernstlich ausführen – verstanden! Wenn Sie diese Angriffe untereinander üben, wird die Stelle, wo der Schlag sitzen muß, nur bezeichnet und angetippt – weiter nichts! Es gibt auch Methoden, einen Mann außer Gefecht zu setzen – ihn kampfunfähig zu machen. Ihn zum Schweigen zu bringen, ohne ihn zu töten oder ernstlich zu verletzen. Auch das werde ich Ihnen beibringen. Nur wenn ich es sage, werden diese Schläge zu dem beabsichtigten Zweck angewandt. Wer sich irgend etwas herausnimmt, wer einen Partner in der Praxis absichtlich verletzt oder an ihm sein Mütchen kühlt, der bekommt es mit mir persönlich zu tun. Und ich warne Sie! Ich nehme keine Rücksicht. Jetzt aber lassen wir den Angriff einmal beiseite und konzentrieren uns auf die Verteidigung. Posey, stehen Sie auf!«
Samson stand auf und trat eifrig vor. Reisman zog ein Stechmesser aus einer Scheide am Gürtel und hielt ihm das Heft hin. Samson wich bestürzt zurück.
»Nehmen Sie es!« befahl Reisman. »Und greifen Sie mich an!«
»Nein«, sagte Samson leise und schüttelte den Kopf.
»Nehmen Sie es, verdammt noch mal, und gehen Sie auf mich los!«

Samson nahm das Messer und hielt es schlaff an der Seite; er machte ein bestürztes und verlegenes Gesicht.
»Das ist doch zum Aus-der-Haut-Fahren! Kommen Sie mir jetzt nicht auf die sanfte Tour, Häuptling. Was ist denn los mit Ihnen?«
»Ich verletze Sie ... Sie guter Mann, guter Offizier ... Ich will nicht verletzen. Bei letztem Kampf hab' ich einen getötet.«
»Sie haben einen getötet, weil der nicht konnte, was ich kann. Nun los, verdammt noch mal, greifen Sie an!«
Samson stand da und schüttelte stumm den Kopf.
»Was für 'n komischer Indianer sind Sie eigentlich, Posey? Sioux, Apache? ... Nein, Navajo! Vielleicht eine Squaw!«
Samsons Gesicht verzerrte sich in ungläubiger Wut, als er versuchte, die unerwarteten Beschimpfungen abzuwehren. »Ich bin ein Ute!« sagte er laut und reckte sich zu voller Größe auf. »Nicht Navajo ... nicht weißer Mann ... Ute!«
»Dann sind die Utes Squaws, ihre Weiber Huren und ihre Kinder schmutziges Bettelpack!«
Mit einem tierischen Schrei stürzte Samson vorwärts, das Messer instinktiv erhoben. Mit einer raschen, oft geübten Bewegung zuckte Reismans rechter Unterarm hoch und blockierte den herabsausenden Messerarm. Sein linker Unterarm hakte sich blitzschnell in Samsons Ellbogen und bog den Arm nach hinten. Seine linke Hand umspannte das rechte Handgelenk des Indianers, so daß der Messerarm wie in einem Schraubstock steckte. Dann zog Reisman die Ellbogen dicht an den Körper, krümmte sich von der Hüfte an vorwärts und drückte Samsons Arm und mit ihm den Mann nach hinten. Die unbändige Kraft des Indianers, der sich zitternd gegen ihn preßte, hätte den Griff beinah gesprengt; aber Reisman hielt durch und drückte Samson zu Boden.
Das Messer fiel auf die Erde, und Samson stürzte grunzend hin. Bevor er aufstehen oder nach dem Messer greifen konnte, stieß Reisman es mit dem Fuß Bowren zu und stellte sich wieder in Bereitschaft. Samson ging wie ein rasender Stier auf ihn los, blindwütig und unüberlegt, ein ideales Opfer für den nächsten Griff.
»Sie wollen Kampf – ich kämpfe!« rief er.
Reismans linke Hand schloß sich um Samsons rechtes Handgelenk. Darauf drehte der Hauptmann sich um, bückte sich, faßte mit der rechten Hand Samsons Oberarm und schleuderte den Indianer, indem er Schwung und Gewicht des Mannes ausnutzte, sauber über seinen Kopf zu Boden.
Er beugte sich über ihn, um sich zu vergewissern, daß er ihn nicht ernsthaft verletzt hatte. »Vielen Dank, Posey«, sagte er lächelnd.
Samson rappelte sich langsam wieder auf die Beine. Allmählich dämmerte es ihm, und die neue Erkenntnis verdrängte den Zorn, der ihn gepackt hatte. »Kein Spaß«, sagte er; denn er sah ein, er hätte den Hauptmann glatt umgebracht, wenn der nicht imstande gewesen wäre, sich zu verteidigen – und diese Gewißheit erschreckte ihn, denn dann hätte man ihn bestimmt gehängt. Er kehrte an seinen Platz zurück. Keiner von den anderen hatte gelacht. Vielleicht war das gut. Was sie gesehen hatten, imponierte ihnen.

Reisman nahm das Stechmesser wieder an sich. Er klopfte das Heft gegen die offene Hand und sah seine Leute der Reihe nach an. »Wenn einer glaubt, er kann es mit mir aufnehmen, soll er vorkommen«, forderte er sie heraus. »Wie wär's mit Ihnen, Franko? Sie haben doch so eine schöne Wut im Bauch, die Sie loswerden wollen. Nein? White, wie wär's denn mit Ihnen? Haben Sie mir nicht erzählt, Sie würden sich auf jede Chance stürzen? Also los!«
Niemand rührte sich. Da stand Archer Maggot grinsend auf. Er deutete mit dem Daumen auf Samson. »Scheiße, Hauptmann; der war ja nur 'n blöder, alter Sack, der nicht kämpfen wollte. Sagen Sie Ihren Jungs da, sie sollen zurücktreten und den Finger vom Abzug nehmen, damit sie's nicht juckt. Werde Ihnen zeigen, wie man mit Ihnen umgehen muß, und die da müssen sagen, Sie hätten 'n Unfall gehabt, klar?«
Reisman warf ihm in elegantem Bogen das Messer mit dem Griff voraus zu. »Sie sind dran, Mister Dixieland«, sagte er.
Archer Maggot fing das Messer auf und ging lauernd vor. Er hielt sich leicht gebückt, den linken Fuß voraus und den linken Arm vorgestreckt, um mögliche Schläge abzuwehren. Das Messer hielt er dicht an der Hüfte, bereit, jeden Eröffnungsschlag zu parieren. In diesem Augenblick wurde Reisman klar, daß er einen Mann gegen sich hatte, der wußte, was er tat. Maggot bluffte nicht. Er war äußerst gefährlich, wie er da zentimeterweise näher kam. Reisman bückte sich und griff nach einer Handvoll Erde; Maggot tat es ihm gleich. Dann wich Reisman zurück; er wußte, er konnte sich den Sekundenbruchteil, den er brauchte und in dem er ungedeckt sein würde, im Grunde nicht leisten. Als Maggot auf Armeslänge heran war, sprang Reisman – die Füße voran – und drehte sich dabei nach links. Den linken Spann hakte er hinter Maggots linkes Fußgelenk, den rechten Fuß rammte er ihm gegen den rechten Oberschenkel, und mit einer Scherenbewegung warf er den Mann rückwärts zu Boden. Seinen eigenen Fall fing er mit der Hand ab, und im selben Augenblick hob er den rechten Fuß und schmetterte ihn Maggot mit Macht in den Bauch.
Maggots Hände griffen an seinen Magen; das Messer fiel auf die Erde und war vergessen. Sein Mund klappte geräuschvoll auf und zu und schnappte nach Luft. Reisman nahm das Messer und beugte sich über ihn.
»Sie haben Ihre Sache gut gemacht«, sagte er. »Später, wenn Sie sich besser fühlen, können Sie den Trick den anderen zeigen. Morgan, helfen Sie ihm.«
Morgan und ein Militärpolizist hoben Maggot auf. Er konnte wieder atmen und stöhnen. Sie führten ihn zu seinem Platz zurück. Alles war so schnell gegangen; Maggot wußte immer noch nicht, wie ihm geschehen war, und das ärgerte ihn mehr als die Tatsache, daß er besiegt worden war. An dem verdammten Hauptmann war was dran, der hatte nicht nur eine große Schnauze, soviel stand fest; und er schwor sich, er würde die Sache lernen und ihm eines Tages darin über sein.
Reisman wartete, bis sein Herzschlag sich beruhigt hatte, sein Atem wieder gleichmäßig ging und die verräterischen Zeichen von Furcht und Aufregung, die nach jedem Kampf in seiner Stimme schwangen, verschwunden waren. Dann erst sprach er.

»Es gibt mehr als hundert verschiedene Griffe zur Selbstverteidigung, ähnlich den paar Sachen, die ich eben mit Posey und Maggot vorgemacht habe: Methoden, mit denen man sich schützt und die Oberhand gewinnt, gleichgültig ob man mit oder ohne Waffe angegriffen wird; und Methoden, mit denen man sich aus einem Griff befreit, wenn man überrascht wird oder umklammert oder wenn man an allen möglichen Körperstellen oder an der Kleidung festgehalten wird. Doch gibt es nur fünf einfache Grundprinzipien bei der Kunst der waffenlosen Verteidigung. Es spielt keine Rolle, wie groß oder stark einer Ihrer Gegner ist oder wie klein und schwach Sie selbst sind. Lernen Sie diese Prinzipien, und Sie werden imstande sein, Ihren Körper mit Selbstvertrauen und Geschick einzusetzen. Sie werden das alles nicht von heute auf morgen oder in den nächsten Tagen oder in einem Monat lernen; wir nehmen aber von jetzt an täglich zwei oder drei Tricks durch, und bevor Sie hier fertig sind, werden Sie schon einiges können.«

Er winkte den Obergefreiten Bowren zu sich heran und wies ihn an, sich so fest, wie er nur könne, hinzustellen.

»Das erste Prinzip ist das Gleichgewicht«, sagte Reisman. »Gleichgültig, in was für einer Stellung sich ein Mensch befindet – in irgendeine Richtung hat er immer seinen Schwerpunkt verlagert, und das ist die Richtung, in der er dem andern eine Angriffsmöglichkeit bietet.«

Mit Bowren als Partner demonstrierte Reisman im Zeitlupentempo die fünf Grundprinzipien: Wie man das mangelnde Gleichgewicht eines Gegners ausnutzt; wie man des Gegners Kraft und Schwung gegen ihn ausnutzt, indem man beiden eine bestimmte Richtung gibt, anstatt sich ihnen zu widersetzen; wie man die Bauchmuskeln als Kraftquelle jeglicher Verteidigung benutzt; wie man maximale Stärke gegen maximale Schwäche konzentriert; und wie man in der Praxis unnötige Verletzungen vermeidet, indem man bei der Verteidigung bewußt zwischen nachdrücklichen und weniger entschiedenen Maßnahmen unterscheidet. Es gilt, aus der Gefahr herauszukommen und den Gegner durch einen Griff zu beherrschen, ohne dabei den Druck so zu verstärken, daß daraus ein Gegenangriff würde.

»Es ist etwas anderes, als wenn man mit der Schußwaffe auf jemanden zielt«, erklärte Reisman den Leuten. »Mit einer Schußwaffe sollte man nur zielen, wenn man auch bereit ist zu schießen; und man sollte nur schießen, wenn man bereit ist zu töten. Bei der unbewaffneten Verteidigung haben Sie dagegen die Wahl, jemanden zu verletzen oder zu schonen. Wenn Sie untereinander trainieren, haben Sie von dieser Wahl Gebrauch zu machen. Das heißt, daß Sie nicht roh zuschlagen und mit aller Macht angreifen oder sich verteidigen, sondern daß Sie den Bruchteil einer Sekunde Zeit haben und dazu das Wissen und Können, sich wie Menschen zu entscheiden und nicht wie Tiere. Eben jetzt könnte zum Beispiel Mr. Maggot ebensogut über den Verlust seiner Hoden klagen anstatt über leichtes Bauchweh, oder Mr. Poseys Arm oder Hände könnten gebrochen sein . . .«

Myron Odell hatte mit wachsendem Entsetzen zugehört. Die übrige Ausbildung hatte ihm soweit nichts ausgemacht, obwohl er bedauerte, daß er

so schmutzig sein und stinken und so eng mit anderen zusammenhocken mußte, denen es nicht viel besser ging. Auch die rastlose körperliche Anstrengung machte ihm nichts aus. Gewöhnlich war er hinterher zwar erschöpft; aber manchmal fühlte er sich auch stärker, fähiger und auf nie gekannte Weise stolzer, zum Beispiel, als der Hauptmann die Pistolenkugeln hinter ihm hergeschossen hatte. Am besten gefiel ihm der Unterricht. Man lernte etwas dabei, und der Hauptmann machte es immer so interessant. Aber vor dem Handgemenge und den rohen Kämpfen, deren Zeuge er soeben geworden war, zuckte er zurück. Sie waren ihm zuwider; und die Belehrung, die der nackten Gewalt vorausgegangen war und ihr nun folgte, die Selbstverständlichkeit, mit der da vom Verstümmeln und Töten geredet wurde, ließen kaum Zweifel daran, was schon bald von ihm erwartet wurde. Aus alter Gewohnheit flüchtete er sich nur zu gern hinter eine Mauer, die er sich aus Ängsten und Unzulänglichkeiten zurechtbaute und die ihm einen gewissen Schutz bot. Trotzdem litt er körperlich unter der Ursache wie auch unter der Wirkung seiner Feigheit.
Der Hauptmann war jetzt mit der Vorführung der fünf Grundprinzipien und der drei Verteidigungsgriffe, die sie nun üben sollten, fertig, und Odell fühlte sich hilflos. Er verstand die Tricks wohl, er sah, wie sie gemacht wurden; doch wie sollte er sie jemals gegen solche Männer anwenden? Die niemals auf ihn Rücksicht nehmen, ihm nie eine Chance lassen würden! Sie würden es nicht einmal tun, um zu verhindern, daß er ins Gefängnis und zu dem unvorstellbar Entsetzlichen, das ihn dort erwartete, zurückgeschickt wurde.
»Das wär's! Alles auf! Zu zweien und zweien aufstellen; Zeltbelegschaften gegeneinander!« befahl Reisman. »Posey, Sie kommen zu mir. Franko zu dem Obergefreiten.«
Das war gut. Zu Calvin Ezra Smith hatte Odell eine andere Beziehung als zu fast allen übrigen. Vor ihm fürchtete er sich nicht. Er lächelte dem ihm gegenüberstehenden Calvin zu, und Calvin lächelte zurück. Cal verstand ihn. Cal würde es ruhig angehen lassen.
Der Hauptmann setzte ihnen noch einmal den Trick, der angeblich der leichteste war, auseinander; dabei sah dieser Griff am gewaltigsten aus. Es war der, mit dem er Samson Posey flach gelegt hatte. Diesmal ließ Reisman sich von Posey flach legen und zeigte ihnen dabei, wie man weich aufschlägt und sich nicht verletzt. Poseys stoisches Gesicht verzog sich hinterher zu einem Grinsen.
Auf ein Zeichen des Hauptmanns ging Cal zugleich mit der angreifenden Gruppe vorwärts. Odell packte sein Handgelenk, härter als er gewollt hatte ... packte seinen Oberarm sogar noch härter ... drehte sich ... drehte die Hüfte in Cals Bauch und schleuderte ihn über die Schulter. Cal schlug mit dem Rücken auf die Erde, daß ihm die Luft wegblieb, und Odell ging zu ihm und half ihm, erschreckt und reumütig.
»Hat dir keiner befohlen, es so grob zu machen, Myron«, keuchte Smith wütend.
Als er an der Reihe war, zahlte er es Odell mit gleicher Münze heim, eher noch gröber, aber Odell ließ sich weich fallen – mit einem sechsten Sinn

hatte er sich darauf eingestellt – und sprang gleich wieder auf die Füße. Darauf übten sie gemeinsam zwei Klammergriffe – einen am Handgelenk und einen am Körper – mit den dazugehörigen Befreiungsgriffen. Odell war die ganze Sache weniger unheimlich, als er befürchtet hatte. Dann ließ der Hauptmann die Partner wechseln.
»Fühlt sich jemand stark genug, es mit Posey aufzunehmen?« fragte er. Niemand meldete sich. »Na schön, wir sparen uns das für Qualifikationsübungen auf. Das Ganze noch mal von vorne.«
Odell lächelte Archer Maggot zu, der ihm jetzt gegenüberstand. Maggot blickte ihn düster an.

Reisman hörte Odells schmerzlichen Aufschrei und lief hinüber. Odell hüpfte umher und preßte sich die Hand auf den Rücken.
»Haben Sie ihn auf die Nieren geschlagen, Massah?« fragte Reisman erbost.
»Nee, nee, Hauptmann, muß sich aus Versehen an meinem Ellbogen oder so gestoßen haben«, antwortete Maggot. »Habe mich genauso verteidigt, wie Sie gesagt haben.«
»Was war los, Odell?«
»Ich weiß nicht, Sir«, antwortete Odell heiser. Immer noch machte er seine Rumpfbeugen und rieb sich den Rücken. Sein Gesicht war verzerrt, aber der Schmerz ließ schon nach. Maggot war bei jedem Durchgang wüster geworden, doch das konnte er dem Hauptmann ja nicht sagen – nicht vor allen anderen. Damit hätte er nur riskiert, von Maggot noch übler behandelt zu werden.
»Wenn er sagt, so war's, dann war's wohl so!«
»Kurze Pause!« rief Reisman den Häftlingen zu.
Er nahm Odell beiseite und sprach leise mit ihm, so daß die anderen es nicht hören konnten. »Haben Sie Angst vor ihm, Odell?«
Odell zögerte und gab dann widerwillig zu: »Ja . . . Ich glaube.«
»Aber vor Smith hatten Sie keine Angst. Wie kommt das?«
»Ich weiß nicht – wohl weil ich ihn kenne. Er ist in Ordnung.«
»Weil er ihr Zeltkamerad ist . . . Sie reden mit ihm, Sie sind nett zueinander, stimmt's?«
»Ja, bestimmt, so wird's sein.«
»Und weil er Sie nicht so hart rangenommen hat, stimmt's?«
»Nicht ganz so hart . . . glaube ich.«
»Und Sie ihn auch nicht. Ich konnte von meinem Platz aus sehen, wie ihr zwei Leisetreter euch geschont habt.«
»Nicht jedesmal.«
»Wißt ihr, wieviel euch zweien das nützt, wenn ihr es am allernötigsten haben werdet, ja? Gar nichts. Überhaupt nichts!« sagte Reisman scharf. »Ich will Ihnen mal etwas über die Angst sagen, Odell. Ich habe verdammt oft vor Angst geschlottert, und ich erinnere mich nicht gern daran. Wer von sich das Gegenteil behauptet, lügt, ist plem-plem oder tot. Sie brauchen sich Ihrer Angst nicht zu schämen, Odell. Sie kann auch ihr Gutes haben. Sie macht Sie wachsamer. Sie öffnet Ihre Pupillen, damit Sie mehr sehen können. Sie stärkt Ihren Atem und Ihr Herz. Sie gibt Ihrem Körper jenes Quentchen Extrakraft,

das Sie in einer brenzligen Lage brauchen. Was glauben Sie, hat Sie an dem Tage, an dem ich hinter Ihnen herschoß, den Felsen hinaufgejagt? Angst – weiter nichts. Aber eine gute Angst, die für Sie arbeitete. Sie müssen nur lernen, sie zu beherrschen.«
Sie kehrten zur Gruppe zurück. Nach wenigen Minuten Pause tauschten die Häftlinge erneut die Partner und trainierten weiter.

Napoleon White hielt Odell von vorne fest umklammert, und Odell kämpfte, um loszukommen, wie Reisman es ihnen gezeigt hatte.
»Ich weiß nicht, was der große Geist da zu dir gesagt hat«, flüsterte Napoleon dicht an Odells Ohr, »aber wenn du wissen willst, wie du das Großmaul Maggot fertigmachen kannst, daß er von dir abläßt, denn hör mir jetzt mal gut zu.«
Odell sprengte die Umklammerung und setzte dann zu dem Gegengriff an, den Reisman vorgemacht hatte, führte ihn aber nicht bis zu Ende durch. Nun kam Napoleon an die Reihe. Odell hielt ihn kraftvoller fest, und der Neger mußte sich stärker ins Zeug legen, als er gedacht hatte.
»Zuerst einmal mußt du dir vor Augen halten, daß du ihn haßt«, raunte Napoleon. »Du haßt ihn so sehr, daß du nichts anderes kennst oder fühlst als diesen Haß. Stell dir meinetwegen vor, er habe deine Mutter geschlagen oder deine kleine Schwester vergewaltigt.«
»Ich habe keine Mutter und keine Schwester«, stieß Odell durch die zusammengepreßten Zähne und strengte sich an, um seinen Griff zu halten.
»Jesses, du Blödmann, dann denk dir eben was anderes aus, das dich auf die Palme bringt«, murmelte Napoleon.
Odell wurde wütend und drückte fester.
»Und dann tust du etwas, worauf er nicht gefaßt ist«, sagte Napoleon. Er machte sich von Odells Griff frei. »Folgendes zum Beispiel.« Rasch kreuzte er die Hände, faßte in Odells Kragen – Finger innen, Daumen außen – und zog dann die Arme auseinander, so daß Odell den strangulierenden Druck fühlte. Und begriff.

Alle paar Minuten tauschten sie die Partner, bis auf Posey und den Hauptmann. Jedesmal, wenn Odell einen Griff sprengte, einen harten Schlag parierte oder austeilte, fühlte er sich stärker, hatte er mehr Zutrauen zu sich. Wieder stand er Maggot gegenüber; diesmal lächelten Maggot und Odell nicht.
»Komm 'n bißchen näher, Kleiner«, sagte Maggot kichernd und langte nach ihm.
Odell sah ihn unentschlossen an, überlegte noch, weswegen er ihn am meisten hassen könnte. Maggot streckte die Hand aus, ziemlich tief.
»Keine Eier im Sack, Süßer?«
Odell fühlte den obszönen Griff zwischen seine Beine, und in diesem Augenblick sah er rot vor Wut. Er hörte die höhnische Schmähung, hörte wieder, wie das Mädchen in der Sanierstube in Glasgow auf seine kindische Art mit ihm plapperte: *Ei, wo ist denn mein kleiner Schwuler?* und ihm unten

hinfaßte, während er zurückwich ... erinnerte sich auch an die schrecklichen Prügel in seiner Knabenzeit, und wieder brannten in seinen Hoden der feurige Schmerz und der Haß.

Weit weg, wie hinter einer dichten, schwarzen Wand, hörte er eine Stimme rufen: »Odell!«, fühlte er, wie starke Hände auf ihn einschlugen und ihn zurückrissen.
Benommen schüttelte er den schmerzenden Kopf. Er sah den Hauptmann ... Eben war Archer Maggot noch dagewesen, und er verstand nicht ...
»Was zum Teufel ist bloß in Sie gefahren, Sie Wahnsinnsmensch? Sie hätten ihn umbringen können!« Das war wieder der Hauptmann.
»Sie umgebracht? ... Nein ... ich habe denen doch gesagt, daß ich sie nicht umgebracht habe ... Ich weiß nicht, wie es passiert ist.«
»Nicht sie! Ihn! Maggot! Was war los?«
Odell blickte sich um. Langsam dämmerte es ihm. Er sah Maggot zusammengesunken auf der Erde liegen. Obergefreiter Bowren beugte sich über ihn und leistete ihm Erste Hilfe; die anderen standen dabei und glotzten.
»Was ist denn geschehen?«
»Sie haben ihn gewürgt. Er verlor das Bewußtsein. Fast hätten Sie ihn getötet!«
Da fiel ihm alles wieder ein ... Maggot, den er fürchtete und haßte, der ihn gequält, ihn angefaßt hatte ... die rote Explosion in seinem Kopf, die schreckliche, qualvolle Erinnerung, die ihm den Verstand geraubt hatte ... das arme, tote Mädchen in Glasgow ... Er hatte sie geschlagen ... Ja, er erinnerte sich, daß er auf sie eingeschlagen hatte ... Aber niedergemetzelt, wie sie behaupteten, nein, das hatte er nicht! Und die Frau, die ihn in seinen Alpträumen noch immer heimsuchte ... die abscheuliche, gemeine, rachsüchtige Lehrerin mit dem unschuldsvollen Augenaufschlag; sie erteilte kleinen Waisen, die durchs Schlüsselloch nach nackten Frauen linsten, eine Lektion ... sie schlug ihn dorthin, wo es am wehesten tat, den größten Schaden anrichtete ... bis es in seinem Kopf rot explodierte, bis er nichts mehr wußte und alles vergaß ...
»Ich bin unschuldig«, wimmerte er, und sein Gesicht krampfte sich vor Verzweiflung zusammen, »o mein Gott, ich bin unschuldig.«

18

Am Freitag, dem 10. März, fuhr Hauptmann Stuart Kinder mit einem gewisssen Gefühl der Besorgnis spätnachmittags am Stokes Manor vor. Er kam unerwartet; doch hatte Reisman ihm früher für den Notfall den Weg genau beschrieben. In seiner Aktentasche trug er die erschütternden und nicht wegzuleugnenden Analysen der Projektions- und psychometrischen Tests bei sich, die er mit den Gefangenen vor ihrem Abmarsch aus Marston-Tyne noch hatte durchführen können. Er hoffte, es sei noch nicht zu spät, einiges in der Gruppe zu ändern.

Das Tor zum Grundstück war abweisend versperrt. Kinder schob und rüttelte an dem schweren Längsriegel und war erleichtert, daß er nicht durch ein Schloß in seiner Lage gehalten wurde – obwohl er diese Tatsache in einem Winkel seiner Seele aus Sicherheitsgründen halb und halb mißbilligte. Aus Sicherheitsgründen hatte er auch einen Fahrer abgelehnt, auf den er bei seinem Dienstrang Anspruch hatte, und war den ganzen Weg von London her in einem Dienstwagen der SHEAF gefahren – ein Entschluß, den Hauptmann Reisman bestimmt gutheißen würde.
Kinder stieß die Torflügel auf und fuhr auf das Grundstück. Der Gedanke, daß jeder andere auch Zutritt gehabt hätte, war ihm unbehaglich. Er überlegte, ob er zuerst der englischen Aristokratin, die hier wohnte, einen Höflichkeitsbesuch abstatten solle – ihr Vater war immerhin ein ziemlich hoher General –, beschloß dann aber, es nicht zu tun. Hauptmann Reisman hatte ausdrücklich darauf hingewiesen, daß sie nicht gestört werden wolle. Kinder bog von der Auffahrt ab, holperte eine kurze Strecke über das Feld in die Richtung, in der er das Lager vermutete, und hielt dann an. Er ging zurück zum Tor, schloß es und versteckte sich hinter Büschen; von hier aus konnte er die Straße beobachten.
Zwanzig Minuten lang wartete er ungeduldig und blickte dauernd auf seine Armbanduhr; dann lächelte er befriedigt, denn er sah einen Lastwagen der Fernmeldetruppe vorfahren, und ein Telefonbautrupp machte sich an die Arbeit. Es tat ihm wohl, so handgreiflich vor Augen zu haben, was die Wichtigkeit seines Auftrags und die Macht seiner Verbindungen, wenn nicht seines Dienstrangs, vermochten.
Er hatte versucht, Hauptman Reisman telefonisch zu erreichen, und war entsetzt gewesen, als er hörte, daß in dem Ausbildungslager weder ein Telefon vorhanden, noch irgendwelche andere Nachrichtenverbindungen geschaffen worden waren. Man konnte höchstens einen Mann vom Wachkommando als Kurier ausschicken. Es gab zwar ein Telefon im Gutshaus, aber ihm wie jedem anderen, der mit dem Unternehmen *Amnestie* zu tun hatte, war strengstens verboten worden, dort anzurufen.
Hauptmann Reisman hatte offensichtlich einen Hang zur Einsamkeit. Das schien indessen seinen unmittelbaren Vorgesetzten beim militärischen Geheimdienst, mit dem Kinder aufgeregt darüber sprach, nicht zu stören. Major Armbruster hatte scherzhaft vorgeschlagen, beide Seiten mit Brieftauben zu versehen. »Wir setzen sie nämlich bei unseren Spezialaufgaben manchmal ein, müssen Sie wissen«, sagte er lächelnd. »Aber machen Sie sich um Johnny keine Sorgen. Er ist gewohnt, allein zurechtzukommen, sobald er einmal seine Befehle hat. Und er schafft es. Er setzt sich schon mit Ihnen in Verbindung, wenn er Sie braucht.«
Für Stuart Kinder war das alles andere als eine zufriedenstellende Antwort. Darum hatte er die Sache selbst in die Hand genommen. Die Soldaten, die jetzt da draußen auf der Straße die Telefonleitung legten, waren über eine verschlungene, wenngleich äußerst vorrangige Befehlskette hierhergeschickt worden. Sie hatten zu einer bestimmten Stunde dazusein, ein Feldtelefon an das weitverzweigte Fernmeldenetz anzuschließen, die Leitungen zu vergraben

oder weitgehend zu tarnen, am Tor einen funktionierenden Apparat mit zwei Meilen aufgespulter Zusatzleitung zurückzulassen und möglichst rasch wieder zu verschwinden. Von wem der Befehl letztlich ausging und wer das Telefon benutzen würde, wußten sie nicht.
Als der Wagen der Fernmeldetruppe sich wieder entfernte, ging Kinder zu seinem Wagen zurück und fuhr weiter über das Feld. Er entdeckte eine Fahrzeugspur und folgte ihr durch den Wald, geradenwegs auf das Lager zu. Dann stieg er aus. Als er Kommandos für exerzierende Soldaten und Marschtritte hörte, ging er um die Baracke, die ihm die Sicht versperrte, herum und am Saum der Lichtung entlang. Mit einem raschen Blick umfaßte er die Anlage von Baracke, Zäunen und Wachttürmen und bewunderte die gute Arbeit, die Reisman geleistet hatte. Dann erblickte er die Gefangenen – und erstarrte.

»Freue mich, Sie zu sehen, Stu«, log Reisman. »Was bringen Sie Schönes? Hoffentlich Nachricht über unseren Auftrag.«
Kinder setzte sich mit saurer Miene auf das Feldbett – außer Reismans Stuhl die einzige Sitzgelegenheit – und wartete, bis sich die Tür zu dem kleinen Hauptquartier in der Baracke hinter dem Militärpolizisten, der ihn hereingeführt hatte, geschlossen hatte. »Nein«, sagte er und schüttelte den Kopf. »Davon Gott sei Dank noch nichts. Es ist schlimmer, als ich befürchtete. Diese Tests, die ich mit den Leuten gemacht habe ... In auffälliger Weise überwiegen die unbeherrschten und primitiven Typen gegenüber den ausgewogenen und anpassungsfähigen ...«
»Ach nein!«
»Doch! Einige von ihnen, wohl die meisten, stellen psychologisch gesehen die schlimmste Wahl dar, die wir für unsere Zwecke hätten treffen können.«
»Aber ich dachte, das sei bei diesem ganzen Unternehmen von Anfang an klar gewesen.«
»Das war es wohl ... ich meine, ist es auch noch. Aber auf so viele – Neurosen, Hysterien, Angstzustände, Zwangsvorstellungen, Psychopathien und geistige Defekte war ich nun doch nicht gefaßt ... Nennen Sie, was Sie wollen – einer hat es. Mein Gott, einige von ihnen dürften nicht einmal zum Militär, geschweige denn zu einer solchen Vertrauenssache herangezogen werden.«
»Stuart, Stuart, Stuart«, sagte Reisman leise. Kinder sah dermaßen verzweifelt aus, daß er ihm in der Seele leid tat. »Das hätte ich Ihnen auch ohne diese ganzen Tests sagen können. Übrigens habe ich es Ihnen ja gesagt ... Ihnen und allen übrigen, aber niemand wollte auf mich hören.«
»Wir können nur eins tun, John«, sagte Kinder. »Wir müssen neue Leute hereinnehmen – und gegen die schlimmsten austauschen.«
Reisman fuhr hoch wie eine Tigerin. »Einen Dreck müssen wir!« brüllte er. »Nicht, wo ich mit ihnen nun soweit bin. Ihre Ausführungen in Ehren, aber dazu lasse ich es nicht kommen. Ich habe mich den Leuten verschworen, und sie haben sich mir verschworen. Haben Sie das nicht so gewünscht? Sie und der General und die Obersten und der übrige Haufen bei der Besprechung in

der Baker Street? Und ihre geheimnisvollen Freunde bei SHEAF oder in Washington oder wo immer diese Sache ausgebrütet worden ist? Die Regeln sind festgelegt; das Spiel läuft. Es wird niemand ausgetauscht, außer in Fällen, wo ich es für richtig halte. Die Männer wissen, wann ein solcher Fall eintritt, und Ihr psychologisch-soziologischer Hokuspokus gehört nicht dazu. Mit einem Wort, was Reisman zusammengefügt hat, wird niemand scheiden. Basta!«

Kinder war über Reismans aufgebrachte Verteidigung der Häftlinge erschrocken und etwas verletzt durch die wütende, gedankenlose Herabsetzung seines Berufs. Er beschloß aber, diese Nichtachtung fürs erste zu übergehen. »Aber *brauchen* Sie denn keine Hilfe?« fragte er. »Sehen Sie sich die Leute doch an! Offensichtlich ist sogar die Disziplin auseinandergefallen.«

»Den Teufel ist sie. Wie kommen Sie darauf?«

»Ich habe zwar nicht erwartet, sie geschniegelt und gebügelt vorzufinden; wohl aber habe ich erwartet, daß sie zumindest so aussehen wie zu dem Zeitpunkt, als sie Marston-Tyne verließen: gewaschen, rasiert und sauber. Sie sehen aus, als hätten sie einen Monat unter primitivsten Bedingungen im Kampf gelegen.«

»Das hat moralische Gründe«, erklärte Reisman. »Sie sollten sie erst mal riechen! Und es wird noch schlimmer kommen, bevor es besser wird.« Dann klärte er ihn über das dreckige Dutzend auf. Kinder hörte zu, als Reisman ihm von den Fortschritten der Ausbildung erzählte und die Gründe für das verwegene Aussehen der Männer erläuterte.

»Es klappt also mit ihnen?« Kinder konnte es immer noch nicht glauben.

»Natürlich klappt es. Sie fangen an, sich wieder wie Soldaten zu fühlen und zu benehmen – auch wenn sie nicht so gut aussehen und riechen.«

»Wunderbar!« sagte Kinder erleichtert. »Donnerwetter, es könnte etwas daraus werden, John«, rief er strahlend aus. »Es läuft zwar ganz anders, als zu erwarten war, aber es könnte durchaus etwas daraus werden.« Er stopfte den einen Papierstoß wieder in die Tasche, nahm einen anderen heraus und schwenkte ihn. »Ein Motto – ein Gemeinschaftssinn – jawohl! Wenn Sie denn also diesen negativen Sammelbegriff für unsere Zwecke einspannen, kann aus der Gruppe wahrhaftig mehr werden als die Summe ihrer Teile. Tüchtigkeit und Selbstsicherheit durch eine gute, harte Ausbildung natürlich vorausgesetzt. Damit haben wir etwas in der Hand. Ein Motto, ein Banner, jawohl! Wie klug! So soll es sein – das ist beste Psychologie. Wissen Sie noch, was Napoleon bei der Belagerung von Toulon gemacht hat?«

»Nein. Was hat Napoleon bei der Belagerung von Toulon gemacht?«

»Damals war er erst Artillerieoffizier – aber was für eine fabelhafte psychologische Naturbegabung! Er stellte eine Batterie an einer so exponierten Stelle auf, daß man ihm sagte, er werde nie Leute finden, die sie bedienten. Er aber ließ ein Plakat anschlagen mit der Aufschrift: Die Batterie der furchtlosen Männer – und seine Geschütze hatten niemals Mangel an Leuten. Ist das nicht großartig? Wissen Sie, das sind genau die Dinge, die ich hier machen wollte, ehe mich die Testergebnisse umwarfen. Anregung! Ich habe Dutzende von Plänen und Ideen – Filme, Lesestoff, Lichtbilder, Vorträge –

Sachen, die ich später mitbringen möchte. Und weitere Tests – ich bin noch keineswegs durch mit den Tests.« Plötzlich fiel ihm das Telefon wieder ein, und er sagte vorwurfsvoll, als spräche er zu einem unartigen Knaben: »Ich habe übrigens mehrmals versucht, Sie anzurufen.«
»Habe kein Telefon«, sagte Reisman.
»Das habe ich gemerkt – zu meinem Kummer. Ich habe mir die Freiheit genommen, eins hierheraus legen zu lassen ... sehr vorsichtig natürlich. Sie finden es fix und fertig installiert am Tor mit genügend Zusatzleitung, um es weit bis über das Lager hinaus auf die Felder zu verlängern, wenn Sie das wollen.«
Reisman nahm das Unvermeidliche höflich an, obgleich er wahrhaftig kein Telefon wollte. Telefone waren geräuschvolle, lästige Dinger, die einen ständig von der Arbeit abhielten. »Das war sehr umsichtig von Ihnen, Stuart«, sagte er. »Ich hätte schon längst gern mal mein Mädchen angerufen und gehört, wie es ihm geht.«
»Nun, ich hatte gehofft, es werde zu etwas ernsteren Dingen benutzt werden.«
»Zum Beispiel?«
»Um die Verbindung mit dem Hauptquartier in London aufrechtzuerhalten.«
»Stuart – dies ist das Hauptquartier. Sie sitzen mittendrin.«
»Na ja ... kann wohl sein«, räumte Kinder betreten ein. »Wo kann ich übrigens schlafen. Ich hoffe, Sie haben Platz für mich.«
Reisman hatte nicht damit gerechnet, daß der andere lange bleiben werde; das heißt, er hatte ihn gar nicht erwartet. Vielleicht war es aber ganz gut so. Er konnte zweifellos noch einen Mann gebrauchen, der ihm und dem Wachkommando die Arbeit erleichterte. Nur mußte er verhindern, daß Kinder Unruhe stiftete. Außerdem quälten ihn ein paar Fragen, die Kinder vielleicht beantworten könnte.
»Sie können hier in diesem Raum schlafen. Ich denke, Sie werden es ganz bequem haben.«
»Nein, das ist sehr nett von Ihnen, aber ich habe nicht die Absicht, Ihnen Ihr Bett wegzunehmen.«
»Ich benutze es nicht«, erklärte Reisman.
»Aber wo schlafen Sie dann?«
»Im Zelt, draußen im Lager, bei den Häftlingen.«
Kinder besann sich nur einen Augenblick und sagte dann, als schlage er alle Vorsicht kühn in den Wind: »Dann tue ich das auch, falls es Ihnen nichts ausmacht. Wenn ich die Fortschritte unserer kleinen Gruppe in ihrem ganzen Umfang begreifen will, sollte ich ihre Lebensweise soweit wie möglich teilen – in gewissen Grenzen natürlich.«

Von nahem erschienen Kinder die Häftlinge noch fürchterlicher als von weitem; doch äußerlich benahmen sie sich so, wie Reisman gesagt hatte. Er sah ihnen zu, wie sie ihr tägliches Exerzierpensum im Lager beendeten, danach fix und geschickt ihre Zelte aufschlugen, die Wasserrinnen gruben und dann zum Einholen der Flagge antraten. Sie standen steif wie Ladestöcke, grüßten zackig und hielten die Augen ehrerbietig auf das wehende Tuch

gerichtet, das Luis Jimenez einholte. Reisman hatte Kinder erklärt, daß er diese Ehre jeden Tag einem anderen zuteile.
Kinder aß mit Reisman und den Männern Einsatzverpflegung. Das Angebot, gemeinsam mit der Wachmannschaft in der Baracke eine heiße Mahlzeit einzunehmen, schlug er aus. Mit halblauter Stimme gestand er, daß er noch nie Gelegenheit gehabt habe, eiserne Rationen zu essen, und diese Erfahrung somit begrüße, besonders da er gehört habe, daß die Einsatzverpflegung bei der Truppe sehr unbeliebt sei; er halte es für seine Pflicht, sie einmal zu versuchen.
»Nicht schlecht«, kommentierte er und kaute jeden Bissen lange und sorgfältig. »Ich weiß gar nicht, was die alle haben.«
Es begann zu regnen.
»Hoffentlich haben Sie einen Regenmantel mitgebracht«, sagte Reisman.
»Ja, ich habe mein Zeug im Wagen gelassen. Ich bin in einer Minute zurück«, erwiderte Kinder und ging auf die Baracke zu.
»Hoffentlich haben Sie auch Ihr Drillichzeug mit.«
»Ja, habe ich.«
»Dann ziehen Sie es jetzt lieber an, Stu.«
»Zum Schlafen? Das ist doch nicht Ihr Ernst! Ich habe ja einen Schlafanzug.«
»Zum Marschieren«, sagte Reisman. »Der Arbeitstag ist noch nicht vorbei.«
Reisman versammelte die Häftlinge und die Wachmannschaft in der Baracke; alle trugen Wettermäntel und leichtes Gepäck. Die Zelte blieben aufgeschlagen. In dem engen, dumpfen Quartier rümpfte Kinder angewidert die Nase. Hier drang in der Tat ein ziemlich strenger und unangenehmer Körpergeruch auf ihn ein.
»Sie führen heute ein nächtliches Erkundungsunternehmen durch, und zwar selbständig«, verkündete Reisman den Häftlingen. »Hauptmann Kinder, die Wachmannschaft und ich gehen nur als Beobachter mit und um darauf zu achten, daß Sie nicht auf dumme Gedanken kommen. Alle auftauchenden Schwierigkeiten haben Sie selbst zu überwinden. Die Übung hat für Sie den Zweck, Ihre Fähigkeiten in Kartenlesen und im Umgang mit dem Kompaß unter Beweis zu stellen.«
Kinder bemerkte, wie die Wachen unauffällig, aber schnell und mit schußbereiten Waffen die Häftlinge umstellten. Drei schienen abwesend: der Obergefreite und zwei Militärpolizisten. Er starrte Feldwebel Morgan an, und dabei lief es ihm kalt den Rücken herunter. Merkwürdiger Bursche. Den würde er gern mal einem ausgepichten psychologischen Test unterwerfen. Er fragte sich, wie die Gegenwart dieses Mannes wohl auf die Häftlinge wirkte.
Reisman zog eine selbstgezeichnete Landkarte der Umgebung hervor und breitete sie auf dem Tisch aus. Er fuhr mit dem Finger eine rote Linie entlang, die er auf eine durchsichtige Planquadratfolie gezeichnet hatte. »Dies ist Ihre Marschroute. Ihre Aufgabe besteht darin, die Richtigkeit der Karte zu überprüfen und eventuelle Korrekturen auf der Folie einzutragen. Das dürfte Ihnen nicht schwerfallen; Sie sind ja oft genug in dem Gelände gewesen. Gilpin, Sie übernehmen das Kommando und geben alle notwendigen Marschbefehle.« Er hätte gern Napoleon White dafür genommen, um auf

Kinder Eindruck zu machen, durfte aber keinen vorziehen. Er mußte auch den anderen eine Chance lassen – und Gilpin besaß ebenfalls gute Anlagen. »Sawyer, Sie sind der zweite, Posey, Sie der dritte Mann. Sorgen Sie dafür, daß der Schluß aufrückt, und halten Sie die Leute in Bewegung.« Er sah auf seine Armbanduhr. »In knapp zweieinhalb Stunden müßten Sie zurück sein.«
»Ich habe keine Uhr, Sir«, sagte Gilpin.
»Hauptmann Kinder, darf ich Ihre ausleihen?« fragte Reisman.
»Selbstverständlich«, erwiderte Kinder verblüfft. Er gab sie Reisman, und der gab sie Gilpin.
»Also, Gilpin, übernehmen Sie das Kommando. Die Männer unterstehen alle Ihnen«, erklärte Reisman.
Gilpin zögerte einen Augenblick. »Es geht mich vermutlich nichts an, Herr Hauptmann«, sagte er, »aber wo sind denn der Obergefreite und die beiden übrigen Wachen? Sind sie heute nacht weg?«
»Das geht Sie allerdings nichts an, Gilpin«, erwiderte Reisman. »Und nun vorwärts, lassen Sie den Trupp abmarschieren.«
Als sie hinter den Leuten hinausgingen, hielt Reisman Kinder zurück und flüsterte ihm zu: »Keine Sorge wegen Ihrer Uhr, Stu. Gilpin sitzt ja nicht wegen Diebstahl.« Er nahm seine Maschinenpistole vom Arm und hielt sie ihm hin. »Können Sie damit umgehen?«
»Nie versucht.«
»Ach, nehmen Sie sie einfach«, sagte Reisman. »Das merkt sowieso keiner.«

Victor Franko stolperte durch die dunkle, von Geräuschen erfüllte, regnerische Nacht, gerade noch in Sichtweite seines Vordermannes. Er wußte nicht genau, ob ihm der Gedanke erst jetzt kam, weil sich eine so günstige Gelegenheit bot, oder ob er ein Teil eines Vorsatzes war, den er seit langem hegte. Er hatte schon seit Tagen nicht mehr ernsthaft an Flucht gedacht, obgleich die Absicht immer gegenwärtig war, wie eine höhnische Herausforderung, die sich irgendwo in seinen Gehirnwindungen versteckt hielt. Er glaubte dem Hauptmann, daß es keine Flucht gebe: der sagte es ja oft genug und nannte die Strafe mit erschreckender Klarheit.
Nun er sich aber vorübergehend auf sich selbst gestellt fand, stach es Franko ins Auge, wie leicht er verschwinden könnte. Er brauchte sich nur in eine Bodenvertiefung fallen zu lassen oder sich hinter einen Strauch zu legen oder in irgendeine beliebige Richtung davonzugehen. Er brauchte ja nicht gleich ganz wegzubleiben, sondern könnte nur mal den ersten Schritt wagen – zum Spaß, um zu sehen, wie weit er käme, ohne geschnappt zu werden – und sich dann den anderen auf dem Rückmarsch in Nähe des Lagers wieder anschließen. Sie gingen weit auseinandergezogen, und er befand sich irgendwo in der Mitte. Der Hauptmann und die Wachen hielten sich seitlich und am Schluß. Selbst wenn man ihn schnappte – schließlich wollte er nicht wirklich fliehen –, brauchte er nur zu sagen, er habe sich im Dunkeln verlaufen. Wie konnte er mit Sicherheit wissen, daß eine Flucht unmöglich war, wenn er es nicht einmal ausprobierte.
Er lief eine Senke hinunter; aber anstatt auf der anderen Seite wieder hin-

aufzugehen und dem Spähtrupp zu folgen, machte er sich quer zur Marschrichtung davon. Unter einem Gebüsch versteckt, blieb er eine Zeitlang liegen, hielt den Atem an und frohlockte, als der letzte Häftling und die letzte Wache durch die regenfeuchte Nacht davongestapft waren.
Das Gutshaus – und die Frau. Er rechnete sich aus, daß er bequem hin und zurück käme. Wenn einer von den anderen merkte, daß er fehlte, würde er ihn schon nicht verraten. Er hätte ja von denen ebenfalls keinen verraten. Und falls der Hauptmann oder einer von den Wachen ihn vermißte, dann war auch kein Bein ab – er würde schon früh genug zurück sein.
Er würde der Frau da oben sagen, daß er einen Spezialauftrag ausführe – sich in einer Spezialausbildung befinde. Zwar sah er nicht gerade berühmt aus, aber zum Teufel, schließlich war ja Krieg, oder etwa nicht? Und für die Jungs in Uniform war das Beste gerade gut genug. Lief er nicht in Wind und Wetter durch die Nacht und machte sich kaputt? Er wollte weiter nichts, als sich mit ihr unterhalten, sehen, wie hübsch es in ihrem Haus war. Möglicherweise würde sie ihm etwas zu trinken anbieten oder etwas Leckeres zu essen. Vielleicht sogar mehr ... vielleicht mehr, und Herrgott noch mal, bei dem bloßen Gedanken daran fiel er in Laufschritt, damit er keine Zeit verlöre und nicht auffiele. Mehrfach stolperte er über Hindernisse, die er nicht sah, und fiel hin. Er achtete nicht auf Gestrüpp, das nach seinen Beinen griff, oder auf höhere Zweige, die ihm ins Gesicht schlugen, während er vorbeihastete ... Er spürte nur den tieferen Schmerz, schmeckte schon den Sieg und fühlte die unausdenkliche Freude, es denen einmal zu zeigen. Endlich gewahrte er durch den windgepeitschten Regen die dunklen Umrisse des großen Hauses und wollte schon den Fahrweg überqueren ...
Der Obergefreite Bowren schlug so hart und schnell zu, daß Franko ihn nicht einmal kommen sah. Plötzlich lag er auf der Erde; seine Zähne gruben sich in den Kies, der rechte Arm war ihm hoch den Rücken hinauf gedreht, was sehr weh tat, und durch den naßkalten Regen fühlte er die eisige Berührung einer Metallmündung im Nacken.
»Keine Bewegung, Franko«, befahl Bowren. »Und geben Sie jeden Gedanken an frisch gelernte Judogriffe auf.«
Plötzlich wimmerte Franko. »Bitte nicht, Obergefreiter! Ich habe mich verlaufen. Ich wußte nicht mehr, wo ich war! Ich wußte nicht mehr, was ich tat! Ich schwöre es! Bestimmt nicht.«
»Wir sind fertig mit Ihnen! Sie sind hier erledigt, Sie Dreckskerl!« sagte Bowren. »Jetzt kriegen Sie, was Ihnen gebührt. Los, stehen Sie auf!« Er ließ Frankos Arm los, trat langsam zurück und hielt ihn mit der 12-mm-Pistole in Schach. »So ist's recht. Schön brav, und keine falsche Bewegung, oder Sie sind ein toter Mann, bevor Sie noch aufgehängt werden. O Jungchen, Sie und Ihr Freund Morgan, ihr seid füreinander geschaffen. Ihr habt jetzt das gleiche Reiseziel, das ist Ihnen hoffentlich klar!«
»Nein!« keuchte Franko.
»Jawohl, du feiges, hinterlistiges Aas!« fauchte Bowren ihn an. »Nach allem, was der Hauptmann für Sie getan hat, nach allem, was er Ihnen gesagt hat, versuchen Sie abzuhauen!«

»Nein. Bestimmt nicht. Sie fassen es falsch auf, Bowren!« flehte Franko. »So wahr mir Gott helfe, ich habe nicht versucht abzuhauen. Lassen Sie mich zurück. Lassen Sie mich doch einfach laufen und die anderen einholen. Oder bringen Sie mich zurück, wenn Sie das lieber wollen. Keiner merkt was.«
»Vorwärts, Marschrichtung Lager, Franko«, befahl Bowren. »Dort warten wir auf Hauptmann Reisman.«
Franko fiel in dem Regen auf die Knie und flehte: »Bitte! Sagen Sie dem Hauptmann nichts! Bitte, sagen Sie dem Hauptmann nichts! Sie wissen, was er mit mir macht. Er schickt mich zurück. Morgan! Sie bringen mich in den Raum. Er legt mir die Schlinge um den Hals ... und er hängt mich! Bitte! Ich tue alles, was Sie mir sagen!«
In diesem Augenblick wünschte Bowren ihm den Tod, wünschte, Franko verschwände, als hätte es ihn nie gegeben. Er empfand nichts als Widerwillen gegen ihn und mußte gegen den übermächtigen Drang ankämpfen, ihn fertigzumachen – ihm die 12-mm-Pistole ins Gesicht zu ballern und die Sache auf der Stelle zu beenden.
Der Augenblick ging vorüber – er konnte es nicht tun. Der Moment der Erregung, die drängende Leidenschaft schwanden; sie ließen nur kaltes Mitleid und kalte Verachtung zurück – und auch ein geschwächtes Pflichtbewußtsein. Es wurde Bowren flau zumute, als er plötzlich erkannte, daß die Macht über Leben und Tod nun auf ihn übergegangen war. Gereizt wischte er sich den Regen aus den Augen und vom Gesicht und bemühte sich krampfhaft zu erkennen, was Recht oder Unrecht war. Er starrte Franko an, sah ihn in der Schlinge hängen – tot und widerwärtig wie andere, die er gesehen hatte.
»Einmal noch«, sagte er leise. »Einmal lasse ich Sie noch laufen. Dann nie wieder! Ich habe Sie nicht gesehen. Ich weiß von nichts. Stehen Sie auf und beeilen Sie sich. Suchen Sie die anderen und bleiben Sie bei ihnen.«
Franko rannte los, und Bowren sah ihm nach. Er kannte die bedrückende Verantwortung des Hauptmanns, und er wollte sie nicht!

Stuart Kinder stand am Lagereingang neben Reisman, der die Häftlinge zählte. Sie waren vollzählig, obwohl sie auf dem Marsch manchmal so weit auseinander gegangen waren, daß sich in Kinder Zweifel geregt hatten und er tatsächlich sehr besorgt gewesen war; doch hatte er sich nicht einmischen wollen und geschwiegen. Außerdem hatte es ihn bedrückt, daß er die Maschinenpistole benutzen sollte, falls die Umstände es erforderten. Ob er wohl den Mut aufgebracht hätte, das Pflichtgefühl ... den Zorn ... oder was immer dazu nötig war, den Abzug durchzuziehen und absichtlich einen Menschen zu verletzen oder zu töten? Gegen einen bewaffneten Feind, ja, das würde er bestimmt können. Aber gegen einen von diesen zwölfen?
Reisman sah auf seine Armbanduhr. »Gar nicht so übel«, bemerkte er, »vorausgesetzt, sie haben alle Fehler gefunden, die ich auf der Karte eingezeichnet habe.« Er nahm eine Leuchtpistole aus seinem Gepäck und schoß ein Signal hoch empor in den regenschweren Wolkenhimmel über der See.
»Warum das?« fragte Kinder verblüfft.

»Die Schäfchen sind wohlbehalten im Stall«, sagte Reisman. »Unten am Strand steht ein frierender, durchnäßter Militärpolizist und flucht auf mich, ein zweiter am entgegengesetzten Ende des Grundstücks. Obergefreiter Bowren befindet sich auf halbem Wege zum Haupttor. Da fällt mir ein: Ich habe für diese Einheit noch keinen Feldwebel. Es wäre schön, wenn Sie das veranlassen würden, damit ich Bowren einen Streifen mehr geben kann.«

»Gern«, sagte Kinder. »Schreibe es mir auf und werde mich, sowie ich wieder in London bin, darum kümmern.«

In der Baracke verfolgte Kinder voll Interesse, wie der Einsatz der Häftlinge durchgesprochen wurde. Sie standen um den Tisch, auf dem die Geländekarte lag. Spähtruppführer Glenn Gilpin erstattete im Namen der Gruppe Bericht, gab sich aber große Mühe zu betonen, wie gut sich jeder auf dem Marsch benommen habe, und unterstrich die Beiträge verschiedener Männer zu den Kartenkorrekturen. In seiner Rolle als Führer wirkte er verlegen und langsam, obwohl er sie offensichtlich gut gespielt hatte.

Reisman erlaubte den Leuten, sich zwanglos in der Baracke zu bewegen und zu rauchen. Kaffee wurde aufgebrüht und eine Keksdose geöffnet und herumgereicht. Stuart Kinder kam das Ganze sehr freundlich und beruhigend vor – nur daß die Wachen immer noch in Bereitschaft standen, alles aufmerksam beobachteten und die Waffen schußfertig hielten. Auch fehlte das übliche Geplänkel und Gelächter unter den Leuten, das sonst wohl bei einer normalen Einheit nach der Übung geherrscht hätte.

Reisman nahm Kinder beiseite. »Wissen Sie, Stu, wir halten nicht etwa jede Nacht so einen hübschen, kleinen Kaffeeklatsch. Wenn Sie mit den Leuten arbeiten wollen, können Sie sie in etwa fünfzehn Minuten haben. Die Stärkung hier dürfte sie zugänglicher machen.«

»Was denn! Heute nacht?« fragte Kinder ungläubig. »Lassen Sie die Männer denn überhaupt nicht schlafen? Es ist zu ...« Er wollte auf seine Armbanduhr schauen.

»Gilpin, die Uhr!« rief Reisman.

»Besten Dank, Sir«, sagte Gilpin, eilte verlegen herüber und übergab sie Kinder. »Hoffentlich hat ihr der Regen nicht geschadet.«

Kinder wartete, bis Gilpin sich wieder entfernt hatte. »Für das, was ich mit ihnen vorhabe, ist es zu spät«, erklärte er Reisman und band sich die Uhr wieder um. »Ich bin müde ... die Leute bestimmt auch. Sie müssen geistig auf Draht sein. Ich kann morgen mit ihnen arbeiten, falls es Ihnen recht ist.«

»Fein, dann können Sie mir ja noch bei einem *meiner* Tests helfen.«

»Tests? Jetzt? Sie doch nicht auch?«

»Ich habe mich vermutlich von Ihnen anstecken lassen«, sagte Reisman lächelnd. Er berichtete ihm von den nächtlichen Prüfungsarbeiten, die er den Häftlingen aufgegeben hatte, um sich zu vergewissern, daß sie in seinem Unterricht auch wirklich aufpaßten und sich den Stoff aneigneten.

»Ausgezeichnet, John, ausgezeichnet«, meinte Kinder. »Sie haben die Arbeiten doch hoffentlich verwahrt, um Fortschritte, Verbesserungen und dergleichen feststellen zu können?«

»Natürlich.«

»Gut. Das ist großartig. Ich brauche Abschriften für meine eigenen Unterlagen.«

Später, nachdem die Häftlinge sich schlafen gelegt hatten und die Nachtwachen eingeteilt waren, saßen sie in dem kleinen Büro. Kinder war erschöpft, schmutzig, durchnäßt; mehr als alles andere wünschte er sich ein heißes Bad und Schlaf. Als aber Reisman, nachdem sie die Prüfungsbogen zusammen durchgegangen waren, sagte: »Wir wollen uns unterhalten«, zeigte Kinder sich der Lage gewachsen und war entschlossen, ebenso unermüdlich seine Energie einzusetzen wie Reisman.

Ein Bad war natürlich illusorisch; doch wünschte er jetzt ernstlich, Reisman hätte seine Beziehung zum Gutshaus so weit vertieft, daß dort eine Übernachtung und Badbenutzung möglich wäre. Schließlich wohnte, soviel er wußte, nur eine alleinstehende Frau in dem ganzen Haus. Welch eine Verschwendung! So aber konnte er nur mit einer heißen Dusche rechnen – die Wachen hatten versprochen, den Wassererhitzer in Gang zu halten – und danach zweifellos mit einer Lungenentzündung, wenn er von der außen gelegenen Duschkabine in die Baracke zurückstürzte. Ehe Reisman die Häftlinge endgültig zur Nachtruhe wegtreten ließ, hatte er sie beiläufig gefragt, ob sie sich nach einem so anstrengenden Tag nicht vielleicht rasieren und duschen wollten – eine für ihn bestimmte Demonstration, nahm Kinder an –, aber sie hatten geschlossen abgelehnt. Allerdings war Kinder überzeugt, daß einige von ihnen das Angebot nur äußerst widerwillig ausschlugen. In einer naßkalten Nacht wie dieser konnte Kinder deutlich den Heroismus ihrer Weigerung erkennen. Ihm selbst tat seine vorschnelle Ankündigung, er werde das Zelt und die harte Erde mit Reisman teilen, etwas leid. Nach den letzten, anstrengenden Stunden hätte er die feuchte, undichte Baracke vorgezogen.

»Sagen Sie mir, Stuart«, begann Reisman, »gibt es bei Ihrem psychologisch-soziologischen Hokuspokus eine Methode, mit deren Hilfe man deuten kann, ob ein Mensch unschuldig ist oder nicht?«

»Sie fragen mich das allen Ernstes, schätze ich«, erwiderte Kinder verärgert. Er war die Stichelei leid.

»Ja.«

»Dann ist Ihre Formulierung bestimmt nicht geeignet, Freunde zu gewinnen oder Menschen für sich einzunehmen«, sagte Kinder. »Sie ist vielmehr kränkend. Sie haben das Recht auf Ihre eigene Meinung, John, aber Psychologie und Soziologie sind kein Hokuspokus. Außerdem haben Sie sich schlecht ausgedrückt. Es gibt Hilfsmittel, ja, mit denen die Wahrscheinlichkeit von Schuld oder Unschuld abgeschätzt werden kann; aber sie liefern bestenfalls Hinweise und sind keineswegs genau und narrensicher. Ferner würde ich im Zusammenhang mit diesen Hilfsmitteln nicht von ›deuten‹ sprechen. Ob es sich nun um eine Kombination von gründlicher Befragung mit Projektions- und Assoziationstesten handelt oder um die Benutzung eines sogenannten Lügendetektors – was nicht in mein Fach fällt –, oder um eine Narkoanalyse, die von einem qualifizierten Psychiater durchgeführt werden müßte: bei all diesen Dingen würde ich das Wort ›deuten‹ vermeiden. Es gehört in den

Bereich der Mythen, Sagen und Religionen – die alle ihre großen Werte haben –, aber nicht in die Welt der Wissenschaft.«
»Vielen Dank für die Belehrung. Nun geben Sie mir mal eine einfache Antwort und sagen Sie mir klipp und klar: Ist es möglich herauszufinden, ob jemand die Wahrheit spricht, wenn er nicht von der Behauptung abläßt, daß er an einem Verbrechen unschuldig ist, selbst wenn die Wahrscheinlichkeit gegen ihn spricht?«
»Ja – aber nicht mit endgültiger Sicherheit.«
»Dann möchte ich, daß Sie Myron Odell auf Herz und Nieren testen.«
»Warum nur Odell? Warum nicht die anderen? Ich denke, sie haben sich in ihren Prozessen alle für nicht schuldig erklärt.«
»Ja, aber das war nur eine Formalität – ein Teil der Militärgerichtsverfahren. Das wird den Angeklagten bei größeren Verstößen gegen die Kriegsartikel schon routinemäßig nahegelegt. Odell behauptet aber heute noch, daß er unschuldig ist. Er liegt damit allen in den Ohren. Mir liegt er damit in den Ohren.«
»Von den übrigen behaupten doch auch einige, sie seien unschuldig, oder nicht? Ich weiß es zum Beispiel von Franko und Maggot.«
»Schön, nehmen Sie sich die beiden meinethalben dazu. Vielleicht erleben wir einige Überraschungen.«
»Sie wissen doch, was mit Franko war?«
»Ich weiß von ihm nicht mehr als von den übrigen«, erwiderte Reisman leichthin. Er kannte Franko gut. »Laut Kriegsgerichtsprotokoll hat er einen wohlhabenden Engländer erschossen, der ihn dabei erwischte, wie er unerlaubt sein Grundstück betrat. Er hat seine Schuld allerdings nie zugegeben und besteht darauf, es sei unbeabsichtigt geschehen und ein Unfall gewesen. Auffälligerweise hätte das der Rekonstruktion nach gut möglich sein können; aber bei seinem schlechten Leumund hatte Franko keine besonderen Aussichten. Erinnern Sie sich, daß General Worden uns etwas von fünftausend ehemaligen Sträflingen erzählt hat, die mit der *Empress of Scotland* herübergekommen seien? Franko ist einer von ihnen.«
»Und Maggot?«
»Behauptet, er sei von einer Prostituierten gekapert worden, und somit sei es keine Vergewaltigung gewesen. Er ist ein gemeiner Strolch und verdient den Strang wahrscheinlich für ein halbes Dutzend Sachen, bei denen er nie erwischt worden ist. Andererseits könnte man vermutlich jeden Mann in irgendeinem Fall seines Lebens der Vergewaltigung bezichtigen. So etwas ist doch schwer zu beurteilen.«
»Nein, das ist es nicht«, widersprach Kinder. »Das Gesetz macht da ebenso genaue Unterschiede wie die Psychologie.«
»Und was sagt die Psychologie?«
»Wollen Sie behaupten, daß Sie das ernstlich interessiert?« fragte Kinder zweifelnd.
»Allerdings. Wenn ich mit diesen Burschen leben, Hausmütterchen für sie spielen und etwas aus ihnen machen soll, dann möchte ich wissen, wo bei ihnen der Wurm sitzt.«

»Wo bei ihnen der Wurm sitzt, das ist wieder eine andere Frage«, erklärte Kinder. »Ich kann Ihnen nur etwas darüber sagen, wie sie reagieren – über ihre Verhaltensmuster. Es gibt drei verschiedene Typen von Frauenschändern. Einmal den Typ, dessen aufgestauter Sexualtrieb so plötzlich explodiert, daß er Gewalt anwendet. Er ist der eigentliche Sexualverbrecher. Dann den Sadisten. Die aggressive Komponente seines Sexuallebens nimmt allmählich so überhand, daß er die Kontrolle darüber verliert. Und schließlich den Berufsverbrecher. Ob er raubt, mordet oder schändet, ihm ist alles gleich.«

»Alles hübsch kategorisiert«, sagte Reisman.

»Jawohl, alles hübsch kategorisiert. Maggot dürfte wohl in die letzte Kategorie gehören. Vermutlich auch Franko – obgleich man ihn diesmal nicht wegen Vergewaltigung belangt hat.«

»Sie haben meine Frage noch nicht beantwortet, Stu«, drängte Reisman. »Werden Sie tun, um was ich Sie bitte?«

»Ich glaube, wir sollten es lassen, John.«

»Warum?«

»Weil wir einfach nicht dazu befugt sind. Die Frage nach Schuld oder Unschuld dieser Männer ist lange, ehe sie hierherkamen, entschieden worden. Sonst wären sie ja nicht hier. Und sie ist von zuständigen Leuten entschieden worden – was wir nicht sind.«

»Wenn Sie das sagen, Stu, müßte es mich eigentlich überzeugen; aber es überzeugt mich nicht. Es standen immer noch ein paar Revisionen aus. Ich glaube, was ich möchte, ist, über jeden Zweifel hinaus überzeugt sein ... wegen unserer Tätigkeit hier, wegen der Gefahr ... nicht nur für unsern Auftrag, sondern auch jetzt während der Ausbildung. Insbesondere im Falle Odells.«

»Sie wissen, daß er ein Geständnis abgelegt hat?«

»Ja, ich habe es gelesen. Es war dem Verhandlungsprotokoll beigefügt. Aber das Geständnis hat er nach einem tagelangen Verhör abgelegt – und später widerrufen.«

»Auf Drängen des Anwalts.«

»Kann sein. Aber er ist ein sonderbarer Mensch: schwächlich, feige, voller Lebensangst, vermutlich noch größerer Todesangst und Angst vor körperlichen Schmerzen; doch er hat sich schon geändert.« Reisman erzählte Kinder von den Zwischenfällen, in die Odell verwickelt war.

»Wie hat er sich nach seinem Zusammenstoß mit Maggot verhalten?«

»Er hatte Angst. Er ist ihm aus dem Wege gegangen und seither immer freundlich gewesen, aber Maggot hat einen mächtigen Zorn auf ihn. Es ist erst gestern passiert. Wir müssen sie streng überwachen, wenn sie zusammen trainieren. Maggot brennt darauf, es ihm heimzuzahlen. Normalerweise würde er ihn wohl umbringen. Merkwürdig, bei Odell setzte etwas aus, und er schien eine völlig andere Persönlichkeit zu werden – wirklich ein Mensch, der fähig ist zu töten. Und als er dann wieder zu sich kam, konnte er sich an nichts erinnern.«

»Das ist nicht ungewöhnlich«, meinte Kinder. »So könnte es auch mit dem Mädchen in Glasgow gewesen sein.«

»Vielleicht, aber ich möchte Gewißheit«, beharrte Reisman. »Und wenn er sie wirklich ermordet hat, dann möchte ich, daß er selbst es absolut sicher weiß und der Tatsache ins Auge sieht. Es wird ihn männlicher machen ... und vielleicht meine Arbeit erleichtern.«
»Na schön«, sagte Kinder widerstrebend. »Wenn es Ihnen hilft, will ich sehen, was ich für Sie tun kann. Ich bin aber dagegen.«
»Im stillen«, sagte Reisman.
»Im stillen. Was haben Sie noch für Kummer?« Allmählich erwärmte Kinder sich für seine Aufgabe und freute sich, daß Reisman sich ihm ein kleines bißchen aufschloß, freute sich über die Gelegenheit zu einem Gespräch.
»Sie haben immer noch keine Ahnung, auf welche Weise diese Männer einmal eingesetzt werden sollen – was am Ende ihr Auftrag sein wird?«
»Nein.«
»Nicht einmal, ob es Einzelaufträge sind, wie Oberst Denton bei der Lagebesprechung andeutete, oder ob es ein Auftrag für die gesamte Gruppe ist?«
»Nein.«
»Wie üblich«, sagte Reisman bitter.
»Sie haben immer noch Ihre Zweifel?«
»Zweifel! Ich habe nichts als Zweifel gehabt, seit diese Sache losging.«
»Aber Sie sagten doch, die Leute entwickelten sich, sie rissen sich zusammen«, hielt Kinder ihm nervös entgegen. Er fragte sich, ob Reisman ihm etwas verheimlichte.
»Das tun sie auch«, antwortete Reisman schnell. »Sie haben es ja selbst heute nacht gesehen. Aber wie kann ich dessen jemals sicher sein? Jeder von ihnen könnte jeden Augenblick türmen. Sie sind nicht normal, und was wir mit ihnen machen, ist weder eine Strafe – das würden sie verstehen – noch eine Rehabilitierung. Wir nutzen sie aus, und das wissen sie. Sie könnten sehr wohl die ganze verdammte Ausbildung mitmachen und in dem Augenblick türmen, da wir sie losschicken, sich für Gott und Vaterland einzusetzen. Wenn ich wüßte, was sie am Ende zu machen haben, was der Sinn der ganzen Sache ist – vielleicht wäre mir dann wohler.«
»Ich wollte, ich könnte Ihnen helfen, aber ich kann es nicht – hinsichtlich des Auftrags, meine ich«, sagte Kinder. »Ich könnte einen Zuverlässigkeitstest ausarbeiten, wenn Sie möchten.«
»Einen Zuverlässigkeitstest?! Was ist denn das nun schon wieder?« platzte Reisman heraus. Im gleichen Augenblick durchzuckte ihn die Erkenntnis, wie widerlich taktlos er war. »Es tut mir leid, Stu ... Ich meine es nicht so. Kommen Sie, erklären Sie es mir.«
»Man hat so etwas schon gemacht – ein Test, bei dem man die Neigung des Betreffenden mißt, gegebene Weisungen ohne eine Überwachung oder Kontrolle zu befolgen.«
»Aber ja, Stu, tun Sie das nur, wenn es Ihnen nicht zuviel Mühe macht«, sagte Reisman. Verdrossen sah er auf die Uhr. »Hören Sie, ich habe Pech gehabt. Ich muß um zwei Uhr vier Stunden Wache schieben. Ich haue mich jetzt aufs Ohr, einverstanden?«
»Selbstverständlich. Möchten Sie zuerst duschen?«

»Nein, gehen Sie nur. Gute Nacht.«
»Gute Nacht«, rief Kinder dem hinausgehenden Reisman nach.
Nachdem er geduscht hatte, trat Kinder fröstelnd in das Gefangenenlager hinaus. Er lächelte zu dem Obergefreiten Bowren auf dem Barackendach hinauf und winkte den Wachen auf den Türmen zu. Er hätte gern gewußt, was sie von dieser ganzen Sache hielten; was sie von Hauptmann Reisman hielten; ob sie unter dem harten Dienst ächzten. Sie starrten durch den Regen zurück. Kinder kam sich in seinem Flanellschlafanzug ziemlich albern vor; darüber hatte er den Trenchcoat an und auf dem Kopf trug er eine Mütze. Die Uniform hielt er sauber gebündelt unterm Arm. Um die Schulter schlenkerte ihm Reismans Maschinenpistole.
Im Zelt schnarchte Reisman längst unter seinem wollenen Bettzeug. Kinder tastete im Dunkeln leise nach seinem Schlafsack, den er sich von London mitgebracht hatte. Es war ein dickes, daunengefülltes Modelll, das er kurz vor seiner Überfahrt in einem berühmten New Yorker Sportgeschäft gekauft und noch nie benutzt hatte. Außerdem hatte er noch nie in einem Zelt geschlafen. Es war eng, kalt und feucht. Schließlich machte er sich ans Werk und hüllte sich gemütlich in den Schlafsack, in den er die Maschinenpistole mit hineinnahm.
Er konnte nicht einschlafen. Die Gegenwart der kriminellen Männer ringsum in den Zelten bedrückte ihn. Er zog seinen Schlafsack wieder auf und nahm die Maschinenpistole heraus. Wie er mit ihr umgehen mußte, wußte er immer noch nicht. Vielleicht legte er sie lieber zwischen sich und Reisman auf die Erde, so daß Reisman sie notfalls rasch greifen konnte. Immerhin erinnerte er sich, dann und wann etwas über verschiedene Waffen gelesen zu haben. Speziell diese hier, fiel ihm ein, konnte erst abgefeuert werden, wenn man den kleinen Deckel über der Öffnung hochgeklappt hatte, durch die die Patronenhülsen ausgeworfen wurden. Er fuhr mit dem Finger an der Pistole entlang. Seine Augen hatten sich so weit an die Dunkelheit gewöhnt, daß er die einzelnen Teile der Waffe gerade unterscheiden konnte, wenn er sie sich dicht vors Gesicht hielt. Er fand den kleinen Deckel und zog daran. Es knackte deutlich hörbar. Und beinah im selben Augenblick – so rasch und unbegreiflich, daß ihn eine nie gekannte Furcht befiel – war Hauptmann Reisman wach, hielt eine 12 mm Automatik in der Hand und zielte auf Kinders Kopf.
»Nicht, nicht!« stieß dieser heiser hervor. »Ich bin's, Kinder.«
»Ach so.« Verschlafen erkannte Reisman seinen Irrtum. Er drehte sich auf die andere Seite und schlief in wenigen Augenblicken weiter, als wenn nichts geschehen wäre.
Kurz bevor Kinder nach einer scheinbar endlosen Zeit körperlichen und seelischen Unbehagens selbst eindöste, fiel ihm plötzlich das Telefon ein. Reisman hatte es keineswegs bis zur Baracke legen lassen. Es wartete immer noch draußen im Regen.

19

In den nächsten Tagen teilte Reisman den Dienstplan für die Häftlinge so ein, daß Stuart Kinder jeden der Männer mehrmals für sich haben konnte. Im übrigen versicherte Kinder, daß es einige Tage dauern würde, ehe er ein Urteil über Odell oder irgendeinen der anderen abgeben könne. Er müsse nämlich erst die Tests analysieren, Vergleiche mit Normen und Normabweichungen anstellen und mit Kollegen in London sprechen, um zu sehen, ob er sich eingehender mit der Frage von Schuld oder Unschuld befassen könne. Alles, worum Reisman bat, war, daß Kinder bei der Auswertung der psychologischen Tests, die er sowieso machen wolle, nun auf zusätzliche Indizien achte.

Napoleon White langweilte sich zum Teil bei seinen Sitzungen mit Kinder, und zum Teil amüsierte er sich über sie. Immerhin gaben sie ihm die Möglichkeit, sich vor den Strapazen der Ausbildung zu drücken – obgleich er im Grunde bezweifelte, daß er das wirklich noch wollte. Zu seinem Verdruß hatte er entdeckt, daß die Ausbildung ihm in gewisser Hinsicht Freude machte. Vielleicht weil sie seinen Geist umkrempelte und körperliche Anforderungen an ihn stellte, die er so gut wie die Kameraden oder besser zu bewältigen hatte. Er war immer ein Sportsmann und stolz auf seine hervorragende Kondition gewesen. In den langen Wochen seit seiner Verhaftung und dem Prozeß hatte es ihm an jeglichem muskelstärkenden Training gefehlt, und er kam sich lasch und träge vor.

Wie lange Kinder wohl brauchen würde, bis er die absichtlich verdrehten Antworten, die Napoleon bei den Tests gab, durchschaute und ihn deswegen zusammenstauchte? Daß Kinder dies nicht tat, sondern fortfuhr, ihn mit der berufsmäßigen Höflichkeit und Liebenswürdigkeit zu behandeln, die er auch einem Kind, einem Schwachsinnigen oder völligen Dummkopf entgegengebracht hätte, wurmte Napoleon erst recht.

Als Kinder in einer Sitzung anfing, die Bildkarten für den Thematischen Apperzeptionstest hochzuhalten, und ihn aufforderte, kleine Geschichten über den Inhalt der Bilder zu erzählen, lehnte Napoleon sich offen auf. »Ich sehe gar nichts, Hauptmann«, gab er wütend zur Antwort. »Das Ganze ist ein Haufen Quatsch und Scheiße. Was immer Sie auch herauszubringen versuchen – mit mir verschwenden Sie Ihre Zeit.«

»Das glaube ich nicht, White«, stellte Kinder freundlich fest. »Wir versuchen wirklich nur, Ihnen und den anderen zu helfen. Warum bemühen Sie sich nicht, es so gut zu machen, wie Sie können?« Er fuhr fort, Karten in die Höhe zu halten; den Federhalter hielt er bereit, um Napoleons Geschichten wörtlich festzuhalten.

Aber erst als er die völlig weiße Karte hochhielt, reagierte Napoleon positiv. Seine Antwort kam heftig und bitter. »Sie ist schwarz«, sagte er. »Ein festes, schwarzes Stück Pappe. So schwarz wie ein Negerarsch. So schwarz wie ein Nigger in einer Kohlenkiste bei Nacht.«

»White, wissen Sie denn überhaupt nicht zu schätzen, was wir für Sie tun? Die Chance, die Sie bekommen haben?« fragte Kinder müde. »Sie sind klug,

gebildet ... Glauben Sie ja nicht, daß ich Ihnen irgend etwas von dem Unsinn, den Sie hier verzapfen, abgenommen habe. Aber auf diesem speziellen Gebiet weiß ich wohl besser Bescheid als Sie. So waren selbst Ihre falschen Antworten bei dem Rorschachtest im Gefängnis für mich noch aufschlußreich. Offensichtlich waren Sie mit dem Test vertraut und dachten, Sie könnten mich wie ein Student im ersten Semester an der Nase herumführen. Sie haben genug Feindseligkeit in sich, um es mit der ganzen deutschen Armee aufzunehmen. Warum entspannen Sie sich nicht? Sie wissen, daß diese verkrampfte Haltung Sie zerstören kann. Warum arbeiten Sie nicht mit uns zusammen als der Mann, der Sie wirklich sind? Was ist eigentlich in Sie gefahren?«
»Das, was mich auch hierher gebracht hat, Hauptmann. Daran hat sich nichts geändert.« Er tippte mit einer Hand auf die Bilder. »Sie und die großen Geister, die diese Dinge auskochen, sollten zuerst einmal schwarze Männer und Frauen auf die Karten malen. Dann will ich Ihnen ein paar Geschichten erzählen, daß Ihnen die Haare zu Berge stehen und Sie das Kotzen kriegen.«

Was Myron Odell betraf, so öffneten die Bildkarten ein großes Tor zu seinem geheimsten und innersten Ich. Vieles, was er gerne anderen über sich selbst offenbart hätte, konnte er nun gefahrlos und ohne die Angst, sich lächerlich zu machen oder einem Druck auszusetzen, in Form von erfundenen Geschichten loswerden.
Hauptmann Kinder hatte zu ihm gesagt: »Lassen Sie sich bei jeder Karte so viel Zeit, wie Sie wollen, und erzählen Sie mir soviel wie möglich über das, was Ihrer Vorstellung nach auf den Bildern geschieht: was für Leute es sind, was für ein Vorleben und was für eine Zukunft sie haben – falls Ihnen dazu etwas einfällt.«
Da war ein groß gezeichneter Frauenkopf zu sehen, der sich gegen die Schulter eines Mannes lehnte. Teile beider Gesichter waren durch helles, schräg einfallendes Licht aus der Dunkelheit herausgehoben ... »Sie sind sehr verliebt«, sagte Odell. »Es ist ein sehr zärtlicher Augenblick. Die Frau hat ihrem Mann gerade gesagt, daß sie ein Kind bekommt. Sie sind sehr glücklich.«
Auf einem Stuhl saß seitlich eine Frau; ihre Arme ruhten auf der Lehne, das Kinn hatte sie in eine Hand gestützt. Ein Teil ihres Körpers war von der Stuhllehne und einem darübergeworfenen Kleidungsstück verdeckt; sie starrte ins Leere. Es war eigentlich eine für Frauen und Mädchen bestimmte Testkarte, aber Kinder war neugierig auf Odells Reaktion. »Das ist dieselbe Frau wie auf der anderen Karte. Sie ruht sich nach harter Tagesarbeit aus. Sie wartet darauf, daß ihr Mann, den sie sehr liebt, von der Arbeit heimkommt. Sie freut sich auf ihr Baby. Sie liebt das Baby sehr, obwohl es noch gar nicht geboren ist.«
Auf einer anderen Zeichnung stand eine Frau auf der Schwelle zu einem Zimmer; ihre Hand lag auf der Türklinke. Sie machte ein leicht bestürztes Gesicht, als ob etwas in dem Zimmer sie erschreckt habe. Odells Antwort kam sehr langsam.
»Nun, was sehen Sie, Myron?« fragte Kinder freundlich.

»Eine Frau, die auf einer Türschwelle steht und mit einer Hand die Klinke hält.«
»Ja, aber was sieht sie, was denkt sie, woher kommt sie? Sagt sie etwas, will sie etwas sagen? Ist es eine junge oder eine alte Frau? Wer oder was ist in dem Zimmer?«
»Ich weiß es nicht.«
»Können Sie mir gar nichts sagen? Es ging doch soweit recht gut. Ich bin sehr zufrieden mit Ihren bisherigen Antworten, Myron.«
Odell lächelte. »Ach, ich tue, was ich kann«, sagte er. »Ich weiß zwar nicht, was das alles bedeutet, aber ich möchte mitarbeiten. Wenn die Leute mir glauben sollen, daß ich unschuldig bin, muß ich wohl alles tun, was man mir sagt, und darf keine Schwierigkeiten mehr machen; das ist meine einzige Chance. Diese ganzen Tests, die Sie mit mir angestellt haben – können sie beweisen, daß ich die Wahrheit sage und das Mädchen nicht getötet habe?«
»Glauben Sie wirklich, daß Sie unschuldig sind, daß man Sie zu Unrecht verurteilt hat, Myron?« fragte Kinder und sah ihm gerade in die Augen.
»Ich *glaube* es nicht, Sir«, antwortete Odell, »ich weiß es. Es ist die Wahrheit.«
»Kommen wir auf die Bilder zurück«, lenkte Kinder rasch ab. »Ist der Gesichtsausdruck der Frau glücklich?«
»Nein ... ich glaube nicht.«
»Was ist er dann?«
»Ich weiß nicht.«
»Warum raten Sie nicht, Myron? Ich weiß, Sie sind müde; aber Sie machen Ihre Sache so gut, daß es eine Schande wäre, wenn wir jetzt abbrächen.«
»Schande, vielleicht ... ja, vielleicht schämt sie sich. Das könnte sein.«
»Warum?«
»Ich weiß nicht«, Odell blieb dabei; er zuckte die Achseln und sah weg.
Kinder drehte das folgende Bild um. Die Karten waren zwar numeriert, aber er hielt keine bestimmte Reihenfolge ein; vielmehr ordnete er sie für jede Befragung verschieden an. Diese Karte nun war fast völlig schwarz, bis auf ein offenes Fenster, in das die Umrisse eines Jünglings gezeichnet waren. »Er ist bestraft worden«, sagte Odell. »Er muß ganz allein in dem dunklen Raum bleiben. Er möchte gern heraus, aber er kann nicht. Er muß dort bleiben.«
»Warum?«
»Weil er bestraft worden ist.«
»Weswegen?«
»Ich weiß nicht.«
»Wer ist er? Was für ein Junge ist er?«
»Wer er ist, weiß ich nicht. Er könnte alles sein. Und er ist gar kein Junge mehr. Er wächst heran, Sie wissen schon, was ich meine ... er ist ein Twen ... vielleicht etwas jünger. So jedenfalls wirkt er auf mich.«
»Würde er aus dem Fenster springen?« fragte Kinder. »Würde er versuchen zu fliehen?«
»O nein!« rief Odell aus. »Das ist zu gefährlich. Er könnte das nie. Er muß einfach dableiben.«

Kinder drehte die nächste Karte um – da wurde Odell blaß und drehte den Kopf zur Seite. »O Gott!« rief er.
»Was ist los?« fragte Kinder erschrocken.
»Es ist schrecklich! Einfach schrecklich. Ich will das nicht sehen!« stöhnte Odell.
Es war die Zeichnung eines jungen Mannes, der den gesenkten Kopf gegen seinen Arm drückte. Hinter ihm lag eine Frau ausgestreckt auf einem Bett. Ein Arm hing auf die Erde; das Gesicht blieb im Dunkeln. Ihre hohe, üppige Brust ragte nackt über die Bettdecke.
»Was ist daran so schrecklich?« fragte Kinder leise.
»Sie ist tot. Sie versuchen, mich reinzulegen.«
»Nein, Myron. Keineswegs«, sagte Kinder besänftigend. »Es ist eine Zeichnung wie alle andern auch. Erzählen Sie mir etwas darüber.«
»Nein. Ich kann nicht.«
»Warum nicht?« Kinder machte sich Notizen, während er sprach. Odell hatte den Kopf abgewandt und hielt sich die Hand vors Gesicht.
»Ich will es nicht mehr anschauen. Mir wird schlecht.«

Dienstag nachmittag kam Reisman mit den zehn Häftlingen, die er bei sich hatte, früher vom Geländedienst zurück, um Maggot und Jimenez wieder in die Gruppe einzugliedern. Er hatte die beiden zur Befragung durch Kinder im Lager zurückgelassen. Feldwebel Morgan und ein Militärpolizist waren zur Bewachung dabeigeblieben. Als die Gruppe die Baracke durchquerte, gesellten Maggot und Jimenez sich dazu, und Reisman sah, daß sie sich mit dem Finger an die Stirn tippten und die übrigen Häftlinge spöttisch angrinsten. Er fragte sich, wie ernst wohl alle die Sitzungen mit Kinder nahmen. Sie konnten ihn offensichtlich gut leiden und respektierten ihn. Einigen schien er sogar die gleiche Scheu einzuflößen, wie man sie vor Ärzten, Rechtsanwälten und Kirchenmännern empfindet. Es hatte bestimmt keine unangenehmen Zwischenfälle mit Kinder gegeben. Aber wer weiß, was in den Köpfen dieser Menschen wirklich vorging! Reisman schätzte, daß Kinder es inzwischen wohl wußte.
Der Hauptmann übergab das Kommando Feldwebel Morgan und dem Obergefreiten Bowren und wies sie an, die Häftlinge eine Zeitlang mit Zweikampfübungen, Gymnastik und Exerzieren im Lager zu beschäftigen. Er wußte, es würde Morgan Spaß machen. Der wurde tatsächlich recht tüchtig im Kommandieren. Er teilte den Zug in Riegen auf und ließ diese in allen möglichen unerwarteten Formationen und Richtungen marschierten, aus denen sie scheinbar niemals wieder herauskommen konnten. Sie taten es aber stets, vermutlich weil auch die Häftlinge einen gewissen Ehrgeiz entwickelten. Durch das Fenster des kleinen Büros behielt Reisman die Leute im Auge, während er mit Kinder sprach. Er hatte sich lässig auf das Feldbett geworfen und rauchte eine Zigarette. Kinder machte es sich auf dem einzigen Stuhl bequem. Der Tisch war mit den sauberen Stößen seiner Ausarbeitungen bedeckt.
»Schießen Sie los!« sagte Reisman und deutete mit der Hand auf den Tisch.

»Oder ist es ein Staatsgeheimnis?«
»Nein, keineswegs«, erwiderte Kinder lächelnd. »Obwohl Ihre Unterstellung gar nicht so weit hergeholt ist, wie Sie vielleicht denken. Ich habe schon von Fällen in meinem Fach, psychologischer Kriegführung, gehört – besonders in Washington –, wo irgendwelche Befehle als so geheim eingestuft wurden, daß sie nie bis zu den Leuten kamen, die sie schließlich praktisch vollstrecken sollten.«
Reisman zuckte zusammen. »Stuart, benutzen Sie hier niemals das Wort vollstrecken«, sagte er möglichst beiläufig. »Es hat einen so häßlichen Beiklang.«
»Oh, tut mir leid. Ich dachte, *Sie* könnte überhaupt nichts erschüttern.«
»Es geht mir durch und durch«, sagte Reisman leise. Er wechselte rasch das Thema. »Um noch einmal auf die psychologische Kriegführung zurückzukommen – dies hier ist wohl nicht Ihr einziges Projekt? Ich weiß, Sie beschäftigen sich nicht die ganze Zeit, seit wir uns kennengelernt haben, nur damit. Darum denke ich mir, daß Sie noch andere Aufgaben verfolgen.«
»Ja ... ich habe in London ein Büro, wo einige Pläne und Untersuchungen laufen. Aber nichts«, sagte er mit Begeisterung, »das so wichtig ist wie dies hier. Nichts, das so aufregend ist!« Plötzlich machte er ein besorgtes Gesicht. »Sie wollen damit doch nicht andeuten, daß ich meine Zeit hier überschritten habe?«
»Ach was«, erwiderte Reisman schnell. Auch er sprach jetzt ganz aufrichtig. »Ich bin froh über Ihre Hilfe. Was ist mit diesem Material?« fragte er ungeduldig und deutete wieder auf die Aktenstöße. »Irgendwas herausgefunden?«
»Sie meinen, über Odell?«
»Über alle. Jeden einzelnen.«
»Es fällt mir schwer, über Odell zu sprechen«, sagte Kinder. »Seine Antworten bestätigen, was Sie über ihn sagten. Außerdem – ich sage es äußerst ungern – ist er entweder latent homosexuell ...«
»Auch das noch!« rief Reisman und sprang erregt auf die Füße. »Wie, zum Teufel, kann ein Homo ein Mädchen vergewaltigen?«
»Ist alles schon vorgekommen«, sagte Kinder sachlich. »Dergleichen ist nicht mit Händen zu greifen. Er hat sich hier in der Beziehung wohl nichts anmerken lassen – oder doch? Dann würde ich ihn nämlich abschieben. So etwas führt in jeder Gefangenensituation zu Unannehmlichkeiten, und zwar zu erheblichen.«
»Mein Gott, was weiß ich, was nachts in seinem Zelt passiert ... Doch möchte ich nicht annehmen, daß da etwas vorgefallen ist. Odell ist zwar nicht gerade ein ausgesprochen männlicher Typ, andererseits aber auch wohl kaum ausübend schwul.«
»Sehen Sie!« sagte Kinder. »Sie greifen nach Strohhalmen. Innerhalb von zehn Sekunden springen Sie von einer Voraussetzung zur entgegengesetzten, ohne Beweis und ohne Bedacht. Lassen Sie mich ausre ...«
»Eine alte Unsitte von mir«, meinte Reisman lächelnd. »Die Logik der Ungebildeten und Unwissenden.«

»Lassen Sie mich ausreden«, beharrte Kinder. »Er ist entweder latent homosexuell oder er verbringt so viel Zeit damit, sich über seine Männlichkeit den Kopf zu zerbrechen, daß er so wirkt; oder aber er hat von beidem etwas. Außerdem enthalten seine Antworten leere Stellen – insbesondere im Zusammenhang mit Gewalt. Ich würde sagen, er hat die Angewohnheit, vor der Wirklichkeit davonzulaufen und sich in die Phantasie zu flüchten. Er verliert wahrscheinlich leicht das Gleichgewicht und besitzt kein Es ... kein nennenswertes Selbstgefühl.«

»Könnte ein solcher Mann einen Mord begehen?«

»Bewußt, würde ich sagen, nicht. Unbewußt, ja. Sie haben schon ein Beispiel dafür.«

Reisman stand auf und ging nervös auf und ab. »Was wichtiger ist: Könnte er als Soldat töten? Was schert mich seine Schuld oder Unschuld! Wird er kämpfen? Wird er unter Feindbeschuß seinen Auftrag erfüllen oder davonlaufen?«

»Ich bin kein Prophet, John«, erwiderte Kinder ernst. »Es ist Ihre Aufgabe, zu gegebener Zeit die Chancen abzuwägen – unsere, und auch seine. Die Chancen aller. Das liegt bei Ihnen. Odell ist neurotisch, schwankend, unreif; er steht unter starken inneren und äußeren Spannungen ... Vielleicht ist er ein Psychopath; ich weiß es nicht. Das ist aber nur ein flüchtiges, vorläufiges Urteil. Ich werde die Sache, wie gesagt, weiterverfolgen, wenn es Ihnen recht ist.«

»Selbstverständlich«, sagte Reisman. »*Quién sabe?*«

Er drückte seine Zigarette in einer Blechdose aus und erhob sich. »Gehe jetzt lieber zur Truppe zurück«, sagte er.

An jenem Abend wollte Reisman aus dem Lager heraus, so unerträglich war es ihm geworden. Er hielt sich vor, daß er das nicht tun könne, daß er kein Recht dazu habe. Dann wieder sagte er sich, daß er im Grunde seit zehn Tagen, seit sie nach Stokes Manor gekommen waren, keinerlei Ruhepause gehabt habe und erst recht keine Entspannung. Von der Wachmannschaft war jeder einmal oder mehrmals fort gewesen; er nahm an und hoffte, daß sie in den Dörfern von South Devonshire angemessene Bekanntschaften angeknüpft hatten. Wie die Häftlinge ohne etwas Nettes im Leben auskamen, ohne Erleichterung, wußte er nicht. Dies war zwangsläufig ein Teil ihrer Strafe. Er wußte, daß er ihnen bald einmal die Zügel locker lassen, daß er eine Art Freizeitbeschäftigung einführen mußte – vermutlich Korbflechten oder irgend so einen Unsinn.

Schließlich ging er, nachdem Zapfenstreich geblasen war, zu Stuart Kinder und fragte ihn: »Hätten Sie Lust, über Nacht die volle Verantwortung für das Lager zu übernehmen? Ich brauche heute keine Wache zu schieben und würde gern für eine Weile verschwinden.«

»Ich dachte, Sie trauten mir nicht«, erwiderte Kinder. Er lächelte, um der Antwort den Stachel zu nehmen; er glaubte Reisman gut zu verstehen.

»Darin traue ich Ihnen schon«, erwiderte Reisman. Es wurmte ihn, daß er in die Verteidigung gedrängt war.

»Es würde mir eine Ehre sein, Herr Hauptmann«, fuhr Kinder ironisch fort.
»Nun halten Sie bloß die Luft an, Stu!« knurrte Reisman. Er lächelte jetzt auch. »Sie brennen doch darauf, mich loszuwerden und den ganzen Laden zu übernehmen.«
»Und habe Verstand genug, einzusehen, daß ich das nicht kann. Wann sind Sie zurück?«
»Ich werde wohl morgen gegen dreizehn Uhr wieder hier sein. Wach- und Dienstplan liegen fertig vor. Bowren, Morgan und die Militärpolizisten wissen, was sie zu tun haben, und unsere bezaubernden Schützlinge kennen, glaube ich, ihren Platz im Leben. Ich habe den Dienst so eingeteilt, daß sie das Lager nicht zu verlassen brauchen, bevor ich zurück bin. In Ordnung?«
»In Ordnung«, sagte Kinder augenzwinkernd. »Viel Spaß!«
Reisman duschte und rasierte sich, zog eine saubere Uniform an und packte sein Waschzeug und ein paar Kleidungsstücke in eine Tasche. »Wenn ich hinausgehe, spreche ich noch mit Bowren und Morgan«, sagte er zu Kinder, als er fertig war. »Ich glaube, es ist am besten, wenn die Leute nicht wissen, daß ich weg bin. Lassen Sie sie in dem Glauben, ich arbeitete hier drinnen oder heckte draußen am Strand oder in den Dünen irgendeine neue Schinderei für sie aus.«
»Verstehe«, sagte Kinder. »Auf Wiedersehen.«

Am Eingangstor mußte er halten, und nur die Tatsache des Anhaltens – so redete er sich ein – bewog ihn, den Fahrweg zum Gutshaus hinunterzublicken und einen Augenblick lang an Margot Strathallan zu denken. Er steuerte den Jeep hinaus, schloß das Tor wieder und grüßte ironisch in ihre Richtung. Dann verdrängte die Vorfreude auf Tessie Simmons sie mitsamt dem dreckigen Dutzend aus seinen Gedanken.
In Stokesmouth hielt er und rief Tessie von einem öffentlichen Fernsprecher aus an. Ihm war beklommen und zittrig wie einem Jüngling zumute, weil er nicht wußte, wie sie reagieren würde und ob sie überhaupt zu Hause war. Aber die Beklemmung verflog sofort, als er ihren Freudenschrei hörte.
»Ich habe mich so nach dir gesehnt. Wo bist du?«
»Ich kann in zwei bis drei Stunden dort sein«, sagte er. »Es hängt von den Straßen, dem Verkehr und eurem blödsinnigen englischen Wetter ab.«
»Komm schnell«, sagte sie. »Flieg wie der Wind ... Ich liebe dich ... Ich kann es kaum erwarten ... Nein, John, fahr vorsichtig ... nur komm.«
»Du schamloses kleines Biest«, flüsterte er in die Muschel und kam sich albern vor – hier an einem öffentlichen Ort durch ein seelenloses Gerät zu balzen!
»Ja«, sagte sie. »Ich warte auf dich. Auf Wiedersehen.«
Er fuhr schnell, aber nicht leichtsinnig und kam sich vor wie der Straßenräuber in Alfred Noyes' wunderschön traurigem Gedicht: Er fuhr und fuhr und fuhr auf einem Band aus Mondlicht zu seiner einzigen Liebe. Dabei schien gar kein Mond. Es war naß und dunkel, als er durch Devonshire nach Somerset fuhr. Und das war ganz gut so. Kein vereinzeltes deutsches Flugzeug würde einen vereinzelten Liebhaber abschießen, der über englische Landstraßen fuhr.

Tess empfing ihn auf die gleiche Weise wie in jener ersten Nacht, der Exekutionsnacht: mit einem Feuer, das in dem dunklen, leeren Schankraum für sie beide brannte; mit Büchern, die sie, um wach zu bleiben, gelesen hatte; und mit einem dampfenden Trank aus Rum und flammendem Apfelwein, der mit Zimtstangen entzündet worden war. Sie trug den Morgenrock, den er ihr geschenkt hatte. Bevor sie sich ans Feuer setzten, umarmten sie einander und küßten sich leidenschaftlich. Reisman fühlte, wie die Spannung von ihm wich, und wußte, schon dies allein, ohne die gemeinsame Nacht, wäre genug. Sie verbreitete eine Atmosphäre von Heim und Herd um sich und gab ihm das Gefühl, er bedeute ihr alles.

»O wie hast du mir gefehlt, wie hast du mir gefehlt!« sagte sie. »Warum hast du nicht geschrieben? Mich nicht angerufen?«

»Ich konnte nicht«, sagte er und wußte, es war eine lahme Ausrede.

»Die Ungewißheit war das Schlimmste«, sie klammerte sich an ihn, »die Ungewißheit, wann du wiederkämst und ob überhaupt.«

»Ich habe dir doch gesagt, ich würde kommen«, sagte er, »und ich bin die halbe Nacht durch gefahren, um es zu beweisen.«

»Jetzt glaube ich dir«, sagte sie und löste sich aus seinen Armen. Sie führte ihn zum Kamin; ihre Augen leuchteten glücklich.

Sie tranken, und er erzählte ihr, daß er jetzt in Devonshire liege; daß er oft an sie gedacht und sie herbeigesehnt habe.

»Hast du eine Adresse? Ich habe nie einen Freund beim Militär gehabt, dem ich hätte schreiben können.«

»Kaum«, erwiderte er. »Ich habe zwar in London eine Postanschrift, aber meine jetzige Stellung liegt ziemlich abseits, und ehe mich ein Brief aus London erreicht, bin ich wahrscheinlich schon wieder hier. Aber ich will dir etwas sagen. Ich verspreche dir, dich von nun an mindestens einmal die Woche anzurufen. Wie wäre das? Und so oft herzukommen, wie ich kann.«

»Dann bin ich also wirklich dein Mädchen?« fragte sie leise.

»Ja.«

Als sie sich liebten, in demselben Zimmer, in dem er das erstemal geschlafen hatte, überwältigten ihn ihr Verlangen und ihre Leidenschaft und vertrieben alles andere und jeden anderen Menschen aus seinem Sinn.

20

Als Reisman am Mittwochmorgen aufwachte, lag er allein in seinem Zimmer in *The Butcher's Arms*. Es war schon fast neun Uhr. Er rasierte und wusch sich rasch und ging hinunter. Tess strahlte. Geschäftig eilte sie zwischen Küche und Schankraum hin und her. Ein paar Gäste, Soldaten und Zivilisten, bestellten sich ihr Frühstück. Reisman wußte nicht recht, wie er Tess begrüßen sollte, aber sie löste das Problem für ihn. Sie kam einfach auf ihn zu, errötete und ergriff seine Hand.

»Ich habe es nicht übers Herz gebracht, dich zu wecken«, flüsterte sie. »Hätte ich es müssen?«

»Nein, es macht nichts. Ich hab's nicht so eilig. Können wir zusammen frühstücken?«
»Ich habe zu tun«, antwortete sie. »Was hättest du denn gern?«
»Zunächst einmal Kaffee und ein Telefon.«
Sie brachte ihn zum Telefon, und weil sie dort für einen Augenblick allein sein konnten, küßte er sie, was er schon längst gewollt hatte. Darauf drehte er sie um, zeigte auf die Küche und sagte: »Kaffee ... stark und heiß ... in rauhen Mengen.«
Es dauerte eine Weile, bis die verschiedenen Zivil- und Militärstellen ihn weiterverbunden hatten. Während Reisman ungeduldig wartete, kamen ihm flüchtige Gewissensbisse. Ob vielleicht einer der Häftlinge oder alle zusammen heute vormittag neuen Unfug angestellt hatten? Vielleicht hatten sie versucht auszubrechen oder dem armen Kinder auf irgendeine Weise übel mitzuspielen. Doch da meldete Kinder sich schon am Apparat und versicherte ihm, es sei alles in bester Ordnung; er frotzelte Reisman, daß er sich aufführe wie eine Henne mit ihren Küken.
Nachdem Tess ihm sein Frühstück gebracht hatte, führte dann kein Weg mehr darum herum: Er mußte mit ihrem Onkel ein Schwätzchen halten – Reisman war ihm an dem früheren Wochenende, das er hier verlebt hatte, vorgestellt worden – und ebenfalls mit der Köchin, Mrs. Culver, die ihm die Ohren vollschwatzte, wie sehr Tess für sie zu einer Tochter geworden sei. Er fragte sich, wieviel diese Leute wohl über Tess und ihn wußten.
Bald wurde es Zeit für Reisman. Tess begleitete ihn hinaus zum Jeep. Es war kalt und windig, aber die Sonne verbreitete ein angenehmes gelbes Licht. Der Himmel versprach nahezu jedes Wetter, beziehungsweise drohte damit: Hier und da waren Wolkengebirge am Horizont aufgetürmt, und in tieferen Lagen trieb der Wind ganze Schwadronen von Kumuluswolken über Stücke blauen Himmels. Tess trug denselben Mantel wie in jener ersten Nacht, da sie sich gefunden hatten. Sie schob ihre Hand unter seinen Arm; Reisman legte schützend seine eigene darüber und streichelte sie zärtlich. Ihre Finger verschränkten sich und nahmen ungern Abschied.
»Ist das der Frühling, den eure Dichter besingen?« scherzte Reisman.
»O nein«, erwiderte sie. »Ein Sprichwort sagt, erst wenn man mit einem Fuß auf zwölf Gänseblümchen treten kann, ist Frühling.«
»Dann werden wir jedesmal, wenn ich wiederkomme, spazierengehen und nach Gänseblümchen Ausschau halten.«
»Das würde ich sehr gern, John«, sagte sie. »Und sollte ich sie eines Tages entdecken, wenn du fort bist, dann merke ich mir die Stelle und führe dich dorthin – wo ich den Frühling gefunden habe.«
Er legte ihr die Hand auf die Wange und küßte sie zärtlich. Dann sagte er ihr auf Wiedersehen und fuhr ab. Nur einmal drehte er sich noch um, sah, wie sie ihm nachblickte, und winkte.
Nie war es ihm schwergefallen, rasch einen klaren Kopf zu bekommen und den Blick auf neue Aufgaben zu richten; fast augenblicklich konnte er seine Gedanken auf das konzentrieren, was vor ihm lag. Doch diesmal, bei Tess, war das anders; ihre Leidenschaftlichkeit ließ ihn während der ganzen Rück-

fahrt nach Stokes Manor nicht mehr los, obwohl er schon über den Nachmittagsdienst nachdachte. Darum empfand er seine Ankunft am Tor des Gutshauses als eine um so häßlichere Ernüchterung.

Die üblichen Scherzworte mit Kinder waren schnell ausgetauscht; Reisman zog sich währenddessen Drillichzeug an. Alles war im gewohnten Rahmen verlaufen, und Kinder hatte es nun eilig, nach London zurückzukehren.

»Ich habe bei meinem Abstecher hierher soviel erledigt, wie ich nur irgend konnte«, meinte er. »Heute nachmittag möchte ich gern den Leuten eine Weile bei der Ausbildung zusehen, überdies mit Ihnen noch ein paar Sachen besprechen und dann vor dem Dunkelwerden abfahren. Ich habe sogar gelernt, mit diesem Ding hier umzugehen.« Er händigte Reisman – gewissermaßen zum Zeichen der Kommandoübergabe – seine Maschinenpistole wieder aus. »Obergefreiter Bowren hat mir heute morgen, abseits im Wald, ein paar Minuten Nachhilfeunterricht in Waffenkunde erteilt. Macht ganz hübsch Krach, was? Übrigens teile ich Ihre Ansicht über Bowren. Er verdient wirklich ein paar Streifen mehr. Wenn ich in London bin, werde ich Ihre Empfehlung auf Grund meines eigenen Eindrucks bekräftigen.«

»Fein. Warum wollen Sie eigentlich die Waffe nicht behalten, bis Sie abfahren, Stu?« schlug Reisman vor und gab ihm die Maschinenpistole zurück.

Kinder nahm sie. »Na schön«, meinte er lächelnd. »Sie verleiht einem eine gewisse Forschheit.«

Erst wenige Minuten waren seit seiner Ankunft vergangen, da ließ Reisman schon die Häftlinge im Lager antreten. Er belud zwei Militärpolizisten mit Gewehren, die in der Baracke aufbewahrt worden waren, nahm selbst zwei und ging zu den Gefangenen hinaus. Zwar war er nur kurze Zeit fort gewesen und hatte keinerlei Grund, überrascht zu sein, dennoch erschütterte es ihn geradezu, als er den schmutzstarrenden, schlampigen und stinkenden Haufen sah und ihn als etwas hinnehmen sollte, das auch nur entfernt einer militärischen Einheit glich. Die Leute rissen sich allerdings mächtig zusammen, als Feldwebel Morgan sie in Doppelreihe antreten und dann im Rührteuch warten ließ. Morgan tyrannisierte sie jetzt nicht mehr, sondern raunzte sie in mürrischem Ton an. Stuart Kinder stand am Innentor und sah zu.

Das eine Gewehr über die Schulter gehängt, das andere in Händen haltend, trat Reisman vor die Gefangenen hin. Die süßen Erinnerungen an die Zärtlichkeiten einer Frau waren fort, als hätte es sie nie gegeben. Tessie Simmons war fort. Nur er selbst und die konkrete Wirklichkeit der Männer und der Waffen waren noch da. »Sie werden nunmehr vom Kindergarten zur Abc-Schule befördert«, verkündete er. Seine Augen überflogen die Reihen und blieben auf Vernon Pinkley haften, einem dürren Burschen mit langem Hals und vorspringendem Adamsapfel. Reisman hatte ihn bis jetzt fast nie zu irgendwelchen Dingen herangezogen. Meistens verhielt Pinkley sich schweigsam; das lag in seinem Wesen. Er meldete sich nie freiwillig und tat immer nur soviel, wie von ihm erwartet wurde. »Mr. Pinkley!« rief Reisman.

Pinkley sah ihn erschrocken an. »Ja, Sir«, antwortete er, Böses ahnend.

»Was halte ich hier in der Hand, Mr. Pinkley?«

»Ein Gewehr.«

»Quatsch!« bellte Reisman. Wieder flog sein Blick über die Leute hin. »Mr. Sawyer, was halte ich hier in der Hand?«
»Ein Infanteriegewehr, Sir! US-Infanteriegewehr M 1, Kaliber 8 Millimeter«, antwortete Sawyer. Erst als er mit dem Satz fertig war, wurde ihm bewußt, daß er Haltung angenommen hatte. Hoffentlich dachten die anderen nicht, er wolle sich hervortun oder sich beim Hauptmann ranschmeißen.
»Richtig. Danke«, sagte Reisman. Er wandte sich wieder Pinkley zu. »Nun sind Sie schon über zwei Jahre beim Militär, haben eine Grundausbildung durchgemacht, haben gelernt, wie man mit dieser Schußwaffe umgeht, haben an Lehrgängen und Manövern teilgenommen und hätten sich theoretisch merken sollen, was ich Ihnen die ganze letzte Woche über Waffen erzählt habe. Wie bringen Sie es da fertig, mir eine so unvollständige Antwort zu geben?«
»Verzeihen Sie, Herr Hauptmann«, erwiderte Pinkley verlegen. »Ich wußte nur nicht, was Sie meinten.«
Mit einer Hand hielt Reisman die Waffe hoch. »Sie sind alle keine Rekruten mehr. Jeder von Ihnen hat das Infanteriegewehr schon in der Hand gehabt und kennt den Spruch von wegen ›Braut des Soldaten‹ und so weiter. Daran ist etwas Wahres, das können Sie mir glauben. Wenn ich Ihnen diese Waffe jetzt aushändige, dann sind Sie wieder Soldaten, ist das klar? Sie erhalten das Gewehr, damit Sie auf Befehl Ihrer vorgesetzten Offiziere davon Gebrauch machen, und zwar zur ehrenvollen Verteidigung Ihres Vaterlandes. Es ist weder ein Spielzeug noch ein Werkzeug persönlicher Rache. Und auch kein Instrument zur Ausübung eines Verbrechens.«
Er blickte die Reihe entlang. »Mr. Jimenez, was können Sie mir noch über das Infanteriegewehr sagen?«
»Zieht man am Abzug, wenn jemand davorsteht, dann schießt man ihn tot«, erwiderte Jimenez trocken.
Ein paar fingen an zu kichern. Reisman war sich darüber im klaren, daß er selbst den Spott herausgefordert hatte. Es gab nur eine Möglichkeit, die Sache zu bereinigen. *»Ven acá, Luis . . . pronto!«* befahl er.
Jimenez trat langsam vor, verwirrt, daß Reisman ihn in seiner Muttersprache anredete.
»Nehmen Sie es in die Hand«, befahl Reisman und hielt ihm das Gewehr hin.
Jimenez nahm die Waffe widerstrebend und starrte sie finster an.
»Jetzt drehen Sie sich um und erzählen Sie Ihren lächerlich veranlagten Freunden, was Sie gemacht haben, als Sie das letztemal ein M 1 in der Hand hielten.«
»Nein«, sagte Jimenez und schüttelte den Kopf.
Mit der linken Hand faßte Reisman Jimenez am rechten Ellbogen und drehte den Mann herum. Die rechte hielt er in Bereitschaft, spannte die äußere Handkante und spreizte den Daumen steif ab. *»Digales lo que hizo, Jimenez!«* herrschte er ihn an.
Jimenez hielt das Gewehr lasch in der Hand und starrte verdrossen zu Boden.
»Heben Sie den Kopf hoch und stehen Sie wie ein Mann zu Ihrer Tat!« wetterte Reisman. »Erzählen Sie denen da, wie stolz Sie sind!«

»*Maté un hombre*«, flüsterte Jimenez. Noch immer hielt er die Augen gesenkt, seine Stimme war kaum zu hören.
»Einen unbewaffneten Offizier haben Sie umgebracht, stimmt's? Ihren vorgesetzten Offizier haben Sie niedergeschossen, weil er Ihnen Befehle erteilte, wie es ihm seine Pflicht vorschrieb. War es so, General Jimenez? Sie haben auf ihn geschossen und ihn getötet, weil Sie glaubten, Sie wüßten es besser als er und müßten es beweisen!«
»Er war nicht unbewaffnet«, flüsterte Jimenez. »Er hatte eine Pistole.«
»Hat er Sie damit bedroht?«
»Nein.«
»Wo hatte er seine Pistole?«
Er bekam keine Antwort.
Reisman klopfte auf die Pistolentasche an seiner Hüfte. »Da hatte er sie, nicht wahr?«
Er stand hinter Jimenez und brüllte ihm ins Ohr. Er sah, wie Jimenez schluckte, wie er zitterte, ohne etwas zu sagen.
»Wenn Sie dieses Gewehr auf irgend etwas oder irgend jemanden anlegen, ohne daß Sie einen Befehl dazu haben, *amigo*«, sagte Reisman leise, »dann ramme ich es Ihnen, noch bevor Sie gehängt werden, persönlich in den Hintern und drücke ab! *Comprendame?*«
»*Si*«, erwiderte Jimenez still.
»So, und nun machen Sie, daß Sie ins Glied zurückkommen, und halten Sie die Klappe, es sei denn, Sie hätten etwas Nützliches beizutragen!« befahl Reisman. »Einen Augenblick noch! Bowren, schreiben Sie die Waffennummer auf und lassen Sie Jimenez abzeichnen.«
Nachdem auch die übrigen Gewehre ausgeteilt, die Nummern notiert und quittiert waren, fragte Reisman: »Wer glaubt, daß er sich gut genug an die Handhabung dieser Waffe erinnert, um sie vormachen zu können?«
Napoleon White und Ken Sawyer hoben die Hand. Reisman ließ sie vortreten und beauftragte Bowren, alles mehrmals langsam mit ihnen durchzugehen. Sie machten ihre Sache ausgezeichnet. Darauf teilte Reisman die Häftlinge in zwei Gruppen ein, unterstellte die eine Napoleon, die andere Sawyer und sorgte dafür, daß Maggot in Napoleons Gruppe kam.
»Sie haben eine halbe Stunde Zeit, um die Griffe zu üben«, erklärte er. »Dann werden wir einen kleinen Wettstreit veranstalten. Die Gruppe, bei der es am besten klappt, erhält acht Stunden Nachtruhe. Die Verlierer werden die Ehre haben, bei einer neuen Phase der Ausbildung den Anfang zu machen. Wie ich von den Militärpolizisten höre, fühlen sie sich nachts ziemlich einsam auf ihren Türmen. Von heute an werden Sie ihnen Gesellschaft leisten und innerhalb des Lagers eigene Wachtposten stellen. Vier Stunden Wache, genau wie wir auch, jeweils zu dritt.«
Er übertrug Bowren die Aufsicht über die eine Gruppe, gab Morgan die andere und ging in die Baracke. Eine Nacht und einen Vormittag waren die Häftlinge anstandslos ohne ihn ausgekommen. Je williger und härter sie von nun an ohne den Blick seiner drohenden Augen und das über ihnen schwebende Strafgericht ihren Dienst taten, desto besser.

»Die reinste Vorstellung«, sagte Kinder, der Reisman das Gatter aufhielt.
»Eine gute oder schlechte?«
»Mir hat sie gefallen«, meinte Kinder anerkennend. Er folgte Reisman in das kleine Stabszimmer. »Nichts ist besser geeignet, einen Menschen zu demütigen und reumütig zu stimmen, als ein öffentliches Schuldbekenntnis. Und nichts spornt einen guten Mann mehr an, als wenn man ihm ein wenig Verantwortung überträgt.«
»Nun, das war der leichtere Teil«, sagte Reisman und ließ sich auf den Stuhl fallen. »Sorge macht mir der Tag, an dem ich ihnen Munition aushändigen muß.« Er zündete sich eine Zigarette an, zog tief den Rauch ein und blies eine dicke Wolke von sich.
Kinder stand am Fenster. Er blickte hinaus und sprach, ohne sich umzudrehen. »Wissen Sie, eines der Dinge, nach denen ich gesucht habe, ist ein Schlüssel, der bestimmte zusätzliche Mechanismen in den Leuten auslöst und alle in gleicher Weise auf ein und dasselbe Ziel ausrichtet.«
»Das ist witzlos und unmöglich«, stellte Reisman rundheraus fest. »Sie sind doch keine Maschinen.«
Kinder drehte sich lebhaft um. »Damit sind wir genau beim springenden Punkt! Sie würden sich wundern, wie sehr der Mensch einer Maschine gleicht – in welchem Maße man seine Gewohnheiten, Handlungen, Reaktionen und Beweggründe vorausbestimmen, einplanen und manipulieren kann.«
»À la Herrn Schicklgruber?«
»Er ist ein Paradebeispiel dafür, und zwar eins der scheußlichsten. Doch auch Sie haben mit Ihrer nachgiebigen Haltung – bei der Weigerung der Leute, sich zu waschen und zu rasieren – so gehandelt. Ich stimme Ihnen zu: Wenn es bei den Männern einen Gemeinschaftssinn weckt, irgendeinen törichten Stolz, dann läßt man ihnen einstweilen den Spaß. Aber wir müssen noch weitergehen. Mit Mutter, Gott und Vaterland ist bei diesem Haufen bestimmt nichts zu erreichen. Das Besondere bei all diesen Individuen ist vielmehr die Tatsache, daß jeder das Gefühl hat, versagt zu haben – und das läßt sich schlecht als Antriebsmechanismus verwerten. Wir können nichts anderes tun, als dagegen anzukämpfen.«
Reisman staunte, was aus dem aalglatten Leutnant Kinder geworden war, den er vor noch nicht drei Wochen in London kennengelernt hatte. »Wie steht's mit dem individuellen Zugang?« fragte Reisman. »Kommen wir über ihn nicht besser an die Leute heran? Wenn wir uns in den einzelnen hineinversetzen? Herausfinden, was ihn bewegt? Wenn wir wieder seine Spannkraft und seinen Stolz mobilisieren und ihm mal die Initiative überlassen? Gelegentlich den Fähigen die Führung übertragen, damit sie sich für eine Sache ins Zeug legen und auf Gebieten, auf denen sie tüchtig und erfahren sind, wieder Männlichkeit und Selbstgefühl entwickeln?«
»Schön, aber darin liegt auch eine Gefahr – im Selbstgefühl –, wie übrigens bei jedem Menschen. Zuviel Selbstgefühl hat die Leute ja gerade in ihre schlimme Lage gebracht. Keiner von ihnen besaß einen Halt außerhalb seiner selbst, der ihm weiterhalf und Kraft gab. Jeder war zu egozentrisch und in sich selbst versponnen. Das Selbstgefühl hat etwas Zerstörendes.«

»Dann bin ich genauso belastet wie sie. Mich hat es aber nicht zerstört.«
»Ja, das sind Sie wohl«, sagte Kinder mit einem Maximum an Taktgefühl, das jedoch bei Reisman völlig verschwendet war.
»Was würden Sie also vorschlagen? Religion? Vaterland? Den Stolz, den wir empfinden, wenn unsere Flagge über fremder Erde weht und starken Männern die Tränen in die Augen treten?«
»Wahrscheinlich werden Sie am Wesen dieser Leute doch nichts ändern«, erwiderte Kinder, der plötzlich an etwas anderes denken mußte, leicht geistesabwesend. »Sie können es gar nicht.«
»Und warum nicht?«
»Zunächst einmal wäre es unmöglich wegen der beschränkten Zeit, die zur Verfügung steht. Und außerdem dürfte es kaum sinnvoll sein. Ursprünglich wollten wir ja etwas anderes.«
»Ich weiß. Sie wollten ausgesprochene Bösewichter. Darf ich zitieren? ›Die bewiesene Fähigkeit zur Gemeinheit muß unter strenger Aufsicht gefördert werden.‹ Darin steckt irgendwo eine Anomalie, ein Widersinn, ich kann mir nicht helfen.«
»Immerhin ist es möglich, den einen oder anderen Charakterzug bei den Leuten zu beeinflussen«, hing Kinder weiter seinen Gedanken nach. »Die dynamischen Kräfte, die sich aktivieren lassen. Und man muß neue Fähigkeiten bei ihnen entwickeln, das steht außer Frage. Vielleicht auch neue Haltungen – so weit jedenfalls, daß jeder sich anständig benimmt und seinen Stoff beherrscht. Dann können wir uns einigermaßen ein Bild machen, auf welcher Seite er in diesem Krieg steht. So gehen Sie doch vor?«
»Das eine kann ich Ihnen sagen, ich bin es leid, die Männer zu schleifen«, schnaubte Reisman. »So etwas liegt mir nicht. Ich kann wohl selbst eine schmutzige Sache übernehmen und auch Leute anführen, wenn es sein muß, aber Schleiferei hasse ich.«
»Etwas mehr Erleichterung für die Leute wäre vielleicht gar nicht so dumm«, warf Kinder ein. »Was würden sie denn wohl gern tun, wenn sie irgendwelche Freiheit hätten? Ich weiß, sie haben keine – aber vielleicht sollten sie etwas freie Zeit bekommen. Von dem gesamten menschlichen Bereich außerhalb des Lagers sind sie ja strengstens abgeschnitten. Als Soldaten wären sie das bis zu einem gewissen Grade auch, aber als Gefangene sind sie es nahezu völlig. Ließe man etwas davon wieder in ihr Leben ein, so würden sie arbeitswilliger, weniger aufsässig und nicht so gereizt.«
»Sie werden sich ihre Freizeit und ihre Erleichterung verdienen«, versicherte Reisman. »Apropos Haltungen: damit haben Sie mich auf einen enorm wichtigen Gedanken gebracht.«
»Nämlich?«
»Wie ist ihre Einstellung zu den Deutschen? Denn dazu werden sie ja ausgebildet, nicht wahr? Daß sie die Krauts bekämpfen und töten. Wenn sie die Deutschen nun aber bewundern? Dann können wir dagegen etwas unternehmen, habe ich recht? Schließlich sind die Leute nicht hier, um für Sie oder mich oder irgendein hohes Tier Versuchskaninchen zu spielen.«
»Natürlich nicht!« erwiderte Kinder beinah empört. »Darauf wäre ich am

Schluß noch gekommen. In gewisser Weise sehe ich darin die zweite Phase meiner Arbeit. Jedenfalls ist dieses Problem im Augenblick nicht akut; wir können die Leute in dieser Hinsicht später noch hintrimmen. Aber wenn Sie wollen, bereite ich ein paar Fragen für meinen nächsten Besuch vor.«
Da fiel Reisman wieder ein, daß Kinders Abfahrt unmittelbar bevorstand, und er stellte überrascht fest, daß er ihn tatsächlich vermissen würde.

Im Lager bellte Napoleon White vor seiner Gruppe Kommandos heraus und ließ die Männer Gewehrgriffe kloppen. Er hatte langsam begonnen und nach einer Zeit das Tempo gesteigert. Schließlich erzielten sie einen recht zackigen Rhythmus – lange nicht so gut wie bei seiner alten Einheit; aber was verstanden denn diese Trauerklöße auch schon von Rhythmus: wenn die Handflächen wie Kastagnetten gegen Läufe und Kolben klappen und der Stahl fast vibrierend summt; wenn die Riemenbügel wie eine Schellentrommel klirren und der feste Lederriemen klatscht. Seine Männer waren darin Klasse gewesen – die besten von allen. »Wenn nämlich«, wie die guten weißen Leute in ihrer Scheinheiligkeit sehr richtig bemerkten, »ein Nigger auch sonst nichts hat, Rhythmus hat er bestimmt!«
Dann fing Archer Maggot an, auf eine Weise gegen Napoleon anzugehen, die er vermutlich für raffiniert hielt. Er verschleppte den Takt, schulterte das Gewehr links, wenn Napoleon ausdrücklich rechts befohlen hatte, und einmal ließ er sogar die Waffe in den Dreck fallen. Bei jeder anderen Einheit hätte er dafür eine Woche lang mit dem Gewehr in der Hand essen, schlafen und auf die Latrine gehen müssen.
Zu Napoleons Gruppe gehörten Joe Wladislaw, Samson Posey, Victor Franko, Luis Jimenez und Archer Maggot, und Maggot war der einzige, der Napoleons Befehle nicht bereitwillig ausführte. Allerdings nahm er sich die letzten Tage etwas zusammen. Napoleon fragte sich, ob sein Eifer nicht vielleicht ganz falsch sei, denn wenn er sich auch noch so anstrengte, immer würde ihm irgend so ein Armleuchter wie Maggot in die Quere kommen. Vielleicht wäre es besser gewesen, jegliche Sonderstellung abzulehnen und sich wie ein stumpfer Roboter durchzulavieren, mit möglichst geringer Reaktion nach außen – nur gerade so viel, wie nötig war, um den Schein des reuigen Verbrechers und neugeborenen Soldaten zu wahren. Aber dieser verflixte Hauptmann, diese beiden verflixten Hauptleute gingen ihm um den Bart und brachten ihn dahin, wohin sie ihn haben wollten. Wohin eigentlich, wußte er nicht genau. Jedenfalls war es schön, wieder zum Leben zu erwachen und aus dem Stumpfsinn, in den er sich vergraben hatte, herauszukommen. Es machte ihm Spaß, seine Tüchtigkeit zu beweisen, Befehle zu erteilen und vielleicht auch mal etwas anderes zu fühlen als nur immer Haß und Elend. Lange Zeit waren das seine einzigen Gefühlsregungen gewesen.
»Das Ge-weeehr ab!« kommandierte er. »Rührt euch!«
Archer Maggot schlakste statt dessen einen halben Schritt nach vorn.
Napoleon war drauf und dran, es durchgehen zu lassen, wie er auch über Maggots sonstige Mätzchen hinweggesehen hatte; sonst würde es ja doch nur Ärger oder gar eine Schlägerei geben, und das hieße für sie beide Latrinen-

kommando. Wozu also? Doch da sah er die beiden Offiziere aus der Baracke kommen, und weil er gern wollte, daß seine Gruppe den Wettstreit gewann, fuhr er Maggot im reinsten Südstaatlerdialekt an: »He, Massah Archa, wie kannste nur so blöde sein? Habe rührt euch gesagt, nich' weggetreten.«
Maggot konnte Reisman und Kinder, die durch das Gatter traten, nicht sehen. »Hör bloß auf, mich mit deine billige Niggah-Sprache anzuquatschen, Niggah!« fauchte er.
Langsam ging Napoleon auf ihn zu. Sein Gewehr hielt er mit ausgestrecktem Arm schräg vor dem Körper, bereit, damit einen Schlag zu parieren oder auszuteilen. Er sah, daß die beiden Offiziere dicht hinter seiner Mannschaft stehenblieben; sie hörten und sahen zu.
»Is' gar keine Niggahsprache, Massah Archa«, erwiderte Napoleon. »Is' reine weiße Sprache. Mich haste so noch nich' reden hören. Tu ich nur bei dir, damitte mich verstehst!«
Plötzlich machte sich die ungeheure Verbitterung, die sich schon auf Maggots Gesicht abgezeichnet hatte, Luft. Er schwang sein Gewehr hoch, holte aus und wollte die Waffe, mit dem Kolben voraus, Napoleon auf den Kopf schlagen. Napoleon trat einen Schritt zur Seite und ließ seinen eigenen Gewehrkolben hochschnellen. Er traf Maggots Waffe dicht am Abzugsbügel und schlug sie ihm aus der Hand. Dann holte er ein zweites Mal mit dem Gewehrkolben aus und hätte ihn kaltblütig, keineswegs blindwütig, Maggot ins Gesicht geschmettert, hielt dann aber Zentimeter davor inne. Maggot blieb nämlich unerschütterlich stehen und grinste höhnisch in seiner widerlichen, übertrieben selbstsicheren Art. Und Napoleon erkannte: Es würde gar nichts nützen. Selbst wenn er ihn windelweich schlüge. Selbst wenn er ihm den Schädel zu einem blutigen Brei zerstampfte und in den Dreck träte – es würde doch nichts nützen. Maggot glaubte mit jeder Faser seines Wesens, was er sagte, was er fühlte, was er tat. Er glaubte es mit der naiven Arglosigkeit einer religiösen Überzeugung, und daran würde sich nie, nie, nie etwas ändern.
Plötzlich stand Hauptmann Reisman zwischen ihnen. »Haben Sie Schwierigkeiten, Mr. White?« raunzte er ihn an.
»Nein, Sir«, erwiderte Napoleon. »Ich habe nur Maggot gerade gezeigt, wie vorteilhaft sich ein ungeladenes Infanteriegewehr handhaben läßt, wenn man sich darauf versteht.«
»Heben Sie es auf, Maggot«, befahl Reisman; er zeigte auf die am Boden liegende Waffe. »Wenn unser Spielchen beendet ist, nehmen Sie sich das Gewehr vor, putzen es blitzblank, ölen es und zeigen es mir vor, verstanden?«
»Jawohl, Herr Hauptmann. Jawohl«, murmelte Maggot und hob das Gewehr auf.
Jede Gruppe bekam drei Minuten Zeit, um zu zeigen, was sie gelernt hatte. Reisman, Kinder und das gesamte Wachkommando sahen zu. Napoleons Gruppe kam zuerst dran. Mitten im Exerzieren schulterte Maggot sein Gewehr plötzlich rechts, statt links; er stieß Joe Wladislaw mit dem Ellbogen an, und beiden fiel die Waffe hin.
»Du blödes Arschloch!« zischte Wladislaw ihm zu, während sie sich rasch bückten. »Jetzt haben wir den Salat!«

Maggot sah ihn finster an, sagte aber nichts. Er hatte es nicht mit Absicht getan, aber wer würde ihm das glauben? Es war wirklich nur ein Fehler gewesen, denn anstatt auf Napoleons Kommandos zu achten, hatte er immer daran gedacht, daß da vorn ein Nigger stand und ihnen seine Befehle zublökte.
Ken Sawyers Gruppe war nicht annähernd so exakt in den Bewegungen; aber keiner hampelte herum, und keiner ließ sein Gewehr fallen. So gewannen sie den Wettstreit.
Hauptmann Reisman trat zu Napoleons Gruppe. »Für den Rest des Tages bleiben Sie der Führer Ihrer Gruppe, White«, sagte er zu ihm. »Stellen Sie einen Wachplan für die Nacht auf. Anschließend sollen Ihre Leute sich für einen Geländemarsch mit Infanteriegewehr und feldmarschmäßiger Ausrüstung fertigmachen.«
Napoleon sah dem Hauptmann nach und hätte am liebsten gerufen: Jetzt reicht's mir aber! Hören Sie doch auf mit dem Quatsch! Ich will nicht länger Soldat spielen! Aber statt dessen drehte er sich zu seiner Gruppe um und sagte: »Tut mir leid, Jungs. Wer übernimmt die erste Wache?« Eigentlich hatte er zu keinem Menschen mehr ›Tut mir leid‹ sagen wollen. Es war ihm einfach so herausgefahren.
»Hast deine Sache gut gemacht, Nappy«, brummte Wladislaw. »Es war verdammt nicht deine Schuld.«
»Mein Freund hier«, sagte Jimenez und zeigte auf Maggot, »das is' vielleicht so 'n Soldat! Aber du bist prima, Nappy.«
»Und ob der prima ist«, mischte Wladislaw sich ein, der das Gefühl hatte, sein Zeltkamerad gehöre zuerst einmal ihm. »War nämlich früher mal Leutnant.«
Alle wollten die erste Wache, weil sie sonst mitten in der Nacht aufstehen mußten und bis zum Wecken um sechs Uhr keinen Schlaf mehr bekamen.
»Ich nehme die zweite Wache«, sagte Napoleon. »Wer noch? Zwei müssen sich noch freiwillig melden.«
»Also gut, ich mach's«, sagte Samson.
Als sich weiter niemand meldete, bestimmte Napoleon schließlich: »Dann bist du Nummer drei, Maggot.«
Drohend trat Maggot einen Schritt auf ihn zu. »Du hast mir gar nix zu sagen, Niggah!«
Samson legte ihm die Hand auf die Schulter und riß ihn zurück. Wladislaw und Jimenez hielten ihn fest.
»Laßt uns doch abstimmen«, schlug Franko vor. Er war sowieso nicht dabei, und darum war es ihm gleichgültig; doch wußte er genau, auf wessen Seite die anderen standen. Wenn er schon nicht die Nummer eins sein konnte, dann wollte er wenigstens auf der Seite von Nummer eins stehen. Und Maggot haßte er mehr als alle anderen. »Ich schlage vor, daß Maggot die zweite Wache schiebt. Es war ja seine Schuld, daß wir verloren haben.«
Die Abstimmung fiel fünf zu eins aus, und Archer Maggot begann zu ahnen, was es heißt, ein Paria zu sein, wenn er auch das Wort noch nie gehört hatte.

21

In der dunklen, feuchten Nacht stand Victor Franko auf einem der Wachttürme Posten. Das war eine ungewohnte Sache für ihn. Er fluchte auf sein Saupech, auf das Vereinigte Königreich von Großbritannien, das Militär der Vereinigten Staaten von Amerika und auf dieses Arschloch von einem Offizier, der den Häftlingen diese neue Pflicht aufgehalst hatte.
Bei jedem Donner fuhr er zusammen; es war ihm nämlich beängstigend klar, daß er auf seinem Turm da oben einen guten Zielpunkt abgab.
Zwischendurch dachte er, es sei doch irre, daß er hier auf diesem Turm stand und Wache schob. Er! Wenn er auch nur ein ungeladenes Gewehr über der Schulter hängen hatte. Wen, zum Teufel, sollte er eigentlich bewachen? Sich selbst? Oder die anderen? Nie im Leben würde er einen reinreißen oder aufhalten, der versuchen wollte auszubrechen. Oder die Militärpolizisten? Das war noch komischer. Er mußte untätig in diesem Scheißregen herumstehen, nur damit einer mehr von den blöden MP's die ganze Nacht ungestört pennen konnte – falls er nicht gerade in der Stadt war oder irgendwo 'ner Bauerntochter einen reinschob. Oder sollte er den Alten bewachen? Das wäre am allerkomischsten. Den bewachen, Mann! Wo er das Arschloch doch am liebsten umbrächte!
Oh, aber gerissen war der, dieser Hauptmann! Als er die Häftlinge zum erstenmal auf Nachtwache geschickt hatte, mußten sie unten im Lager Posten stehen; die Militärpolizisten hielten noch die Türme besetzt, und Reisman, Bowren oder der Henker standen auf dem Barackendach. Wenige Abende darauf hatte Reisman jedoch dem einen MP-Mann freigegeben und dafür einen Häftling auf seinen Turm gestellt, als ob der Wunder was wäre. »Sie sollen jetzt ein bißchen Verantwortungsgefühl lernen«, hatte er ihnen vorgequakt. »Noch haben Sie sich nicht das Anrecht erworben, Munition zu erhalten; aber jeder von Ihnen hat ein Paar Augen, ein Paar Ohren und ein lautes Mundwerk, die er notfalls zu Hilfe nehmen kann.«
Doch Franko kannte den wahren Grund: Den MP's sollte Erleichterung verschafft werden. Er hatte gehört, wie sie untereinander über die viele Dienstzeit meckerten und darüber, daß der Alte sie genauso schinde wie die Gefangenen. Franko hatte über sie gelacht. Das geschah ihnen recht! In jedem Kittchen, in dem er gesessen hatte, meckerten die Wachen und die Bullen, wie schwer sie's hätten. Recht geschah ihnen, warum waren sie auch Bullen!
Wieder blitzte und donnerte es, diesmal näher. Franko schauderte zusammen und hüllte sich fester in seinen Regenmantel. Von seinem Übungshelm rann ihm der Regen über Gesicht und Nacken bis unters Zeug, und er zitterte vor Kälte und Nässe. Um sich warm zu halten, ging er auf der kleinen Plattform hin und her. Seine Blicke bohrten sich in das Lager und die umgebenden Wälder, aber er sah nichts. Nur wenn die Blitze aufzuckten, konnte er deutlich die Zelte erkennen, für eine Sekunde auch den MP-Mann auf dem anderen Turm, und drüben auf der anderen Lagerseite konnte er eben noch die Gestalt des Hauptmanns ausmachen, der über das Barackendach schritt. Blöder Scheißkerl! Was wollte Reisman eigentlich damit beweisen? Er hatte

es doch gar nicht nötig, in so einer Nacht hier draußen zu stehen. Schließlich war er ja der Chef, oder? Trotzdem war er mitten in der Nacht aufgestanden und hatte die zweite Wache übernommen. Nun marschierte er da übers Dach und spielte den Oberaufseher.
Als es das nächstemal blitzte, sah Franko ihn wieder, oder meinte ihn zu sehen, und da kam ihm ein Gedanke. Ein kleines Spiel zum Zeitvertreib. Er nahm sein Gewehr von der Schulter und strich mit der Hand darüber. Es gab einem ein Gefühl von Macht – ein gutes Gefühl. Seine Finger verweilten an der Mündung, spielten mit dem Gummiüberzug, der den Lauf vor Regen schützte. Als es das erstemal, nachdem sie die Gewehre bekommen hatten, regnete, hatte Morgan – ganz rot im Gesicht und kurz angebunden – die Schutzhüllen verteilt. Und die Leute hatten ihm erklärt, damit wüßten sie Besseres anzufangen. Da war Morgan so sauer geworden, daß er sie eine Stunde im Dunkeln geschliffen hatte, obwohl sie eigentlich schon wegtreten sollten, und das Schwein von Hauptmann hatte es geduldet.
Franko ließ die Mündung los. Die Berührung des Gummis löste sexuelle Vorstellungen aus und weckte in ihm ein Lustgefühl. Er lud durch, zielte und drückte ab. Er tat es immer wieder. Dann kniete er sich auf die Plattform, stützte das Gewehr auf das Geländer und zielte zum Barackendach hinüber. Sooft ein Blitz die Lichtung erhellte, versuchte er, Reisman ins Visier zu bekommen; aber es gelang ihm nicht. Auf einmal merkte er, wie der Turm wackelte, wenn auch ganz sacht. Erschrocken sprang er auf und blickte die Leiter hinunter. Sie war leer.
Wieder kniete er sich hin; ihm gefiel das Spiel. Eifrig bemühte er sich, mit dem Lauf des Gewehrs auf den Hauptmann zu zielen; eifrig drückte er ab, hörte im Geist den Schuß und malte sich aus, wie der Hauptmann nicht mehr der große Mann und nicht mehr so überheblich war.
Ein neuer Donnerschlag ließ ihn zusammenfahren. Abermals zuckte ein Blitz über das Lager, und in diesem Augenblick kam ihm irgend etwas da drüben auf dem Barackendach vor die Kimme. Er war nicht ganz sicher, ob es der Hauptmann war, nahm es aber an. Mit einem frohlockenden Stöhnen drückte er ab. In diesem Augenblick hörte er ein Geräusch hinter sich auf der Plattform und fühlte plötzlich einen entsetzlichen Schmerz im Nacken. Ihm wurde schwindelig und übel; dann verlor er das Bewußtsein.

Der Weckruf gab den Blick auf die Szene frei.
Die Verwunderung und das Entsetzen bei allen Häftlingen einschließlich der beiden, die unten im Lager Wache gestanden hatten, rührten daher, daß niemand von ihnen etwas gemerkt hatte, bevor das Hornsignal des Obergefreiten Bowren durch das fahle Dämmerlicht schallte.
Myron Odell sah es als erster, wie er aus seinem Zelt kroch, oder zumindest schlug er als erster und am lautesten Lärm.
»O mein Gott, da!« schrie er.
Calvin Ezra Smith kam nach ihm heraus, guckte und verzog sich wieder ins Zelt zu seiner Bibel. Luis Jimenez und Joe Wladislaw bekreuzigten sich. Die anderen starrten auf das, was sie sahen.

Victor Franko hing, geknebelt und an Armen und Beinen gefesselt, vom Wachtturm herab; das Seil war ihm unter den Armen hindurch um die Brust geschlungen. Er sah tot aus.

Hinter den Männern tauchte Reisman auf: er schlängelte sich durch die Zelte. An seiner Schulter hing die Maschinenpistole; in der Hand hielt er Frankos M 1. Hart, gefühllos und eiskalt durchbrach seine Stimme die Erstarrung der Häftlinge: »Schneidet ihn ab!«

Ken Sawyer und Samson Posey rannten los, begriffen plötzlich, daß sie ja nicht durch den Stacheldraht konnten, und kehrten bestürzt zu Reisman zurück.

Der gab Sawyer sein Buschmesser. »Geht außen herum durch die Baracke.« Dann rief er Bowren auf dem Barackendach zu: »Nehmen Sie sich einen Mann Bewachung mit und bleiben Sie den beiden auf den Fersen!«

Aus der Baracke kamen die restlichen Militärpolizisten mit Feldwebel Morgan in das Lager gelaufen; sie hielten die Waffen schußbereit. Ein paar von ihnen waren erst halb angezogen; keiner wußte, was los war. Als sie Franko sahen, blieben sie wie angewurzelt stehen. Um Morgans Lippen spielte ein kaum merkliches Lächeln, doch als er sah, daß Franko die gefesselten Beine bewegte, verschwand es.

Samson kam als erster auf der Plattform an und zog sofort den Strick, an dem Franko hing, herauf. Da war auch schon Sawyer mit dem Messer zur Stelle. Er schnitt die Fesseln los, die Frankos Arme und Beine hielten, und nahm ihm den Knebel aus dem Mund. Franko stand taumelnd auf und stützte sich auf die beiden Kameraden.

Dann fiel er gegen das Geländer und wäre fast hinuntergestürzt, aber sie hielten ihn fest.

»Was ist passiert, Vic?« fragte Sawyer. »Wer hat das getan?«

Franko hielt sich am Geländer fest. »Ich weiß nicht, was passiert ist ...«, flüsterte er heiser.

Unten am Turm warteten Bowren und der Militärpolizist. Neugierig und ohne Mitgefühl blickten sie hinauf. Sie mußten nun beinah lachen, als sie sahen, daß Franko noch am Leben war.

»Bringt ihn vorsichtig herunter«, befahl Bowren und trat einen Schritt von der Leiter zurück.

Franko starrte in das Lager hinab. Die vielen Gesichter schienen sich zu drehen und verschwammen vor seinen Augen. Er entdeckte Reismans selbstgefälliges ungerührtes Gesicht, das ihn mit spöttischer Miene ansah, und da wußte er, wer es gewesen war – wußte, daß nur der Hauptmann es gewesen sein konnte.

Eine würgende Übelkeit überkam ihn, drohte ihn zu übermannen, aber er wehrte sich dagegen. Er zwang sich, aufrecht zu stehen, und stützte eine Hand auf das Geländer; die andere zielte mit anklagendem Zeigefinger auf Reisman. Hysterisch schrillte seine Stimme über den Platz: »Fragt den da, was passiert ist. Fragt den Hauptmann, diesen gemeinen Kerl, was passiert ist. Der war's!«

Häftlinge und Wachen wandten sich nach Reisman um. Sie erwarteten

Widerspruch. Er blieb aus. Darauf drehten sie sich wieder zum Wachtturm, eben rechtzeitig, um zu sehen, wie Franko Sawyer das Messer aus der Hand riß. Die Männer, die rings um Reisman standen, konnten gerade noch zur Seite springen, als Franko mit einem verzweifelten Fluch das Messer herabschleuderte. Es schlug wirkungslos auf die Erde und flog dann mit einem metallischen Klirren noch ein Stückchen weiter.
Gemächlich ging Reisman zu dem Messer hin, hob es auf, wischte es an seiner Drillichhose ab und steckte es wieder in die Scheide an seinem Koppel.
»Das hätten Sie lieber heute nacht tun sollen«, brüllte er zu Franko hinauf. »Da sollten Sie nämlich Wache halten, Sie Saftsack! Wenn's ein Deutscher gewesen wäre, der hätte Ihre Gedärme über den ganzen Platz gespritzt!« Doch noch während er den Mann herunterputzte, spürte Reisman, daß ihm die anderen Leute entglitten, daß sie ihn mehr mit Verachtung als mit Wut anblickten. Ein Offizier schlug seinen Untergebenen nicht so brutal zusammen, wie er es mit Franko gemacht hatte – nicht ohne triftigen Grund.
Franko wollte die Leiter hinunterklettern; die anderen halfen ihm. »Laßt ihn da oben!« befahl Reisman. Er erhob Frankos Gewehr wie einen Speer. »Fangen Sie es, Bowren!« rief er und schleuderte es in sauberer Wurflinie über beide Zäune. »Geben Sie es Franko, es ist seins.«
Widerwillig nahm Franko das Gewehr.
»So, Sie Mordbube, nun zeigen Sie den anderen mal, was Sie letzte Nacht auf Wache gemacht haben!« rief Reisman.
Franko stand da, sah auf die Männer herab und tat so, als verstehe er nicht.
»Los, vormachen, oder Sie finden sich noch heute abend in Marston-Tyne wieder!« warnte ihn Reisman.
Langsam kniete Franko sich auf die Plattform und legte das Gewehr über die Brüstung.
»Und jetzt zielen!« befahl Reisman. »Genau zielen, wie Sie heute nacht gezielt haben!«
Franko brachte das Gewehr in Anschlag. Schuldgefühl, Furcht und Wut erfüllten ihn gleichzeitig. Die anderen sahen gespannt zu; sie verfolgten, wie der Lauf sich auf das Barackendach richtete, wo der Hauptmann in den Stunden bis zur Morgendämmerung Wache gestanden hatte.
»Und jetzt habe ich nur noch eine Frage an den Mordgesellen«, sagte Reisman. Die Frage galt allen: den Häftlingen, deren Achtung er möglicherweise eingebüßt hatte, und den Wachen, die vielleicht der Meinung waren, er habe seine Befugnisse als Offizier überschritten; sie galt Franko; sie galt Reisman. »Denken Sie scharf nach, Franko! Die Antwort können Sie dann für sich behalten. Ich will sie nicht wissen! Was hätten Sie getan, wenn das Gewehr geladen gewesen wäre?«
Er selbst wußte die Antwort nicht. Und im Grunde bezweifelte er, daß Franko sie wußte. In dem Schweigen, das nun entstand, mochte jeder seine eigene Antwort finden. Es war nämlich ein Problem, dem sie bald alle gegenüberstehen würden.
»Bringen Sie die drei wieder hier herein, Bowren!« befahl Reisman. »Der Ringelpietz ist vorbei. Wir wollen etwas essen und dann an die Arbeit gehen.«

Dreimal ließ Reisman an jenem Morgen die Häftlinge ihr Infanteriegewehr auseinandernehmen und wieder zusammensetzen. Dann mußte jeder die Sache einzeln mit verbundenen Augen wiederholen, während die Zeit abgestoppt wurde. Sie machten es ausgezeichnet. Als nächstes wären technische Übungen auf dem Schießplatz an der Reihe gewesen – anschließend Austeilen von scharfer Munition, Zurücktreten und Feuer! Statt dessen ließ Reisman die Gewehre durch zwei Militärpolizisten wieder einsammeln, ohne dafür eine Begründung zu geben.

Kurz darauf kam er in Begleitung der Militärpolizisten wieder aus der Baracke heraus. Sie schleppten ein Dutzend Karabiner und ein Dutzend automatische 12-mm-Pistolen. Ein paar von den Häftlingen standen immer noch verdrossen da, wie ein Haufen schmutziger, erwachsener Kinder, denen die Polizei gerade Schläger und Ball abgenommen hat, weil sie eine Fensterscheibe zertrümmert haben. Als sie nun die neuen, leichten Gewehre und die in Halftern steckenden 12-mm-Pistolen erblickten, leuchteten einige Gesichter erwartungsvoll auf.

»Sie werden jetzt in die nächste Schulklasse versetzt«, verkündete Reisman ihnen. Die Militärpolizisten verteilten die Waffen, schrieben die Seriennummern auf und ließen die Männer den Empfang quittieren. »Tragen Sie diese Schußwaffen eine Weile bei sich, damit Sie ein Gefühl dafür bekommen. Lernen Sie damit umzugehen, bis Sie auch diese Waffen blind auseinandernehmen und wieder zusammensetzen können. Was ich über Sorgfalt und Achtung für das M-1-Gewehr gesagt habe, gilt hierfür genauso. Wenn Sie sich weiter so anstrengen wie bisher, werden Sie sich bald das Recht erwerben zu schießen.«

Sein größtes Problem, so überlegte Reisman sich, war jetzt die Langeweile – das ewige Einerlei ihres Dienstes und ihrer Umgebung. Diese Männer waren ja keine Rekruten mehr, die neue Pflichten und Anforderungen an sich schon ungewohnt und aufregend finden und von alleine spuren. Sie stellten sich intelligenter an, als man bei ihrem Anblick vermuten konnte. Was sie während ihrer früheren militärischen Ausbildung gelernt hatten im Verein mit den Raffinessen, die Reisman ihnen beibrachte, mit der strengen Disziplin und dem ewigen Drill, machte sie gewiefter, als Reisman je zu hoffen gewagt hatte; zumal er ja wußte, wer und was sie waren.

Doch wie es um ihre Moral und ihre Stimmung stand, wußte er immer noch nicht. Ob Stuart Kinder irgend etwas Nützliches für sie tat, konnte er nicht beurteilen. Nur auf dem praktischen, körperlichen Gebiet – seinem ureigensten Gebiet – war Reisman seiner Sache sicher. Die Männer wurden allmählich härtere, bessere Soldaten – sogar die Jammerlappen wie Myron Odell, der Angsthase, und das Großmaul Victor Franko.

Auf dem Gebiet der Verteidigung und des Angriffs ohne Waffen waren sie jetzt an den Punkt gelangt, wo sie wirklich wußten, was sie taten. Und keiner von ihnen, nicht einmal Odell, drückte sich mehr, wenn er von Samson Posey oder gar von Reisman selbst harte Brocken zu parieren bekam. Manchmal mußte Reisman lachen, wenn er sah, wie die Leute umhergingen und ihre Handkanten auf den Erdboden, gegen Bäume, Äste und Pfosten schlugen oder auch untereinander Schläge austauschten, um ihre Muskeln für das Judotraining zu stärken – selbst ein Bursche wie Archer Maggot, der geglaubt hatte, er sei stark genug und könne alles schon, bis dann Reisman und Odell ihn eines Besseren belehrt hatte.

Wenn einer meinte, er sei zu grob angefaßt worden, kam es gelegentlich noch zu Schlägereien – oder wenn einer nicht mitmachen wollte oder schlechte Laune hatte oder einfach aus der Haut fuhr, weil ihm danach zumute war. Ihre Schlägereien waren jedoch kein wildes Gebalge mehr. Sie wußten, wie sie sich zu verteidigen und wie sie anzugreifen hatten. Ihre Handgemenge, selbst wenn sie im Zorn ausgetragen wurden, waren zu kraftvollen, gekonnten und durchdachten Kämpfen geworden, die beinah elegant wirkten. Und nie ging einer von ihnen zu weit; keiner versuchte einen gefährlichen Schlag – denn er wußte, der andere würde es ihm mit gleicher Münze heimzahlen.

Trotzdem konnte Reisman nicht so rasch vorangehen, wie er gern gewollt hätte, wie er es bei den Leuten, die er für den militärischen Geheimdienst ausgebildet hatte, gewohnt war. Da er das Warum und Wofür des endgültigen Auftrags nicht kannte, konnte er die Häftlinge nur Schritt für Schritt nach eigenem Gutdünken weiterbringen. Es war noch nicht an der Zeit, einen Schießplatz aufzubauen und die Männer mit scharfer Munition zu versehen oder ihnen scharfe Granaten und Sprengladungen in die Hand zu geben. Und solange er sie nicht durch dieses Stadium gebracht hatte – so daß sie sich in sämtlichen leichten und schweren Waffen des Infanteriearsenals auskannten –, würde er nicht mit der Sprungschule beginnen.

An irgendeinem Punkt des Weges mußten die Männer über so viel körperliche, geistige und moralische Kraft verfügen, daß Reisman sich wirklich auf sie verlassen konnte, daß er von ihrer Eignung für die immer noch unbestimmten und rätselhaften Aufträge, für die er sie ausbildete, überzeugt sein konnte. Er wollte ihnen so gern vertrauen, denn ein Zurück gab es für ihn nicht mehr.

Im Gutshaus Stokes Manor saß Margot Strathallan am frühen Sonntagnachmittag in der Bibliothek neben dem Telefon. Sie wollte Hauptmann Reisman anrufen, scheute sich aber davor.

Sie dachte sich, da doch heute Sonntag war, würde er es sicher verstehen, wenn sie anrief und ihn fragte, ob er nicht mit seinen Männern zum Tee herüberkommen wolle. Natürlich würden sie zunächst den alten Streit beilegen müssen – aber es wäre doch nett, wenn sie bei ihr Tee tränken. Dann würden sie freundlich miteinander reden, und die Angst, in der sie diese ganze Zeit gelebt hatte, die Angst, der Hauptmann könne sie aus ihrem eigenen Haus ausweisen lassen, würde aufhören.

Margot griff nach dem Telefon, zog dann die Hand wieder zurück, rieb sich mit den mageren Fingern über Lippen und Kinn und nagte an ihren Knöcheln. Sie stand auf und ging nervös im Zimmer auf und ab; dann trat sie entschlossen auf das Telefon zu – und ging daran vorbei in den Flur hinaus. Sigismund, der sie mit fragenden Augen vom Kaminvorleger aus verfolgt hatte, tappte traurig hinter ihr her und jaulte, weil er hinaus wollte. Sie öffnete die schwere Eichentür einen Spalt und lugte ängstlich hinaus. Der Dobermann bellte, sprang aufgeregt umher und wedelte mit dem Schwanz. Aber sie drängte ihn zurück, schlug die Tür zu und schloß ab. Unruhig eilte sie die Treppe hinauf, ging in ihr Schlafzimmer und wieder hinaus, die stillen Korridore hinunter; argwöhnisch öffnete sie Tür um Tür und verschloß sie wieder. Der Hund trottete hinterdrein, jaulte und schwenkte den massigen Kopf von einer Seite zur anderen. Er war genauso ruhelos wie seine Herrin.

Seit zwei Wochen war Margot sich in ihrem eigenen Haus wie eine Gefangene vorgekommen. Es war töricht, albern und zum Verrücktwerden – aber seit der demütigenden Begegnung mit Hauptmann Reisman und seinen widerwärtigen Soldaten oberhalb des Strandpfades fürchtete sie sich, auf ihren Spaziergängen innerhalb des Grundstücks die nächste Umgebung des Hauses zu verlassen. Mehrmals war sie rasch den Kiesweg hinunter und durch das Tor gegangen und hatte Sigismund auf die Straße geführt. Aber das war unter ihrer Würde, und sie tat es ungern. Vorüberkommende Leute hatten sie gesehen, Bauern, Dorfbewohner, Fremde, Soldaten. Sie wunderten sich und redeten über sie. Das taten sie auch sonst, wenn Margot einmal die Woche in dem alten Riley mit Sigismund zum Einkaufen fuhr. Man bekam ja nichts mehr ins Haus geschickt. Nicht einmal sie! Angeblich weil das Benzin rationiert sei. Rationiert wie alles andere auch. Na und? Sie hatten doch Fahrräder! Zum Teufel mit ihnen!

Margot ging wieder in die Bibliothek hinab und setzte sich neben das Telefon. Gehetzt starrte sie es an. Ob man freiwillig und aus edlen Motiven ein Einsiedlerleben führte, oder ob man wie eine Gefangene gehalten wurde, das war ein himmelweiter Unterschied. Sie mußte dem ein Ende machen. Sie mußte den Hauptmann jetzt anrufen und ihn mit seinen Soldaten zum Tee einladen. Die Angst, er könne seine Drohung wahr machen, bedrückte sie entsetzlich. Sie wußte, daß er das Heeresministerium tatsächlich veranlassen konnte, sie zu evakuieren – und ihr Vater würde dem Mann dafür noch einen Orden an die Brust heften, daran bestand kein Zweifel.

Rasch, ehe sie wieder anderen Sinnes wurde, nahm Margot den Hörer ab. Daß es im Lager ein Telefon gab, war ihr bekannt, denn sie hatte die Leitungen gesehen. Zuerst mußte sie das Amt im Dorf wählen und sich die nächste amerikanische Militärdienststelle geben lassen; die mußten dann das Gespräch weiterleiten.

Nervös wartete sie und hörte, wie Telefonistinnen Verbindungen herstellten; bald hatte sie Angst, am Apparat zu bleiben, bald, aufzulegen. Sie hörte ein Knacken und Summen und endlich den schwach und anhaltend läutenden Apparat des Hauptmanns. In ihrer Einbildung vermeinte sie, das Klingeln beinah irgendwo drüben im Wald zu hören, und sie sah förmlich, wie Reisman den Hörer abnahm.

Doch niemand meldete sich. Zehn Minuten später versuchte sie es noch einmal. Und eine halbe Stunde später wieder – und so jede halbe Stunde, den ganzen qualvollen Nachmittag lang.

Spätnachmittags kam Reisman mit seinen Leuten aus dem Gelände zurück. Am äußeren Lagertor blieb er stehen und ließ sie vorbeimarschieren. Sie waren müde, verschwitzt und dreckig, und sie stanken; trotzdem war er zufrieden. Der gleiche Marsch, über sämtliche Hindernisse hinweg und zudem das Seil am Felsen hinauf, für den sie das erstemal fünf Stunden gebraucht hatten, war heute in weniger als drei Stunden bewältigt worden. Selbst Feldwebel Morgan und die Militärpolizisten schienen in einer besseren körperlichen Verfassung zu sein, obgleich sie natürlich nicht volles Marschgepäck trugen und die Hindernisse auslassen konnten, wenn sie wollten.

Reisman hörte das Telefon läuten und rief dem Obergefreiten Bowren in der Baracke zu, er möchte abnehmen. Bowren erwartete ihn mit der Hand über der Sprechmuschel. »Eine Dame möchte Sie sprechen«, sagte er.

Reismans erster Gedanke war Tess. Er nahm den Hörer ab und hielt die Muschel zu.

»Übernehmen Sie mit Morgan das Kommando«, sagte er zu Bowren. »Lassen Sie die Zelte aufschlagen und Freiwillige für den Küchendienst vortreten. Es gibt für alle eine anständige Mahlzeit, und der Abend bleibt frei für Privatbeschäftigung.«

Nachdem Bowren die Tür hinter sich geschlossen hatte, nahm Reisman die Hand von der Muschel und sagte: »Hallo.« Im Grunde überraschte es ihn überhaupt nicht, daß Margot Strathallan am Apparat war.

»*Tee,* Lady Margot!« rief er aus. Es gelang ihm nicht, den ungläubigen Ton in seiner Stimme zu unterdrücken.

Ohne Umschweife begann sie mit ihrer Konversation; es war, als habe es nie eine Mißhelligkeit zwischen ihnen gegeben.

»Wie liebenswürdig von Ihnen«, sagte er. »Nein, es tut mir leid, aber das können wir nicht; wir kommen eben ins Lager zurück, und keiner von uns ist gesellschaftsfähig.« Er war entschlossen, so höflich und diplomatisch wie möglich vorzugehen. »Ja, natürlich, ich verstehe. Auch ich bedauere meine anfängliche Grobheit. Bitte? Das Heeresministerium? Nein, natürlich nicht. Ihr Entgegenkommen war sehr freundlich. Ich bin Ihnen außerordentlich dankbar. Nein, nicht im mindesten. Ja, vielleicht ein andermal. Vielen Dank. Auf Wiedersehen.«

Danach saß er eine ganze Weile still da, rauchte eine Zigarette und überlegte sich, was, zum Teufel, denn nur in sie gefahren sei. Zuckersüß war sie gewesen, wenn auch ihre Stimme leicht aufgeregt und zittrig geklungen hatte. Ein belustigender und geradezu boshafter Gedanke ging ihm durch den Kopf, und er mußte lachen: Das dreckige Dutzend auf die aristokratischen Gemächer von Stokes Manor loszulassen, wo eine englische Dame von Stand eine Teegesellschaft gab und vermutlich an einem Anfall von Lüsternheit litt – das wäre allerdings eine äußerst eindeutige Vertrauensprobe für seine Leute. Dabei kam ihm ein weiterer Einfall. Wenn Lady Margot nämlich wirklich nett sein und etwas für die Truppenbetreuung tun wollte, dann konnte sie ihm vielleicht auf andere Weise helfen.

Er ging ins Lager hinaus und rief nach Napoleon White. Napoleon kam im Laufschritt ans Tor.

»Haben Sie Ihre Bücherliste?« fragte Reisman.

»Nein, Sir.«

»Sie möchten aber doch gern ein paar Bücher haben, oder nicht?«
»Ja, schon, Herr Hauptmann«, erwiderte Napoleon achselzuckend. »Falls wir jemals Zeit zum Lesen haben.«
»Heute abend werden Sie zum Beispiel Zeit haben – und auch sonst einmal, vorausgesetzt, daß jeder sich am Riemen reißt. Hören Sie, würden Sie mir einen Gefallen tun? Fragen Sie die einzelnen Leute und stellen Sie fest, was jeder gerne lesen möchte, beziehungsweise was für Spiele oder einfache Freizeitbeschäftigungen ihnen Spaß machen würden. Fragen Sie auch die Militärpolizisten. In zehn Minuten kommen Sie dann wieder zu mir in die Baracke, und wir machen einen kleinen Ausflug. Sagen Sie dem Feldwebel, ich hätte Sie gebeten, mir zu helfen.«
Nach kurzer Zeit kam Napoleon und zeigte ihm, ohne eine Miene zu verziehen, die Liste. Namen standen nicht darauf, nur Stichworte: Zeitschriften, die *Stars und Stripes* und ein paar amerikanische Zeitungen; ein Damespiel, Karten, Geräte für Baseball, Football und Volleyball; kaltes Bier, anständiger Schnaps, Steaks, Süßigkeiten, Zigaretten und Zigarren. Einige wenige verlangten Frauen mit ziemlich weitgehender und unmißverständlicher Beschreibung von Maßen und Formen.
Nun rief Reisman Margot Strathallan an. »Haben Sie es sich anders überlegt, Hauptmann?« fragte sie voll Eifer. »Wie reizend!«
»Nein, das gerade nicht, Lady Margot, doch wollte ich mal hören, ob ich nicht eben zu Ihnen hinüberkommen und mir ein paar Bücher aus Ihrer Bibliothek ausleihen kann. Vielleicht auch ein Kartenspiel oder ein Damespiel, wenn Sie das haben, und Zeitungen oder Zeitschriften, die Sie nicht mehr benötigen.«
»Selbstverständlich«, antwortete sie. »Bitte kommen Sie.« Es sollte großzügig klingen, doch konnte er die Unsicherheit und Bestürzung aus ihrer Stimme heraushören.
Reisman legte den Hörer auf und sagte zu Napoleon: »Sie werden nunmehr in dem Gutshaus Bekanntschaft mit der Aristokratie machen, Mr. White. Sind Sie sicher, daß Sie sich nicht rasieren und waschen möchten?«
»Ich möchte lieber hierbleiben, Sir, wenn es Ihnen recht ist«, erwiderte Napoleon verlegen.
»Und ich möchte, daß Sie mitkommen«, gab Reisman scharf zurück. »Meinetwegen können Sie aussehen wie ein Landstreicher!«
Reisman rasierte sich zum zweitenmal an diesem Tage; dann duschte er und zog seine Ausgehuniform an. In den wenigen Minuten, die er brauchte, um sich präsentabel zu machen, kam ihm flüchtig der Gedanke, daß das alles eigentlich überflüssig sei; daß er es gar nicht nötig habe, auf Margot Strathallan Eindruck zu machen oder sich in Schale zu werfen wie für Tess Simmons, als wäre er ein Liebhaber auf der Balz.

Margot begrüßte Reisman mit einem nervösen Lächeln an der Tür. Den Hund hatte sie nicht bei sich. »Wie nett, Sie wiederzusehen, Hauptmann«, sagte sie. Krampfhaft bemühte sie sich, etwas zu bekunden, das sie nicht empfand. In ihrer Stimme lag keine Wärme. Lady Margot war magerer, als er sie in Erinnerung hatte, und über dem gezwungenen Lächeln sah er den gleichen

gehetzten Blick wie damals. Irgend etwas quälte sie, und sie tat Reisman leid. Er hätte ihr wirklich gern geholfen.
Dann bemerkte Margot Napoleon, der dicht hinter Reisman im Dämmerlicht stand. »Oh . . . ich dachte, Sie kämen allein. Guten Tag«, sagte sie.
»Guten Abend, Ma'am«, sagte Napoleon. Im halben Licht des dämmerigen Eingangs versuchte er rasch, in ihrem Gesicht, ihren Augen zu lesen; aber er sah nichts – abgesehen vielleicht von Angst, und er hatte keine Lust, weiter darüber nachzudenken.
»Dies ist ein Kamerad von mir . . . Mr. Jones«, erwiderte Reisman.
»Bitte, kommen Sie herein. Darf ich Ihnen etwas zu trinken anbieten, Hauptmann . . . oder lieber den Tee, den Sie vorhin ausgeschlagen haben.«
»Nein, vielen Dank. Wie steht's mit Ihnen, Jones?« fragte Reisman fürsorglich; sie betraten die große Eingangshalle.
»Nein, vielen Dank«, sagte Napoleon.
»Unsere Leute warten auf uns, Lady Margot«, erklärte Reisman rasch. »Vielmehr warten sie mit dem Essen auf uns. Habe gesagt, wir wären gleich zurück. Vielleicht ein andermal.«
»Gern«, erwiderte sie, und Reisman hatte den Eindruck, daß sie ein wenig erleichtert sei. »Gehen wir doch gleich in die Bibliothek, dann können Sie sich die Bücher aussuchen, die Sie möchten. Zeitungen und Illustrierte habe ich leider nicht. Ich lese keine. Das Radio ist schlimm genug.«
Als Napoleon über die Schwelle zur Bibliothek trat, überwältigte ihn der Anblick der Bücherregale, der dunklen Holztäfelung, der wuchtigen Tische und Stühle. Schon der eigentümliche Geruch des Raumes weckte solches Heimweh in ihm, daß er einen Erinnerungsseufzer ausstieß. Die Frau drehte sich nach ihm um und fragte: »Ist etwas, Jones?«
»Nein, eigentlich nicht, Madam. Es ist hübsch hier. Auf der Universität gab es ähnliche Aufenthaltsräume und Lesehallen.«
»Universität?« Sie sah ihn ungläubig an. »Danach sehen Sie mir im Augenblick nicht aus«, sagte sie und rümpfte angewidert die Nase. »An welcher Universität, Jones?«
Napoleon fing Reismans scharfen Blick auf. »Ach, ich habe nur laut geträumt, Madam. Nur geträumt«, flüsterte er. Dann ging er umher und nahm wahllos Bücher aus den Regalen, hier einen breiten Buchrücken, der ihm auffiel, dort einen Titel, den er im Vorübergehen erhaschte und der ihn neugierig machte. Er wollte so schnell wie möglich wieder fort. Als er fünf Bände in der Hand hielt, wandte er sich an die Frau und fragte: »Wären Ihnen diese hier recht?«
»Was immer Sie wollen«, antwortete Margot. »Vorausgesetzt, ich bekomme sie unversehrt zurück.«
Auf einem Tisch hatte sie zwei Kartenspiele, ein Damespiel, ein Schachspiel und ein Quartettspiel für Reisman bereitgelegt.
»Spielen Sie Schach, Mr. Jones?«
»Ja, Sir.«
»Gut. Dann nehmen wir diese Sachen dankbar mit, Lady Margot«, sagte Reisman. »Das Quartett kann wohl hierbleiben. Ich bezweifle, daß wir dafür Spieler haben.«

»Oh, dann müssen Sie Ihre Männer mal einen Abend herüberschicken, Hauptmann, damit ich es ihnen zeigen kann«, sagte Margot leichthin.
Reisman bestand darauf, eine Liste der geborgten Sachen in doppelter Ausfertigung aufzustellen. Er unterzeichnete beide und bat Margot ebenfalls um ihre Unterschrift. Dann händigte er ihr die Kopie aus, faltete seinen Zettel zusammen und steckte ihn in die Tasche. »Nochmals vielen Dank, und gute Nacht, Lady Margot«, sagte er und verließ eilig mit Napoleon die Bibliothek.
Margot folgte ihnen auf dem Fuß. In der offenen Haustür legte sie Reisman eine Hand auf den Arm und hielt ihn zurück. »Kann ich Sie einen Augenblick allein sprechen?« flüsterte sie.
Er rief zu Napoleon hinunter: »Ich komme gleich nach!« und drehte sich wieder zu Margot um. Sie biß sich nervös auf die Lippen. Wieder hatte sie den geängstigten, mitleiderregenden Blick in den Augen.
»Was gibt's?« fragte er leise.
»Hätten Sie etwas dagegen, wenn ich wieder unten am Strand spazierengehe?« stieß sie hervor und versuchte zu lächeln. »Der arme Sigismund ist dauernd so eingesperrt ... und ich ... und es war wirklich die einzige Freude, die wir hatten ... die langen Spaziergänge ... und jetzt ...« Sie endete mit einem hilflosen Achselzucken.
»Lieber nicht«, erwiderte er. Jetzt tat es ihm leid, daß er überhaupt gekommen war. »Ich glaube, es wäre für uns alle am besten, wenn Sie eine Zeitlang ziemlich in der Nähe des Hauses blieben. Ich kann Ihnen nicht erklären, warum. Ich wollte, ich könnte es. Wenn es möglich wäre, Ihnen Ihr Los zu erleichtern, so würde ich es tun.«
»Es ist möglich«, fuhr sie ihn wütend an. »Nehmen Sie diesen ... dieses Subjekt mit sich ... und lassen Sie mich allein!«
Sie drehte sich um und schlug ihm die Tür vor der Nase zu.
»Auf wen hat die denn einen Piek?« fragte Napoleon, als Reisman hinter das Steuerrad kletterte.
»Auf Gott und die Welt. Vergessen Sie's.«
»In Ordnung, Hauptmann. Mein Name ist Hase, ich weiß von nichts – das heißt, mein Name ist Jones. Etwas einfallsreicher hätten Sie schon sein dürfen ... Sir.«
Reisman wandte sich zur Seite, lächelte ihm zu und hieb dort ein, wo es am wehesten tat: »Ich glaube, sie hat das gleiche wie Sie: Verfolgungswahn.«
Napoleon mopste sich schweigend, während sie über das Feld auf den Wald zu rumpelten. Reisman war jedoch in Schwung und wollte ihn gern zum Reden bringen: »Sie haben sich da eine recht bunte Mischung von Büchern ausgeliehen«, meinte er. »Warum haben Sie gerade die ausgesucht?«
»Ist das nicht völlig gleichgültig – Sir?« gab Napoleon zurück. Er wußte jetzt nicht einmal mehr genau, was er alles mitgenommen hatte. Er balancierte die Bücher auf den Knien. Warum um alles in der Welt Reisman sich die Mühe machte, ihn in ein solches Gespräch zu ziehen, verstand er nicht. Es komplizierte bloß das einfache Verhältnis zwischen Offizier und Soldat, zwischen Wächter und Bewachtem.

»Ich frage nur aus Neugier«, sagte Reisman. Er rasselte die Titel auswendig herunter: *Gang der Weltgeschichte* von Arnold Toynbee, Band eins ... *Der Nigger vom Narzissus* von Joseph Conrad ... *Gesammelte Gedichte* von Rudyard Kipling ... *Die sieben Säulen der Weisheit* von T. E. Lawrence und last not least *Pu der Bär* von A. A. Milne. »Wenn Sie die Bücher durch haben, würde ich den Lawrence und den Kipling gern noch mal lesen. *Pu der Bär*, muß ich zu meiner Schande gestehen, habe ich nie gelesen. Ich bin da als Kind zu kurz gekommen, möchte ich sagen.«
»Ich habe es auch nie gelesen, Hauptmann«, sagte Napoleon. Er nahm das kleine, schmale Buch in die Hand und lachte. »Ich wußte nicht mal, daß ich es mitgenommen hatte. Ich habe mir einfach irgend etwas herausgegriffen.«
»Den Teufel haben Sie! Jeder Band ist mit Bedacht gewählt. Die Überlegung mag vielleicht nur kurz in Ihrem flinken Geist aufgeblitzt sein, aber sie war deutlich zu merken. Kommen Sie, heraus mit der Sprache! Wir wollen sehen, wo Sie der Hafer sticht!«
»Ich dachte, Gedankenlesen wäre Hauptmann Kinders Geschäft«, rief Napoleon über den Lärm des Motors hinweg.
»Das ist es auch, aber ich bin scharf auf seinen Job. Kommen Sie, White. Oder haben Sie Angst zu reden?«
»Nein, ich habe keine Angst«, entgegnete Napoleon kampflustig. Er hielt ein dickeres Buch hoch. »Toynbee, Band eins. Zu mehr werde ich wahrscheinlich gar nicht kommen. Haben Sie ihn je gelesen?«
»Nein.«
»Das ist wirklich ein Mann mit einem weiten Gesichtskreis. Eine fabelhafte Lektüre für den, der mit sich zufrieden, und ebenso für den, der mit sich unzufrieden ist; für den, der ein großes Vaterland hat oder ein kleines, der ein großer Mann ist oder ein kleiner, ein schwarzer oder ein weißer. Alles ist passé ... gestern, heute und morgen ... und es ist sowieso piepe. Die Welt ist dazu da, um ausgeräubert zu werden, und der tüchtigste Räuber soll das meiste haben.«
»Was ist mit Lawrence?« drängte Reisman.
»Den habe ich vor langer Zeit einmal gelesen und bewundert. Ich lese ihn jetzt wieder, um mir etwas zu beweisen.«
»Was?«
»Daß ich damals ein aufgeblasener Dummkopf war. Inzwischen habe ich auch gelebt. Ich habe einen Menschen umgebracht und selbst halb tot in der Jauchekuhle gelegen. Heute müßte mir Lawrence eigentlich das Verwerfliche an der sogenannten Verantwortung des weißen Mannes noch klarer vor Augen führen.«
»Die Verantwortung des weißen Mannes, Jesses!« fuhr Reisman auf. »Vielleicht bei Kipling, wenn Sie danach suchen, mit seinen Weltreichvorstellungen und soldatischen Tugenden, aber nicht in den *Sieben Säulen*. Lawrence war viel zu sensibel und mitfühlend. Er identifizierte sich viel zu sehr mit den Elendsgestalten, die er führte – und selbst mit Männern, die er tötete. Er war ein gebildeter Mann, ein Romantiker ... etwas verschroben und fanatisch, aber nie ein Rassist oder bigott.«

»Ich habe auch nicht gemeint, daß er äußerlich bigott war«, beharrte Napoleon. »Nein, er war der unverschämt hochnäsige Typ. Ein weißhäutiger Engländer, der sich in einem Land, wo er zunächst einmal überhaupt nichts verloren hatte, als Herr über das Volk aufspielte!«

»Junge, sind Sie verbohrt, White«, sagte Reisman. »Ich habe Ihnen schon einmal gesagt, wenn Sie jemanden brauchen, den Sie hassen können, dann denken Sie lieber an die Krauts jenseits des Kanals. Ich gebe Ihnen persönlich fünf Piepen in bar für jede Nazikehle, die Sie durchschneiden. Bei Ihrem Haß, White, müßten Sie am Ende des Krieges ein reicher Mann sein.«

»Dann sagen Sie mir doch mal, Hauptmann, wie *Sie* ihn sehen.« Napoleon entspannte sich etwas. Er war versessen darauf, weiterzureden und sich mit einem anderen zu messen.

Reisman zuckte die Achseln. Er saß über das Steuerrad des Jeeps gebeugt und kurvte über den holprigen Waldweg. »Ich war mir nie darüber im klaren, ob ich für oder gegen Lawrence bin«, gestand er. »Im Vergleich zu ihm kam ich mir wie eine Ameise vor. Und so tapfer wie er darf ein Mann allein gar nicht sein, ohne dabei draufzugehen.«

»Tapfer? Na wenn schon!« spottete Napoleon.

Reisman wandte rasch den Kopf, um zu sehen, ob Napoleons Gesichtsausdruck den Spott in seinen Worten widerspiegelte. Enttäuscht stellte er fest, daß es der Fall war. »Für mich ist das sehr viel, Mr. White«, betonte er. »Für einen Soldaten, würde ich sagen, war es bewundernswert und nützlich, wenn nicht gar absolut notwendig.« Um ein Haar wäre Reisman mit dem Jeep gegen einen Baum gekracht. »Ich habe das Buch in einem Lazarett in Spanien gelesen ... Ich war in einem Krieg verwundet worden, in dem ich *Ihrer* Ansicht nach vermutlich nichts verloren hatte. Viele meinesgleichen kämpften damals in Spanien. Einige wußten, was sie taten und warum sie es taten, andere nicht.« Plötzlich sah er den Engländer, der ein paar Betten weiter lag und ihm die *Sieben Säulen* geliehen hatte, wieder deutlich vor sich – und auch an das, was Lawrence über den Krieg und das Töten geschrieben hatte, erinnerte er sich wieder. Es hatte Reisman bedrückt und veranlaßt, darüber nachzudenken, wie er lebte und vermutlich auch sterben würde – über die Menschen, die er getötet hatte – worin der Sinn lag – was recht und was unrecht war und so weiter. Geändert hatte das alles jedoch nichts, denn schon ein Jahr nach seinem Spanienerlebnis bildete er in Palästina jüdische Siedler aus und kämpfte an ihrer Seite gegen die überraschenden Überfälle der gleichen Araber, die Lawrence, noch keine Generation zurück, zu ihrem kurzlebigen Ruhm geführt hatte. Vielleicht war das der Grund, weshalb er sich nie recht klar darüber geworden war, ob er für oder gegen ihn war.

»Was haben Sie in Spanien gesucht, Hauptmann? Ruhm?« höhnte Napoleon, obwohl er dem Vorgesetzten jetzt unwillkürlich ein Gefühl der Achtung entgegenbrachte, das nicht frei von Neid war.

»Vielleicht das gleiche, was Sie gesucht haben, als Sie dem Mann an Bord der *Ile de France* die Kehle durchschnitten. Genugtuung.« Er war selbst überrascht von seinen Worten, überrascht, wie leicht er sich dem anderen aufschloß.

»Ein bißchen Ruhm wohl auch«, gab Reisman lächelnd zu. »Ruhmsucht steckt in uns allen, solange wir jung genug, stark genug und zornig genug sind. Auch in Ihnen, White, steckt die Ruhmsucht. Und genauso in den übrigen. Wehren Sie sich nicht dagegen. Nutzen Sie sie. Kinder hat mir erzählt, Sie seien ein ausgezeichneter Amateurpsychologe.«

»Wäre ich ein besserer, dann stände ich nicht hier«, erklärte Napoleon forsch.

Reisman hielt am Lager und wandte sich Napoleon zu. »Wir wollen unser Gespräch zu Ende führen. Was ist mit dem Roman von Conrad?«

»*Der Nigger vom Narzissus?* Schon der gemeine Titel macht mich wütend«, sagte Napoleon mit unerwarteter Offenheit. »Bis jetzt habe ich mich immer geweigert, es zu lesen. Jedesmal, wenn ich es in einer Bücherei stehen oder in einem Katalog aufgeführt sah, hätte ich es am liebsten vernichtet. Denn was auch immer darin stehen mochte, ich wollte nicht, daß andere Leute – Weiße – es lasen und mir mein eigenes Dasein verdarben.«

»Sie tragen sich hoffentlich nicht mit dem Gedanken, eins von Lady Margots Büchern zu vernichten, nein?«

»Ich habe die Absicht, es zu lesen, Herr Hauptmann. Mit Ihrer gütigen Erlaubnis, Sir«, setzte Napoleon ironisch hinzu.

»Und *Pu der Bär*?«

Napoleon lachte. »Nur ein Jux. Ich habe mir gedacht, ich könnte den Leuten zum Einschlafen eine Geschichte daraus vorlesen. Wäre Ihnen das recht?«

»Aber ja. Sie werden hingerissen sein«, murmelte Reisman. Er stieg aus, öffnete die Motorhaube und nahm den Rotor vom Verteiler an sich.

Napoleon ging ihm durch das Tor voran. Mit einer Handbewegung wies er auf den doppelten Drahtzaun, zeigte dann auf den Rotor und sagte bitter: »Trotz all dieser Vorsichtsmaßnahmen trauen Sie uns immer noch nicht; stimmt's, Herr Hauptmann?«

»Täten Sie es denn?« fragte Reisman zurück. Er blieb an der Barackentür stehen. Ihm war es nicht entgangen, daß Napoleon *uns*, und nicht *mir* gesagt und sich damit wohl zum erstenmal mit den anderen solidarisch erklärt hatte.

Napoleon begegnete dem ruhigen Blick der grauen Augen, überhörte aber die Herausforderung in der Frage und entzog sich achselzuckend einer Antwort.

Reisman schloß die Barackentür auf und schob Napoleon vor sich her. »Warten Sie dort drinnen auf mich, White«, befahl er und deutete auf den kleinen Nebenraum. »Ich möchte, daß Sie mir die Frage beantworten.«

Mit dem Bücherpacken und den Spielen im Arm trat Napoleon durch die kleine Tür. Jetzt bereute er, daß er sich überhaupt hatte mitnehmen lassen.

Am entgegengesetzten Ende der Baracke, wo die Militärpolizisten ihre Küchenecke eingerichtet hatten, sah Reisman Luis Jimenez fröhlich bei der Arbeit. Myron Odell bemühte sich eifrig, ihm zu helfen. Stabsfeldwebel Morgan, dem das Wasser im Munde zusammenlief, bewachte sie.

»Ist das der ganze Küchendienst, Feldwebel?« rief Reisman aus.

»Es haben sich alle gemeldet, Herr Hauptmann. Bis auf den letzten Mann«, antwortete Morgan. »Ein paar haben Kartoffeln geschält. Die übrigen machen die Küche sauber, wenn die zwei mit ihrer Manscherei hier fertig sind. Der Obergefreite beaufsichtigt sie draußen. Sie sitzen herum und warten auf das Essen.«

Luis Jimenez stand an einem Tisch und tranchierte Hühner. Wütend drehte er sich um und schimpfte: »Ich mansche nicht, Feldwebel, ich koche!«
Er schwenkte das Messer in der Hand, Morgan trat einen Schritt zurück.
»Luis, *mi amigo*, zügeln Sie ihr Temperament!« fuhr Reisman ihn an. »Scheren Sie sich an Ihre Arbeit und zeigen Sie uns, was Sie können.«
Jimenez machte sich wieder ans Werk und murmelte mexikanische Unanständigkeiten durch die Zähne, von denen Reisman mit Vergnügen ein paar aufschnappte, während er in sein Zimmer hinüberging. Daß Jimenez sich freiwillig gemeldet hatte, vielleicht auch noch Odell und einige der anderen, wollte Reisman gern glauben; daß sie aber ohne Ausnahme freiwillig Küchendienst machten, wie Morgan behauptet hatte, bezweifelte er. Wahrscheinlich hatte Morgan nach bewährter Kommißmethode ihrem freien Entschluß ein wenig nachgeholfen. Es war Reisman aber gleichgültig. Auch das Wachkommando hatte Anspruch auf eine Abwechslung. Sie hatten gemurrt, daß sie neben den langen Wachstunden auch noch für sich selbst kochen und Küchendienst machen mußten. Keiner von ihnen konnte gut kochen, und da sie sich überdies eingebildet hatten, die Gefangenen würden die ganze Dreckarbeit für sie machen, waren sie um so mehr verärgert. Reisman hatte versucht, sie durch gutes und reichliches Essen zu entschädigen. Um die Konservenvorräte zu ergänzen, fuhren Obergefreiter Bowren und ein Wachsoldat zweimal die Woche zu einer Proviant- und Poststelle, die unter einem Decknamen etwa zwanzig Meilen entfernt in einem Quartiermeisterdepot für sie eingerichtet worden war. Von dort holten sie frisches Backwerk, Milchprodukte, Fleisch, Fisch und Geflügel. Sogar etwas so Luxuriöses wie einen Kühlschrank besaßen sie. Er wurde von demselben Feldgenerator in Betrieb gehalten, der auch den Strom für die Barackenlampen und die Scheinwerfer im Lager lieferte. Die Scheinwerfer waren für den Notfall installiert, wurden aber wegen der Küstenverdunkelung nie benutzt.
Reisman betrat sein Zimmer und schloß die Tür hinter sich. Napoleon hatte die Deckenbeleuchtung, eine große, nackte Glühbirne, eingeschaltet. Sie hing in ihrer Fassung an der Leitung, die mit Hilfe von Reißnägeln über eine Wand und die Decke hinweg gelegt worden war. Der Neger saß auf dem Feldbett und blätterte zerstreut in den Büchern. Rasch warf Reisman einen Blick auf die unverhängten Fenster und steuerte mit großen Schritten darauf zu.
»Das ist nicht besonders intelligent, Mr. White«, raunzte er. »Wir haben nämlich zufällig Krieg, falls Sie sich daran erinnern können. Und es fliegen immer noch ein paar Deutsche hier herum.«
Er löste die schweren Verdunklungsrollos und ließ sie herab.
Napoleon sah ihn und die verdunkelten Fenster an, als sei es ihm in der Tat gleichgültig und als fände er den Gedanken an einen deutschen Luftangriff erheiternd. Reisman stand vor ihm und holte ein Päckchen Zigaretten aus der Tasche. »Rauchen Sie?« fragte er.
»Gern. Danke, Hauptmann«, sagte Napoleon; er nahm sich eine.
Reisman gab erst ihm Feuer, dann sich, und ließ sich am Tisch nieder. »Jetzt möchte ich eine Antwort auf meine Frage, Leutnant«, sagte er leise. »Kann man euch jetzt schon trauen, euch allen . . . völlig?«

Napoleon tat einen tiefen Zug an seiner Zigarette. Fast hatte er das Gefühl, er könne sich entspannen; aber zutiefst wußte er, daß er es nicht konnte, vielleicht nie wieder können würde. In Reismans Frage spürte er ebensosehr die ehrliche Bitte um Hilfe wie die Herausforderung. Und wenn er sie aufrichtig beantworten sollte, dann müßte er kleinlaut zugeben: Nein, noch nicht.

»Vielleicht«, sagte er. »Wenn wir wüßten, worauf Sie hinauswollen. Wozu wir überhaupt hier sind. Was für eine große Sache das ist, bei der wir eingesetzt werden sollen.« Er rieb sich den stacheligen Bart. »Vielleicht können Sie's an mir nicht so sehen, Hauptmann, aber ich bin dreckig, wirklich dreckig, und ich stinke. Glauben Sie, es hätte mir Spaß gemacht, daß die Frau da drüben mich wie Unflat behandelt hat? Ich habe kein bißchen Lust, so herumzulaufen, und die anderen auch nicht.«

»Das haben Sie sehr wohl«, konterte Reisman schlau. »Sie sind verliebt in Ihren Schmutz. Sonst würden Sie sich ja waschen und rasieren. Sie wissen doch, wie die Wachen Sie nennen?«

»Das dreckige Dutzend – na und?« parierte Napoleon. »Sie kennen doch die Witze über lethargische Menschen. Ich will nicht leugnen, daß es einen gewissen Spaß macht.«

»Und ob es Ihnen Spaß macht! Das sagte ich ja. Sie sind die neue Elite der Armee«, spottete Reisman.

»Wann hören wir denn mit diesem ganzen Pfadfinderkrampf auf, den Sie hier mit uns veranstalten, und fangen mit dem Eigentlichen an?« fragte Napoleon.

Reisman stand auf und ging auf und ab. »Vielleicht bald – vielleicht nie«, brummte er. »Sie müßten das eigentlich wissen. Sie waren ja Planungs- und Ausbildungsoffizier in Ihrer früheren Einheit, nicht? Wenn man Ihnen eine Gruppe überführter Mörder, Frauenschänder, Diebe und Räuber anvertraut hätte – wie würden Sie aus ihnen disziplinierte Soldaten machen, Leutnant? Wieweit würden Sie ihnen trauen?«

Napoleon sah auf. Der Hauptmann war vor ihm stehengeblieben; dennoch schien er weiter in Bewegung, und mit seiner Willenskraft erzwang er eine Antwort. Seine Augen, deren Farbe und Ausdruck ständig wechselten, zogen Napoleons Blick an und erschreckten ihn. »Ich würde sagen, soweit wie Sie müssen, Hauptmann«, antwortete er, immer noch ausweichend, immer noch bestrebt, sich aus den Problemen des anderen herauszuhalten.

»Würden Sie ihnen jetzt schon trauen?« fragte Reisman.

Napoleon hielt dem Blick stand und stellte sich zuletzt der Frage. »Nein«, sagte er leise. »Noch nicht.«

»Sagen Sie mir, wenn es soweit ist, Mr. White«, erwiderte Reisman, »und dann wollen wir weitersehen.«

Im Gutshaus verzehrte Margot Strathallan sich vor Zorn über die erlittene Demütigung. Sie fühlte sich erniedrigt und ausgenutzt, und je länger sie darüber nachdachte, desto zorniger wurde sie. Nervös schritt sie durch die leeren Korridore und Zimmer des Hauses; der Hund trottete jaulend hinter

ihr her. Irgend etwas mußte sie tun, etwas, mit dem sie gegenüber dem Druck und seinen Urhebern auftrumpfen konnte – oder sie würde den Verstand verlieren.
Sie zog ihren Mantel an, tat einen Schal um, knipste eine Leine an das Halsband des Hundes, der um sie herumsprang, und öffnete die große Eichentür. Die Nacht war still. Der Kiesweg und die nahen Felder lagen verlassen da. Kalter, dichter Nebel hing über den Dünen. Rasch trat sie mit dem Hund hinaus und ließ sich wohlig von dem Nebel einhüllen. Sie schritt zielsicher auf das Tor zu und dann hinaus auf die Straße zu dem Telefonmast. Auf einem ihrer wilden, verbissenen Spaziergänge hatte sie gesehen, daß dort eine Leitung abzweigte und, kaum getarnt, durch das Gesträuch am Straßenrand auf ihr Grundstück führte.
Auf Händen und Füßen kroch Margot durch die Büsche und tastete nach dem Draht. Sie fand ihn und hob ihn auf. Sigismund, ein dunkler Schatten in der dunklen Nacht, strich um sie herum, scharrte, schnüffelte und knurrte. Aus der Erfahrung vieler Jahre, während derer sie Tag und Nacht mit dem Tier zusammen gewesen war, spürte Margot seine unbändige Neugier, Spannung und Willigkeit. Sie hielt ihm den Draht hin.
»Pack ihn, Sigismund!« befahl sie. »Beiß ihn, reiß ihn!«
Die weißen Zähne des Dobermanns blitzten auf und genossen das unverhoffte Spiel mit der Telefonleitung. Freudig knurrend riß und zerrte er an dem Draht, den Margot festhielt. Und sie spielten so lange Tauziehen, bis Sigismund die Leitung durchgebissen hatte.

22

Wie ausgehungerte Wölfe fielen die Häftlinge über Luis Jimenez' Hühnergericht her. Die Wachen aßen mit ungeheurem Appetit und bar jeden Anstands. Kopfnickend und verlegen lächelnd, nahm Jimenez die Komplimente entgegen, die ihm zugerufen wurden, und nachdem er alle versorgt hatte, setzte er sich und zeigte durch seine langsame und manierliche Art zu essen, wie sehr er die grotesken Tischsitten der anderen verachtete.
Die Männer saßen teils auf Bänken an Holztischen, teils auf Feldbetten und auf dem Fußboden. Häftlinge und Militärpolizisten waren bunt gemischt und unterhielten sich. Nur zwei bewaffnete Posten standen jeweils Wache, während die anderen aßen.
Draußen in der Nacht bedeckte feuchter Nebel das Land ringsum und die nahe See – ein Nebel, der schließlich in Regen überging. Drinnen spürte Hauptmann John Reisman, wie unter den Gefangenen eine kameradschaftliche Stimmung aufkam, die sogar auf das Wachkommando übergriff. Einen Augenblick lang ließ er selbst sich von dieser Stimmung gefangennehmen, dann aber mußte er sich sagen, daß das nur eine Illusion sei, ein Wunschdenken, das von einem vollen Bauch herrührte. Er rülpste diskret – was ihn sogleich auf den Boden der Tatsachen zurückbrachte –, stand vom Tisch auf, ging zu Luis Jimenez und schlug ihm freundschaftlich auf die Schulter.

»*Muy bien,* Luis! Aus Ihnen wird mal ein prächtiger Ehemann.«
Luis blühte förmlich auf. »Danke, Herr Hauptmann«, sagte er leise. »Wenn Sie wollen, koche ich jeden Tag.«
»Nix da«, sagte Reisman lachend. »Einsatzverpflegung und eiserne Rationen! Sonst verweichlichen wir.«

Während Samson Posey Töpfe, Pfannen und Geschirr scheuerte, verschlang er mit den Augen eine Gruppe von Militärpolizisten, die sich zu einer Pokerrunde an einen der Holztische gesetzt hatte. Der Hauptmann hatte gesagt, nach dem Küchendienst hätten alle bis zum Zapfenstreich frei, und Samson beeilte sich; er hoffte nämlich, man würde ihm auch erlauben zu spielen. Wie lange war es her, seit er ein Kartenspiel in der Hand gehalten hatte! Doch wußte er, daß ihm seine Geschicklichkeit treu geblieben war, und er brannte darauf, den anderen zu zeigen, daß ein Ute ihnen im Spiel über war, wenn sie ihn auch sonst in allem – außer an roher Kraft – übertrafen. Und er gelobte sich, bei diesen Männern nur seine Geschicklichkeit einzusetzen und die ganzen Tricks, die Billy Dreibein ihn gelehrt hatte, aus seinen Gedanken zu verbannen.
Posey machte seine Arbeiten fertig und stellte sich neben die Kartenspieler. Es ging lauter zu, als er es von früher her kannte. Die Männer lachten, fluchten und rissen Witze. Schlecht spielten sie und verpesteten die Luft mit Zigarren- und Zigarettenqualm. Aber so war es immer gewesen, wenn er mit Soldaten gepokert hatte. Auch das Geld, um das sie spielten, kannte er nicht. Es war die Währung des Landes; doch hatte er die Münzen und Scheine noch nicht so oft in der Hand gehabt, daß ihr Wert ihm vertraut gewesen wäre. Wenn man ihn mitspielen ließe, würde das ein Nachteil für ihn sein. Dann fiel ihm auf einmal ein, daß er überhaupt kein Geld und nichts Wertvolles besaß. Wie konnte er da spielen!
Von plötzlichem Heimweh überwältigt, ging er von dem Tisch weg und sah sich nach einer anderen Beschäftigung um. Ein paar Leute schrieben Briefe. Der Hauptmann hatte ihnen Bleistift und Papier gegeben. Samson wünschte, er könnte gut genug schreiben, um Eva einen Brief zu schicken – einen Gruß an seinen Sohn, der bestimmt lesen und schreiben lernte. Durfte er ihnen aber etwas von seiner Schmach schreiben? Das behielt er wohl besser für sich. Er sah sich nach den anderen um. Da war Napoleon, der Neger ... Schwarze Büffel hatten Samsons Vorfahren sie genannt, wegen der Kraft und der Wildheit, mit der sie in der Reiterei des weißen Mannes gegen Indianer kämpften ... Napoleon saß für sich allein und las. Er war mal Offizier gewesen, das wußte Samson; bis er einen Weißen im Zorn umgebracht hatte. Der Neger war ein Mensch, der viel mehr wußte und konnte als er – aber auch Napoleon kannte die Qual des Ausgesondertseins und die rasende Wut, die einen zum Mord trieb. Deswegen und noch aus anderen Gründen bewunderte Samson den Neger und fühlte sich ihm verbunden. Der Angsthase Myron dagegen war eine Kreuzung zwischen Kaninchen und Kojote, und jetzt ging er zu Napoleon, sprach mit ihm, bekam zwei Bücher und setzte sich zum Lesen hin. Samson nahm sich fest vor, Napoleon eines Tages zu

bitten, er möge ihm das Lesen beibringen. Vielleicht konnte er ihn dafür die Tricks beim Spielen lehren. Wieder wandte er sich der Pokerrunde zu.

Reisman kam aus seinem Zimmer und rief Stabsfeldwebel Morgan zu sich. »Spielen Sie Schach, Feldwebel?«
»Nein, Sir«, antwortete Morgan.
»Schade«, sagte Reisman in gespielter Enttäuschung. »Und wie steht es mit Dame?«
»Hab' ich lange nicht gespielt, glaube aber, ich kann's noch.«
»Schön«, sagte Reisman und übergab ihm das Damespiel. »Suchen Sie sich einen Häftling und spielen Sie mit ihm.«
Morgan nahm das Spiel und blickte sich im Raum um; ihm war unbehaglich zumute. Lieber hätte er sich vor solchen Sachen gedrückt. Seine Augen blieben an Victor Franko hängen, der sich auf einem Feldbett ausgestreckt hatte und lässig eine Zigarette rauchte, so als hätte er weiter keine Sorgen. Morgan ging zu ihm. »Sie!« sagte er leise.
Franko fuhr erschrocken hoch.
»Können Sie Dame?« fragte Morgan.
»Nicht sehr gut.«
»Das reicht«, erwiderte Morgan hämisch. »Rücken Sie zur Seite.«
Sie setzten sich beide aufs Bett und legten das Damespiel zwischen sich. Morgan sah sich um und stellte fest, daß jeder mit sich beschäftigt war und keiner ihnen Beachtung schenkte.
»Wenn Sie gewinnen«, höhnte er mit einem gemeinen Lachen, »dann können Sie *mich* hängen.«
Franko war unfähig, ihm in die Augen zu sehen. Die Nähe des Henkers ließ ihn erzittern, er hatte alle Mühe, seine Hände ruhig zu halten und seine Züge zu machen. Er spielte schlecht – und wußte, daß er verlieren würde.
Reisman drängte sich zwischen die Leute, die um den Pokertisch herumstanden. In der Hand hielt er das Schachspiel. Er hatte gehofft, mit Napoleon White Schach spielen zu können; da er ihn aber in seine Lektüre versunken sah, störte er ihn nicht.
»Möchte jemand Schach spielen?« fragte er.
Niemand meldete sich.
Darauf zog er das zweite Kartenspiel aus der Tasche. »Wie wär's dann, wenn wir ein zweites Spielchen aufzögen?« schlug er vor.
Dafür waren die Männer sofort zu haben, allen voran Samson Posey, der die Hand erhoben hatte und ein strahlendes Gesicht machte.
»Können Sie denn spielen, Posey?« fragte Reisman überrascht.
»Jawohl, Herr Hauptmann, ich habe nur kein Geld.«
»Das brauchen Sie auch nicht«, sagte Reisman. Er warf das Kartenspiel auf einen Nebentisch. »Hier haben einschließlich meiner sechs Spieler Platz. Bin gleich wieder da.«
Wenige Augenblicke darauf kam er aus seinem Zimmer und schleppte einen Metallkasten mit 7,6-mm-Patronen. Am Tisch saßen Posey, Maggot, Gilpin, Sawyer und Pinkley und erwarteten ihn ungeduldig.

»Dies hier ist besser als Geld«, erklärte Reisman und kippte den Inhalt des Kastens auf den Tisch. »Es erinnert uns an unsere Arbeit. Sechshundert Schuß – ein Schuß ein Dollar zum Setzen. Zählen Sie hundert für jeden aus, Sawyer. Wenn das Spiel vorbei ist, möchte ich sechshundert Schuß in den Kasten zurück haben, oder es passiert was.«
Reisman nahm auf der einen Bank den Mittelplatz ein, neben sich Glenn Gilpin und Ken Sawyer. Genau gegenüber saß Vernon Pinkley, rechts von ihm Samson Posey, links Archer Maggot. Reisman nahm das Kartenspiel auf, mischte einmal, legte es vor den Indianer und sagte: »Sie geben.«
Er machte große Augen, als er sah, wie Posey das Spiel rasch aufnahm, es teilte, die beiden Hälften mit flach gehaltenen Händen und gelenkigen Fingern mühelos wie ein Berufsspieler ineinanderschnurren ließ und den Packen dann vor Gilpin hinlegte: »Heb ab!«
Das abgehobene Spiel verschwand sogleich in Poseys riesigen Händen. Seine Augen wanderten kühl von Mann zu Mann. »Ein Dollar Einsatz«, sagte er und schob eine Patrone in die Mitte. »Fünf Karten verdeckt ... Buben zählen am wenigsten ... Joker gilt für jede andere Karte ... drei Dollar Limit ... dreimal darf erhöht werden ... einverstanden?« Während er sprach, flogen die Karten weich und untadelig flach auf den Tisch, genau vor die Mitspieler.
Während der folgenden Spiele wechselten sie zwischen fünf Karten verdeckt und sieben Karten offen, dazwischen ein paar Runden Siebzehn-und-vier. Ab und zu schlug einer ein etwas komplizierteres Spiel vor, wurde aber von den übrigen überstimmt, die sich zuletzt an Reisman wandten und ihn baten: »Nicht so knifflig, lieber einfach.« Reisman war ein überdurchschnittlicher Spieler. Unzählige Spiele auf Schiffen und in Häfen während seiner Seemannszeit lagen hinter ihm, und auch in vielen bekannten Spielkasinos der Welt hatte er seine bescheidenen Einsätze gemacht. Doch gegen das überragende Geschick Samson Poseys kam er nicht an. Ganz offensichtlich war das kein Zufall, denn dazu handhabte der Indianer die Karten zu gut. Seine Einsätze waren klug bemessen, und jedes Spiel, das er gab, betreute er meisterlich. Nach einer Stunde war Posey hoher Gewinner, zweiter war Maggot und Reisman dritter.

Archer Maggot behagte es gar nicht, daß er auf einem Gebiet, auf dem er sich für besser hielt als jeden dieser unbeleckten Amateure, nur an zweiter Stelle stand. Zu Beginn des Spiels hatte er sich eingebildet, binnen kurzem würden sich die sechshundert Patronen vor seinem Platz aufhäufen. Das hätte denen schon klargemacht, wer hier die erste Geige spielte, und ihm den nötigen Respekt verschafft – auch bei dem Alten. Der hätte gar nicht erst mitspielen sollen, wenn er solch ein Kleinigkeitskrämer war. Am meisten ärgerte Maggot, daß dieses Riesenroß von Indianer ihn ausstach. Poseys unheimliche Glückssträhne erboste ihn; aber es gab Mittel und Wege, ihm beizukommen. Ein Blatt war wie das andere, und Maggot bekam aber auch gar nichts in die Hand, für das sich höhere Einsätze gelohnt hätten. Jedesmal verlor er seinen Einsatz plus ein paar Patronen, die er zum Bluffen setzte. Es wurde Zeit, daß er etwas unternahm. Bei einem Spiel zu fünf Karten offen bekam er als erste,

verdeckt gegebene Karte ein Pik-As. Da jedoch die beiden Karten, die er zog, nichts Besonderes ergaben, paßte er und schob sein Spiel zusammen. Das As aber verbarg er in der linken hohlen Hand, wobei er die anderen geschickt ablenkte, indem er sich vorbeugte und mit der ausgestreckten Rechten die restlichen Karten abwarf. Als er beim übernächsten Spiel geben mußte, verstaute er das As sicher hinterm linken Knie. Er sagte ein Spiel zu sieben Karten offen an und setzte jedesmal mit, obwohl er nach seinem Blatt nur verlieren konnte. Doch um mitzuhalten und die drei verdeckten Karten in die Hand zu bekommen, opferte er seine Patronen. Es kam nichts dabei heraus, aber ein Herz-As und eine Pik-Zehn waren dabei.
Als die Spieler zum letztenmal gleichziehen beziehungsweise steigern konnten, schob Maggot sein Blatt gelassen zusammen. Er mußte einen raschen Entschluß fassen: entweder Asse sammeln – doch konnte es auffallen, wenn sie nicht hin und wieder bei dem einen oder anderen auftauchten; oder auf einen *Royal flush* ausgehen. Das wiederum konnte zwar lange dauern oder überhaupt nicht klappen; dafür aber würde es weniger auffallen, sofern er sich geschickt anstellte. Also verbarg er die Zehn in der hohlen Hand und beförderte sie hinters Knie. Das Herz-As hingegen warf er ab. Nun mußte sein *Royal flush* von den beiden Enden her zusammenwachsen. Jedesmal, wenn Maggot gab, sagte er sieben Karten offen an. Auf diese Weise bekam er mehr Karten und öfter Gelegenheit zum Klauen. Er gewann ein wenig, verlor ein wenig und hielt sich im ganzen ausgeglichen.
Es dauerte ein paar Runden, da fehlte Maggot schließlich nur noch der Pik-König hinter seinem Knie. Der aber wollte und wollte nicht kommen. Dreimal sah er ihn bei anderen, wenn sie ihr Blatt nach dem Spiel achtlos hinwarfen, doch jedesmal entschwand er im großen Haufen. Dann endlich landete er einmal in seiner Nähe. Da tat Maggot so, als schöbe er einen Stoß Karten in die Mitte zurück, und klaute dabei den König.
Maggot mußte geben. »Das Spiel ist fünf Karten verdeckt«, sagte er an und mischte fachgerecht. Herausfordernd sah er sie alle an, insbesondere den Hauptmann. »Was meinen Sie, wenn wir zur Abwechslung ma' Topf-Limit spielten, Hauptmann? Dadurch kriegen wir große Gewinner und große Verlierer, und es zeigt sich, wer was auf'm Kasten hat.«
»Ich bin dabei«, sagte Reisman. »Es ist sowieso schon spät. Wir müssen bald aufhören. Wie steht's mit den übrigen?«
Alle nickten zustimmend oder murmelten ihr Ja. Reisman lächelte ihnen zu. Sie sahen samt und sonders grimmig aus – pokergrimmig. Jedenfalls haftete dem Lager heute abend Gott sei Dank nichts von der niederdrückenden und allgegenwärtigen Todeszellenaura an.
»Also gut. Ihr könnt jeden Betrag setzen oder steigern bis zu der Summe, die jeweils im Topf ist. Klar, Posey?« fragte Reisman.
Samson machte »Hm!«, gerade so, wie es sich für einen Indianer gehört. Maggot gab. Sawyer wollte anfangen, fragte aber vorher: *Muß* ich so viel setzen, wie im Topf ist?« Der Einsatz betrug nur die sechs Einstandspatronen.
»Nee«, erwiderte Maggot, »du kannst immer noch mit einer oder zweien oder dreien anfangen, oder mit so viel, wie im Pott is' – wie du willst. Wenn

du'n Spiel hast, dann setz!« Sawyer schob eine Patrone in die Mitte. Daraus schloß Maggot, daß er nur Buben auf der Hand hatte. Jetzt wünschte er, er hätte beim Mischen nachhelfen können, so daß einer oder zwei von den anderen ein paar gute Sachen bekommen hätten und nun kräftig setzten.
Der Alte blieb mit einer Patrone im Spiel. Maggot folgerte, der habe nichts oder nur ein niedriges Paar. Gilpin setzte eine Patrone und erhöhte um drei. Ihm traute Maggot ein hohes Paar zu. Jetzt kam er langsam in Stimmung. Und dann begannen seine Nerven zu vibrieren, und jeder Muskel in ihm spannte sich, als der Indianer gleichzog und um den Gesamtinhalt des Topfes erhöhte. Samson verzog dabei keine Miene, und niemand konnte seinem Gesicht irgend etwas anmerken. Maggot vermutete, daß Posey zwei hohe Paare, vielleicht auch drei Damen, Könige oder Asse hatte. Als Pinkley an die Reihe kam, meinte er: »Das übersteigt meine Kräfte« und paßte.
Maggot legte sich schwer ins Zeug; er zählte Patronen ab und schob sie in die Mitte. »Jetzt woll'n wir ma' sehen ... zwanzig kost' mich das Spiel ... und da erhöh' ich um die Kleinigkeit, die im Topp is'.«
»Im Topp is' die Kleinigkeit von zweinfuffzig, Chef«, spottete Reisman. »All' zusammen kost' Sie das zweinsiebzich blaue Bohnen!«
Maggot lachte, ein helles, heiseres, aber natürliches Lachen, das sein stures, finsteres Gesicht zu etwas nahezu Freundlichem aufhellte. »Die hab' ich, Herr Hauptmann, die hab' ich!« krähte er. Aufgeregt zählte er seine Patronen ab und schob sie in den Topf. »Und jetzt woll'n wir euch ma' zeigen, was 'ne Harke is'.«
Im Topf waren jetzt einhundertundvier Patronen. Ken Sawyer verfolgte sprachlos, was seit seinem lausigen Einsatz von einer Patrone aus dem Topf geworden war. Er müßte weitere einundsiebzig dazugeben, um im Spiel zu bleiben. So viel besaß er aber nicht mehr. Doch hatte er ein As, einen König und den Joker und fühlte sich stark. »Kann ich auf Kredit spielen?« fragte er.
»Wie wollen Sie ihn zurückgeben, wenn Sie verlieren?« hielt ihm Reisman entgegen.
Achselzuckend warf Sawyer seine Karten hin. »Da spare ich lieber mein Geld«, meinte er.
Reisman zählte einundsiebzig Patronen von seinem Haufen. »Ich spiele mit«, sagte er lakonisch.
»Was is' los, Hauptmann, woll'n Sie mich nich' überbieten?« forderte Maggot ihn heraus.
Reisman sah ihn lächelnd an. »Nach dem Ziehen, Chef«, versprach er.
»Verdammt noch mal«, murmelte Gilpin und paßte.
Samson Posey legte zweiundfünfzig Patronen in den Topf, um mit Maggot gleichzuziehen.
»Willst du mich auch nich' überbieten, Häuptling?« höhnte Maggot.
Samson sagte nichts. Er hatte seine Karten auf einem sauberen Haufen vor sich liegen und verdeckte sie mit der einen Hand; die andere lag ruhig auf dem Tisch. Sein Gesicht verriet nichts von seiner Erregung. Jetzt albernes Zeug zu schwatzen, war für ihn undenkbar.
Maggot nahm das Kartenspiel auf. »Wieviel, Hauptmann?« fragte er.

»Eine.«
Maggot konnte sein Erstaunen nicht verhehlen. Sollte der Alte durch einen irren Zufall auf einen echten *Royal flush* aus sein? Er gab ihm die Karte, konnte aber an Reismans Gesicht nicht im mindesten ablesen, ob er bekommen hatte, was er wollte. Vielleicht war sein nächster Einsatz aufschlußreicher. Sollten sie beim Aufdecken das gleiche Blatt haben, müßten sie sich den Topf teilen. Er wandte sich an den Indianer: »Wieviel Karten willst du, Häuptling?«
Samson hielt die Hände über seinen sauber gestapelten Kartenhaufen. Er machte sich nicht die Mühe, Maggot anzusehen. »Keine«, erwiderte er.
Maggots Herz tat einen Hüpfer. Jemand zog scharf den Atem ein, und das allgemeine Erstaunen machte sich in einem Gemurmel Luft. Was, zum Teufel, führte der Indianer im Schilde? Hatte er die Pranken voll? Pah! Keiner konnte übertrumpfen, was er, Maggot, hinterm linken Knie versteckt hatte. Er begann mit seinem Ablenkungsmanöver. Unruhig rutschte er auf seinem Platz hin und her und paffte eine nervöse Rauchwolke aus der lässig im Mundwinkel hängenden Zigarette. »Ich nehme nur eine«, murmelte er. Sorgfältig und vor aller Augen legte er eine Karte ab und nahm sich eine neue. Er fächerte sein Blatt eindrucksvoll auseinander, schob es dann zu einem Päckchen zusammen und umschloß es mit der linken Hand. Zu seiner Überraschung hatte er ein *Full house* vorgefunden, drei Siebenen über zwei Dreien, doch nicht ums Verrecken würde er damit spielen. »Sie setzen, Hauptmann«, sagte er leise.
»Im Topf sind jetzt zweihundertsiebenundzwanzig Patronen«, stellte Reisman fest. »Sie und Posey haben zwar noch ein paar mehr als ich, aber keiner von uns kann um den Gesamtinhalt erhöhen. Ich setze einfach meinen ganzen Rest ... achtundsiebzig.«
Langsam und gewissenhaft zählte darauf Samson seine Patronen, um mit Reismans Erhöhung gleichzuziehen. Und während aller Augen an dem Indianer hingen, rutschte und zappelte Maggot auf seinem Sitz, qualmte nervös seine Zigarette und nutzte die kostbaren Sekunden, um die Karten in seiner Hand mit denen hinter seinem linken Knie zu vertauschen.
Als Samson den Einzug des Hauptmanns eingestellt hatte, zählte er sämtliche ihm verbliebenen Patronen ab und legte sie auf einen extra Haufen. »Erhöhe um fünfzig«, sagte er.
»Da kann ich nich' mehr mit, Häuptling«, erklärte Maggot. »Du kennst doch die Spielregeln, wenn einer blank is'?«
Samson zeigte auf den zusätzlichen Haufen zu fünfzig Patronen.
»Wieviel hast du noch?« fragte er.
»Ich habe achtensiebzich, um den Hauptmann zu packen«, er schob sie in den Topf. »Und dann noch fümfenzwanzich, die halbe Erhöhung von dir.« Er schob sie Samsons zusätzlichem Topf zu. »Und dann bin ich blank.«
Samson nahm die überzähligen fünfundzwanzig Patronen wieder an sich. Nun war der Hauptmann an der Reihe, und es machte den Indianer verlegen, daß Reisman nicht mehr mithalten konnte. Am liebsten hätte er ihm Patronen geliehen, wußte aber, daß das nicht ging.

»Ich bin blank«, sagte Reisman ruhig. »Ich spiele nur um den Haupttopf.«
»Also dann, Häuptling«, frohlockte Maggot. »Du großer Spieler vor dem Herrn, ich fordere dich!«
Mit ausdruckslosem Gesicht legte Samson seine Karten auf den Tisch. Von denen, die gepaßt hatten, kamen ein paar leise Flüche.
»Was denn? Du hast weiter nix als Dreck und ein As?« sagte Maggot verblüfft.
»Was hast denn du?« fragte Samson.
»Ich habe das! Hier, das habe ich!« wetterte Maggot. Er warf seine Karten auf den Tisch, wütend, weil er sich abgemüht hatte, mit krummen Touren zu gewinnen, was er auch auf anständige Weise hätte haben können.
»Heiliger Strohsack! Ein *Royal flush*!« rief Pinkley aus.
Sawyer und Gilpin stierten auf das Blatt. Sie waren heilfroh, daß sie gepaßt hatten. Samson warf nur einen Blick darauf, um sich zu vergewissern, was es war; dann sah er den Hauptmann an und wartete, daß auch er seine Karten zeigte.
»Was haben Sie, Sir?« fragte Maggot mit ironischer Höflichkeit, die sein schadenfrohes Gesicht Lügen strafte.
»Drei Sechsen«, erwiderte Reisman, »und das langt nicht. Nehmen Sie's, Maggot.«
Maggot stieß ein texanisches Triumphgeheul aus, so daß sämtliche Wachen und Häftlinge in der Baracke erschrocken zusammenfuhren. »Mann, o Mann, o Mann!« jubelte er und harkte den mächtigen Munitionshaufen zu sich heran. »Jetzt fehlt mir nur 'ne Knarre, dann nehm' ich's mit der ganzen Yankeearmee auf.«
Samson Posey reckte sich und gähnte. Er reckte sich so lange und so gewaltig, daß sein linker Arm an Pinkley vorbei auf Maggot traf. Gleichzeitig stemmte er sich mit den Beinen gegen den Fußboden und kippte die Bank wie aus Versehen hintenüber. Pinkley und Maggot samt seiner 7,6-mm-Munition und den unterm Knie versteckten Karten flogen auf die Erde. Genauso hatte Samson sich das gedacht.
Er erhob sich vom Boden und hielt mit der einen Hand Maggot gepackt, mit der anderen die versteckten Karten. »Du hast gemogelt!« schrie er.
Militärpolizisten und Häftlinge stürzten auf die beiden zu, doch Reisman rief: »Laßt sie! Er hat es verdient!«
Nur einen Augenblick hing Maggot schlapp in Poseys Griff. Er war zwar überrascht, daß man ihn erwischt hatte, fürchtete aber den riesigen Indianer nicht. Wenn er schon früher einiges vom Dreinschlagen verstanden hatte, so erst recht, seit Reisman ihnen beigebracht hatte, ihre Talente zu nutzen. Wuchtig stieß er Posey das Knie in den Schritt. Der Indianer schrie auf und löste die Umklammerung. »Was heißt gemogelt!« brüllte Maggot zurück und landete einen Judoschlag an Poseys Kinn. »Du gottverdammte Rothaut, woher kennste denn die Tricks, he?!«
Samson taumelte gegen den Tisch, daß dieser umkippte. Er hörte den Vorwurf, und die Scham darüber, daß er nicht ganz abwegig war, schürte seine Wut. Er versuchte, wieder auf die Beine zu kommen, und schlidderte über die

Hunderte von Patronen, die über die Erde rollten. Schließlich fing er sich, erkannte Maggot in dem verschwommenen Haufen glotzender, schreiender Gestalten und stürzte sich auf den Falschspieler. Vergessen war, daß er einmal in diesem Zustand gemordet hatte, vergessen alles, was Reisman ihnen über den Zweikampf beigebracht hatte; mit ausgestreckten Armen stürmte er vor. Maggot packte den Indianer am Handgelenk, drehte sich um, stieß ihm die Hüfte in den Bauch und schleuderte Samson über den Rücken zu Boden. Die Baracke erbebte, als der Körper auf die Dielen krachte. Doch rasch stand Samson wieder auf. In seinem Bestreben, den Vorteil auszunutzen, vergaß Maggot für einen Augenblick seine Lektionen und ging in vollem Galopp auf Samson los. Sie stießen zusammen und droschen blindwütig aufeinander ein. Tische, Bänke und Betten stürzten unter ihrem Anprall um, bis schließlich die Kämpfer jeder für sich zu Boden gingen.

Samson stand auf und schüttelte sich. In den Ohren dröhnte ihm das Geschrei der anderen: »Gib's ihm, Häuptling! Gib's ihm!« Er versuchte, sie zu erkennen, hörte ihren Beifall, sah ihre eifrigen Gesichter und die erregten Augen. Es machte ihn froh, daß alle diese weißen Männer für ihn waren und gegen einen der ihren. Der Falschspieler strich lauernd um ihm herum, den linken Arm ausgestreckt, den rechten abwehrbereit gewinkelt – und nun fiel Samson wieder ein, was er gelernt hatte. Er stellte sich auf, bewegte sich langsam vorwärts und täuschte mit der Linken. Als Maggots Deckung herausschoß, stieß ihm Samson kraftvoll die rechte Hand in den Bauch und streckte den Gegner einen Sekundenbruchteil später durch einen kräftigen Linkshaken an die Schulter auf den Barackenboden. Die Männer brüllten vor Vergnügen.

Reisman sprang dazwischen. »Aufhören!« befahl er. Die beiden keuchten und umkreisten einander in einigem Abstand. Jeder wußte, daß der andere seine Tricks kannte. »Bowren, gehen Sie zur Tür und lassen Sie von einem Mann das Lagertor aufmachen!« rief Reisman. »Sie, Morgan, nehmen sich einen Militärpolizisten und sammeln die Patronen ein. Sechshundert Schuß 7,6-mm-Munition rollen auf der Erde herum, und ich möchte über jeden Schuß Rechenschaft haben.« Dann wandte er sich an Maggot. »Wollen Sie weitermachen, Chef?« fragte er.

»Darauf können Sie Gift nehmen, Hauptmann!« fauchte Maggot. »Geben Sie den Weg frei.«

»Posey?«

»Ich mach' ihn fertig, der mogelt nicht mehr. Wetten, daß?«

»Öffnen Sie die Tür, Obergefreiter!« rief Reisman. »Es geht draußen weiter, sonst zertrümmern sie mir noch die ganze Baracke. Die Leute gehen einzeln hinaus. Untersuchen Sie sie an der Tür nach Muni, Obergefreiter.«

Draußen in der Dunkelheit, dem Regen und dem Schmutz stellte Reisman Posey und Maggot wieder einander gegenüber. Häftlinge und Wachen schauten zu. Er billigte den beiden zwei Runden zu je drei Minuten zu. Sie kämpften, bis das Blut lief und die Knochen krachten; aber es blieb ein unentschiedenes Ringen, das den Zuschauern mehr Spaß machte als den Kampfhähnen. Danach mußten sie sich die Hand schütteln.

»Ich kann dir Pokern ohne Mogeln beibringen«, bot Samson großmütig an. Er war überrascht, daß sein Zorn verflogen, in der Hitze des Kampfes verraucht war. »Außerdem kann ich viel besser mogeln als du«, setzte er stolz hinzu. »Bei dir fällt's ja auf!«
Maggot zog seine Hand zurück. »Scheiße!« murmelte er.
Alles lachte. Dadurch entlud sich die gespannte, gewalttätige und blutrünstige Atmosphäre, die eben noch geherrscht hatte, die jeden von ihnen unsichtbar umgab und die immer Gefahr lief, zu explodieren und alles zu zerstören. Reisman kam dieser Augenblick wie gerufen, um den freien Abend zu beenden. »Und damit Schluß für heute, meine Herren«, bestimmte er. »Ab in die Falle!«
Militärpolizisten und Häftlinge wurden für die Nachtwachen eingeteilt, und als der Zapfenstreich ertönte, stand Reisman auf dem Barackendach und blickte auf das eingeregnete Lager hinunter. Ob so ein Bursche wie Maggot sich wohl jemals bessern konnte, zumindest bis zu dem Punkt, wo Diebe eine Standesehre entwickeln? Ein toller Erholungsabend war das gewesen. Stuart Kinder würde ihn wahrscheinlich unter dem Stichwort Therapie einstufen.

Nachdem die Häftlinge drei Tage mit Karabinern und Pistolen geübt hatten, sich die Einzelteile und ihre Bezeichnungen eingeprägt, die Waffen auseinandergenommen und wieder zusammengesetzt hatten, ließ Reisman die Sache am Dienstagmorgen mit verbundenen Augen durchexerzieren. Nicht daß er annahm, die Leute würden das in irgendeiner rabenschwarzen Kampfesnacht einmal tatsächlich blind ausführen müssen; nein, er schraubte lediglich die Anforderungen höher, um seine Männer in Schweiß zu bringen und unter Druck zu setzen, so wie er es mit allen sonstigen Aufgaben und Übungen auch tat, die er ihnen vorsetzte oder aufzwang. Sie sollten das Äußerste aus ihrem Körper und Geist herausholen – und bei dieser Prüfung noch dazu Tastsinn und Fingerfertigkeit schulen. Es war nur eine weitere – erschwerende – Methode, die Leute zur streng festgelegten Routine des Militärs zu erziehen. Reisman komplizierte die Übung noch, indem er einen Trick anwandte.
Die Häftlinge saßen im Lager in einer Reihe auf der Erde. Jeder hatte seine Zelthälfte vor sich ausgebreitet. Links lag der Karabiner, rechts die 12-mm-Pistole. Die Waffenteile sollten auf der Zeltbahn der Reihe nach hingelegt werden. Nachdem die Männer sich mit ihren Halstüchern die Augen verbunden hatten, gab Reisman ihnen den Befehl, beide Waffen so schnell wie möglich auseinanderzunehmen und dann innezuhalten. Während sie bei der Arbeit waren, ging er rasch von einem zum anderen – bei dem Geklapper merkte davon niemand etwas – und legte kleinere Karabinerteile zu den Pistolenteilen und umgekehrt. Als alle mit dem Zerlegen fertig waren, gab er den Befehl zum Zusammensetzen. Innerhalb von Sekunden ertönten Flüche oder ängstliche und verwirrte Ausrufe. Blindlings tasteten die Finger über die Zeltbahnen nach den richtigen Teilen.
»Na los, los!« schrie Reisman sie an. »Die Zeit wird knapp. Was ist denn in euch gefahren?«
Einige gerieten in Panik und stümperten nur noch herum. Ken Sawyer –

waffenkundig und kampferfahren – kriegte als erster die Sache spitz, setzte die richtigen Teile an die richtigen Stellen und hob die Hand. »Fertig, Herr Hauptmann«, rief er.

Reisman untersuchte seine Waffen. »Gute Arbeit geleistet, Sawyer«, meinte er. »Sie können Ihre Binde abnehmen und sich 'n Ast lachen über diese Lahmärsche. Halten Sie aber Ihren Mund.«

Als nächster merkte Napoleon, was los war, und es verdroß ihn, daß Reisman sich zu so faulen Tricks herabließ. Er wollte die anderen warnen und Reisman zeigen, daß er ihm auf die Schliche gekommen war. »Ach so hatten Sie sich das gedacht! Sie haben die Teile ausge –«

»Halten Sie den Mund, White!« schnitt ihm Reisman das Wort ab. »Wir halten hier kein Plauderstündchen ab. Sagen Sie mir, wenn Sie fertig sind, und damit basta!«

Napoleon machte sich wieder an die Arbeit, setzte beide Waffen zusammen und wollte eben »fertig!« rufen, als Archer Maggot ihm mit einem lauten »Hiah, Hauptmann!« zuvorkam.

Reisman sah sich Maggots Waffen an. »Ausgezeichnet, Mr. Dixieland«, sagte er zufrieden. »Sie wer'n alle Tage bessa!«

»So ist es, Hauptmann!« erwiderte Maggot selbstbewußt. »Bin jetzt wirklich auf der Höhe. Mir machen Sie nich' so leicht was vor. Hab' schon als Dreikäsehoch auf Frösche geschossen. Wann geben Sie uns denn 'n bißchen Muni und lassen uns ma' schießen?«

»Wenn Sie beim Pokern nicht mehr mogeln, Chef.«

Dann untersuchte Reisman Napoleons Waffen, nach ihm Levers und Gilpins. Der Rest kapierte es nicht eher, als bis die Zeit um war und sie ihre Binden abnahmen; da sahen sie, daß der Hauptmann die Teile durcheinandergebracht hatte. Sie meckerten untereinander, wie unfair die ganze Sache sei, und er rief sie zur Ordnung.

»Merken Sie sich eins«, erklärte er. »Die *Heinis* jenseits des Kanals legen Ihnen die Dinge auch nicht mundgerecht vor die Nase. Nehmen Sie Ihre viereinhalb Sinne zusammen, zum Teufel noch mal! Immer nachdenken! Eines Tages, wenn Ihr Leben davon abhängt, stehen Sie unverhofft vor einem Berg, einem Fluß, einem Dorf oder einer ganzen deutschen Division. Oder ein vermeintlicher Freund entpuppt sich als Feind. Benutzen Sie Ihren Verstand! Nehmen Sie die Dinge nie so, wie Sie sie sich vorstellen oder wie man sie Ihnen schildert. Wenn zwei mal zwei fünf anstatt vier ergibt, dann finden Sie heraus, warum, und nutzen Sie, was Sie erkannt haben, zu Ihrem Vorteil. Denken Sie nach!«

Reisman befahl den Häftlingen nun, sich die Augen erneut zu verbinden, und wiederholte die Übung – diesmal ohne die Teile zu vertauschen, wie sie es jetzt erwartet hatten. Nachdem sie ihm bewiesen hatten, daß sie ihre Karabiner und Pistolen wirklich in- und auswendig kannten, nahm er ihnen die Waffen ab und teilte M3-Maschinenpistolen aus, die in Kisten verpackt im Waffenarsenal der Baracke aufbewahrt worden waren.

Es erschreckte Morgan, Bowren und die Militärpolizisten doch und erregte sogar Reisman, und alle zusammen machte es wachsamer, als sie sahen, wie diese zwölf verwilderten Gestalten mit blitzenden Augen die gleichen Maschinenpistolen in der Hand hielten wie sie selbst – mörderische, häßliche, erbarmungslose Waffen mit kurzen Läufen, die innerhalb von Sekunden genug Blei verspritzen konnten, um einen Menschen zu zerfetzen.

Am frühen Dienstagnachmittag kehrte Obergefreiter Bowren mit Vorräten, Post und einem fest versiegelten Manilaumschlag für Reisman vom Quartiermeisterdepot zurück. Den Umschlag hatte Stuart Kinder vormittags mit einem motorisierten Kurier an die Deckadresse geschickt.

Kaum hatte Reisman die erste Mitteilung gelesen, griff er schon zum Telefon und hielt eine Weile den Hörer ans Ohr. »Verdammt noch mal, er hat recht«, murmelte er.

Bowren saß auf dem Bettrand und trug die übrigen Postsachen – für wen, von wem und woher – in ein Notizbuch ein, das er auf Reismans Geheiß zu diesem Zweck führte. Er sah auf: »Was ist, Sir?«

»Die Leitung ist tot.«

In Kinders alarmierender Nachricht stand, daß er Sonntag abend und den ganzen Montag über versucht habe anzurufen und nicht durchgekommen sei. Er habe aber ohne Reismans Einverständnis keinen Mann von der Fernmeldetruppe schicken wollen.

»Gehen Sie doch mal der Leitung bis zur Straße nach, Clyde, und sehen Sie, ob Sie etwas finden können«, sagte Reisman. »Nehmen Sie sich einen Mann mit. Gilpin könnte Ihnen nützlich sein. Wahrscheinlich versteht er mehr von diesen Dingen als alle anderen. Sagen Sie ihm, daß es keine Übung ist, und überlassen Sie das Suchen und die Reparatur, falls er etwas findet, ihm. Behalten Sie ihn lediglich dabei im Auge.«

»Wird gemacht, Herr Hauptmann«, bestätigte Bowren. Er beendete seine Eintragungen und stand auf, um ins Lager zu gehen, wo Feldwebel Morgan und die Militärpolizisten argwöhnisch die Häftlinge überwachten, die mit ihren Maschinenpistolen verschiedene Griffe und Zielen übten.

Reisman öffnete ein zweites Kuvert, das sich in dem Manilaumschlag befand. Es enthielt einige persönliche Zeilen von Kinder nebst einem Beförderungsschreiben und zwei Paar nagelneuen Feldwebelstreifen. Reismans Augen leuchteten auf. »He! Einen Augenblick noch!« rief er Bowren nach. »Ich habe etwas für Sie – Feldwebel!«

Bowren steckte seinen Kopf zur Tür herein. »Wollten Sie den Feldwebel sprechen, Sir?«

»Sie sind Feldwebel!« sagte Reisman begeistert. Er stand auf und hielt ihm das Beförderungsschreiben hin. »Onkel Sam hat beschlossen, Ihren Sold und Ihren Dienstrang zu erhöhen.«

»Ich werd' verrückt«, sagte Bowren leise und kam in den Raum zurück. Er nahm den Erlaß, las ihn und versuchte, sich mit dem Gedanken vertraut zu machen, wobei er langsam den Kopf schüttelte. Dann blickte er Reisman an und sagte nur: »Vielen Dank, Sir.« Reisman übergab ihm die zwei Paar Feldwebelstreifen. »Hauptmann Kinder bittet Sie, das als Geschenk von ihm anzunehmen, und schickt Ihnen seinen Glückwunsch.«

Bowren nahm die Streifen und steckte sie in die Tasche.
»Haben Sie Nadel und Faden?« hänselte Reisman ihn.
»Das hat Zeit, Sir«, erwiderte Bowren. »Muß mich erst an den Gedanken gewöhnen. Zuerst will ich jetzt mal lieber nach der Telefonleitung sehen.«
Es dauerte keine halbe Stunde, da war er mit Gilpin von seinem Erkundungsgang zurück. Er rief Reisman beiseite und flüsterte ihm zu: »Es wäre wohl besser, Sie kämen mit uns und sähen sich das mal an.«
»Was haben Sie gefunden?«
»Es stimmt, die Leitung ist kaputt – hinter der Mauer, gleich an der Straße. Gilpin sagt, wenn wir Draht und Werkzeug mitbringen, kann er es so zusammenflicken, daß es wie neu ist.«
»Aber?«
»Ich habe nicht den Eindruck, daß das zufällig gekommen ist, und auf natürlichen Verschleiß ist es schon gar nicht zurückzuführen.«
Reisman ging mit ihnen. In dem Gebüsch neben der Landstraße nahm er die zerrissenen Enden in die Hand und untersuchte sie.
Gilpin stand dicht neben ihm und zeigte mit dem Finger darauf. »Meiner Meinung nach war es irgendein Vieh«, meinte er. »Sehen Sie mal hier an der Isolierung. Sieht nach Zahnabdrücken aus – als hätte jemand in die Leitung gebissen und sie durchgenagt. Wenn es hier Waschbären oder Kojoten gäbe, würde ich mich nicht wundern. Sogar ein fetter Rammler oder ein übermütiger Hirsch könnte es gewesen sein.«
Der Gedanke senkte sich in Reismans Gehirn und stritt sich mit einem anderen. Der Hauptmann blickte nach dem Gutshaus hinüber, das hinter Mauerwerk, Bäumen und Gebüsch verborgen lag, und er wußte, daß seine Annahme nicht ausgeschlossen war – so seltsam und unwahrscheinlich sie ihm auch scheinen mochte.
»Nein ... keine Kojoten, Gilpin«, murmelte er. »Möglicherweise ein erschrecktes Weibsstück.«

Reisman rief Stuart Kinder in London an.
»Die Leitung war kaputt, Stu«, erklärte er. »Kriegsware vermutlich, oder ein Mann vom Bautrupp hat gepennt. Wir haben es selbst repariert. Weswegen hatten Sie versucht, mich zu erreichen?«
»Einmal wegen Bowrens Beförderung ... und dann wollte ich einfach mal hören, wie die Dinge bei Ihnen stehen«, bekam er zur Antwort.
»Oh«, erwiderte Reisman, in seiner Stimme mischten sich Enttäuschung und Ironie. »Ich hatte schon gehofft, die da oben hätten entschieden, wie und wann wir unsere Goldjungs nun wirklich einsetzen sollen.«
»Nein, noch nicht. Die Leute sind ja auch sowieso noch nicht einsatzfähig, oder?«
»Nein, aber sie spuren von Tag zu Tag besser. Keiner läßt sich was zuschulden kommen, und alle gehen hart ran. Ich will jetzt einen Schießplatz anlegen und denke, daß ich sie Sonntag darauf loslassen kann. Da werde ich dann ja sehen, in welche Richtung sie schießen.«
»Ich möchte gern dabeisein, John«, sagte Kinder. »Vielmehr müßte ich ein

oder zwei Tage früher kommen, um mich zu vergewissern, daß sie in der richtigen geistigen Verfassung sind – vom pädagogischen und moralischen Gesichtspunkt aus.«

»Würde mich sehr freuen. Bringen Sie aber ja einen Helm und eine kugelsichere Weste mit«, meinte Reisman.

»John, machen Sie keine Scherze. Sie glauben doch nicht im Ernst, daß die Sache so schiefgehen könnte?«

»Eigentlich nicht ... aber *quién sabe?* Gibt es sonst noch etwas für mich?«

»Ja. Gestern hat ein merkwürdiger Bursche nach Ihnen gefragt. Ich hatte gerade den Eilbrief gesiegelt und wollte ihn eben abschicken, als er vor mir stand. Darum habe ich nichts mehr über ihn schreiben können«, erklärte Kinder. »Wahrscheinlich hat er sich an die Baker Street gewandt, und Major Armbruster hat ihn zu mir geschickt. Habe ihm gesagt, ich könnte Sie verständigen.«

»Wer war es?«

»Ein CID-Mann namens Osterman.«

Reisman stockte der Atem. Darauf war er trotz des Briefes, den sein Vater ihm geschrieben hatte, nicht gefaßt gewesen. Und als er nun den alten Namen wiederhörte, stand ihm mit einem Schlag das ganze jämmerliche Leben, aus dem er vor vierzehn Jahren geflohen war, wieder vor Augen. Er wußte, daß Osterman eigens in diese neue, entlegene und andersartige Welt, an diesen neuen Ort gekommen war, um ihn aufzusuchen, und sein Herz klopfte rascher.

»Leon Osterman«, fuhr Kinder fort. »Wies sich als Agent des CID aus. Hat mir seine Dienstnummer angegeben – 840.«

»Haben Sie ihm gesagt, wo ich bin?«

»Nein, natürlich nicht. Habe ihm nur gesagt, ich könnte mich mit Ihnen in Verbindung setzen und Ihnen seine Adresse geben, weiter nichts. Kennen Sie den Mann, John?«

»Ja, ich kenne ihn«, antwortete Reisman. »Das ist schon in Ordnung.« Aber noch während er antwortete, wurde ihm klar, daß er Osterman in Wirklichkeit gar nicht kannte. Und es war auch nicht in Ordnung, denn er war nicht sicher, ob er ihn jetzt sehen wollte – um alte, längst begrabene Erinnerungen aufzufrischen, die wohl am besten begraben blieben. Wenn er jetzt zurückdachte, bezweifelte er sogar, daß er diesen Mann überhaupt leiden mochte. Man neigt stets dazu, einen Menschen zu hassen, dem man mehr verdankt, als man je wiedergutmachen kann. Trotzdem notierte er sich die Londoner Adresse und Telefonnummer, die Kinder ihm vorlas, und sagte sich, er müsse Osterman zumindest in ein paar Zeilen mitteilen, daß er die Nachricht erhalten habe.

Dann wechselte er schnell das Thema. »Hören Sie, wenn Sie sowieso herkommen, könnten Sie da nicht ein paar Sachen für die Männer besorgen und mitbringen?«

»Mit Vergnügen«, erwiderte Kinder. »So, ich habe den Bleistift schon gezückt. Schießen Sie los.«

Reisman bat ihn, bei den verschiedenen zuständigen Versorgungsstellen einige

Spiele und Sportgeräte aufzutreiben, dazu sämtliche Ausgaben von *Stars and Stripes*, *Yank* und anderen Zeitungen und Illustrierten, deren er habhaft werden könne. »Dann noch eins«, fügte er hinzu, »und da wissen Sie wahrscheinlich besser Bescheid als ich. Ich möchte Samson Posey helfen, lesen und schreiben zu lernen. Gibt es Elementarbücher oder Fibeln, die Sie mir besorgen könnten?«
»Aber ja doch, John«, versicherte Kinder begeistert. »Das Kriegsministerium hat gerade ein paar sehr gute Leitfäden für Lesen, Schreiben und Rechnen herausgegeben. Das ist genau das Richtige. Bilder, Zeichnungen, einfache Wörter, Aufgaben nebst Lösungen, die sich vornehmlich auf den Militärdienst beziehen. Ich fordere sie sofort an. Das ist eine großartige Idee. Ich hätte von selbst darauf kommen müssen.«
»Ach, das wären Sie bestimmt auch, Stu«, sagte Reisman mit einem überraschenden Anflug von Taktgefühl. »Ich habe nur mehr Tuchfühlung mit Posey, das ist alles. Er ist keineswegs dumm. Im Gegenteil, er ist ganz schön aufgeweckt. Aber er tappt in einer Welt herum, die er nicht recht versteht, und ich glaube, hier wäre eine Möglichkeit, ihm zu helfen und gleichzeitig auch uns zu helfen.« Danach wollte Reisman eigentlich auflegen, um wieder zu seinen Männern hinauszugehen; doch war da noch eine andere Sache, von der er gehofft hatte, Kinder würde von sich aus darauf zu sprechen kommen.
»Wie weit sind Sie mit Myron Odell?« fragte er. »Sie erinnern sich doch an unser Gespräch über ihn?«
»Natürlich«, bestätigte Kinder. »Ich wollte das Thema lassen, bis wir persönlich darüber sprechen können.«
Kinder schien davor zurückzuschrecken, und schon das machte Reisman unruhig. »Warum wollen Sie mir nicht kurz in Stichworten darüber berichten?« bat er.
»Also – ich habe selbst jeden Aspekt seines Falles geprüft ... übrigens die Akten der anderen ebenfalls, worum Sie mich ja gebeten hatten. Die vollständige Analyse seiner psychologischen Tests ergab nichts, auf das ich Sie nicht schon hingewiesen hätte. Ich habe auch mit Kollegen hier über Odell gesprochen. Ganz diskret natürlich, ohne den Namen oder seinen augenblicklichen Aufenthalt zu erwähnen. Um jeden Verdacht auszuschalten, habe ich ihn als einen Modellfall ausgegeben, ein fiktives Beispiel zu Studienzwecken.«
»Was hielt man von der Möglichkeit, daß dieser Frankenstein tatsächlich unschuldig sei?«
»Nicht viel. Wir waren alle der Meinung, daß Herr X in der von mir gesetzten Situation durchaus zu einem Gewaltverbrechen fähig sei«, sagte Kinder. »Ich gab die Umstände von Odells Fall an, dazu die Herkunft und das psychologische Bild des Mannes, die Begegnungen mit dem Opfer vor der Mordnacht, soweit er sich daran erinnerte, und seinen eigenen Bericht von dem Vorfall bis zu dem Punkt, an dem er nicht mehr wußte, was er tat. Daß dies alles sich wirklich so zugetragen hat, sagte ich natürlich nicht; ich habe es als eine Konstruktion hingestellt. Wir waren einstimmig der Meinung, daß Herr X in der Tat zu einem Lustmord sehr wohl fähig sei. Und das bestätigt

natürlich den Urteilsspruch, den das Kriegsgericht auf Grund des ihm vorliegenden Materials gefällt hat – und nicht die Phantastereien über seine Unschuld, mit denen Odell allen, auch sich selbst, in den Ohren liegt.«
»Aber hätte man dann nicht auf Unzurechnungsfähigkeit plädieren müssen?«
»Vor dem Gesetz war er zurechnungsfähig«, erklärte Kinder. »Die Anklage brauchte nur nachzuweisen, daß Odell bislang seine Pflichten zufriedenstellend erfüllt hatte und daß er den Unterschied zwischen Recht und Unrecht kannte – was beides der Fall war. Ich bin überzeugt, der Offizier, der ihn verteidigte, hat nichts unversucht gelassen.«
»Der Offizier, der ihn verteidigte? Daß ich nicht lache! Im Zivilleben war das wahrscheinlich ein Versicherungskaufmann oder ein Grünschnabel von der Universität.«
»Nicht bei einem so schweren Fall«, behauptete Kinder. »Ich weiß wohl, nahezu jeder kann als Verteidiger beim Kriegsgericht auftreten; aber heutzutage gibt es viele gute Juristen in Uniform, und ihnen überträgt man die schweren Fälle, sei es als Verteidiger, sei es als Ankläger. Ich gebe Ihnen zu, daß diese Leute vermutlich überarbeitet und überlastet sind und nicht genug Zeit und Ruhe haben, um ihre Mandate so vorzubereiten wie im Zivilleben. Doch bin ich andererseits überzeugt, daß Odell und die andern Leute die bestmögliche juristische Betreuung erhalten haben.«
Reisman ertappte sich dabei, daß er Odell unbegreiflich hitzig verteidigte, so als ob Stuart Kinder sein Ankläger sei und ihm irgendwie Unrecht tue. »Und wenn man nun einen falschen Tatbestand angenommen hat!« beharrte er.
»Ich fürchte, daß eine Wiederaufnahme des Verfahrens bei ihm – oder einem der übrigen Männer – vom juristischen Standpunkt aus, etwa auf Grund neuen Materials, nicht möglich sein wird«, erwiderte Kinder.
»Wieso nicht?« fragte Reisman. »Hatten Sie nicht versprochen, es klammheimlich zu versuchen? Es sieht doch so aus, als seien Sie sehr wohl in der Lage, solche Dinge rasch und wirksam durchzusetzen.«
»Ich habe es ja versucht. Aber so etwas kann man nicht ganz und gar heimlich machen; oder ich müßte selbst die ganze Kleinarbeit übernehmen, was meine Kompetenzen weit überschreiten würde, ganz zu schweigen von dem Verlust an Zeit für meine sonstigen Pflichten. Ich habe ein paar Leute beim Chef des Militärjustizwesens, bei der Militärpolizei und bei der Kriminalpolizei darauf angesprochen. Ohne Angabe näherer Gründe war das eine schwierige Sache.«
»Und?«
»Uns sind völlig die Hände gebunden, John«, sagte Kinder; er antwortete fast widerstrebend. »Ungeachtet unserer persönlichen Einstellung können wir nichts für die Leute tun. Wir können sie nur ausbilden und nach besten Kräften für ihre Aufgaben vorbereiten. Weder ich habe diese Entscheidung getroffen noch Sie noch das Militär. Sondern die Männer selbst.«
»Wie meinen Sie das?«
»Anscheinend haben wir vergessen«, sagte Kinder freundlich, »daß diese Männer sich freiwillig für das Unternehmen *Amnestie* gemeldet und damit jeden Anspruch auf Revision, Berufung und Wiederaufnahme des Verfahrens aufgegeben haben.«

Das saß; Reisman gestand sich ein, daß er es wirklich vergessen hatte – oder vergessen wollte. Und obgleich er noch immer nicht ganz begriff, warum er sich eigentlich bemühen sollte, für Odell oder einen der anderen einen Ausweg zu finden, oder warum er sich überhaupt ihretwegen den Kopf zerbrach, wußte er doch, daß er es tat. »Na, jedenfalls vielen Dank dafür, daß Sie es versucht haben, Stu. Ich weiß das sehr zu schätzen. Vermutlich würden Sie sagen, daß wir hier unten in einer Art Vorhölle leben, und so muß es wohl noch eine Zeitlang bleiben.«
Erst als er eingehängt hatte, ging ihm auf, daß er das falsche Wort benutzt hatte. In der Vorhölle gab es nur unschuldige Seelen. Dies hier ähnelte mehr einem Fegefeuer.

23

Als Reisman am späten Mittwochnachmittag mit den Männern aus dem Gelände zurückkam, wo sie damit begonnen hatten, einen Schießplatz anzulegen und Deckungslöcher auszuheben, parkte vor dem Lager ein Dienstwagen. Reisman wartete, bis Wachen und Häftlinge durch die Baracke in das Lager gegangen waren, und betrat dann sein Büro; er glaubte, Stuart Kinder dort anzutreffen.
»Hallo, du großes Tier«, sagte der Besucher, der auf dem Stuhl saß. »Die Tür stand offen, da bin ich eingetreten und habe es mir bequem gemacht.«
Reisman starrte den Mann entgeistert an. Nun brauchte er sich keine Gedanken mehr zu machen, wie und wann er mit Leon Osterman Verbindung aufnehmen sollte. Dieser saß vor ihm, wie ein Landmann in englisches Tweed gekleidet, einen kalten Zigarrenstummel im Mund und auf dem wohlgenährten, frischen Gesicht ein zufriedenes Lachen.
»Die Tür war abgeschlossen – und das Tor im Zaun auch«, sagte Reisman.
»Na schön, dann war die Tür eben abgeschlossen«, meinte Osterman achselzuckend. »Türen aufknacken habe ich bei den besten Profis der Branche gelernt.«
»Wie haben Sie mich gefunden? Es weiß doch an sich niemand, wo ich bin.«
Osterman sprang vom Stuhl auf und streckte die rechte Hand aus. »Wie, zum Teufel, glaubst du denn, bin ich zum besten Kriminalbeamten der Chicagoer Polizei geworden! Jesses, mein Junge, du machst ein brummigeres Gesicht als der Kommissar, wenn er einen schlechten Tag hat. Wo ist deine Kinderstube? Sag mir erst mal guten Tag, dann darfst du Fragen stellen.«
Reisman starrte ihn immer noch sprachlos an und versuchte, Ordnung in seine Gefühle zu bringen. Schon lange hatte er einer Situation nicht mehr so unvorbereitet gegenübergestanden. Schließlich verzog sich sein müdes Gesicht unwillkürlich zu einem breiten Grinsen. Wenn er diese forsche, unheilige Erscheinung aus Fleisch und Blut, die da aus seiner Vergangenheit aufgetaucht war, auch immer noch mit gemischten Gefühlen betrachtete, so war er doch wenigstens nicht mehr beunruhigt. »Hallo, Wachtmeister«, sagte er und ergriff die Hand des andern. »Lange nicht gesehen.«

»Viel zu lange, Johnny! Und du hast mich nach all den Jahren tatsächlich noch wiedererkannt!« erwiderte Osterman herzlich. Er zeigte auf seinen Kopf und seinen Schmerbauch. »Weniger Haar, mehr Bauch, dazu mein verbrauchtes, häßliches Gesicht, und trotzdem erkennst du mich noch.« Er legte ihm freundschaftlich den Arm um die Schulter. »Dein alter Herr schickt dir einen Kuß, aber den bekommst du nicht von mir. Hast du ein Mädchen, dann bekommt sie ihn und kann ihn an dich weitergeben.«

»Wie geht es ihm?« fragte Reisman. Es gelang ihm, sich aus der Bärenumarmung zu befreien und Osterman wieder auf den Stuhl zu bugsieren. Er selbst nahm auf der Bettkante Platz – froh darüber, daß er nicht aus irgendeinem Grunde einen der Häftlinge oder Wachsoldaten mit in sein Zimmer genommen hatte.

»Es geht ihm gut, mein Junge, tadellos«, sagte Osterman und machte es sich auf dem Stuhl bequem. »Vor zwei Monaten habe ich ihn noch gesehen, und da war er gesund und munter. Fährt immer noch ein Taxi – und verdient sich seinen Lebensunterhalt. Seine einzige Klage ist, daß du nicht oft genug schreibst.«

Darüber lachte Reisman leise, und obgleich ihn noch viele Fragen bedrängten, die zunächst hätten beantwortet werden müssen, verschob er sie mit ein paar Scherzworten auf später.

»Vor einem Monat hat er mir einen Brief geschrieben. Ich glaube, das war der erste Brief, den ich in meinem ganzen Leben von ihm erhalten habe«, erzählte er. »So schreibfaul bin nicht einmal ich.« Wie er jedoch nun Aaron im Geiste vor sich sah – dessen Bild und dessen Welt ihm durch seinen Besucher wieder ganz gegenwärtig geworden waren –, setzte er schuldbewußt hinzu: »Ich muß ihm aber bald antworten.«

»Je nun, du weißt ja, wie die alten Leute sind«, sagte Osterman. »Man kann ihnen noch soviel schreiben, sie können nie genug bekommen. Es sind ja nicht die Briefe. Es sind die Söhne, die sie haben möchten. Der Himmel mag wissen, wie viele Menschen in dieser Zeit die gleiche Klage ausstoßen ... nicht nur dein alter Herr.« Er sah sich im Raum um, schnellte seinen kalten Zigarrenstummel in eine Blechbüchse, die auf dem Tisch stand, und nahm sich eine neue Zigarre aus der Brusttasche. »Du auch eine?«

Reisman lehnte ab, zündete sich rasch eine Zigarette an und gab dann Osterman Feuer. »Papa erwähnte, daß Sie beim Militär seien und ihn vor Ihrer Überfahrt noch besucht hätten«, sagte er.

»Ja, ich habe ihm gesagt, ich würde mal nach dir schauen«, erwiderte Osterman und paffte mächtig an seiner Zigarre. Sie brannte jetzt gut; er nahm sie aus dem Mund und starrte nachdenklich auf die frische, graue Asche. »Du fehlst ihm, Johnny. Er ist wirklich stolz auf dich. Erzählt in der ganzen Nachbarschaft von dir. Ich soll dir bestellen, du möchtest ihm ein Bild schicken, damit er sich erinnern kann, wie du eigentlich aussiehst. Für dich ist das nun schon ein langer Krieg, was, mein Junge? Er hat mir erzählt, du seist von Anfang an dabeigewesen, noch vor Pearl Harbor.«

Reisman nickte, wußte aber nicht, was er antworten sollte. *Vor Pearl Harbor* hörte sich komisch an und sagte ihm nichts. Seine Kriegsjahre reichten viel

zu weit zurück und waren viel zu turbulent, als daß man sie mit einer einfachen und patriotisch klingenden Formel hätte umreißen können. Er wußte nicht, was für Erklärungen er nun abgeben oder ob er überhaupt etwas erklären sollte. Bei seinem Vater verdeckte der Satz zweifellos viele Lücken, über die er gar nichts wußte. Wohl bekam er immer mal eine Andeutung, was sein Sohn diese ganzen Jahre hindurch machte, aber wirklich wissen konnte er es nicht. Über die Anzahl dieser Jahre und Lücken konnte somit auch Leon Osterman nichts wissen. Reisman machte diesen Krieg aus dem gleichen Grunde mit, aus dem er die übrigen mitgemacht hatte. Ostermans echte Sympathie und Anteilnahme beruhten mithin auf falschen Voraussetzungen und waren ihm peinlich.
»Du siehst großartig aus, mein Junge, einfach großartig!« fuhr Osterman fort. Zu Reismans Erleichterung strahlte er wieder übers ganze Gesicht. »Heute bist du natürlich ein Mann und kein Kind mehr, aber ich hätte dich überall wiedererkannt. Und du machst dich! Hauptmann, alle Achtung! Nicht schlecht. Ich wußte, daß es kein Fehler war, dich auf den rechten Weg zu bringen, als du noch ein kleiner Strolch warst. Erzähl mir alles über dich, Johnny. Was, zum Teufel, tust du hier am Ende der Welt?«
»Hoppla, nicht so eilig«, erwiderte Reisman. »Erst müssen Sie mir Ihre Geschichte erzählen, Wachtmeister, dann erzähle ich Ihnen vielleicht meine. Papa hat Ihnen meine Postanschrift gegeben, und gestern erfuhr ich aus London, daß Sie nach mir gefragt hätten. Ich weiß jedoch haargenau, daß niemand Ihnen den Weg hierher beschrieben hat. Es ist strengstens verboten. Wie, zum Teufel, haben Sie mich ausfindig gemacht, und wieso tragen Sie Zivil?«
»Ich bin ein Tourist auf Ferienreise, mein Junge. Es ist *die* Masche. Ich habe den einzigen Job beim Militär, wo sie einen Zivilklamotten tragen lassen, ist das nichts?« erwiderte Osterman. »Sogar Generale müssen sich in ihre Montur zwängen, aber ich und die anderen Jungs aus unserem Haufen dürfen anziehen, was immer für den Job richtig ist.«
»Und da dachten Sie, um in der Provinz Devonshire herumzuschnüffeln und nach Johnny Reisman zu suchen, sei englischer Tweed gerade das Richtige?«
»Ja, so ungefähr.«
»Und fahren dabei ein amerikanisches Militärfahrzeug?«
»Ach, weißt du, das ist das einzige, bei dem ich noch nicht recht weiß, wie ich es austauschen soll.«
Sie mußten beide lachen. Reisman fragte: »Wie kommen Sie überhaupt zum Militär. In Ihrem Alter sind Sie doch bestimmt nicht mehr eingezogen worden. Ich dachte, Sie brächten immer noch die Jungs in Chicago auf Vordermann.«
»Sie brauchten ein paar zähe alte Burschen wie mich, um euch Jungs hier drüben auf Vordermann zu bringen«, erklärte Osterman. »Im ganzen Land suchten sie Freiwillige bei der Polizei. Als ich davon hörte, habe ich mich gemeldet. Familie habe ich nicht, das weißt du ja. Immer noch ein alter Junggeselle. Die sagten oft, ich sei mit der Truppe verheiratet. So machte das also weiter nichts aus. Die Tatsache, daß ich schon 1914 dabei war, als wir

diesen Halunken das erste Mal eins übergebraten haben, hat meine Bewerbung gefördert. Hat bei der Truppe einen guten Eindruck gemacht. Du weißt schon, wenn man GI gewesen ist – allerdings nannten wir uns damals noch Landser – und aktiv in der Amerikanischen Legion, bei den Jüdischen Kriegsveteranen und in einem halben Dutzend Logen tätig war – ich gehörte sogar derselben Synagoge an wie dein alter Herr –, dann sind das für einen Polizeibeamten keine schlechten Referenzen. Im Ersten Weltkrieg bin ich aber nie irgendwo an der Front eingesetzt worden, und das wollte ich nun diesmal. Es steht zu viel auf dem Spiel, als daß man abseits stehen könnte, und auch persönlich betrifft es mich diesmal viel stärker. Ich zittere jedesmal vor Wut, wenn ich an diesen Gangster denke, den Hitler. Ich wollte, ich wäre derjenige, der ihn schnappt, und könnte ihm eins in die Fresse hauen, bevor sie ihn aufknüpfen. Es fällt ja vermutlich nicht in mein Ressort, aber egal, ich arbeite wenigstens daran mit. Einer fängt ihn schon.«

»Man hat Ihnen dann doch bestimmt auch einen Dienstrang verliehen, nicht?« fragte Reisman. »Ich schätze Sie mindestens auf Major oder Oberst. Vielleicht müßte ich Haltung annehmen und Sie mit Sir anstatt mit Wachtmeister anreden.«

»Nee! Bin immer noch Wachtmeister. Aber weißt du, man hat mir tatsächlich eine Beförderung angeboten. Ich sollte Major werden. Wie findest du das, mein Junge? Dann wäre ich dein Vorgesetzter. Wäre das nicht was gewesen! Major Wachtmeister Leon Osterman oder meinethalben Wachtmeister Major Leon Osterman! Ich habe nein gesagt. Mein ganzes Leben lang bin ich Wachtmeister gewesen, wohl an die zwanzig Jahre; und ich habe ihnen erklärt, ich würde nie im Leben wissen, wer gemeint sei, wenn einer ›Herr Major‹ hinter mir herriefe. Darum wollte ich einfacher Wachtmeister bleiben. Statt dessen habe ich mir eine Aufgabe für einen richtigen Polizisten ausgebeten. Die bekam ich dann ja auch beim CID. Ich übernehme einen bestimmten Fall, genau wie ich es in Chicago tat, und bin weitgehend mein eigener Herr. Man hat nämlich eingesehen, daß ich sowieso mehr von dem Geschäft verstehe als die hohen Tiere.«

»Sie sind aber doch nicht im Zusammenhang mit einem bestimmten Fall hier oder doch?«

»Nein. Wie ich schon sagte, ich bin ein Tourist auf Urlaub. Mir standen ein paar Tage zu, und da nahm ich mir vor, mal nach dir zu sehen.«

»Binden Sie mir auch keinen Bären auf?«

»Nein! Du bist ja entsetzlich mißtrauisch geworden auf deine alten Tage. Was treibst du denn hier? Etwas, das mich angeht?«

»Nein, es ist nur so, Wachtmeister, daß ich etwas mache, von dem Sie nichts wissen dürften. Wie haben Sie herausgefunden, wo ich bin?«

»Hast du überhaupt jetzt Zeit, Johnny. Ich meine, können wir uns unterhalten, oder wartet etwas Wichtiges auf dich?« fragte Osterman. Die Stimmen und das Lärmen der Häftlinge, die ihre Zelte aufbauten, drangen zu ihnen herein. Außerdem hatte Osterman einen Blick durchs Fenster geworfen. Reisman wollte es scheinen, als wiche er einer klaren Antwort aus. »Ich meine, ich wollte dich zwar überraschen und so weiter«, fuhr Osterman zu seiner Entschuldigung fort, »weiß aber, daß du zu tun hast, mein Junge. Und wenn ich dich von irgend etwas abhalte, dann brauchst du dich mir gegenüber nicht verpflichtet zu fühlen. Mir kannst du das ehrlich sagen, dann verschwinde ich. Wir könnten uns später im Städtchen treffen. Ich lade dich zu ein paar Drinks und einem guten Essen ein, und wir hätten wirklich Zeit für uns.«

»Ich habe zwar Wichtiges zu tun, aber ich nehme mir die Zeit«, erwiderte Reisman, der seinen wachsenden Ärger zu verbergen suchte. Er stand auf, ging zum Fenster und wieder zurück und blieb abwartend stehen. »Wenn ich Sie eben etwas gefragt habe, dann nicht aus purer Neugier. Es ist sehr wichtig für mich.«

»Natürlich, Johnny, ich habe nichts zu verbergen«, erklärte Osterman mit einem schlauen Grinsen. »Das Ganze war recht spaßig.«

So wie er es erklärte, war die Sache ein Kinderspiel für ihn gewesen – und Reismans einziger Trost lag darin, daß es für jemand anders kein Kinderspiel gewesen wäre. Osterman hatte seine Stellung als CID-Agent ausgenutzt und Reismans Spur über das Feldpostamt bis zum Büro von Major Max Armbruster in der Baker Street verfolgt. Max hatte seine Legitimation geprüft und offenbar keine Übertretung von Sicherheitsvorschriften darin gesehen, Osterman zu Stuart Kinder zu schicken. Das sei die schnellste, wenn auch bewußt noch immer indirekte Möglichkeit, mit seinem »alten Freund aus Chicago« Verbindung aufzunehmen. Kinder, den Osterman »diese Rotznase« nannte, wollte ihn von einer Stelle zur anderen schicken, aber Osterman hatte schon Reismans Namen und die Adresse des Quartiermeisterdepots auf dem Eilbriefumschlag entdeckt, der eben auf den Weg gegeben werden sollte, womit sein Ziel hier mehr oder weniger erreicht war.

»Was haben Sie in London über mich erfahren?« unterbrach Reisman ihn. »Über meine Arbeit und die Einheit hier?«

»Nichts. Warum, zum Teufel, glaubst du, habe ich dir diese ganzen Fragen, die deinen alten Herrn interessieren, gestellt? Die haben ganz schön dichtgehalten da oben – dieser Major mit seinem Schnurrbart und die Rotznase. Da dachte ich mir: Laß sie nur; Hauptsache, du findest ihn und kannst ihn sehen.«

»Was ist mit meinem Standort und den Leuten hier? Was wissen Sie darüber?«

»Nichts. Herrgott noch mal, Johnny, hör dir doch erst mal meine Geschichte zu Ende an. Ich komme jetzt zu dem spannenderen Teil.«

»Sie haben recht. Verzeihen Sie, ich bin gespannt.«

Osterman erzählte, daß er sich ein paar Tage Urlaub genommen habe, die ihm noch zustanden, um zu dem Quartiermeisterdepot zu fahren. An Ort und Stelle habe er erfahren müssen, daß Hauptmann Reisman dort nicht anzutreffen sei, daß es sich vielmehr nur um eine Poststelle und ein Lebensmitteldepot handele. Nun war aber Osterman in dieser Hinsicht ein sehr hartnäckiger Polizist, der nicht die Absicht hatte, sich hinters Licht führen zu lassen. Er zog seinen Dienstausweis, erzählte irgendeine windige Geschichte von einem Schwarzmarktring und drohte nach Art erfahrener Kriminalbeamter dezent mit Folgen. Auf diese Weise bewog er den für Reismans Post und Proviant zuständigen Unteroffizier, ihm zu helfen. Als Bowren vor einem Tag zu der Deckadresse gekommen war, hatte Osterman an einem geschickt gewählten Beobachtungsposten geparkt und war auf ein Zeichen des Unteroffiziers hin dem Lastwagen bis nach Stokes Manor gefolgt. Dort war er an dem Tor vorbeigefahren und dann ins Dorf zurückgekehrt, wo er Erkundigungen eingezogen und übernachtet hatte.

»Man erzählte mir, der Besitz gehöre irgendeinem englischen General, und seine verschrobene Tochter wohne dort ganz allein«, sagte Osterman. »Niemand erwähnte, daß hier in der Gegend Soldaten lägen. Was immer du also zu verbergen hast, mein Junge – du hast dich sehr geschickt angestellt. Ich habe mir aber gesagt: Aufgepaßt, hier stimmt etwas nicht. Und abgesehen davon, daß ich dich besuchen wollte, weil ich es deinem alten Herrn versprochen hatte, schien mir, ich müsse mal herauskommen und nach dem Rechten sehen.«

»Auf solche Weise kann man leicht eine Kugel in den Bauch bekommen«, sagte Reisman. »Und was denken Sie nun, da Sie sich hier umgesehen haben?«

»Das weiß ich noch nicht, Johnny. Vielleicht solltest du mir alles erzählen. Ist es eine krumme Sache?«

Reisman mußte lächeln. »Immer noch der alte Polizist!« schalt er. »Ich bin nicht sicher, ob es eine krumme Sache ist oder nicht – jedenfalls nicht so, wie Sie meinen. Sie haben übrigens nicht zufällig am Gutshaus gehalten?« fragte er plötzlich.

»Nein. Sobald ich durch das Tor kam, sah ich, wo die Wagen vom Weg abgebogen waren, und bin ihrer Spur gefolgt. Und da bin ich nun – die große Überraschung. Die Warterei fing gerade an, mich zu langweilen, als du mit deinen Pfadfindern ankamst. Das ist ja ein netter Haufen, Johnny! Was, um alles in der Welt, treibst du hier?«

»Es ist ein Ausbildungsexperiment«, sagte Reisman. »So 'ne Art Härteprüfung ... darum sind Ihnen vermutlich einige ziemlich verwildert vorgekommen. Das ist die Testgruppe. Die übrigen sind die Standardgruppe. Sie werden miteinander verglichen. Das Experiment unterliegt der Geheimhaltung, darum kann ich Ihnen nicht viel mehr darüber sagen.« Reismans Stimme klang beinah so, als wolle er sich rechtfertigen, und er bemühte sich um einen beiläufigen Ton.

»Komm, Johnny, verschone mich mit so 'nem Quatsch«, sagte Osterman. Er stand auf und trat ans Fenster. »Ich rieche einen Sträfling zehn Meilen gegen den Wind. Ich erkenne ihn an seinem Blick, seinem Gang und daran, wie er stinkt, von innen und von außen. Du willst nicht reden ... du darfst nicht reden ... in Ordnung. Vielleicht hätte ich meine Nase nicht hier 'reinstecken sollen. Aber versuche nicht, deinen alten Wachtmeister für dumm zu verkaufen. Von den Kerls da draußen sieht die Hälfte so aus, als käme sie aus Sing-Sing oder Joliet.«

»Und ich, Wachtmeister?« fragte Reisman abwehrend. »Sehe ich auch wie ein Sträfling aus?«

»Du siehst großartig aus«, erwiderte Osterman und drehte sich wieder um. »Das habe ich dir ja schon gesagt. Ich werde deinem alten Herrn Gutes zu berichten wissen.«
»Aber hätte ich nicht auch ein Sträfling werden können, Wachtmeister? Oder vielleicht hätte aus mir einer werden sollen?« Reisman hatte noch nicht ausgesprochen, da tat es ihm schon leid. Doch noch während er sprach, wurde ihm bewußt, daß er diese Sätze weder aus dem Nichts heraufgeholt noch als belanglosen Gesprächsvorwand von sich gegeben hatte. Vielmehr kam darin etwas zum Ausdruck, was all die Jahre an ihm genagt hatte. Und eben das war es, was ihn bei Übernahme dieses Kommandos anfänglich so belastet hatte.
»Du bist nicht der Typ dazu, Johnny«, sagte Osterman, der ihn mit gutmütigem Spott ansah. »Darum habe ich meinen Kopf ja auch für dich hingehalten und dir geholfen. Was du als junger Bursche damals in Chicago getan hast, war kein Verbrechen; sonst hätte ich dir nicht geholfen. Was du getan hast, mußtest du tun – weil du Schneid hattest, ein ganzer Kerl warst ... nenn es, wie du willst ... und es war richtig. Und was ich getan habe, habe ich getan, weil es eine bessere Lösung nicht gab. Entscheidend waren die Jahre danach. Und du hast ja gesehen, niemand hat einen Schaden davon gehabt. Niemand hat je etwas davon erfahren.«
»Ausgenommen Sie und ich ... und mein Vater«, sagte Reisman. Durch Ostermans Worte wurde ihm plötzlich klar, daß einer der Gründe, weswegen er sich auf Gedeih und Verderb mit dem dreckigen Dutzend eingelassen hatte, in seinem Bestreben lag, den unschätzbaren Dienst, den Osterman ihm erwiesen hatte, abzugelten und dadurch seine eigene Schuld wiedergutzumachen. Er ging ja sogar so weit, daß er versuchte, die Schuld seiner Häftlinge in Unschuld zu verwandeln, das Untilgbare zu tilgen und Verkommenheit und Ehrlosigkeit in Stolz und Ruhm zu verkehren.
»Es läßt dir immer noch keine Ruhe, stimmt's, mein Junge?« unterbrach Osterman seine Gedankenkette.
Ja! hätte Reisman am liebsten hinausgeschrien. Doch ging es ja nicht nur – wie Osterman vermutlich dachte – um einen Rest von Schuldgefühl, weil er als hysterischer sechzehnjähriger Junge in Notwehr einen Totschlag begangen hatte. Nein, viel tiefer wurmte ihn die Feigheit, die dem Totschlag vorangegangen war und die er sich nie verziehen hatte ... Genauso nagte es an ihm, daß er sich den Folgen nicht gestellt hatte; daß er davongelaufen war, weil Osterman das für ihn so arrangiert hatte und weil er den Fall verschleiert hatte, so daß dann in der Presse von der Tat irgendeines Gangsters die Rede war. Auch die Schuld an den vielen *rechtmäßigen* Morden, die er seitdem begangen hatte, fraß an ihm, mochte ihn auch das Verlangen nach Rechtfertigung dazu getrieben haben.
»Läßt es Ihnen denn vielleicht Ruhe?« wehrte Reisman sich. »Sind Sie nicht deswegen hier? Haben Sie nicht deshalb meinen Vater immer nach mir gefragt? Haben Sie ihn nicht darum aufgesucht und nach meiner Adresse gefragt? Um sich zu vergewissern, daß Sie damals recht gehandelt haben?«
»Doch, da magst du wohl recht haben, mein Junge, aber ich hätte nicht

gedacht, daß du nach all den Jahren daraus noch eine Staatsaffäre machen würdest. Wäre es dir lieber gewesen, ich hätte dich angezeigt, hätte eine Akte angelegt, und du wärst vor Gericht gestellt worden? Man hätte dich sowieso laufenlassen, denn kein Gericht und kein Richter in der ganzen Welt hätten dich wegen einer in Notwehr begangenen Handlung verurteilt. Aber wenn du in Chicago geblieben wärst und dein Name in die Sache hineingezogen worden wäre – ob nun Notwehr vorlag oder nicht –, dann wäre dein Leben keinen Pfifferling mehr wert gewesen. Ich hätte dir nicht mehr helfen können und der ganze Kommiß auch nicht. Der Pöbel, mit dem der Bursche umging, hätte sich an deine Fersen geheftet und vielleicht auch an die deines Vaters. Was soll's also? Laß doch die ollen Kamellen. Und jetzt sag mir, sehen wir uns nachher in der Stadt?«
»Nein. Ich möchte Ihnen von diesem Lager und den Männern darin erzählen«, sagte Reisman – und er war von seinen Worten ebenso überrascht wie Osterman. »Ich möchte, daß Sie hierbleiben – und mir helfen.« Er konnte Osterman vertrauen, dessen war er ganz sicher. Der hatte gerade genug von einem Gauner an sich, um ehrenhaft zu sein.

»He, Papst!« rief einer der Militärpolizisten. »Der Chef will Sie sprechen.«
Odell krabbelte aus seinem Zelt, wo er auf ein paar Minuten Ruhe vor dem Essen gehofft hatte. Er haßte es, so genannt zu werden: *Papst Innozenz* – und sie nannten ihn alle so, Wachen und Häftlinge; sie spotteten über ihn, weil er unschuldig war. Odell ging mit dem Wachsoldaten in die Baracke und betrat Hauptmann Reismans Büro.
»Ich möchte, daß Sie einmal mit diesem Herrn hier sprechen«, sagte Reisman, ohne sich mit einer Vorstellung aufzuhalten. »Er wird Ihnen ein paar persönliche Fragen stellen – über die Ereignisse damals in Glasgow und über Ihr Kriegsgerichtsverfahren. Wir wollen Ihnen helfen. Wir wollen alles tun, was wir können, um Ihre Behauptung, daß Sie unschuldig sind, zu prüfen.«
Die Eröffnung kam für Odell so plötzlich, daß ihm das Herz mächtig gegen die Rippen schlug und bis in seine Ohren hinaufdröhnte.
»Es wird viel Zeit erfordern«, fuhr der Hauptmann fort, »und schrauben Sie Ihre Hoffnungen nicht zu hoch. Glauben Sie mir, Odell, wenn Sie die Wahrheit sagen, dann kann dieser Mann Ihnen helfen, und wir werden tun, was wir können, um Ihren Fall aufzuklären. Wenn Sie nicht die Wahrheit sprechen, können Sie sich nur selbst helfen.«
Odell wurde seltsam zumute; Nase und Kehle waren ihm wie zugeschnürt, und das Wasser stieg ihm in die Augen. »Ich sage die Wahrheit, Sir«, preßte er heiser hervor.
»Sie dürfen niemandem etwas von dieser Begegnung und dem Gespräch erzählen, verstehen Sie mich?« fragte Reisman.
»Ja, Sir. Ich verstehe, Sir.«
Nun griff Leon Osterman ein, und zu beobachten, wie geschickt er die Sache anfing, war für Reisman eine Offenbarung.
»Erzählen Sie mir ein wenig von sich, Mike«, sagte Osterman. »So heißen Sie doch, nicht wahr – Mike?«

»Nein, Sir. Ich heiße Myron.«
»Nun«, meinte Osterman lächelnd, »aber ein durchtrainierter Bursche sind Sie, scheint mir.«
»Oh, ich habe in den letzten Wochen während der Ausbildung durch den Hauptmann viel gelernt. Vorher war ich nicht besonders trainiert. Er hat mir 'ne Menge beigebracht.«
Odell lächelte Reisman dabei schüchtern an, und Reisman wußte nicht, ob das echt oder geheuchelt war.
»Ich wette, wenn Sie in die Badewanne stiegen und sich den Bart abrasierten, dann sähen Sie aus wie ein Hollywoodstar!« scherzte Osterman.
Odell zuckte die Achseln, trat verlegen von einem Fuß auf den anderen und wurde tatsächlich rot. Er war jetzt nicht mehr imstande, sich, wie er gehofft hatte, zu verstellen. In seiner gelockerten Haltung reagierte er offen und natürlich.
»Sie müssen wissen, Myron, daß ich jahrelang mit jungen Leuten wie Sie zu tun hatte«, sagte Osterman. »Vielen habe ich helfen können. Nur eins verlange ich, und zwar: daß Sie nicht Versteck mit mir spielen. Sagen Sie die Wahrheit, die ganze Wahrheit und nichts als die Wahrheit, wie es bei Gericht so schön heißt. In einer Klemme zu sitzen ist nur halb so schlimm, als wenn man versucht, sich herauszulügen. Das geht immer schief. Man macht einen Fehler – schön. Dann ist es das beste, der Tatsache ins Auge zu sehen. Man sitzt seine Zeit ab und macht den Fehler nie wieder. Nun erzählen Sie mir mal Ihre Geschichte und was Sie da in Glasgow gemacht haben.«
Glasgow? Odell schien sich kaum daran zu erinnern, daß er jemals dort gewesen war. Das war eine andere Welt, und der Odell von Glasgow war möglicherweise ein anderer Mensch. Doch erzählte er jetzt frei und ungehemmt die Geschichte dieses anderen Menschen. Er erzählte sie dem fremden Mann im Tweedanzug, der ihm eine väterliche Festigkeit, Güte und Anteilnahme entgegenbrachte.
Odell war bei der Sanitätstruppe. Er hatte nämlich seinerzeit, als er in den Staaten einberufen wurde, allen Offizieren und Unteroffizieren bei der Musterung gesagt, dort gehöre er hin, und dort könne er seinem Vaterland und dem Militär am besten dienen. Davon war er auch wirklich überzeugt, denn er wußte, einen anderen Truppenteil, wo geschossen und bombardiert wurde und wo man kämpfen und töten lernen mußte, hätte er nie wählen können. Zwar war er sich darüber klar geworden, daß auch Sanitäter an die Front mußten und manchmal in eine schlimmere Lage kamen als die Soldaten, denen sie helfen wollten, daß sie verwundet werden und fallen konnten; aber damit würde er sich schon abfinden, wenn es einmal soweit käme. Doch rechnete er damit gar nicht. Er würde auch alles tun, um es zu vermeiden. Hauptsache, er brauchte nicht mit einem Gewehr in der Hand in den Kampf zu ziehen, um Menschen zu töten und zu verstümmeln, und brauchte sich keinem Feind auszusetzen, der es mit ihm genauso machen durfte. Entgegen der militärischen Gepflogenheit hatten die Leute bei der Musterung ihm ebenfalls geglaubt, und er war tatsächlich der gewünschten Truppengattung zugeteilt worden, wo er auch wirklich gut am Platz war.

Nach seiner Sanitätsausbildung machte man ihn zum Krankenpfleger. Er stellte sich recht geschickt dabei an und brachte es in kurzer Zeit zum Obergefreiten, womit sein militärischer Ehrgeiz gestillt war. Es machte ihm nichts aus, mit Kranken und Verletzten umzugehen. Allerdings mußte er in einem Lazarett, in dem er stationiert war, zum erstenmal Verwundete behandeln, und das ging ihm doch an die Nieren. Ihre Schmerzen, ihre zerschossenen Körper und ihre Erinnerungen, die sie sich gegenseitig erzählten oder in ihren Alpträumen hinausschrien, erfüllten ihn mit Angst: Was würde ihn draußen an der Front erwarten?

In seiner Freizeit blieb er meistens für sich allein. Gewöhnlich hielt er sich in den Unterkünften auf, ging ins Kino oder trieb sich ziellos in Tagesräumen, Soldatenklubs und Marketenderläden herum. Manchmal wanderte er allein durch die Städte und starrte Dinge und Leute an – verstohlen und seltsam verquer, mit raschen, nervösen Blicken, um nur ja kein Interesse zu zeigen oder zu wecken. Er sehnte sich ein wenig, aber wonach, wußte er selbst nicht. Seinen Dienst versah er gewissenhaft, und allem Ärger ging er aus dem Wege. Er freundete sich mit keinem der Soldaten an und lief auch nicht wie sie den Frauen nach. Doch lauschte er im Lazarett und in der Unterkunft begierig den Geschichten von sexuellen Eroberungen. Daß er nicht besonders beliebt war, wußte er wohl, und daß einige der Männer, mit denen er zusammen arbeitete, ihn komisch fanden oder glaubten, mit im stimme etwas nicht, wußte er ebenfalls. Manche stellten sogar seine Männlichkeit in Frage, mit gemeinen Anspielungen, die ihn wütend machten und ihn beinah in Schlägereien verwickelten. Aber er ließ es nie soweit kommen. Ehe er ganz an den Punkt gelangte, wo es einem Mann oder einer Frau gegenüber darauf ankam, wich er aus. Später vermutete er, daß derlei Dinge vielleicht bemerkt und von Offizieren und Unteroffizieren in einer Geheimkartei festgehalten wurden.

Gern ging er nicht nach Übersee. Das bedeutete ja, daß er der Wirklichkeit des Krieges, der bevorstehenden Invasion und der Prüfung, die er nicht bestehen würde, näher rückte. Doch er hatte nicht die Möglichkeit, seine Verlegung zu verhindern. Man brauchte ausgebildete Sanitäter, um in Europa die Planstellen zu besetzen, und es gab keinen Vorgesetzten, der ihn so gern gemocht hätte, daß er ihn an seinem Heimatstandort gehalten hätte. Letztlich war es ihm auch gleich.

Nachdem er in dem schottischen Hafen Greenock an der Clydebucht ausgeschifft worden war, wurde er dank einem jener Zufälle, die das Schicksal oder militärische Stäbe für einen bereithalten, einer kleinen Sanierungsstation zur Verhütung von Geschlechtskrankheiten in Glasgow zugeteilt und nicht einer der Invasionseinheiten, wie er befürchtet hatte. Darüber war er zuerst ganz froh.

Soldaten, die mit einer Frau Verkehr gehabt hatten, kamen hinterher zur Behandlung in die Sanierstube. Manche kamen offen und selbstverständlich, aus freien Stücken oder auf Befehl oder beides; andere schlichen sich verlegen herein, mehr oder weniger zufällig und weil sie glaubten, es sei schließlich besser, von der günstigen Möglichkeit Gebrauch zu machen; wieder andere torkelten betrunken herein, abscheuliche, ordinäre Gestalten, die froh waren,

ihr Ziel gefunden zu haben; oder sie kamen entsetzt angerannt, weil ihnen die gruseligen Mickymaus-Aufklärungsfilme einen Schrecken eingejagt hatten. Odell mußte diesen sexuell befriedigten, selbstzufriedenen Prahlhänsen – manchmal waren es auch aufsässige, überängstliche oder traurige Vertreter der amerikanischen und alliierten Streitkräfte – Vorbeugungsmittel verabreichen, beziehungsweise ihnen helfen, dies selbst bei sich zu tun. Bei der innerlichen Prophylaxe wurde eine halbflüssige Schwefelsalbe in den Penis gespritzt; bei der allgemeinen äußerlichen rieb man Hoden und Schamzone mit der äußerst klebrigen Salbe ein. Für Odell war es ein seltsamer Ort. Nie gewöhnte er sich hier richtig ein, und obwohl er sich den traurigen und ängstlichen Typen nahe fühlte, beunruhigte ihn der Anblick dieser Weiberhelden und flößte ihm Furcht ein.
Die Station blieb vierundzwanzig Stunden geöffnet, obwohl jeweils immer nur ein Sanitäter dort Dienst tat. Odell arbeitete in verschiedenen Schichten, und meistens herrschte ein munterer Betrieb, der zwar bis gegen drei Uhr nachts zu einem kärglichen Tröpfeln wurde, aber in der Morgendämmerung wieder auflebte. Dann erhoben sich die Soldaten aus den fremden Betten, den Quartieren und Gossen, um zum Weckruf und zu ihren militärischen Pflichten zu eilen. In den Vormittagsstunden, wenn die Frauen ohne Zweifel ihren wohlverdienten und notwendigen Schlaf gefunden hatten, ging das Geschäft erneut bis nahe an den Nullpunkt zurück.
Penisse! Das vor allem war es, woran er sich erinnerte, wenn er an Glasgow zurückdachte. Tausende und aber Tausende behaarter männlicher Geschlechtsteile – kurze Penisse und lange, beschnittene und unbeschnittene, dicke und dünne, dunkle und helle – verhöhnten ihn, denn er selbst war in dieser Beziehung ein Schwindler, der von dem seinen nie den rechten Gebrauch gemacht hatte.
Mit der Zeit zermürbte ihn seine Arbeit, machte ihn nervöser, niedergeschlagener und reizbarer denn je. Er versuchte, genügend Mut aufzubringen, um eine Versetzung zu beantragen – obwohl ihm der Gedanke, daß er zu einer Fronteinheit kommen könnte, schrecklich war.
Etwa zu dieser Zeit tauchte das arme schwachsinnige Mädchen zum erstenmal in der Sanierungsstelle auf. Sie kam während einer der Flauten, da er Gott sei Dank völlig allein war, niemanden zu versorgen hatte und im Vorzimmer der Ambulanz eine Zeitschrift las, vielleicht auch vor sich hin döste. Seine erste Reaktion waren Schreck und Verlegenheit darüber, daß er hier, an diesem Ort, eine Frau sah und von ihr gesehen wurde. Dann bemerkte er ihr verstörtes Aussehen, ihre wirren Reden, und erschrak noch mehr. Hinterher, als ihm bewußt wurde, daß sie an einem geistigen Defekt litt, vermutlich schwachsinnig war, tat sie ihm leid. In seinem Mitleid schwangen Teilnahme und Zuneigung mit, etwas von der Haßliebe, wie sie der eine Krüppel wohl für den anderen empfinden mag.
Sie sah verwahrlost aus. Das dunkle Haar hing ihr ins Gesicht und fiel ihr bis auf die Schultern herab. Gesicht, Hände und die abgetragene Kleidung waren schmutzig. Sie sprach seltsam undeutlich und stammelnd, so daß er sie zuerst nicht verstand und dachte, sie hätte vielleicht einen Unfall gehabt oder sei

überfallen worden und bitte um Hilfe. Sie war groß und füllig, aber ihr Alter konnte er nur schwer schätzen. In ihrem Gesicht kämpfte Unschlüssigkeit mit stockendem Mitteilungsdrang; dadurch wirkte es belebt. Dem Ausdruck ihres Gesichts und ihrer Augen nach konnte sie ebensogut fünfzehn wie fünfundzwanzig sein – doch was wußte er schon über Alter und Probleme von Frauen und Mädchen. Erst später, bei seiner Kriegsgerichtsverhandlung, hörte er, wie man sie als geistesgestörtes, unberührtes junges Mädchen von neunzehn Jahren beschrieb – allerdings hielt niemand es für notwendig, ihn, Odell, als einen seelisch gestörten, unberührten jungen Mann zu beschreiben, der nicht genau wußte, ob er dreiundzwanzig oder vierundzwanzig Jahre alt war.
Als er endlich seine Bestürzung beim Anblick dieser weiblichen Erscheinung überwunden hatte und begriff, was sie zu ihm sagte, erschrak er womöglich noch mehr und wurde tödlich verlegen. Sie fragte, ob dies hier die Stelle sei, wo ein Mädchen hingehen könne, um einen Freund zu finden, der sie liebe und ihr die Liebe zeige.
Irgend jemand mußte ihr das eingeredet oder sie hergebracht haben, sagte sich Odell hinterher. Vielleicht war es der grausame und herzlose Scherz eines Soldaten, dem sie ihren einfältigen Antrag gemacht hatte. Doch das sollte er nie erfahren. Sein erster Impuls war, sie schleunigst aus der Sanierungsstation hinauszubefördern. In herrischem, wenn auch leicht aufgeregtem Ton befahl er ihr, nach Hause zu gehen. Tatsächlich machte sie eingeschüchtert kehrt und trippelte zur Tür hinaus. Als er ihr jedoch nachging, um zu sehen, ob sie auch wirklich verschwand, lungerte sie, immer noch verstört, auf der Straße herum und sammelte Mut zu einem neuen Versuch. Odell war bei diesem Anblick ganz sonderbar zumute. Kaum je hatte ein Mensch ihn fühlen lassen, daß in seiner schwächlichen Stimme und seinem unsicheren Auftreten überhaupt so viel Autorität liegen konnte.
In diesem Augenblick kam seine Ablösung. Als der Mann das seltsame Bild sah – den Kameraden an der Tür und das schlampige Mädchen auf der Straße –, warf er ihm einen anzüglichen Blick zu und machte eine alberne Bemerkung: »Ach, das ist wohl deine kleine Freundin, was, Myron? Ich hab's ja immer gesagt, daß du nicht andersrum bist, wie alle meinen.«
Beschämt und wütend ging Odell in die Ambulanz zurück. »Sie ist nicht meine Freundin«, sagte er mit Nachdruck zu dem Kollegen. »Sie wollte sich hier jemanden aufgabeln. Dich vielleicht!«
Der andere ließ sich auf den Stuhl fallen, auf dem Odell gesessen hatte. Er legte die Füße auf den Schreibtisch und nahm sich die Zeitschrift, in der Odell gelesen hatte. »Los, verdufte«, sagte er lachend. »Du bist abgelöst. Jeder nach seinem Geschmack. Wenn du willst, kannst du eins der Hinterzimmer benutzen. Ich gucke schon nicht zu. Eine Weile wird es noch ruhig bleiben. Falls nicht, erhebe ich Eintritt, und die Einnahme teilen wir uns.«
Odell fluchte, aber der Mann blieb lässig auf dem Stuhl sitzen und hänselte ihn weiter: »Nun mach schon, Myron, bevor ein anderer sie dir wegschnappt.«
»Siehst du denn nicht, daß das arme Ding krank ist?« erwiderte Odell im Hinausgehen. Das Herz hämmerte ihm in der Brust, und er fühlte sich selbst

fast krank. Das Mädchen stand noch draußen. »Geh nach Hause!« rief er ihr zu. »Geh nach Hause und wasch dich, Herrgott noch mal ... kämm dich und zieh dir ein sauberes Kleid an!«
Verängstigt stand sie im Morgengrauen auf der Straße, versuchte aber zu verstehen, was er ihr sagte. Dann lächelte sie ihn an.
»Geh nach Hause!« schrie er. »Oder ich rufe die MP, ich rufe die Polizei!«
Zielstrebig und mit entschlossenem Gesicht trippelte sie davon. Sie tat Myron entsetzlich leid. Er ging in die entgegengesetzte Richtung und erreichte über einen Umweg seine Unterkunft. Wo wohnte sie wohl? Wer mochte sie sein, und was konnte ihr fehlen? Möglicherweise kam sie in die Sanierungsstation zurück, und sein Kollege mit weniger Hemmungen nutzte die Situation aus. Auf seinem Bett fiel Odell in einen unruhigen Schlaf. Durch seine Träume geisterten sexuelle Bilder, in denen das Mädchen und die Frau aus dem Waisenhaus, die einzige Frau, die er je nackt gesehen hatte, zu einer Person verschmolzen. Morgens schreckte er aus dem Schlaf hoch; ein Zittern durchlief ihn. Sein Schlafanzug war naß. Zum erstenmal seit vielen Jahren hatte er wieder eine Pollution gehabt. Er schämte sich sehr und hatte Angst.
Schon das nächste Mal, als Odell Dienst hatte, kam das Mädchen wieder zur Sanierstube. Jetzt kannte sie seinen Namen. »Meirun ... Meirun!« sagte sie, ganz aufgeregt darüber, daß sie ihn wiedererkannte. Diesmal mußte jemand sie angestiftet haben, wenn nicht beim erstenmal auch schon – wahrscheinlich einer oder mehrere von den Sanitätern oder den Soldaten, die öfter die Ambulanz aufsuchten. Vermutlich war sie während seiner Abwesenheit zurückgekommen, hatte in ihrer erbarmungswürdigen Vernarrtheit nach ihm gefragt, und man hatte ihr eingebleut, wann sie wiederkommen und was sie sagen solle. Obwohl Odell wußte, daß es besser wäre, sie zu verjagen, tat er es nicht. Sie hatte tatsächlich befolgt, was er ihr am Tage vorher zugeschrien hatte. Zwar war sie auch jetzt noch alles andere als hübsch, aber doch sauber geschrubbt, und das nußbraune Haar war nicht mehr glanzlos und strähnig, sondern es schien gewaschen und gebürstet zu sein und fiel ihr nett in den Nacken und auf die Schulter. Ihr Kleid, das sie stolz vorzeigte, kaum daß sie den schäbigen Mantel abgelegt hatte, war eine glitzernde Cocktailangelegenheit.
Mit klopfendem Herzen sagte Odell ihr, sie solle sich setzen. Dann ging er hinaus auf die Straße, um sich zu vergewissern, ob auch niemand auf der Lauer liege, der sich einen Spaß daraus machte, das Mädchen abermals hinausfliegen zu sehen oder mit gemeinen, höhnischen Verdächtigungen über sie beide herzufallen. Auf der Straße war nicht viel Betrieb, wie ja auch die Sanierstation jetzt ihre ruhige Zeit hatte. Odell ging wieder hinein und wußte wirklich nicht, was er jetzt tun oder sagen sollte. Er sah das Mädchen an, das ihm zulächelte, nervös mit den Händen über ihr Kleid strich und den Saum über die Knie zog, um einen züchtigen Eindruck zu machen.
»Wie heißt du?« fragte Odell beklommen. Er saß auf der Tischkante und sah an dem Mädchen vorbei auf einen Fleck an der Wand. Ihr in die Augen zu schauen, brachte er nicht fertig, und wenn er den Blick senkte, würde er auf ihre nackten, weißen Beine und Knie und auf ein Stück des fleischigen Ober-

schenkels sehen. Sie hatte sich nämlich zur Seite gebeugt, um ihren Mantel über einen anderen Stuhl zu hängen, und dabei war ihr der Rock hochgerutscht. Nun setzte sie sich wieder gerade und starrte ihn an. Ihr Mund stand offen; eifrig lächelte sie ihn an. »Cath–erine ... Cath–erine ... Kat–ze ... Kat–ze ...«, sagte sie.
»Du heißt also Catherine ... und du bist eine Katze«, sagte Odell. Er kicherte, um seine Aufregung zu verbergen, und freute sich über seine Antwort.
Sie nickte und sagte: »Ja, ja.«
Eine Weile sprachen sie so miteinander. Von Minute zu Minute schien sie ruhiger zu werden – und Odell zu seiner Überraschung auch. Sie redete jetzt klarer und lallte nicht mehr so. Er fragte sie, wo sie wohne. Sie deutete mit der Hand nach draußen und nannte einen nahe gelegenen Stadtteil. Ob sie Eltern und Geschwister habe. Sie bejahte. Nie sprach sie von sich aus – abgesehen von der erschütternd arglosen Aufforderung ihres Gesichts, ihrer Augen und ihres Körpers. Doch wenn er sie etwas fragte, gab sie bereitwillig Antwort, als sei sie dankbar, sich einmal mit jemandem unterhalten zu können. Nein, ihre Familie wisse nicht, wo sie sei – wenn sie auch inzwischen bestimmt gemerkt habe, daß sie fort sei, und vielleicht nach ihr suche, um sie zu holen und zu bestrafen; denn keiner habe sie wirklich lieb und sei nett zu ihr.
»Ich weiß, wie das ist«, sagte Odell leise. In seiner schrecklichen Einsamkeit, in der Erinnerung an seine liebeleere Jugend fühlte er sich zu ihr hingezogen. Gleichzeitig machten ihre Worte ihn nervös und vorsichtig, denn auf keinen Fall wollte er wegen einer für ihn völlig harmlosen Situation Ärger haben. Als er sie fragte, warum sie hergekommen sei und was sie wolle, wiederholte sie, was sie schon am Tage vorher gesagt hatte: daß sie einen Freund suche, der sie liebe und ihr die Liebe zeige. Diesmal jedoch bekam er aus ihr heraus, daß sie zwar das Bedürfnis habe, ihr Liebesverlangen zu stillen, daß es aber nicht ihr eigener Einfall gewesen sei, hierherzukommen. Ein paar Soldaten hätten ihr gesagt, wohin sie gehen müsse. Er fragte sie, ob sie nicht zu Hause schon einen Freund habe oder vielleicht unter den Soldaten. Sie schüttelte den Kopf und machte ein ganz trauriges Gesicht.
»Weißt du gar nichts von Männern?« fragte Odell mit zitternder Stimme. »Von der Liebe?«
Sie schlang ihre Arme fest um ihre Schultern, wiegte und liebkoste sich mit geschlossenen Augen und spitzte die Lippen zum Kuß. Zitternd streckte Odell die Hand aus und hätte sie in diesem Augenblick vielleicht zärtlich berührt; doch da hörte er draußen plötzlich lärmende Stimmen und das Dröhnen von Stiefelschritten auf dem Straßenpflaster. Besorgt lief er zur Tür. Zwei Soldaten kamen auf die Station zu; sie hatten einander den Arm um die Schultern gelegt, torkelten betrunken dahin und grölten: »Ein dreimal Hoch ... ein dreimal Hoch ... ein dreimal Hoch dem Sanitätsgefreiten Neumann ...«
Aufgeregt lief Odell in den Warteraum zurück. »Geh nach Hause! Es kommt jemand! Du mußt weg!« rief er.
Sie schüttelte den Kopf und lächelte ihn unentwegt eifrig an. Die Männer

waren praktisch schon am Eingang. In panischer Angst ergriff Odell das Mädchen samt ihrem Mantel und zog sie hastig vom Stuhl hoch. Er war unschlüssig, ob er sie in einem der Behandlungszimmer verstecken oder den Gang hinunter zu dem verriegelten Hinterausgang schicken sollte, der auf eine Seitengasse führte und nie benutzt wurde. Oder sollte er sie mit gespielter Empörung an den Soldaten vorbei hinauswerfen? »Komm schnell!« befahl er und nahm ihre feuchte Hand.

Doch es war schon zu spät. Die Soldaten kamen herein und sahen sie. »Na so was! Ist ja der reinste Bums hier, Jungchen!« rief der eine mit einem anzüglichen Blick auf Odell und das Mädchen. »Toll ist sie ja nicht, aber eine günstige Gelegenheit hast du hier. Mann, wie bist du bloß an so'n Job gekommen?«

»Gib du *ihm* 'ne Spritze«, sagte der andere Soldat und zeigte kichernd auf Odell und dann auf seinen Kameraden. »Ich gebe *ihr* eine!«

Das Mädchen lächelte sie alle an. Odell stellte sich zwischen sie und die Soldaten. Er zeigte auf die offene Tür zu einem der Ambulanzzimmer, wo Schalen mit sterilisierten Instrumenten auf dem Tisch standen; dahinter lag eine Duschkabine mit Waschbecken und Klosett. »Dort hinein mit euch beiden, und macht euch fertig!« bestimmte er mit aller Strenge und Entschlossenheit, deren er fähig war. »Macht die Tür hinter euch zu.«

Zu seiner Überraschung murmelte der eine: »Jawohl, Obergefreiter, nich' gleich wütend werden. Haben ja nur Spaß gemacht.« Beide gingen widerspruchslos in das andere Zimmer und schlossen die Tür hinter sich. Odell hörte, wie sie beim Ausziehen lachten und herumalberten.

Er nahm das Mädchen wieder bei der Hand und brachte sie in ein anderes Zimmer. Sie umklammerte seine Hand und folgte ihm ohne Widerrede. Es war ein einfacher, weißgestrichener Raum, der von einer weißen Kugellampe erhellt wurde wie in einer Klinik. Die Einrichtung bestand aus einem Stahlbett, ein paar Stühlen, einem Tisch, auf dem Schalen mit Vorbeugungsmitteln standen, und schließlich noch einem Erste-Hilfe-Schränkchen mit Medikamenten, Verbandszeug und einigen Operationsmessern und -scheren. »Warte hier und sei ruhig«, flüsterte er heiser, wobei ihn plötzlich der Gedanke durchzuckte: Mein Gott, was tue ich denn! Die Luft ist doch rein, und ich werfe sie nicht hinaus? »Wenn du einen Ton sagst oder wenn du herauskommst, bevor ich dich rufe, hole ich die MP. Dann hole ich die Polizei. Hast du mich verstanden?« Er legte einen Finger an die Lippen, um zu betonen, daß niemand von ihrem heimlichen Spiel erfahren dürfe, und sie machte es ihm nach. Sie war so willig, so hungrig nach Liebe, ja sie war krank. Genau wie er selbst. Aber würde sie zulassen, daß er sie bloß nackt sah, daß er noch einmal an den Punkt zurückkehrte, an dem sein Unglück begonnen hatte? »Oder willst du einen von den Soldaten?« platzte er heraus. Wenn er einmal erlebte, wie es überhaupt war, vielleicht würde er dann die Angst verlieren. Vielleicht war das der Anfang, den er brauchte.

Sie schüttelte heftig den Kopf und ließ ihr langes Haar um Gesicht und Schultern flattern. »Dich ... Meirun ... Meirun!« sagte sie aufgeregt. Sie umschlang seinen Arm und versuchte, ihn zu streicheln. Beide waren gleich

groß und gleich kräftig. Nur mit Anstrengung konnte er sich von ihr losreißen, doch nicht bevor sie ihm ihre feuchten Lippen auf die Wange gedrückt hatte. Die Berührung der Frau und ihr warmer, feuchter Atem jagten ihm einen Schauer über den Rücken.
»Also gut ... aber du mußt ruhig sein!« stammelte er und bemühte sich, leise zu sprechen. Er hielt ihr den Mund zu, und sie biß ihn in die Hand; ihre Augen sahen ihn verlangend an. Er zog die Hand zurück. »Sei um Himmels willen leise, oder wir kriegen Scherereien! Warte hier und mach keinen Lärm. Sowie ich die beiden los bin, komme ich.« Dann taumelte er hinaus und zog die Tür fest ins Schloß. Das Herz schlug ihm bis zum Hals hinauf. Er fühlte sich so schwach, daß er kaum geradeaus sehen konnte. Um sich zu beruhigen, atmete er ein paarmal tief ein.
Da ging die Tür zu dem Behandlungszimmer auf, in dem die beiden Soldaten warteten: »He, Obergefreiter, ich will ja nicht drängen, aber wir müssen wieder weg!« rief der eine.
»Tut mir leid«, erwiderte Odell, »aber ich mußte erst das Mädchen hinauswerfen. Sie ist jetzt schon zum zweitenmal hier aufgetaucht und macht Ärger.«
»Jesses, Obergefreiter, die will doch was von Ihnen. Warum legen Sie sie also nicht aufs Kreuz? Oder soll ich's für Sie tun? Ich bin nicht so wählerisch.«
Die beiden standen nackt in der Tür zum Behandlungszimmer und hielten sich schwankend aneinander und am Türrahmen fest. Obgleich Odell am ganzen Leib zitterte und unfähig war, sich zu konzentrieren, gelang es ihm irgendwie, den beiden bei ihrer Behandlung zu helfen. Diesmal war ihm die Sache so widerlich, daß er meinte, er müsse sich erbrechen.
Endlich gingen sie, und er war allein. Und hinter der geschlossenen Tür wartete das seltsame Mädchen auf ihn. Immer noch erregt, aber doch ruhiger als vorher, ging er hinüber und bemühte sich, vernünftig nachzudenken. Dann kehrte er um, lief zum Eingang zurück und schloß ab. Zum Teufel damit. Sollten sie seinetwegen woandershin gehen oder ihre blöden Schwänze verfaulen lassen.
Als er die Tür zu dem Zimmer aufmachte, stockte ihm der Atem. Der leicht stechende Schmerz, den er in der Leistengegend verspürt hatte, wurde plötzlich heftiger und peinigte ihn. Das Mädchen hatte sich ganz ausgezogen und saß völlig nackt auf dem Bett. Sie lehnte sich gegen die Wand und hielt ihre schweren Brüste in den Händen. Ihre dicken Schenkel waren gespreizt und enthüllten seinen scheuen, angsterfüllten Augen einen verschwommenen Wust dunkler Haare – er hatte nicht gewußt, daß Frauen dort so viel Haare haben – und mitten darin die merkwürdig lockenden, feuchten Lippen, die der Eingang zu Gott weiß was waren. Mit einem alles umfassenden Blick nahm Odell jede Einzelheit an ihr wahr. »Zieh dich an!« zischte er. »Du mußt dich anziehen und gehen!« Alles in ihm sträubte sich gegen dieses Bild, und ihm wurde übel. Sie war abstoßend. Das pralle, weiße Fleisch war mit Striemen, Narben und blutunterlaufenen Stellen bedeckt – zweifellos die Spuren von Mißhandlungen und Schlägen.
Sie bewegte sich, aber nicht, um sich anzuziehen und zu gehen. Es war ein

verführerisches, flehentliches Sichwinden. Odell tastete nach einem Stuhl, schob ihn hinter sich gegen die Tür und ließ sich schwer darauf fallen.
»Ich gefall' dir, Meirun?« murmelte sie und streichelte ihren Körper. »Komm her ... Katze lieben ...«
Ihr Lächeln war ihm jetzt schrecklich. »Tut mir leid ... ich glaube, du gehst jetzt lieber. Geh nach Hause!« keuchte er und drückte die Oberschenkel zusammen, um die Angst aus seinen Lenden herauszupressen.
Sie erhob sich vom Bett, kam auf ihn zu, löste eine Hand von ihren Brüsten und lockte ihn. »Meirun hat Angst«, sagte sie lächelnd, »Katze hat keine Angst ... Katze lieben ... bitte Katze lieben ... Habe noch nie, Meirun«, flehte sie und plapperte Liebesworte und -ausdrücke, die sie bestimmt nicht verstand.
»Bitte geh!« schrie er in höchster Pein. »Ich kann dir auch nicht helfen!«
Schwer atmend kam sie auf ihn zu, das Gesicht verzerrt, in den Augen unverhohlenes Verlangen. Odell sprang auf, um sich vor ihr zu schützen. Er warf den Stuhl um und drängte sich gegen die Tür. Da streckte sie die Hand aus, griff ihm fest an die Geschlechtsteile und spöttelte: »Bist du denn ein kleiner Schwuler?« In diesem Augenblick überkamen ihn wieder der Schrecken und die Raserei jener entsetzlichen Prügel, die er als Knabe bezogen hatte. Wieder spürte er den feurigen Schlag des Riemens, der Schmerz und Haß in seine Hoden peitschte, und sah den wilden, triumphierenden Blick der Frau, die ihn schlug. Er versetzte dem Mädchen einen Hieb und schrie sie an: »Laß mich zufrieden!« Mit Wucht traf er ihre Hand und dann das weiche Fleisch ihres Körpers, das von seiner Hand zurückprallte und den Schlag dämpfte ...
Was immer danach in jener Sanierungsstation in Glasgow geschah – für Odell war alles eine rote Explosion in seinem Kopf, die jede Erinnerung auslöschte. Man fand ihn später in seiner Unterkunft. Er kauerte neben dem Bettzeug und konnte nicht erklären, wie und wann er dort hingekommen war ...

»Wie ist das eigentlich mit diesen ... äh ... Zuständen, Myron? Passiert es Ihnen öfter, daß Sie nicht mehr wissen, was Sie tun?« fragte Leon Osterman und beugte sich vor. Er wußte, daß es so etwas gab, daß derartige Anfälle wissenschaftlich erwiesen waren; doch hatte er in den langen Jahren seiner polizeilichen Tätigkeit selten an sie geglaubt. Sie waren eine allzu bequeme Entschuldigung – eine pflaumenweiche gerichtsmedizinische Ausrede.
Odell, der immer noch weit weg war und mit seinen Erinnerungen und den schrecklichen Dingen kämpfte, die er über sich erzählt hatte, sah den Mann in Zivil an. Er hörte die Fragen erst, als schon die nächste gestellt wurde.
»Gibt es eine Unterlage darüber, daß solch ein Zustand schon früher mal bei Ihnen aufgetreten ist? Irgendeinen medizinischen Befund ... oder eine Polizeiakte?« drängte Osterman.
Odell warf ihm einen ziemlich empörten Blick zu: »Über mich gibt es keine Polizeiakte!« erwiderte er aufgebracht.
»Schon gut, Myron; regen Sie sich nicht auf. Ich habe es nicht böse gemeint,

mein Junge. Aber ich muß Ihnen diese Fragen stellen, wenn ich Ihnen helfen soll. Verstehen Sie das nicht?«
Odell wurde ruhiger und lächelte. »Verzeihung, Sir«, sagte er leise.
»Ist so etwas jemals vor Ihrer Zeit in Glasgow oder nachher aufgetreten?«
»Vor ein paar Wochen ist mir das gleiche während der Ausbildung passiert. Hauptmann Reisman weiß das.« Odell sah Reisman hilfesuchend an. »Er hat mir erzählt, ich sei wie von Sinnen gewesen und hätte eine Zeitlang nicht gewußt, was ich tat. Ich kämpfte gerade mit Archer Maggot, das ist einer von uns hier ... Wir übten Judogriffe, die der Hauptmann uns gezeigt hatte, und Maggot wurde wohl grob, was er nicht durfte, und da muß ich es ihm gleich heimgezahlt haben ... Was los war, erfuhr ich aber erst, nachdem der Hauptmann mich wieder zur Besinnung gebracht hatte.«
Osterman sah Reisman fragend an, und der nickte. Reisman hatte seit Beginn des Verhörs nicht viel gesagt. Es war nicht nötig gewesen, und er hatte sich herausgehalten. Er wollte nicht durch sein Eingreifen die Stimmung verderben, solange Myron unter Ostermans magischem Einfluß seine Geschichte preisgab.
»Wie war's denn, als Sie noch ein kleiner Junge waren ... zu Hause, bei Ihren Eltern oder in der Schule?« fragte Osterman.
»Ich hatte keine Eltern. Ich bin in einem Waisenhaus aufgewachsen. Ich habe nicht einmal herausgefunden, wer meine Mutter und mein Vater waren. Niemand hat das gekonnt. Sie haben mir erzählt, man hätte mich eines Abends in einem Pappkarton auf den Stufen des Heimes gefunden. Da war ich noch ein Baby, aber wie alt ich genau war, wußte keiner.«
»Woher haben Sie Ihren Namen?«
»Ich weiß nicht. Man hat ihn mir dort einfach gegeben. Ich glaube, ein alter Priester, der dort unterrichtete und gestorben war, hieß so. Man hat ihn mir wohl einfach gegeben, vielleicht in der Hoffnung, ich würde auch mal Priester. Vielleicht hätte ich das werden sollen.«
»Hat es Ihnen dort gefallen?«
»Es war ganz nett da.« Dabei hatte er das Haus gehaßt. Warum log er jetzt? Plötzlich entschloß er sich, diesem Mann alles zu erzählen. Warum auch nicht? Schaden konnte es ihm sowieso nicht mehr. »Nein, das stimmt gar nicht!« stieß er hervor und schüttelte den Kopf. »Ich habe es gehaßt. Niemand mochte mich. Alle haben auf mir herumgehackt. Die meiste Zeit war ich ein magerer, kleiner Junge, und ständig bekam ich von den Aufsehern oder den anderen Kindern für irgend etwas Prügel. Die Nonnen und Priester waren auch nicht viel besser. Manchmal waren sie sehr streng. Ich glaube, ich habe in dem elenden Kasten nie einen Freund gehabt ... nicht mal in der Kirche ... nicht mal Gott ...« Die Erinnerungen übermannten ihn jetzt und sprudelten aus ihm heraus. Osterman ließ ihn reden. »Wissen Sie, was diese anderen Kinder zu mir gesagt haben? Es waren nämlich nicht alles Waisen so wie ich ...« Das sagte er wichtigtuerisch, mit einem lächerlichen Stolz. »Einige hatten Eltern, die bloß zu arm waren oder sich einen Dreck um die Kinder kümmerten; oder sie kamen aus zerrütteten Familien – wie sie das nennen – oder sie hatten nur noch einen Elternteil, und der konnte sie nicht behalten. Und

selbst die ohne Eltern hatten gewöhnlich Verwandte oder so oder wußten zumindest, wer sie waren, woher sie kamen und wie sie hießen. Ich, ich hatte nichts und niemanden. Das einzige Kind in dem ganzen Laden, das nicht wußte, woher es kam. Vielleicht war ich nicht mal katholisch. Ich weiß es nicht. Wissen Sie, was die Kinder hinter mir herriefen – nur um Ihnen mal zu zeigen, was für eine gemeine Bande das war? Sie rannten hinter mir her und hänselten mich und schrien mir zu, ich wäre ja verrückt, und ich stammte von einem betrunkenen Landstreicher ab. Der wäre an der *Königin der Engel* – so hieß das Heim – vorbeigekommen, habe sich vor den Eingang gestellt und onaniert, und ein paar Minuten später wäre ich die Treppe heraufgekrochen. Wissen Sie, wie lange ich diese gemeine Geschichte geglaubt habe?!« rief Odell aus. Je stärker seine übergerechten, selbstquälerischen Erinnerungen ihn bedrängten, desto schriller und lauter wurde seine Stimme. »Ich habe diese verdammte Geschichte jahrelang geglaubt und wußte nicht einmal, was das Wort onanieren überhaupt bedeutete. Können Sie sich das vorstellen, Mister?« fragte Odell.

»Aber ja, mein Junge. Ich weiß, wie schwer es Kinder manchmal haben. Aber schließlich können Sie doch nicht für den Rest Ihres Lebens herumlaufen und sich über so etwas grämen und damit Ihr Leben ruinieren. Haben Sie jemals als Kind diese Zustände gehabt, in denen Sie nicht mehr wissen, was Sie tun?«

»Nein.«

»Wie war's, als Sie älter wurden, mit dreizehn, vierzehn – als Sie aus der Schule kamen –, bevor Sie eingezogen wurden?«

Jetzt erinnerte sich Odell. »Ja, wohl zwei- oder dreimal, wenn mich irgend etwas oder irgend jemand in dem Heim wirklich rasend gemacht hatte. Nach einer Weile kam ich immer wieder zu mir, und es war mir, als sei ich fort oder bewußtlos gewesen ... Ich habe aber nie jemanden verletzt ... Ich weiß nicht, vielleicht hat mich mal einer verletzt, und ich konnte mich deshalb an nichts erinnern.«

»Wie alt waren Sie damals?«

»Vielleicht fünfzehn, sechzehn, siebzehn ... ich weiß nicht. Ich weiß nicht mal, wie alt ich heute bin oder wann ich Geburtstag habe. Man hat mich doch dort auf den Stufen gefunden und konnte es nie genau feststellen.«

»Sind Sie früher jemals ernstlich in Schwierigkeiten geraten?«

»Nein.«

»Bestimmt nicht? Auch in Ihrer Jugend nicht? Wissen Sie, Myron, ich glaube, jeder junge Mensch erlebt Dinge, mit denen er nicht so leicht fertig wird. Wie steht's zum Beispiel mit Mädchen? Mädchen bringen genug Schwierigkeiten mit sich, habe ich recht, Hauptmann?« fragte Osterman und kniff Reisman ein Auge zu.

»Ich bin nie mit Mädchen losgezogen«, erwiderte Odell ein wenig selbstgerecht. »Ich kenne keins.«

»Sie müssen damals doch ein hübscher Bursche gewesen sein«, meinte Osterman. »Sagen Sie mir mal, welches war die schlimmste Strafe, die Sie je bekommen haben? Ich meine, bevor Sie Soldat wurden – als Sie noch ein Kind waren?«

Odell hätte es ihm gerne erzählt; aber er schämte sich, und darum übersprang er die Vorgeschichte. »Ich durfte kein Pfadfinder mehr sein«, sagte er mit abgewandtem Blick.

»Wie entsetzlich!« scherzte Osterman.

Odell zuckte die Achseln, sah lächelnd auf und dachte schon, er wäre so davongekommen.

»Und warum? Warum durften Sie kein Pfadfinder mehr sein?« Osterman ließ nicht locker.

Einen Augenblick lang machte Odell einen gehetzten Eindruck und wand sich unbehaglich. Was hatte das alles denn mit Glasgow und seiner jetzigen Lage zu tun? Vielleicht hatte es ja etwas damit zu tun; er wußte es wirklich nicht.

»Ich bin erwischt worden, wie ich bei einer der Kinderschwestern durchs Schlüsselloch guckte, als sie sich auszog«, stieß er hervor und fügte als mildernden Umstand sofort hinzu: »Alle Kinder taten das ... besonders bei dieser. Sie war die jüngste und am hübschesten. Eines Abends faßte ich mir ein Herz. Die anderen behaupteten, sie wüßte genau, daß wir durch ihr Fenster und ihr Schlüsselloch blickten, und hätte das gern.« Während er sprach, spürte er wieder den Schmerz zwischen den Beinen; sie zitterten, als er die Oberschenkel zusammenpreßte. »Mann, und ob sie das gern hatte!« Seine Stimme wurde laut und erregt. »Sie schnappte mich vor der Tür, und wissen Sie, was dieses verrückte Weib mit mir machte? Sie zerrte mich in ihr Zimmer, und ich mußte mir Hose und Unterzeug ausziehen ... Sie stand immer noch nackt da ... Dann nahm sie den Gürtel von meiner Hose und schlug mich damit. Sie schlug wie rasend auf mich ein, bis ich um Gnade schrie und vor Schmerzen bewußtlos wurde! Darum durfte ich kein Pfadfinder mehr sein. Es war meine Strafe. Sie sagten, ich sei ein verdorbener Junge, und sie bestraften mich dafür. Beinah zwei Wochen lang mußte ich in der Krankenstube liegen. Die Narben habe ich immer noch ... hier unten, Sie wissen schon.« Er zeigte verlegen auf seine Leistengegend. »Wenn ich bloß darüber spreche, kommen die Schmerzen schon wieder.«

»O je, das ist hart, mein Junge«, sagte Osterman mit berechneter Anteilnahme. »Es war zwar nicht richtig, was Sie getan haben, das wissen Sie heute ja selbst, aber die Frau hätte Sie nicht so schlagen dürfen. Das war unrecht. Sie haben sich aber doch wohl gedacht, daß mit ihr auch irgend etwas nicht stimmte!«

»Das kann man wohl sagen«, bestätigte Odell bitter. »Als ich aus dem Krankenzimmer wieder in den Schlafsaal kam, war sie nicht mehr da. Man hatte sie hinausgeworfen. Aber trotz allem, was sie mir angetan hatte, wurde ich noch mehr bestraft. Und alle wußten es. Die Aufseher, die Priester, die Nonnen, die gemeinen Kinder – und alle sorgten sie dafür, daß ich es nie vergaß. Na ja, keine Angst, ich habe nie wieder eine Frau angeguckt. Bis das verrückte Mädchen auf die Sanierungsstation in Glasgow kam.«

»Haben Sie sie umgebracht, Myron?« fragte Osterman unvermittelt.

Odell sah ihn entsetzt und ungläubig an. Sein Blick flog von Osterman zu Reisman und wieder zurück. »Sie wollen mich 'reinlegen, das wollen Sie. 'reinlegen wollen Sie mich!« klagte er sie an, nun fast hysterisch.

»Niemand versucht, Sie hereinzulegen«, fuhr Reisman ihn gereizt an. »Also hören Sie auf mit dem Unsinn. Herrgott noch mal, Sie sind doch jetzt ein Mann und kein kleines Kind mehr. Beantworten Sie die Frage.«
»Ich bin unschuldig«, flüsterte Odell mit niedergeschlagenen Augen.
Nun war Reisman nicht mehr aufzuhalten, obwohl Osterman ihm verzweifelt ein Zeichen zu geben versuchte, er solle still sein. »Das Mädchen wurde nackt und vergewaltigt aufgefunden. In ihrem Dingsbums steckte ein Operationsmesser, mit dem man ihr zuvor Kehle, Titten und Bauch aufgeschlitzt hatte. Auf dem Messer waren nur Ihre Fingerabdrücke und die des Mädchens, Odell. Wie, zum Teufel, erklären Sie sich das?«
Odell saß zitternd auf dem Bett. »Genauso, wie ich es schon dem blöden Kriegsgericht erklärt habe!« schrie er. »Ich arbeitete ja mit diesem Instrument. Es gehörte zu meinem Beruf. Bei Unfällen oder in Notfällen leisteten wir Erste Hilfe. Klar, daß meine Fingerabdrücke darauf waren. Das mußten sie ja – aber nicht die von dem Mädchen!«
»Wenn sie mit Ihnen um das Messer gerungen hat, doch!« sagte Reisman, der nicht verhindern konnte, daß seine Stimme einen Unterton von Verachtung bekam. Solange er Odell zuhörte, sich mit Odell befaßte und über Odell aufregte, kam Reisman sich schmutziger vor als das übelste Exkrement, und in Augenblicken wie diesem haßte er ihn deswegen. »Wenn sie versucht hat, vor ihrem Tod das Messer herauszuziehen, dann doch!«
Im Raum herrschte tiefes Schweigen.
»War es so, Myron?« fragte Osterman freundlich.
Odell sah sie nacheinander an. »So wahr mir Gott helfe, ich weiß es nicht ... Ich kann mich nicht erinnern ... Aber ich könnte, könnte es einfach nicht getan haben ... Es ist zu furchtbar ...« Seine Augen standen weit offen, ihr Blick war arglos und flehentlich. »Kann ich jetzt gehen, Herr Hauptmann? Mir ist nicht wohl.«
»Es ist gut, Sie können wegtreten, Odell«, sagte Reisman resigniert. »Melden Sie sich beim Feldwebel Morgan und sagen Sie ihm, die Leute sollen ohne mich anfangen zu essen. Ich möchte hier nicht gestört werden, außer in dringenden Fällen. Und denken Sie daran: Halten Sie den Mund. Wir tun unser möglichstes, um Ihnen zu helfen; das habe ich Ihnen ja versprochen.«
Auch Odell resignierte, so wie er vor seinem Schicksal resigniert hatte. »Jawohl, Herr Hauptmann, ich habe verstanden«, sagte er leise. Dann wandte er sich an Osterman. »Vielen Dank, Sir, daß Sie sich mit mir unterhalten haben.«
Als sie wieder allein waren, rutschte Reisman nach vorn auf die Bettkante und fragte: »Nun, was glauben Sie?«
»Ich glaube, daß er sich selbst überführt hat – bis zu dem Punkt, wo er sagt: Ich habe es nicht getan«, erwiderte Osterman. Er nahm einen dicken Ordner vom Tisch. »Genau wie in den Unterlagen, die du mir hier gezeigt hast – dem Kriegsgerichtsprotokoll – dem Geständnis, das er später widerrufen hat.«
»Dann glauben Sie also, daß es sich nicht lohnt, der Geschichte nachzugehen?«
»Ich habe schon an verzwickteren Fällen gearbeitet. Abgekartete Sachen ... Selbstmorde, die wie Morde aussahen ... vorgetäuschte Vergewaltigungen,

bei denen nicht der betreffende Bursche, sondern das Mädchen samt ihren Angehörigen ins Kittchen gehört hätten. Einiges kommt schließlich bei der Wäsche heraus, und wir versuchen das dann geradezubiegen, anderes hingegen vermutlich nie. Hast du bei dem Jungen ein bestimmtes Gefühl? Manchmal ist ein guter Riecher . . .«

Reisman unterbrach ihn: »Nicht, daß ich ihn unbedingt für unschuldig halte. Aber er *könnte* es sein. Und wenn er es ist, dann möchte ich seinen Fall klären und Odell hier heraus haben, ehe es zu spät ist. Wenn er es aber nicht ist, wenn er schuldig ist, dann möchte ich, daß er sich daran erinnert. Ich möchte, daß er es sich vor Augen hält und wie ein Mann dazu steht.«

»Vielleicht brauchst du einen Seelendoktor, Johnny, und keinen Polypen«, schlug Osterman vor. »Einen von diesen Psychologen oder Psychiatern oder so.«

»Vielleicht«, gab Reisman zu. »Aber zunächst einmal bin ich mit einem richtigen Polypen zufrieden.« Es widerstrebte ihm ebensosehr, einzugestehen, daß die *Rotznase* aus London ein Psychologe war, der sich mit dem Fall schon beschäftigt hatte, wie es ihm widerstrebte, Stuart Kinder einzugestehen, daß er Osterman eingeweiht hatte.

Osterman stand auf und trat ans Fenster. Dort blieb er stehen, starrte hinaus und kaute an seiner Zigarre, die ihm ausgegangen war. »Du weißt noch, was es bedeutet, Johnny, nicht wahr, wenn man in einer Klemme sitzt, wenn man Angst hat? Wie damals in Chicago, als du noch ein Junge warst. Deshalb hast du Mitgefühl für diese Burschen, stimmt's?«

»Ich habe mein Leben lang in irgendeiner Klemme gesteckt, Wachtmeister«, antwortete Reisman leichthin. »Seit Sie mich das letztemal gesehen haben, gehört das zu meinem Lebensstil. Und ich habe zu oft Angst gehabt, als daß ich mich gern daran erinnerte.«

Osterman drehte sich um und sah ihm ins Gesicht. »Du sagst das so, als wäre es ein Spaß gewesen, Johnny; aber es ist dir wohl Ernst damit, oder?«

Reisman hielt dem Blick kühl stand. Warum war es so schwer, einfach ja zu sagen – und es dann zu erklären. Er zuckte die Achseln. »Ja, ich weiß es noch«, sagte er – und das bloße Aussprechen der Wahrheit schien den schweren Druck, der auf ihm lastete, zu mindern und einer Flut von Erinnerungen Raum zu geben. »Wissen Sie noch, wie alles war?«

»Ich weiß es noch wie gestern«, erwiderte Osterman und nickte feierlich. »Sommer 1930. Wie alt warst du da? Siebzehn? Achtzehn?«

»Ich war sechzehn.« Reisman zündete sich eine neue Zigarette an, stand auf und ging wieder auf und ab.

In jenem Herbst sollte sein letztes Schuljahr beginnen; und danach kam vielleicht die Universität, wenn er sich nur darüber hätte klarwerden können, was und wo er studieren wollte und auf welche Weise er sein Studium finanzieren könnte. Den Sommer über hatte sein Vater ihm eine Halbtagsstelle in der Taxigarage verschafft, wo er Wagen wusch und den Autoschlossern zur Hand ging. »Es ist immer gut, wenn man ein Handwerk lernt, auch wenn du einmal auf die Universität gehst«, hatte Aaron gesagt und ihn voll Stolz angesehen.

»Ich erkannte dich in dem Augenblick, da du aufs Polizeirevier kamst«, sagte Osterman. Er stand immer noch am Fenster, hatte die Arme verschränkt und sprach mit dem Zigarillo im Mund. »Ich kannte deinen Vater flüchtig und hatte dich ein paarmal mit ihm gesehen, wußte aber nicht genau, wer du warst. Daß dir etwas zugestoßen war, sah ich dir sofort an. Du warst ganz starr vor Schreck und sahst aus, als hättest du die ganze Nacht nicht geschlafen und vielleicht sogar geweint.«

»Ja, ich war ganz durcheinander, aber vor allem war ich da noch wütend. Deshalb kam ich überhaupt, glaube ich«, sagte Reisman leise. Und geweint hatte er auch, aus Scham und Zorn über sich selbst und aus Kummer über den armen, alten Tanner, der nun tot war.

Tanner war in der ganzen Gegend bekannt. Er war ein netter, freundlicher Mann, der einen Erfrischungsladen in der Kedzie Avenue führte. Man konnte dort auch Lotto spielen, wenn es auch kein ausgesprochenes Wettbüro war – mit Fünf- und Zehn-Cent-Stücken. Vierteldollars waren schon große Einsätze. Johnny Reisman begriff nie so richtig, wie es eigentlich zuging, daß man etwas gewann, und wie man seine sauer verdienten Pennies einem andern anvertrauen konnte. Ob es wohl etwas mit Pferden zu tun hatte oder mit der Börse oder der Lotterie? Vielleicht sog Tanner oder sonst jemand sich auch einfach eine Zahl aus den Fingern und sagte, das sei der Gewinner? Sein Vater spielte manchmal und redete immer davon, daß einmal seine große Stunde schlagen werde. »Jacob, mein Sohn, tu mir einen Gefallen, ja?« hatte Aaron an jenem Tag gesagt, als Johnny heimgehen wollte. »Lauf bei Tanner vorbei und setz fünf Cent auf eine Nummer. Ich habe ein gutes Gefühl. Wenn du mitspielen willst, dann riskier auch fünf Cent. Vielleicht kriegen wir beide zusammen genug, daß wir dich auf die Universität schicken können ...«

»Glaube nicht, daß ich dir das vorhalte, mein Junge. Nichts liegt mir ferner«, sagte Osterman. Er nahm die Zigarre aus dem Mund. »Du hattest allen Grund, Angst zu haben; denn es gehörte Mumm dazu, zu mir zu kommen und mir zu erzählen, was du getan hattest.«

»Schöner Mumm«, murmelte Reisman verächtlich. »Wenn ich vorher den geringsten Mumm gehabt hätte, wäre der alte Tanner heute noch am Leben.«

»Wirfst du dir das nach all den Jahren immer noch vor? Das ist doch Unsinn!« rief Osterman aus, dem plötzlich ein Licht aufging. »Trotzdem sage ich, daß es mutig war, zur Polizei zu laufen und drei Raubmörder anzuzeigen ...«

Die drei Gangster waren zu Tanner hereingekommen, als Johnny an der Theke saß, an seinem Sprudel nippte und sich mit Tanner unterhielt; seinen Wettschein hatte er schon abgegeben. Sonst war niemand im Laden. Auf Tanners Gesicht erschien ein angstvoller Ausdruck. Einer der Männer verschloß die Tür und ließ die Jalousien herunter. Die zwei anderen stolzierten an die Theke. Johnny kannte keinen von ihnen, aber den Typ kannte er genau – geschniegelte Verbrecher, die nichts Gutes im Schilde führten. Erst dachte er, es handele sich um einen Raubüberfall, bis der eine Tanner am Kragen packte und ihn anfuhr: »Haben wir dir nicht gesagt, du sollst deine Finger von den Wettscheinen lassen?« und ihm rechts und links ein paar knallte.

Der Junge reagierte instinktiv. Einmal aus der körperlichen Erfahrung seiner unzähligen Prügeleien, Straßen- und Schulkämpfe heraus, an denen es in der übervölkerten Stadt mit den scharf abgegrenzten Bezirken nicht mangelte – *Jid, Makkaronifresser! Judenlümmel! Polack! Heini! Nigger!* –; und zum anderen, weil er durch die ambivalente Häuslichkeit, in der er aufwuchs, seelisch abgehärtet war und gelernt hatte, sich zu behaupten. »He, laß ihn los!« schrie er. »Was fällt dir denn ein!« Er packte den Kerl am Arm und zerrte ihn von dem alten Mann weg. Von hinten traf ihn ein Schlag. Taumelnd sank er vom Hocker; die Ohren dröhnten ihm, und sein Gesicht brannte. Einer der beiden anderen war über ihm und zog ihn an den Haaren wieder hoch. »Hinaus mit dir!« schnarrte er. »Mach, daß du hinauskommst, wenn dir dein Leben lieb ist. Du bist nicht hier gewesen, verstanden? Du kennst uns nicht, und wir kennen dich nicht, kapiert?« Hinter der Theke machten sie Tanner systematisch fertig. Der rief flehentlich um Hilfe und schrie: »Lauf, Johnny! Hol die Polizei! Hol die Polizei!« Blindlings drosch der Junge auf die Hand ein, die ihn am Haar zog. Der Mann ließ los und versetzte ihm mit dem Handrücken einen Schlag, hinter dem sein volles Körpergewicht lag. Johnny fiel hintenüber und hörte, wie die Stimme spöttisch sagte: »Harter Bursche, was? Willst kämpfen, was? Dann wollen wir mal sehen, was du hiervon hältst!« Johnny war im Begriff, sich wieder auf seinen Gegner zu stürzen; doch dann blieb er wie angewurzelt stehen. Der Bursche hielt einen Revolver in der Hand, der genau auf Johnnys Herz zielte und ihn vor Angst und Schreck erstarren ließ. »Nein!« flehte er, und seine Stimme, die Stimme eines Halbwüchsigen, bebte. »Nicht schießen!« Der Gauner lachte, stieß ihm die Mündung in den Bauch und schob ihn auf die Tür zu. Tanner schrie immer noch um Hilfe. Mit Schlägen und Püffen trieben sie ihn in das Hinterzimmer. »Lauf, Johnny! Lauf! Hol die Polizei! Hol die Polizei!« brüllte er. Der Gangster drückte Johnny die Pistolenmündung gegen die Stirn, und bei dieser Berührung wurde dem Jungen ganz schlecht vor Angst. »Du weißt, was dir blüht, Kleiner«, sagte der Mann. »Ein Wort zur Polizei, und du bist ein toter Mann. Jetzt verschwinde und halt die Klappe. Niemand erfährt etwas. Weder jetzt noch später! Deine Mutter nicht, dein Vater nicht, deine Freunde nicht, die Polizei nicht. Niemand. Reißt du das Maul auf, bekommst du dies hier.« Drohend bewegte sich die Pistole vor den entsetzten Augen des Jungen. Dann machte er die andere Tür auf, drehte Johnny roh den Arm auf den Rücken, und mit einem schmerzhaften Tritt, der genau unterhalb der Wirbelsäule traf, beförderte er ihn hinaus. Johnny hörte noch den alten Tanner schreien und rannte, was das Zeug hielt, davon ...

»Ich bin weggerannt, Wachtmeister, und sie haben ihn umgebracht«, flüsterte Reisman. Er unterbrach seine unstete Wanderung durch den Raum, blieb vor Osterman stehen und sah ihn eindringlich an; die quälenden Erinnerungen hatten sein Gesicht verzerrt. »Ich habe keine Hilfe geholt, und sie haben den alten Mann so fürchterlich zusammengeschlagen, daß er gestorben ist. Mein Vater war bei seiner Beerdigung, gerade als ich mit Ihnen sprach. Ich hätte auch zu der Beerdigung gehen sollen ... aber ich habe mich zu sehr geschämt.«

»Worüber denn geschämt?« rief Osterman aus. »Wenn du anders gehandelt hättest, wäre dein alter Herr zu deinem Begräbnis gegangen anstatt zu Tanners.«
»Ich bin seither oftmals auf meinem eigenen Begräbnis gewesen, Wachtmeister«, sagte Reisman bitter. »Nur bin ich nie tot. Das ist die Strafe für Feigheit.«
»Wann warst du denn feige, Johnny? Etwa als du zu mir aufs Revier gekommen bist und mir erzählt hast, was passiert war? Das ist doch Unsinn!« schimpfte Osterman und klopfte Reisman mit dem Finger auf die Brust, um seinen Worten Nachdruck zu verleihen.
»Da war es doch schon zu spät. Der alte Tanner war tot«, sagte Reisman leise und nahm seine nervöse Wanderung wieder auf.
»Du hättest überhaupt nichts daran ändern können, Johnny«, beharrte Osterman. »Glaub mir, es war schon zu spät, als diese Totschläger dich verprügelten und aus dem Laden warfen. Schon in den ersten Minuten, nachdem du fort warst, haben sie Tanner den Rest gegeben. Und wenn du die gesamte Polizeitruppe mobil gemacht hättest, wäre er nicht mehr zu retten gewesen. Als seine Frau ihn fand und uns anrief, war er bereits ein verlorener Mann. Er brauchte nur ein wenig länger zum Sterben, weiter nichts ...«
Johnny Reisman hatte damals nicht gewußt, daß Tanner starb. Er war zu Tode erschrocken davongerannt und hatte seinem Vater nichts von dem Vorfall erzählt, als er heimkam, hatte ihm sogar noch vorgelogen, Tanners Laden sei geschlossen gewesen. Als Aaron ihn besorgt ansah und ihn fragte, was ihm denn fehle, ob er krank sei, sagte er, es sei alles in Ordnung. Dann dachte er daran, zu Onkel Pete zu laufen und ihn um Hilfe zu bitten. Pete war ein hartgesottener Bursche. Er hatte eine Pistole, hatte Beziehungen und würde Rat wissen. Doch dann fielen ihm die Drohungen ein: was geschehen würde, falls er irgend jemandem etwas erzählte. Er hatte Angst um sein Leben und erst in zweiter Linie um seinen Onkel. Er fragte sich, ob Pete wohl jemals so etwas gemacht habe wie diese Gauner, verwarf aber diesen sträflichen, unmöglichen Gedanken wieder, denn ein solcher Gangster war Pete nicht.
Am nächsten Morgen zeigte Aaron ihm den Zeitungsartikel und bedachte die Täter mit Flüchen auf englisch und jiddisch. Johnny fügte ein paar eigene auf italienisch hinzu, um den Aufruhr in seinem Innern zu verbergen. Man hatte Tanner zusammengeschlagen und bewußtlos in seinem Laden aufgefunden. In kritischem Zustand kam er ins Krankenhaus; sprechen konnte er schon nicht mehr. »Kein Wunder, daß der Laden zu war«, meinte Aaron. In seiner Ahnungslosigkeit und Unschuld wäre er nie auf den Gedanken gekommen, sein Sohn könne mit den Ereignissen, von denen er da las, etwas zu tun haben. Es kostete Johnny unendliche Anstrengung, seine Gefühle zu beherrschen, und erst nachdem sein Vater die Wohnung verlassen hatte, weinte er und erbrach sich. Tanner lebte noch den ganzen Tag, und jede Minute dieses Tages war für den Jungen eine Folter. Er wünschte sich, daß der alte Mann am Leben bliebe, wieder gesund würde. Dann mochte er der Polizei selbst seine Geschichte erzählen, wenn er wollte, und ihm die Verantwortung abnehmen. Doch in einem winzigen, neu entdeckten, grausamen und

schrecklichen Teil seines Ichs wußte er: wenn Tanner starb, würde niemand etwas von seiner, Johnnys, Rolle erfahren. Am nächsten Tag teilten die Zeitungen Tanners Tod mit. Aaron verließ die Wohnung und sagte, er werde sich später frei nehmen und zur Beerdigung gehen. Johnny Reisman kämpfte mit seiner Angst, seinem Kummer und seiner Wut und ging aufs Polizeirevier ... »Wenn er weitergelebt hätte, wäre ich vielleicht nie gekommen«, sagte Reisman.
»Vielleicht. Vielleicht hätte Tanner aus Angst auch nichts gesagt. Aber du hast es getan, Johnny, und das zählt.« Er ging an ihm vorbei zu dem Stuhl und zündete sich seine Zigarre wieder an. »Ich war immer froh, daß du mit mir und nicht mit irgendeinem Hornochsen gesprochen hast. Ich bin sofort mit dir nach draußen gegangen, als ich alles erfuhr, weißt du noch? Und wir sind gleich zu Tanners Laden hinübergegangen, damit ich mich überzeugen konnte, daß du die Wahrheit sagtest. Nicht daß ich geglaubt hätte, du lügst oder so; aber viele hysterische Leute oder Spinner glauben manchmal, sie hätten etwas Wichtiges zu melden. Manchmal will einer auch seine eigene Tat vertuschen, und du warst ziemlich verängstigt und nervös; darum wollte ich die Sache zunächst in Ruhe überprüfen. Ich sagte niemandem was, nicht mal dem Posten, der vor dem Laden Wache stand, und das war verdammt gut so, wie sich nachher herausgestellt hat. Ich weiß nicht, vielleicht wollte ich dich auch beschützen, weil du zu mir gekommen warst, oder mir ein Lob verdienen und ein großer Mann sein und einen Fall selbständig klären. Ich habe später, dem Himmel sei Dank, nicht mal einen Bericht geschrieben. Es gab also keinerlei Anhaltspunkte, auf Grund dessen man dich mit dem Fall Tanner oder dem, was danach geschah, in Verbindung bringen konnte.« Osterman schwieg und zog nachdrücklich an seiner Zigarre. Er wartete, bis Reisman umkehrte und wieder auf ihn zukam. »Und nun willst du mir wahrscheinlich erzählen, daß du auch am nächsten Tag ein Feigling warst, als du mit diesem Revolvermann abgerechnet hast, was, Johnny?« fragte er leise.
Reisman beugte sich über den Tisch, stieß seinen Zigarettenstummel in die Blechbüchse und verbrannte sich beim Ausdrücken die Finger. »Es war alles ein und dieselbe Geschichte«, murmelte er. »Ich habe vor Angst geschlottert.«
Die Angst war sein ständiger Gefährte gewesen. Er spürte sie fast greifbar, sobald er sein Geständnis ablegte, ja, schon auf dem Weg zum Polizeirevier. Er spürte sie am Tatort, wo er die Ereignisse für Osterman rekonstruierte und die Gangster beschrieb; auf dem Weg zurück zur Wache, als er mit nervösen, verstohlenen Blicken die Gesichter der Vorüberkommenden musterte und nach verdächtigen Gestalten in Hauseingängen und Seitengassen schielte; als er gemeinsam mit Osterman nach Verbrechervisagen Ausschau hielt und ihm einen Wink gab, wenn er eine Ähnlichkeit entdeckte – solche Leute wurden dann zum Verhör bestellt. Und er spürte die Angst hinterher, als er wieder allein war ... »Sei vorsichtig, mein Junge! Sag mir Bescheid, wenn du die Burschen irgendwo siehst. Du kannst mich jederzeit erreichen«, hatte der Kriminalbeamte gesagt. Und dann war Johnny wieder draußen auf der Straße, allein mit sich und seiner Angst. Das war am schlimmsten von allem. Er ging nicht zur Arbeit; er ging in ein Kino, um sich abzulenken, um zu

vergessen, um an dem Schicksal der Menschen dort oben auf der großen Leinwand teilzuhaben.

Als er aus dem Kino kam, war es dunkel, und vergessen hatte er nichts. Seine Angst erwartete ihn am Ausgang und begleitete ihn nach Hause; sie hielt ihn wach und sprungbereit. Vor Schatten und Geräuschen war er auf der Hut wie nie zuvor. Der Revolvermann kam plötzlich aus einer Gasse, die zwischen den Häusern zum Bahndamm führte, auf ihn zu. Es war derselbe Bursche, der ihn in Tanners Laden niedergeschlagen hatte. Wenn er da sofort geschossen hätte, wäre es um Johnny geschehen gewesen, aber seine Pistole steckte noch im Halfter. Der Mann wollte erst noch ein paar gute Schläge landen. Er wollte mit ihm spielen, wollte dem Jungen ganz klarmachen, wer er war, was er ihm nun verpaßte und warum er es tat. Zuerst wurde Johnny unleugbar von lähmendem Entsetzen gepackt; und die Knie wurden ihm weich, als der Verbrecher ihm nun die Hand auf den Mund legte, ihn in die Seitengasse hineinzog und fluchte, weil er, Johnny, ihn verpfiffen hatte. Doch das Entsetzen nützte ihm gar nichts; damit vermochte er nichts auszurichten. Dann aber fing der Kerl an, fürchterlich auf ihn einzudreschen, und da wurde der Junge von den Schmerzen, dem anklagenden Geist Tanners und der peinigenden Erinnerung an seine Feigheit aufgepeitscht. Dazu kam noch sein ganz primitiver Drang, sich zu wehren. So ging er denn mit einer Berserkerwut, wie er sie noch nie gefühlt hatte, auf den Gangster los. Der prallte überrascht zurück, griff unter die Jacke nach seiner Pistole und gab Gesicht und Körper dem verzweifelten, hysterischen, wirkungsvollen Ansturm eines Rasenden preis. Der Verbrecher krachte gegen eine Hausmauer, stolperte und fiel hin; die Pistole wurde ihm aus der Hand geschlagen. Ein Griff, und Johnny hatte sie. Zitternd brachte er sie in Anschlag. Er hörte einen langen Entsetzensschrei: »Neeeein!« In diesem Augenblick füllte ein Zug, der am anderen Ende über den Bahndamm brauste, die Gasse mit dröhnendem Lärm und zuckendem Licht. Die Pistole in seiner Hand gab Johnny ein Gefühl unglaublicher, überlegener Macht – eine Empfindung, die durch den Anblick des vor Schreck erstarrten Verbrechers noch verstärkt wurde. Johnny kannte keine Angst mehr und keinen Kummer, kannte weder Mitgefühl noch Erbarmen – nur das verzehrende Bedürfnis nach Vergeltung, nach Rache für Tanner. Er handelte in dem fast ruhigen und klaren Bewußtsein, daß er seinen Angreifer vernichten müsse. Er schoß und hörte in dem Lärm des vorbeiratternden Zuges kaum den Knall. Noch einmal schoß er und noch mal und immer wieder. Er wußte, was er tat, und tat es frohlockend und hörte erst auf, als er feststellte, daß die Waffe leergeschossen war. Da trat in dem engen Straßenstück eine furchteinflößende Stille ein. Langsam ging der Junge an den blutenden, von Kugeln zerfetzten Körper heran, der am Boden lag, und starrte ihn durch die Dunkelheit an, um sich seinen Anblick ins Gedächtnis zu brennen. Darauf warf er die Waffe mit einem Seufzer der Erschütterung und der klaren Erkenntnis dessen, was er getan hatte, fort und floh.

»Dann hast du also Angst gehabt. Na und? Wichtigkeit!« sagte Osterman. »Warum hättest du auch keine Angst haben sollen? Man bringt nicht alle Tage einen um. Selbst ein Polizist wird nervös dabei.«

»Das meine ich doch gar nicht«, murmelte Reisman, der mit seinen Gedanken weit weg war. Er hatte es seitdem gelernt; ihn machte es nicht mehr nervös. In jedem Teil der Welt, in all seinen Gestalten und Verkleidungen hatte er den Gangster bekämpft und getötet, und von Mal zu Mal war es leichter gewesen. »Sie verstehen mich nicht, Wachtmeister. Ich mußte ihn ja nicht töten. Ich wollte es.«
»Nein, Johnny, du mußtest es. Und auch das kannst du dir nicht vorwerfen. Entweder er oder du. Vielleicht war es sogar ein Unfall, wie dein Vater sagte, als er mich in meiner Wohnung anrief und ich zu der Stelle lief, wo es passiert war.«
»Das ist zum Beispiel etwas, das ich nie verstanden habe – damals nicht und auch heute nicht«, sagte Reisman und setzte sich wieder aufs Bett. »Warum Sie mich gedeckt haben. Warum Sie die ganzen Schwierigkeiten auf sich genommen haben. Weshalb haben Sie meinen Vater veranlaßt, zu Hause zu bleiben und zu schwören, daß er keinem Menschen etwas sagen würde? Weshalb haben Sie mich wieder in diese elende Gasse geschleppt, wo ich wie ein Reiher gekotzt habe, während Sie mit der Pistole und der Leiche herumhantierten? Dann runter zum Hafen, und am nächsten Morgen verdiente ich mir meinen Lebensunterhalt mit Kohlentrimmen auf einem Eisenerzschiff weit draußen auf dem Michigansee. Nicht daß ich mich beklage, Wachtmeister«, sagte Reisman sarkastisch und hob die Hand. »Letztlich gehört das zu den kleinen Reifeprozessen, die man durchlaufen muß, um ein Mann zu werden, und –«
»Ich war es dir schuldig«, sagte Osterman achselzuckend; er starrte auf seine Zigarre und sah nicht auf. »Was war es denn schon? Nichts. Ein Tunichtgut war tot, war dort, wohin er gehörte ... Du hast sogar noch den Steuerzahlern die Kosten dafür erspart. Die beiden anderen haben wir schließlich auch noch gefangen. Du warst ein braver Junge. Du hast viel Mut aufgebracht und konntest dafür auf zwei Arten in die Klemme geraten. Einmal durch die Polizei, das Gericht, die Untersuchungen und so weiter; das war das kleinere Übel. Die zweite Klemme und das größere Übel war der Gangsterpöbel. Wie ich vorhin schon sagte: mein Arrangement hat keinem geschadet.«
»Aber Sie haben etwas riskiert. Sie hätten Schwierigkeiten bekommen können, und zwar erhebliche.«
»Kann sein«, erwiderte Osterman; er stand schwerfällig auf und trat wieder ans Fenster.
»Wieso waren Sie es mir schuldig?« drang Reisman erneut in ihn.
»Ich hatte etwas auf dem Gewissen«, murmelte Osterman und starrte ins Lager hinaus. »Genau wie diese Männer da draußen. Genau wie du.« Er drehte sich um und sah Reisman voll an. »Aber auf meinem Gewissen lasteten die Folgen meiner eigenen Blödheit. Es war meine Schuld, daß dir das passiert ist – daß dieser Strolch dich beinah erschossen hätte. Nur deinem Schneid ... vielleicht auch ein bißchen dem Glück ... und wer weiß, vielleicht ein bißchen Gott ist es zu verdanken, daß du ihn erwischt hast und am Leben geblieben bist. Nie hätte ich dich allein lassen dürfen, nachdem du zu mir gekommen warst und mir von Tanners Mördern erzählt hattest. Ich hätte dich in

Schutzhaft nehmen und dich in einem Gasthof unterbringen oder dir Tag und Nacht eine Bewachung mitgeben sollen, um sicherzugehen, daß dir nichts passierte. Ich hätte wissen müssen, daß es sich herumsprach, sowie ich hinter diesen Burschen her war, und daß sie dich jagen würden. Vielleicht haben sie uns sogar zusammen auf der Straße gesehen. Wer weiß? Also habe ich dann meinen Kopf genauso hingehalten, wie du deinen hingehalten hast. Nach dem, was mir dein alter Herr erzählt hat und was ich hier sehe ... hast du dich nicht geändert. Du hältst ihn immer noch hin, was, Johnny?«
»Sie nicht?«
»Doch. Warum nicht? Das ist der halbe Spaß am Leben, stimmt's?« sagte Osterman und lächelte ihn an. »Was gibt es hier in diesem Laden zu essen? Ich habe Hunger.«
»Ich esse mit den Häftlingen Einsatzverpflegung.«
»Quatsch! Komm doch mit mir in die Stadt.«
»Kann ich nicht. Ich muß später noch Wache schieben.«
»Dann sagen wir uns einstweilen auf Wiedersehen, einverstanden?« sagte Osterman. »Ich werde für Odell tun, was ich kann, und mit dir in Verbindung bleiben. Ich helfe gern ... nehme es aber ganz auf meine Kappe und gehe auf meine Art vor. Nicht über den offiziellen Weg.«
Reisman drückte ihm herzlich die Hand. Er hatte Leon Osterman tatsächlich gern, und endlich fühlte er, daß er ihn wirklich kannte. Das war mehr als bloß in Ordnung – es war gut. »So habe ich's mir vorgestellt, Wachtmeister«, erwiderte er. »Offiziell ist nichts zu machen. Sonst hätte ich Sie längst hinausgeworfen.«

24

Dienstag, den 23. März, kam Hauptmann Kinder in das Lager Stokes Manor zurück. Zwei Tage lang bearbeitete er zwischen den Stunden des regelmäßigen Ausbildungsdienstes die Häftlinge mit aufmunternden Worten, propagandistischen und moralischen Aufrufen, sowie Filmen, betitelt »Warum wir kämpfen«. Seine Absicht war, die Männer für Sonntagmorgen, wenn Reisman ihnen auf dem Schießplatz scharfe Munition aushändigen wollte, in die richtige geistige Verfassung zu bringen. Bis auf ein gelegentliches Kichern, wenn Kinder unversehens bei Mutter, Gott und Vaterland verweilte, hörten die Männer gespannt und aufmerksam zu. Reisman hatte allerdings den Verdacht, sie täten es eher, weil die Vorträge ihnen die Zeit vertrieben und ihren eintönigen und anstrengenden Dienst unterbrachen, als auf Grund irgendeiner aufbauenden Wirkung der Kinderschen Bemühungen.
Wenn nicht, wie Reisman annahm, die schwelende Angst, der Haß und die Enttäuschung mindestens einiger Häftlinge ihrer aller Leben sowieso schon bedrohten, dann war jetzt der Zeitpunkt gekommen, eine solche Bedrohung herbeizuführen und damit eine Entscheidung: Entweder wurde die Gefahr aus der Welt geschafft, oder man konnte sie zumindest für die Dauer der Ausbildung auf sich beruhen lassen und sich sicherer fühlen.

Am Freitagabend teilte Reisman die Gefangenen nach dem Essen in zwei Spähtrupps ein und wies jeder Gruppe bestimmte Ziele und Erkundungsaufgaben in verschiedenen Teilen des Grundstücks zu. Nicht daß die Leute derartige Nachtübungen im Gelände von Stokes Manor noch nötig gehabt hätten. Sie hatten inzwischen jeden Fußbreit der Landschaft viele Male bei Tag und Nacht durchmessen, konnten bestimmte Umrisse, Besonderheiten oder Hindernisse auf Anhieb beschreiben und hätten die Gegend wohl mit verbundenen Augen durchqueren und wiedererkennen können.
Victor Franko erhielt – zu seiner eigenen und aller Überraschung – das Kommando über die eine Gruppe, Ken Sawyer das über die andere. Die Spähtrupps rückten im Abstand von fünfzehn Minuten aus, jeder mit dem Befehl, sich lautlos zu bewegen und dem anderen auszuweichen, so als wären sie Gegner in einem Krieg. Doch hatte Reisman die Marschrouten auf ihren Geländekarten so festgelegt, daß sie sich an mehreren Stellen kreuzten. Zum erstenmal gingen sie allein. Nur die Häftlinge. Ohne Bewachung.
Stuart Kinder stand neben Reisman am äußeren Lagertor und sah zu, wie die Häftlinge in den dunklen Wald entschwanden. Er war sehr im Zweifel über die Wirksamkeit seiner psychologischen Betreuung und darüber, ob es ratsam sei, diese Nachtübung durchzuführen.
»Glauben Sie wirklich, daß es klug ist?« flüsterte er.
Reisman warf einen Blick auf seine Armbanduhr und sah dann Kinder an, der Drillichzeug trug und eine Maschinenpistole umgehängt hatte. Diesmal wirkte er damit nicht so unbeholfen. »Sie haben zwei Stunden Zeit für sich allein – genug, um alles Böse, das sie möglicherweise für morgen im Schilde führen, durchzusprechen und zu organisieren«, sagte Reisman.
»Aber warum das?« fragte Kinder skeptisch. »Sie wollen doch nicht etwa, daß es dazu kommt?«
»Nein ... im Grunde nicht. Aber man kann nicht wissen. Sagen wir, es ist meine Form des Zuverlässigkeitstests, den Sie einmal erwähnten, Stu.«
»Ich arbeite daran«, erklärte Kinder hastig. »So etwas ist nicht einfach; es wäre auch nur ein Experiment, aber ...«
»Wir müssen ihnen das Seil jetzt so locker lassen, daß sie sich selbst daran aufhängen können«, stellte Reisman ungerührt fest. »Es kann sein, daß wir sie völlig falsch einschätzen. Alles, was ich ihnen beigebracht habe, alles, was wir gemeinsam unternommen haben, kann für die Katz' sein. Drei Wochen Ausbildung sind möglicherweise zum Teufel – wenn es nicht noch schlimmer kommt. Aber wie anders können wir feststellen, ob unsere Bemühung Erfolg hat? Was ist Ihnen lieber, daß sie ihre dreckigen Hände morgen gegen uns erheben – falls sie das im Sinn haben – oder in dem Augenblick, da wir sie auf die Krauts loslassen und der Erfolg des Unternehmens von ihrer Einsatzbereitschaft abhängt?«
»Morgen«, antwortete Kinder schwach.
Sie gingen ins Lager zurück. Reisman klopfte an Kinders Maschinenpistole: »Machen Sie sich ja mit dem Ding da vertraut – für den Notfall.«
Auf einmal spürte Kinder, daß die Wirklichkeit bei diesem Unternehmen härter und schlimmer war, als er sie je zuvor empfunden hatte.

Victor Franko führte seinen Spähtrupp geradenwegs zu dem Schießplatz, den sie am selben Tag angelegt hatten. Der Platz befand sich in einer natürlichen Bodensenke hinter dem Felsenriff, nicht weit von der hinteren Grenze des Grundstücks. Der Mondschein erhellte die Deckungslöcher, die Rahmengestelle und Pfähle für die Zielscheiben und die Erdaufschüttungen mit den Sandsäcken, hinter denen die Anzeiger Deckung nehmen sollten. Zu Frankos Gruppe gehörten Napoleon White, Archer Maggot, Roscoe Lever, Myron Odell und Luis Jimenez.
»Pinkelpause«, ordnete Franko an. »Wer will, kann sich eine anstecken, aber wir wollen es wie gute Soldaten machen und Streichhölzer und Glimmstengel verdecken, damit's keiner sieht.«
»Wichtigkeit«, meinte Lever. »Für was hältst du dich eigentlich, daß du glaubst, du kannst hier 'rumkommandieren, Strolch?«
»Willst du vielleicht die ganze Nacht in dieser Scheißgegend 'rumlatschen, du Blödmann?« fuhr Franko ihn an. »Oder willst du dich nicht lieber auf deinen Hintern setzen und den lieben Gott 'n guten Mann sein lassen, bis es Zeit zum Rückmarsch ist? Reisman merkt das doch nie, wenn wir die Klappe halten.«
»Was zum Teufel machen wir hier überhaupt, Franko?« wollte Napoleon wissen, der sich zu Boden fallen ließ und gegen einen Erdwall lehnte. Er hatte die Karte gesehen und die Marschroute, die Reisman auf die Planquadratfolie gezeichnet hatte. Er wußte, daß der Spähtrupp ganz weit außen herum marschieren sollte.
»Hör mal, White«, knurrte Franko. »Ob du früher Offizier warst oder nicht, ist mir scheißegal. Jetzt bist du keiner mehr. Wir sind alle gleich. Wenn dieser großkotzige Hauptmann dir das Kommando übergibt, dann gehorche ich dir, tue, was du sagst, und halte meinen Mund, oder vielleicht nicht?«
»Im großen und ganzen ja«, antwortete Napoleon. Wenn Franko sich bei ihm anbiedern wollte und seine kameradschaftliche Platte auflegte, nannte er ihn auch Nappy. Jetzt sagte er White.
»Also bitte! Dann mach du's genauso«, befahl Franko verdrossen.
»Ganz richtig«, mischte Archer Maggot sich ein. Am liebsten hätte er gesagt: ›Wir sind nich' alle gleich, du blöder Makkaronifresser, oder biste farbenblind?‹ Aber er hatte die Erfahrung gemacht, daß er mit seinem verbohrten Fanatismus bei den übrigen schlecht ankam und sich selbst nur schadete; darum verkniff er sich die Bemerkung.
»Du hältst auch die Klappe, ich brauche deine Hilfe nicht«, keifte Franko.
Napoleon ließ Maggot völlig links liegen; er hatte nämlich herausgefunden, daß das die beste Art war, ihn zu behandeln. Franko veralberte er mit einem zackigen Gruß aus seiner liegenden Stellung heraus und mit dem dazugehörigen »Jawoll, Herr General«. Er fühlte sich zurückgesetzt, weil Reisman heute nacht Franko zum Patrouillenführer bestimmt hatte. Zwar war jeder von ihnen mal an die Reihe gekommen; aber in letzter Zeit hatte Napoleon das Kommando öfter erhalten und sich allmählich darauf eingestellt. Ja, er fand sogar, da es ihm zustehe. Er schob sich eine Zigarette zwischen die Lippen, schützte sie mit dem Helmeinsatz, riß ein Streichholzheftchen auf und entzündete die Zigarette in den hohlen Händen. Wenn Franko wollte, daß sie für

den Rest der Nacht hier herumsaßen, bitte sehr! Er, Napoleon, führte nur seine Befehle aus. Kam Reisman dahinter, dann kriegte Franko eins auf den Deckel und hatte die längste Zeit ein Kommando gehabt – außer über die Latrinen.
Doch hatte Victor Franko keineswegs vor, einfach so herumzusitzen. Vielmehr wollte er über den nächsten Tag reden. Er ließ die Männer eine Weile schwadronieren und rauchen und versuchte währenddessen, sich Einzelheiten seines Planes zurechtzulegen und sich darüber klarzuwerden, wie er ihn diesen Idioten wohl schmackhaft machen könnte.

Nicht weit davon, in den Dünen, schlich Samson Posey dem Spähtrupp Ken Sawyer voraus. Er hörte Stimmen und ging ihnen heimlich nach. Dann eilte er zurück und berichtete, er habe Frankos Trupp am Schießplatz sitzen sehen. Das weckte Sawyers Neugier, und er winkte seine Leute zu sich. Außer dem Indianer gehörten Calvin Smith, Glenn Gilpin, Vernon Pinkley und Joe Wladislaw dazu.
»Wir wollen mal sehen, wie nahe wir an sie herankommen, ohne von ihnen bemerkt zu werden«, flüsterte er. Er war stolz darauf, die Patrouille anzuführen, und er war Reisman dafür dankbar, daß er ihm so oft Gelegenheit gab, seine Tüchtigkeit und Erfahrung auf manchen Gebieten zu beweisen. Die Männer, selbst die hartgesottenen Stänker, die dauernd quasselten und Unsinn machten, schienen ihn auch zu respektieren und meckerten nicht, denn er war als einziger von ihnen an der Front gewesen.
Rasch und geräuschlos schwärmten seine Leute aus. Sie folgten seinen Handzeichen und besetzten die Hügel im Umkreis des Schießplatzes. Jeder kroch so nahe heran, daß er den anderen Spähtrupp unbemerkt hören und sehen konnte.

»Ich habe einen Plan«, sagte Victor Franko, »für morgen.«
»Wie meinst du das?« fragte Luis Jimenez argwöhnisch.
»Wir kommen doch morgen hierher und kriegen scharfe Muni«, sagte Franko langsam. Sein Blick wanderte von Mann zu Mann; die Maschinenpistole hielt er mit beiden Händen vor sich, als bringe er ein Opfer dar. »Wir sind zwölf gegen neun.«
»Gegen zehn. Vergiß den anderen Hauptmann nicht«, erinnerte Roscoe Lever, der näher heranrückte.
»Neun oder zehn, was macht das schon. Drei von uns könnten diese Arschlöcher hopp nehmen und den Boden mit ihnen aufwischen!« sagte Franko. Eine nervöse Spannung lag jetzt in der Luft. Er merkte, daß die anderen gespannt zuhörten und sich nicht mehr gleichgültig herumlümmelten. Myron Odell machte den Mund auf, um zu protestieren, aber es kam kein Wort über seine Lippen. Das eben aufkeimende Gefühl der Zusammengehörigkeit mit diesen Männern, das sich während der langen gemeinsamen Tage und Nächte gebildet hatte, verging in neuer Angst. Er fiel zurück und schwieg.
»Du Kaffah hast doch keine Ahnung, von was du überhaupt sprichst, Franko«, spottete Maggot.

»Na, warum spitzt du dann so die Ohren, Dixie?« sagte Franko herausfordernd.
»Das ist ein heißes Eisen, Mann! Ich glaube, du hältst lieber die Klappe«, sagte Jimenez freiheraus.
»Nein, laß ihn ausreden, Luis«, beharrte Napoleon. »Wir wollen hören, was er zu sagen hat. Es ist bestimmt brillant.«
»Erst mal sind sie auf nichts gefaßt«, fing Franko an.
»Erst mal bist du schwer im Irrtum. Glaubst du vielleicht, Reisman ist genau so blöde wie du?«
»Herrgott noch mal, hör mir doch erst mal zu, Nappy!« sagte Franko jetzt eher in flehendem als in befehlendem Ton.
»Jawohl«, steuerte Maggot bei. »Laß den ruhig seine eigene Grabrede halten.«
»Wir überraschen sie ... legen sie alle um ... und keiner erfährt, was passiert ist, weil keiner jemals hierher kommt«, redete Franko weiter.
»Du meinst, wir sollen sie töten?« äußerte Odell in ungläubigem Entsetzen.
»Was sonst, Innozenz?«
»Aber sie haben Maschinengewehre. Sie erschießen uns. Töten uns!« protestierte Odell.
»Nicht, wenn wir ihnen zuvorkommen«, stieß Franko hervor. Zärtlich streichelte er seine Waffe und verzog das düstere Gesicht zu einem Grinsen. »Vierhundertfünfzig Schuß in der Minute. So hat es uns der große Mann gelehrt.«
»Aber nur dreißig Schuß je Magazin«, erinnerte Napoleon ihn.
»Dreimal mehr, als ich allein brauche ... Pro Mann drei Kugeln ... Maximale Reichweite eintausendsiebenhundert Meter, wirksame Reichweite zweihundert Meter ... Habe ich meine Lektion nicht gut gelernt? Und ich werde dem Scheißkerl noch ein gutes Stück näher sein.«
»Habe ich euch nicht gesagt, daß er glänzende Ideen hat«, spottete Napoleon.
»Nun hör schon auf zu sticheln, verdammt noch mal«, knurrte Lever böse. »Hör lieber zu!«
»Also schön«, sagte Napoleon ernsthaft. »Wir überraschen zehn Leute, die uns keine Sekunde aus den Augen lassen. Was tun wir dann?«
»Wir begraben sie ... da drin«, sprudelte Franko hervor und zeigte auf die Deckungslöcher. »Und wenn's nicht zuviel Arbeit machte, würde ich sagen, wir stecken sie in die Latrinengräben. Morgan auf jeden Fall!«
»Und dann Franko ... Nun mal raus mit deinem Plan«, sagte Lever. Seine Finger spielten nervös mit dem Sicherungshebel an seiner Maschinenpistole, ließen ihn auf- und zuschnappen.
»Wie ich schon sagte, wird nie einer in das Lager kommen. Ich hab' zwar einen Plan ... aber wir haben dann ja Zeit, uns ein bißchen umzusehen und uns noch was Besseres einfallen zu lassen. Wenn einer von uns verletzt wird, können wir ihn pflegen ...«
»Ich sehe schon, wie du bei mir Kinnermädchen spielst, wenn ich 'ne Kugel im Arsch hab'. Sehr komisch«, spottete Maggot.
»Was tun wir nach dem Leichenbegängnis?« fragte Napoleon. »Worin besteht dein großer Plan? Sollen wir zu den Deutschen hinüberschwimmen?«

»Wir verkriechen uns im Dunkeln in dem großen Haus. Knöpfen uns das Weib vor und . . .«
»Bringen sie vermutlich ebenfalls um!« fuhr Napoleon ihm dazwischen.
»Was is' los, Jungchen, haste Schiß?« fragte Maggot.
»Schiß!« explodierte Napoleon voller Verachtung. Er spuckte Maggot vor die Füße. »Da hast du deinen lilienweißen Gaunerschiß!«
Maggot wollte sich auf ihn stürzen, aber Franko packte ihn am Arm und zerrte ihn zurück. Roscoe Lever, der begierig war, mehr von der Sache zu hören, hielt ihn ebenfalls fest.
»Jawohl. Die bringen wir auch um, und dann nehmen wir uns, was wir zur Flucht brauchen«, redete Franko hitzig weiter. »Nachts hauen wir ab, mit so viel Knarren, Muni und Lebensmitteln, wie wir tragen können. Wir gehen am Strand lang, nicht über die Straße, und kapern uns irgendwo ein Boot. Dann setzen wir über den Kanal oder steuern eine Insel an. Warum übrigens nicht Irland? Die sind ja nicht im Krieg.«
Napoleon war überrascht, daß Franko dies immerhin wußte. »Das nenne ich fürwahr einen durchdachten Plan«, sagte er grinsend.
»So schlecht ist er gar nicht. Oder weißt du einen besseren?« fuhr Lever ihn an.
»Ja. Weiter Soldat spielen«, erwiderte Napoleon ernst. Er hielt seine Maschinenpistole hoch. »Ich wette, daß wir morgen nicht mal die da kriegen. Ich wette, Reisman nimmt sie uns weg und fängt mit dem M1-Gewehr wieder an. Einzelne Schüsse – acht Patronen pro Rahmen. Was meinst du, was du damit anfangen kannst, Franko?«
»Ist doch ganz egal!« schrie Franko. »Bist du nun dabei oder nicht?«
Die anderen sahen Napoleon erwartungsvoll an, selbst Archer Maggot, als hinge ihre Entscheidung von seiner Antwort ab.
»Mach du den Anfang, Killer«, sagte Napoleon. »Und mach ihn deutlich genug, daß wir es alle sehen können . . . kann sein, ich bin dann dabei.«

Ken Sawyer wäre am liebsten aus seinem Versteck hervorgekommen und hätte etwas gerufen, aber er wußte nicht, was er sagen sollte. Rasch zog er sich aus seiner vorgeschobenen Stellung zurück, lief im Kreis der Horchposten von Mann zu Mann und wies sie durch ein Zeichen an, ihm zu folgen. Als sie wieder auf ihrer vorgeschriebenen Marschroute und außer Hörweite von Frankos Spähtrupp waren, ließ er halten und fragte: »Was machen wir nun?«
»Sie wollen Hauptmann umbringen«, sagte Samson kopfschüttelnd.
»Nicht alle. Mir scheint, nur dieser Franko. Er ist böse«, erklärte Calvin Smith mit gedämpfter Stimme. »Jesus sagt, ›wer das Schwert nimmt, der soll durchs Schwert umkommen‹. Das steht beim heiligen Matthäus.«
»Spar dir deine Predigt für die Kirche«, fuhr Sawyer ihn an. »Was sollen wir nun machen? Es dem Hauptmann sagen?«
»Das kannst du nicht«, sagte Gilpin. »Mir gefällt die Sache auch nicht; aber verpfiffen wird keiner.«
»Sie würden Franko hängen«, sagte Joe Wladislaw nervös. »Vielleicht die anderen auch alle, weil sie zugehört haben.«

»Was zum Teufel sollen wir dann tun?« fragte Sawyer. Er wußte, was er tun würde, wenn es soweit käme. Er würde es eigenhändig verhindern; doch traute er sich nicht, das den anderen zu sagen. »Wollt ihr vielleicht zurückgehen und denen mitteilen, daß wir mitmachen? Das ist Wahnsinn!« rief er aus. »Ich sage, wir halten unseren Schnabel und überschlafen die Sache erst mal«, schlug Gilpin vor. »Und morgen sehen wir weiter. Wir wissen ja gar nicht, ob einer von den übrigen mitmacht. Wir haben nur gehört, daß Franko eine große Klappe hatte.«

Sie sahen einander argwöhnisch an, denn plötzlich war es nicht mehr eine Angelegenheit der Gruppe, sondern jedes einzelnen. Victor Franko hatte ein neues Element in die wie immer geartete Gemeinschaft eingeführt, und keiner war bereit, sich dem anderen anzuvertrauen.

Stuart Kinder war so nervös, daß er sich morgens nicht richtig rasieren konnte. Er fühlte sich zerschlagen und bildete sich ein, er sehe so aus wie die Gefangenen. Bevor sie ausrückten, gab Reisman ihm und den Angehörigen des Wachkommandos noch je sechs volle Magazine für die Maschinenpistole und belehrte sie außerdem kurz, wie sie sich am Schießplatz aufzustellen und zu verhalten hätten – sowohl bei normalem Verlauf der Übung wie im Fall einer ernsten Wendung. Auf dem Hinmarsch schleppten die Häftlinge zusätzlich zu ihrer feldmarschmäßigen Ausrüstung die schweren Munitionskisten. Der klare, windige Morgen versprach einen sonnigen Tag. Trotzdem spürte Kinder die gespannte Atmosphäre, in der eher Angst als Erwartung mitschwang, genauso stark wie seine eigene Beklemmung. Er spürte sie in den schwerfälligen, verbissenen Bewegungen der Leute und dem grimmigen Schweigen, das wie ein Leichentuch über ihnen hing und die sonst üblichen Flachsereien unter ihnen oder zwischen ihnen und den Wachsoldaten erstickte. Seine Augen schweiften fortwährend zu den beiden Männern, die er persönlich zu überwachen hatte. Obwohl es gegen die Sicherheitsvorschriften verstieß, trug er seine Waffen geladen, gespannt und gesichert. Auch das Wachkommando war dazu angehalten worden, als befände man sich im Kampfgebiet und müsse stets eines Angriffs gewärtig sein.

Am Schießstand verließ Reisman die Gruppe, ehe sie das langgestreckte, flache Tal betraten, und unterzog den Platz einer raschen Prüfung. Er durchschnüffelte die zwei Reihen kleiner Hügel, die das Tal säumten, die Deckungslöcher, Erdwälle und Pfosten und suchte nach irgendeinem ungewöhnlichen Zeichen, einem Hinweis auf drohendes Unheil, das am Abend vorher ausgebrütet worden sein mochte. Er fand nichts außer ein paar zertretenen Zigarettenstummeln in Nähe der Deckungslöcher und ersah daraus, daß sie jedenfalls hier gewesen waren, obgleich keiner der beiden Spähtrupps einen Befehl dazu gehabt hatte.

Unterdessen standen die Häftlinge schweigend in einer Reihe und warteten. Ängstlich beäugten sie einander, die Wachen und Reisman, der nun auf sie zukam. Auf seinen Befehl nahmen sie die Tornister ab und reihten sie ordentlich hinter sich auf. Etwas abseits stapelten sie die Munitionskästen. Stabsfeldwebel Morgan wartete gelassen auf seine Befehle.

»Waffen vorzeigen!« ordnete Reisman an.
Die Häftlinge trugen noch die Maschinenpistolen, an denen sie während der letzten Tage ausgebildet worden waren. Ursprünglich hatte Reisman mit Gewehrfeuer beginnen wollen, was dem üblichen Ausbildungsgang entsprochen hätte. Dann aber hatte er es sich anders überlegt und ihnen die Maschinenpistolen gelassen. Das würde ihnen mehr Mut geben und die Versuchung in Form einer handgreiflichen Feuerkraft größer machen.
Der Hauptmann schritt die Reihe ab, riß den Leuten die Waffe aus der Hand, öffnete Kammer und Lauf und prüfte, wenn er die Maschinenpistole zurückgab, jedes einzelne Gesicht. Keiner sah ihm in die Augen; alle blickten an ihm vorbei oder durch ihn hindurch. Victor Franko umklammerte seine Waffe so krampfhaft, daß Reisman dreimal ziehen mußte, ehe Franko sie richtig losließ. Als Odell seine Maschinenpistole zurückbekam, entglitt sie ihm und wäre in den Dreck gefallen, wenn Reisman sie nicht aufgefangen hätte. Alle Männer wirkten außergewöhnlich unruhig und gespannt. Ob es nur die Aufregung vor dem Scharfschießen war oder ob sie etwas anderes fürchteten, konnte Reisman nicht erkennen. Doch hatte er die Absicht, ihnen nunmehr etwas vorzuführen, was ihnen zu denken geben sollte.
»Das Wachkommando schießt zuerst«, verkündete er. »Es zeigt Ihnen die Geschwindigkeit und Genauigkeit, mit der diese Waffe treffen kann. Die Leute schießen aus fünfzig Metern Entfernung auf Pappkameraden. Das ist erheblich weiter, als wir jetzt voneinander entfernt sind. White, Gilpin, Jimenez, Wladislaw, Pinkley und Odell kommen mit mir. Wir bringen die Ziele an und nehmen dann Deckung. Hauptmann Kinder fungiert als Sicherheitsoffizier und wird sich von seinem Platz hinter der Feuerlinie aus vergewissern, daß keiner von uns in den Deckungslöchern in Gefahr ist. Feldwebel Bowren hat das Kommando über die Feuerlinie. Seinem Feuerbefehl folgt ein kurzes Pfeifensignal; erst dann wird der Befehl ausgeführt. Der Befehl zur Feuereinstellung wird durch eine Reihe langer Pfiffe angekündigt, entweder von Feldwebel Bowren oder von Hauptmann Kinder. Niemand verläßt die Deckung, um Ziele zu markieren oder auszutauschen, bevor ich nach der Feuereinstellung das Kommando dazu gebe. Wenn den Leuten in den Deckungslöchern ihr Leben lieb ist, dann stecken sie die Nase in den Dreck, solange die Kugeln in der Luft sind. Die übrigen, Franko, Lever, Maggot, Sawyer, Posey und Smith, nehmen mit Feldwebel Morgan hinter der Feuerlinie Aufstellung und beobachten die Schießübung aus der Nähe.«
Mit den Männern, die er für die Zielmarkierung eingeteilt hatte, und einem Militärpolizisten betrat Reisman den Schießplatz. Von den Spezialeinrichtungen für Maschinenpistolen, wie sie auf Standardschießplätzen üblich waren, mit drehbaren Pappfiguren, die man an Seilen aus ihrer Deckung ziehen konnte, war hier nichts zu finden. Doch würde der Platz auch so für alle vorhandenen Waffentypen seinen Zweck erfüllen, und er war so breit, daß vier Mann gleichzeitig schießen konnten. Die Ziele waren fest angebracht und bestanden einmal aus Standard-Zielscheiben, zum anderen aus liegenden, knienden und stehenden Pappfiguren. Die Schußentfernung sollte wechseln und bis zu zweihundert Metern vergrößert werden.

Hinter einem der Erdwälle kauerte Odell mit Hauptmann Reisman und zwei anderen. Er horchte fieberhaft auf Feldwebel Bowrens Kommandos, hörte den Feuerbefehl, den schrillen Pfiff und dann das entsetzenerregende Losballern der Maschinenpistolen. Zitternd zwang er sich, nicht aufzustehen und davonzurennen. Er drückte sein Gesicht gegen die Erde, hob es dann wieder und sah wie gehetzt von einer Seite zur anderen.
Reisman hockte sich neben ihn. »Was ist los? Sie treffen uns ja nicht. Wir sind hier ganz sicher!«
»Ich habe noch nie unter Beschuß gelegen, Sir.«
»Doch. Als ich Sie den Felsen an der Küste hinaufgejagt habe.«
»Das war was anderes, Sir.«
»Haben Sie in den Staaten nie eine Schießübung mitgemacht?«
»Nein, Sir. Ich habe noch nie geschossen, Sir!« schrie Odell mit bebender Stimme. »Wir hatten eine andere Ausbildung. Wir –«
Das infernalische Stakkato der Maschinenpistolen setzte aus – und die plötzlich eintretende Stille war nicht weniger schrecklich als der Krach. Feldwebel Bowrens Pfeife verkündete: Gefahr vorbei! Der massive Feuerstoß hatte keine Minute gedauert.
»Nun, so schlimm war es doch gar nicht, was, Myron?« fragte Reisman.
»Nein, Sir«, erwiderte Odell, der seine Angst jetzt albern fand.
»Meinen Sie, Sie werden sich daran gewöhnen?«
»Ja, Sir, ich glaube schon, Sir.«
»Sie werden sich noch dafür begeistern, wenn Sie es oft genug machen – auf dieser wie auf der anderen Seite der Feuerlinie.«
»Jawohl, Herr Hauptmann«, sagte Odell nervös. »Ich weiß, daß ich mich daran gewöhnen muß.«
Reisman hob den Kopf, äugte über den Erdwall und sprang auf. Die vier Wachsoldaten, die geschossen hatten, schoben neue Magazine ein, spannten, sicherten und richteten die Läufe himmelwärts. Um sie herum lagen die sechs leer geschossenen Magazine verstreut. Es stank nach Pulver.
»Raus aus den Löchern. Wir wollen uns die Pappkameraden ansehen«, befahl Reisman. »Morgan, bringen Sie Ihre Mannschaft hierher, sie sollen sich anschauen, was von den Zielen übriggeblieben ist.«
Es war wenig genug. Victor Franko starrte auf die Figuren, die von dem massiven Beschuß mit 12-mm-Kugeln zerfetzt worden waren. Er streckte die Hand aus, nahm ein paar von den Pappfetzen auf und fuhr mit den Fingern über die ausgefaserten Krater und tiefen Löcher in der dicken Pappe. Ein Schauer lief ihm den Rücken hinunter; ihm war, als streiche er über seinen eigenen Körper.
Eine weitere Demonstration mit dem restlichen Wachkommando hielt Reisman für überflüssig. Die Warnung war deutlich genug. »Franko, White, Sawyer, Odell in Feuerstellung marsch, marsch!« befahl er. Dann teilte er die übrigen ein. Sechs in die Deckungslöcher. Zwei hinter die Feuerlinie zum Beobachten. Militärpolizisten an ihre Plätze. Bowren, Kinder und Morgan an ihre Plätze. Neue Pappfiguren wurden angebracht. Die Anzeiger gingen in Deckung. Reisman schritt die Feuerlinie ab – Odell, Sawyer, Franko, White,

in dieser Reihenfolge von links nach rechts – und gab jedem von ihnen zwei volle Magazine. »Eins in die Tasche, eins in die Hand«, befahl er. »Es wird erst geladen, wenn ich das Kommando dazu gebe.«
Dann drehte er ihnen den Rücken zu und ging den Schießplatz hinunter. Bei der ersten Zielgruppe blieb er stehen und wandte ihnen wieder das Gesicht zu. Er nahm seine Maschinenpistole von der Schulter und hielt sie, den Lauf zur Erde gerichtet, an der Hüfte. Ein Unfall kam immer mal vor, und so etwas wollte er nach Möglichkeit vermeiden. Durch sein Verhalten brachte er die Leute in äußerste Versuchung. Wieder spürte er jenes typische Herzklopfen der Angst, das die Sinne hellwach macht und jeden Muskel anspannt.
Hauptmann Stuart Kinder stand zehn Meter links seitlich hinter den Schützen und sah abwechselnd auf sie und auf Reisman. Von Schrecken gebannt haftete sein Blick an ihnen statt an den Männern in den Deckungslöchern, für deren Sicherheit er verantwortlich war, und die Vorgänge schienen ihm wie in Zeitlupe abzulaufen.
Stabsfeldwebel Morgan stand zehn Meter rechts seitlich hinter den Schützen. Im stillen fluchte er auf Reisman und zielte mit seiner Maschinenpistole auf die Rücken der Häftlinge. Er wollte keine Scherereien. Wenn die Gefangenen sich umdrehten, konnten sie ihn leicht treffen, denn er stand dicht genug bei ihnen. Doch sofern es wirklich zu Scherereien kam – und dieser selbstbewußte Hund von einem Offizier ging ja geradezu darauf aus –, würde hoffentlich einer von den Häftlingen Reisman um die Ecke bringen, und das würde hoffentlich Franko sein, damit er ihn hängen konnte.
Feldwebel Clyde Bowren bewegte sich von seinem Platz am Außenpunkt der Feuerlinie Schritt für Schritt das Schußfeld entlang. Er hielt sich fast an der Seitenlinie des Schießplatzes und behielt die Schützen im Blick, beobachtete ihre Gesichter, ihre Augen, die Bewegungen ihrer Hände und Körper – gewärtig, in der nächsten Sekunde einen von ihnen umlegen zu müssen.
»Laden, spannen, sichern – und den Lauf nach oben richten!« befahl Reisman. Metall klappte gegen Metall. Die Magazine wurden klickend eingeschoben, die Schlösser mit einem Schnapplaut gespannt und gesichert.
Victor Frankos Hände wurden klamm. Trotz des kühlen Lüftchens stand ihm der Schweiß auf der Stirn. Zorn und Enttäuschung trübten seinen Blick. Vor ihm, weit im Schußfeld, verschwamm die höhnische Gestalt des Hauptmanns zu einem undeutlichen Bild. Reisman rief ihnen zu: »Sie schießen zunächst nur, um ein Gefühl für die Waffe zu bekommen. Sie können so schnell oder so langsam feuern, wie Sie wollen. Später werden Sie lernen, den Abzug so vorsichtig durchzuziehen, daß Sie auch Einzelschüsse abgeben können und jeden Schuß zu einem Volltreffer machen. Wenn Sie Ladehemmung haben, nehmen Sie sofort das Magazin heraus, heben die Hand und halten den Lauf in Schußrichtung. Hauptmann Kinder oder Feldwebel Bowren geben dann sogleich das Signal zur Feuereinstellung und kommen Ihnen zu Hilfe. Beider Anordnungen werden widerspruchslos ausgeführt.«
Franko fuhr sich mit der freien Hand über Stirn und Augen, um sich den Schweiß abzuwischen. Er sah, wie Reisman ihnen abermals den Rücken zudrehte und langsam auf eine der Sandsackdeckungen zuging. Vorsichtig,

fast unmerklich, drehte Franko den Kopf. Er sah Bowren schräg vor sich, Morgan und Kinder rechts und links hinter sich ... ringsum auf den Hügeln die auseinandergezogene Kette der Militärpolizisten. Alle zielten sie mit ihren Schußwaffen auf ihn.
Dann war Reisman nicht mehr zu sehen; er war in einem Deckungsloch verschwunden. Bowren hatte das Kommando übernommen, war wieder auf eine Höhe mit ihnen zurückgekommen und gab nun die Kommandos: »Deckung klar ... Schußfeld klar ... Achtung ... Feuer!«
Der saftige, gellende Triller aus Bowrens Pfeife schnitt durch die Luft, doch was folgte, war tiefste Stille. Nichts geschah. Keiner schoß. Victor Franko zitterte und war unfähig, ein Ziel anzuvisieren, unfähig, den Sicherheitshebel zu betätigen, unfähig, den Abzug zu drücken. Er sah Sawyer an ... Odell ... Napoleon ... Er spürte, daß ihre Augen auf ihm ruhten, obgleich sie ihn nicht anguckten; daß sie ihre Stellung, wenn auch unmerklich, verändert hatten, um zu sehen, was er tat.
»Feuer, verdammt noch mal, ihr blöden Säcke! Feuer!« brüllte Bowren.
Das Zittern hörte auf. Frankos Daumen legte den Sicherungshebel um; sein Finger drückte den Abzug, und alle Angst und Enttäuschung wurden von der Waffe, die in seinen Händen bockte und ratterte, ausgespien; ein Hagel von Kugeln jagte über das Schußfeld in die Pappfigur. In Sekunden war das Magazin leer. Bevor ihm noch recht bewußt wurde, daß er seine Munition verschossen hatte, hörte Franko die Stille – die seiner eigenen Waffe und die der anderen. Er atmete schwer wie nach einer großen körperlichen Anstrengung – und doch durchströmte ihn ein sanftes Gefühl der Erleichterung, das sich zu frohlockender Freude steigerte. Er drehte den Kopf zu den andern hin; Sawyer, Odell, Napoleon – alle sahen ihn an. Bowren, Kinder, Morgan, die Militärpolizisten ... und er wünschte, Reisman wäre auch sichtbar gewesen ... für sie alle lächelte er. Für die große Abrechnung und den Schritt in die Freiheit war immer noch Zeit. Dies hier, dies allein war schon Macht genug, war schon ein kleines Stück Flucht.
Langsam und mit Überlegung, denn er wußte, daß jede seiner Bewegungen mit Argusaugen beobachtet wurde, öffnete Franko das Schloß, ließ das leere Magazin herausspringen, zog das volle aus der Tasche und schob es ein. Dann legte er seine Maschinenpistole an und begann, in kurzen, gezielten Feuerstößen mit seinen Zielfiguren zu spielen.

25

In den Tagen und Nächten der gemeinsamen Schießübungen brachte Reisman dem dreckigen Dutzend allmählich immer mehr Vertrauen entgegen. Dies war zwar eine Nervenbelastung; doch für die Männer – das wurde ihm bald bewußt – stellte das intensive Scharfschießen ebensosehr eine echte Entspannung und Therapie wie eine militärische Notwendigkeit dar. Für die meisten war es ein Element der Männlichkeit, des Stolzes und der Selbstbestätigung. Myron Odell gab es Vertrauen zu einer neuerworbenen Fähigkeit. Anfangs war er waffenscheu und verfehlte das Ziel; aber bald lernte er, Maschinenpistole, Gewehr, Karabiner und 12-mm-Pistole fast genauso kaltblütig zu handhaben wie die anderen. Obwohl Reisman Übungen mit Handgranaten scheute – nicht so sehr, weil er einen Überfall der Häftlinge befürchtete, sondern vielmehr, weil Leute wie Odell sich erfahrungsgemäß linkisch dabei anstellten und sich oder andere gefährdeten –, ging er mit der Zeit doch dazu über. Odell handhabte die Dinger nicht ängstlicher und nicht unachtsamer als seine Kampfgefährten auch.

In mancher Hinsicht ließ Reisman seinen Leuten nun die Zügel etwas lockerer. Gelegentlich gab es ein warmes Frühstück oder Mittagessen, das sie gemeinsam mit der Wachmannschaft in der Baracke einnahmen, und öfter mal einen freien Abend.

Victor Franko wußte, daß er jedesmal, wenn ihm Munition zugeteilt wurde, die Macht über Leben und Tod seiner Kameraden in Händen hielt, und das gab ihm ein Gefühl der Ebenbürtigkeit mit Reisman. Wenn er jetzt mit Stabsfeldwebel Morgan Dame spielte, zitterte er nicht mehr. Er konnte ihn tatsächlich sogar einmal schlagen und genoß die Erregung und das Vergnügen darüber. Vergeblich drängte Morgan ihn, ihm Revanche zu geben. Franko brachte den Mut auf, das abzuschlagen.

Für die Pokerspieler gab es neue Karten, und statt Patronen benutzten sie Spielmünzen von einem Monopolispiel, das Hauptmann Kinder nebst weiterem Unterhaltungs- und Lesestoff beigesteuert hatte. Samson Posey wurde zwar arg von den Karten angezogen; doch versagte er sich dieses Vergnügen und kämpfte statt dessen mit Lese-, Schreib- und Rechenbüchern. Kinder hätte ihm gern Unterricht erteilt, aber Reisman bat ihn, erst mal abzuwarten; und was er erhofft hatte, trat ein: Als Napoleon und später auch Myron Odell sahen, wie Samson sich abmühte, arbeiteten sie abwechselnd mit ihm.

Nach einer halben Woche meinte Reisman zu Stuart Kinder: »Die Männer sind reif für den nächsten Schritt.« Nachdem die Nachtwachen eingeteilt und Zapfenstreich geblasen war, hatten die beiden sich in sein Büro gesetzt. Reisman blätterte bei seinen Worten in einem Kalender. »Ich möchte, daß Sie von der höchstmöglichen Sprosse der Stufenleiter an Oberst Everett Dasher Breed Order ergehen lassen, wonach wir am Montag, dem 3. April, morgens in seinem Lager mit der Fallschirmausbildung beginnen. Ich könnte mein Ersuchen den üblichen Dienstweg beim militärischen Geheimdienst durchlaufen lassen; aber ich möchte die da heraushalten, und mir wäre es lieber, Sie führen nach London und machten es persönlich über Ihre Leute. Außerdem«, fügte er lächelnd hinzu, »bin ich überzeugt, daß Sie mehr Generale kennen als ich.«

Zu seiner Überraschung setzte Kinder seinen Worten einen Dämpfer auf. »Ich wollte, ich könnte Ihren Optimismus hinsichtlich der erzielten Fortschritte teilen«, sagte er. »Ich meine nicht den Ausbildungsstand der Leute. Der Himmel weiß, daß Sie da wahre Wunder vollbracht haben, John.«

»Aber?! Hat nicht Ihr ansteckender Optimismus und Enthusiasmus dazu beigetragen, diese Sache in Gang zu bringen?«

»Das schon. Doch hatte ich gehofft und erwartet, sie würden sich innerlich stärker verändern; das ist aber nicht der Fall«, erklärte Kinder. In den letzten Tagen hatte er auf Reismans Bitte hin die Einstellung der Häftlinge zu den Nazis erforscht, und zwar mit Hilfe eines kombinierten Wort- und Assoziationstestes und einer persönlichen Befragung. Die Ergebnisse hatte er sich notiert und teilte sie Reisman nun mit.
»Ich fürchte, für die meisten von ihnen sind das amerikanische Militär, die MP-Soldaten, Morgan, Sie und ich oder irgendeine andere Autorität, die ihnen das Leben sauer macht – für einige meinetwegen auch die Welt schlechthin oder irgendeine geheimnisvolle, unbestimmte Instanz –, sind alle diese Dinge, meine ich, ebenso der Feind wie Hitler, Mussolini, die Nazis, die Faschisten, die Wehrmacht, SS oder Gestapo. Trotz der Chance, die das Militär ihnen gegeben hat, trotz allem, was Sie für die Männer getan haben, trotz meiner Gespräche, Filme, Vorträge und meiner moralischen Beeinflussung«, sagte er kopfschüttelnd. »Für die meisten von ihnen hat der Krieg gegen Deutschland tatsächlich keine Bedeutung. Innerlich kämpfen sie immer noch ihren privaten Kampf aus. Posey, Jimenez, Maggot und Franko zum Beispiel. Sie haben in einer so engen und begrenzten Welt gelebt, daß sie etwas so ungeheuer Großes wie die Ereignisse um uns herum vermutlich weder gefühlsmäßig noch geistig erfassen können. Sie sagen, sie hätten nichts gegen die Deutschen. Immerhin träumt Posey zu unserem Glück davon, ein großer Kriegsheld zu werden. Bei Maggot und Lever finden sich sogar ein paar Anhaltspunkte dafür, daß sie die Nazis bewundern. White kämpft für seine eigene Sache und ist noch viel zu blind für alles andere. Smith schwatzt einem die Ohren voll, daß er froh sei, für seine Sünden büßen zu können, zweifelt aber, ob er hier bei dieser Einheit auch wirklich auf den Pfaden des Herrn wandelt. Die übrigen haben in unterschiedlichen Stärkegraden das Gefühl, ausgenutzt zu werden, keineswegs aber etwa eine Vorstellung von einem gerechten Kreuzzug; das ist für sie etwas ganz Nebelhaftes. Nur Sawyer hat das positive Empfinden, daß die Deutschen Feinde sind. Im Grunde ist es bei ihm wohl nur eine von der italienischen Front übriggebliebene latente Haltung.«
Das alles bekümmerte Reisman allerdings nicht so sehr wie Kinder. »Vorläufig fällt es noch nicht besonders ins Gewicht«, sagte er. »Vielleicht ändern sie sich – vielleicht auch nie.« Er wußte, er kannte diese Männer besser, als Kinder sie je kennen würde, denn er war selbst einer von ihnen. Für sie war jeder der Feind, der gegen sie antrat, jeder, auf den man sie nachdrücklich ansetzen würde. »Trotzdem sind sie reif für den nächsten Schritt«, wiederholte er. »Ich möchte, daß Oberst Breed ganz präzise Befehle bekommt. Bitte, machen Sie sich doch ein paar Notizen, Stu. Es steht uns zu, daß er den roten Teppich für uns ausrollt. Sie müssen das natürlich anders formulieren; aber diese Grundvorstellung möchte ich ihm gern beigebracht wissen. Er soll alles, was bei ihm gerade läuft, zurückstellen und sämtliche Einrichtungen der Sprungschule, alle Flugzeuge und Ausbilder sofort für einen Schnellkursus zu meiner Verfügung halten. Ansonsten haben er und sein Stab sich um ihre eigenen Angelegenheiten zu kümmern und weder an noch über meine Leute Fragen zu stellen,

außer im Zusammenhang mit der Ausbildung. In allem, was die Disziplin und Behandlung der Häftlinge betrifft, hat er mir, meinen Unteroffizieren oder Mannschaften nicht dreinzureden.«
»Ist das nicht ein bißchen viel verlangt?« fragte Kinder, der von seinem Notizbuch aufsah. »Ich meine, immerhin ist er Oberst und Sie nur Hauptmann. Sollte die Anweisung nicht diplomatischer abgefaßt werden?«
»Nicht bei diesem Kauz«, erwiderte Reisman. »Sonst gibts Ärger.«
»Was haben Sie eigentlich in Italien mit ihm gehabt? Sie erwähnten es einmal in Marston-Tyne, als Sie mir von Ihrem Plan erzählten, mit den Häftlingen hierherunter zu fahren.«
Reisman grinste, als er sich daran erinnerte, was ihm mit Breed in Italien passiert war. Sein Zorn darüber war längst verflogen; bei dem Oberst hingegen bezweifelte er das. »Damals war er Major«, erzählte er. »Er hatte gerade mit seinen Paradespringern in den Kampf eingegriffen und in den Bergen nördlich von Salerno einen Brückenkopf gerettet. Sie hatten sich glänzend geschlagen. Der Mann ist zwar nicht mein Typ, aber doch ein verdammt schneidiger Soldat, das muß man ihm lassen. Er bekam einen silbernen Stern und das Verwundetenabzeichen. Als ich mit ihm aneinandergeriet, trug er den Arm noch in der Binde. Das ist nämlich einer seiner großen Fehler: daß er nicht Fünfe gerade sein lassen kann und auch andere daran hindert, es zu tun, sofern es in seiner Macht steht.«
Dann erzählte er Kinder die ganze Geschichte. Reisman hatte sich, als italienischer Zivilist verkleidet, durch die deutschen Linien geschlängelt, um mit den amerikanischen Vorausabteilungen Verbindung aufzunehmen und zu berichten, was die Deutschen vor ihnen im Schilde führten. In einem Dörfchen, aus dem die Nazis vertrieben worden waren, regte sich neues Leben. Reisman trat in eine Trattoria, die inmitten der Trümmer ihren Betrieb wiederaufgenommen hatte, und wollte sich mit Speise und Trank stärken. Das Lokal war voll von Fallschirmjägern, die hier eine Verschnaufpause einlegten und sich ihres Lebens freuten. Sie bestellten sich zu essen, was immer sie bekommen konnten, und viel Wein. Dabei genossen sie die Dankbarkeit und Gastfreundschaft der Bevölkerung, insbesondere der Frauen, die sich dort eingefunden hatten, um ihre Befreier zu sehen. Es machte Reisman Spaß, sich mitten unter seine Landsleute zu setzen, ohne seine Identität aufzudecken, und sich in einem schwerfälligen Amerikanisch mit ihnen zu unterhalten.
Dann war Major Everett Dasher Breed hereingekommen, hatte das Lokal in anmaßender Weise räumen lassen und seine Truppe in eine Biwakstellung außerhalb des Dorfes zurückbefohlen. Innerhalb von Minuten saß Reisman fast allein in der Trattoria. Er gab sein Spiel auf und fragte: »Warum zum Teufel lassen Sie den Jungens nicht den Spaß, Major? Wissen Sie nicht, daß sie morgen schon tot sein können?«
»Wer zum Teufel sind Sie denn?« fragte Breed.
Darauf wies Reisman sich aus und verlangte einen Jeep. »Ich muß einen Bericht machen und möchte schleunigst an die Küste.«
Breed aber stellte ihn unter Arrest. Er bezweifelte Reismans Geschichte und seine Identität – sowohl aus Argwohn wie auch aus Mißgunst. In den

Stunden, die er Reisman in Gewahrsam hielt, verdächtigte er ihn, alles mögliche zu sein – vom deutschen Spion oder italienischen Faschisten bis zum amerikanischen Deserteur. Endlich wurde Reismans Identität von oben bestätigt. Breed bekam einen Rüffel, weil er ihn festgehalten und daran gehindert hatte, seinen wichtigen Bericht abzuliefern. Ferner erhielt er den Befehl, Reisman im eigenen Jeep mit Fahrer und bewaffneter Eskorte sicher und schnellstens an seinen Bestimmungsort zu bringen. Das hatte den Major gewurmt, insbesondere da Reisman ihn bei der Abfahrt in druckreifen Formulierungen heruntergeputzt hatte und dem Major klar war, daß er gar nichts dagegen machen konnte.
»Diesmal würde ich jedem Ärger mit ihm aus dem Wege gehen«, sagte Kinder. »Geben Sie sich einen Ruck und seien Sie nett und freundlich; ich würde sogar notfalls seiner Eitelkeit schmeicheln.«
»Warum? Weil er jetzt Oberst ist?«
»Nein, sondern weil wir mit Rücksicht auf das Unternehmen *Amnestie* keinen Staub aufwirbeln dürfen; und bei Oberst Breed müssen wir Ihrer Schilderung nach auf Schwierigkeiten gefaßt sein.«
Am nächsten Morgen fuhr Kinder nach London, und Reisman war froh, ihn für eine Weile los zu sein. Er gab sich keinen Täuschungen darüber hin, was von der Disziplin der Häftlinge und ihrem Können zu halten war, wenn man den Endzweck des Unternehmens *Amnestie* oder auch nur die bevorstehende nächste Ausbildungsphase zum Maßstab nahm. Dort im Gefängnis von Marston-Tyne, unter dem drohenden Schatten des Galgens oder mit der Aussicht auf eine lange Freiheitsstrafe, sagte es sich leicht: Ja, ich will alles tun. Aber wenn man dann der Wirklichkeit gegenüberstand, würde da nicht mancher vor dem Sprungtraining zurückschrecken? Für einen Mann, der nicht die nötige Konstitution und Bereitschaft mitbrachte, war das keine leichte Sache – und Reisman hatte deshalb sowohl geistige wie körperliche Entspannung als Belohnung für die bisherigen Fortschritte der Männer und als Ansporn und Vorbereitung für das Kommende in Erwägung gezogen.
Bei diesen Leuten hielt er die leiblichen Bedürfnisse für wichtiger. Deren Befriedigung erschien ihm wirkungsvoller, wenn sie auch möglicherweise die Disziplin untergrub. Der Hauptmann spielte mit einem sehr praktischen, wenngleich unorthodoxen Gedanken, wollte es sich aber noch reiflich überlegen, ehe er ihn in die Tat umsetzte. Eines aber wußte er genau, daß nämlich er selbst noch mal für eine Nacht aus dem Lager heraus mußte, bevor die Belastungen, Gefahren und Unsicherheiten der Fallschirmausbildung begannen. Es war mehr als zwei Wochen her, seit er bei Tess gewesen war. Allerdings hatte er sie, wie versprochen, zweimal die Woche angerufen.

Reisman richtete sich halb im Bett auf und griff über Tess hinweg nach Zigaretten und Feuerzeug, die auf dem Tisch lagen. Sein Bauch berührte ihren weichen, warmen Körper, und wohlig legte er sich quer über ihren Leib. Schade, daß man mit einem Bauchnabel nichts Gescheites anfangen kann, dachte er übermütig. Dabei wurde ihm plötzlich bewußt, wie lange es her war, daß er einmal nach Herzenslust herumgealbert hatte.

»Tue ich dir weh?« fragte er.
»Nein, nie«, antwortete sie und drückte ihn mit gespreizten Fingern an sich. »Ich mag es gern, wenn ich dein Gewicht auf mir spüre.«
Sie lagen wieder in *ihrem* Zimmer, eingehüllt von der Wärme eines behaglichen Feuers. Reisman fühlte sich wohl und entspannt, eins mit sich selbst. Die Auseinandersetzungen und Spannungen der vergangenen und die Sorge wegen der bevorstehenden Wochen waren von ihm abgefallen, wenigstens für den Augenblick. Immerhin war er nicht leichten Herzens heute nacht zu Tess gekommen, sondern hatte sie noch mit einem ernsten, entschlossenen Gesicht begrüßt. Wie ein Kind mußte sie ihn necken und ihm ein Lächeln abbetteln. Er hatte ein schlechtes Gewissen, nicht so sehr ihretwegen als vielmehr der Männer wegen, die er zurückgelassen hatte; die nicht die Freiheit besaßen, es ihm gleichzutun, und doch ein Bedürfnis danach hatten.
»Rauchst du eigentlich?« fragte Reisman. »Ich habe es nie bemerkt.«
»Nein, aber ich würde es sehr gern einmal versuchen«, erwiderte Tess. Sie richtete sich auf, nahm ihm die Zigarette aus dem Mund und schob sie zwischen ihre Lippen. Sie paffte dichte Rauchwolken, die ihr schließlich in die Augen stiegen; dann inhalierte sie, würgte und gab im die Zigarette hustend zurück. »Ich glaube, ich lasse lieber die Finger davon«, keuchte sie.
Sie bat ihn, Ringe zu blasen, und lachte, als sie sich um ihre Nase, ihre gespitzten Lippen, ihre Brüste legten. Nachdem er die Zigarette zu Ende geraucht hatte, lagen sie wieder beieinander, und er hielt sie zärtlich in seiner Schulterbeuge. Auf einmal standen auch die anderen vor ihm auf und umschwebten ihn – oder verspotteten ihn, genau wußte er das nicht –, als wären sie schon tot.
Er hatte nicht vorgehabt, Tess oder irgend jemanden sonst um Rat zu bitten; doch unversehens fragte er: »Würdest du es für unrecht halten, wenn ich versuchte, Männern, die ein hartes, einsames Leben unter seelischer Anspannung führen, etwas fürs Herz zu verschaffen, so etwas wie dich?« Er sprach rasch weiter und ließ ihr keine Zeit zum Antworten, denn er fühlte, daß er ihr die Sache näher erklären müsse. »Es handelt sich um die Männer, die ich ausbilde. Wenn ich hier neben dir liege, wird mir bewußt, was sie entbehren; daß sie diese Bestätigung als Mann brauchen, um sich stark zu fühlen.«
»Das glaube ich auch, daß sie sich ohne Frau nur als halbe Männer fühlen müssen«, sagte Tess leise. »Ich habe das oft gehört und weiß es nun von dir.« Sie drückte ihre Lippen auf seinen Nacken.
»Ich denke dabei nicht an irgendeine Idylle«, fuhr Reisman fort. »Dazu wäre auch gar nicht die Zeit vorhanden, so wie wir beide uns die Zeit nehmen. Losgehen und sich ein Mädchen suchen können sie nicht. Wohl aber könnte man für etwas sorgen, das sie wirklich brauchen ... eine Frau ... die sich mit ihnen einläßt und sie zufriedenstellt.«
»Für einen Mann kommt doch alles außer der Beziehung zu einer Frau erst in zweiter Linie, stimmt's?« Sie sagte das stolz, in vollem Bewußtsein ihres Wertes für ihn. »Wenn's natürlich eine seichte Beziehung ist, dann nicht ... aber ich glaube, ein Mann braucht die körperliche Vereinigung, um sich in seiner Männlichkeit bestätigt zu fühlen.«

»Es verstieße gegen sämtliche Regeln und Vorschriften.«
Tess hob den Kopf. »Wenn du die Vorschriften meinst, gegen die auch wir verstoßen, dann ist es nicht schlimm.«
»Nein, militärische Vorschriften – wegen der Disziplin und so weiter.«
»Wenn es ihnen nicht schadet, sowenig wie mir ... wenn es ihnen guttut, so wie du mir guttust, was soll dann dabei sein?« Sie schlang einen Arm um seine Brust und drückte Reisman fest an sich. »Ich liebe dich, John. Ich glaube, daß du mich gern hast. Wir können beide schon morgen sterben ... oder heute. Was verliert dann die Welt? Nichts. Doch wie viel verlieren wir, wenn wir unsere Liebe nicht mehr haben.«

Vor dem Krieg in Makao – oder war es in diesem gottverlassenen Bordell auf einer der Karibischen Inseln? – hatte Reisman einmal den Gedanken gehabt, wie hübsch es doch sein müßte, die Seefahrt aufzugeben – schließlich war es ein hartes Brot, und überall lauerten Gefahren – und irgendwo ein freundliches kleines Bordell aufzumachen. Dann konnte man die Ware persönlich prüfen und von Zeit zu Zeit überprüfen, konnte sich ein bequemes Leben machen und den Unterhalt andere verdienen lassen, anstatt ihn selbst zu verdienen. Vermutlich war das der Blütentraum, den jeder junge Draufgänger einmal im Leben träumte. Als der Hauptmann jetzt in der Baracke von Stokes Manor wieder daran dachte, fiel ihm ein, daß auch Archer Maggot einem solchen Hirngespinst nachgejagt und dadurch in seine jetzige klägliche Lage geraten war. Und doch plante er, Reisman, jetzt etwas ähnlich Törichtes.
Kaum war er am Samstagmorgen nach Stokes Manor zurückgekehrt, da drückte er schon Feldwebel Clyde Bowren etwas Geld in die Hand und schickte ihn in einer einzigartigen Mission aus. Er solle über Nacht fortbleiben und erst am Sonntag nach Dunkelwerden zurückkommen. »Es muß eine sein, die mehr als fünfzig Kilometer weit weg wohnt und die Gegend hier nicht kennt«, hatte er Bowren aufgetragen. Dann sagte er mit einem Versuch zu scherzen, obwohl beide sich über den Ernst der Angelegenheit im klaren waren: »Bringen Sie eine Dame mit einwandfreien Referenzen – eine, die Sie selbst ausprobiert und für gut befunden haben.«
Und weil er sich am folgenden Morgen mit Oberst Breed würde auseinandersetzen müssen, fiel Reisman auch jene denkwürdige Unterhaltung ein, die er in Italien als Breeds zeitweiliger Gefangener mit ihm geführt hatte. Nachdem die Trattoria auf Breeds Befehl geräumt und Reisman festgenommen und zum Gefechtsstand gebracht worden war, hatte er dem Oberst zu verstehen gegeben, ihm, Breed, fehle weiter nichts als eine Frau im Bett; das würde seine Stimmung heben, vielleicht sogar seine leibliche und geistige Gesundheit verbessern. Und das hatte den Major auf die Palme gebracht.
»Wer immer Sie sein mögen, Bursche«, explodierte Breed damals, »eins sind Sie sicher, ein unverschämter Lümmel mit einer schmutzigen Phantasie! Ich habe, was diese Dinge betrifft, einmal eine Frau gehabt; doch im Leben eines Soldaten ist dafür kein Platz. Es gilt alle Kräfte für die militärischen Aufgaben einzusetzen. Und ich habe alle Kräfte dafür eingesetzt. Ich habe mich mein ganzes Leben lang dazu erzogen. Und an dem Tage, an dem wir in den Krieg

eintraten – sobald ich das mit Sicherheit wußte –, habe ich mein Leben und Denken zur Reinheit geläutert. Denn aus Reinheit erwächst Stärke; sie ist etwas Schönes und an sich Wertvolles. Das andere hat an meinem Leben keinen Anteil mehr. Und wenn Sie ein amerikanischer Hauptmann sind, wie Sie behaupten, dann sollten Sie genauso denken.«

»Was hat denn Ihre Frau zu Ihrer plötzlichen Bekehrung zur Askese gesagt?« hatte Reisman gefragt.

»Sie meinen wahrscheinlich nicht Askese, sondern Zölibat, nicht wahr?«

»Ja.«

»Eigentlich geht es Sie nichts an«, hatte Breed voller Verachtung erwidert, »aber vielleicht ist es ja eine Lehre für Sie. Meine Frau und ich haben uns kurz danach scheiden lassen. Was sie seither gemacht hat, ist ihre Sache. Ich hoffe, sie hat anderswo ihr Glück gefunden.«

»Und Sie haben das Ihre im Krieg gefunden?«

»Ja, vollständig.«

»Mit dieser Anschauung stehen Sie vermutlich allein da, Herr Major«, entgegnete Reisman.

»Ich glaube, daß meine Einstellung einem Teil meiner jüngeren und älteren Kollegen bekannt ist.« In Breeds Stimme lag unüberhörbarer Stolz; seine Augen und seine Züge nahmen einen fanatischen Ausdruck an, als er weitersprach. »Allerdings kann ich mich da nicht auf sichtbare Beweise stützen. Ich kümmere mich nicht um das Privatleben und die Privatmeinung anderer, solange sie ihre Pflicht so gut erfüllen wie ich meine eigene – und das tun meine Leute!« Das letzte hatte er mit Nachdruck und Stolz gesagt. »Glauben Sie aber ja nicht, daß ich mit meiner Anschauung allein dastehe. Ich erinnere mich, daß ein ausgezeichneter Militärpsychologe einmal geschrieben hat: ›Weil der Krieg von allen Betätigungen des Mannes die erregendste und anstrengendste ist, ermöglicht er nicht nur, sondern verlangt auch das höchste Maß an Keuschheit von dem, der zum größten Erfolg kommen will.‹«

»Na, dann erzählen Sie das mal den Soldaten!« hatte Reisman dort, in dem stinkenden und von Trümmern übersäten Gefechtsstand höhnisch erwidert. »Offensichtlich haben wir nicht die gleichen Bücher gelesen, Herr Major. Haben Sie von dem großen russischen General Aleksej Nikolajewich Kuropatkin gehört? Er war realistischer. Scharfsichtig beobachtete er, daß am Vorabend einer Schlacht, die für seine Soldaten unheilvoll ausgehen konnte, viele über schmerzhafte Erektionen klagten, denen man mit Hilfe von Medikamenten entgegentreten mußte. Mein Privatpsychologe – seinen Namen will ich nicht nennen – hat dieses militärische Problem einmal untersucht und gesagt, er habe den Eindruck, daß der Drang nach Leben und Zeugung im Angesicht des Todes stärker werde.«

Als Reisman sich an dieses Gespräch erinnerte, mußte er im stillen lachen. Bei dem dreckigen Dutzend war die Sache sogar noch wesentlicher.

Nach Eintritt der Dunkelheit kam Bowren mit der Frau an. Er hatte ihr, wie zum Scherz, die Augen verbunden und führte die leicht angetrunkene Dame gleich in das kleine Barackenzimmer. Reisman hatte es geräumt, sämtliche

Akten in den Schreibtisch geschlossen und alles entfernt, was der Frau Aufschluß darüber geben konnte, wo sie sich befand, oder was für die Männer eine Verlockung darstellte. Die Fenster waren dicht verhängt, die Lampen in der Baracke fast völlig abgedunkelt. Reisman wollte die Frau nicht sehen und auch nicht von ihr gesehen werden; ebensowenig wollte er die Gesichter seiner Männer sehen oder sich ihnen zeigen. Stabsfeldwebel Morgan hatte er unter einem Vorwand mit dem Lastwagen weggeschickt, denn ihn mochte er unter keinen Umständen bei dieser Lustbarkeit dabei haben. Die Militärpolizisten waren zum Postenstehen im Lager eingeteilt worden, damit sie über die Vorgänge im Zimmer des Chefs im unklaren blieben.

Bowren kam jetzt aus dem Zimmer und meldete, die Frau, eine Prostituierte, die er in Plymouth aufgetrieben hatte, sei bereit und geradezu erpicht auf das Vergnügen. »Die hätte es auch umsonst gemacht«, meinte er, »als ich ihr erzählte, hier warteten zwölf ausgehungerte Burschen auf sie, lauter Helden, die gerade aus einem schrecklichen Kampf gegen die Heinis kämen und nicht mal Zeit gehabt hätten, sich zu rasieren oder zu baden; mit ihrer Hilfe würden sie sicher am schnellsten über die furchtbaren Erinnerungen hinwegkommen.«

Die Häftlinge selbst wußten noch nichts. Nach einem kräftigen Abendessen hatte Reisman ihnen plötzlich angekündigt, sie würden am nächsten Morgen abfahren und mit der Fallschirmspringer-Ausbildung beginnen. Dann hatte er unter dem Vorwand, sie brauchten viel Schlaf für die kommenden Anstrengungen, frühzeitigen Zapfenstreich befohlen. Die Männer hatten ein wenig gemurrt – aber vor allem herrschte eine nervöse Gespanntheit. Daß irgendeiner in seinem Zelt schon schlief, bezweifelte der Hauptmann.

Odell wurde als erster hereingebracht. Reisman saß im Halbdunkel auf einem Brettertisch, so weit wie möglich von der Tür zu seinem Zimmer entfernt. Bowren ging wieder hinaus und hielt sich zwischen Barackentür und innerem Lagertor zur Verfügung.

Daß er bei Odell ein Risiko einging, wußte Reisman. Doch zum Teufel, ging er nicht mit allen ein Risiko ein? Er hatte keine Ahnung, wie Odell reagieren würde – ob er nett zu ihr sein oder sie zu Tode ängstigen und damit alles verderben würde, oder ob er gar nichts tun würde.

»Wie ist Ihnen zumute, wenn Sie an die Sprungschule denken, Myron?« fragte Reisman. Odells Gesicht sah unter den zottigen Haarsträhnen und den Schmutzspuren kläglich aus, und noch in dem trüben Licht konnte Reisman die Angst in seinen Augen erkennen.

»Wir fangen doch morgen noch nicht gleich damit an, oder doch? Haben wir nicht erst theoretischen Unterricht?« stieß er hervor.

»Nein, morgen wird noch nicht gleich gesprungen«, sagte Reisman schnell. »Die erste Woche dient der Vorbereitung. Wenn Sie dann in die Maschine steigen, werden Sie gut in Schuß und ganz versessen darauf sein, das verspreche ich Ihnen, Myron«, sagte er beruhigend.

»Jawohl, Herr Hauptmann. Weswegen hatten Sie mich rufen lassen?«

»In meinem Zimmer erwartet Sie jemand. Sie dürfen zu niemandem, nicht einmal zu Ihrem Zeltkameraden, ein Wort darüber verlieren, wer es ist und was in dem Zimmer geschieht. Verstanden?«

Odells Gesicht hellte sich auf, und als er den Kopf kurz zum Büroraum wandte, fingen seine Brillengläser einen Schimmer des matten Lichtes auf und reflektierten es. »Ist er zurückgekommen?« fragte er. »Der Mann, der mir helfen wollte? Hat er etwas erreicht?«
»Nein, das ist es nicht. Es ist jemand anders, der Ihnen auf andere Weise helfen kann. Sie haben nur fünfzehn Minuten Zeit. Gehen Sie jetzt, und machen Sie die Tür hinter sich zu.«
Kaum war Odell in dem kleinen Zimmer und hatte die Tür hinter sich geschlossen, als er auch schon zitternd wieder herausstürzte. »Tut mir leid, Herr Hauptmann, ich kann nicht«, sagte er. Er streckte die Hand nach der Barackentür aus und wollte ins Lager zurückfliehen.
»Odell, kommen Sie her!« rief Reisman.
Der Mann kam langsam näher; er sah aus, als habe er einen Geist erblickt. »Es ist nicht recht von Ihnen, daß Sie mir so etwas antun«, murmelte er.
Reisman merkte, daß seine Stimme einen wütenden Unterton bekam, und das war gut so. »Sind Sie ein Mann oder nicht?« fragte er.
»Ja, ich bin ein Mann!« schleuderte Odell ihm entgegen. »Ich schieße mit Ihren Knarren ... und ich lerne springen ... und tue, was Sie wollen ... aber dies nicht!«
Reisman hielt ihm einen Pappkarton hin. »Hier sind Päckchen mit Sanierungsmitteln. Möchten Sie lieber den anderen helfen, wenn sie herauskommen? Das ist doch Ihr Fachgebiet, habe ich recht?«
Jetzt wurde Odell so erbost, daß die Worte wie erstickt aus seiner Kehle kamen. »Ich scheiße darauf«, keuchte er. »Ich bin niemandes Lustbursche und werd's auch nie wieder sein.« Damit drehte er sich um und verließ langsam die Baracke. Reisman ließ ihn ohne ein weiteres Wort gehen.
Victor Franko wurde hereingebracht.
»Möchten Sie nicht rasch duschen und sich rasieren?« fragte Reisman.
»Wozu?« erwiderte Franko argwöhnisch.
»Da drinnen ist eine Frau«, sagte Reisman und zeigte auf das Büro. »Eine Art Belohnung, weil Sie ein braver Junge waren. Vielleicht macht sie's lieber mit Ihnen, wenn Sie sauber sind und lieblich duften.«
Franko klappte die Kinnlade herunter. »Das ist'n Witz, Herr Hauptmann«, sagte er heiser.
»Nein. Überzeugen Sie sich selbst. Aber wenn Sie einmal die Tür geöffnet haben, läuft die Uhr, und Sie bekommen nur fünfzehn Minuten. Wer weiß, vielleicht will sie gar nicht, wo Sie derartig aussehen und stinken.«
Franko zögerte, ging dann zum Büro, öffnete die Tür und schloß sie hinter sich. Bei dem Anblick, der sich ihm bot, schwindelte ihm der Kopf. *Dieser Hauptmann, dieses Aas!* Die nackte, weiße Haut des Mädchens fing das Licht auf wie einen Scheinwerferkegel. Er suchte ihr Gesicht und musterte ihre Augen, um ganz sicher zu sein. Sie war eher eine Frau als ein Mädchen, ungefähr dreißig, nicht übel anzusehen, etwas füllig – aber das war nicht schlecht. Oh, guck dir bloß diese Titten an, guck dir diese Titten an! Er starrte auf sie herab. Sie lag mit gespreizten Beinen auf dem Feldbett und winkte ihn zu sich heran – doch er war unfähig, sich vom Fleck zu rühren.

»Mein Gott, siehst du aber mies aus!« sagte sie lächelnd.
Er grinste schwach zurück; seine Finger zupften an seinem Barthaar.
»Hast du auch Angst vor mir, Schatz?« fragte sie schmollend.
Sie war angeheitert, das merkte er, und da stand ja auch eine Whiskyflasche mit Glas auf dem Tisch – gleich neben der Uhr, die schon anderthalb Minuten von der ihm zugebilligten Zeit weggetickt hatte. Sehnsüchtig blickte er auf die Flasche.
»Nur zu«, sagte sie und deutete mit dem Kopf auf den Whisky. »Bedien dich, wenn es so schwer ist, mich ohne das zu nehmen.«
»Nein, nein, mein Fräulein, überhaupt nicht«, brachte er heraus. Mit zitternden Händen goß er sich ein Glas ein und stürzte es auf einen Zug hinunter. »Möchten Sie auch, mein Fräulein?«
»Allmächtiger, nein! Ich habe genug«, sagte sie. »Komm, zieh die Hosen aus. Bezahlt ist das Fest schon.«
Franko überschritt seine Zeit, und Reisman mußte ihn durch Feldwebel Bowren herausholen lassen. Verlegen und fügsam wie ein Kind schlurfte Franko aus der Baracke und knöpfte sich noch die Hose zu.
Dann wurden nacheinander die anderen hereingebracht. Die meisten nutzten ihre Zeit voll aus und wechselten anschließend mit Reisman, der ihnen das Sanierungspäckchen aushändigte, ein paar verlegene Worte. Reisman riet ihnen dringend, von den Vorbeugungsmitteln Gebrauch zu machen und über das nächtliche Vergnügen den Mund zu halten.
Luis Jimenez war überhaupt nicht verlegen. »Mann o Mann, Herr Hauptmann, Sie sind prima!« sagte er glückstrahlend. »Ich brauche keinen Fallschirm mehr, um zu fliegen!« Dann verfiel er ins Spanische und prahlte: »Zweimal in zehn Minuten, was sagen Sie dazu?«
Calvin Ezra Smith schlurfte aus dem Büro auf Reisman zu. Er kannte alle Verse und alle Kapitel, die vor dem, was er soeben getan hatte, warnten, und trotzdem hatte er es getan. Erst war er lüstern wie ein Tier gewesen, dann quälten ihn Gewissensbisse, und nun brauchte er jemanden, dem er die Schuld geben konnte.
»Was ist mit Ihnen, Smith?« fragte Reisman. »Fühlen Sie sich jetzt nicht besser?«
»Nein«, raunte der andere und schüttelte den Kopf. *Es kommt aber die Zeit,* dachte er und starrte Reisman seltsam an, *daß, wer euch tötet, wird meinen, er tue Gott einen Dienst daran.* Das ist vom heiligen Johannes, du Hurenjäger; Johannes sechzehn, Vers zwei. Und jener so gerechte Gedanke ließ ihn erschauern.
Noch zwei von den übrigen rührten die Frau ebenfalls nicht an. Posey kam genauso schnell aus dem Zimmer wieder heraus, wie er hineingegangen war. »Ich habe eine Frau«, sagte er traurig und verließ die Baracke. Napoleon White kehrte zornig um. »Wie können Sie nur glauben, daß ich dieses Dreckstück anrühre?« schimpfte er. »Bringen Sie mir eine schwarze Frau!«
Als letzter kam Archer Maggot an die Reihe. Jimenez war singend ins Zelt zurückgekehrt und hatte immer wieder gesagt: »Mann o Mann!« Und Maggot hatte erfolglos versucht, aus ihm herauszubekommen, was los war.

Mehrmals hatte er durch die Zeltklappe geschielt und Leute kommen und gehen sehen. Schließlich holte Bowren ihn.
Im Büro des Hauptmanns traute er seinen Augen nicht. In der Flasche war nur noch ein kleiner Schluck übrig; den nahm er zuerst, um sich ein wenig zu beruhigen und damit es bei ihm nicht so schnell ginge, denn schon von dem Anblick wurde ihm heiß. Dann schoß es ihm plötzlich durch den Kopf: der Nigger!
»Das schwarze Schwein is' doch noch nich' hiergewesen?« fragte er.
Sie lachte. »Er war hier und so schnell wieder draußen, daß ich ihn kaum gesehen habe. Liebe Zeit, den hätte ich gern hier behalten. Die haben nämlich meist ein Riesending und wissen's zu gebrauchen. Vorwärts, Soldat«, spornte sie ihn an, »zeig mal deins. Und mach's mir schön. Ich bin noch gar nicht richtig warm.«
Maggot stürzte sich auf sie. Er griff nach ihr, schlug und boxte sie und schrie: »Du Niggerliebchen! Du gemeines, gottverdammtes Niggerliebchen!« Sie schrie laut und lange, und ehe Maggot sich's versah, bearbeitete Feldwebel Bowren ihn mit Fäusten, drehte ihm schmerzhaft den Arm auf den Rücken und zog ihn ins Lager zurück.
»Du wirst auch nie gescheit, du Blödmann«, brummte er.
Nachdem Bowren die Frau im Jeep wieder weggebracht hatte, kehrte Reisman langsam in sein Zimmer zurück und nahm es in Augenschein: die leere Whiskyflasche und das schmutzige Glas; das feuchte, fleckige und zerwühlte Bettlaken, das nach der Frau und den Männern stank. Plötzlich ekelte es ihn, aber er bereute nicht, was er getan hatte. Jeder von ihnen hatte daraus gemacht, was er wollte. Für einige war es gut gewesen. Er zog Decke und Laken ab und brachte sie zusammen mit der Flasche und dem Glas nach draußen zum Abfalleimer, damit sie verbrannt und begraben wurden.

26

Victor Franko fühlte sich wohl hinterm Steuer. Seine Hände und Arme umfaßten fest das Lenkrad des Lastwagens. Das Hämmern des Motors vibrierte wie etwas Sinnliches in seinem Körper. Der Rausch der Macht über Kraft, Geschwindigkeit und Richtung des Fahrzeugs ließ ihn frohlocken. Er war übermütig, beinah glücklich. Am Abend vorher Weib und Schnaps umsonst, und jetzt frühmorgens die Fahrt bei herrlichem Wetter auf der freien Landstraße; da bekam er wieder diese undefinierbare Ahnung von Freiheit, nachdem sie vier Wochen lang in dem Stinkloch von Lager eingesperrt gewesen waren. Wenn die guten Dinge anhielten, dann machte ihm diese Einheit gar nichts aus. Nur manchmal, wenn er durch die Windschutzscheibe den Hauptmann und den Nigger vor sich im Jeep sah, hatte er nicht übel Lust, aufs Gaspedal zu treten und den Jeep samt Hauptmann über den Haufen zu fahren. Mochte der Nigger dabei ruhig auch draufgehen; der war überhaupt so sehr auf sein eigenes Wohl bedacht.
Franko hätte gern gewußt, ob Bowren, der neben ihm saß und seine Maschinenpistole zwischen den Beinen hatte, ihn wohl erschießen würde, wenn er versuchte, den Jeep zu rammen; oder ob Bowren ihn gewähren lassen würde, weil er Angst hatte, daß sie alle umkämen – er selbst und die hinten im Wagen –, wenn Franko tot über seinem Lenkrad zusammensackte. Innerlich mußte er über diese Zwickmühle lachen. Bald darauf verlangsamte er das Tempo und bog hinter dem Jeep auf einen schmutzigen Weg ab, der zu einem Kontrollpunkt der Militärpolizei führte und von dort zu einem Tor, hinter dem Franko jetzt auf einer Ebene einen riesigen Heeresstandort erkannte mit Zelten, Nissenhütten, Holzbaracken und Gebäuden. Der Komplex erstreckte sich weithin bis zu einem Flugplatz.
Franko bremste dicht hinter dem Jeep; er sah, daß Reisman von dem Posten am Tor gegrüßt wurde und Anweisungen bekam. Dann winkte der Hauptmann, daß sie weiterfahren sollten. Der ungepflasterte Weg schlängelte sich an Gebäuden und Zelten vorbei, an getarnten Ausrüstungs- und Munitionsdepots, Ansammlungen von Fahrzeugen, Geschützen und Soldaten: Fallschirmjäger einzeln, in Trupps, Riegen, Zügen und Kompanien. Der vorbeifahrende Konvoi wirbelte ringsum Staubwolken auf.
Aus dem Augenwinkel sah Franko etwas Riesiges und Eindrucksvolles in der Landschaft aufragen. Ruckartig drehte er den Kopf in die Richtung und verspürte ein jähes Angstgefühl, das seinen Übermut und seine Gelassenheit dämpfte. Es war ein turmartiges Stahlgerüst, etwa hundert Meter hoch, mit vier weit ausgreifenden Armen an der Spitze. Unten am Boden machten sich Fallschirmjäger zu schaffen. Andere hatten auf dem umliegenden Übungsfeld Stellung bezogen, und plötzlich sah Franko, wie ein Soldat, der unter einem offenen Fallschirm hilflos in den Gurten hing, zu einem der Turmarme

emporgehievt wurde. Da wurde ihm schlagartig klar, daß er für das Vergnügen der letzten Nacht bezahlen mußte, und erst recht dafür, daß man ihn aus dem Kittchen herausgelassen hatte.
Der Jeep fuhr langsamer. Reisman gab mit der Hand das Zeichen zum Halten. Franko sah zu, wie er auf die Straße sprang und dann angetrabt kam. »Alles für einen Augenblick aussteigen!« rief der Hauptmann.
Häftlinge und Wachsoldaten kletterten aus dem Wagen und versammelten sich um Reisman.
»Sehen Sie sich das gut an«, sagte er und zeigte auf den Turm. »Das ist der heitere Teil. Sie werden in den Gurten hängend am Fallschirm hinaufgezogen; anschließend fallen sie frei herab. Wenn Sie dieses Stadium erreicht haben, wissen Sie genau, wie Sie sich dabei verhalten müssen. Aus einem Flugzeug zu springen ist nachher ein Kinderspiel dagegen.«
Franko starrte gebannt mit erschrockenen Augen auf den Mann, der langsam den Turm emporgezogen wurde. Roscoe Lever drängte sich an ihn und sagte: »Mann, die hängen einen hier auf, Franko, und zwar ganz schön hoch!« Er sagte er scherzhaft , wollte damit aber seine Angst überspielen; die Wirklichkeit des Sprungtrainings hatte ihn hart getroffen.
Franko beobachtete den Mann am Turm. Aus irgendeinem Lautsprecher erscholl ein »Fertig?« Dann ging der Eisenring, der den Fallschirm hielt, noch ein Stückchen höher, und plötzlich fiel der Mann, der in den Gurten baumelte, wie ein Sack nach unten – bis sich der Fallschirm aufblähte. Franko mußte sich abwenden, er trat beiseite, lehnte sich gegen den Lastwagen und hatte zu kämpfen, damit ihm sein Frühstück nicht wieder hochkam.
Beiderseits des Weges, der zu dem großen, scheunenartigen Hauptgebäude der Sprungschule führte, waren zwei Züge wie aus dem Ei gepellter Fallschirmjäger in Paradeuniform angetreten. Als Napoleon White den Jeep an ihnen vorbeifuhr, starrte Reisman sie neugierig an und befürchtete schon, daß er in irgendeine Zeremonie hineinplatze. Sogar ein Musikzug war vorhanden; er wurde von dem einen Zug teilweise verdeckt. Gerade als Reisman Oberst Everett Dasher Breed aus dem Haus treten und auf den Jeep zukommen sah, fingen die Musiker an zu spielen.
Der Oberst war ein hagerer, zäher Typ von gebieterischer Körpergröße, und noch auf diese Entfernung strahlten seine Augen in einem erschreckend leuchtenden Blau. Um den Mann war eine Aura von Kraft und Tüchtigkeit – das Bewußtsein seines Ranges und seiner Erfahrung und eine unverkennbare Anziehungskraft, die ihn als Führernatur kennzeichnete. Zuallererst schienen seine Augen zu fragen: Wo ist dein Platz im System der Dinge, du kleiner Mann, und wie fügst du dich in meine Welt ein?
Reisman sprang aus dem Jeep und grüßte; sein Gruß wurde erwidert. Über die laute Militärmusik hinweg sagte der Oberst: »Willkommen auf dem Rittergut, Hauptmann. Ich habe mir immer gewünscht, Ihnen eines Tages in meinem Befehlsbereich wieder zu begegnen.« Auf seinem Gesicht lag ein verächtliches Lächeln, als habe er gerade eine deutsche Division zum Frühstück verspeist. Reisman wunderte sich unter anderem, warum er von einem Rittergut gesprochen hatte.

»Wo ist der General?« fragte Breed. »Aus dem Ton und der Vorrangigkeit der Befehle, die ich erhalten habe, schließe ich, daß Sie mindestens einen oder zwei bei sich haben. Ich würde mich freuen, wenn er meine Truppe besichtigte; aber das steht natürlich in seinem Belieben.«
Reisman hatte keine Ahnung, worauf der Kerl hinauswollte. Wenn jedoch Oberst Breed hier Mätzchen machte und wenn er einen General haben wollte, dann sollte er ihn bekommen. »Der General ist im Wagen, Herr Oberst«, erwiderte Reisman knapp. »Er reist inkognito in dieser Angelegenheit. Ich dachte, Sie hätten das aus Ihren Befehlen ersehen.«
Breed machte ein zweifelndes Gesicht. Ein wenig sah er auch so aus, als müsse er gleich eine bittere Pille schlucken. »General wie?« fragte er.
»Ganz recht, Sir«, entgegnete Reisman höflich. »General Wie, so können Sie ihn nennen. Er hat zur Identifikation nur eine Nummer, genau wie alle andern Leute meiner Gruppe. Das muß so sein. Geheim – wie es in Ihren Befehlen steht, Herr Oberst. Sehr liebenswürdig von Ihnen, uns diesen Empfang zu bereiten. Allerdings unbesonnen, daß Sie mit dem Finger auf uns zeigen, wo wir doch unbemerkt kommen wollten. Wenn Sie einen Augenblick hier warten möchten, gehe ich zurück und spreche mit dem General.«
Breed wurde rot vor Ärger, sagte aber nichts, als der Hauptmann davonschritt. Reisman schlug die hintere Plane des Lastwagens auseinander, ließ die Wagenklappe herunter und blickte auf die aus Häftlingen und Militärpolizisten gemischte Ladung. Alle Kennzeichen und Rangabzeichen waren von den Uniformen der Wachsoldaten entfernt worden. Auch seine Erkennungsmarke hatte jeder im Lager zurücklassen müssen. Alle trugen Drillichzeug, hatten Übungshelme auf und nagelneue, knarrende Sprungstiefel an den Füßen. Alle waren mit Karabinern bewaffnet, von denen jedoch keiner geladen war; die Militärpolizisten hatten ihre Patronenrahmen eingesteckt. Der einzige Unterschied zwischen Wachsoldaten und Häftlingen bestand darin, daß das dreckige Dutzend Bärte hatte und stank.
»Sawyer, möchten Sie gerne mal General sein?« fragte Reisman leise.
Die Männer lachten. Archer Maggot fragte: »Wozu ist die schöne Musik, Hauptmann? Gibt's 'ne Parade?«
»Klar, Herr Hauptmann«, antwortete Sawyer. »Was muß ich tun?«
»Machen Sie ein strenges, eisernes Gesicht wie ein sturer Kommißhengst, und was immer Sie tun – selbst wenn Sie furzen wollen –, tun Sie's mit Haltung und Autorität, wie diese Arschlöcher das eben machen. Die Rauschebärte lasse ich hinter Ihnen her marschieren. Die MP's reihen sich dazwischen ein. Da draußen steht so ein Scheißoberst, Sawyer. Wenn er Sie grüßt, erwidern Sie den Gruß. Will er Ihnen die Hand geben, dann übersehen Sie das und würdigen ihn keines Wortes. Werfen Sie auf ihn und seine Truppe einen herablassenden Blick. Sie sind mehr als er und diese Zinnsoldaten hier, verstanden? Hat das jeder verstanden? Sie brauchen weiter nichts zu tun, als bei dem einen Zug die Front abzunehmen und dann in dem Gebäude zu verschwinden. Wir kommen nach, und dort übernehme ich dann wieder das Kommando.«
Die Militärmusik brach ab. Ein Offizier ließ die in Ausgehuniform angetre-

tenen Fallschirmjäger stillstehen. Sie machten einen schneidigen und tüchtigen Eindruck. Reisman sah sie sich an und wünschte, daß zwölf davon – beliebige zwölf – ihm gehörten. Die würden nämlich hingehen und ihren Auftrag erfüllen, und wenn sie auch vielleicht Angst hatten wie alle Soldaten, so würden sie doch bereitwillig, stolz und voll Vertrauen ihre Pflicht tun, ohne daß man befürchten müßte, sie würden ausreißen, sich gegenseitig ans Leder gehen oder gemeinsam ihren Führer umbringen.

Ken Sawyer spielte seine seltsame Rolle mit ungeahnter Grandezza. Er erwiderte Oberst Breeds Gruß von oben herab und schritt dann rasch die Front der strammstehenden Fallschirmjäger ab. Reisman zog mit dem dreckigen Dutzend und den Militärpolizisten in einem lächerlichen Aufzug hinterdrein. Im Schutz des großen, scheunenartigen Gebäudes brachen einige in Lachen aus. Luis Jimenez schlug Sawyer auf den Rücken: »Mann, du gibst einen prima General ab!« rief er.

Reisman brachte sie zum Schweigen. Weder Breed noch einer seiner Leute waren ihnen in die Ausbildungshalle gefolgt. »Seht euch hier um«, sagte Reisman. Rings um den hohen Raum, der riesig war wie ein Flugzeughangar, verliefen Balkone, die mit Fallschirmgurten, Kabeln, Seilen und Trainingsgeräten vollgestellt waren. »Von nun an werdet ihr nichts mehr zu lachen haben«, sagte Reisman unheilvoll. »Wenn der Tag heute zu Ende ist, wird keiner von euch mehr die Kraft zum Weinen haben. Was wir bisher gemacht haben, waren Pfadfinderspielereien. Jetzt geht's um die Wurscht.«

Ein Leutnant der Fallschirmjäger kam zur Tür herein und meldete Reisman: »Oberst Breed möchte Sie gern in seinem Büro sprechen, Sir. Es liegt auf der anderen Seite der Halle.«

In Wirklichkeit befand sich das Büro in einer an die Halle angebauten Nissenhütte. Reisman wurde durch das Ordonnanzzimmer zu einer Tür mit einem Schild geführt, auf dem »Oberst Everett Dasher Breed, Diensthabender Offizier« stand. Der Leutnant klopfte, Breed rief: »Herein!«, und Reisman trat allein ein. Er beschloß, sofort kühl und dienstlich aufzutreten, als wenn der faule Zauber mit dem Empfang nie stattgefunden hätte. Er marschierte mitten vor Breeds Schreibtisch, grüßte und nahm Haltung an.

»Hauptmann John Reisman meldet sich mit zwanzig Mann zur Fallschirmausbildung zur Stelle.«

»Stehen Sie bequem, Hauptmann«, sagte Breed. Er lehnte sich in seinem Stuhl zurück und legte lässig die Beine auf eine Ecke des Schreibtischs.

Reisman musterte ihn abschätzend, nahm Einzelheiten wahr und frischte seine Erinnerung an den Oberst auf. Die Sprungstiefel trug dieser Mann nicht nur aus Angabe; sie waren sein oft benutztes Handwerkszeug aus feinem, geschmeidigem Leder, das vom vielen Tragen faltig geworden und mit einem weichen Lappen auf Hochglanz poliert war. Auf der Brust des Obersten saß über einer Reihe von Medaillen und Auszeichnungen das silberne Abzeichen des Fallschirmjägers. Er mochte etwa vierzig sein. Sein kurz geschorenes Haar war graumeliert – vermutlich im Krieg ergraut. Reisman hatte Männer innerhalb von Tagen alt und grau werden sehen. Breeds Gesicht war zerfurcht und sah aus, als sei es Wind und Wetter oder sonst welchen Elementen

ausgesetzt gewesen, denen sein Beruf ihn preisgab. Im Augenblick schien er zwischen Ärger und Belustigung zu schwanken und sah ihn sonderbar an, so als wäre Reisman eine rätselhafte Sorte Mensch. »Ist dieses verkommene Subjekt tatsächlich ein General, oder nehmen Sie mich auf den Arm, Reisman?« fragte er.
»In Italien haben Sie auch gedacht, ich nähme Sie auf den Arm, stimmt's?«
»Immer noch keine Manieren gelernt, wie ich sehe, oder militärischen Anstand.«
»Herr Oberst, Sie haben mich gebeten, Ihnen einen General zu präsentieren, und das habe ich getan. Mehr kann ich dazu nicht sagen. Ich bin nicht befugt, die Identität oder Truppenzugehörigkeit irgendeines dieser Männer preiszugeben. So jedenfalls lauten meine Befehle und, soviel ich weiß, auch die Ihren. Und wenn Sie Ihre Befehle sorgfältig lesen, Sir, werden Sie feststellen, daß ich nicht ›in Ihren Befehlsbereich‹ falle, wie Sie bei der kleinen Theatervorstellung vorhin so schön sagten.«
»Die Befehle, die ich erhalten habe, klangen so, als kämen Sie mit einem ganzen Regiment anmarschiert«, erwiderte Breed böse. »Was zum Teufel hat das zu bedeuten, daß man meine sämtlichen Ausbilder, Geräte und Flugzeuge mit Beschlag belegt?«
»Daraus ersehen Sie, was für ein wichtiger Mann ich bin«, sagte Reisman gutgelaunt und lächelte ihm zu. »Das meiste davon können Sie wiederhaben. Ich werde Ihnen nun genau sagen, was ich benötige.«
»Sie tragen Ihre Nase verdammt hoch!« ereiferte sich Breed. »Wenn Sie nicht einflußreiche Freunde hätten, der Himmel mag wissen, wen, dann würde ich Sie samt Ihrem Sauhaufen in einer halben Minute hinauswerfen. Dies ist hier nämlich kein normales Ausbildungslager. Es gehört mir. Ich habe es für mein Regiment aufgebaut und jedes Stück Holz und Stahl, jedes Ausrüstungsteil Leuten abgeluchst, die glaubten, sie brauchten es noch dringender als ich.«
»Sehr lobenswert, Herr Oberst. Sie haben hier wirklich eine feine Schule«, sagte Reisman freundlich. »Aber jetzt brauche ich das alles dringender als Sie.«
Breed redete unaufhörlich weiter, als hätte er die Bemerkung gar nicht gehört. »Meine Einheit hat in Afrika, Sizilien und Italien schwere Kämpfe mitgemacht, Hauptmann. Die übriggebliebenen Leute sind harte, erprobte Soldaten und würden mit mir durch dick und dünn gehen. Wir haben aus der Fallschirmjägerschule in Fort Benning nicht die richtige Verstärkung bekommen und vor allem auch nicht schnell genug. Darum haben meine Offiziere und ich ganz England nach den besten Leuten abgegrast. Die haben wir zu uns versetzen lassen und bilden sie nun selbst aus – nach unserer Methode. Manchmal fragen andere Regimenter oder Divisionen an, ob sie unsere Schule benutzen dürfen, aber stets in höflicher Form. Nie hat man mir befohlen, Außenseiter hier hereinzulassen, und ich sage Ihnen, das stinkt mir.«
»Wir gehören ein und derselben Streitmacht an, Herr Oberst«, stellte Reisman fest.
»Der Augenschein spricht bis jetzt völlig dagegen«, sagte Oberst Breed. »Wer sind denn diese Leute überhaupt, und was haben Sie vor?«

»Sie wissen, daß ich Ihnen das nicht sagen darf.«
»Dann noch eins, Reisman«, schimpfte Breed. »Die meisten dieser Männer starren vor Schmutz, sind unrasiert und stinken. Was sind das überhaupt für Soldaten, die Sie da haben? Mir untersteht eine saubere, disziplinierte und tüchtige Truppe. Meine Leute rasieren sich, baden, lassen sich die Haare schneiden und halten sich, ihre Uniformen und die Ausrüstung tadellos in Ordnung. Wie stellen Sie sich das vor? Wie soll ich denen klarmachen, warum Ihre Leute hier in einem solchen Aufzug antanzen? Sie sind eine Schande für die Truppe, wenn Sie es genau wissen wollen – falls sie überhaupt der Truppe angehören.«
»Herr Oberst – Sie sind der Kommandeur. Sie brauchen ihren Leuten überhaupt keine Erklärung abzugeben. Und ich bin der Kommandeur meiner Gruppe und brauche Ihnen keine Erklärung abzugeben. Ich habe den Befehl, meine Männer hierherzubringen, zu Fallschirmspringern auszubilden und wieder abzurücken. Ich möchte sofort damit anfangen – wenn Herr Oberst gestatten, natürlich.«
Breed lächelte ihn über den Schreibtisch hinweg an, aber es war kein freundliches Lächeln. »Ich wollte, Sie wären in meiner Einheit, Reisman«, sagte er, »in knapp zehn Sekunden hätte ich Sie zum gemeinen Soldaten degradiert.«
»Dafür wäre ich Ihnen vermutlich im Augenblick sogar dankbar, Herr Oberst. Darf ich jetzt mit der Erörterung meiner Pläne und Wünsche fortfahren?«
»Ich bin ganz Ohr, Hauptmann«, brummte Breed angewidert. »Je eher Sie anfangen, desto eher dürften wir Sie wieder loswerden.«
Reisman erklärte nun, wie er sich die zweiwöchige Ausbildung gedacht hatte. Er wollte die amerikanische Methode, die etwa in Fort Benning, Georgia, angewandt wurde und die er zwar nicht aus eigener Erfahrung kannte, wohl aber kurz studiert hatte, mit der britischen Methode kombinieren. Insbesondere lag ihm an der zügigen Ausbildungsweise von Ringway, wo er selbst den Fallschirmabsprung gelernt hatte.
»Den theoretischen und praktischen Unterricht meiner Leute übernehme ich selbst«, erklärte Reisman. »Ich benötige nur zwei Ihrer Ausbilder – wen immer Sie erübrigen können; der Dienstgrad spielt keine Rolle. Ich möchte, daß sie meine Jungs scharf im Auge behalten und darauf achten, daß sie den Anweisungen aufs Wort folgen. Ferner möchte ich, daß sie den Leuten notfalls Hilfestellung geben. Für die Zeit unseres Aufenthalts hier unterstehen die Ausbilder ausschließlich meinem Kommando.«
»Wieso bilden Sie sich ein, daß Sie als Ausbilder geeignet sind, Reisman?« stritt Breed weiter. »Ich sehe ja nicht mal das Fallschirmjägerabzeichen an Ihrer Uniform.«
»Deswegen brauchen Sie sich keine Sorge zu machen, Herr Oberst«, erwiderte Reisman mit einem freundlichen Lächeln. »Sie dürfen jederzeit dem Unterricht beiwohnen. In Benning hatte man fünf Wochen Zeit, sein Handwerk zu lernen. Ich nehme mir nur zwei Wochen, um diesen Jungens die Grundlagen beizubringen und sie mit fünf Sprüngen einsatzreif zu machen. Und wenn sie

fertig sind, möchte ich Fallschirmspringerabzeichen für sie haben. Sollten Sie der Meinung sein, daß meine Männer in irgendeiner Hinsicht noch nicht soweit sind, dann sagen Sie es mir, dann fassen wir dort nach. Einige sind nur zur Beobachtung dabei; zwölf Mann aber müssen springen lernen, und wenn ihnen der Arsch mit Grundeis geht.«
»Na, dann also mal ran, Hauptmann«, erwiderte Breed kühl. Er erhob sich steif von seinem Stuhl und wies auf die Tür. »Und der Himmel stehe Ihnen bei, wenn Sie Ihrer Sache nicht sicher sind. Ich schicke Ihnen einen Leutnant und einen Feldwebel nach nebenan in die Folterkammer, die können Ihnen alles zeigen und Ihnen helfen. Ich darf annehmen, daß Sie mir erlauben, Geräte und Vorrichtungen, die Sie gerade nicht benutzen, für mich in Anspruch zu nehmen – zum Beispiel meine C-47s. Es ist Ihnen doch recht, wenn ich gelegentlich mal einige meiner Leute einen Sprung zum Auffrischen machen lasse, solange Sie unser Gast sind?«
»Es wird mir ein Vergnügen sein, Herr Oberst. Ich werde SHAEF einen Bericht schicken, daß Sie mich hervorragend unterstützt haben. Das ist dann ein gewisser Ausgleich für das letztemal.«
Reisman trat schon durch die Tür, als Breed ihn noch einmal abrupt zurückhielt. »Ach übrigens, Hauptmann Reisman, bin ich in der Tat über Ihre jüngste Tätigkeit in dieser Gegend von Zeit zu Zeit unterrichtet worden. Lady Margot und ich sind befreundet. Sie hat sich schon wiederholt bei mir darüber beklagt, wie Sie mit Stokes Manor umgehen. Bedauerlicherweise habe ich wenig darüber in Erfahrung bringen können, außer daß die Sache von oben genehmigt ist. Sehen Sie, als ich mit meinem Regiment hierher kam, hatte ich ungefähr die gleiche Idee wie Sie, nämlich einen alten Landsitz für meinen Stab zu finden und wie ein Gutsherr zu leben. Ich wußte, daß es hier so etwas gab. Aber als ich bei Lady Margot vorfühlte, war ihre Antwort: nein. Ich habe das respektiert, und seitdem sind wir gute Freunde.«
»Nun, das finde ich großartig«, sagte Reisman. »Es verbessert die angloamerikanischen Beziehungen und so weiter. Aber hatten Sie denn, als Sie sich nach Ihrem adeligen Hauptquartier umsahen, auch die Erlaubnis von SHAEF?«
»Ich handelte auf eigene Verantwortung«, erwiderte Breed mürrisch. »Wenn ich etwas Passendes gefunden hätte, wäre ich den Dienstweg gegangen. Wir quartieren unsere Truppen nämlich nicht ohne Erlaubnis in Privathäusern ein, werter Hauptmann! Für was halten Sie uns, für Nazis?«
»Und ich lebe dort auch nicht wie ein Landedelmann«, sagte Reisman. »Ich habe die Erlaubnis von SHAEF und von Miss Strathallans Vater, dem der Besitz gehört. Ich erfülle einen bestimmten Auftrag und beabsichtige nicht, mir von irgend jemandem dreinreden zu lassen.«
»Und was für ein Auftrag ist das, wenn ich fragen darf?«
»Ich bin nicht befugt, Ihnen das zu sagen.«
»Vielleicht sind Sie befugt, mir zu erklären, weshalb Lady Margot mich gestern abend sehr verstört anrief. Sie ging in der Nähe eines Wäldchens spazieren, in dem Ihr Lager liegen soll, und behauptete nun, sie hätte eine Frau schreien gehört. Ich entgegnete ihr – nur um sie zu beruhigen natürlich –, das sei doch wohl sehr zweifelhaft, obwohl ich das keinesfalls mit Sicher-

heit annehmen konnte. Hatten Sie gestern abend eine Frau in Ihrer streng geheimen, hermetisch abgeschlossenen kleinen Festung, Hauptmann?«
Reisman hielt dem forschenden Blick der blauen Augen stand. »Das war wahrscheinlich einer meiner Leute, Sir«, sagte er, »bei dem gerade eine Folterung durchgeführt wurde.«

In der weiten, hohen Ausbildungshalle, von den Fallschirmjägern die Folterkammer genannt, instruierte Reisman kurz den Leutnant und den Feldwebel, die Breed ihm zugeteilt hatte. Sie hingegen erklärten ihm die gesamte Anlage für das Sprungtraining. Auf der andern Seite des Raumes machten Bowren und Morgan mit den Häftlingen und Wachsoldaten Lockerungsübungen, zu denen sie laut den Takt zählten.
»Diejenigen, um die Sie sich kümmern müssen, sind die mit den Bärten«, erklärte Reisman. »Mit ihnen stellen wir ein Experiment an; sie werden also vor allem 'rangenommen. Die anderen müßten eigentlich allein fertig werden. Sie machen – bis auf einen oder zwei vielleicht – die Ausbildung gar nicht oder nur teilweise mit. Namen, Dienstgrade, Erkennungsmarken oder Waffengattungen gibt es bei keinem. Sie werden lediglich nach den Nummern unterschieden, die sie Ihnen angeben. Wann immer einer von dem dreckigen Dutzend aus der Reihe tanzt, melden Sie es mir; mit meiner Einwilligung können Sie dann den Betreffenden hart ins Gebet nehmen. Um die Disziplin der übrigen kümmere ich mich notfalls selbst. Haben Sie mich genau verstanden?«
Zur Bestätigung ertönte ein zweistimmiges »Jawohl, Sir!«
»Schön, dann wollen wir anfangen«, sagte Reisman.
Er stand auf einer erhöhten Plattform, die beiden Ausbilder rechts und links neben sich. Zusätzlich zur individuellen Numerierung hatte er die zwanzig Leute insgeheim in drei Gruppen unterteilt. Gruppe X war das dreckige Dutzend, Gruppe Y Feldwebel Morgan mit drei Militärpolizisten und Gruppe Z Feldwebel Bowren ebenfalls mit drei Militärpolizisten. Y und Z sollten bei den verschiedenen Ausbildungsstufen, zumal am Anfang, abwechselnd mitmachen, weil das besser aussah. Doch konnte sich jeder der Wachsoldaten mit Reismans Einverständnis dispensieren lassen, wenn er meinte, mit den andern nicht konkurrieren zu können. Dann trat er in den Status eines Beobachters zurück, hatte sich Notizen über die Ausbildung und das Verhalten der Häftlinge zu machen und mit einem Auge darauf zu achten, daß niemand sich selbst verstümmelte oder einen Fluchtversuch unternahm.
»Ihre Ausbildung hier verläuft in vier Phasen«, dröhnte Reismans Stimme. »Die erste umfaßt körperliches Konditionstraining, An- und Ablegen der Gurte und Betätigung des Aufhängeseils am Fallschirm. Die zweite besteht aus einer Reihe von Sprüngen hier von den Balkonen herunter. Außerdem lernen Sie unter simulierten Bedingungen, wie man einen Fallschirm in der Luft handhabt und steuert.« Er zeigte auf die Fallschirmgurte; sie hingen an Kabeln, die von den höheren Balkonen schräg nach unten führten und neben Sägemehlgruben endeten. »In der zweiten Phase lernen Sie ferner, wie man einen Fallschirm zusammenlegt. Das üben wir von da an laufend bis zur

vierten Phase. Sie springen immer mit einem Schirm, den Sie selbst zusammengelegt haben; ich möchte Ihnen daher verdammt raten, dies richtig zu lernen. Die dritte Phase spielt sich am Turm ab, den wir gestern bei der Ankunft gesehen haben. Dabei werden Sie außer den Feinheiten auch lernen, wie man sich in einer schwierigen Lage hilft. In der vierten Phase steigen wir dann mit dem Flugzeug auf und springen auf ein Ziel. Vier Sprünge finden bei Tage statt, einer nachts. Noch irgendwelche Fragen?«
Reisman war überzeugt, daß die Leute Hunderte von Fragen hatten, aber niemand stellte eine. So fuhr er fort: »Ich wiederhole. Die Ausbildung verläuft in vier Phasen. Tausende und aber Tausende haben diese Schulung durchlaufen und sind ohne Verletzung zu fähigen Fallschirmspringern geworden. Normalerweise kann eine Phase wiederholt werden, wenn ein Mann versagt und die Sache noch mal machen will. Aber dazu haben wir keine Zeit. Wer sich in der ersten Phase drückt, muß es in der zweiten bis zur Weißglut büßen; nachhinken lasse ich keinen. Sie wissen, welche Alternative Ihnen offensteht, falls jemand ausscheiden möchte.«

Nach den Wochen harter Geländeübungen in Stokes Manor glaubte Napoleon White, er sei in prächtiger körperlicher Verfassung; aber Reisman und die beiden Roboter im Unterhemd, die mit ihm zusammen arbeiteten, schickten die Gruppe noch am ersten Tage durch ein sogenanntes Konditionstraining, das eher dazu angetan schien, sie zugrunde zu richten als zu kräftigen. Die Häftlinge mußten Tempoläufe über Wege und Felder des Übungsgeländes machen, bis ihnen die Lunge aus dem Halse hing – ohne Verschnaufpause und aus keinem anderen ersichtlichen Grund als dem, sie zusammenbrechen zu lassen, wieder hochzuzerren und erbarmungslos weiterzutreiben. Napoleon stellte mit Vergnügen fest, daß die Militärpolizisten jetzt als erste schlappmachten, und diejenigen, die es vorzogen, lieber im Jeep nebenherzufahren, bedachte er mit höhnischen Obszönitäten.
Zwischen den Läufen wurden Freiübungen eingelegt: fünfzig Minuten lang ohne Pause in einer riesigen Sandgrube, wo die an Gliedern, Knochen und Muskeln ziehende Schwerkraft vervierfacht schien. Napoleon sah, wie Leute umfielen, Nase und Mund im Sand begruben und sich nur mit der verachtungsvollen Hilfe eines Ausbilderfußes herumdrehten und weiteratmeten. Nur wenige von den Militärpolizisten beteiligten sich an diesem Teil des Spieles, der fettarschige, dickbäuchige Stabsfeldwebel Morgan schon gar nicht. Wohl aber machte Feldwebel Clyde Bowren mit. Er blieb bei der Stange und übertraf manchmal alles, was die Häftlinge zu tun hatten. Napoleon wußte, Bowren brauchte diese ganze Schinderei nicht mitzumachen, wenn er nicht wollte. Weil er es aber doch tat, genau wie Reisman, empfand Napoleon wider Willen Achtung für den Mann.
Überall schienen Seile zu hängen, die erklettert werden mußten, obschon keines so hoch und so fürchterlich war wie jenes am Felsriff, das Reisman sie am ersten Tag ihrer Ausbildung hinaufgeschickt hatte. Immer, wenn Napoleon meinte, nun könne er keinen Schritt mehr laufen und keinen Atemzug mehr tun, sah er zu Samson Posey hinüber, und der Anblick des scheinbar

unverwüstlichen, unermüdlichen Riesen gab ihm die Kraft, doch noch weiterzumachen. Dann wurden zu einer gymnastischen Übung sogenannte Indianerkeulen verteilt. Sie drohten die Arme aus den Schultergelenken zu reißen und die Nerven in den schwitzenden, zitternden Händen zu lähmen. Das einzig Komische an diesem ersten sauren Tag war, daß alle wußten, wie diese verdammten Dinger hießen, nur Samson Posey nicht.
Reisman hatte recht gehabt: was sie bisher gemacht hatten, waren Pfadfinderspiele gewesen, stellte Napoleon fest, als sie am Abend jenes Tages ins Lager zurückfuhren. Er war so völlig erschöpft, daß er Reisman erklärt hatte, er glaube nicht, daß er ihn sicher im Jeep zurückfahren könne. Also hatte Reisman das Steuer selbst übernommen, Napoleon war zu dem Fleischhaufen im Lastwagen geschickt und ein stolzer, hellwacher Samson Posey für würdig befunden worden, neben dem Offizier den Zug anzuführen. Auch Victor Franko war froh gewesen, das Steuer einem der Wachsoldaten übergeben zu können, und hatte sich nach hinten verzogen.
Die Männer waren verbissen und still; sie meckerten nicht einmal; einige schliefen, in verrenkten Stellungen aneinandergelehnt, im Laderaum des Wagens. Napoleon hätte tatsächlich nicht mehr die Kraft zum Weinen gehabt.

Am zweiten Tag war das Konditionstraining das gleiche. Es wurde aber jetzt von den ersten anfängerhaften Sprüngen unterbrochen. In der großen Ausbildungshalle und an geeigneten Punkten auf dem ganzen Gelände waren bis zu fünf Meter hohe Plattformen aufgestellt. Reisman führte seine Leute die Leitern hinauf, kniete sich auf den Plattformen hin, paukte ihnen die Absprungkommandos ein, wie sie an Bord eines Flugzeugs gegeben wurden, und schickte sie hinunter. Wenn sie zauderten, was einige taten, gab er ihnen einen Schubs. Unten landeten sie, je nach Höhe der Plattform, auf Segeltuchmatten, auf der Erde, auf Sägemehl oder Gestein. Einer der Ausbilder nahm sie in Empfang und schrie ihnen zu: »Beine zusammen! Knie krumm! Purzelbaum schlagen, verdammt noch mal!«
In der Folterkammer stiegen die Männer so lange in die Fallschirmgurte und wieder heraus, bis sie es im Schlaf konnten. Dann schwangen sie an Aufhängeseilen, die an einem beweglichen System von Rollen und Kabeln angebracht waren, hin und her, damit sie das Gefühl des Schwebens in der Luft kennenlernten. Das Geschirr schnitt ihnen in die Arme und Beine; am meisten schmerzten die Schenkelgurte, wenn sie sich diese nicht richtig festgeschnallt hatten, so daß sie rutschten.
Morgens und nachmittags ließ Reisman sie einmal auf die Latrine gehen, jeweils einige Wachsoldaten und Häftlinge zusammen. Im Vergleich mit den Gräben im Lager waren die Latrinen hier geradezu elegant. Voll Bewunderung ließ sich Joe Wladislaw auf einem regelrechten Toilettenbecken häuslich nieder. Dadurch verspätete er sich etwas und lief schließlich als letzter hinter den andern her, die schon hinausgingen. Als er zur Tür kam, schlug sie ihm vor der Nase zu, und von hinten umklammerten ihn zwei Paar Arme.
Er drehte sich um. Zwei bullige Fallschirmjäger – ein Obergefreiter und ein Gefreiter in Ausgehuniform, beide mit Medaillen und Auszeichnungen

behängt – hielten ihn fest. »Was fällt euch denn ein?« kreischte er und versuchte, sich loszureißen.
Aber die beiden schleiften ihn auf den Absätzen zur gegenüberliegenden Wand. »Reg dich nicht auf, mein Junge«, sagte der Obergefreite lächelnd. »Wir wollen dir nur ein paar Fragen stellen.« Sie stießen ihn gegen die Wand und hielten ihn dort fest.
In Wladislaws Schädel flammte ein Warnsignal auf. Er mußte den Mund halten und versuchen, sich den Weg freizukämpfen. Bestimmt hatte Reisman seine Hand dabei im Spiel; das war eine Art Falle. »Ach so«, sagte er, entspannte seine Armmuskeln und lächelte beruhigend zurück. »Nehmt die Flossen weg. Was wollt ihr wissen?«
»Laß ihn los«, sagte der Obergefreite.
Sowie er die Hände frei hatte, ging Wladislaw auf sie los. Er duckte sich und schlug dem Obergefreiten die eng zusammengeschlossenen Fäuste ans Kinn. Dann machte er einen Schritt zur Seite, um dem anderen einen Nackenhieb zu versetzen, aber der war plötzlich nicht mehr da, und schon krachte ihm die Handkante des Gefreiten wie ein Vorschlaghammer in die Niere. Wladislaw ging japsend zu Boden. Nun war ihm sonnenklar, daß er es nicht mit Amateuren zu tun hatte. Während er noch nach Luft rang, war der Gefreite schon über ihm, drehte ihm den Arm auf den Rücken und zerrte ihn wieder auf die Füße. Aber Reisman hatte Wladislaw beigebracht, wie man sich aus einem solchen Griff befreit, und sowie er wieder Luft bekam, trat er dem Gefreiten mit aller Wucht auf den Spann und stieß ihm den linken Ellbogen in den Solarplexus. Der Mann schrie vor Schmerzen auf und gab den Arm frei. Inzwischen kam der Obergefreite wieder vom Boden hoch, und während des nun folgenden Schlagaustausches stellte Wladislaw fest, daß ihm die Sache Spaß machte. Dann aber überwältigten die beiden ihn und nagelten ihn eisern am Boden fest, so daß er weder Arme noch Beine bewegen konnte.
»So, du Dreckschwein, und nun raus mit der Sprache! Wer bist du? Wie heißt du?« schnauzte der Obergefreite.
»Nummer sechs«, keuchte Wladislaw. Er kämpfte weiter, versuchte, sich zu bewegen, krümmte die Finger und zappelte mit den Füßen. Er bäumte sich auf dem harten Boden auf und suchte sich frei zu machen. Sie sollten wissen, daß er nicht aufgab, wenn Reisman dahintersteckte, erwartete er das von ihm.
»Das ist nicht dein Name. Sag uns deinen Namen!« forderte ihn der Obergefreite auf.
»Nummer sechs!« gab Wladislaw erbost zurück.
»Also gut, Bürschchen, dann machen wir's anders«, murmelte der Obergefreite. Er zerrte Wladislaw auf seine Seite herüber. »Halt ihn hier fest«, befahl er dem anderen. Mit der einen freien Hand knöpfte er seinem Gegner die Drillichjacke auf und fummelte ihm am Hals und auf der Brust herum. Da er nicht fand, was er suchte, riß er ihm das Unterhemd herunter. »Wo zum Teufel ist deine Erkennungsmarke?« fragte er wütend. »Bist du kein Soldat?«
Wladislaw hob den Kopf einige Zoll vom Boden hoch und spuckte dem Obergefreiten ins Gesicht. Dann deckte er ihn und das gesamte Militär mit dem Vokabular der Gosse ein.

Den Obergefreiten übermannte die Wut, und er schlug Wladislaw mit dem Handrücken ins Gesicht. »Du ungewaschenes Miststück!« fauchte er. »Ich will deinen Namen wissen, Dienstrang, Nummer und Truppengattung!« Bei jedem Wort schlug er ihm einen Trommelwirbel von Schlägen auf die Backen.
Dadurch hatte Wladislaw unerwartet seine linke Hand frei bekommen, und er machte guten Gebrauch davon. Seine Finger suchten und fanden rasch die richtige Stelle. Er legte dem Obergefreiten den Daumen an den Halsansatz, genau über dem Schlüsselbein, und drückte mit aller Macht zu – so ruhig und besonnen, daß er dabei im Geist sah, wie Reisman es ihnen vorgemacht und erklärt hatte: Druck auf den Nerv unterm Schlüsselbein.
Der Fallschirmjäger-Obergefreite schrie vor Schmerzen und fiel rücklings auf seinen Kameraden. Wladislaw nutzte die kurze Frist, sprang auf die Füße und machte, daß er zur Tür hinauskam.
Reisman hatte eben festgestellt, daß Wladislaw fehlte, und meckerte schon Stabsfeldwebel Morgan an, er solle ihn suchen, da kam Wladislaw wie ein Wilder angewetzt.
»Was zum Teufel ist denn mit Ihnen los?« brüllte Reisman mit einem Blick auf sein zerrissenes Drillichzeug und sein zerschundenes Gesicht. »Haben Sie sich geprügelt?«
Wladislaw stockte einen Augenblick und gab dann zornig zur Antwort: »Das wissen Sie doch wohl ganz gut, Herr Hauptmann!«
»Was soll das heißen?« fragte Reisman.
»Haben Sie mir denn nicht die beiden Leute auf den Hals geschickt?« Allmählich begann Wladislaw zu zweifeln.
»Was für Leute?« Plötzlich ging Reisman ein Licht auf. Er nahm Wladislaw beim Arm, führte ihn beiseite und ließ sich alles erzählen. »Sie haben ihnen doch nichts gesagt?« fragte er rasch.
»Wo werd' ich,« erwiderte Wladislaw empört. »Ich dachte, Sie wollten uns einen Streich spielen. Die Sache fing gerade an, mir Spaß zu machen, als ich abhaute.«
»Es ist gut. Gehen Sie wieder zu den anderen«, befahl Reisman. Dann fiel ihm ein, er müsse noch etwas mehr dazu sagen, und er rief: »Warten Sie, Joe!« Er legte Wladislaw die Hand auf die Schulter und meinte: »Das haben Sie gut gemacht. Erzählen Sie den anderen, was passiert ist, und verbreiten Sie es überall. Warnen Sie alle; jeder soll aufpassen und notfalls um Hilfe schreien. Ich habe nichts mit der Sache zu tun, das kann ich Ihnen versichern. Ich glaube, ich weiß schon, wie der Hase läuft.«
Er beschloß jedoch, Oberst Everett Dasher Breed nichts zu sagen und vorerst auch nichts zu unternehmen.

Am Mittwoch, dem 5. April, dem dritten Tag der Fallschirmspringer-Ausbildung, gingen die Häftlinge zur zweiten Phase über. Das war rasch, aber es hatte schon schnellere Kurse gegeben. Reisman kannte Männer, die die gesamte Sprungschule in vier oder fünf Tagen absolviert hatten, wenn ihr Auftrag eilig gewesen war.
Myron Odell stand am Ende der Reihe auf dem Balkon und rückte langsam

vor: fast fünfzehn Meter über dem Fußboden der Folterkammer. Er zitterte; in seinem Magen tanzten Schmetterlinge, und am liebsten wäre er auf die Toilette gegangen. Er sah, wie der erste durch die Attrappenflugzeugtür trat und etwa acht Meter tief hinunterstürzte, daß sich einem der Magen umdrehte. Dann wurde der Mann von den Gurten und Aufhängeseilen aufgefangen, federte bis zur Hälfte wieder hoch, glitt schließlich an einer Rolle das schräge Kabel hinab und schlug drüben auf der anderen Seite der Halle in einem Sägemehlhaufen auf. Das Ganze glich einer Hinrichtung. Odell war froh, daß er nicht als erster wie gelähmt vor Angst in dem Türrahmen stehen mußte, so daß alle seine Feigheit erneut vor Augen hatten. Aber zu warten und zuzuschauen, wie die anderen vortraten, sich mit den Fingern an den Türrahmen klammerten und sich weigerten zu springen, und wie Reisman ihnen gegen die Beine schlug, ihnen gut zuredete, ihnen schmeichelte, drohte oder sie schob, bis sie schließlich sprangen – das mit anzusehen schien ihm beinah noch schlimmer. Als Odell an die Reihe kam, war er in Schweiß gebadet und starr vor Entsetzen. Er fummelte an seinen Gurten herum und war nicht imstande, sie richtig anzulegen.
»Was ist denn los mit Ihnen, Mike?« zischte Reisman ihm ins Ohr und versuchte, es so persönlich wie möglich herauszubringen. »Neun Mann sind hier runtergesprungen, einige hatten genausoviel Angst wie Sie, aber jeder ist lebendig unten angekommen. Nun stellen Sie sich doch nicht so an; ich will Ihnen ja nur helfen.« Reisman nestelte an den Riemen und Schnallen herum, um sich zu überzeugen, daß Odell sie richtig angelegt hatte und sie ihn nicht strangulieren oder entmannen konnten.
Odell bewegte sich wie in Trance. Seine Muskeln waren erschlafft, seine Nerven wie betäubt. Reisman drängte und stieß ihn in den Rahmen der Attrappentür. Er fühlte den Schlag gegen die Beine, hörte das »Sprung!« und wußte, er würde noch ein paar Sekunden lang dort stehen bleiben, eher kraftlos als steif. Dann gab Reisman ihm einen Stoß ins Kreuz, und er fiel wie ein Sack Kartoffeln hinab. Verstand, Muskeln und Nerven ließen ihn im Stich; er spannte sich nicht und vergaß, was er zu tun hatte, bis die Gurte ihm mit einem Ruck in Leistenbeugen und Achselhöhlen schnitten. »Au!« schrie er und erwachte aus seiner Betäubung; aber da schlug er auch schon in der Sandgrube auf – natürlich so falsch wie nur möglich, Hände und Füße vorgestreckt, um den Körper abzufangen. An der einen Hand tat ihm der Daumen, an der anderen der kleine Finger weh. Er hatte sie sich heftig verstaucht, aber mehr auch nicht. Doch jetzt, das wußte er, könnte er hinaufgehen und immer wieder springen, und er würde es richtig machen.

An jenem Abend versammelte Reisman Wachen und Häftlinge nach einer warmen Mahlzeit zwanglos in der Baracke.
»Man hat mich darauf hingewiesen, daß morgen Karfreitag ist«, sagte er rücksichtsvoll. »Wer von der Wachmannschaft zur Messe gehen möchte, während wir auf der Sprungschule sind, kann das tun. Ich habe mir die Zeiten sowohl für den katholischen als auch für den protestantischen Gottesdienst geben lassen. Sie können abwechselnd gehen, damit alle drankommen.«

Während er weitersprach, musterten seine Augen die Häftlinge. »Was die übrigen betrifft, so ist durchaus nicht einzusehen, weshalb sie nicht ebenfalls gehen könnten, wenn sie wollen. Mir persönlich wäre es sehr lieb, wenn sie gingen. Es ist eine gute Gelegenheit in Ihrem Leben, zur Abwechslung einmal über etwas Höheres nachzudenken. Ich habe nichts dagegen, eine kurze Unterbrechung einzulegen, wenn Ihnen der Kirchgang wirklich ein Bedürfnis ist. Wer allerdings meint, er könne die Kirche als Vorwand benutzen, um sich zu drücken, der kann was erleben. Wer möchte gehen?«

Zu seiner Überraschung hoben alle bis auf Samson Posey die Hand.

»Fein«, sagte Reisman. »Natürlich müssen Sie morgen früh, bevor wir abfahren, baden und sich rasieren. Ich möchte nicht, daß Sie in der Menge auffallen. Sie wissen ja, was Joe Wladislaw passiert ist.«

Langsam senkten sich die Hände wieder. Erst eine, dann noch eine und noch eine; betreten sahen sie einander an.

»Dann pfeifen wir darauf!« murmelte Franko und sprach für alle.

»Mir auch recht«, meinte Reisman. »Morgen fangen wir, wie geplant, mit dem großen Turm an. Ich rate Ihnen, heute abend ein paar Gebete für sich allein zu sprechen.«

27

Victor Frankos Finger fühlten sich dick und klamm an, als er mit den anderen Reismans Fallschirm an dem Ring festmachte, an dem der Hauptmann dann auf den hundert Meter hohen Turm hochgezogen werden sollte. Er gab dem Seidenschirm einen zusätzlichen Klaps mit auf den Weg, worüber er sich selbst wunderte, und trat dann zurück, da die beiden Ausbilder rasch den Ring umschritten, um ihr Werk einer doppelten Prüfung zu unterziehen.

Ein Jeep fuhr vor. Reisman sah Oberst Breed aussteigen und auf sich zukommen. Bisher war ihm Breed die ganze Woche tunlichst aus dem Wege gegangen; aber dies hielt er offenbar für den geeigneten Augenblick, seine Autorität wieder ins Spiel zu bringen – oder ihn zu piesacken. »War schon jemand oben, Hauptmann?« fragte er.

»Nein. Ich prüfe erst den Wind«, erwiderte Reisman.

Breed befeuchtete einen Finger mit dem Mund, hielt ihn in die Luft und sah dabei zu den vier Armen des Turmes auf. »Ich glaube, Sie haben den richtigen gewählt«, meinte er.

»Das wird sich gleich herausstellen, Herr Oberst.« Reisman wandte schroff den Blick ab. »Lassen Sie mich hinaufziehen«, befahl er dem einen Ausbilder.

Darauf sprang ein Motor an, ein Stahlkabel lief über eine Winde, und Reisman schwebte himmelan. Franko stand unten am Turm; er hatte den Kopf in den Nacken gelegt und starrte auf Reismans schaukelnden Körper, der immer höher stieg. Plötzlich merkte er, daß er ganz allein dort stand; die anderen hatten sich vom Turm entfernt, um besser sehen zu können. Franko trottete ihnen nach und stellte sich zu einer Gruppe in der Nähe des großkotzigen Offiziers.

Hoch oben unter dem Turmarm blickte Reisman auf das immer weiter sich ausdehnende Übungsgelände hinab, das in der Ferne an Bauernhäuser und Straßen grenzte. Diesen Teil des Vorgangs mochte er nicht. Es behagte ihm nicht, von diesem verdammten Apparat gefangengehalten zu werden, ohne ihn regieren zu können, bis er ganz oben an der Spitze elektrisch ausgeklinkt wurde. Und nicht einmal dann war er seiner Sache sicher; er hatte es niemandem erzählt, daß er diesen Sprung vom Turm zum erstenmal machte. Alles, was er darüber wußte, hatte er aus Handbüchern und durch behutsames Ausfragen der beiden Ausbilder erfahren. Dort, wo er die Sprungschule durchgemacht hatte, gab es diese Zwischenstufe nicht. Sie waren gleich aus dem Flugzeug gesprungen.
Der Ring stoppte, und Reisman baumelte hilflos im Wind. »Sind Sie soweit, Hauptmann?« schmetterte der Lautsprecher. Es war Oberst Breeds Stimme.
»Los!« schrie Reisman. Falls er den richtigen Arm gewählt hatte, würde der Wind ihn vom Turm wegtreiben. Falls nicht, mußte er eiligst an seinen Aufhängeseilen hochklettern, oder er würde eine verdammt komische Figur abgeben – wenn es nicht noch schlimmer kam.
Nichts geschah. Reisman baumelte weiter dort oben. Er blickte nach unten. Ohne Fallschirm war es ganz hübsch tief. Er befürchtete schon, irgend etwas mit der Schalttafel stimme nicht, doch dann hörte er wieder Breeds Stimme.
»Sprechen Sie, Hauptmann«, dröhnte der Lautsprecher. »Sie müssen es lauter sagen, ich kann Sie nicht verstehen.«
Victor Franko stand neben dem Oberst und wunderte sich, was bloß in diesen sturen Kerl gefahren sein mochte. Er hörte Reismans Stimme laut und deutlich.
»Nun klinken Sie mich schon aus, zum Teufel!« brüllte Reisman.
Breed ließ ihn weiterbaumeln. »Ich hoffe zuversichtlich«, säuselte er ins Mikrophon, »daß Sie sich auskennen, Reisman. Was immer geschieht, nur nicht den Kopf verlieren, mein Freund. Und wenn Sie landen, schlagen Sie einen kleinen Purzelbaum. Versuchen Sie nicht, uns mit einer Landung im Stand zu imponieren, Sie brechen sich nur die Beine. Wenn Sie dann soweit sind, können wir weitermachen. Geben Sie uns nur das Zeichen, Hauptmann, wann immer Sie denken, daß Sie bereit sind, es zu versuchen. Lassen Sie sich Zeit, wenn Sie glauben, Sie müssen sich dort oben erst ein wenig eingewöhnen. Das kommt öfter mal vor.«
Reisman knirschte vor Wut mit den Zähnen. Arme und Beine taten ihm schon weh vom Hängen. So laut er nur konnte, schrie er hinunter: »Ich bin bereit! Los jetzt!« Nur mit Mühe unterdrückte er den Wunsch, noch eine Unanständigkeit hinzuzufügen.
Der Ring ging noch drei Meter hoch, dann fiel Reisman. Bei sechzig Metern bauschte sich der Fallschirm voll auf, und erleichtert stellte Reisman fest, daß der Wind ihn von dem Spinnengewebe aus Stahl wegtrieb. Er landete sanft, Beine zusammen, Knie gebeugt, machte eine kleine Rolle, stand auf und sammelte die Leinen und die Fallschirmseide ein. Er war etwa fünfzig Meter vom Turm und der Gruppe um Oberst Breed entfernt und ging auf sie zu. »Der Wind ist gerade richtig!« rief er von weitem. Selbst auf diese Entfernung

sah er das gleiche zynische Lächeln auf Breeds Gesicht wie am Tage des pompösen Empfangs mit Musik. »Es dürfte keinerlei Schwierigkeiten geben. Wer ist der nächste?«
Feldwebel Bowren lief ihm entgegen, um ihm den Fallschirm und die Gurte abzunehmen. »Ich, Herr Hauptmann«, sagte er.
»Konnten Sie mich von oben hören, Clyde?« fragte Reisman und deutete mit dem Daumen zur Turmspitze.
»Gleich beim ersten Mal, Sir.«
»Dacht' ich's mir doch! Lassen Sie die Männer am Turm antreten. Ich komme sofort.«
Bowren gab den Befehl und setzte hinzu: »Im Laufschritt, marsch-marsch!«
Oberst Breed befand sich plötzlich mit einem seiner Ausbilder allein am Mikrophon des Beobachtungsstandes.
Reisman trat zu ihnen. »Gehen Sie zu den anderen am Turm, Kamerad«, befahl er dem Ausbilder.
Der sah Breed zögernd an.
»Tun Sie, was der Hauptmann sagt«, brummte der Oberst.
Das Mikrophon nahm ihre Sätze auf und verbreitete sie über das ganze Gelände. Reisman griff an Breed vorbei und stellte den Lautsprecher ab. »Ich möchte Sie nicht vor Ihren Leuten bloßstellen, Herr Oberst, wie Sie es mit mir versucht haben«, sagte er gleichmütig und sah dem andern gerade ins Gesicht. Er stand breitbeinig da und hatte sich wie zu einem Kampf ganz leicht auf die Fußspitzen erhoben. Wachsam und zur Reaktion bereit, hielt Breed seinem Blick stand.
»Oberst Everett Dasher Breed«, sagte Reisman, als zitiere er ein heroisches Gedicht. »Abgesehen davon, daß Sie ein erstklassiger Soldat, Offizier und Gentleman sind, sind Sie ein ausgemachtes Arschloch. Ich warne Sie, Oberst«, fuhr er, ohne die Stimme zu heben, fort, »wenn Sie so etwas noch einmal versuchen, werden die Adler auf Ihren Schultern Sie anscheißen.«
Breed lächelte ihm zu. »Sie sind sich darüber im klaren, Hauptmann, daß ich Sie jetzt wegen Aufsässigkeit verhaften und vor's Kriegsgericht bringen kann?«
»Versuchen Sie es, Oberst, und Ihr Posten hier ist futsch«, erwiderte Reisman leise. »Dann werden Sie Ihre Schnauzerei und Springerei in einer Hinterstube des Pentagon fortsetzen.« Ob er das durchsetzen könnte oder nicht, wußte Reisman nicht, aber er glaubte es. Was immer er bisher für das Unternehmen *Amnestie* verlangt hatte, war ihm gewährt worden. »Ihr Dienstgrad hat für mich und meine Arbeit absolut nichts zu bedeuten. Die kleinste Behinderung meiner Arbeit wird, noch bevor der Tag zu Ende ist, den höchsten Stellen gemeldet und wäre Grund genug für Ihre Versetzung.« Er griff wieder nach dem Lautsprecherknopf. »Wenn Sie wollen, Oberst, schalte ich wieder ein und wiederhole jedes Wort, das ich gesagt habe. Sie hätten dann Zeugen für Ihre Kriegsgerichtsverhandlung.«
»Kein Grund, grob zu werden«, sagte Breed kurz. Er lächelte nicht mehr. Sein Gesicht war ausdruckslos und verriet nicht, was er fühlte. »Eine Zeitlang haben Sie mich amüsiert, aber das ist vorbei. Ich werde mich darauf

beschränken, diesen Fall auf die Rechnung zu setzen, die ich Ihnen eines Tages präsentieren werde.« Er wandte sich hoheitsvoll ab und ging zu seinem Jeep zurück. Reisman atmete auf; ein Gefühl der Erleichterung durchströmte ihn.

Am Turm war jetzt Victor Franko an der Reihe. Feldwebel Bowren war in einem Rutsch hinaufgefahren und hinabgeweht; unten strahlte er. Franko hatte bei Napoleon White und Samson Posey zugesehen, die trotz des scheinbaren Eifers, mit dem sie sich freiwillig gemeldet hatten, während der Auffahrt beide nervös gewesen waren. Und als sie sich nach der Landung die Gurte abschnallten, taumelten sie ein wenig und grinsten wie die Kinder. Ob er wollte oder nicht, es imponierte Franko, daß sie auf das verdammte Ding da hinaufgegangen und lebend wieder heruntergekommen waren. Nun kam er also selbst an die Reihe, und er hatte eine blödsinnige Angst. Stabsfeldwebel Morgan stand auch dabei und half, den Fallschirm an den Aufzugsring zu haken. Franko mußte gegen die Vorstellung ankämpfen, daß Morgan in Wirklichkeit eine Schlinge um seinen Hals knüpfte und daß die ganze Sache eine phantastische und unglaubliche Kaschierung des Hängens sei.
Er mußte auf die Toilette, und ihm war übel; er fürchtete schon, er würde den Männern ringsum die Hucke vollkotzen.
»Fertig, Vic?« rief Reisman und lächelte ihm beruhigend zu. Franko wunderte sich, warum zum Teufel der plötzlich so freundlich zu ihm war. Hatte ihn noch nie Vic genannt ... höchstens ein- oder zweimal ...
»Ja ... Herr Hauptmann ... ja«, antwortete er mit brüchiger Stimme.
»Denken Sie nur an die Landung und an sonst nichts«, fuhr Reisman fort. »Machen Sie alles der Reihe nach: Füße zusammen – Knie beugen – leicht aufsetzen – Rolle vorwärts, und beim Aufstehen ausatmen. Der Wind ist gut. Bei diesem ersten Mal brauchen Sie an nichts anderes zu denken als an die Landung. Rufen Sie oben laut und deutlich.«
»Ja ... ja ...«, sagte Franko wieder, und schon stieg er aufwärts, und von allen Seiten griff die Angst nach ihm. Er wußte, er mußte sich beherrschen, sich wieder in die Gewalt bekommen, oder er würde den Absprung versauen, würde vergessen, wie er landen mußte, und sich verletzen. Sich verletzen? ... Warum eigentlich nicht? Plötzlich kam ihm ein Gedanke, auf den er sich konzentrierte und der ihn von seiner Angst ablenkte – ein Gedanke, wie er aus dem Ereignis seinen Vorteil schlagen könnte. Wenn er nämlich überhart aufkam, würde er als ein Held dastehen. Dann war er während der Ausbildung verletzt worden und brauchte keinen Einsatz zu befürchten, brauchte nicht mal die Sprungschule zu Ende zu machen und bei Sprüngen aus dem Flugzeug nicht seinen Hals zu riskieren. Und hängen konnten sie ihn nicht. Er war ja dann verletzt – und um gehängt zu werden, mußte man unversehrt sein. Daran erinnerte er sich noch.
»Rufen Sie, wenn Sie soweit sind, Franko,« erscholl Reismans Stimme durch den Lautsprecher. Das Kabel stand jetzt still. Franko war oben angelangt und hatte es nicht einmal bemerkt. Er blickte nach unten. Was für eine Aussicht! Mann, was für 'ne Aussicht! Gar nicht übel. Jedenfalls nicht, wenn der Abstieg so leicht war wie der Aufstieg. Erinnerungen an Vorträge, Filme und

Vorführungen gingen ihm durch den Sinn. Er wußte, wie er diese Sache anfangen mußte – deichseln konnte.
»Fertig, los!« rief er.
Bei dem plötzlichen Fall stieg ihm das Herz in die Kehle, und fast hätte er geschrien. So ähnlich mußte es sein, wenn man gehängt wurde. Er hörte ein leichtes Zischen und einen leisen Knall, als der Fallschirm sich öffnete. Sein Fall wurde langsamer. Franko warf einen flüchtigen Blick auf den herrlichen Baldachin über seinem Kopf. Alles ging gut – er trieb vom Turm ab. Franko zog an den Aufhängeseilen, probierte sie ein wenig aus und steuerte sich wieder auf den Stahlturm zu. Er wußte, was er zu tun hatte, damit es gut wirkte. Vielleicht nur eine häßliche Verstauchung ... oder ein kleiner Knochenbruch ... oder eine saftige Narbe, die schlimmer aussah, als sie war. Die Erde kam, raste auf ihn zu. Auseinanderspritzende Uniformen. Leute, die sich vor ihm in Sicherheit brachten ... und dort stand Morgan mit einem ungläubigen Blick des Entsetzens ... und Franko versuchte, in den Himmel zurückzuklettern, als er mit Beinen, Rücken und Schädel krachend auf Morgan sauste und bewußtlos zu Boden stürzte ...
Myron Odell beugte sich über Franko und stöhnte: »O Gott, ist er tot?« Er hatte sich innerlich gewappnet, sich vorbereitet, denn er wußte, er kam nicht darum herum. Von Mal zu Mal hatte er sich besser gefühlt, als einer nach dem anderen vom Himmel schwebte und berichtete, wie phantastisch es sei – und nun dies!
Reisman wandte sich von dem benommen dasitzenden Morgan ab und fuhr Odell an: »Wissen Sie das denn nicht, Mann? Ich denke, Sie sind Sanitäter, verdammt noch mal.« Er war froh, daß Breed nicht dabei war.
Franko ächzte und schlug die Augen auf. Myron Odell und Roscoe Lever starrten auf ihn hinab; die anderen standen unschlüssig herum und machten erschrockene Gesichter. Jemand zog an Frankos Beinen und fragte: »Ist es gebrochen? Ist es gebrochen?« Er zog die Beine an den Bauch. Nein, gebrochen waren sie nicht. Jeder Knochen im Leibe tat ihm weh, in seinem Kopf drehte sich alles, und er hatte eine dicke Beule daran, aber gebrochen schien er sich nichts zu haben.
Reisman half Feldwebel Morgan auf die Füße und schnauzte dann Franko an: »Was zum Teufel sollte das denn bedeuten? Ich habe ja schon allerhand Tricks gesehen, aber das hier ist der Gipfel! Ich müßte dem Feldwebel erlauben, Sie windelweich zu schlagen, Franko!«
Morgan, der jetzt von Bowren und einem Militärpolizisten gestützt wurde, sah nicht so aus, als sei er in der Lage, irgend jemanden windelweich zu schlagen. Doch plötzlich machte er einen Satz auf Franko zu und brüllte: »Wollten Sie mich umbringen? Das haben Sie doch absichtlich getan, Sie gemeines Aas!«
Mit dem Gesicht zu Franko trat Reisman dazwischen; Bowren und der Militärpolizist beruhigten Morgan. »Entschuldigen Sie sich; sagen Sie ihm, daß es Ihnen leid tut«, sagte Reisman leise zu Franko.
»Leid?« schrie Franko. Seit er heil von dem Sprungturm heruntergekommen war, auf dem der Henker nie gewesen war, fühlte er sich stärker und kühner.

Er drängte sich an Reisman vorbei. »Leid?« keifte er. »Ich wollte, ich hätte ihn umgebracht. Was hat mir der Kerl mit seinem dicken Arsch auch im Weg zu stehen.«

Als nächster kam Roscoe Lever dran. Dann Ken Sawyer. Dann Myron Odell. Und wieder war es die Furcht zu kneifen, als Feigling dazustehen, die Odell am meisten zusetzte – und nicht so sehr die Angst, daß ihm etwas zustoßen könnte. Wenn er sich doch gleich gemeldet hätte, wie Nappy oder der Häuptling. Dann hätte er die Sache jetzt längst hinter sich, und alles wäre gut. Aber so wie Bowren die Reihenfolge festgelegt hatte, waren noch zwei Männer vor ihm, und je länger Odell wartete – wobei er auch noch zusehen mußte, wie Franko beinah umkam –, desto lieber wäre er weiter nach hinten gegangen und desto mehr wurde er von Zweifeln an seinen Fähigkeiten geplagt, von der Angst vor einem Unglück – oder seiner Feigheit.
Reisman trat mit einem neuen Fallschirm zu ihnen. »Wer ist der nächste?« rief er.
Roscoe Lever meldete sich nicht. Scheiß doch drauf. Er wollte nicht. Man konnte dabei verletzt werden ... vielleicht sogar umkommen ... auch ohne erst ins Flugzeug zu steigen. Der Anblick Frankos – wie er da vorhin zu Boden krachte – war ihm an die Nieren gegangen. Er verzichtete dankend. Er brauchte ja nicht. Über ihm schwebte schließlich nicht der Strick wie über Franko, Sawyer, Odell und den anderen. Sollten sie ihn seinethalben wieder ins Kittchen stecken; ihm war das schnurzegal. »Geh du«, flüsterte er Sawyer zu.
»Lever! Vorwärts!« bellte Reisman.
»Ich gehe nicht.«
»Und ob Sie gehen!«
»Ich habe gesagt, ich gehe nicht, Herr Hauptmann, und dabei bleibt's«, stieß Lever nervös hervor. Er trat zurück und versuchte, sich zwischen den verblüfften Kameraden zu verkrümeln.
Ken Sawyer trat lässig einen Schritt nach vorn. »Mir macht es nichts aus, vor ihm zu springen, Herr Hauptmann, wenn er zu feige ist.«
»Gehen Sie auf Ihren Platz zurück. Lever, kommen Sie hierher!« befahl Reisman.
Myron Odell lauschte dem Wortwechsel mit wachsender Erregung. Gegen seinen Willen fühlte er sich davon angestachelt. Es war, als ob Levers offen gezeigte Furcht Odell von seiner eigenen befreite und durch eine Aufwallung blinden Mutes ersetzte.
»Was ist los, Roscoe, Angst?« fragte Reisman kalt.
Lever drehte sich zornig zu ihm um. »Nein, ich habe keine Angst.«
»Dann sind Sie ein Feigling und haben bei uns nichts mehr verloren. Noch heute abend werden Sie ...«
»Lassen Sie mich erst, Herr Hauptmann!« Odell schrie es fast. Er hatte sich vorgedrängt und griff nach den Gurten.
»Jetzt! Lassen Sie mich jetzt dran! Bitte!«
Reisman sah ihn überrascht an. Er merkte, wie Odell mit sich kämpfte. »Na

schön«, sagte er. »Erst Sie.« Er zeigte auf Roscoe Lever. »Dann Sie, Feigling Odell wird Ihnen zeigen, wie es gemacht wird.«
Sie hakten seinen Fallschirm am Ring fest. Dann rief Reisman: »Fertig, alles zurücktreten!« Er sah Odells glasigen Blick, die erzwungene Ruhe, und machte sich große Sorgen. Der Mann war starr vor Angst, und er durfte ihn eigentlich so nicht auf den Turm schicken. Ohne daß die anderen es hören konnten, sprach er begütigend auf Odell ein. »Hören Sie zu, Mike. Das Wetter ist ideal heute. Blicken Sie nicht nach unten. Schließen Sie die Augen und machen Sie meinethalben ein Nickerchen. Denken Sie, es sei ein Aufzug. Wenn Sie oben sind, wecke ich Sie. Dann schauen Sie sich einmal um und rufen darauf laut und deutlich, daß Sie bereit sind. Es wird Ihnen Spaß machen. Das verspreche ich Ihnen. Wenn Sie herunterkommen, gebe ich Ihnen Meter für Meter meine Anweisungen, obwohl Sie die gar nicht nötig haben. Der Wind ist gut. Ihr Fallschirm wird sich sanft entfalten, und Sie werden leicht herabschweben. Ich sage Ihnen, wann Sie die Beine zum Landen in die richtige Stellung bringen müssen. Nur daran haben Sie zu denken: an die Landung. Um den Fallschirm brauchen Sie sich nicht zu kümmern. Nur um die Landung. Beine zusammen ... Knie gebeugt ... Rolle, und beim Aufstehen ausatmen.«
Odell nickte. Er schloß fest die Augen und mochte weder den Hauptmann noch die Kameraden noch die Welt ringsum ansehen. »Schnell jetzt«, murmelte er. »Lassen Sie mich hochfahren.«
Er fühlte, wie er stieg, frei hing, und dachte nur noch an die letzten Worte des Hauptmanns. Immer noch hielt er die Augen geschlossen und stellte sich schlafend. Dann kam das Kabel mit einem Ruck zum Stillstand. Odell baumelte vor und zurück. Mit geschlossenen Augen schrie er: »Ausklinken!« – und fiel nach unten. Da erst öffnete er die Augen, weil er dachte, er sähe die Welt vielleicht zum letztenmal. Er blickte in die Tiefe, nicht in die Weite, denn vor der Tiefe hatte er Angst. Er sah das freie Feld und uniformierte Gestalten, die zu der Stelle liefen, wo er landen würde. Dann blähte sich der Fallschirm, und die Leute liefen langsamer. Odell sah nach oben und bemerkte, wie wunderschön der weiße Seidenschirm über ihm war. Dann hörte er die Stimme des Hauptmanns über die Lautsprecher: »Gut ... Sie machen es gut ... Fünfzig ... dreißig ... Abtrieb ist ausgezeichnet ... Nach unten schauen ... Entfernung abschätzen ... fünfzehn Meter ... Beine zusammen ... Nicht zu klettern versuchen ... nicht so steif ... Nicht verkrampfen ... durchhalten ... acht Meter ... Beine zusammen ... Beine zusammen ... Knie gebeugt ... Knie gebeugt ... Rolle!«
Odell stand schwankend auf, griff in die Leinen und zog sie ein, um den Wind aus der Seide zu nehmen. Er fühlte sich ganz groß. Und als er zum Turm zurücklief, konnte er sich nicht verkneifen, Roscoe Lever triumphierend anzusehen. Der erwiderte den Blick und trat widerstrebend vor, an den Ring.

Ostersonntag war Feldwebel Clyde Bowren schon vor Sonnenaufgang wach. Er duschte und rasierte sich, zog seine Ausgehuniform an und war, als er den Weckruf blies, bereits zum Kirchgang fertig. An diesem Morgen hatte er das ausgesprochene Bedürfnis, zum Gottesdienst zu gehen. Es behagte ihm nicht, daß er heute bei diesen Raufbolden bleiben mußte; aber Reisman hatte ihm gesagt, er und Morgan müßten jeweils mit einer Schicht zur Sprungschule fahren. Beim Morgenappell vor dem Frühstück hörte er, was der Hauptmann den Häftlingen vorschlug.

»Ihr wißt alle, was heute für ein Tag ist . . .«

Bowren bezweifelte es; zumindest empfanden sie diesen Tag nicht so wie er – diese ganze wunderbare Sache mit der Auferstehung und der Hoffnung, die er selbst allerdings heute mit anderen Augen ansah . . . Ein paar wußten es vermutlich, denn mit Sicherheit brauchten sie die Hoffnung nötiger als er. Wenn es eine Verdammnis gab, dann waren sie verdammt, und dies hier war ihr Fegefeuer . . . Daß er es mit ihnen teilte, daß er sie hindurchführte, der Himmel mochte wissen, wohin, darüber mußte Bowren in den letzten Tagen viel nachdenken.

»Die Pfarrer der Sprungschule haben euch eingeladen, einen Gottesdienst nach eigener Wahl zu besuchen«, fuhr Reisman fort. »Wer das Abendmahl nehmen möchte, kann sich der ersten Gruppe anschließen und das Frühstück später nachholen. Ihr habt euch alle in diesen letzten Wochen ordentlich gehalten, und ich vertraue darauf, daß ihr euch anständig aufführt und den Anweisungen der Verantwortlichen folgt. Als euer Vorgesetzter möchte ich euch dringend empfehlen, am Kirchgang teilzunehmen. Für diejenigen, die hierbleiben, ist der Tag dienstfrei. Wer gehen möchte, hebt die Hand.«

Alle hoben die Hand. Samson Posey tat es zögernd als letzter, weil er sah, daß er sonst allein bleiben würde.

Feldwebel Bowren wunderte sich über Posey – oder vielmehr über die anderen. Was war nur in sie gefahren, daß sie sogar einen freien Tag ausschlugen? Er fragte sich, ob sie es deshalb taten, weil sie morgen zum erstenmal richtig springen mußten und vielleicht ihren Frieden mit einem Gott machen wollten, ein Gebet sprechen wollten, von dem sie sich etwas versprachen. Dies war, in ihrem System, der richtige Zeitpunkt, um sich gegen den Verlust einer Wette zu sichern.

»Natürlich müßt ihr alle baden und euch rasieren«, sagte Reisman.

Da gingen die Hände wieder runter.

»Es liegt bei euch«, sagte er.

Für Reisman enthielt die Sache trotzdem noch ein Problem. Sämtliche Militärpolizisten wollten gehen; vermutlich lag ihnen ebensoviel daran, von den Häftlingen wegzukommen und dienstfrei zu haben, wie daran, zu beten. Er konnte die Wachen in Gruppen einteilen – was er getan hätte, wenn das dreckige Dutzend mitgegangen wäre –, aber plötzlich kam ihm der Gedanke, daß er jetzt zum erstenmal Gelegenheit hatte, für längere Zeit wirklich mit den Gefangenen allein zu sein. Eine zwölffache Erhöhung der Versuchung. Zu guter Letzt, wenn sie dann eingesetzt wurden, würden sie ganz allein sein; oder er würde sie anführen – was er sich wünschte, trotz Major Armbrusters Erklärung, daß man ihn vorerst nirgendwohin schicken werde.

Reisman rief die beiden Feldwebel zu sich und eröffnete ihnen, wenn sie wollten, könnten sie das gesamte Wachkommando jetzt mit in die Kirche nehmen. »Und lassen Sie sich Zeit«, sagte er. »Nehmen Sie sich mit Ihren

Leuten den Tag frei. Sie haben es alle verdient. Gehen Sie in die Stadt oder fahren Sie ein Stück hinaus. Seien Sie aber vor Mitternacht wieder zurück, damit Sie noch etwas Schlaf bekommen.«
»Und Sie, Herr Hauptmann?« fragte Bowren.
»Ich bleibe hier.«
Das ging Bowren gegen den Strich. Als das Wachkommando in die Lastwagen kletterte, wandte er sich um und sah Reisman allein in der Barackentür stehen.
»Übernehmen Sie die Leute«, sagte er leise zu Morgan. Dann steuerte er zielbewußt durch das Gatter ins Lager zurück.
»Was ist los?« fragte Reisman.
»Ich fahre nicht mit«, sagte Bowren. »Sie können nicht mit den Gefangenen ganz allein bleiben.«
»Klar kann ich das. Wir haben sie jetzt hübsch gefügig gemacht«, erwiderte Reisman. »Fahren Sie ruhig. Sie brauchen sich keine Sorge zu machen.«
Mittlerweile kannte er Bowren und wußte, wie stark und ursprünglich sein Bedürfnis war, an diesem Tag in die Kirche zu gehen, und daß es ihm guttun würde.
Doch Bowren widersetzte sich beinah wütend. »Wenn ich nicht will, muß ich nicht mitfahren, Herr Hauptmann.«
»Also gut, Clyde, dann kommen Sie herein. Wir wollen zusammen frühstücken«, sagte Reisman herzlich. »Ich kann Sie nicht zwingen, zur Kirche zu gehen. Das steht, glaube ich, auch irgendwo in den Vorschriften.«

Nachdem die Häftlinge sich davon überzeugt hatten, daß die Sache mit dem freien Tag stimmte, legten die meisten sich wieder schlafen. Später nahmen sie in aller Gemütsruhe ein üppiges Frühstück ein, das Luis Jimenez ihnen bereitet hatte, trödelten in der Baracke und im Lager herum, unterhielten sich, meckerten, lasen, spielten Schach und Karten oder starrten wortlos über den Zaun in den Wald, der zwischen ihnen und der Welt lag, wo Frühling und Freiheit waren. Keiner hatte Lust, sich an den Sportgeräten zu betätigen, die Kinder herbeigeschafft hatte, und Reisman konnte es ihnen auch nicht verdenken. Er und Bowren hielten sich wechselweise in der Baracke und im Lager auf, um sich bemerkbar zu machen. Hier und dort blieben sie stehen und unterhielten sich mit den Häftlingen. Bowren trug seine Waffen geladen und schußbereit bei sich. Reisman ging zum erstenmal unbewaffnet.
Napoleon White bemerkte es. Er hatte sein Bettzeug vor's Zelt gelegt, lag dort und las; er genoß den warmen Sonnenschein. Als Reisman vorbeikam, sagte er: »Sie sehen so nackt aus, Herr Hauptmann. Übertreiben Sie die Notwendigkeit, uns zu trauen, nicht ein wenig?«
»Das glaube ich nicht«, erwiderte Reisman. Er setzte sich neben ihn und bot ihm eine Zigarette an.
Napoleon richtete sich auf, nahm sie, und Reisman gab ihm Feuer.
»Glauben Sie wirklich, daß ich eine Waffe nötig habe, um mich zu verteidigen?« fragte Reisman.
»Nein, kaum«, sagte Napoleon trocken und blies eine Rauchwolke aus.
»Über das Thema Vertrauen haben wir uns ja vor ein paar Wochen schon

unterhalten«, fuhr Reisman fort. »Ich sagte Ihnen, wir sprächen noch mal darüber. Was glauben Sie heute? Würden Sie den Leuten trauen?« fragte er und deutete mit einer Kopfbewegung auf die übrigen Männer im Lager.
Diesmal wich Napoleon der Frage nicht aus. Was immer es sein mochte, wofür Reisman sie ausbildete – er löste seine so schwierige Aufgabe tadellos, und Napoleon konnte sich jetzt besser in seine Lage versetzen. »Heute glaube ich es eher«, antwortete er. »Die Leute sind härter geworden, dazu vernünftiger – weniger idiotisch. In gewisser Weise können wir, glaube ich, ganz tüchtig sein.«
»Aber was ist nun mit dem Vertrauen, der Zuverlässigkeit, der Redlichkeit, die nötig sind, bevor man euch ohne eine Pistole im Nacken mit einem wichtigen, gefährlichen Auftrag hinausschicken kann?«
»Kommt auf den Auftrag an. Was ist es denn?«
»Noch nicht, Nappy.«
»Wann?«
»Hängt von Ihnen und den anderen ab – wie ihr alle euch in den nächsten Tagen verhaltet. Wie ist Ihnen zumute, wenn Sie an morgen denken? Sind Sie nervös?«
»Klar. Wer wäre das nicht?« sagte Napoleon grinsend. »Der Mensch ist nicht dazu geboren, vom Himmel herabzuschweben. Das ist etwas für Vögel und Engel, und ich bin keins von beiden.« Im übrigen hatte er in dem Fallschirmjägerlager keinen einzigen Neger gesehen und sich geschworen, mitzumachen und es gut zu machen. Klar hatte er Angst, und doch wurde tief drinnen in ihm etwas herausgefordert.
Reisman wollte aufstehen, aber Napoleon ließ ihn noch nicht gehen.
»Übrigens hatten Sie recht hiermit, wissen Sie das!« sagte er rasch. Er hielt *Die Sieben Säulen der Weisheit* von Lawrence hoch, die er sich vor Wochen aus der Bibliothek der Engländerin geliehen hatte. »Ich fürchte, ich bewundere ihn heute ebensosehr wie als Junge schon. Vielleicht sogar noch mehr. Als Mann verstehe ich ihn besser; sein Stil hat Kraft und Schönheit. Ich begreife jetzt, daß das Buch Sie aufgewühlt hat, als Sie es das erstemal in Spanien lasen. Es ist nicht dazu bestimmt, in einem Mann Kriegsgelüste zu wecken. Teilweise ist eher das Gegenteil der Fall, glaube ich.« Er blätterte rasch ein paar Seiten um. »Hier, hören Sie mal: ›Für den Gefühlsmenschen bekam alles, was von zwei oder drei anderen geglaubt wurde, eine wundersame Richtigkeit, der das persönliche Wohl und das Leben in Ehren geopfert werden durften. Für den Verstandesmenschen waren nationale Kriege ein ebensolcher Humbug wie Religionskriege, und nichts war ihm den Kampf wert. Auch kam dem Kampf, dem Akt des Kämpfens, nie das Verdienst echter Tugend zu. Leben war etwas so ausgesprochen Persönliches, daß ein Mensch unter keinen Umständen das Recht besaß, einem anderen Gewalt anzutun. Der Tod war sein letzter freier Wille, eine erlösende Gnade und das Ende unerträglichen Leids.‹«
Napoleon forschte in Reismans Gesicht, um es zu sehen, ob er die volle Bedeutung dieser Zeilen erfaßt habe. »Zweifellos etwas, das man nicht vor einer Schlacht lesen sollte, was, Herr Hauptmann?« meinte er. »Jedenfalls

nicht so etwas wie die Sprüche vom Kampf für Volk und Vaterland, die unser Freund der Psychologie mir einzutrichtern suchte.«

»Nein, kaum«, sagte Reisman lächelnd. »Aber Sie sind ja, glaube ich, klug genug, um dergleichen richtig einzuschätzen.«

Napoleon wollte es dabei nicht bewenden lassen. »Gefühlsmensch, ein irrationaler Mensch – das bin ich!« erklärte er. »Darum habe ich mich auch hinreißen lassen und das getan, weswegen ich hier bei Ihnen und den anderen bin ... Mir fällt auf, daß Sie wahrscheinlich das Muster eines Verstandesmenschen sind, Herr Hauptmann. Wie bringen Sie das mit Ihrer blutigen und mutigen Vergangenheit und Zukunft in Einklang und mit Ihrem eifrigen Streben nach Ruhm?«

Reisman war nicht ganz sicher, ob Napoleon das nicht ironisch meinte. »Als Verstandesmensch wird man nicht geboren, mein Freund«, sagte er. »Wer das Pech hat, dieses Stadium zu erreichen – und das habe ich noch nicht –, tut es erst, nachdem er jahrelang seinen Instinkten nachgegeben hat. Haben Sie den *Nigger vom Narzissus* schon zerrissen?«

»Nein, ich habe ihn gelesen!« gab Napoleon sofort zurück.

»Fein. Sie bessern sich ja – nähern sich dem Verstandesmenschen«, sagte Reisman spöttisch. »Treiben Sie es nicht zu weit. Vergessen Sie nicht, wir möchten, daß Sie ein paar Nazis umbringen, solange Sie Ihren Rochus noch haben. Wie hat es Ihnen gefallen?«

»Ich fand es abscheulich und zugleich herrlich«, sagte Napoleon erregt. »Es gab Augenblicke, da beneidete ich den Nigger um die böse Macht über seine Schiffskameraden. Ich hoffte, er würde sie alle in den Untergang führen und irgendwie heil und neugeboren daraus hervorgehen.«

»Aber er tat es nicht, und das hat Ihnen mißfallen?« unterstellte Reisman.

»Nein! So nicht! Es mißfiel mir, daß er für einen positiven Helden – Männer wollen das nun mal so – zu schmarotzerhaft war, zu verächtlich in seinem Gejammer. Aber als er dann starb – als er endlich starb und sogar ich vor Erleichterung aufatmete, da zitterte die Welt um ihn. Die Menschen wußten, es hatte ihn gegeben und sie würden ihn bei Gott nicht vergessen.«

»Und das hat Ihnen gefallen?«

»Jawohl!« sagte Napoleon trotzig.

»Und haben Sie das Buch dann weitergegeben?«

»Nein. Es ist in meinem Zelt. Odell hat Toynbees *Weltgeschichte* und *Pu der Bär*. Sawyer hat die Gedichte von Kipling. Aber der *Nigger* ist in meinem Zelt«, sagte er – und plötzlich konnte er nicht anders, er mußte lachen.

Der Hauptmann stimmte ein. »Geben Sie es lieber mir, solange es noch ganz ist«, meinte er.

Napoleon kroch in sein Zelt und holte das Buch.

Reisman nahm es mit. Dann wandte er sich noch einmal um. »Geben Sie mir das, in dem Sie gerade lesen, ebenfalls – sobald Sie fertig sind«, sagte er. »Ich möchte nicht, daß Myron Odell es liest. Insbesondere nicht die Stelle, die Sie mir vorgelesen haben. Er ist vor lauter Zweifeln sowieso schon ganz wirr im Kopf.«

Später am Tage kam Leon Osterman. Diesmal rief er vorher aus dem Dorf Stokesmouth an. »Hier ist der Osterhase, mein Junge. Kann ich dich besuchen?«
Reisman war entzückt, den vertrauten Chicagoer Akzent zu hören. »Klar. Wir machen hier heute einen freien Tag. Was Neues über Odell?«
»Das läßt sich in zwei Worten nicht sagen. Ich bin gleich bei dir.«
Reisman schickte die Leute aus der Baracke und bat Feldwebel Bowren, sie eine Zeitlang im Lager zu beschäftigen. Fast war er versucht, Myron Odell in seinem Zimmer zu behalten, besann sich aber anders. Es wäre verfrüht, wenn nicht sogar grausam; schließlich hatte Osterman am Telefon keinerlei Andeutungen gemacht.
Diesmal kam er in Uniform. »Um dir zu beweisen, daß ich auch tatsächlich beim Militär bin«, sagte er lachend. »Hier, ich habe dir eine Kleinigkeit zum Feiern mitgebracht.« Aus einer Tragetüte holte er eine Flasche erstklassigen schottischen Whisky hervor. »Aber Gläser habe ich nicht mitgebracht.«
Reisman ging in die Baracke und kam mit einem einzigen Glas zurück.
»Wer trinkt denn nicht?« fragte Osterman.
»Ich bin im Dienst, Wachtmeister«, entschuldigte Reisman sich. »Meine Leute würden den Geruch nicht mögen. Für eine Weile halten wir die Festung nur zu zweit. Aber lassen Sie sich dadurch nicht stören.«
Osterman tat die Flasche in die Tüte zurück. »Hier, stell sie weg – ein Geschenk vom Osterhasen. Heb es für eine glücklichere Gelegenheit auf. Allein mag ich auch nicht trinken.«
»Ich hoffe, Sie haben neue Nachrichten – über Odell.«
»Nichts Gutes, nichts Schlechtes«, sagte Osterman. Er stellte die Tasche auf den Tisch und nahm sich einen Stuhl. »Ich kann dir nur berichten, was ich alles gemacht habe – damit du nicht denkst, ich hätte es vergessen. Was das Mädchen angeht, so hat Odell die Wahrheit gesagt. Sie war ein bekloptes Kind, das zu Hause und überall schlecht behandelt wurde. Tatsächlich so schlecht, daß sie mehrmals versucht hat, sich umzubringen – und das ist in der Kriegsgerichtsverhandlung nie zur Sprache gekommen.«
Reisman stürzte sich auf diese Möglichkeit. »Dann könnte sie sich doch auf der Sanierungsstation selbst umgebracht haben, wenn er sie nicht bloß zurückgewiesen, sondern auch geschlagen hat. Könnte das nicht sein?«
»Vielleicht. Zumindest haben wir jetzt Grund anzunehmen, es könnte so gewesen sein. Aber beweis das mal!«
»Wie?«
»Man kann es nicht beweisen. Das Mädchen ist tot und begraben. Unmittelbar nach der Tat deutete alles auf Mord hin. Ich bin in Glasgow gewesen. Ich habe mit den Militärpolizisten, mit Leuten von der Kriminalpolizei und mit den Tommypolypen gesprochen, die mit dem Fall zu tun hatten. Sogar mit der Familie des Mädchens habe ich gesprochen. Die war nicht sehr entgegenkommend. Für sie war Odell der Mörder. Es hat mich entsetzliche Mühe gekostet, aus den Leuten die Selbstmordversuche herauszubringen.«
»Warum waren sie denn eigentlich nicht entgegenkommend? Was, zum Teufel, haben sie zu verlieren?«

»Nun, vielleicht haben sie jetzt einen guten Vorwand, vom Militär eine Entschädigung zu verlangen, was weiß ich. Es hat da ein paar schäbige Machenschaften gegeben – Schadenersatz – Unterhaltszahlungen. Wäre es eine glatte Vergewaltigung gewesen, hätten wir mehr Aussicht. Manchmal ist ein Mädchen verheiratet und macht Seitensprünge, und wenn sie erwischt wird oder einen dicken Bauch kriegt, erhebt sie ein Geschrei, es sei Vergewaltigung gewesen. Mord dagegen ist etwas anderes.«
»Und was machen wir nun?«
»Vorläufig nehmen wir an, es sei kein Selbstmord gewesen. Da wir diese Version nicht beweisen können, sparen wir sie uns bis zuletzt auf und behandeln die Sache als Mordfall. Wenn Odell es nicht getan hat – von Amts wegen ist der Fall leider sonnenklar –, dann suchen wir nach einem anderen Burschen, der es getan haben könnte. Ich möchte mal folgendes sagen: Vor dem Kriegsgericht ist in dieser Richtung nicht sehr gründlich ermittelt worden, zumal man ja das später widerrufene Geständnis hatte. Wenn Odell sie nicht umgebracht hat, so hat er sie doch zumindest niedergeschlagen und vielleicht bewußtlos dort zurückgelassen. Das hat er ja zugegeben. Schön – er weiß also nicht mehr, was er tut, öffnet die Tür, läuft hinaus und gelangt irgendwie in seine Unterkunft zurück. Die Tür steht offen; das Mädchen liegt da noch; jemand anders kommt herein.«
»Wer?«
Osterman zuckte die Achseln. »Einer der Sanitäter, die dort arbeiteten; einer, der dort behandelt worden war oder sich behandeln lassen wollte; einer, der sich in jener Nacht in diesem Stadtteil hat vollaufen laufen. Wer will das herausfinden? Es ist eine Sauarbeit. Ich weiß das, weil ich es versucht habe. Die beiden Soldaten, die das Mädchen bei Odell gesehen haben, sind in Ordnung. Sie haben vor dem Kriegsgericht ausgesagt, und ich habe mit ihnen gesprochen. Ihre Geschichte ist hieb- und stichfest. Ich habe mich auch mit einem der Sanitäter unterhalten, die dort arbeiteten: Er erinnerte sich an Odell, und seine Geschichte stimmt ebenfalls. Andere Sanitäter – unter ihnen derjenige, der die Leiche gefunden hat – sind versetzt worden. An sie heranzukommen, kostet Zeit, besonders da wir inoffiziell vorgehen. Wenn du dafür wärst, es offiziell zu machen, könnten wir alle diese Burschen zusammentrommeln und sie uns noch einmal vorknöpfen. Wir könnten jeden Schürzenjäger, der in der Kartei steht und dort behandelt worden ist, überprüfen. Und vielleicht finden wir noch ein paar, die nicht behandelt wurden.«
»Offiziell kann ich es nicht machen«, sagte Reisman bitter.
»Dann mache ich also so weiter wie bisher, einverstanden, Johnny? Nur mußt du verstehen, daß es dann sehr viel länger dauert. Und vielleicht haben wir nicht mehr genug Zeit, bis du ... na ja, bis er seinen Auftrag erfüllen muß – was immer das sein mag.«
»Es ist wirklich prima von Ihnen, Wachtmeister«, sagte Reisman herzlich. »Ob es nun zu etwas führt oder nicht – ich weiß Ihre Hilfe auf jeden Fall sehr zu schätzen. Kann Ihnen dafür nur ein Dankeschön sagen.«
»Nun mach man keine Sprüche«, spottete Osterman und wischte den Dank mit einer verlegenen Handbewegung fort. »Es gibt noch eins, was man

versuchen könnte: Wir könnten Odell nochmals zum Tatort bringen, damit er sich vielleicht erinnert. Möglicherweise würden wir merken, ob er damals wirklich nicht wußte, was er tat. Manchmal genügt es, daß jemand einen Ort, eine Person oder einen Gegenstand wiedersieht oder in eine bestimmte Atmosphäre kommt; dann reagiert er, erinnert sich an Vergessenes und spricht darüber.«

»Sie sprechen eher wie ein Psychologe als wie ein Polizist«, sagte Reisman. »Aber es ist ein guter Gedanke – vorausgesetzt, Odell bringt es über sich mitzumachen.« Reisman blickte aus dem Fenster und suchte Odell, konnte ihn jedoch nicht finden. »Aber noch nicht gleich ... diese Woche sowieso nicht«, fuhr er nachdenklich fort. »Seltsam, anfangs dachte ich, der Kerl würde sich umbringen oder kneifen und gar nicht so lange durchhalten. Jetzt möchte ich ihn nicht mehr zurückstellen. Er hat sich verändert. Er ist kräftiger geworden. Angst hat er zwar immer, doch hat er gelernt, mit ihr zu leben, sie zu beherrschen, sie auszunutzen. Und er legt eine Entschlossenheit an den Tag – geradezu eine Hingabe –, die er vorher nicht hatte. Wenn er seinen ersten Absprung gut übersteht, wenn er nicht kneift, wird er sogar noch stärker sein. Ein solches Erlebnis verändert jeden Menschen; darin gleicht es ein wenig dem Kampf an der Front. Ende der Woche wird er etwas besitzen – ein wenig Format, vielleicht ein wenig Großspurigkeit, ein wenig Verachtung – etwas, mit dem er der Wahrheit ins Gesicht sehen kann, falls er schuldig ist.«

28

Es war ein guter Tag zum Fliegen und Springen. Schon am Samstag hatte jeder seinen Fallschirm gepackt und viel Zeit darauf verwandt. Nun standen sie in neuen Sprunganzügen und -helmen da, und es blieb ihnen nichts weiter zu tun übrig, als aufzusteigen und herunterzuspringen – oder davor zurückzuschrecken. Als sie auf dem Behelfsflugplatz in die C-47 kletterten, scheute niemand davor zurück – bis auf Stabsfeldwebel Carl Morgan.

»Ich verstehe nichts vom Fliegen, Herr Hauptmann«, sagte er kläglich an der Flugzeugtür, bevor sie einstiegen.

»Ich verlange ja auch nicht von Ihnen, daß Sie die Maschine steuern, Feldwebel«, fuhr Reisman ihn an. Er sah, daß Morgan auf einmal ganz starr vor Angst war, und das wollte er ihm vor allen Männern unter die Nase reiben. »Ich brauche Sie und zwei Mann vom Wachkommando. Sie sollen nur dabeisitzen und ein Auge auf die Leute haben, nachdem ich gesprungen bin. Einer der Ausbilder fungiert als Absetzer; Feldwebel Bowren springt zum Schluß, und Sie sollen lediglich darauf achten, daß die Jungs keinen Unsinn machen.«

»Ich bekomme keine Flugzulage«, erwiderte Morgan. »Ich brauche nicht zu fliegen.«

Reisman gab ihm den dienstlichen Befehl, das Flugzeug zu besteigen, aber Morgan weigerte sich. Reisman mußte daran denken, wie erheiternd es wäre, wenn ein paar vom dreckigen Dutzend als Zeugen vor einem Kriegsgericht

aufträgen, das den Henker dann zum gemeinen Soldaten degradierte; alle lauschten diesem Dialog nämlich gespannt und schadenfroh. Er nahm drei Militärpolizisten, die sich freiwillig meldeten, und sah zu, wie sie in die Maschine kletterten. Zu Morgan sagte er: »Ich werde das in Ihrem Führungszeugnis vermerken, und es könnte Einfluß darauf haben, wie lange Sie Ihre Streifen noch tragen dürfen. Nehmen Sie mit den übrigen Leuten den Lastwagen und fahren Sie in das Absprunggebiet.«
Morgan bemühte sich, seinen Haß und seine Wut auf Reisman hinunterzuschlucken. Er wußte, daß er in diesen letzten Wochen für alle weniger eine respektgebietende und schreckeneinflößende als eine lächerliche und verächtliche Gestalt geworden war. Er grüßte und versuchte, beiläufig noch eine Widerrede anzubringen, aber seine Stimme klang unterwürfig: »Jawohl, Sir. Aber ich –«
»Kein Aber. Verschwinden Sie!«
Samson Posey sah, wie der Hauptmann aufstand und zu ihm kam. Obwohl er sich freiwillig für den ersten Sprung gemeldet hatte, war er an die vorletzte Stelle, genau vor Feldwebel Bowren, gerückt worden. Jetzt blickte der Hauptmann ihm in die Augen, sah den Eifer darin und lächelte.
»Um Sie brauche ich mir keine Gedanken zu machen, was, Häuptling?« sagte er.
»Nein, Herr Hauptmann«, erwiderte Samson. Er würde diesem Mann überallhin folgen, der ihn das Soldatenhandwerk gelehrt – mehr noch, der ihm seinen Stolz wiedergegeben hatte.
Reisman ging vom einen zum anderen, sagte den Männern ein paar ermutigende Worte und setzte sich wieder auf seinen Platz.
»Aufstehen!« befahl der Absetzer. »Einhaken!« Samson befestigte seine Reißleine an dem Ankerkabel über seinem Kopf.
»Überprüfen!«
Mit Augen und Fingern untersuchte Samson den Verpackungssack auf dem Rücken seines Vordermannes. Dann prüfte er sorgfältig seine eigenen Gurte und den Reserveschirm auf seiner Brust. Gleichzeitig fühlte er, wie Feldwebel Bowren an dem Paket auf seinem Rücken hantierte.
»Fertigmeldung!« rief Absetzer.
Nacheinander – erst Bowren, dann Samson, danach die übrigen – meldeten sie durch Ausrufen ihrer Nummer, daß ihre Ausrüstung in Ordnung war. Samson beobachtete die zwei Lämpchen über der Türöffnung. Als sie sich dem Absprunggebiet näherten, leuchtete das rote auf.
»In die Tür treten«, befahl der Absetzer.
Samson sah, wie der Hauptmann sich aufstellte, sich einmal umsah und ihnen aufmunternd zulächelte. »Fertig!« rief der Absetzer. Das grüne Licht ging an. Er schlug dem Hauptmann gegen das Bein, schrie »Los!«, und der Hauptmann sprang hinaus in den Wind.
Samson hätte gern zugesehen, wie der Fallschirm sich öffnete und den Hauptmann sicher nach unten trug, aber das ging nicht. Dieses erste Mal sprangen sie einzeln, in größeren Abständen und nicht im Reihensprung. Die Maschine flog eine Kurve und kehrte zum Absprunggebiet zurück.

Samson staunte, wie Myron, dieser Angsthase, der eine Kreuzung zwischen Kaninchen und Kojote war, sich jetzt tapfer in die Türöffnung stellte. »Los!«, und Myron sprang ohne einen Muckser.
Während nun die Maschine über dem Absprunggebiet hin und her flog, rückte Samson hinter seinen Vorderleuten immer näher an die Türöffnung heran. Seine Lippen sprachen ein Gebet an *Inusakats*, und endlich war es sein Bein, das den Schlag bekam, sein Körper, der auf das »Los!« reagierte. Jetzt war es auf einmal Wirklichkeit: Er stürzte vom Himmel wie ein Adler auf die Beute. Gleich darauf hörte er einen Knall, als hätte Yucca in einem hohen Cañon am Ute Mountain seine alte Flinte abgeschossen, und spürte einen Ruck wie eine Kuh, die in vollem Lauf vom Lasso eingefangen wird. Mit einem glückstrahlenden Lächeln sah er über sich den voll geöffneten Fallschirm, der ihn sicher und friedlich zur Erde schweben ließ. Da wurde ihm klar, daß Billy Dreibeins alte Prophezeiung und die alten Zeichen von Adler, Flugzeug und Militär sich tatsächlich erfüllt hatten.

Unten auf der Erde sah Stabsfeldwebel Carl Morgan zu, wie die erste dunkle Gestalt aus dem Flugzeug stürzte. Er wußte, es war Reisman, und er wünschte, der Hauptmann würde weiter stürzen, bis er zerschmettert am Boden lag. Aber der weiße Fallschirm blähte sich auf, und als dann die C-47 dort oben hin und her flog, blähte sich ein Fallschirm nach dem andern auf und . . .
»Ein schöner Anblick, nicht wahr?« sagte eine tiefe Stimme hinter ihm.
»Es geht«, murmelte Morgan.
Dann sah er sich um und erstarrte, als er den Oberst der Fallschirmtruppe erkannte. Seine lässige Antwort beunruhigte ihn. »Verzeihen Sie, Sir«, entschuldigte er sich. »Jawohl, wirklich ein großartiger Anblick.«
»Gehören Sie auch zu diesem Haufen, Soldat?« fragte der Oberst wohlwollend.
Im ersten Augenblick wunderte Morgan sich, warum er nicht mit Feldwebel angeredet wurde; doch dann fiel ihm ein, daß ja keiner von ihnen Streifen oder sonstige Dienstgradabzeichen trug. »Jawohl, Sir«, erwiderte er.
Breed streckte ihm die Hand hin. »Ich bin Oberst Breed«, sagte er mit einem entwaffnenden Lächeln.
Eifrig nahm Morgan den Händedruck entgegen. Er war erstaunt und erfreut, daß dieser Mann so liebenswürdig sein konnte. »Morgan, Sir«, sagte er automatisch, »Stabsfeldwebel Morgan, Sir.«
»Sie sind kein Fallschirmjäger, nicht wahr, Morgan?« faßte Breed nach. Er musterte ihn eingehend und hielt immer noch seine Hand.
»Nein, Sir, ich bin . . .« Plötzlich erschrak er, wie er sich da so reden hörte, denn ihm wurde bewußt, daß er gegen Reismans ausdrückliche Befehle und Warnungen seinen Namen verraten hatte. Fast unwirsch zog er seine Hand zurück und versuchte, sich herauszuwinden. »Nein, Sir . . . ich bin gar nichts, Sir . . . ich beobachte nur, Herr Oberst, für meine Einheit.«
»Was für eine Einheit ist das denn, Morgan?«
Morgan sackte in sich zusammen und wand sich; er starrte den Oberst an und

wußte nicht, was er sagen sollte. »Es – tut mir leid«, stammelte er. »Ich darf nichts . . .«
»Schon gut, Feldwebel«, unterbrach Breed ihn, um einiges herrischer. »Ich verstehe vollkommen. Danke.«
Als der Oberst an ihm vorbeifegte und auf den Landeplatz zusteuerte, grüßte Morgan hinter ihm her und kam sich selbst lächerlich vor.

Reisman stand dicht am Landegebiet; er raffte seinen Fallschirm unter einem Arm zusammen und sah zu, wie Odell eine mustergültige Landung machte. Sein Blick flog wieder nach oben und suchte die anderen. Als sich nun der Himmel mit seinen Leuten füllte und die Stimme eines Ausbilders sie über Lautsprecher warnte, korrigierte und sicher zu Boden geleitete, da dehnte sich seine Brust vor Stolz.
Er trabte zu Odell hinüber, zeigte voll Begeisterung nach oben und fragte: »Noch einmal?«
»Heute nicht, Herr Hauptmann«, keuchte Odell, noch ganz überwältigt. »Mein Gott, war das 'n Ding!«
Reisman schlug ihm auf den Rücken. »Aber Sie haben es geschafft, Myron, und zwar prima!« rief er freudestrahlend aus. Dann ging er zu den anderen, lobte sie, scherzte, schüttelte Hände und umfaßte Schultern.
Nur wenige waren anstandslos gelandet. Einige rieben sich Prellungen oder bearbeiteten verstauchte Fußknöchel und verrenkte Schultern. Victor Franko saß auf der Erde, rieb sich eine schmerzende Kniescheibe und fluchte stöhnend. Zum Scherz täuschte Reisman einen Tritt gegen das verletzte Bein vor. Wie der Blitz rollte Franko zur Seite und stand wieder auf seinen Füßen, ehe ihm selbst klar wurde, daß er wirklich nicht hatte markieren wollen – und daß er damit wohl auch gar nicht durchgekommen wäre.
Einige, zum Beispiel Roscoe Lever, sahen etwas angeschlagen aus. Andere wiederum, wie Napoleon White und Archer Maggot, warfen sich mächtig in die Brust; und ein paar machten einen wirklich mitgenommenen Eindruck und schienen schwer erschüttert zu sein. Alle aber strahlten einen gewissen Stolz aus, der vorher nicht dagewesen war.
Feldwebel Bowren kam herüber und stützte Samson Posey beim Gehen. Posey humpelte wie ein Mittelstürmer am Montagmorgen. Dies war die Strafe dafür, daß er eine verbotene Landung im Stand versuchte hatte.
»Wie war's oben, Clyde?«
»Hätte das nie für möglich gehalten«, brummte Bowren. Die Spannung des Sprungs verging in einem breiten Lächeln. »Der Absetzer brauchte nicht einen von ihnen zu schubsen. Alle sind freiwillig gesprungen.«
»Werden Sie denn morgen wieder springen können, Posey?« fragte Reisman.
»Und ob!« erwiderte Samson; er zog den Arm von Bowrens Schulter und hopste auf einem Bein davon.
»Schön! Antreten jetzt und zurück zur Schule!« erscholl Reismans Stimme. »Ihr seid noch längst keine alte Hasen, sondern habt noch eine Menge zu lernen.«

Während sie in einem ungeordneten Haufen zufrieden zum Wagen und zu den wartenden Militärpolizisten zurückschlenderten, beredeten sie das Ereignis und rissen ihre Witze darüber. Reisman war überrascht, auch Oberst Breed am Wagen vorzufinden.
Als sie herankamen, befahl er: »Augen rechts!« Die Männer waren darauf nicht vorbereitet, und es wurde die schlampige Karikatur eines Grußes daraus – genau wie er es beabsichtigt hatte.
Breed salutierte steif und widerwillig. Mit Argusaugen verfolgte er, wie die Leute auf den Lastwagen kletterten. Als schließlich Reisman, ohne ihn eines Blickes zu würdigen, an Breed vorbeiging und sich ans Steuerrad des Jeeps setzte, bemerkte der Oberst so laut, daß alle es hören konnten: »Das ist der größte Sauhaufen, den ich je im Leben gesehen habe, Hauptmann.«
Reisman ließ den Motor an und schnappte nach dem Köder. »So soll es ja gerade sein, Herr Oberst«, entgegnete er herausfordernd. Doch als er abfuhr, sah er, wie ein zufriedenes Lächeln um Breeds Lippen spielte, und das wurmte ihn.
Die nächsten drei Tage machten sie täglich einen Sprung. Sie lernten, wie man Waffen, Granaten und schwere Feldausrüstung festbindet, um sie nicht zu verlieren und nicht durch sie zu Tode zu kommen. In Vorträgen und Filmen wurden sie auf Feinheiten des Fallschirmabsprungs hingewiesen: Wie stellt man es an, daß man nicht untergeht, wenn man im Wasser landet? Daß man nicht von einem Sturm zu Tode geschleift wird oder hilflos in einem Baum hängenbleibt? Auch die langweiligen und verhaßten Freiübungen wurden fortgesetzt, die Dauerläufe, das Exerzieren, die unerwarteten Gewaltmärsche mitten in der Nacht und das Postenstehen im Lager, das sie um den ersehnten Schlaf brachte.
Als Reisman vor einigen Jahren im Fallschirmspringen ausgebildet worden war, hatte es immer viel zu reden und zu lachen gegeben. Das war der Ausgleich für den Ernst des lebensgefährlichen Auftrags gewesen, den die meisten Kursteilnehmer hinter feindlichen Linien ausführen sollten – der Galgenhumor von Männern, die für ein Himmelfahrtskommando vorgesehen waren. Hier aber gab es keinen Humor. Die gesamte Lagerbesatzung fuhr in einem Zustand völliger Erschöpfung stumm zwischen Stokes Manor und der Sprungschule hin und her. Vom frühen Morgen bis zum späten Nachmittag und noch in die Nacht hinein dauerte das harte Tagewerk, und nur ein neu erworbenes Gefühl von Tüchtigkeit und Stolz war der Lohn der Leute.
Am Donnerstag wurde Hauptmann Stuart Kinder, den Reisman in London angerufen hatte, Zeuge des vierten Sprungs.
»Großartig!« rief er aus. Der finster dreinblickende Feldwebel Morgan und die sechs Militärpolizisten standen bei ihm. Nur Feldwebel Bowren begleitete diesmal Reisman und die Häftlinge, und obgleich Kinder sich voller Schrecken ausmalte, wie sie vielleicht ihre Vorgesetzten und die Besatzung überwältigten und sonstwohin flögen, fand er es doch großartig, daß sich ein solches Vertrauensverhältnis entwickelt hatte.
Ehrfürchtig sah er zu, wie nacheinander vierzehn Männer in dichter Reihe aus der niedrig fliegenden Maschine quollen. Er wünschte, er hätte die Energie

aufgebracht, die Fallschirmausbildung mitzumachen und mit den Leuten zu springen. Es sah so mühelos, so schön aus.
Weniger mühelos sah es Freitag nacht aus. Vielmehr hatte Kinder diesmal Angst um die Leute – eine handfeste, nagende Angst. Es herrschte ein höllischer Sturm. Kinder wartete mit Morgan, den sechs Militärpolizisten, einem Krankenwagen und Sanitätern am Rand des Absprunggebiets. Vom Wind gepeitschte Signalfeuer, die ein paar übereifrige deutsche Flieger mit der Nase auf dieses Objekt gestoßen hätten, markierten das Zielquadrat. Kinder versuchte, mit Augen und Ohren durch die Finsternis und den strömenden Regen hindurch die C-47 auszumachen.
Dies war der entscheidende Prüfungssprung. Als sich das Wetter nachmittags verschlechterte, hatte Kinder Reisman gefragt, ob er die Leute tatsächlich springen lassen wolle.
»Klar, warum nicht?« war die Antwort gewesen.
»Ist es nicht gefährlich?« hatte er weitergebohrt.
»Das sind Kugeln, Flak und die ganze übrige Scheiße auch, die sie auf einen loslassen, wenn man zum Einsatz kommt. Passen Sie heute nacht gut auf, Stu«, hatte Reisman ihn aufgefordert. »Und dann fahren Sie nach London und erzählen Ihren Freunden, daß wir fertig sind.«
Im Licht eines Blitzes sah Kinder die bockende, langsam heranbrummende C-47, noch ehe er sie hörte, und jetzt war er heilfroh, daß er nicht so töricht gewesen war, die Sprungausbildung mitzumachen. Ein neuer Blitz beleuchtete den Schwarm herabschwebender weißer Fallschirme, und erleichtert stellte er fest, daß ein paar schon sicher am Boden waren.
Er lief zu der Stelle hin, wo die Springer sich um Reisman scharten, und hörte, wie er über den Sturm hinweg rief: »Das war der schlimmste. Nach diesem Sprung kann euch nichts mehr passieren!«
»Das haben Sie sich gedacht«, dröhnte eine tiefe, angriffslustige Stimme.
Eine Riesengestalt, steif wie ein Ladestock, die Kinder noch nie vorher gesehen hatte, tauchte plötzlich aus der Dunkelheit hinter dem beleuchteten Zielquadrat auf. Die Silberadler auf seinem Regenmantel blinkten im Schein der Signallichter.
»Bei Regen schwebt der Fallschirmspringer wie auf einem Polster herab, so schwer ist die Luft«, sagte Oberst Breed. »Und wenn Sie auch nur die leiseste Ahnung hätten, dann wüßten Sie das, Reisman.«
Reisman war viel zu guter Dinge, als daß er sich hätte streiten mögen. »Fünf Sprünge, Herr Oberst. Jetzt sind sie Fallschirmjäger. Wünschen Sie morgen zur Verleihung der Abzeichen eine Parade mit Musikzug, oder bekommen wir unsere Schwingen schon heute nacht?«
»Die können Sie in jedem Marketenderladen kaufen, Hauptmann, wenn Sie den Nerv dazu haben. Was mich betrifft, können Sie und Ihr Sauhaufen hundert Sprünge gemacht haben. Bevor ich nicht erfahre, wer und was Sie sind, erhalten Sie in dieser Einheit keine Schwingen.« Damit entschwand er in die Dunkelheit, ebenso plötzlich, wie er gekommen war.
Reisman blickte in die Gesichter seiner Häftlinge, die eben noch freudig ererregt gewesen waren und jetzt gekränkt und wütend wie Kinder dastanden.

»Was ist denn in den gefahren?« fragte Napoleon.
»Er mag uns nicht«, antwortete Reisman mit einem breiten Lächeln.
»Der soll uns doch am Arsch lecken«, murmelte Franko und furzte hinter dem Oberst her. »Ich mag ihn auch nicht.«
Schweigend gingen sie zu den wartenden Fahrzeugen; ihre kurze Freude war verflogen. Stuart Kinder, der von dem Wortwechsel noch ganz verdattert war, fand endlich seine Sprache wieder.
»Breed?« fragte er.
Reisman nickte.
»Für was hält der sich eigentlich?« explodierte Kinder. »Er hatte überhaupt keinen Grund, sich so zu benehmen.«
Der Ausbruch kam so unerwartet, daß Reisman lächeln mußte. Befriedigt stellte er fest, daß auch Kinder ein Herz für das dreckige Dutzend hatte.

Nachdem Kinder am Samstagmorgen nach London zurückgefahren war, gab Reisman Feldwebel Bowren etwas Geld und schickte ihn los, Fallschirmjägerabzeichen für sich und die Häftlinge zu kaufen. Überdies sollte er nach Einbruch der Dunkelheit nochmals eine Hure mitbringen. Darauf rief er Major Armbruster im Büro des militärischen Geheimdienstes in der Baker Street an.
Seit das Unternehmen *Amnestie* angelaufen war, hatten sie nur sehr wenig Berührung miteinander gehabt, und es war für Reisman ein stolzes Gefühl, daß er nun mit Überzeugung sagen konnte: »Wir sind einsatzbereit, Max. Kinder ist unterwegs, um den hohen Herren zu berichten.«
»Großartig, John«, erwiderte Armbruster begeistert. »Sie haben also nun wegen der Leute keine Bedenken mehr?«
»Nein«, log Reisman. Er würde immer Bedenken haben, aber er war gewillt, sie zu vernachlässigen. »Wie wär's, wenn ich nun das tiefe, dunkle Geheimnis erführe?«
»Ich habe noch immer nicht den leisesten Schimmer, um was für einen Auftrag es sich handelt«, erklärte Armbruster. »Unser Verbindungsmann zu den Leuten beim SHAEF, die diese Sache ausgekocht oder gebilligt haben, ist Kinder. Ich weiß, er schätzt Sie sehr und hat das seinen Auftraggebern am Grosvenor Square nachdrücklich klargemacht. Das ist auch gut so, denn es hat Ihretwegen einige Anfragen gegeben. Offenbar haben Sie einen gewissen Oberst etwas schief angeguckt. Ich würde da ein bißchen kürzer treten, John. Wir wollen nicht, daß er seine Nase in Dinge steckt, die ihn nichts angehen. Er ist ein zu guter Mann, als daß man ihn gern dort ablösen möchte, wenn es nicht unbedingt sein muß.«
»Da Sie einmal davon angefangen haben, Max, muß ich Ihnen sagen ... Ich fürchte, Oberst Breed steigert sich da in etwas Unsinniges hinein«, sagte Reisman. »Er will einfach keine Ruhe geben. Sie wissen, wir haben uns nie riechen können. Aber darauf pfeife ich. Abgesehen von ein paar Sprüngen zur Auffrischung – wenn wir die Zeit dazu haben –, ist meine Arbeit dort zu Ende. Bitte, Max, tun Sie für uns, was Sie können«, drängte er. »Nur eine ungefähre Vorstellung, wo und wozu die Leute eingesetzt werden, damit ich

mich danach richten kann. Ich habe das Meine getan, jetzt sind Sie dran. Meine Jungens sind bereit und in Form, aber ich weiß nicht, wie lange ich sie noch hinhalten kann, ohne ihnen zu sagen, was das Ganze soll. Auch ich werde allmählich kribbelig.«
»Möchten Sie das Kommando loswerden?« fragte der Major.
Reisman wußte, daß die Frage aus Rücksichtnahme und ohne böse Absicht gestellt war, und doch erschreckte sie ihn. »Nein«, antwortete er rasch. Ein solcher Gedanke war für ihn jetzt unvorstellbar.
Er legte auf. Die Aussicht, nun herumsitzen und auf eine Nachricht von Kinder warten zu müssen, ohne ein greifbares Ziel vor Augen und mit der Gefahr, daß die Stimmung der Häftlinge in Enttäuschung und Teilnahmslosigkeit umschlug, bedrückte Reisman. Jetzt war schon der fünfzehnte April, und sofern die Invasion Anfang Mai stattfand, wie Gerüchte wissen wollten, war die Zeit ganz schön kurz – wenn man nämlich die Leute noch mit ihrem Auftrag vertraut machen und für dessen Besonderheiten ein neues Ausbildungsprogramm aufstellen wollte. Deswegen machte Reisman sich Sorge. Und zudem war da die bohrende Ungewißheit, welche Rolle er selbst bei der Sache spielen sollte.
Rastlos und unausgefüllt, wie er im Augenblick war, ließ er die Häftlinge zum Schießplatz hinausmarschieren, damit sie ein paar Stunden lang wieder Pulverdampf rochen und Schüsse knattern hörten.

Als nach zweiwöchiger Ruhe das Gelände erneut von Schüssen widerhallte, erschrak Lady Margot Strathallan. Der Hund bellte wütend, bis sie ihn rief und mit einem Klaps aufs Hinterteil zur Ruhe brachte. Beschämt verkroch er sich unters Bett.
Sie rief Oberst Breed an: »Sie schießen wieder«, flüsterte sie. »Ich dachte, das würde Sie interessieren.«
Der Oberst dankte ihr und hängte nach kurzer Unterhaltung ein – ziemlich plötzlich, fand sie. Jedenfalls schneller als am Abend vorher; da hatte er sie angerufen und ihr einen Vorschlag gemacht, der seiner Meinung nach ihnen beiden helfen würde. Er war leicht verlegen, als er davon sprach. Er habe nochmals über ihren Verdacht nachgedacht, daß in Hauptmann Reismans Lager eines Abends eine Frau gewesen sei. Wenn ihre Vermutung zutreffe – und daran glaube er immer mehr –, dann werde sich die Sache bestimmt wiederholen. Vermutlich schon an diesem Wochenende. Und wenn sie einen solchen Vorfall tatsächlich feststellen könne und bereit sei, ihn vor ihm und den zuständigen Instanzen zu bezeugen, dann hoffe er zuversichtlich, daß Hauptmann Reisman und seine Leute streng zur Ordnung gerufen und höchstwahrscheinlich von dem Grundstück entfernt werden würden. Das aber sei doch, so betonte er überflüssigerweise, ihr dringlichster Wunsch gewesen – und mithin auch seiner.
Margot Strathallan hatte das Lager vor über einer Woche zum letztenmal gesehen. Oberst Breed hatte ihr damals versichert, daß der Hauptmann mit sämtlichen Leuten fort sei, und sie gebeten, sich das Lager ihm zuliebe einmal anzuschauen. Sie ließ Sigismund zu Hause und schlich sich bei Tage wie ein

Indianer durch den Wald – was sie nachts des öfteren tat, allerdings nie bis in die Nähe der Soldaten. Dann ging sie einmal rings um die Einzäunung herum; beim leisesten Geräusch und Luftzug schreckte sie zusammen. Vor dem fauligen Kotgraben blieb sie gebannt und entsetzt stehen, und etwas weiter im Wald wäre sie fast in einen zweiten gestolpert. Es war ihr aber unmöglich, durch den Stacheldraht und das verschlossene Tor in die Baracke und in das Lagerinnere zu gelangen. Darüber war sie nur froh, denn sie hatte eine Heidenangst und verfügte nun über eine gute Entschuldigung. Hinterher hatte sie dem Oberst berichtet, daß der Ort mit seinen doppelten Stacheldrahtzäunen, Toren und Wachttürmen ihr einen unheimlichen Eindruck gemacht und mehr wie ein Gefängnis als wie ein Ausbildungslager gewirkt habe.

Heute nun ließ Margot sich auf ihrem Beobachtungsposten am Fenster im ersten Stock nieder. Von hier aus konnte sie das Eingangstor zum Grundstück und das zerfurchte Feld überblicken, auf dem Wagen zu Hauptmann Reismans Lager und von dort wieder zurück fuhren. Später, wenn es dunkel war, würde sie sich vielleicht ein Herz fassen und dichter an das Lager herangehen, und zwar wieder ohne Sigismund, denn er konnte davonrennen und mit seinem Gebell Alarm schlagen.

Stabsfeldwebel Carl Morgan schob auf dem flachen Barackendach Wache. Er kochte vor Wut und Enttäuschung.

Je mehr sich diese blöde Geschichte ihrem Ende näherte, je länger die Männer in der Ausbildung standen und Reisman sowie dieser verdammte Hauptmann Kinder ihren Einfluß auf die Häftlinge ausübten, desto mehr entglitten sie ihm. Und nun stolzierten sie auch noch als aufgeblasene Fallschirmjäger mit einem Abzeichen umher. Die Frage quälte ihn, ob in England überhaupt noch jemand zum Hängen übrigblieb.

Trotzdem konnte etwas eintreten, das sie ihm wieder in die Hand gab. Morgan wußte, daß zu seinen Füßen gerade eben die Schweinerei mit einem Weib im Gange war, und er hatte gehört, daß so etwas vor Wochen, als der Scheißhauptmann ihn unter irgendeinem Vorwand abends weggeschickt hatte, schon mal passiert war. Diesmal hatte der lausige Kerl es offen angesagt, als gebe er Anweisung zum Essen oder so. Er hatte den Leuten erklärt, sie sollten sich den Gestank und Dreck abwaschen und sich den Bart abrasieren, der Misthure zuliebe und weil sie nun große Krieger seien.

Aber keiner von ihnen wollte sich waschen. Sie hatten Reisman geradezu eine lange Nase gemacht, und Morgan mußte sich das Lachen verkneifen. Der hochmütige Nigger hatte sogar erklärt, er lege keinen Wert auf eine weiße Frau – freiheraus, so daß alle es hören konnten. Und der Indianerhäuptling hatte gemeint, er sei verheiratet und wolle nicht in Schwierigkeiten kommen – dieser Saftsack, was glaubte der eigentlich, wo er war. Auch der bebrillte Lustknabe, den sie Papst Innozenz nannten, hatte gesagt, er wolle nichts mit ihr zu tun haben. Aber neun waren übriggeblieben, die es nun nacheinander mit ihr trieben, vielleicht noch ein paar von den Wachen dazu und vielleicht auch Bowren, dieser Schnüffler, der sich sogar an seinem freien Abend hier

noch 'rumtrieb und auf einen weiteren Streifen aus war. Möglicherweise würde selbst der verdammte Hauptmann sein Ding da hineinstecken. Er war um nichts besser als die anderen.
Plötzlich hockte Morgan sich hin und starrte angestrengt zum Waldsaum hinüber. Er meinte, eine Bewegung gesehen zu haben. Nervös hob er die Maschinenpistole und visierte am Lauf entlang. Da – dort war es wieder. Rasch huschte es von Baum zu Baum – eine Frau, die sich in Höhe des Tores der Lichtung näherte. Jetzt trat sie sogar aus dem Wald und stand neben dem Tor. Es war die Frau aus dem Gutshaus, die sie alle mal vor Wochen mit ihrem Hund hatten spazierengehen sehen. Morgan streckte sich flach aus und legte die Waffe neben sich. Er beobachtete, wie die Frau unentschlossen stehenblieb, angestrengt auf Geräusche aus dem Lager lauschte und auf die Baracke starrte, als wolle sie die Wand mit ihrem Blick durchdringen. Dann hörte sie das heisere schamlose Gelächter der Hure und darauf als Antwort das Lachen eines Mannes. Die Frau am Tor drehte sich entsetzt um und floh. Schwer atmend stand Morgan auf, als wäre er es, der davonrannte oder drinnen bei der Hure läge. Und er beschloß, Reisman nichts von dem, was er gesehen hatte, zu erzählen.

Weil der Hauptmann fürchtete, die Häftlinge würden nachlassen, weil er spürte, daß sie sich gern einen faulen Tag gemacht hätten, vielleicht sogar gehofft hatten, man ließe sie in Ruhe – es waren nämlich keinerlei beunruhigende Ankündigungen von ihm gekommen, keine Hinweise auf ihr Schicksal und kein Gerede vom Kampf für Volk und Vaterland –, trieb er sie noch früher als sonst aus ihren Zelten. Und noch ehe die Sonne aufging, stapften sie auf einem Gewaltmarsch über das Grundstück. Sie trugen volles Marschgepäck, dazu Waffen und Munition. Erfreulicherweise schien keiner von ihnen es für ungewöhnlich zu halten, daß Morgan und die Militärpolizisten schlafend zurückblieben und nur Reisman und Bowren die Obrigkeit verkörperten. Erst nach fünf Stunden taumelten sie ins Lager zurück und bekamen etwas zu essen.
Der Anruf von Stuart Kinder kam nachmittags, als Reisman gerade den Häftlingen im Lager die Explosions- und Sprengmittel erklärte. Er legte die Handgranate, die er soeben aus Sprengstoff, Umhüllung, Sprengkapsel, Zünder, Nägeln, Bolzen und Metallabfällen zusammengesetzt hatte, auf die Erde. Sie war hochbrisant, und er setzte sie behutsam ab. »Niemand rührt sich«, erklärte er. »Jeder bleibt an seinem Platz. Ich bin gleich zurück.«
Kinder rief aus Max Armbrusters Büro in der Baker Street an. »Es geht los, John«, sagte er. »Wir sollen morgen früh um neun Uhr hier eingeweiht werden.«
Als er auflegte, hätte Reisman am liebsten gelacht. Er stellte sich vor, wie grimmig Kinder sicherlich ausgesehen hatte, sofern der Ausdruck seines Gesichts dem Ton seiner Stimme entsprach. Dann fiel ihm die Granate wieder ein; er trat ans Fenster und blickte hinaus. Die Männer standen noch wie angewurzelt an ihren Plätzen und wagten kaum zu atmen. Er hatte ihnen gesagt, man müsse mit einer solchen Waffe äußerst vorsichtig sein, denn die

leiseste Erschütterung oder Berührung könne sie zur Explosion bringen. Doch hatte er ihnen noch nicht mitgeteilt, daß zunächst eine Auslöseschnur gezogen werden mußte.

29

Die Aufregung, die Reisman verspürte, als er sich in seinem Sessel vorbeugte und auf die eben von Oberst Denton entrollte große Landkarte starrte, war ihm ein vertrautes Gefühl. Sie saßen in dem schönen Empfangsraum des Geheimdienstbüros in der Baker Street, wo sie vor mehr als sieben Wochen das Unternehmen *Amnestie* in Gang gebracht hatten. Außer Oberst Denton vom Stab am Grosvenor Square, der die Lagebesprechung leitete, waren diesmal nur Major Armbruster, Hauptmann Kinder und Reisman zugegen.
Der Oberst fuhr mit dem Arm über die Karte. »Wie Sie sehen, war der alliierte Nachrichtendienst außerordentlich fleißig. Dies ist der deutsche Aufmarschplan, soweit wir ihn zur Zeit kennen.«
Reisman empfand die erwartungsvolle Spannung, die ihn jedesmal erfüllte, wenn ihm endlich die Einzelheiten eines Auftrags mitgeteilt wurden, bis auf den geographischen Ort, den Tag und die Uhrzeit. In die Aufregung mischte sich ein Gefühl der Ehrfurcht, weil er endlich in etwas eingeweiht wurde, auf das die ganze Welt wartete. Die Karte zeigte den Süden Englands, den Kanal und den westlichen Teil des Kontinents von Holland bis zur spanischen Grenze. Darauf waren zu Dutzenden die Stellungen der deutschen Divisionen eingetragen: ortsgebundene und Eingreifdivisionen zur Verstärkung der Küstenverteidigung, Infanteriesturmtruppen, Panzer- und Luftlandetruppen.
Reisman war enttäuscht, als Denton erklärte: »Aus Sicherheitsgründen darf ich Ihnen einstweilen nicht sagen, an welcher Stelle die Invasion stattfinden wird. Auch das Datum kann ich Ihnen nicht nennen; ich weiß es nämlich nicht. Es dürfte gegenwärtig auch noch gar nicht feststehen, und selbst der Kommandierende General wird sich noch nicht schlüssig sein. Ich kann Ihnen heute lediglich mitteilen, welche Rolle Hauptmann Reismans Gruppe bei dem Unternehmen spielen soll – das dreckige Dutzend, wie sie ja wohl genannt wird. Das darf übrigens nicht mehr so weitergehen, Reisman. So, wie die Leute jetzt aussehen, können wir sie nirgends einsetzen. Es heißt, allein ihr Gestank verriete sie schon.«
»Das wird abgestellt«, erklärte Reisman kurz; er warf Kinder einen scheelen Blick zu. »Darf ich eine Frage stellen, Sir?«
»Worüber? Ich habe ja kaum angefangen.«
»Die Antwort gehört hierher, Herr Oberst. Hängt der Erfolg der Invasion von unserem Auftrag ab?«
Denton starrte Reisman an, als könne er sich nicht darüber klarwerden, ob die Frage ernst oder ironisch gemeint war. »Ich habe wohl nicht recht gehört«, sagte er. »Würden Sie die Verwendbarkeit Ihrer Leute geringer einschätzen, wenn das der Fall wäre, Hauptmann?«
»Im Gegenteil, höher«, antwortete Reisman ruhig. »Wenn sie Gelegenheit

bekämen, etwas Bedeutendes, Heldenhaftes zu tun, würden sie an ihrer Aufgabe wachsen. Davon bin ich überzeugt.«
»Psychologie ist Hauptmann Kinders Sache, nicht Ihre«, gab Denton spitz zurück. »Halten Sie SHAEF für völlig übergeschnappt? Der Einsatz Ihrer Leute kann von höchster Wichtigkeit für den Gesamterfolg sein, das kommt ganz darauf an, wie Sie ihn ausführen – genau wie bei anderen Gruppen oder Einzelpersonen im Sondereinsatz oder im französischen Untergrund auch. Aber sie sind nur eine Art Zuckerguß auf dem Kuchen. Wenn sie abgeleckt werden, bleibt das Ganze darum doch erhalten.«
Reisman schwieg darauf. Er wollte den anderen fortfahren lassen und begnügte sich mit dem erheiternden Gedanken, daß es für Leute, die der Abschaum der amerikanischen Armee gewesen waren, einen vergleichsweise beträchtlichen Fortschritt darstellte, daß sie nun als Zuckerguß galten.
Oberst Denton wandte sich wieder der Karte zu. »Man hat fast sechzig feindliche Divisionen ausgemacht«, führte er aus. »Hier sind sie markiert. Etwa die Hälfte davon hat sich an der langgestreckten Nordwestküste beziehungsweise im Abstand von wenigen Marschstunden festgesetzt. Wir haben jedoch in Erfahrung gebracht, daß ein hoher Prozentsatz dieser in Frankreich liegenden Truppen aus Gefangenen besteht, die von den Deutschen gezwungen werden, auf ihrer Seite zu kämpfen. Russen, Polen, Tschechen und sogar Italiener, ihre ehemaligen Verbündeten, sind zu allen möglichen Dienstleistungen gepreßt worden, angefangen bei Arbeitsbataillonen und nichtkämpfenden Abteilungen bis zu Stoßtrupps in vorderster Linie. Viele davon sind nur zweitrangige Besatzungstruppen, die zur Auspolsterung oder Ergänzung deutscher Stammdivisionen dienen. Und in diesen ausländischen Einheiten, die vielfach unfreiwillig dort sind, haben wir einen schwachen Punkt, den wir uns nur zunutze zu machen brauchen.
Der Plan ist nun folgender: Zwei Tage vor der Invasion werden Ihre Leute an bestimmten Punkten weit hinten im Binnenland abgesetzt. Sie tragen die gleichen Uniformen und haben die gleichen Ausweise, Waffen und Ausrüstungsgegenstände wie die Angehörigen der von den Deutschen zwangsverpflichteten Truppen. Ferner haben sie gefälschte Befehle und Reisepapiere bei sich, die es plausibel machen, daß sie viel unterwegs sind und nicht bei einer bestimmten Einheit bleiben müssen. Ihre Aufgabe besteht darin, sich in die gegnerischen Verbände einzudrängen und bei jeder sich bietenden Gelegenheit Sabotage zu treiben. Sie sollen feindliche Soldaten und Kollaborateure beseitigen, Vorratslager plündern, Fahrzeuge zerstören, Straßen, Schienen und Brücken sprengen. Sie haben alles zu tun, um Verwirrung zu stiften, die Schlagkraft und Moral des Feindes zu untergraben und Schrecken zu verbreiten.«
Reisman traute seinen Ohren nicht. Ein heldenhafter Einsatz, kein Zweifel. Aber wozu? Für ihn war das Ganze nichts als eine selbstmörderische Geste ohne besonderen taktischen Wert. So wie er die Sache ansah, hatte selbst eine Gruppe todesmutiger, hochtrainierter, kampferprobter, taktisch und sprachlich ausgebildeter Männer bei solch einem Auftrag ebensowenig eine Chance wie die von ihm gedrillten zwölf Sträflinge.

»Herr Oberst!« unterbrach er mit lauter Stimme und erhob sich halb von seinem Sitz. »Für etwas Derartiges sind meine Männer nicht vorbereitet!«

»Hören Sie mich erst einmal vollständig an, bevor Sie Ihren Kommentar abgeben, Hauptmann«, bellte Oberst Denton. »Ich kann mir denken, daß Sie Ihre eigenen Ansichten haben. Sie sind doch Fachmann für den Guerillakrieg, nicht wahr? Der beste, den wir haben, wurde mir gesagt. Das ist einer der Gründe, weshalb man Sie für diesen Auftrag ausgewählt hat. Nutzen Sie also die verbleibende Zeit und bringen Sie Ihren Leuten den ganzen Zirkus bei – alles, was Sie wissen. Sie sollen ja Ihre Sache soweit recht anständig gemacht haben.«

Widerwillig ließ Reisman sich in seinen Sessel zurückfallen; doch als Denton dann fortfuhr, lief ihm wieder die Galle über. »Ursprünglich hatten wir erwogen, die Männer einzeln einzusetzen; doch nun schlagen wir vor, sie paarweise loszuschicken, damit sie sich gegenseitig unterstützen können. Vermutlich haben Sie das eine oder andere schwarze Schaf in Ihrer Gruppe – Leute, die weniger zuverlässig sind als die übrigen. Ich würde jeweils einen Schlechten mit einem Guten, einen Schwachen mit einem Schurken und einen Dummen mit einem Intelligenten zusammentun.«

Reisman konnte nicht länger an sich halten. Das war schlimmer, als er befürchtet hatte. In einer geschlossenen Gruppe unter seiner Führung konnten die Häftlinge allenfalls einen taktischen Auftrag erfolgreich durchführen, und zumindest einige von ihnen hatten eine Chance, zurückzukommen. Gingen sie aber einzeln oder zu zweit, so war das alles nicht der Fall. Für Leute wie sie stellte ein derartiger Einsatz eine willkommene Gelegenheit dar, überzulaufen und die eigene Haut zu retten. Taten sie hingegen das, was hier eben ausgeführt wurde, dann hatten sie keinerlei Überlebenschance.

Boshaft platzte er heraus: »Und was schlagen Sie in Fällen vor, Oberst Denton, wo die Schlechten gleichzeitig die Gescheiten sind?«

»Nun, Sie kennen Ihre Leute ja. Machen Sie es, so gut Sie können«, antwortete Denton, dem die Ironie völlig entgangen war. »Nun zum Problem der sprachlichen Schwierigkeit, über das wir uns natürlich im klaren sind«, fuhr er fort. »Haben Sie Leute dabei, die eine dieser Fremdsprachen sprechen? Nicht unbedingt fließend, wenngleich das ein wahres Gottesgeschenk wäre, aber gut genug, um notfalls zu bluffen?«

»Ja«, erwiderte Reisman rasch. Er verfügte in seiner Gruppe zumindest über Italienisch und Spanisch. Napoleon hatte Französisch und Deutsch auf der Schule gelernt, und Wladislaw konnte vielleicht noch genug Polnisch; er selbst beherrschte einige Sprachen fließend und hatte von anderen ein wenig aufgeschnappt.

»Das ist ein Lichtblick«, sagte Denton. »Wir haben für all diese Sprachen Bücher mit einfachen Sätzen zur Verfügung, die Ihnen weiterhelfen werden. Ich würde vorschlagen, daß Ihre Leute auch ein wenig Deutsch lernen. Die Tatsache, daß sie es dann schlecht sprechen, wird ihre Glaubwürdigkeit als Angehörige fremder Nationen, die mit den Nazis verbündet sind oder von ihnen überrannt wurden, erhöhen.«

Da erst ging Reisman auf, daß der Auftrag von Napoleon White und Samson

Posey unmöglich erfüllt werden konnte. »Ist Ihnen bekannt, daß einer meiner Männer ein Neger und ein anderer ein Ute-Indianer ist? Wie soll ich die als Deutsche oder Europäer ausgeben?«
»Dann müssen Sie sich dieser beiden eben entledigen«, sagte der Oberst scharf. »Ersetzen Sie sie in der noch zur Verfügung stehenden Zeit. Das sind mindestens zwei oder drei Wochen, vielleicht mehr.«
»Sie ersetzen!« rief Reisman ungläubig aus.
»Jawohl, ersetzen«, wiederholte Denton gereizt. »Wenn sie für den Auftrag ungeeignet sind, warum nicht? Niemand ist unersetzlich beim Militär, Reisman. Sie täten gut daran, sich das zu merken.«
Die Angst, es könnte tatsächlich dahin kommen, dämpfte Reismans Stimme, als er sagte: »Das kann ich nicht, Herr Oberst. Und das werde ich auch nicht tun. Sie kennen die Alternative für die Leute. Ich habe ein Abkommen mit ihnen getroffen. Wir alle haben unsere Hand zu diesem Abkommen gereicht und können jetzt keinen Rückzieher machen. Ich werde es schon deichseln. Warum können sie nicht als amerikanische Soldaten in amerikanischen Uniformen gehen? Ja, warum eigentlich nicht? Wenn sie dann in Gefangenschaft kommen, werden sie wenigstens nicht als Spione hingerichtet.«
Eine gespannte Stille herrschte im Raum. Endlich sagte Denton: »Das würde ihnen auch nichts nutzen. Hitler hat befohlen, alle, die mit dem Fallschirm abspringen, hinzurichten, ob sie nun Uniform tragen oder nicht. Wozu diese humane Rücksichtnahme? Es kann Ihnen doch gleichgültig sein, was diese Männer tun. Was können sie Ihnen schon bedeuten? Außerdem – wenn ich nun mit meinen Ausführungen, in denen Sie mich unterbrochen haben, fortfahren darf, Hauptmann – außerdem würden die Leute, wenn sie amerikanische Uniformen trügen, unsere Absicht vereiteln. Sie sollen mit den zurückweichenden Deutschen mitgehen und ihre Sabotage fortsetzen.«
»Bis daß der Tod sie scheidet«, murmelte Reisman.
»Wie bitte, Herr Hauptmann?«
»Mit anderen Worten, Sie wollen sie nicht wiedersehen. Das ist kein Plan, das ist eine Exekution, Herr Oberst!«
»Hauptmann Reisman!« wetterte Denton. »Sie treiben Ihre Taktlosigkeit mir gegenüber zu weit.«
Major Armbruster wandte sich an Reisman und sagte gelassen: »Beruhigen Sie sich, John. Oberst Denton steht auf unserer Seite, das wissen Sie doch. Wir wollen die Sache ja gemeinsam ausarbeiten.«
»Und welche Rolle spiele ich dabei?« drängte Reisman. »Wo und wie steige ich ein und halte die Leute unter Kontrolle?«
»Überhaupt nicht«, entgegnete Oberst Denton kategorisch. »Davon war nie die Rede. Sie sollen sie ausbilden, die Absprungstellen festlegen und sie auf den Weg bringen – Schluß.«
Das war es, was Reisman hatte kommen sehen und am meisten gefürchtet hatte. Und er beschloß jetzt im stillen, daß er das nie zulassen würde; er wollte mit seinen Männern gehen. Wie konnte er sie denn allein hinausschicken? Während der weiteren Besprechung saß er schweigsam da und hörte wortlos, aber innerlich aufgewühlt, zu.

Die Diskussion ging dann rasch zu Ende. Mit einem kurzen »Guten Tag, meine Herren!« und einem neugierigen, beinah mitfühlenden Blick auf Reisman verschwand Oberst Denton und hinterließ den andern unzählige Einzelheiten zur Ausarbeitung.

Reisman erhob sich müde von seinem Sessel, ging zur Landkarte, starrte darauf und legte eine zitternde, angespannte Hand auf die Karte, als wolle er sie zerquetschen. Dann wandte er sich, kochend vor Zorn, an Stuart Kinder: »Wieviel von diesem Irrsinn ist Ihr Werk?« fragte er. »Warum versuchen Sie so etwas nicht selbst einmal? Haben Sie Angst?«

Kinder starrte ihn an. Verärgert schaltete Armbruster sich ein.

»Nun hören Sie schon auf damit, John«, sagte er energisch. »Es besteht kein Grund zu einem solchen persönlichen Angriff. Sie sollten sich bei Hauptmann Kinder entschuldigen.« Armbruster erinnerte sich daran, daß Kinder ganz im Anfang, bevor er Reisman zum Unternehmen *Amnestie* heranzog, gesagt hatte, der Mann, der diesen Auftrag erhalte, müsse gleichermaßen über Härte und Mitleid verfügen. Niemals jedoch hätte er gedacht, daß Reisman so sehr in dieser Sache aufgehen würde.

»Lassen Sie nur, Herr Major«, sagte Kinder. Er sah Reisman ins Gesicht und wich seinem Blick nicht aus. »Ich habe daran genausowenig Anteil wie Sie, John«, erwiderte er. »Und was die Angst betrifft – ja, ich habe Angst. Wie, glauben Sie, sollte der Krieg weitergehen, wenn wir unsere Rollen vertauschten, wenn Sie meine Aufgabe übernähmen und ich Ihre? In einem modernen Krieg werden die Rollen nach der persönlichen Eignung verteilt und nicht nur nach der jeweiligen Lage. Den einen verlangt es nach Taten, den anderen nicht. Aber deshalb ist der andere doch nicht gleich ein Feigling!«

»Verzeihen Sie, Stu. Ich hatte kein Recht, das zu sagen«, entschuldigte Reisman sich.

»Für die Auswahl der Einsätze war ich nie zuständig. Ich bin darüber genauso unglücklich, wie Sie es offensichtlich sind«, sagte Kinder teilnahmsvoll. »Anfangs war diese Sache hier für mich in erster Linie ein Experiment. Ich wollte sehen, ob wir eine solche Gruppe von Rebellen tatsächlich ausbilden und mit einem Gemeinschaftsgeist erfüllen könnten. Als Sie dann aber so heftig darauf drangen, einen Kampfauftrag zu bekommen, als ich sah und mir klarmachte, was Sie für die Leute getan hatten – da habe auch ich mich dafür eingesetzt. Aber glauben Sie mir, wie der Auftrag lauten würde, habe ich nicht gewußt.«

»Das heißt also, daß im Anfang überhaupt an keinen Auftrag gedacht war«, sagte Reisman anklagend.

»Ich habe darüber nicht mehr gewußt als Sie. Mir scheint, es war niemals an mehr, aber auch nicht an weniger gedacht als jetzt.«

»Die ursprüngliche Weisung, John«, erinnerte Major Armbruster ihn, »besagte lediglich, daß die Männer vor der Invasion heimlich aufs europäische Festland gebracht werden und dort Menschen und Material der deutschen Kriegsmaschinerie vernichten sollten. Und genau das ist doch jetzt vorgesehen, oder nicht?«

»Dann müssen Sie etwas anderes für sie durchsetzen, Max«, sagte Reisman

eindringlich. »Und ich muß mit ihnen gehen. Als Gruppe können die Häftlinge Erfolg haben. Getrennt sind sie verloren.«
»Darin muß ich ihm zustimmen, Herr Major«, warf Kinder ein. »Hier liegt ein klassisches Beispiel dafür vor, daß das Ganze mehr ist als die Summe seiner Teile.«
»Es gibt nichts anderes«, sagte der Major. »Auch ich bekomme meine Befehle, John. Nicht ich führe den Krieg, Gott sei Dank. Meine Arbeit besteht darin, Sie mit allem, was Sie benötigen, zu versorgen und Ihnen zu helfen, die von Denton gesteckten Ziele zu erreichen.«
»Dann tun Sie doch etwas! Irgend etwas, das den Leuten eine Chance läßt! Sie haben doch Gehör beim Stab!« brach es aus Reisman hervor. Und als er so nach einem Strohhalm suchte, an den er sich klammern könnte, fiel ihm plötzlich etwas ein. »Was ist denn mit *Rosedale?* Sie erinnern sich doch an *Rosedale?* Ich sollte Leute dafür aussuchen, ehe diese neue Sache kam. Hat das jemand anders gemacht, und worum ging es da eigentlich?«
»Es war ein Gerücht«, sagte Armbruster. »Höchst vage, und darum beschlossen wir, die Sache nicht weiterzuverfolgen. Auf ein bloßes Gerücht hin hätte ich sowieso nicht die richtige Mannschaft zusammenbekommen.«
»Worum ging es?«
Der Major trat an die Karte und zeigte auf eine Stelle. »Kennen Sie Rennes?« fragte er.
»In der Bretagne«, sagte Reisman. »An einem Fluß – der Vilaine. Ich bin ein paarmal durchgekommen, kenne den Ort aber nicht. Was ist dort?«
»Das wissen wir eben nicht«, sagte Armbruster. »Nur, daß Rennes ein großer Straßen- und Eisenbahnknotenpunkt ist. Deswegen wurde es auch regelmäßig von Luftstreitkräften bombardiert. Es geht jedoch das Gerücht, daß eine Gruppe von Generalen und hohen Offizieren der deutschen Siebten Armee sich von Zeit zu Zeit auf einem Schloß bei Rennes trifft und mit Hilfe großer Landkarten sogenannte Kriegsspiele abhält. Nebenbei spannt man auch ein wenig aus und geht seinen privaten Neigungen nach.«
Eine neue Woge der Erregung durchflutete Reisman. »Das ist genau das Richtige!« rief er aus. »Das muß es sein!«
»Nichts da, John«, entgegnete der Major. »Wir können nicht auf ein bloßes Gerücht hin eine Sabotagegruppe ansetzen.«
»Und wenn es nun wahr ist?« stieß Reisman hervor. »Das wäre doch eine Gelegenheit, sie abzuservieren!«
»Wenn wir jemals herausbekämen, ob sie tatsächlich dort sind«, meinte Armbruster und starrte nachdenklich auf die Karte, »dann würde SHAEF bestimmt eine erstklassige Gruppe einsetzen – und nicht Ihre, John. Oder die Bomber würden sich dieser Offiziere annehmen. Aber selbst wenn wir Ihre Leute auf Rennes loslassen wollten, könnten wir nicht sicher sein, daß die Deutschen sich gerade dann dort versammeln. Die Wehrmacht setzt bestimmt nicht uns zuliebe eigens ein *Kriegsspiel* an.«
»Max, ich habe Sie noch nie um etwas gebeten«, sagte Reisman ruhig. »Ich habe Ihr schmutziges Geschäft besorgt, und ich habe es nicht schlecht besorgt. Jetzt möchte ich einmal etwas von Ihnen, und ich möchte es so brennend gern,

daß mir jedes Mittel, es zu bekommen, recht wäre. Finden Sie heraus, was an der Sache dran ist, Max. Benachrichtigen Sie den Untergrund. Treiben Sie jemanden auf, der den Ort kennt und weiß, was dort gespielt wird. Das ist doch für Sie nichts Neues. Verfolgen Sie das Gerücht bis zu seiner Quelle. Bitte, tun Sie es für mich, Max!« sagte er in beschwörendem Ton. »Denn so wie die Sache jetzt aussieht, haben die hohen Tiere weiter nichts getan, als die Hinrichtungsmethode zu ändern – und der Vollstrecker bin ich.«
Ein bedrückendes Schweigen entstand. Armbruster schwankte. »Was ist Ihre Meinung?« fragte er Stuart Kinder.
Kinder antwortete nur ungern. Er machte eine hilflose Geste. Vor allem zögerte er deshalb, weil er nicht die Verantwortung für die Folgen tragen wollte. So wie die Dinge jetzt standen, würden die Häftlinge hinter den feindlichen Linien abgesetzt werden – und dann Gott mit ihnen, mochte ihr Schicksal so oder so aussehen. Vielleicht hätte es für sie auch schlimmer kommen können. Bei dieser anderen Geschichte aber, falls überhaupt etwas daran war, würde Reisman, dieser verdammte Idiot, sich wegwerfen. Das war es, was Kinder befürchtete und nicht wollte. »Ich weiß nicht, Sir«, antwortete er schließlich. »Es ist wirklich nicht mein Gebiet. Ich glaube, ich kann es nicht beurteilen, und es steht mir auch nicht zu.«
Armbruster nickte resigniert. »Also gut, John. Ich werde mich darum kümmern«, sagte er leise. »Einstweilen müssen Sie die Befehle ausführen und Ihre Leute auf den von Denton umrissenen Auftrag vorbereiten. Ich lasse Ihnen sofort alles zuschicken: deutsche Uniformen, Waffen, Ausweise, Marschpapiere, Sprachlehren und was sonst dazu gehört. Und sorgen Sie dafür, daß die Schweine sich waschen und rasieren, verstanden?« schloß er ungehalten.
Reisman lächelte. »Danke, Max«, sagte er. »Sie werden es, wenn sie müssen.«

Es war noch vor Mittag, als Reisman das Gebäude in der Baker Street verließ und durch den Londoner Lärm und das Verkehrsgewühl zurückfuhr. Kinder hatte ihn gebeten, in einem alliierten Offiziersklub, in dem er verkehrte, zu essen; aber Reisman hatte abgelehnt, unter dem Vorwand, er habe es eilig, zu seinen Leuten zurückzukommen. Von einer Telefonzelle aus rief er das Büro der britischen Kriminalpolizei an, in dem Leon Osterman arbeitete. Mehr denn je galt es jetzt, die Frage von Myron Odells Schuld oder Unschuld zu klären. Osterman war aber nicht da. Das Gefühl der Niedergeschlagenheit und Besorgnis, mit dem Reisman die Besprechung verlassen hatte, vertiefte sich noch, als er erfuhr, daß man den Kriminalbeamten plötzlich für zwei Wochen nach Schottland geschickt hatte, wo er einen Fall verfolgte.
Während der ganzen Rückfahrt von London durch den Süden Englands ließ ihn dieses Gefühl nicht los. Die Dringlichkeit dessen, was vor ihm lag, trieb ihn ins Lager zurück; er mußte den neuen intensiven Ausbildungsplan auf die Beine stellen, mit dem er und seine Männer fast hoffnungslos überfordert waren. Diese ganzen letzten Stunden hatte er sich darüber schon den Kopf zerbrochen. Dennoch, als er in Somerset an eine Kreuzung kam, wo er südlich nach Devonshire und Stokes Manor hätte einbiegen müssen, fuhr er statt dessen nördlich nach Marston-Tyne und zu Tess Simmons. Er entschuldigte

dies vor sich selbst mit der Begründung, daß er ja sowieso nicht vor dem nächsten Morgen im Lager zurückerwartet werde.
Am späten Nachmittag wanderte Reisman Hand in Hand mit Tess durch eine Welt der lauen Winde, der untergehenden Sonne und knospenden Blumen. Sie führte ihn über einen kleinen Hügel auf eine Wiese und sagte aufgeregt: »Hier – hier habe ich ihn gefunden.«
»Wen? Einen Schatz? Die Kronjuwelen?« fragte er und versuchte, sich in ihre heitere Stimmung hineinzufinden, wenngleich er noch viel zu sehr in seinen Depressionen befangen war.
»Etwas viel Besseres«, sagte sie und zeigte, was sie meinte. »Den Frühling. Ich habe dir doch gesagt, ich würde mir die Stelle für dich merken.«
Da fiel Reisman alles wieder ein, und er hob den Fuß, um zu sehen, ob er wirklich zwölf Gänseblümchen damit bedecken könne.
»Nein!« rief sie, ließ sich zu Boden fallen und hielt vorsichtig die Arme um die Blumen. »Bitte nicht zertreten!«
»Nein, natürlich nicht«, sagte er freundlich. »Wie dumm von mir!«
Er hielt ihr die Hand hin und half ihr auf. Die Wiese war grün und saftig, aber schon kühl im Schein der untergehenden Sonne. Sie waren allein, und er küßte sie. Wäre es wärmer gewesen, hätte er sich mit ihr in das Gras und die Blumen gelegt und sie geliebt.
Tess sah ihm in die Augen, als er sie umfaßt hielt. »Du möchtest jetzt mit mir schlafen, ja?« fragte sie.
Er nickte, fast verlegen. »Ja«, sagte er.
Sie gingen rasch einen Weg hinunter, der zu *The Butcher's Arms* zurückführte. »Halt!« rief Tess plötzlich und hielt ihn zurück.
»Was ist?«
Sie deutete auf einen laut schackernden Vogel, der allein auf einem Baum saß. »Eine Elster! Nimm die Mütze ab und schlag ein Kreuz über deine Brust«, drängte sie ihn. »Sonst bringt es Unglück.«
»Das ist doch kindisch.«
»Ja, aber mir macht es Spaß«, sagte sie, »und wenn du das nicht willst, dann muß ich etwas anderes für dich machen.« Sie wandte ihren Kopf und spuckte dreimal über ihre linke Schulter.
»Ist jetzt alles in Ordnung?« fragte er.
»Ja.«
»Wer hat dir das denn beigebracht?«
»Mrs. Culver. Die kennt sich mit solchen Sachen aus. Sie sagt, die Elster sei der einzige Vogel gewesen, der sich geweigert habe, in die Arche Noah hineinzugehen. Sie habe sich ganz allein auf das Dach der Arche gesetzt und über die untergehende Welt geplappert.«
»Ganz allein? Hätten es nicht mindestens zwei sein müssen, um die Art zu erhalten?«
»Hmm«, machte sie nachdenklich. »Da hast du vermutlich recht. Daran habe ich nie gedacht. Kann sein, das Elsterweibchen ist hineingegangen und das Männchen ist draußen geblieben. Jedenfalls behauptet Mrs. Culver, ein so trotziger und aufsässiger Vogel müsse Unglück bringen.«

»Genau so ein Vogel bin ich auch«, sagte Reisman lächelnd. »Aber kein Unglücksrabe. Vielmehr habe ich immer Glück, mußt du wissen.« Er drehte sich um, zog die Mütze und bekreuzigte sich. »Plötzlich gefällt mir der kleine Bursche«, sagte er.

Am Dienstagmorgen brauste Oberst Everett Dasher Breed wutentbrannt nach Stokes Manor hinüber. Er saß neben dem Fahrer, und hinten auf dem Lastwagen fuhr eine Gruppe bewaffneter Fallschirmjäger mit, die zu strengstem Stillschweigen verpflichtet waren.

Feldwebel Morgan hatte den Schlüssel zur Lösung des Rätsels geliefert. Da Breed nun den Namen und Dienstgrad dieses Mannes kannte, hatte er seiner Herkunft nachspüren können. Ein Henker! Ein gottverdammter Henker! Und nachdem der Oberst herausgefunden hatte, daß der Henker Morgan am 5. März mit einem aus Häftlingen und Wachsoldaten zusammengestellten Kommando aus dem Gefängnis von Marston-Tyne abgerückt war, konnte er sich das übrige zusammenreimen.

Es waren Sträflinge, und Reisman war ihr Wärter. Ein Gefangenenwärter – und dann so großspurig aufzutreten!

Zusätzlich wurde Breeds Zorn noch durch Lady Margots jämmerlichen Anruf genährt. Sie hatte ihm gesagt, daß man in der Tat eine Hure in Reismans Lager hineingelassen habe. Das verstieß nicht nur gegen allen Anstand, sondern auch gegen jede militärische Vorschrift. Und das angesichts der taktvollen Warnung, die Breed dem Hauptmann hatte zukommen lassen!

Nachdem der Oberst das Tor zum Grundstück passiert hatte, hielt er sich gar nicht erst am Herrschaftshaus auf, sondern befahl seinem Fahrer, quer übers Feld auf den Wald zuzufahren. Lady Margot war auf ihr Eintreffen vorbereitet und würde, gemäß seiner Anordnung, im Hause bleiben. Sie holperten zwischen den Bäumen dahin und befanden sich plötzlich vor der Lichtung mit dem Stacheldrahtverhau, der Baracke und den Wachttürmen, genau wie die Lady es beschrieben hatte. Ein Gefängnis! Daran bestand für Breed jetzt kein Zweifel mehr. Und daß die Männer, die hier hausten, für die Dame eine Gefahr bildeten und, wenn sie einmal losgelassen waren, arglose Menschen belästigen würden, das stand weiß Gott außer Frage.

Der Lastwagen hielt vor der Baracke. Breed sprang heraus und umfaßte das Lager mit einem einzigen Blick. Seine Leute ausschwärmen zu lassen, war nicht nötig. Er wollte Reisman nicht die Genugtuung geben, daß das Unternehmen wie eine militärische Aktion aussah. Umringt von seinen Soldaten, schritt er auf das Tor im Stacheldraht zu.

Da erscholl ein lauter Befehl: »Halt, stehenbleiben!«

Breed sah auf und bemerkte einen Soldaten auf dem Barackendach, der mit seiner Maschinenpistole auf sie zielte.

»Soll ich ihn abknallen, Herr Oberst?« sagte einer der Fallschirmjäger halblaut und nahm seinen Karabiner von der Schulter.

»Sie sind wohl nicht bei Trost!« fauchte Breed und sah den Mann unangenehm berührt an. »Es wird nicht geschossen. Und keine Gewaltanwendung ohne meinen Befehl.«

Feldwebel Bowren zielte mit seiner Waffe auf Breed, den er wiedererkannt hatte. »Dies ist ein geschlossener Bereich, Sir«, erklärte er, »und Sie haben kein Recht, hier einzudringen.«
»Wo ist Ihr kommandierender Offizier?« fragte Breed.
»Er ist nicht hier, Herr Oberst«, antwortete Bowren.
»Verdammt«, murmelte Breed. »Wer hat das Kommando, Soldat?«
Bowren wollte schon sagen »Feldwebel Morgan«, konnte es aber gerade noch hinunterschlucken.
»Einer von uns, Herr Oberst.«
»Dann stehen Sie nicht da herum wie ein Ölgötze, sondern schicken Sie ihn mir.«
Bowren kletterte in die Baracke hinab und öffnete das Tor zum Lager. Feldwebel Morgan kam mit einigen Wachsoldaten und Häftlingen, die da herumlungerten und auf Reismans Rückkehr warteten, auf Bowren zu; sie hatten gemerkt, daß draußen etwas los war.
»Es ist der Scheißoberst von den Fallschirmjägern«, sagte Bowren zu Morgan. »Er will mit demjenigen sprechen, der das Kommando hier hat. Das sind ja wohl Sie.«
»Bleiben Sie solange bei den Leuten«, sagte Morgan und wies mit dem Daumen auf die Häftlinge.
»Nein, ich gehe mit«, erklärte Bowren.
Sie gingen durch die Baracke zum Tor, wo Breed sie ungeduldig erwartete. Es war Morgan sehr peinlich, den Oberst hier zu erblicken, und da er ein schlechtes Gewissen hatte, zuckte er zurück, als Breed ihn mit seinem falschen Lächeln ansah und zu ihm sagte: »Feldwebel Morgan. Erfreulich, hier jemanden zu sehen, der weiß, wer er ist. Machen Sie das Tor auf!« Der Henker zögerte.
»Wir dürfen hier niemanden hereinlassen«, beharrte Bowren.
»Sehen Sie nicht die Adler auf meinen Schultern, Soldat?« bellte Oberst Breed. »Machen Sie das Tor auf, verdammt noch mal, Morgan, oder Sie werden noch heute zum gemeinen Soldaten degradiert.«
Für Morgan genügte diese Drohung. Ehe Bowren ihn daran hindern konnte, hatte er das Tor aufgeschlossen. Bowren sprang bis an die Barackentür zurück und richtete seine Waffe auf Breed und seine Leute. »Ich habe keine Angst vor Ihnen, Herr Oberst!« rief er. »Der erste, der hier einzudringen versucht, bekommt eine Kugel.«
Breed ging lächelnd auf ihn zu, Bowrens Finger am Abzug zitterte. Aber der Feldwebel brachte es nicht über sich, zu schießen. Breed trat ganz dicht an die Maschinenpistole heran, drückte den Lauf zur Seite und sah durch Bowren hindurch, als wäre er nicht vorhanden. »Ich habe nicht angenommen, daß Sie schießen würden, Soldat«, sagte er.
Zwei der Fallschirmjäger packten Bowren und nahmen ihm die Waffe ab. Die übrigen drängten sich durch die Baracke ins Lager, wo Oberst Breed die Wachen und die Häftlinge in zwei getrennten Gruppen antreten ließ.
Napoleon White war es schleierhaft, was, zum Teufel, da vor sich ging. Bis Oberst Breed sie strammstehen ließ und ihnen verkündete: »Einer meiner

Leute wird die Reihe entlanggehen. Sie haben ihm Namen, Dienstgrad, Erkennungsnummer und Truppenteil anzugeben.«

»Haltet die Klappe«, flüsterte Napoleon seinem Nebenmann zu. »Sagt ihm nichts. Das ist eine von Reismans Fallen.«

»Glaube ich nicht, Nappy«, flüsterte Wladislaw zurück. »Die zwei, die mir in der Sprungschule aufgelauert haben, sind auch dabei.«

»Sie sollen uns am Arsch lecken«, zischte Napoleon zurück. »Schnell weitergeben, du Blödmann. Das riecht doch nach Reismans Finten. Wer jetzt das Maul aufmacht, ist erledigt. Ich weiß es.«

»Ruhe da!« rief Oberst Breed und trat auf sie zu. »Wißt ihr Armleuchter nicht mal, daß man im Glied den Mund zu halten hat?«

Aber Napoleons Aufforderung hatte sich doch noch schnell genug herumgesprochen, und als dann der Mann mit Bleistift und Papier die Front abschritt, gaben sie alle nur ihre Nummer an. Die Militärpolizisten hatten das rasch spitz und antworteten auch nur mit einer Nummer. Daraufhin knöpfte Oberst Breed sich jeden Mann einzeln vor. Er wandte sämtliche Überredungskünste von der Schmeichelei bis zur Einschüchterung an; dennoch kam er bei keinem zum Ziel. Napoleon fand, daß er eine recht amüsante Vorstellung bot.

Schließlich griff Breed sich Stabsfeldwebel Carl Morgan heraus. »Sie! Kommen Sie mal her!« befahl er, dann führte er Morgan so weit wie möglich von den übrigen weg. »Ich wünsche, daß Sie mir genauestens sagen, wer jeder einzelne von diesen Leuten ist, Morgan«, forderte er. »Und ich wünsche, daß Sie mir genauestens sagen, welches der Zweck und die Art ihrer Ausbildung sind.«

Morgan hatte Angst, und er tat sein möglichstes, um sich herauszuwinden. »Ich weiß gar nichts über sie, Herr Oberst«, murmelte er.

»Wovor fürchten Sie sich, Feldwebel?« sagte Breed mit milder Stimme. »Vor Reisman? Er ist nur Hauptmann. Jetzt spricht ein Oberst mit Ihnen.«

»Das weiß ich, Sir. Ich habe keine Angst vor ihm.«

»Dann haben Sie wohl Angst, Ihre sechs Streifen zu verlieren, die Sie hier ja sowieso nicht tragen können. Ist es das, Morgan?«

»Ich habe gar keine Angst.«

»In diesem Fall, Feldwebel, wird es mir ein Vergnügen sein, Hauptmann Reisman darüber ins Bild zu setzen, daß Sie es waren, der uns Zugang zu diesem Lager verschafft hat, und daß Sie so dumm waren, mir vor ein paar Tagen Ihren Namen und Dienstgrad auszuplaudern. Dadurch war es mir nämlich möglich herauszufinden, daß diese Männer Häftlinge und Wachen aus dem Gefängnis von Marston-Tyne sind und Sie ihr bestallter Henker.«

»Nein ... bitte, Herr Oberst ... tun Sie das nicht«, stammelte Morgan.

»Dann reden Sie.«

»Es ist genauso, wie Sie sagen. Wir kommen von Marston-Tyne. Das ist schon fast alles.«

»Warum sind sie hier?«

»Sie werden ausgebildet ... weiter nichts, Sir.«

»Das weiß ich. Wofür?«

»Ich weiß es nicht. Bestimmt nicht, Herr Oberst.«

»Für die Invasion? Oder für etwas anderes? Reden Sie, Morgan, verdammt noch mal, oder Sie sind Ihre Streifen los.«
»Ich weiß es nicht, Sir. Wenn ich es wüßte, würde ich es sagen. Bestimmt ... Sie müssen es mir glauben.«
»Was ist mit der Hure, Morgan? Vermutlich wissen Sie davon auch nichts. Ist hier nicht eine Hure hereingebracht worden, damit dieses Ferkel sein Vergnügen hat?«
»Damit habe ich nichts zu tun, Herr Oberst«, wehrte Morgan sich. »Mir gefiel das sowieso nicht, und ich habe auch nichts mit ihr gehabt.«
»Aber die anderen doch! Mehrfach!«
»Ja, zweimal, glaube ich.«
»Und Reisman?«
»Von ihm weiß ich es nicht.«
»Wofür werden die Leute ausgebildet, Morgan?« fragte Breed noch einmal.
»Ich weiß es nicht. Keiner weiß es. Vielleicht nicht mal der Chef. Für irgendeinen Auftrag, denke ich mir.«
»Bei der Invasion?« drängte Breed ungläubig.
»Ich vermute.«
Über dem Oberst schlug eine Woge selbstgerechter Empörung zusammen. »Ein Wahnsinn!« murmelte er mit zitternder Stimme. »Unvorstellbarer Wahnsinn! Sträflinge! Abschaum!« Dann beherrschte er sich. »Die Dreckigen, das sind wohl die Verbrecher, was, Morgan? Das dreckige Dutzend? Wieso wird so etwas geduldet? Wieso dürfen sie derartig herumlaufen? Hat es irgend etwas mit ihrem Auftrag zu tun?«
»Ich glaube nicht, Sir«, sagte Morgan. »Eines Tages fiel es ihnen ein, sich nicht mehr zu rasieren und zu waschen. Weiter nichts.«
»Und Ihr Offizier hat das geduldet?«
»Jawohl, Sir. Es schien ihm nichts auszumachen.«
»Nun, bevor wir gehen, *werden* sie sich waschen und rasieren, Feldwebel. Und wenn ich mir jeden einzelnen eigenhändig vornehmen muß.«
Breed rief den Mann, der die Leute ausfragen sollte, zu sich. »Ihre Namen, Morgan«, stieß er hervor. »Geben Sie diesem Soldaten den Namen und die Erkennungsnummer jedes einzelnen an – sowohl der Gefangenen als auch der Wachen. Ich will Namen, Dienstgrad, Erkennungsnummer und Truppenteil wissen. Haben Sie mich verstanden, Feldwebel?«
»Aber ich weiß diese ganzen Sachen doch nicht, Herr Oberst.«
»Dann geben Sie an, was Sie wissen«, befahl Breed mit unterdrückter Wut. »Und wenn Sie damit fertig sind, will ich von Ihnen eine Aussage über die Hure haben – die Sie mir unterschreiben werden.«

30

Lautlos und unbemerkt schob Reisman sich am Waldrand entlang rund um das Lager und legte Zündkabel für ein paar Sprengladungen aus. Jetzt war er wieder in seinem Element und fühlte sich fast glücklich.

Er arbeitete rasch; Oberst Breeds Stimme, die nicht weit entfernt noch immer seine Leute zusammenstauchte, spornte ihn an. Er führte die Drähte bis an die Baracke heran und dann die Leiter hinauf zur Dachluke, von wo aus er ungesehen beobachten konnte.
Im Lager fand Napoleon die Sache langsam nicht mehr so spaßig, denn Breed konnte kein Ende finden. Immer noch war Napoleon überzeugt, dies alles habe Reisman gefingert, um sie zu zermürben und auf die Probe zu stellen. Jetzt schickte Breed einen von seinen Fallschirmjägern die Reihe entlang, und der riß den Leuten das Sprungabzeichen ab, das sie so stolz getragen hatten. Eines davon hielt der Oberst hoch. »Dieses Abzeichen ist ein Ehrenzeichen!« sagte er. »Sie haben kein Recht, es zu tragen! Sie entwürdigen es durch Ihre bloße Berührung und beleidigen damit jene tapferen Männer, die es durch ihre Taten adeln.«
»Was 'n Käse!« sagte Franko halblaut.
»Sie da!« donnerte Breed ihn an und deutete mit bebendem Finger auf ihn. »Treten Sie mal vor!«
Franko trat zögernd aus dem Glied. Jetzt hatte er Angst, weil man ihn aussonderte.
»Sie werden dem übrigen Sauhaufen hier die vorschriftsmäßige Art des Waschens und Rasierens im Felde vormachen«, befahl Breed. Er winkte einen seiner Leute heran, der eine Kanne Wasser, Seife, Handtuch und Rasierzeug trug. Franko erstarrte.
»Werden Sie sich jetzt waschen und rasieren?« fragte Breed.
»Nein, Sir«, antwortete Franko.
»Dann machen wir kurzen Prozeß. Rasiert ihn trocken!« bellte Breed.
Auf seinen Befehl traten zwei Fallschirmjäger vor und fesselten Franko an Armen und Beinen. Ein dritter schlug ihm den Helm vom Kopf, packte sein verfilztes Haar und setzte ihm die scharfe Seite eines Seitengewehrs an die Backe.
Napoleon fühlte, wie ihn ein heftiger Zorn erfaßte. Er empfand keine besondere Sympathie für Franko, aber das ging zu weit. Wenn der Oberst damit durchkam, würden er und die übrigen die nächsten sein. Nicht einmal Reisman hätte ihnen in dieser Weise Gewalt angetan, obwohl er Grund dazu gehabt hätte. Napoleon stürzte sich auf die beiden Soldaten, die Franko festhielten. »Nehmt eure dreckigen Flossen weg!« rief er.
In diesem Augenblick erschütterten zwei gewaltige Detonationen das Lager. Napoleon warf sich neben Franko zur Erde. Als er den Kopf hob, sah er, daß alle anderen, der Oberst nicht ausgenommen, ebenfalls am Boden lagen. Eine dritte Explosion drückte ihm erneut den Kopf in den Dreck. Von der Baracke her befahl Reismans Stimme: »Jeder bleibt genau an seinem Platz!«
Oberst Breed richtete sich auf. »Sind Sie das, Reisman?« rief er.
»So ist es, Herr Oberst. Stehen Sie jetzt hübsch langsam auf und kommen Sie zu mir.«
Napoleon sah, daß einige der Fallschirmjäger sich ebenfalls aufrappelten und ihre Karabiner in Richtung Baracke schwenkten, wenn sie auch noch nicht genau wußten, wo Reisman war. Eine lange Garbe aus der Maschinenpistole

verriet die Position des Hauptmanns in der Dachluke. Die Kugeln schlugen dicht hinter den Männern ein und ließen erkennen, daß jeder von ihnen im Schußfeld lag. Nur Breed schritt hochmütig weiter. Napoleon zitterte vor Aufregung und konnte auch ein leises Angstgefühl nicht unterdrücken.

»Bleiben Sie stehen, wo Sie jetzt sind, Herr Oberst«, befahl Reisman. »Sagen Sie Ihren Jungens, sie sollen die Gewehre fortwerfen.«

Breed sah verdutzt und mit einer Spur echter Angst zu ihm auf. »Sie sind wahnsinnig!« rief er.

»Sehr wohl, Herr Radaubruder, ich bin wahnsinnig! Und Sie verschaffen sich unbefugt Zutritt in eine Sperrzone und können dafür erschossen werden – ohne Bedauern meinerseits. Befehlen Sie Ihren Leuten, die Waffen fortzuwerfen.«

Breed zögerte. Er erkannte, daß Reisman ihn kaltblütig erschießen würde, und auf so törichte Weise zu enden, hatte er keine Lust. Doch brauchte er den Befehl gar nicht mehr zu erteilen. Sämtliche Fallschirmjäger warfen ihre Waffen von allein fort.

»Clyde, Nappy, sammelt die Schießeisen ein«, befahl Reisman.

Napoleon spritzte los und füllte sich den Arm mit Karabinern. Feldwebel Bowren nahm dem Oberst persönlich und mit höchstem Vergnügen die Pistole ab.

»Kommen Sie in die Baracke, Herr Oberst – allein!« rief Reisman herunter.

Als Breed bei der Baracke ankam, hielt Reisman ihm schon die Tür auf. Der Zorn, der ihn anfangs beherrscht hatte, war nun in Aktion umgesetzt worden.

»Ihre Jungens werden sich Sorgen um Sie machen, Herr Oberst«, sagte er beißend.

»Das gehört zu den Freuden eines guten Kommandeurs, Hauptmann. Ich bezweifle sehr, ob Sie bei Ihren Schweinen jemals eine solche Gefolgstreue wecken könnten.«

Reisman führte ihn in das kleine Büro und schloß die Tür. »Nun erzählen Sie mir mal, was Sie zu diesem Ihrem kleinen Jünglingsabenteuer veranlaßt hat. Was wollten Sie eigentlich hier?« fragte er ruhig. Dabei setzte er sich aufs Feldbett, von dem aus er das Lager im Auge behalten konnte, und bot Breed den Stuhl am Tisch an.

»Sie brauchen kein Versteckspiel mehr zu treiben, Reisman!« fauchte Breed, der stehen blieb. »Ich weiß, was diese Leute sind.«

»Was sind sie, Herr Oberst?«

»Sträflinge aus dem Gefängnis von Marston-Tyne. Und da Morgan, der Henker, Ihnen zur Seite steht, kann ich mir vorstellen, daß sie von der schlimmsten Sorte sind. Mörder, Frauenschänder, Diebe. Wie können Sie es wagen, diesen Ausschuß mit meinem Regiment in Berührung zu bringen?«

»Es sind Soldaten der Streitkräfte der Vereinigten Staaten, Herr Oberst. Freiwillige, die zu einem geheimen Ausbildungsexperiment herangezogen worden sind.«

»Und das soll ich Ihnen abnehmen, Hauptmann?«

»Sie täten besser daran, es mir abzunehmen, Herr Oberst, und alles, was Sie sich einbilden, für sich zu behalten, wenn Ihnen Ihre Stellung lieb ist.«

»Wollen Sie mir drohen?«
»Jawohl. Ich könnte Sie wegen dieser kleinen Kapriole unter Anklage stellen lassen, das wissen Sie. Und auch, weil Sie zwei von Ihren Musterknaben beauftragt haben, in Ihrer Schule einen meiner Männer zu überfallen und Aussagen über geheime Dinge von ihm zu erpressen. Sie wissen, daß Sie dafür gehängt werden können.«
»Wie können Sie es wagen!« schrie Breed los. »Sie sind eines Kommandos unwürdig! Wie können Sie es wagen, Lady Margot diesem Abschaum auszusetzen! Haben Sie eine Frau hier gehabt, Reisman, ja oder nein?«
»Das sind Hirngespinste einer Verrückten.«
»Ich habe die Bestätigung dafür nicht nur von Lady Margot, Hauptmann, sondern von einem Ihrer Leute. Und ich habe die Absicht, Sie deswegen vors Kriegsgericht zu bringen.«
»Von wem?« fragte Reisman.
»Eine unanfechtbare Quelle, Hauptmann. Ihr Henker – Stabsfeldwebel Morgan.«
»Wissen Sie das übrige auch von ihm?«
»Er hat mir lediglich bestätigt, was ich schon wußte.«
»Wie haben Sie es herausgebracht?«
»Das ist meine Sache. Ich möchte genau wissen, was Sie hier zu schaffen haben, Sie und diese Sträflinge.«
»Was wir hier machen, Herr Oberst, geht Sie einen feuchten Kehricht an.«
»Da irren Sie sich aber gewaltig, Reisman«, sagte Breed eisig. »Abgesehen von Ihrem ungebührlichen Benehmen gegenüber Lady Margot und der Gefährdung ihrer Sicherheit – abgesehen auch von den Huren, die Sie hier hereingebracht haben und die allein schon genügen würden, um Sie vors Kriegsgericht zu bringen, geht mich das alles sehr viel an. Offensichtlich bereiten Sie einen Fallschirmeinsatz für die Invasion vor. Ich möchte wissen, was das ist. Ich verlange es! Haben Sie sich auch nur einen Augenblick lang eingebildet, ich ließe zu, daß Sie mit Ihren kriminellen Subjekten da draußen etwas unternehmen, das die Sicherheit und den Erfolg meines Regiments, wenn nicht sogar des gesamten Unternehmens aufs Spiel setzt? Was für ein Wahnsinn! Was für eine unverzeihliche Dummheit!«
»Sie schmähen die Intelligenz Ihrer Vorgesetzten, Herr Oberst, und reden mit größter Respektlosigkeit von ihnen«, spottete Reisman. »Auch das ist ein Fall fürs Kriegsgericht.«
»Ich wäre pflichtvergessen gegenüber meinen Soldaten, gegenüber der Truppe und mir selber, wenn ich dieser Sache nicht auf den Grund ginge«, erklärte Breed. »Sie würden es nicht wagen, irgendeine dieser Lappalien gegen mich vorzubringen, Reisman, das wissen Sie doch ganz genau. Dafür bieten Sie selbst viel zu viele Angriffsflächen. Ihre Stellung ist unhaltbar.«
Reisman stand auf und ging auf Breed zu. »Es sieht so aus, als seien wir patt, habe ich recht? Sind Sie bereit, eine Wette einzugehen, Herr Oberst?«
»Eine Wette worauf?«
»Auf Sie selbst und Ihre Fallschirmjäger.«
»Jede, Hauptmann.«

»Gut. Wenn Sie gerne so wie heute Krieg mit mir spielen, dann wollen wir es auf faire Weise tun. Setzen Sie eine Übung an. Meine Jungens gegen Ihre. Wenn wir gewinnen, behalten Sie für sich, was Sie wissen, und die Angelegenheit ist damit erledigt. Wenn wir verlieren, ist Stokes Manor die Endstation meines Ausbildungsexperiments.«

Es war ein Versuchsballon, aber zu Reismans Erleichterung biß der Oberst gierig an. »Das würde mir noch größeres Vergnügen bereiten, als Sie vorm Kriegsgericht zu sehen, Reisman. Haben Sie eine Karte von Devonshire?«

Reisman nahm eine vom Tisch. Der Oberst breitete sie aus und ließ sich auf dem Stuhl nieder. »Wir brauchen nicht extra eine Übung anzusetzen. Für den 3. Mai ist in der Nähe von Slapton Sands ein Manöver geplant.« Er zeigte die Stelle auf der Karte. »Ein Bataillon meines Regiments wird von hier bis hier eine Verteidigungslinie halten. Arrangieren Sie über Ihre eigenen Verbindungsleute, daß Sie an der Übung teilnehmen dürfen. Irgendwo innerhalb dieses Verteidigungsringes befindet sich mein Gefechtsstand. Wenn Sie ihn erobern oder zerstören, lasse ich Ihnen freie Hand.«

Breed fuhr mit seinem Trupp davon und ließ eine Atmosphäre von Mißtrauen und angestauter Wut zurück. Reisman wartete in der Baracke, bis Feldwebel Bowren zu ihm kam und meldete, daß Breed mit seinen Leuten das Gelände wirklich verlassen habe.

»Wie ist er hereingekommen, Clyde?« fragte er.

»Indem er seinen Bauch hiergegen gedrückt hat«, sagte Bowren und zeigte auf die Mündung seiner Maschinenpistole. »Vielleicht bin ich nicht der geeignete Mann für so etwas, Herr Hauptmann. Ich habe noch nie einen umgebracht. Und ob nun er im Recht war oder ich – auf diese Weise möchte ich die Sache nicht austragen, wenn es hart auf hart geht.«

»Morgan hat Breed von den Weibern erzählt«, sagte Reisman. »Wußten Sie das?«

»Nein, Sir«, erwiderte Bowren. Nur zögernd sprach er weiter, denn das alte Soldatengesetz, daß man einen Kameraden bei einem Vorgesetzten nicht anschwärzt, steckte ihm tief in den Knochen. »Der Oberst kannte ihn aber, als er hier am Tor ankam, Sir. Er grüßte ihn wie einen beschissenen alten Kumpel.«

Sie gingen ins Lager hinaus. Selbst die Militärpolizisten waren offenbar aufgebracht und zornig, und Feldwebel Morgan schien von der gleichen zappeligen Unruhe befallen zu sein, die einst Myron Odells Privileg gewesen war. Napoleon White rief: »Wie die Siebte Reiterschwadron im Film, Herr Hauptmann. Sie sind genau im richtigen Augenblick gekommen, sonst wären wir allesamt lebendigen Leibes skalpiert worden.« Er sagte es halb bewundernd, halb ironisch.

Reisman nickte zustimmend. Er sah, wie der Henker versuchte, sich zwischen den anderen zu verkrümeln. »Lassen Sie antreten, Morgan!« befahl er. MP's für sich.« Ihn noch weiter mit ›Feldwebel‹ anzureden, ging ihm gegen den Strich.

Reisman schritt von Mann zu Mann, sagte jedem ein paar persönliche Worte,

lobte ihre Standhaftigkeit und entschuldigte sich, daß er nicht eher zurückgekommen sei. Genauso machte er es bei den Militärpolizisten – bis auf Morgan. Ihm befahl er, vorzutreten und Front zu den Häftlingen zu machen.
»Geben Sie mir Ihre Waffen«, sagte er.
Als der Henker widerwillig die Maschinenpistole von der Schulter schüttelte, packte Reisman sie am Lauf und hängte sie sich selber um. Dann streckte er eine Hand nach Morgans Koppel aus: »Die auch!« Um den Halter loszumachen, in dem die schwere 12-mm-Pistole steckte, zog er das Koppel so heftig stramm, daß Morgan aufstöhnte, weil ihm der Bauch eingezwängt wurde.
»Was soll das alles bedeuten, Herr Hauptmann?« fragte er ängstlich.
»Eine alte, ehrwürdige militärische Tradition. Stellen Sie sich vor, die Männer hier seien zum Appell angetreten und Sie hörten einen Trommelwirbel.« Reisman wandte sich an die Leute: »Der Henker verläßt uns heute. Vorher hat er noch ein paar Worte zu sagen.«
Morgan sah ihn verdattert an. »Ich gehe aber nirgends hin. Wie meinen Sie das, Herr Hauptmann?« wehrte er sich.
»Sie haben Ihre Seele für sechs lumpige Streifen verkauft, Morgan«, sagte Reisman. »Sie haben Ihre Kameraden verraten, und Sie würden Ihre eigene Mutter aufhängen, nur um Ihre Streifen zu behalten. Erzählen Sie den Leuten, jetzt mal genau, wer den Oberst mit seiner Mannschaft auf unsere Spur gehetzt hat.«
»Ich konnte nicht anders. Er hat seinen Dienstrang ausgespielt«, protestierte Morgan.
»Die anderen haben sich vor seinem Dienstrang auch nicht in die Hosen geschissen«, sagte Reisman. »Sie haben dem Oberst erzählt, wer diese Männer sind – gegen meinen Befehl und meine ausdrückliche Warnung.«
»Er hat mich überfahren ... Alles, was ich ihm gesagt habe, ist mein Name. So wahr ich hier stehe, ich habe ihm sonst nichts gesagt«, stammelte Morgan.
»Dann sind Sie außer allem anderen auch noch dumm. Und Ihre Dummheit, Ihr Verrat, Ihre Feigheit reichen aus für ein Kriegsgerichtsverfahren. Sie kehren von hier aus nach Marston-Tyne zurück und kommen in Haft. Ich habe die Absicht, Sie anklagen, vor Gericht stellen und nach den einschlägigen Artikeln des Kriegsrechts verurteilen zu lassen. Außerdem werde ich alles tun, damit Sie sich nie wieder über den Rang eines Gefangenen erheben. Packen Sie Ihre Sachen und gehen Sie mir aus den Augen!«
Morgan warf einen gehetzten Blick in die Runde – auf Bowren, die Militärpolizisten, die Häftlinge. Der Ausdruck auf ihren Gesichtern reichte von Verachtung bis zu Triumph und Genugtuung. Dann schlurfte er auf die Baracke zu. Am Tor drehte er sich noch einmal um und brummte in einem schwächlichen Auftrumpfen: »Sie kriegen auch noch Ihr Teil, Hauptmann, warten Sie nur.«
Zusammenschauernd blickte Victor Franko dem Henker nach. Ein Stein fiel ihm vom Herzen; er fühlte sich von der alten, unerträglichen Last befreit, die ihn halb verrückt gemacht hatte. »Aber erst mal kriegst du dein Fett«, murmelte er.

Eine Stunde später sah Reisman zu, wie Feldwebel Bowren mit den sechs Militärpolizisten und Stabsfeldwebel Morgan abfuhr. Morgan saß mit mürrischem Gesicht hinten im Wagen und wurde bewacht. Bowren hatte einen Brief an Oberstleutnant Tarbell, den Kommandanten des Gefängnisses von Marston-Tyne, bei sich. Darin waren die Anklagepunkte gegen Morgan aufgeführt und die Bitte ausgesprochen, ihn bis zur Kriegsgerichtsverhandlung in eine Zelle zu stecken.

Das gesamte Wachkommando außer Bowren nahm sein Gepäck mit; denn als Reisman Morgans Überweisungsschein ausschrieb, war ihm plötzlich klargeworden, daß das dreckige Dutzend keine Bewachung mehr brauchte, und je weniger Leute von nun an in das eingeweiht wurden, was hier geschah, desto besser. Clyde Bowren hatte er es freigestellt, ob er ins Lager zurückkehren oder aber sich wieder der Gefängnisbesatzung in Marston-Tyne zuteilen lassen wollte. »Ich komme zurück, Herr Hauptmann«, hatte Bowren, ohne sich zu besinnen, erwidert.

Reisman durchquerte die leere Baracke und ging ins Lager. Zum erstenmal in den vielen Wochen ihres gemeinsamen Lebens war er mit dem dreckigen Dutzend völlig allein. Die Männer standen in Nähe des inneren Lagertors auf einem Haufen beisammen und erwarteten ihn ungeduldig – immer noch etwas durcheinander von alldem, was an diesem Morgen geschehen war.

»Ziehen Sie um in die Baracke, meine Herren, sie steht Ihnen zur Verfügung«, eröffnete Reisman ihnen.

Wie aufgeregte Kinder schwärmten sie in den Raum, stritten sich um die besten Betten, obwohl es lauter gleiche waren, und legten fest, wer neben, über oder unter wem schlief. Sie schwelgten in dem Luxus, der nun ihnen gehörte, und erfreuten sich am Besitz der Baracke, die sie eigenhändig gebaut und so sehnlichst für sich begehrt hatten. Reisman ließ ihnen ein paar Minuten Zeit; dann rief er sie in der Eßecke des Raumes zusammen. Ruhig setzten sie sich. Einen Augenblick lang sah der Hauptmann sie an und sammelte seine Gedanken. »Ihr habt euch eure Chance verdient«, sagte er. »Für mich seid ihr jetzt Soldaten und keine Gefangenen mehr. Aber dieser dämliche Oberst, mit dem wir da eben aneinandergeraten sind, will euch in das Gefängnis von Marston-Tyne zurückbringen und euch die Chance, für die ihr euch abgerackert habt, nehmen.«

Er erläuterte ihnen, womit Breed gedroht hatte, und erzählte von dem Manöver und dem Handel, den er mit dem Oberst abgeschlossen hatte. Die Mitteilung löste teils Empörung, teils Begeisterung aus – zwei Gefühle, die sich wechselweise steigerten.

»Dieser Hund soll mir noch einmal über den Weg laufen«, brummte Franko.

»Den zerreiß' ich in der Luft, Hauptmann«, sagte Archer Maggot. Er war wie ein Jagdhund, der schon voll Lust nach der versprochenen Beute schnüffelt. »Dieser Oberst hatte kein Recht, sich in unsern Kram zu mischen.«

»So wie ich es sehe, haben wir da 'ne Rechnung zu begleichen«, erklärte Glenn Gilpin rundheraus. Und Myron Odell zog mit grimmiger Entschlossenheit die Quintessenz: »Für unseren endgültigen Einsatz brauchen wir sowieso praktische Erfahrung.«

Mit Genugtuung stellte Reisman fest, daß er Oberst Everett Dasher Breed auf seltsame Weise zu Dank verpflichtet war. Durch sein anmaßendes Eingreifen hatte dieser ihm unbeabsichtigt einen guten Dienst erwiesen, indem er seinen Männern etwas mehr von jenem Geist – oder vielmehr Haß – des *Wir* gegen *Sie* einflößte. Abgesehen davon hatte er Reisman früher als erwartet in die Lage versetzt, die von Breed so gering eingeschätzte Gefolgstreue seiner Leute weiter auszubilden.
Napoleon White holte ihn dann wieder auf den Boden derjenigen Tatsachen zurück, die er zunächst beiseite gelassen hatte. »Was ist mit der Invasion, Herr Hauptmann?« fragte er. »Wäre es nicht an der Zeit, Sie sagten uns, zu welchem Zweck man uns eigentlich hat laufenlassen?«
Halb erwartungsvoll, halb ängstlich beugten die Männer sich vor, um das, was Reisman nun sagen würde, genau mitzubekommen. Untereinander hatten sie sich über dieses Thema vom ersten Tag an unterhalten und den Kopf zerbrochen.
Reisman hatte jedoch nicht die Absicht, ihnen jetzt schon etwas über ihren Einsatz zu erzählen. »Wenn ihr in dem Manöver versagt, gibt es keinen Einsatz mehr«, antwortete er.
Dann breitete er auf einem der Holztische die Landkarte aus, in die Oberst Breed seine Stellungen eingezeichnet hatte, und versammelte die Männer im Kreis darum.
»Irgendwo innerhalb dieses Kreisbogens liegt euer Ziel«, sagte er und zeigte das Gebiet. »Ihr habt nur eine einzige Aufgabe: den Gefechtsstand des Obersten ausfindig zu machen und dann zu zerstören oder zu erobern. Dabei seid ihr ganz auf euch gestellt. Ich helfe euch vorher und besorge alles, was notwendig ist. An euren Aktionen selbst nehme ich aber nicht teil. Ihr müßt bei diesem Unternehmen eure Bewährungsprobe bestehen: Breed gegenüber, der Truppe gegenüber – und mir gegenüber. Ihr müßt zeigen, daß ihr aus eigener Initiative handeln könnt.«
»Springen wir?« fragte Joe Wladislaw.
»Wenn es der von euch ausgearbeitete Plan verlangt, ja. Das ist eure Sache. Denkt darüber nach.«
»Kinderspiel!« murmelte Napoleon, den Reismans knappe Antwort noch wurmte. »So was spielen kleine Jungs im Sandkasten.« Er dachte an die großen Manöver in Louisiana, wo er dann so in die Patsche geraten war, und die Erinnerung daran nagte an ihm.
»Ein Kinderspiel? Du bist verrückt, Mensch!« protestierte Luis Jimenez. »Ich erinnere mich an ein Manöver in den Staaten; da waren zwei in meiner Einheit, die wurden von der Artillerie getroffen.«
»Tot?« fragte Odell nervös.
»Nee, nur 'n bißchen angekratzt, weiter nichts. Kamen später heil aus'm Lazarett zurück.«
»Hab man keine Angst, Myron«, sagte Calvin Ezra Smith. »Wenn sie irgendwo scharfes Sperrfeuer schießen, wird es bekanntgegeben. Da bleiben wir eben weg.«
»Ich habe gar keine Angst«, behauptete Odell. »Ich weiß nur nicht Bescheid.

Wie geht das denn? Ich meine, wie gibt man es zu erkennen, wenn man gefallen oder gefangengenommen ist? Wer sagt einem, daß man gesiegt hat? Zum Beispiel bei dem Gefechtsstand, den wir einnehmen sollen?«
»Schiedsrichter, ist doch klar«, erwiderte Napoleon. Unschlüssig sah er Reisman an, und der nickte ihm zu, er möge fortfahren. »Sie markieren die Verluste und setzen bei jedem Gefecht fest, welches Gelände man verloren oder gewonnen hat, und zwar auf Grund von Stärke, Stellung und Feuerkraft der einander gegenüberliegenden Einheiten – manchmal bis hinunter zu Patrouillenstärke.« Er sprach sicher und überlegen, so als hätte er und nicht Reisman das Kommando, und es war ihm eine Genugtuung, daß alle aufmerksam zuhörten, sogar Archer Maggot mit seinem üblichen halbspöttischen Gesichtsausdruck. Napoleon wußte, er war dem verflixten Hauptmann wieder auf den Leim gegangen – und es machte ihm Spaß.
Reisman spornte ihn noch weiter an. »Warum versuchen Sie nicht, einen Angriffsplan auszuarbeiten?«
»Theoretisch ist es leicht«, sagte Napoleon. »Wir brauchen uns nur unbemerkt an das Ziel heranzuschleichen und müssen zeitraubende Feuergefechte vermeiden, die uns nur verraten und unsern Auftrag gefährden würden. Wir dürfen auch nicht versuchen, feindliche Truppen zu vernichten oder gefangenzunehmen, höchstens wenn wir in aussichtsloser Lage sind. Andererseits ist die Sache theoretisch unmöglich.«
»Dann ist es also doch kein Kinderspiel«, bemerkte Reisman trocken. Napoleon zuckte ausweichend die Achseln.
»Wie viele von euch haben schon mal ein Manöver mitgemacht?« fragte Reisman.
Einige meldeten sich. Den übrigen erklärte er, wie so etwas vonstatten ging. Jede Seite trug um Helm und Schulterklappen Bänder von verschiedener Farbe. Schiedsrichter und neutrale Beobachter wurden mit ihren Fahrzeugen in ähnlicher Weise gekennzeichnet, desgleichen Sonderkuriere und Sanitätskraftwagen für ernste Verletzungen. »Die Regeln verbieten eine unmittelbare Berührung zwischen den Gegnern und jede Art von Handgemenge«, erklärte Reisman.
Archer Maggot meinte spöttisch: »Wer sagt, daß wir uns nach den Regeln richten müssen?«
»Ihr müßt nicht«, erwiderte Reisman zu Maggots Überraschung. »Was nicht bedeutet, daß ihr jemanden umbringen oder etwas in die Luft sprengen dürft. Schüsse werden simuliert oder mit Platzpatronen abgegeben – mit Ausnahme vermutlich von scharfem Geschützfeuer und ein paar Dynamitzündungen hier und da, damit die ganze Sache Pfeffer und einen echten Anstrich bekommt. Ich werde euch sämtliche Informationen über dieses Manöver zukommen lassen, allerdings nur in allgemeiner Form. So lauten die Vorschriften.«
»Wie meinten Sie das, wir müßten uns nicht nach den Regeln richten?« fragte Napoleon.
»Ich dächte, ihr müßtet irgendein Täuschungsmanöver ausführen«, schlug Reisman vor. »Wie Sie ganz richtig sagen, ist es eine unlösbare Aufgabe; insbesondere bei einer militärischen Übung, wo man ja den Schaden, den man

im Ernstfall einem Gegner schon durch bloßen Schneid zuzufügen vermag, einfach nicht sichtbar machen kann. Wenn ihr euch also auf ein reguläres Treffen einließet, würdet ihr sowohl zahlenmäßig wie auch durch stärkere Feuerkraft schwer überfahren werden. Darum müßt ihr schlauer sein als die anderen und etwas machen, auf das sie nie kommen.«
»Zum Beispiel?« fragte Napoleon.
»Das ist eure Sache, meine Herren. Denkt einmal scharf darüber nach«, erklärte Reisman.
Roscoe Lever kämpfte mit einem Plan. Dutzendweise hatte er sich bei seinen bewaffneten Raubüberfällen bewährt – nur das eine Mal nicht. Er zögerte, denn er wollte weder Reisman noch einem der anderen irgend etwas freiwillig mitteilen – weil sein Vorschlag vielleicht auch zu albern war. Aber die Aufgabe reizte ihn – die Chance, es wieder einmal zu versuchten. »Wir können uns ja verkleiden«, murmelte er.
»Wie, zum Teufel, wollt denn ihr euch verkleiden?« rief Reisman lachend aus. »Breed und seine Fallschirmjäger kennen euch doch; sie wissen, wie ihr ausseht, wie ihr riecht, um nur davon zu reden!«
Sie sahen sich ihre bärtigen Gesichter an, das schmutzige, verfilzte Haar und ihr dreckiges Zeug. Victor Franko wollte es nicht sagen. Um keinen Preis wollte er derjenige sein, der etwas aufgab, das sie sich auf sein Betreiben hin gelobt hatten. Er wußte aber, was der Hauptmann meinte. Sie saßen in der Klemme. Alle schienen auf ein Zeichen von Franko zu warten.
Samson glaubte zu wissen, worum es ging. Er sprach bedächtig und entschlossen und rieb seine spärlichen Barthaare. »Ich werde mich waschen ... und mein Gesicht rasieren ..., aber mein Haar muß lang bleiben, wie es einem Ute-Indianer zukommt«, sagte er.
»Das ist in Ordnung, Posey«, stimmte Reisman schnell zu. »Es wird sowieso unter einen Helm gesteckt. Da gibt es sogar einen biblischen Präzedenzfall. Und was ist mit den übrigen? Ihr könnt meinetwegen Breed hassen und den Kommiß hassen und, wenn es sein muß, auch mich«, ermunterte er sie mit freundlicher Stimme. »Ihr könnt hassen, was ihr wollt, oder das Schicksal verfluchen, das euch hierhergebracht hat. Aber was auch immer es sein mag, das euch im Magen liegt – hier habt ihr eine Chance, Breed und seinen Leuten und dem ganzen Heer zu zeigen, daß ihr bessere Soldaten seid als sie. Zeigt ihnen, was 'ne Harke ist, nur zum Spaß und zur Übung, und dann können wir losziehen und den Nazis Saures geben, denn diesen Kerlen verdankt ihr es in erster Linie, daß ihr hier seid.«
»Ich glaube, wir müssen es machen«, sagte Ken Sawyer zu den übrigen, und er zumindest war froh über die Aussicht, wieder wie ein Soldat auszusehen. »Andernfalls haben wir keinerlei Chance – hierbei nicht und auch später, wenn es ernst wird, nicht.«
»Ihr müßt es ja noch nicht gleich tun«, meinte Reisman. »Wir gehen nämlich noch einmal in die Fallschirmjägerschule und machen dort einen weiteren Sprung zum Auffrischen, und da wollen wir uns ja nicht vorher schon um die Wirkung bringen. Wenn ihr euch aber am Abend vor dem Manöver rasiert, duscht und euch die dreckigen Klamotten auszieht, die ihr jetzt anhabt, dann,

glaube ich, können wir gemeinsam einen Plan aufstellen, wie sich euer Ziel erreichen läßt.«

Napoleon willigte achselzuckend ein. Was, zum Teufel, war nun schon dabei. »Ich bin bereit dazu«, erklärte er.

Victor Franko hörte, daß mehrere ihre Zustimmung äußerten; und da er gern wollte, daß es seine Entscheidung war und nicht die der anderen oder Reismans, sagte er: »Also gut, wir machen's!«

In den folgenden Tagen arbeiteten sie Pläne und Taktiken für das Manöver aus; aufgeregt und mit großer Begeisterung waren sie jetzt bei der Sache. Kinder schickte ihnen Luftaufnahmen des Manövergeländes, auf dem topographische Besonderheiten, feste Gebäude, Bunker und Geschützstellungen eingetragen waren. Er wäre gern selbst gekommen, um bei der Vorbereitung zu helfen; aber Reisman hatte ihn nachdrücklich gebeten, es nicht zu tun, denn er wollte ihn als neutralen Beobachter beim Manöver dabeihaben.

Napoleon White und Ken Sawyer wurden von den Männern ohne viel Gemecker als Führer anerkannt, einfach auf Grund ihrer Tüchtigkeit und Erfahrung. Innerhalb der von Breed angegebenen Zone suchten sie zwei Gebäude und einen Bunker aus, die als Gefechtsstand des Obersten in Frage kamen. Napoleon zeigte den andern, wie man mit Hilfe von Wolldecken, Erdreich, Buschwerk und Material aus der nächsten Umgebung des Lagers rasch ein Modell der wichtigsten Stellungen aufbauen konnte, bei denen ihre Aktionen stattfinden sollten. Für jeden Mann bastelten sie eine kleine Figur, und dann wurden seine Verhaltensweisen in verschiedenen angenommenen Situationen durchgespielt.

Auf diese Weise stellten sie alle möglichen Versuche an und tüftelten zu guter Letzt einen festen Plan aus. Ein Fallschirmabsprung war dazu nicht erforderlich, wohl aber arbeiteten die Männer mit so dreisten Verkleidungstricks, daß dem Hauptmann das Herz im Leibe lachte.

Als die Kisten mit den deutschen Uniformen, Waffen und Papieren von Major Armbruster ankamen, konnte Reisman es immer noch nicht über sich bringen, den Leuten etwas von ihrem Einsatz zu sagen. Er ließ die verhaßten grauen Uniformen in den Kisten. Nur Feldwebel Bowren wurde jetzt eingeweiht. Immerhin brachte er die Leute so weit, daß sie die deutschen Waffen mit derselben Leichtigkeit handhabten wie die amerikanischen. Diese Unterweisung stellte er als einen Teil ihrer Spezialausbildung hin. Zudem ging er dazu über, ihnen die brutalen und ausgeklügelten Methoden beizubringen, die er als Guerillakämpfer gelernt und ausgeübt hatte: lautloses Töten, Täuschungsmanöver, Möglichkeiten, sich selbst zu ernähren. Er zeigte ihnen, wie man Minen legt und Sprengfallen anlegt, Brücken, Züge und Häuser in die Luft jagt und geschickte, geräuschlose kleine Sabotageakte verübt, die wirksamer sein können als eine große Sprengung.

Schwerer war es, den Männern klarzumachen, daß sie Deutsch lernen mußten; aber sie folgten Reismans Befehl und mühten sich redlich. Jeder bekam einen Leitfaden für die deutsche Sprache und eine Zusammenstellung von Redewendungen. Napoleon und Reisman nahmen sich jeder sechs Leute vor und paukten täglich ein paar Stunden mit ihnen. Samson Posey kamen die fremden Ausdrücke, die er lernen mußte, auch nicht härter an als das Lesen englischer Sätze in den militärischen Handbüchern. Bei bestimmten taktischen Übungen sprach Reisman nur deutsch mit den Männern, und er bestand darauf, daß sie das ebenfalls taten. Doch abgesehen von Napoleon waren ihre häufigsten Worte *»Ich verstehe nicht«*.

In den letzten Apriltagen erhielt Reisman zwei Briefe. Der eine kam von Leon Osterman aus Schottland. Dieser entschuldigte sich, daß er sich nicht eher gemeldet habe und daß er Odells Angelegenheit in der nächsten Zeit nicht weiterverfolgen könne. Man habe ihm einen Auftrag erteilt, der ihn länger als erwartet beanspruchen werde; er verspreche aber, Mitte Mai zurückzukehren und sich für Odell Zeit zu nehmen.
Es war schon viele Wochen her, seit Odell allen mit seiner Beteuerung in den Ohren gelegen hatte, er sei unschuldig, und Reisman erzählte ihm nichts von dem Brief. Er hoffte nur, Osterman würde rechtzeitig genug zurückkommen, um sich noch ein letztesmal für Odell einzusetzen, bevor das dreckige Dutzend nach Frankreich eingeflogen wurde.
Der zweite Brief war noch enttäuschender und ärgerlicher; er kam aus dem Gefängnis von Marston-Tyne. Durch einen persönlich gehaltenen Ton versuchte der Absender, dem Inhalt den Stachel zu nehmen.

Sehr geehrter Hauptmann Reisman,

ich lasse mir diese Sache nun schon seit Tagen durch den Kopf gehen und teile Ihnen meinen Entschluß erst nach reiflicher Erwägung sämtlicher Aspekte dieses Falles mit. Ich bedauere, ein Kriegsgerichtsverfahren nicht anhängig machen zu können, um Feldwebel Morgan auf Grund der von Ihnen dargelegten Anklagepunkte zu belangen. Er ist auch nicht, wie Sie gewünscht haben, inhaftiert worden. Ich glaube, daß mit meiner Entscheidung der Truppe am besten gedient ist und daß Sie mir zustimmen werden.
Ich habe Morgan eingehend befragt und bin der Meinung, im Hinblick auf gewisse Dinge, die während Morgans Abkommandierung in Ihrem Lager vorgefallen sind, sowie im Hinblick darauf, daß ein angesehener Offizier und unser beider Vorgesetzter Morgan zum Zeitpunkt des angeblichen Geheimnisverrats unter Druck gesetzt hat, sollte die Beschuldigung, die Sie gegen ihn vorbringen, in einem etwas milderen Licht gesehen werden.
Ferner bitte ich Sie um Verständnis für folgende Überlegung: Morgan ist ein ständiges und unentbehrliches Mitglied meines Kommandos. Er hat seinen Dienstgrad in Entsprechung zu den Pflichten bekommen, die er auszuüben hat. Da es möglich ist, daß er in naher Zukunft aufgefordert wird, seinen Obliegenheiten erneut nachzukommen, bin ich der Meinung, es liege im Interesse der Truppe und sei im Sinne ihrer Kriegsanstrengungen, wenn man alles tut, um zu verhindern, daß diese Angelegenheit

weitere Kreise zieht, und Feldwebel Morgan in seinem jetzigen Dienstrang beläßt.

Hochachtungsvoll
Simon R. Tarbell, 0-2473629
Oberstleutnant, Militärpolizeikorps

Reisman verstaute den Brief in der Tischschublade. Er verstand nur zu gut. Er konnte in dieser Sache weiter nichts tun. Der Henker würde nach wie vor in Marston-Tyne auf das dreckige Dutzend und andere Leute dieser Art warten.

Der Anruf von Major Armbruster kam am Sonntagabend, drei Tage vor Manöverbeginn. Reisman machte sich sofort auf den Weg, fuhr nachts durch, und als er in der Baker Street ankam, wurde er schon ungeduldig erwartet. Er traf Armbruster, Denton und Kinder in Gesellschaft eines merkwürdigen, nervös aussehenden Zivilisten an.

Denton sagte mit widerstrebender Achtung: »Sie gehören wohl auch nicht zu denen, die Befehle einfach ausführen und sich nicht darum kümmern, wie andere ihren Befehlen nachkommen, was, Hauptmann?«

»Nein, Sir. Ich bezweifle, daß das in unserm Beruf überhaupt einer tut – oder sind Sie anderer Meinung?«

»Nein, wohl kaum.« Denton warf Armbruster einen etwas schiefen, aber nicht unfreundlichen Blick zu. »Auf Ihr Ersuchen hin hat Max es auf sich genommen, eine Sache zu verfolgen, an die wir nicht recht heranwollten. Immerhin haben Sie nun gewisse Kräfte in Bewegung gesetzt, mit denen wir uns jetzt befassen müssen.«

Er stellte den Zivilisten vor. »Dies ist Monsieur LeMaire. Bis gestern morgen war er Hausverwalter im Château de la Vilaine in Rennes.«

Der Mann war ein dünner, drahtiger Bursche in grober Landkleidung. Er sah aus, als habe er lange Zeit nicht satt zu essen bekommen und sei sehr müde.

»Monsieur LeMaire hat uns bestätigt, was vorher nur ein verlockendes Gerücht war. Das Château de la Vilaine ist ein Treffpunkt von Generalen der deutschen Siebten Armee, ihrer Stäbe, ihrer Freunde aus der Zivilbevölkerung und ihrer Freundinnen. Es sieht so aus, als sei das Schloß teils eine Kriegsschule, wo Landkarten-Kriegsspiele und Lagebesprechungen stattfinden, teils Hotel und Erholungsort und teils Bordell. Nach Monsieur LeMaires Aussage findet sich unter diesem Dach eine stattliche Schar von Talenten und hohen Herren nebst Anhang ein.«

»Reizender Urlaubsaufenthalt«, meinte Reisman grinsend.

»Ja, ideal«, stimmte der Oberst überraschend gut gelaunt zu. »Vorausgesetzt, wir suchen uns den richtigen Augenblick für einen Urlaub dort aus – und schicken die richtigen Leute hin. Der richtige Augenblick ist natürlich dann, wenn die Generale dort sind. Laut Monsieur LeMaire werden die Kriegsspiele gewöhnlich an einem Abend, höchstens an zweien in der ersten Woche jeden Monats abgehalten. Der Zeitpunkt ist also unsicher und von uns nicht vorauszubestimmen. Keinesfalls können wir uns mit der Invasion danach richten. Vielleicht haben wir aber in dieser Hinsicht Glück, Hauptmann. Übrigens mache ich Sie darauf aufmerksam, daß ich Ihnen strengstes Stillschweigen auferlegen muß. Sie dürfen keinem Menschen auch nur die leiseste Andeutung darüber machen. Der Tag D ist jetzt für die erste Juniwoche festgelegt. Es trifft sich für unser Vorhaben besonders günstig, daß die Invasion in der Normandie stattfindet, und zwar genau in dem Abschnitt, in dem die deutsche Siebte Armee liegt.«

Ein erregender Schauer lief Reisman den Rücken hinunter. Er wollte etwas sagen, aber der Oberst bedeutete ihm zu schweigen. »Warten Sie erst mal ab, was Monsieur LeMaire zu sagen hat, ehe Sie sich äußern, Hauptmann.«

LeMaire bediente sich beim Sprechen einer Mischung aus Englisch und Französisch. Stuart Kinder machte sich Notizen und zeichnete flüchtige Skizzen. So entstand allmählich aus vielen Einzelheiten ein Bild des Châteaus, seiner Innenräume und Umgebung. Es war keins von den größeren Schlössern, denen infolge ihrer Geschichte und Tradition naturgemäß die allgemeine Aufmerksamkeit gilt, und die Deutschen hatten alles Erdenkliche getan, um es unverdächtig zu machen und seinen Verwendungszweck zu verschleiern. Normalerweise wurde das Gebäude durch gewaltsam angeworbene ausländische Besatzungseinheiten nur leicht bewacht. Wenn jedoch die Generale eintrafen, wurden Kerntruppen der nächstgelegenen Einheit, und zwar der Fünften Fallschirmjägerdivision, herangezogen. Hier war also ein Hinweis, wann die Generale anwesend waren, denn ihre Ankunft und Abfahrt wurde relativ geheimgehalten. Manche kamen im Auto, manche im Boot über den Fluß. Immer standen im Fahrzeugpark für den Notfall eine Reihe schneller Wagen bereit, außerdem mehrere Schnellboote in einem Bootshaus, das durch einen unterirdischen Gang mit dem Hauptgebäude verbunden war.

»Was für ein Aufwand! Und was für eine phantastische Gelegenheit!« rief Reisman aus.

»John, es ist kein Zuckerlecken. Hinsichtlich der Überlebenschance ist es nicht viel besser als die letzte Sache«, warf Armbruster ein.

»Aber es hat mehr Substanz, Max, mehr Sinn. Denk doch mal: die Hefe der amerikanischen Armee gegen die Elite der deutschen Schweine!«

»Davon hat noch niemand etwas gesagt, Hauptmann«, erklärte Oberst Denton ungerührt. »Vor zwei Wochen haben Sie mich angeklagt, ich schickte Ihre Männer aufs Schafott – was die meisten von ihnen ohnehin verdienen. In Rennes wären sie allein auf sich gestellt, Hunderte von Kilometern der Truppe voraus, die über den Bach kommt, und praktisch genauso weit von der nächsten Luftlandeeinheit entfernt. Wo ist da der Unterschied?«

Reisman wußte, daß Denton recht hatte: Auch dieses konnte Selbstmord sein. Dennoch ... »In Rennes, Herr Oberst, könnten meine Leute geschlossen vorgehen, und ich könnte sie wirkungsvoll führen«, sagte er ruhig. »Sie würden einen Schlag gegen ein bedeutendes taktisches Ziel führen und dann versuchen, sich zurückzukämpfen. Wer weiß, wenn die Generale dort sind, könnte es sich herausstellen, daß dies ein besonders wichtiger Schachzug ist. Er könnte ihren Nachrichtenverbindungen und ihrer Kommandokette schweren Schaden zufügen.«

»Und wenn sie nun nicht da sind?«

»Dann können wir ein Ersatzziel ausarbeiten, bevor wir nach Frankreich gehen. Vielleicht den Verschiebebahnhof. Max hat gesagt, Rennes sei ein großer Eisenbahn- und Straßenknotenpunkt. Das bedeutet doch, daß hier Truppen für die Invasionsfront durchgeschleust werden. Da könnten wir sie empfindlich treffen.«

Denton dachte einen Augenblick darüber nach. »Es geht mir nicht darum, daß Ihre Leute eine Gelegenheit bekommen, sich als Helden zu erweisen oder ihre Haut zu retten, Hauptmann. Es steht erheblich mehr auf dem Spiel. Diese ganze Sache ist zweifellos ein großes Wagnis, und das größte Risiko dabei sind möglicherweise Ihre Männer.«

»Warum, zum Teufel, haben Sie mich dann hergeholt, wenn Sie uns nicht hierfür haben wollen?«

»Welche Garantie können Sie mir geben, daß Ihre Leute fähig und vertrauenswürdig sind?« parierte Denton. »Wenn wir diese Geschichte wirklich in Angriff nehmen wollen – müßten wir dann nicht in der uns verbleibenden Zeit eine erstklassige Gruppe von Freiwilligen aufstellen?«

Darauf hatte Reisman seine Antwort schon bereit. »Überzeugen Sie sich selbst, Herr Oberst«, forderte er ihn zuversichtlich auf. »Am Mittwoch nimmt das dreckige Dutzend an einem eigenen kleinen Kriegsspiel teil. Hauptmann Kinder wird als neutraler Beobachter dabeisein. Ich würde mich sehr freuen, wenn Sie und Major Armbruster ebenfalls dort sein könnten.«

»Ausgezeichnet. Schieben wir die Entscheidung bis dahin auf«, sagte Denton.

31

Reisman stand am Fenster, blickte über die öden Hügel hin und lauschte auf das rollende Sperrfeuer der schweren Artillerie. Es kämpfte mit dem Geknatter der atmosphärischen Störungen im Radio und leisen Stimmengewirr der Unterhaltungen und Befehlsausgaben hinter ihm. Er befand sich im Hauptquartier der Manöverleitung.

Feldwebel Bowren trug ebenfalls die grünen Helm- und Schulterbänder des neutralen Beobachters. Eben trat er von dem großen Modell des Manövergeländes zurück, das in der Mitte des Raumes stand – er hatte sich dort die Markierung der einzelnen Truppenbewegungen angesehen und den Unterhaltungen zugehört –, und ging nun zu Reisman hinüber.

»Breeds Gefechtsstand befindet sich tatsächlich in dem Bunker, den sie angepeilt haben. Die rote Streitmacht legt dort 8 Uhr 55 scharfes Sperrfeuer«, meldete er besorgt. »Zwei Batterien, drei Minuten lang, Planquadrat C7/P5.«

Reisman warf einen Blick auf die große Karte an der Wand. Der genannte Punkt war ein Hügel dreihundert Meter nördlich des Bunkers. Um zu dem verabredeten Treffpunkt zu gelangen, mußten einige der Männer sich über diesen Hügel in das dahinterliegende Buschwerk an einem Flußufer schleichen.

»Zeit genug, um noch durchzukommen«, sagte Reisman mit einem prüfenden Blick auf seine Uhr. »Sie werden vor dem Feuerüberfall durch die Schiedsrichter informiert.«

Durch das Fenster sah er, wie Stuart Kinder in dem Dienstwagen vorfuhr, in dem er mit Denton und Armbruster aus London gekommen war. Der neutrale grüne Wimpel flatterte über der Kühlerhaube.
Reisman traf Kinder an der Tür. »Sind alle richtig losgezogen?« fragte er.
»Ja. Sie haben sich ordnungsgemäß eingefügt. Wie haben Sie das nur wieder fertiggebracht, John!« sagte Kinder begeistert. »Die Männer sahen prachtvoll aus. Ich hatte wirklich Mühe, einige von ihnen wiederzuerkennen.«
Kinders Aufgabe war gewesen, die frisch rasierten, geduschten und abgeseiften Männer zu den verschiedenen Kompanien zu begleiten, denen sie vorübergehend zugeteilt worden waren, und sie sorgsam im Auge zu behalten. Armbruster war bei Napoleon White und würde während des Manövers an seiner Seite bleiben; Denton dagegen hielt sich als offizieller Beobachter in Oberst Breeds Gefechtsstand auf.
»Hoffen wir, daß Oberst Breed die gleiche Schwierigkeit hat«, meinte Reisman.
Am Treffpunkt starrte Napoleon besorgt auf den trostlosen, verwüsteten Hügel, der Monate hindurch von übenden Kanonieren um und um gepflügt worden war. Neben ihm hatten Jimenez, Franko, Pinkley und Major Armbruster sich ins Unterholz gekauert. Nach den Regeln, und das war auch auf Napoleons Karte vermerkt, galt der Zielhügel als Sperrgebiet; niemand durfte ihn überqueren. Doch mußten Odell, Smith, Wladislaw und Lever diesen Weg nehmen, um der Einheit, der sie zugeteilt worden waren, zu entkommen.
Major Armbruster hatte ein erstauntes Gesicht gemacht, als Napoleon ihm erklärte, warum sie hier warteten, hatte sich aber offener Kritik enthalten.
Zum drittenmal murmelte Victor Franko nervös: »Sieh nach, wie spät es ist, verdammt noch mal. Los, sieh nach!«
Sie hatten jeder eine Uhr, eine Karte und einen Kompaß bei sich, damit nichts schiefgehen konnte, waren aber übereingekommen, daß Napoleon das Kommando übernehmen sollte. »8 Uhr 45«, sagte Napoleon.
»Großer Gott, laß uns losgehen!« flehte Franko.
»Die jagen uns in die Luft, Mann«, warf Jimenez mit einem seltsamen Lächeln ein.
»Vielleicht kommen die anderen erst nach dem Sperrfeuer«, meinte Napoleon. »Ohne sie können wir nicht gehen. Nehmen wir also an, die Artillerie hat Zielwasser getrunken und trifft nur den Hügel.«
Gerade als sie die ersten Granaten pfeifend und heulend über sich hinwegzischen hörten, sahen sie in der Ferne vier Gestalten über die Hügelkuppe rennen. Sie hetzten in angstvollen Sätzen voran, krallten sich in die Erde, warfen sich in alte Krater und suchten hinter geschwärzten Busch- und Baumgruppen Deckung, während der Boden unter den Detonationen erbebte. Dann standen sie wieder auf und jagten weiter. Die Einschlagzone kroch ein Stück hügelabwärts hinter ihnen her, bis sie endlich außer Reichweite waren.
Myron Odell warf sich neben Napoleon in die Büsche; er zitterte vor Aufregung. »Sauerei! Die haben auf mich geschossen!« schimpfte er. Dann sah er Armbruster und stammelte: »Oh, verzeihen Sie, Sir.«

»Schon gut, mein Sohn«, erwiderte der Major. »Es ist ja noch mal gut gegangen.«
Armbruster hatte erwartet, er würde diesen Männern voller Argwohn und mit einem unbehaglichen Gefühl gegenübertreten, aber sonderbarerweise tat er es nicht. Er war von dem, was sie machten, sehr eingenommen. Es lief auf etwas Ungewöhnliches hinaus, wenn er sich auch noch nicht alles zusammenreimen konnte. Reisman hatte seine Männer wie wandelnde Munitionsdepots ausgestattet – das Ideal eines Guerillakämpfers. Äußerlich wirkten sie in ihren neutralen Drillichanzügen zünftig genug, um als reguläre Soldaten zu gelten. Sie trugen Karabiner, Platzpatronen und Übungshandgranaten bei sich, und Jimenez schleppte noch ein Repetiergewehr zur Verstärkung ihrer Feuerkraft. Ihr Feldgepäck aber barg außerdem eine zerlegte Maschinenpistole und strotzte von Übungssprengladungen. Überdies hatten sie versteckt eine 6-mm-Pistole mit Schalldämpfer und eine Auswahl von Zeitzündern und anderen Spreng- und Explosionskörpern bei sich, die ihnen sämtlich Armbruster persönlich hatte schicken lassen.
Napoleon schrie über den Krach der explodierenden Granaten hinweg: »Was ist mit den Häusern?«
»Meins war leer«, berichtete Wladislaw.
Lever kroch an ihn heran. »In meinem waren ein paar Leute mit roten Bändern am Helm«, sagte er, »sahen aber nicht wie Fallschirmjäger aus.«
Napoleon bog ein paar Zweige auseinander und zeigte über den Fluß auf ein flaches, befestigtes Gebäude. »Wahrscheinlich ist es der Bunker da«, sagte er. »Los, kommt!«
Napoleon konnte winzige Gestalten hinein- und herausgehen sehen. Ein Kradfahrer brauste über eine gepflasterte Straße in westlicher Richtung davon; Lastwagen, Jeeps und Panzerfahrzeuge parkten neben einem parallel verlaufenden Feldweg an der Vorderseite des Baues. Einige Panzerabwehrkanonen und Granatwerfer hatte man in gute Verteidigungsstellung gebracht; die Besatzung stand in Bereitschaft, und Napoleon war überzeugt, daß sie auch getarnte MG's hatten, mit denen sie die beiden Straßen und die offenen Felder auf allen Seiten bestreichen konnten. Von Rechts wegen hätten genau Napoleon gegenüber am Flußufer Vorposten aufgestellt sein müssen; aber die verantwortlichen Offiziere erwarteten nicht, daß irgend jemand über den Schußhügel kommen und ihren Gefechtsstand auskundschaften würde.
»Wieso bist du so sicher?« fragte Franko. »Wenn er's nun gar nicht ist?«
»Dann nehmen wir uns jede Bruchbude innerhalb von Breeds Verteidigungsgürtel vor, bis wir ihn finden«, gab Napoleon zurück. »Macht euch jetzt die roten Bänder an.«
Aus ihrem Gepäck holten sie die roten Helmbänder und die Schlaufen für die Schulterklappen und tauschten sie gegen die blauen aus. Major Armbruster sah verwundert zu. Was sie da machten, war nach allgemeiner Manöverregel hundertprozentig illegal. Er war versucht, etwas zu sagen, unterließ es aber. Die Granateinschläge hinter ihnen hörten auf. »Kommt, wir wollen zu den übrigen stoßen«, sagte Napoleon. In der plötzlichen Stille klang seine Stimme ungewöhnlich schroff.

Sie bewegten sich westlich am Ufer entlang, blieben in Deckung, solange sie sich im Blickfeld des Bunkers befanden, durchwateten den Fluß und marschierten dann rasch zu der Kreuzung, wo sie die anderen treffen sollten.
Dort wartete Ken Sawyers Gruppe mit einem gestohlenen Jeep und einem schweren MG, das unter einer Plane auf dem Rücksitz verborgen war. An ihnen prangten die grünen Bänder neutraler Beobachter. Sawyer, der sich an dem Motor zu schaffen machte, als sei etwas nicht in Ordnung, trug die Rangabzeichen eines Majors.
Franko klaubte eines der goldenen Eichenblätter ab. »Dieses Abzeichen ist ein Ehrenzeichen!« sagte er und suchte dabei Oberst Breed nachzuahmen. »Sie haben kein Recht darauf! Sie ...«
»Halt die Klappe, Mann!« warnte Jimenez ihn und stieß ihn mit der Schulter an. Er deutete mit einer Kopfbewegung auf Armbruster.
Sawyer nahm auch das zweite Eichenblatt ab und steckte beide in die Tasche. »Wie gewonnen, so zerronnen«, sagte er grinsend. Dann machte er den Anschlußdraht einer Spule, den er vorhin gelöst hatte, wieder fest und schlug die Motorhaube zu.
»Wie ist es gegangen?« fragte Napoleon. Er ließ Straßen und Felder nicht aus den Augen. Niemand war zu sehen, aber er wußte, das würde sich bald ändern. Der Bunker, den er aufs Korn genommen hatte, war zwei Kilometer entfernt, und sie standen auf der Hauptverbindungsstraße dorthin.
»Hätte nicht leichter gehen können«, antwortete Sawyer. »Genau, wie der Alte gesagt hat: Die meisten Leute glauben, was sie sehen – sogar der Gegner. Es ist erstaunlich, was man mit Bluff und Selbstsicherheit alles machen kann.«
Er und Posey hatten falsche Befehle vorgezeigt und sich damit aus einem Fahrzeugpark der blauen Streitmacht den Jeep geholt. Anschließend hatten sie Maggot und Gilpin mit dem Maschinengewehr an einem vorher vereinbarten Punkt aufgenommen. Um durch die Linien und über ein bewachte Brücke zu gelangen, die theoretisch durch Bombentreffer zerstört war, hatten sie ihre Helmbänder und Schulterschlaufen gegen neutrale grüne umgetauscht, und um der ganzen Sache noch mehr Gewicht zu verleihen, hatte Sawyer sich in einen Offizier verwandelt.
»Wir werden uns jetzt wieder trennen, Sir«, erklärte Napoleon Major Armbruster. »Möchten Sie mit dem Jeep fahren oder hier bei mir bleiben?«
»Wo ist das meiste los?«
»Müßte bei beiden Gruppen einen Mordsspaß geben – falls es klappt«, sagte Napoleon. »Vor dem Höhepunkt vereinigen wir uns wieder.«
»Dann bleibe ich bei Ihnen«, sagte Armbruster.
Sawyer, Posey, Odell und Gilpin verwandelten sich wieder in Angehörige der roten Streitkräfte und wechselten die Standarte am Jeep aus. Napoleon und Sawyer verglichen ihre Uhren.
»Ich gebe euch eine Stunde Zeit für den Sanka«, sagte Napoleon. »Wenn er dann nicht da ist, nehme ich an, Breed ist euch auf die Schliche gekommen. Dann improvisieren wir etwas anderes. Leih mir deine Eichenblätter. Du brauchst sie ja nicht mehr.«

Sawyer nahm sie aus der Tasche und gab sie ihm. »Und wenn wir nun den falschen Bunker erwischt haben?« fragte er.
»Dann wird die Truppe heute eine Menge Fahrzeuge verlieren«, erwiderte Napoleon grinsend. Er gab dem Jeep einen Klaps: »Hals- und Beinbruch!«
Sawyer fuhr vorsichtig und behielt das Tachometer im Auge. Anderen Fahrzeugen begegneten sie nicht, und er hoffte, dabei würde es auch bleiben. Nach gut einem Kilometer bog er von der Straße ab und schickte Gilpin zu Fuß zum Kundschaften aus. Der verschwand im Laufschritt um eine Kurve und war im Nu zurück.
»Noch zwei Kurven«, sagte er. »An der zweiten ist auf unserer Seite ein schöner, tiefer Graben. Da können sie nicht sehen, was geschieht, wohl aber den Knall hören und den Rauch erkennen.«
Als sie zu der Stelle kamen, ließ Gilpin anhalten. Sawyer fuhr den Jeep mit der Nase in Richtung Graben. Mit dem Bajonett schlitzte Gilpin den rechten Hinterreifen auf, bis die Luft herausgezischt kam. »Das ist wirklich eine böse Reifenpanne«, sagte er hochgemut. Auch in seinen Drillichanzug und in die Anzüge der anderen machte er ein paar Schnitte. Alle wälzten sich auf der Erde und rieben ihre Gesichter und Hände mit Dreck ein.
»Und ich hatte mich gerade wieder daran gewöhnt, sauber zu sein«, brummte Sawyer. »Gib mir deinen Helm und deine Jacke, Häuptling. Wir schmoren sie ein bißchen an, damit es echter aussieht.« Er holte den Kanister mit Sprit aus den Jeep und stellte ihn neben Helm und Jacke. »So, jetzt hinein mit ihm!«
Der Jeep fuhr in den Graben und krachte auf die Seite. Odell fing an, Samson Kopf, Brust und Arme mit breiten Gazebinden zu umwickeln. Gilpin kletterte hinter dem Jeep her und stach so lange mit dem Seitengewehr auf den Benzintank ein, bis er ihn aufgeschlitzt hatte und der Treibstoff auslief. Sawyer goß vom Tank bis auf die Straße eine Benzinspur und besprengte auch Samsons Helm und Jacke ein wenig.
»Achtung, volle Deckung!« rief er. Er riß ein Streichholz an, warf es auf die Benzinspur, rannte dann hinter seinen Kameraden her und warf sich zu Boden.
Die Flamme raste die feuchte Zündleitung entlang und schlug in den Tank; es gab eine mächtige Explosion. Die Männer warteten etwa zehn Sekunden; dann sprang Sawyer auf, trat das Feuer auf Samsons angesengten Uniformstücken aus und gab sie Odell. »Schaff ihn in den Graben, schnell!« befahl er. »Fang an zu stöhnen, Häuptling. Dich hat es mächtig erwischt.«
Sawyer und Gilpin beugten sich über den schwelenden Jeep, bis ihnen der Rauch in Augen und Nase stieg, dann liefen sie mit langen Sätzen auf die Straße und schrien: »Hilfe! Hilfe!«
Sie sichteten Oberst Breed sofort. Explosion und Rauchsäule hatten die Schützen an den Maschinengewehren aus ihrer Deckung herausgelockt und vor dem Bunker ein aufgeregtes Hin und Her hervorgerufen. Schon kroch ein Jeep vom Parkplatz auf sie zu. Gilpin stellte sich ihm in den Weg, um Odell für seine Bandagen mehr Zeit zu verschaffen. Sawyer rannte auf Breed zu, der im Bunkereingang stand, und schrie: »Rufen Sie einen Sanitätswagen!«

Der Oberst packte ihn am Arm. »Was ist denn los, Soldat?« schnarrte er. »Unfall, Sir ... schwerer Unfall ... Reifen geplatzt und im Graben gelandet. Einer meiner Leute sieht böse aus. Bitte, rufen Sie einen Sanitätswagen, Sir.«
Breed bellte seinem Funker die Anweisung zu, wollte dann aber von Sawyer wissen, zu welcher Einheit er gehöre und wie, zum Teufel, er dazu komme, seinen Verteidigungsring zu durchqueren. Sawyer schwatzte ihm seine Geschichte vor: daß sie die Batterie ausgekundschaftet hätten, die weiter südlich das Sperrfeuer geschossen habe, sich aber auf dem Rückweg verfahren hätten.
»Danken Sie Gott, daß Sie ein besserer Kundschafter als Autofahrer sind«, murmelte Breed. »Machen Sie Platz, Ihr Mann wird hereingebracht. Und wenn der Sanka kommt, verschwinden Sie.«
»Jawohl, Sir. Danke, Sir«, sagte Sawyer.
Fallschirmjäger brachten Samson auf einer Bahre herbei und legten ihn in einem Seitenraum des Bunkers auf die Erde. Von Zeit zu Zeit stöhnte er. Odell beugte sich über ihn und schlug alle Hilfsangebote mit der gleichen Antwort aus: »Nicht anfassen, verdammt noch mal! Ich war früher Sanitäter und kenne mich da aus. Laßt ihn einfach so liegen, bis wir ihn ins Lazarett bringen.«
Behutsam zog er Samson die Stiefel aus, steckte in jeden heimlich eine kleine Sprengladung mit Zeitzünder und stellte sie unter das Funkgerät. Sawyer und Gilpin wanderten mit treuherzigen Gesichtern im Bunker umher. Sie nahmen ihr schweres, mit Sprengladungen vollgestopftes Gepäck ab und deponierten es an den günstigsten Punkten. Einmal glaubte Sawyer, ein Offizier sehe ihn mit besonderem Interesse an; doch dann wandte der Mann sich wieder ab. Es war ein Oberst mit dem grünen Band des neutralen Beobachters. Gleich darauf wurde er von dem hier eingesetzten Schiedsrichter in ein Gespräch gezogen.
An der Straßenkreuzung westlich des Bunkers sah Napoleon, der nun die Majorsrangabzeichen trug, den Sanka angerast kommen. Er verließ mit seinen Leuten die Deckung und sperrte die Kreuzung mit dem Maschinengewehr.
»Da vorne ist ein Unfall, Sir!« rief der Fahrer und starrte beeindruckt auf Napoleons Rang. »Muß hier durch.«
»Geht leider nicht. Hier kommen Sie nicht durch«, bellte Napoleon.
Aus dem anderen Fenster beugte sich ein Leutnant der Sanitätstruppe heraus. »Da vorne liegt ein Schwerverletzter, Sir. Sie haben um Hilfe gefunkt. Ich bin Arzt«, sagte er schnell. »Wir haben die Erlaubnis, alle Linien und Straßensperren zu passieren.«
»Tut mir leid, Leutnant. Sie sind unsere Gefangenen«, sagte Napoleon. »Wir sind gewarnt worden, daß eine blaue Patrouille versuchen würde, mit einer solchen Finte durchzukommen.«
»Finte! Großer Gott, kennen Sie denn die Regeln nicht, Herr Major?« ereiferte sich der Arzt. »Da vorne ist jemand ernstlich verletzt. Liegt, glaube ich, sogar im Sterben.« Er sah sich hilflos um, entdeckte Major Armbruster mit den neutralen grünen Farben und rief: »Bitte, erklären Sie es ihm, Sir.«
»Ich bin nur Beobachter, Leutnant«, erwiderte Armbruster, »kein Schiedsrichter. Ich darf nicht eingreifen und die Manöverregeln interpretieren.« Ihm

war jetzt ziemlich klar, wie der Hase laufen sollte. Es verstieß gegen sämtliche Vorschriften, aber er war neugierig, wie weit sie es wohl treiben konnten.
»Raus aus dem Sanka!« befahl Napoleon. »Wir fahren hin und kontrollieren. Wenn Sie recht haben, bringen wir Ihnen den Mann heraus.«
»Auf Ihre Verantwortung«, brummte der Arzt wütend. Er kletterte mit dem Fahrer heraus.
»Nehmt das MG an euch«, befahl Napoleon. »Ich traue diesen Burschen nicht.«
Sie nahmen das Maschinengewehr und quetschten sich hinten in den Wagen hinein. Major Armbruster nötigten sie, als erster einzusteigen. Victor Franko fuhr. Neben ihm saß Joe Wladislaw. Er nahm seine Maschinenpistole aus dem Gepäck und setzte sie zusammen. Während sie die Straße hinunterfuhren, sah Armbruster zu, wie die übrigen es genauso machten und abermals ihre Erkennungsbänder umtauschten – diesmal in neutrales Grün.
»Ganz einwandfrei ist das alles nicht, oder?« fragte er.
»Wir haben es eben anders gelernt«, antwortete Napoleon keck. Alles lief bestens, und er war begierig auf die Schlußszene.
Calvin Ezra Smith hatte das Bedürfnis, dem Offizier zu verstehen zu geben, daß er ebenfalls dagegen sei. »Es ist nicht richtig, das will er damit sagen; es ist nicht richtig«, schwatzte er. »Das bringt uns geradenwegs dorthin zurück, wo wir herkommen. Jeremias hat die Sünder gefragt: ›Wollte ihr stehlen, morden und huren und falsches Zeugnis reden?‹ Und ihr wißt alle ganz genau, was wir davon schon getan haben und was wir noch tun werden. Und davon gibt es keine Erlösung, keine . . . dürfen nicht tun, was dieser Hauptmann will . . . so zu betrügen . . . er führt uns direkt in die . . .«
»Mensch, nun halt schon die Klappe! Blöde Betschwester!« sagte Franko.
Ken Sawyer hörte, wie draußen der Sanitätswagen bremste, und sah dann, wie er rückwärts fahrend auf den Bunkereingang zuhielt. Er zog die Mullbinde ein wenig von Samsons Augen und drückte ihm einen Karabiner in die Hand. Franko und Wladislaw besetzten die Türschwelle und zogen die hinteren Wagentüren auf. Napoleon sprang heraus, hinter ihm saßen zwei Mann an dem schweren MG und hielten den Innenraum des Bunkers in Schach.
»Oberst Breed!« rief Napoleon laut.
Breed fuhr herum und verschüttete den Kaffee, den er sich gerade von einer Ordonnanz hatte geben lassen. So ein rüder Ton! Er war wütend. Als er aber den farbigen Major auf sich zukommen sah, machte er ein verwirrtes Gesicht. Dann, beim Anblick der fremden Soldaten und des Maschinengewehrs in dem besetzten Eingang, wurde sein Ausdruck bestürzt, und schließlich malte sich zorniges Begreifen auf seinem Gesicht.
»Hauptmann Reisman schickt Ihnen seine Empfehlung«, sagte Napoleon, »und er läßt fragen, ob Sie lieber erobert oder vernichtet werden möchten?«

Im Hauptquartier der Manöverleitung hörte Reisman die Funkmeldung, die der Schiedsrichter in Breeds Gefechtsstand durchgab.
»Sie haben's geschafft!« rief er und tanzte förmlich mit Stuart Kinder durch den Raum.

Eine Minute später jedoch meldete sich das Funkgerät, das für zerstört erklärt worden war, erneut. »Letzte Meldung ist ungültig. Ich wiederhole: Letzte Meldung ist ungültig.«
Eine Stunde lang warteten sie gespannt. Als sie aber nichts weiter von den Aktionen des dreckigen Dutzends hörten und auch keine Nachricht erhielten, daß die Leute verwundet oder gefangengenommen worden seien, stiegen Reisman, Kinder und Bowren in den Dienstwagen, mit dem sie die Linien durchqueren konnten. Inzwischen lief der Hauptangriff der blauen Streitmacht gegen Breeds Verteidigungsring, und an einer Straßensperre wurden sie von einem außergewöhnlich mißtrauischen Offizier angehalten. Er erklärte ihnen: »Dieser Trick ist heute schon einmal versucht worden.« Schließlich bekam er vom Gefechtsstand den Befehl, sie durchzulassen.
Sie wurden sofort zu Oberst Breed geführt. Er brütete mit einer Gruppe Untergebener über einem Kartentisch in einem Bunker. Weder das dreckige Dutzend noch Denton oder Armbruster waren zu sehen.
»Ich darf wohl erwarten, daß Sie unsere Abmachung sofort erfüllen, Hauptmann«, sagte Breed, der kaum vom Tisch aufsah. »Ihr kleines Experiment, oder was immer es sein sollte, ist vorbei.«
»Wo sind meine Leute?« fragte Reisman. »Ich weiß, daß sie diesen Gefechtsstand eingenommen haben. Ich habe es über Funk gehört.«
»Sie phantasieren!« brauste der Oberst auf. »Was Ihre Leute gemacht haben, war eine flagrante Verletzung der Regeln!«
»Herr Oberst, diese Leute und das, was sie einmal leisten müssen, stehen außerhalb der Regeln«, entgegnete Reisman. »Sie sollten mit allen Schlichen kämpfen und siegen. Haben sie nun Ihren Gefechtsstand ausgehoben oder nicht?«
»Ich schlage vor, daß Sie sich anhören, was der Schiedsrichter dazu meint, Hauptmann«, erwiderte Breed frostig.
»Wo sind meine Leute?« fragte Reisman noch einmal.
»In einem Lastwagen da draußen – unter Bewachung, wie sich's gehört.«
Kinder und Bowren gingen hinaus, um nachzusehen. Breed führte Reisman zu dem Oberstleutnant, der das Kommando über die Schiedsrichter in Breeds Verteidigungsring hatte. Er stand am Funkgerät und hörte den Nachrichtenverkehr ab.
»Das ist Hauptmann Reisman«, sagte Breed. »Er ist der Kommandant dieses albernen Haufens, der vorhin hier hereingeplatzt ist.«
Der Schiedsrichter sah Reisman verächtlich an. »Was, zum Teufel, haben Sie sich von diesem billigen Trick versprochen, Hauptmann?«
»Die Eroberung dieses Gefechtsstandes.«
»Das ist doch wohl ein Witz«, spottete der Unparteiische. »Ich gebe zu, daß sie mich einen Augenblick lang irregeführt haben. Ich hatte sogar die Manöverleitung verständigt. Aber sowie Oberst Breed die Sache klarstellte . . .«
»Ist diese Stellung hier eingenommen worden oder nicht?«
»Das ist sie todsicher nicht. Wir machen hier keine Kinkerlitzchen, Hauptmann, sondern eine ernste Übung. Einfach so die Seiten zu wechseln . . . sich

für neutral auszugeben ... und Mißbrauch mit einem Sanitätskraftwagen zu treiben ... ganz zu schweigen von der mutwilligen Zerstörung militärischen Eigentums, wofür Sie ohne Zweifel noch zur Verantwortung gezogen werden!«
»Waren neutrale Beobachter zugegen?«
»Sie sind draußen und fragen Ihre Mannschaft aus«, sagte Breed. »Die haben so was auch noch nicht erlebt.«
Reisman steuerte auf die Tür zu. Breed eilte ihm nach. »Sie haben Lady Margots Grundstück auf der Stelle zu räumen«, sagte er. »Andernfalls setze ich noch heute meinen Bericht auf – und nötigenfalls sorge ich dafür, daß er bis zum SHAEF hinaufgeht. Ihnen werde ich's zeigen – und Ihren Leuten auch!«
Reisman zuckte die Achseln: »Ich brauche schon ein wenig Zeit, Herr Oberst. Vierzehn Tage, um die Verlegung vorzubereiten und das Grundstück wieder instand zu setzen, wie ich es Miss Strathallan versprochen habe.«
»Also gut, zwei Wochen«, sagte Breed barsch.
Reisman verließ den Bunker und ging zu seinen Leuten. Das Ultimatum scherte ihn nicht. Er hatte nicht die Absicht, sich daran zu halten. Die hatte er nie gehabt, ob er nun gewann oder verlor – und seiner Meinung nach hatten sie gewonnen oder zumindest einen neuen Gleichstand erreicht. Sorge machte ihm eher, wie Denton und Armbruster auf den Schiedsspruch reagieren würden.
Die beiden warteten mit Stuart Kinder auf ihn. Etwas abseits wurden seine Männer auf einem offenen Lastwagen in Gewahrsam gehalten. Ein Fallschirmjägerkommando umstand den Wagen und starrte sie neugierig an. Feldwebel Bowren war zu ihnen hinaufgeklettert; sie redeten heftig auf ihn ein. Reisman trat zu den Offizieren.
»Das war ja ein tolles Stück, Hauptmann«, sagte Denton.
»Hinterlistig, aber wirksam«, bemerkte Armbruster grinsend.
»Sind das nicht Dinge, die auch der Auftrag in Rennes verlangt, Max?« sagte Reisman. Dann wandte er sich an Denton: »Es war kein ›tolles Stück‹. Es war ein durchdachter, angemessener Plan, der sachgemäß ausgeführt worden ist. Nur leider ging es ins Auge. Der Schiedsrichter hat das Unternehmen für regelwidrig erklärt.«
»Ach, das interessiert uns doch gar nicht!« fuhr Denton zu Reismans Überraschung auf. »Das ist doch völlig egal. Kommen Sie, ereifern Sie sich nicht, John! Ihre Leute bekommen den Auftrag für Rennes.«
Zorn und Anspannung fielen von Reisman ab und machten einem Gefühl der Erleichterung Platz. Dann wurde ihm bewußt, daß Denton *Ihre Leute* gesagt hatte und nicht *Sie.* »Was ist mit mir?« drängte er.
Denton zögerte und sah die anderen an. »Arbeiten Sie einen Angriffsplan aus«, sagte er.
»Das habe ich schon, Herr Oberst«, erwiderte Reisman. »Warum setzen wir uns nicht alle in Stokes Manor zusammen und sprechen ihn durch? Für meine Leute werde ich schon eine Transportmöglichkeit auftreiben.«
»Einverstanden«, stimmte Denton zu.

Reisman ging zu dem Lastwagen, in dem seine Männer festgehalten wurden, und hörte, wie Napoleon hinausposaunte: »Und abermals haut uns die Siebte Reiterschwadron heraus!«

In seinem Büro im Lager erklärte Reisman den drei Offizieren den Plan, der seit seiner Begegnung mit Monsieur LeMaire in London in ihm gereift war. »Die Sache ist nur mit einem Täuschungsmanöver zu machen«, sagte er. »Man muß Elemente der ursprünglich geplanten Guerillatätigkeit mit dem verbinden, was Sie heute im Manöver gesehen haben. Ein offener Angriff würde bei der begrenzten Feuerkraft, die wir mitführen können, nicht zum Zeil führen, sondern die Generale – falls sie da sind – nur warnen und verscheuchen. Nein, wir müssen ohne Aufsehen zu erregen in das Gebäude hineinkommen und dürfen uns erst zu erkennen geben, wenn wir nahe genug an sie heran sind. Für den Anfang genügen die deutschen Uniformen und Waffen, die Sie uns geschickt haben. Außerdem haben meine Leute Deutsch gelernt. Das baue ich noch aus.«
»Was geschieht mit Ihrem Farbigen? Der Indianer mag ja noch hingehen, aber er doch wohl nicht«, sagte Major Armbruster.
»Keiner bleibt für den Henker zurück«, erklärte Reisman. »Irgendwie kriegen wir das schon hin. Haben Sie den Franzosen noch unter Verschluß?«
»Ja. Es ist zu gefährlich, ihn jetzt noch zurückzuschicken – sowohl für ihn wie für uns. Er steht Ihnen jederzeit zur Verfügung.«
»Stu, würden Sie sich ihn vornehmen? Für den Anfang wissen wir ja schon einiges, und Sie haben sich ja auch Skizzen gemacht. Nun aber möchte ich das zu einem originalgetreuen Modell des Schlosses und seiner Umgebung ausgearbeitet haben. Lassen Sie durch Luftaufklärer Fotos machen. Außerdem brauche ich Karten. Quetschen Sie LeMaire nach Strich und Faden aus. Er soll selbst den Modellbauern Anleitungen geben. Holen Sie jede Straße, jeden Hügel, Graben, Baum und Busch, alles, woran er sich erinnern kann, aus ihm heraus – und auch genau, wo die Krauts ihre Kontrollen und Befestigungen haben – welche Waffen und in welcher Stärke. Anschließend machen Sie dasselbe für die Inneneinrichtungen – Stromleitungen, Telefon- und sonstige Nachrichtenverbindungen. Außerdem möchte ich jedes Zimmer, jeden Flur und jede Kammer, an die er sich erinnern kann, in dem Modell nachgebaut haben. Wenn Sie damit fertig sind, wenden Sie sich der personellen Seite zu. Wer alles dorthin kommt, warum, und in welchem Raum jeder sich meistens befindet. Deutsche und Franzosen, Männer und Frauen. Legen Sie über jeden einzelnen eine Akte an.«
»Aber ein Schloßverwalter weiß von all diesen Dingen meistens nicht sehr viel«, warf Denton ein.
»Ich habe festgestellt, Herr Oberst, daß die Leute oft mehr wissen, als sie selbst glauben. Die Deutschen tun ja etwas, sie reden. Und unsere Freunde beobachten und lauschen. Dienstpersonal, Arbeiter, sogar Kollaborateure und Huren. LeMaire hat bestimmt manches gesehen und gehört, das ihm zusammenhanglos erscheinen mag, aber für uns von unschätzbarem Wert ist.«
»Was geschieht mit unseren Freunden – Leuten wie LeMaire, die dort

arbeiten, oder anderen, die unschuldig in einen Kampf hineingezogen werden können?« fragte Armbruster.
»Vereinbaren Sie etwas mit BBC. Eine Radiomeldung, auf die hin sie sich so unauffällig wie möglich aus dem Staub machen. Der Untergrund wird doch ständig mit Nachrichten versorgt. Bestimmt haben Sie für den Tag X eine vorgesehen. Wir könnten ... aber das ist ja alles sonnenklar.«
»Es wird kein Spaziergang sein, John«, sagte Armbruster. »Nicht entfernt mit den anderen Sachen zu vergleichen, die Sie für uns gemacht haben. Zweifellos werden auch Zivilpersonen dort sein – laut LeMaire vermutlich Frauen. Vielleicht sogar Ehefrauen – und mit Sicherheit die üblichen Dämchen und was sich sonst an einer solchen Stelle einfindet.«
»Das dürfte für diesen Haufen höchstens ein Ansporn sein«, sagte Denton.
»Wie meinen Sie das?«
»Nun, ich erinnere mich, als wir uns vor ein paar Monaten zum erstenmal zusammensetzten, da sagten wir, es müsse nun mal eine schmutzige Arbeit getan werden. Damals ahnte ich noch nicht, was für eine, glauben Sie mir ... Doch dürfte dieser Einsatz Ihre Leute weniger belasten als eine reguläre Truppe. Vielmehr könnte ich mir denken, daß sie wild darauf sind.«
»Sie sind nicht blutrünstiger als wir alle, Herr Oberst«, sagte Reisman scharf. »Sie haben die gleichen Ängste, Sehnsüchte und Haßgefühle. Ein wenig verlorener sind sie vielleicht ... Aber sie werden tun, was sie tun müssen, und jeden töten, der sie angreift oder ihnen in den Weg tritt.«
Feldwebel Bowren hatte die Leute in der Eßecke der Baracke beschäftigt, damit sie nicht hören konnten, was in Reismans Zimmer besprochen wurde; doch spürten alle, daß etwas Besonderes im Gange war. Als die drei Offiziere fort waren, ging Reisman mit der Flasche Whisky, die Leon Osterman ihm mitgebracht hatte, zu seinen Männern hinaus und schenkte jedem ein Glas ein. Mit ungewohnter Höflichkeit warteten sie, bis er getrunken hatte.
Reisman hob seinen Becher zu einem Trinkspruch und sah seine Männer der Reihe nach an. »Ihr habt eure Sache heute tadellos gemacht«, sagte er. »Ich gratuliere.«
Napoleon erhob seinen Becher zu einem Gegengruß. *»Ave Caesar, morituri te salutant«*, tönte er.
»Was soll denn das nu' wieder heißen?« fragte Archer Maggot.
Reisman stieß mit Napoleon an. »Heil Caesar, die Todgeweihten grüßen dich! Das sagten die römischen Gladiatoren, wenn sie die Arena betraten. Haben Sie noch nicht gewußt, Mr. Maggot, was?«
»Nee!« antwortete der mit verächtlichem Stolz. »So superklug wie Sie beide bin ich nich', Hauptmann.«
Napoleon sprach zu Maggot, blickte dabei jedoch Reisman in die Augen. »Um es für dich zu übersetzen, Massah: Vermutlich haben wir uns das Recht erworben, auf edlere Art zu sterben als ursprünglich vorgesehen.«
»Trinkt aus«, sagte Reisman und ließ es wie einen Befehl klingen. Er schlürfte an seinem Whisky, bewegte die Flüssigkeit auf der Zunge und ließ sie genüßlich die Kehle hinunterlaufen. Die meisten stürzten ihren Whisky in einem Zug hinunter.

»Was würden die Herren sagen, wenn sie einen Sack voll Generale in die Finger bekämen?« fragte Reisman.
Victor Franko fühlte, wie ihm der gute Tropfen den Magen wärmte. Er wollte sich die Feuchtigkeit mit dem Handrücken vom Mund wischen, fand aber, das sei zu schade; so leckte er sie lieber mit der Zunge ab. »Unsere oder ihre?« fragte er kichernd.
»Spielt das eine Rolle?« fragte Reisman. Er selbst glaubte das im Grunde nicht.
Franko zuckte die Achseln; und da er sich forsch und stark fühlte, antwortete er wahrheitsgemäß: »Nein.«
Einige lachten nervös, und Reisman hätte gern gewußt, wie viele tatsächlich diese Meinung teilten. Kinder hatte ihn ja schon vor Wochen davor gewarnt. Nun suchte er nach den richtigen Worten – wohlüberlegten, anfeuernden, optimistischen Worten. Dann dachte er: Scheißegal! Sag's ihnen klipp und klar!
»Eine Nacht vor der Invasion springen wir über Frankreich ab«, sagte er ruhig. »Wir werden die ersten sein und allen anderen weit voraus. Unser Auftrag lautet, in ein Schloß einzudringen, in dem möglicherweise eine Gruppe von Nazigeneralen mit ihren Freunden und Begleitern auf uns wartet. Unsere Aufgabe ist, sie zu erledigen. Nicht, sie zu verwunden oder gefangenzunehmen, sondern so dicht an sie heranzukommen, daß wir mit Sicherheit ihren Tod feststellen können. Wir schleusen uns mit deutschen Uniformen, Waffen und Papieren ein. Wie gefällt Ihnen das, Mr. White?«
Napoleon war starr vor Staunen. An der Art, wie die Leute Reisman ansahen und wie sie sich gegenseitig anblickten, erkannte der Hauptmann, daß ihre Reaktion von dumpfem Einverständnis über ehrfürchtiges Erschauern bis zu Unbehagen reichte. Samson Posey und Calvin Ezra Smith, die vorher nur so getan hatten, als tränken sie, leerten nun ihre Becher auf einen Zug.
Reisman goß etwas Öl auf die Wogen. »Der Auftrag, den Sie bekommen haben, ist von ausschlaggebender Bedeutung für die Invasion«, fuhr er fort. »Ich habe Ihnen ganz am Anfang schon einmal gesagt, daß so mancher Soldat sein linkes Ei für diese Sache hergeben würde. Nichts, was Sie jemals vorher in Ihrem Leben getan haben, kommt dem gleich, und alles, was Sie jemals tun werden, verblaßt dagegen. Der genaue Absprungort und der Zeitpunkt müssen noch eine Weile geheim bleiben. Ich erteile Ihnen jetzt die Erlaubnis, während der nun folgenden Wochen im Zusammenhang mit unserem Auftrag Kritik zu üben und Gegenvorschläge zu machen. Jeder soll entsprechend seiner Erfahrung und seinen Fähigkeiten etwas beitragen. Ihr müßt lernen, für euch selbst zu denken, füreinander – und für mich. Das ganze Unternehmen muß auf einem Täuschungsmanöver aufgebaut werden. Alles, was wir denken, planen und praktisch durchführen, unsere gesamte Aktion, muß darauf abzielen, daß der Feind glaubt, wir seien, was wir nicht sind – bis wir dicht genug an ihn herangekommen sind, um ihn zu vernichten.«
Archer Maggot hob die Hand, und Reisman nickte ihm zu. »Hauptmann, wie soll denn der da für'n Heini gelten?« fragte Maggot und zeigte mit dem Daumen auf Napoleon.

»In der Nacht sind alle Katzen grau, Dixie. Wir springen nachts. Irgendwie werden wir das schon hinkriegen. Sind Sie etwa um ihn besorgt?«
»Nee«, sagte Maggot achselzuckend. »Um den nich'! Bin besorgt um mich. Habe keine Lust, seinetwegen 'n kalten Arsch zu kriegen.«
»Sie werden vielleicht noch mal froh sein, daß er dabei ist, Maggot. Er könnte euch allen etwas voraus haben. Er *sprechen* nämlich besser *deutsch* und *parlez-vous* besser *français,* als ihr es je lernen werdet. Sie können ja noch nicht mal richtig Englisch.«
Das Gelächter der anderen löste die Spannung im Raum. Napoleon hatte dem Wortwechsel zugehört, ohne gekränkt zu sein; der gleiche Gedanke war ihm nämlich auch schon gekommen. Zudem war ihm aufgegangen, daß an diesem Plan irgend etwas faul war. Er war zu ausgetüftelt, der Ausgang zu zweifelhaft bei einer Gruppe wie ihrer. Aber er würde mitmachen – den rechten Augenblick abwarten und sehen, was möglich war.
Was Victor Franko betraf, so war ihm der Plan genau nach der Mütze. Diese Kraut-Uniformen – wie bestellt. Da konnte er die anderen überreden . . . oder sausen lassen . . . oder notfalls beseitigen . . . und brauchte weiter nichts zu tun, als sich von den Deutschen gefangennehmen zu lassen. Dann konnte er in Ruhe das Ende des Krieges abwarten, und egal wer gewann, er, Franko, würde heil, lebendig und als Held daraus hervorgehen.
»Wenn einer von euch jetzt lieber noch aussteigen möchte, so steht es ihm frei«, erklärte Reisman gelassen. »Die Alternative ist immer noch vorhanden – daran kann ich nichts ändern. Aber ihr seid immer noch Freiwillige, vergeßt das nicht! Ihr müßt nicht mitmachen, wenn ihr nicht wollt.«
»Ist es jetzt nicht zu spät dazu, Hauptmann?« fragte Napoleon.
»Nein. Die Entscheidung liegt nach wie vor bei euch, ohne Rücksicht auf die Folgen«, erklärte Reisman. »Aber ich warne euch . . . ich bringe jeden um, der zu kneifen versucht, wenn wir erst einmal in die Sache eingestiegen sind.«
Das grimmige Schweigen, das dieser Feststellung folgte, wurde von Victor Franko gebrochen. »Keiner von uns will jetzt noch zurück, Hauptmann. Machen wir also weiter.«
Niemand sonst hatte etwas zu sagen. Franko schien die Meinung aller zum Ausdruck gebracht zu haben.
»Also gut . . . überschlaft es noch mal«, sagte Reisman. »Träumt davon. Morgen früh beginnen wir mit der Arbeit.«

32

Anfang der folgenden Woche brachte Stuart Kinder das Modell des Schlosses und die Karte. Das Modell war ein Prachtstück; man hatte es in Teilstücken angefertigt, die die Männer dann auf einem Tisch in der Baracke zusammensetzten. Alles, was sich durch Luftaufnahmen hatte feststellen lassen, und alles, woran Monsieur LeMaire sich erinnern konnte, war in feinen Nachbildungen vorhanden. Auf dem gemalten Fluß lagen sogar zwei Offiziersbarkassen; in der kleinen Bootsgarage waren zwei Schnellboote untergebracht,

und im Fahrzeugpark innerhalb des ummauerten Hofes standen winzige Mercedes-Limousinen und ein paar Lastwagen. Soweit bekannt, waren auch Befestigungen und Wachtposten angedeutet und kleine Modelle schwerer Waffen aufgestellt worden.
Das Hauptgebäude umfaßte dreiundzwanzig Räume; einer davon war ein großer Ballsaal, in dem jetzt die Kriegsspiele abgehalten wurden. Im Keller befand sich eine Nachrichtenzentrale mit einem Radiosender. Ferner gab es eine Anzahl getrennter Verwaltungsgebäude und ein Hilfskraftwerk. Von jedem Gebäude konnte man das Dach und den ersten Stock abheben, so daß alle Räume und Korridore von oben einzusehen waren. Und in einer besonderen Schachtel lag, säuberlich aufgereiht wie Bleisoldaten vor der Schlacht, ein ganzes Sortiment kleiner Figuren, männliche und weibliche, Zivilisten und Militärs, mit aufgemalten deutschen und amerikanischen Uniformen.
Kinder war darauf gefaßt gewesen, die Männer wieder als schmutzige, bärtige Rebellen vorzufinden; das waren sie aber nicht. Seit dem Manöver hatten sie sich widerspruchslos täglich rasiert und geduscht.
Das dreckige Dutzend gehörte der Vergangenheit an. Und doch fragte Kinder sich unwillkürlich, ob ihr neuer Anblick nicht noch schlimmer sei. Wenn sie in ihren deutschen Uniformen Übungen abhielten, marschierten einige der Männer wie kleine Kinder im Paradeschritt und grüßten einander mit Heil Hitler. Kinder lief dabei ein Schauer über den Rücken.
»Wissen Sie, was Sie in diesem Haufen vor sich haben?« fragte er Reisman. »Die vollkommene Nazimentalität – halbwüchsige, chronische Verbrecher.«
»Klingt bedenklich«, meinte Reisman zerstreut. Seine Aufmerksamkeit galt im Augenblick Feldwebel Bowren, der den Leuten die Handhabung der deutschen Waffen beibrachte und sie nach deutschen Kommandos exerzieren ließ. Obgleich Bowren kein Fachmann war, traute Reisman ihm diese Dinge ohne weiteres zu und beteiligte ihn an allen Phasen der theoretischen und praktischen Vorbereitung ihres Unternehmens. Die Männer hatten es sich angewöhnt, ihn ironisch mit *Unteroffizier* anzureden, und Reisman titulierten sie *Herr Hauptmann.*
Kinder ließ jedoch nicht locker. »Nehmen Sie zum Beispiel Franko. Bei ihm lag wirklich kein Grund vor, auf die schiefe Bahn zu geraten – es sei denn, Sie geben einer überfüllten Mietwohnung, Gestank, schmutzigen Straßen und seinen Freunden in der Nachbarschaft die Schuld.«
»Das Milieu ist mir vertraut«, sagte Reisman sarkastisch und wandte jetzt Kinder seine volle Aufmerksamkeit zu, »aber ich sehe diesen Fall nicht als eine Folge von Ursache und Wirkung. Das wäre zu einfach. Der alte Rhabarber von der Rose, die auf dem Misthaufen wächst, widerlegt die These.«
»Es ist nicht einfach«, sagte Kinder. »Ich habe eine Menge über Franko erfahren, weiß aber immer noch nicht, wo bei ihm der Wurm sitzt. Er war allen möglichen guten Einflüssen ausgesetzt. Vater, Mutter und Geschwister, die ordentlich zur Schule, zur Kirche, zur Arbeit gegangen sind . . .«
»Vielleicht hat er die falschen Filme gesehen . . .« schlug Reisman boshaft vor.
»Das ist gar nicht so weit hergeholt, John«, erklärte Kinder. »Ein Gangster-

held, von irgendeinem geschniegelten Hollywoodidol dargestellt – die Identifizierung mit den Leiden eines Halbstarken, der die ganze Welt gegen sich hat, auf dem Weg zum elektrischen Stuhl ...«
»Was ist mit Napoleon White? Auf den paßt Ihr Nazischema doch nun bestimmt nicht.«
»Auf eine merkwürdige Art doch. Er leidet an einem starken Minderwertigkeitskomplex, der ihn für fast alles empfänglich macht ... ganz ähnlich wie die Deutschen nach dem Ersten Weltkrieg ... und heute sowieso. Sein Minderwertigkeitskomplex entspringt einem Versagen; er wird mit der Wirklichkeit nicht fertig. Und der Mord, den er begangen hat, war die Tat eines Halbwüchsigen.«
»Kommen Sie mir doch damit nicht«, erwiderte Reisman schroff. »Es war die zwangsläufige und begründete Tat eines Mannes. Das muß es sein. Wie wollen Sie sonst rechtfertigen, was wir hier tun – was wir tun werden ... etwas so Bedeutsames wie die Invasion, überhaupt den ganzen Krieg? Es war ein Akt der Genugtuung, mit dem er sich reingewaschen hat.«
Er ließ Kinder stehen, denn er wollte das Gespräch nicht fortsetzen; es behagte ihm nicht. Er rief Feldwebel Bowren zu, er solle die Männer in der Baracke versammeln. Als Kinder nach London zurückfuhr, war Reisman froh, ihn loszuwerden.

»Wie sieht denn eigentlich ein Krautgeneral aus?« fragte Victor Franko, als er das Modell des Château de la Vilaine studierte.
Sie stellten die kleinen Figuren in verschiedenen Stellungen auf und arbeiteten einen Plan aus, wie sie sich dem Ziel nähern und sich innerhalb des Gebäudes verhalten wollten.
Reisman beschrieb die roten Spiegel und goldgestickten Eichenblätter auf dem Kragen, die goldenen Schulterstücke auf den Jacken und die roten Biesen an den graugrünen Hosen. »Kann sein, Sie finden einen mit nacktem Hintern bei einem Weib im Bett«, witzelte er, »einen, der ein Eisernes Kreuz umhängen und auf dem Bauch ein Hakenkreuz eintätowiert hat. Fragen Sie ihn nicht lange nach seinem Ausweis. Franko. Legen Sie jeden um, der Ihnen in die Quere kommt. Am besten mit Messer oder Garotte. Außerdem nehmen wir die 6-Millimeter und Schalldämpfer mit. Wenn erst mal die Scheiße am Dampfen ist und die Krauts wissen, daß wir da sind, können wir unsere schwereren Sachen benutzen.«
»Wieviel Generale sind denn da?« fragte Maggot.
»Acht ... zehn ... vielleicht für jeden von uns einer, vielleicht auch gar keiner. Das werden wir erst wissen, wenn wir da sind.«
»Was machen wir mit den Frauen, Sir?« fragte Odell.
»Es darf nicht zugelassen werden, daß jemand Alarm schlagen kann«, sagte Reisman vieldeutig. »Wenn wir erst im Schloß sind, hat jeder von Ihnen eine bestimmte Anzahl von Räumen zu übernehmen. Das Ziel sind die Generale. Wir müssen uns lautlos bewegen und so lange wie möglich unentdeckt bleiben. Die Möglichkeit, Gefangene zu machen, besteht nicht.«
Odell fühlte, wie alle Kraft, die er in diesen vielen Wochen gesammelt hatte,

ihn verließ. Sein Herz schlug wie rasend; seine Handflächen wurden feucht, und vom Magen her stieg ihm würgende Übelkeit in die Kehle. Nun war es also soweit. Sie verlangten von ihm, daß er das tat, wofür er zum Tod durch den Strang verurteilt worden war. Sie wollten, daß er tötete – vielleicht sogar eine Frau tötete. Nein, das würde er nicht tun; er konnte es einfach nicht. *Ich bin unschuldig!* jammerte er im stillen.

Sie lagen im Dunkeln in ihren Betten und hörten, wie Feldwebel Bowren auf dem Dach den Zapfenstreich in die milde Maiennacht hinaus blies. Die letzten Töne leiteten wie jeden Abend in die Zeit der Träume von der Vergangenheit und der Zukunft über, in die Zeit der Erinnerungen, der Hoffnung und Angst. Jeder war allein mit sich und den Kameraden, fern von den Augen und Ohren des Offiziers und des Feldwebels.
Victor Franko drehte sich auf die Seite und flüsterte: »He, Häuptling, hast du das alles mitgekriegt, was er uns erzählt hat? Wirst du einen von diesen Generalen skalpieren?«
Auf dem Nachbarbett herrschte Schweigen. Samson Posey machte sich sorgenvolle Gedanken über diese neue Sache, an der er teilnehmen sollte. Es war ein Unterschied, ob man als Krieger auszog, um tapfer zu kämpfen und diesen unbekannten Feind zu töten oder von ihm getötet zu werden, ob man die Führer mit Messer und Pistole oder notfalls mit den bloßen Händen angriff – denn er hatte verstanden, daß sie böse waren –, oder ob man sich bei Nacht und Nebel wie ein Dieb an sie heranschlich und vielleicht sogar eine Frau tötete, nur um sie zum Schweigen zu bringen. Samson war bedrückt, denn das hatte er nicht erwartet. Und doch stand die Antwort schon fest. War nicht in alter Zeit gesagt worden, daß die tapfersten Krieger nicht diejenigen seien, die im Kampf den Skalp der Männer erbeuteten, sondern diejenigen, die Frauen und Kinder raubten oder töteten; denn das bedeutete, daß man in das Dorf des Feindes, den Ort seiner größten Macht, eingedrungen war. Wie sehr war er, Samson, schon zu einem weißen Mann geworden, da er das vergessen konnte; da er es im Herzen und im Geist schon nicht mehr fühlte und wußte; da er sich grämte, weil so etwas nicht die Aufgabe eines Kriegers und sogar unmenschlich sei.
Victor Franko sprach wieder in das Schweigen hinein. »Na ja, ich schnappe mir vielleicht einen . . . oder vielleicht auch nicht.«
Samson bewegte sich verärgert. »Was meinst du?« fragte er.
»Ich habe nur über die Sache nachgedacht, weiter nichts, Häuptling. Habe so meine Ideen.« Konnte man nicht einem General das Messer an die Kehle setzen oder eine Knarre in den Bauch drücken und ihn anschreien: Rette mein Leben, sie wollen mich hängen?

»He, Lui . . . ich kriege jetzt schon 'n Steifen, wenn ich an die Heiniweiber denke«, murmelte Archer Maggot. »Weißte, was ich mache, wenn mir eine über'n Weg läuft? Mit der schieb' ich erst mal 'ne Nummer, daß sie liegenbleibt, bevor ich sie umbringe. Und mit 'ner Französin mach' ich's ganz genau so.«

»Paß ja auf, Mann ... Daß sie dir bloß nicht deinen Pimmel abschneidet«, erwiderte Luis Jimenez fröhlich.

»Ich war nämlich schon mal an der Front und weiß, was das heißt, Nappy«, flüsterte Sawyer. »Es ist nicht so, daß man einfach ein Haus angreifen und sich einbilden kann, es könne dann nichts mehr passieren. Man muß einen Rückzugsweg haben. Der Alte redet immer nur davon, wie man reinkommt.«
Auf der anderen Seite von Napoleon sprach leise Joe Wladislaw. »Ich und noch 'n paar andere haben das auch schon gesagt, Nappy. Er hat noch nix davon erwähnt, wie wir wieder rauskommen.«
»Was macht das schon?« sagte Napoleon grob. »Vielleicht sollen wir gar nicht zurückkommen. Vielleicht sind sie der Meinung, es macht sich besser, wenn die Deutschen uns um die Ecke bringen.«
»Aber was ist mit ihm – dem Chef?« protestierte Sawyer.
»Vielleicht hält er sich für unsterblich ... vielleicht will er Selbstmord begehen ... ich weiß es nicht. Wir haben ja noch Zeit. Laß ihn nur machen. Jeden Tag erfahren wir 'n bißchen mehr.«

Reisman war mit dem Gang der Vorbereitungen nicht zufrieden. Um ein Modell des Château de la Vilaine in der Baracke herumzustehen und kleine Figuren planmäßig hin und her zu schieben, das war nicht genug. Eines Abends nahm er die Bücher und Spiele, die er vor Wochen von Margot Strathallan geliehen hatte, und verteilte sie unter die Leute. Er hatte sie in deutscher Uniform und voller Kampfausrüstung antreten lassen.
»Ihr Auftrag ist, in das Gutshaus einzudringen, ohne die Frau, die dort wohnt, zu stören, und diese Gegenstände in die Bibliothek zurückzubringen. Nappy weiß, welcher Raum das ist.«
»Und was machen wir mit dem Hund?« fragte Glenn Gilpin.
»Es ist ein deutscher Hund; vermutlich würde er Ihnen den Kopf abbeißen, wenn er Sie zu fassen kriegte«, sagte Reisman. »Aber besser von ihm gefaßt werden als von den Nazis, stimmt's?« Mit einem Gefühl des Ärgers erinnerte er sich plötzlich, daß er einmal beinah so töricht gewesen wäre, das Tier zu erschießen. »Lassen Sie sich eben nicht fassen, und tun Sie ihm nichts zuleide. Das ist ein Befehl! Posey kann ihn unschädlich machen, wenn er Sie anfällt.«
»Wie kommen wir aber in das Haus?« fragte Calvin Ezra Smith.
»Das ist eure Sache. Egal wie ihr das macht – solange euch die Gutsherrin nicht erwischt.«
»Keine Sorge, ich bringe uns schon alle dort hinein«, brüstete Roscoe Lever sich. »Mit Leichtigkeit!«
»Sie rühren mir die Frau nicht an, Lever«, warnte Reisman. »Das gilt für euch alle. Wir wollen uns die Sache nicht durch eine Sauerei verderben.«
»Mann, Herr Hauptmann, so was würde ich doch nicht machen«, erwiderte Lever. Das Bild des Mädchens aus dem Juweliergeschäft in Birmingham ging ihm flüchtig durch den Sinn, und er fluchte im stillen.
»Sie haben so etwas schon mal gemacht. Deswegen sind Sie ja hier«, bemerkte Reisman.

Lever zog ein finsteres Gesicht, als er zur Tür hinausging, doch wußte Reisman, daß die Warnung genügt hatte. Sie würden alle ein Auge auf ihn haben – und aufeinander.
»Nappy, bringen Sie mir lieber Band zwei von Toynbees *Weltgeschichte* mit«, rief Reisman ihm nach. »Nur damit ich weiß, daß ihr auch tatsächlich dort wart und nicht vielleicht die Sachen in den Kanal geworfen habt.«

Reisman blieb mit Bowren im Lager. In einer Stunde waren die Männer zurück. Napoleon händigte Reisman mürrisch das Buch aus. »Ich dachte, wir hätten gelernt, uns gegenseitig zu trauen, Herr Hauptmann«, sagte er grollend.
»Das tue ich auch«, erwiderte Reisman. »Doch ich habe nicht vor, leichtsinnig zu werden. Wie seid ihr hineingekommen?«
»Leicht. Lever, der Mann für den ersten Stock, knackte das Haustürschloß«, sagte Napoleon. »Ich ging 'rein, beging die böse Tat und kam wieder heraus. Die anderen warteten solange draußen.«
»Und der Hund?«
»Ich hörte ihn oben lärmen. Er bellte und kratzte an der Tür, aber herunter kam er nicht.«
»Morgen gehen Sie mit den Leuten noch einmal hin«, sagte Reisman. »Ich möchte, daß Sie mir von dem Innern des Hauses eine Skizze machen. Außerdem wünsche ich, daß jeder in das Haus hineingeht und aus jeweils einem anderen Raum einen Gegenstand mitbringt, zum Beweis dafür, daß er dort war.«

Lady Margot Strathallan warf sich unruhig auf ihrem Bett herum. Der Hund hatte wieder zu jaulen angefangen und sie aus dem leichten Schlaf gerissen, der ihre Gedanken betäubte, ohne ihr wirkliche Entspannung zu bringen. Wieder hörte sie Geräusche, wie schon in der vergangenen Nacht, als sie bei verschlossener Tür im Bett gekauert hatte und sich nicht einmal dazu hatte durchringen können, Sigismund hinauszulassen, damit er der Ursache seiner Erregung nachspüre. Sie hatte sich gesagt, das sei nur eine Einbildung, aus Angst und Einsamkeit geboren, und war nicht gewillt gewesen, sich vom Gegenteil zu überzeugen. Vielleicht war es ja auch ein Eindringling, der sie vergewaltigen wollte, so daß sie ihres fernen Geliebten nicht mehr würdig wäre.
Der Hund bellte laut und kratzte an der Tür. In heiserem Flüsterton rief sie ihm zu, er solle still sein, und versuchte, ihn zu besänftigen, damit sie die anderen Geräusche vernehmen konnte. Verzweifelt stand sie auf, machte Licht, hockte sich furchtsam neben das Tier vor die verschlossene Tür, schlang ihm fest die Arme um den Nacken und drückte ihm die zitternde Schnauze zu.
Sie hörte Schritte und hastige Bewegungen. Wer mochte das sein? Die Amerikaner – die schmutzigen, bärtigen, häßlichen Soldaten? Ihr Hauptmann? Aber nein, das würde er nicht wagen! Der Oberst hatte ihr gesagt, sie würden abziehen; ihre Ausbildung sei beendet, und in wenigen Tagen würden sie

fort sein. Sie würden sich nicht unterstehen, auf diese Art in ihr Haus einzubrechen. Die Leute würden es nicht wagen, ihr Gewalt anzutun. Sie hörte Laufen, Flüstern, auf- und zugehende Türen.
Ihre Angst wich dem Zorn. Sie ließ den Hund los. Der sprang gegen die Tür und bearbeitete sie mit seinen Krallen. Unfähig, noch länger im ungewissen dort zu kauern, machte sie ihm auf. Mit wütendem Schnauben fegte der Dobermann hinaus. Links von Lady Margot eilten Schritte in dem trübe erleuchteten Flur die Treppe hinunter. Der Hund sprang hinterher. Auf der rechten Seite sah sie eine flüchtige Bewegung. Sie drehte sich um und erhaschte einen Blick auf etwas Uniformiertes mit Helm – nicht die Amerikaner, sondern die geisterhaften Umrisse einer vertrauten Erscheinung – ein Wesen, das ihre Sehnsucht herbeigezogen hatte. Sie griff sich an den Hals; Schreck und Freude überfielen sie gleichzeitig, ihr schwindelte. »Sigismund?« rief sie leise dem Schatten zu. Sie ging ihm nach, öffnete Türen zu dunklen, schweigenden Zimmern und flehte: »Sigismund? Sigismund, bist du das?« Dann hörte sie unten den Hund bellen, aber plötzlich schlug die große Haustür zu und erstickte das Gebell zu einem verhallenden Protest.
Er war draußen. Irgend jemand hatte die Tür aufgemacht und den Hund in die Nacht hinausgelassen. Sie war allein, eingekreist, bedroht, schutzlos; der Schreck kehrte zurück. Sie floh die Treppe hinab, zog an der schweren Eichentür, riß sie auf und rannte schreiend in die Dunkelheit hinaus. »Sigismund! . . . Sigismund! . . .«
Samson Posey beeilte sich. Einen Augenblick lang hatte er gedacht, die Frau würde ihn entdecken. Die anderen mit ihren schwerfälligen Bewegungen machten viel zuviel Lärm. Jetzt aber verließ er den Raum, in dem er sich versteckt hatte, und stahl sich rasch in ihr Schlafzimmer. Der Nachttisch, auf dem die Lampe brannte, zog ihn an. Dort lagen Bücher, und er dachte, er könne vielleicht eins davon mitnehmen. Da sah er die Fotografie. Er nahm sie und betrachtete sie neugierig im Licht der Lampe. Dann steckte er sie unter seine Jacke und verschwand schleunigst.
Vor dem mächtigen Gebäude traf er die anderen. Jeder hatte einen Gegenstand bei sich zum Beweis, daß er hier gewesen war. Als sie zum Lager zurückgingen, hörten sie noch, wie der Hund bellte und die Frau ihn rief.

Glenn Gilpin konnte kaum ernst bleiben, als er Reisman erzählte, wie er und Myron Odell den Dobermann aus dem Haus gelockt hatten. »War'n komischer Anblick, wie er mit seinen Hauern unsern armen kleinen Papst in den Hintern beißen wollte!« Dann seien sie wieder ins Haus geschlüpft und hätten das Tier ausgesperrt. Zwei andere hätten es draußen weiter fortgelockt und getäuscht – und so fort von Mann zu Mann, bis jeder einmal im Haus gewesen sei, etwas geklaut und ein paar Einzelheiten zu der groben Skizze beigetragen habe, die Reisman jetzt in Händen hielt.
Auf einem Tisch breiteten sie die gestohlenen Sachen aus, ein buntes Gemisch von Silberzeug, Porzellan, Vasen, Bildern, Büchern und Kleidungsstücken.
»Deutscher General«, sagte Samson Posey stolz und zeigte ihnen die gerahmte Fotografie.

Reisman nahm sie und betrachtete sie verwundert. Es war das Bild eines hübschen jungen Mannes in der Uniform eines Sturmführers der Waffen-ss. Er las die auf deutsch geschriebene Widmung mit der Unterschrift »Sigismund«, und plötzlich ging ihm über viele rätselhafte und ärgerliche Dinge im Zusammenhang mit Lady Margot Strathallan ein Licht auf.
»Nein, das ist kein General, Posey«, murmelte er. »Aber fast ebenso schlimm.«
Hier also hatte sie ihren wunden Punkt – so wie er seinen und seine Männer ihren hatten.
Sie saßen gerade beim Frühstück, da hörte Reisman einen Wagen vorfahren. Feldwebel Bowren öffnete die Tür und rief in die Baracke zurück: »Es gibt Stunk, Herr Hauptmann. Oberst Breed und die Frau aus dem Herrenhaus.«
Mit einem Blick überflog Reisman den Raum. Die Leute trugen ihr normales Drillichzeug. Die deutschen Uniformen und Waffen waren von der Bildfläche verschwunden; das Modell des Schlosses war zugedeckt. »Weiteressen«, befahl er. »Clyde, machen Sie das Tor auf und führen Sie den Besuch in mein Zimmer.«
Margot blieb im Eingang stehen. Ihr Gesicht war verstört, ihr Haar zerzaust.
»Kommen Sie herein, Lady Margot . . . bitte«, sagte Reisman freundlich.
»Sigismund«, flüsterte sie heiser.
»Ihr Hund?«
Sie schüttelte den Kopf.
»Sie kommt nicht des Hundes wegen«, sagte Breed aufgebracht. »Darüber sprechen wir gleich noch. Zunächst möchte ich wissen, warum Sie Ihr Lager noch nicht abgebrochen haben, Reisman. Ihre zwei Wochen sind heute um, das wissen Sie ja wohl.«
Reisman schloß die Tür und drehte sich zu den beiden um. »Wir ziehen nicht ab, Herr Oberst – jedenfalls jetzt noch nicht.«
»Dann haben Sie also nie die Absicht gehabt, unsere Vereinbarung einzuhalten?«
»Nein, Sir.«
»Ich hätte es mir denken können. Ein Mann wie Sie hat kein Ehrgefühl, Reisman«, brauste der Oberst auf. »Und wenn es das letzte ist, was ich als Offizier in dieser Truppe tue – das werde ich noch erleben, daß Sie vors Kriegsgericht kommen und Ihre Verbrecher zurück ins Gefängnis, wohin sie gehören! – Man hat Lady Margot gestern nacht Sachen gestohlen. Wo sind sie?«
Reisman öffnete eine Feldkiste. Stück für Stück legte er die Sachen aufs Bett. Breed starrte in ungläubiger Wut darauf hinab.
»Ich hatte vor, sie heute auf die gleiche Weise zurückbringen zu lassen, wie sie entliehen wurden, Herr Oberst«, sagte Reisman schließlich, als er die gerahmte Fotografie in Händen hielt und sich wieder aufrichtete. »Wir haben mehr gefunden, als wir dachten.« Er händigte Breed das Foto aus. »Ich glaube, es ist besser, Sie erklären dem Oberst, wer das ist«, sagte er zu Margot.
Sie machte einen Satz und riß Breed das Bild aus den Händen; doch hatten seine bestürzten Augen es noch gesehen und die Widmung gelesen.

»Sigismund«, seufzte sie und preßte das Foto an die Brust.
»Wer ist dieser deutsche Offizier, Margot?« fragte Breed.
Sie lächelte und flüsterte: »Mein Liebster!«
»Ihr Liebster?« wiederholte Breed heiser. »Großer Gott!«
»Sigismund hat Ihnen seinen Namensvetter geschenkt, habe ich recht?« fragte Reisman.
»O ja. Und den Mantel, den Sie so bewundert haben – vor Jahren in Deutschland. Ich bin dort zur Schule gegangen ... und habe mich in ihn verliebt ... und in all die wundervollen Dinge, die er machte. Sind Sie jemals in Deutschland gewesen, Hauptmann? Ein wunderschönes Land. Damals war er noch ein Grünschnabel, und es war sehr schwer für mich, ihn mit zu mir nach Hause zu bringen; aber mein Vater hat es arrangiert. Nur ... nur ...« Schluchzend umklammerte sie das Bild und sank, in Tränen aufgelöst, aufs Bett. »Fünf Jahre ... fünf schreckliche Jahre«, schluchzte sie. »Und ich war gut zu ihm ... so gut ... Ich habe gewartet, und nun ... Oh, mein Gott, ihr alle seid hinter ihm her ... Tut ihm nichts ... Bitte bringt ihn nicht um!«
Oberst Breed erhob sich schwer von seinem Stuhl und trat zu ihr heran. Er starrte sie eine Weile an, dann drehte er sich um und verließ den Raum. Reisman ging ihm nach. Die Männer an den Tischen glotzten die beiden mit mehr als eitel Neugier an; sie waren nämlich unfreiwillige Zeugen der erregten Szene geworden und wunderten sich.
»Weiteressen, habe ich gesagt, zum Donnerwetter noch mal«, brüllte Reisman. »Feldwebel, gehen Sie hinein zu der Dame und warten Sie, bis ich zurück bin.«
Draußen stand der Oberst gegen den Wagen gelehnt und sog die frische Luft ein, als müsse er ersticken. »Dieser Ort hier ... dieses Gefängnis«, murmelte er mit einem angewiderten Blick auf das Lager. »Zum Teufel mit Ihnen ... und mit ihr ... und den Leuten! Daß man mich da so hineingezogen hat ... mich lächerlich gemacht hat.«
»Sie haben sich von sich aus mit der Sache befaßt, Herr Oberst«, sagte Reisman. »Warum wehren Sie sich gegen die Tatsache, daß Sie auch nur ein Mensch sind – wie wir alle?« Breed starrte ihn an.
»Sie haben sich schwer in Lady Margot getäuscht«, sagte Reisman. »Könnten Sie sich in meinen Leuten nicht genauso täuschen? Die Männer haben eine Chance bekommen, sich freizukaufen, Herr Oberst, in Ehren ... auf eine Art, die Sie schätzen ... vielleicht sogar mit Ruhm, wenn sie Glück haben. Niemand hat das Recht, ihnen diese Chance zu nehmen.«
»Na gut«, sagte Breed unvermittelt. Er sagte es weder abwehrend noch resignierend. »Ich werde nichts verlauten lassen ... zu niemandem ... gar nichts.« Er schwieg einen Augenblick und fragte dann: »Was werden Sie mit Lady Margot machen?«
»Nichts«, erwiderte Reisman. Er wunderte sich, daß Breed die Sache so abtat, sich selbst der Verantwortung entzog und sie Reisman zuschob. »Ich werde dafür sorgen, daß sie sicher in ihr Haus zurückkommt. Ich glaube nicht, daß sie für einen von uns eine wirkliche Gefahr darstellt – ich meine vom Sicherheitsstandpunkt aus. Ihr Vater hätte sonst etwas gesagt. Er wäre nicht

damit einverstanden gewesen, daß wir hierherkommen, und hätte sie nicht die ganzen Jahre in dem Haus gelassen.«
Breed lächelte. »Das ist ein Schlag für Sie, was, Hauptmann?« sagte er. »Sie sind also auch nicht unfehlbar – Sie, der Sie so manisch auf Sicherheit bedacht sind. Da bringen Sie Ihre Männer zur Ausbildung nach Stokes Manor – und setzen sich der Gefahr aus, daß Ihre Geheimnisse von einer Frau entdeckt werden, die einen Naziführer liebt.« Er wollte in seinen Wagen steigen, wandte sich aber noch einmal um und fragte besorgt: »Sie wird doch wohl nicht krank werden?«
»Ich denke nicht. Bisher ist es ja auch gut gegangen. Sie wird uns wahrscheinlich beide bei bester Gesundheit überleben, Herr Oberst.«
Breed blickte an ihm vorbei zum blauen Himmel über dem Englischen Kanal hinauf. »Gutes Invasionswetter«, meinte er. »Lange wird es nun nicht mehr dauern. In gewisser Weise macht dieser Umstand das Leben einfacher, stimmt's, Reisman?«
Er stieg in den Wagen und fuhr davon.

33

Am 20. Mai rief Osterman endlich aus London an.
»Wo zum Teufel haben Sie denn bloß gesteckt, Wachtmeister?« fragte Reisman aufgebracht. »Wir könnten mittlerweile in Berlin stehen.«
»Na, ich habe mir schon gedacht, daß ihr bis jetzt nirgendwohin kommen würdet.«
»Wie können Sie das wissen?«
»Oh, man kommt herum und hört so allerlei«, sagte Osterman. »Paß auf, mein Junge, es tut mir leid, daß es so lange gedauert hat. Jetzt aber stehe ich dir jederzeit zur Verfügung. Während ich in Schottland war, bin ich noch einmal nach Glasgow gefahren und in die Sanierstation gegangen, um mir in Odells Angelengeiht ein paar Burschen vorzuknöpfen. Ohne Ergebnis – habe überall eine Niete gezogen. Nun gibt es nur noch eins, was ich versuchen kann. Laß uns, wie ich dir schon sagte, mit dem Jungen dort hinauffahren. Vielleicht kommt etwas für ihn dabei heraus, vielleicht aber auch nicht.«
Reisman warf einen Blick auf den Kalender. Die Zeit würde sehr knapp werden. »Wie wär's Freitag, den Sechsundzwanzigsten?« fragte er.

Die Reise nordwärts nach Glasgow war lang. Ständig wurde ihr Zug durch südwärts rollende Truppentransporte aufgehalten und umrangiert. Odell hatte viele Stunden Zeit, darüber nachzudenken, was alles gewesen war, wie die Sache jetzt stand und was noch vor ihm lag. Fasziniert blickte er durch das Abteilfenster auf die vorbeifahrenden Züge und kam sich manchmal vor, als schwimme er gegen den Strom, gegen eine mächtige, nicht endende Flut.
Der Hauptmann und sein Freund, Wachtmeister Osterman, der, wie Odell jetzt wußte, ein Kriminalbeamter war, saßen ihm gegenüber. Sie lasen Zeitungen und Illustrierte – was er selbst auch versucht hatte –, dösten vor

sich hin oder unterhielten sich leise, so daß er ihre Worte nicht verstehen konnte. Zu ihm sagten sie wenig. Er wußte, wohin die Reise ging, wußte, was von ihm erwartet wurde und daß die beiden Männer ein großes Risiko auf sich nahmen, um ihm zu helfen, und sei es auch nur, daß er seinen Seelenfrieden wiederfände. Keiner bei diesem ganzen Kommißhaufen, dachte er, konnte einen so prima Vorgesetzten haben, wie Reisman einer war.
Als Osterman ihn an jenem Morgen aus dem Lager abgeholt hatte, war der Hauptmann nicht dagewesen. Odell mußte mit Handschellen in den Wagen steigen. Trotz der neuen, olivgrünen Uniform, die er anhatte, der blank gewichsten Sprungstiefel und des stolzen Fallschirmspringerabzeichens auf der Brust kam er sich schmutzig, niedrig und wie ein Verbrecher vor. Als sie am Bahnhof in Marston-Tyne ausstiegen, dem Gefängnis wieder so nahe kamen, wurde er ganz aufgeregt und wäre am liebsten davongelaufen. Osterman hatte ihrer beider Handgelenke aneinandergeschlossen. Aber wenn er auch den Regenmantel wie zufällig über die Handschellen geworfen hatte, war es für Odell doch schrecklich gewesen, und er hatte sich vor den Leuten geschämt. In Marstone-Tyne war dann der Hauptmann zu ihnen gestoßen. Er hatte unter den Mantel gelugt und gemeint, das sei wohl nicht nötig – wofür Odell ihm sehr dankbar war.
Er überlegte sich, wie es wohl wäre, wenn er wieder ganz frei wäre, und was er wohl mit sich anfangen würde, wenn er in völliger Freiheit wählen könnte. Er beneidete die Fremden, die mit ihnen im Abteil saßen – Männer, Frauen, Militär- und Zivilpersonen, ein ständiges Kommen und Gehen während der langen Reise –, und er war froh, daß der Hauptmann beschlossen hatte, lieber mit der Bahn zu fahren, weil das schneller gehe. Es tat ihm wohl, wieder einmal unter Menschen zu sein, ab und zu ein paar Worte mit jemandem zu wechseln oder über das Leben eines anderen nachzusinnen. Und es erfüllte ihn gleichermaßen mit Stolz und Beklemmung, daß diese Leute nichts von ihm wußten und er ihnen nie mitteilen konnte, was er getan und was er in diesen letzten Monaten erreicht hatte; auch nicht die schreckliche Qual, die er eben jetzt empfand und die sich aus Hoffnung, Enttäuschung und Furcht zusammensetzte; und nicht die Dinge, die er vielleicht bald würde tun müssen – wenn nämlich die Ergebnisse dieser Reise nichts in seinem Leben änderten, keine neuen Tatsachen aus den dunkelsten Winkeln seines Gedächtnisses zum Vorschein brachten und dem Hauptmann, dem Wachtmeister und dem Militär keinen Grund gaben, an seine Unschuld zu glauben. Seine Stimmung schwankte stark.
Zwischen Gloucester und Liverpool saß eine junge Mutter mit ihren zwei kleinen Jungen in ihrem Abteil. Zuerst machte es Odell nervös, so dicht neben der Frau zu sitzen, ihren Geruch zu spüren und durch das Schwanken des Wagens mit ihr in Berührung zu kommen. Ihre körperliche Nähe war ihm erschreckend bewußt. Er schwitzte, fühlte sich bedrängt in dem engen Abteil und mußte gegen Wellen von Übelkeit ankämpfen.
Es war eine einfache Frau in dunkler, grober Kleidung, die zwar abgetragen, aber für die Reise gebürstet, gebügelt und so sauber war wie die ganze Frau. Ihre beiden Jungen – und das wiederum weckte in Odell unwillkürlich Neid,

Bewunderung, Staunen und Schmerz – trugen neue, marineblaue, kurze Anzüge, weiße Hemden, schmale rote Krawatten und kleine blaue Mützen, die die Mutter nebst einer Handtasche und anderen Reiseutensilien auf dem Schoß hielt. Die Beine hatte sie fest nebeneinandergestellt und saß nun steif und unbequem da, als wolle sie Odell nicht lästig fallen.
Nach einer Weile brachen die Jungen das Eis und lösten Odells Verkrampfung. Sie waren erregt von der Reise, zum Plappern aufgelegt und neugierig. Der ältere, höchstens sieben, war es leid, nur brav dazusitzen und zu lesen. Er stand auf, drängte sich an seiner Mutter vorbei und zwischen den Beinen der andern hindurch zum Fenster. Vor Odell blieb er stehen, sah zu ihm auf und lächelte. »Hallo, bist du 'n Ami?« fragte er.
»Ja«, erwiderte Odell und lächelte zurück.
Der Junge kam noch dichter heran, starrte auf das Fallschirmspringerabzeichen und fragte: »Was ist das?«
Da beugte seine Mutter sich vor – worauf Odell sich zurücklehnte. »Still jetzt, David«, sagte sie. »Laß den Herrn zufrieden.« Sie lächelte Odell entschuldigend an.
»Aber das macht doch nichts«, sagte er mit dem Mut der Verzweiflung. Hilfesuchend blickte er zu Reisman hinüber; der nickte ihm ermunternd zu. Der kleine Junge zeigte auf die Schwingen.
»Das ist ein Fallschirmspringerabzeichen.«
»Mein Pappi ist Matrose. Er ist weg und kämpft gegen die Boches«, sagte der Junge ernst. »Eine Bombe hat unser Haus kaputtgemacht. Erzähl mir was von Amerika.« Er quetschte sich wieder auf den Platz zwischen seiner Mutter und Odell. Und dank dieses Jungen konnte Odell auf einmal frei und natürlich mit der Mutter reden. Sie war zurückhaltend, aber sehr freundlich, und die Art, wie sie ihn ansah und mit ihm sprach – halb bewundernd, weil er ein junger amerikanischer Soldat war, halb dankbar für die Aufmerksamkeit, die er ihrem Kleinen schenkte –, gab Odell das Gefühl, ein Mann zu sein. Sie nahm ihm den letzten Rest von Nervosität und gewann sein Herz.
Als die junge Mutter mit ihren Jungen ausstieg, reichte sie Odell die Hand und sagte: »Gott segne Sie!« In ihren Worten lag eine solche Wärme, daß es ihm die Kehle zuschnürte. Eine uralte Sehnsucht erfüllte ihn. Am liebsten wäre er mit ihr gegangen, und er blieb mit einem schrecklichen, namenlosen Heimweh zurück.
Als er wieder allein war, mußte er erneut daran denken, wie alles gewesen war, wie die Dinge jetzt standen und was noch vor ihm lag. Und die Frage quälte ihn, was wohl der Brief enthielt, den Wachtmeister Osterman dem Hauptmann am Bahnhof von Marston-Tyne übergeben hatte. »Bowren sagte, er sei gestern von einem Meldefahrer an der Poststelle hinterlegt worden; also ist er vermutlich wichtig.« Reisman hatte das Schreiben rasch überflogen, während Odell in seinem Gesicht nach einem Hinweis geforscht hatte, was wohl darin stehen mochte. Er fühlte, daß es ihn persönlich betraf, und hätte den Inhalt gern gewußt. So war er enttäuscht, als Reisman lediglich gleichgültig bemerkte: »Wir sind gerade dabei, die Sache zu schaukeln.«
Als sie in Glasgow ankamen, war es dunkel, und Odell spürte, wie sich wieder

schreckliche Angst in ihm ausbreitete. Warum brachten sie ihn hierher? Warum stellten sie alles Mögliche mit ihm an – so ähnlich wie dieser Hauptmann Kinder mit seinen psychologischen Tricks? Woran sollte er sich erinnern? Und wenn er nun nicht wollte! Hatte er ihnen nicht schon alles erzählt – der Militärpolizei, der Polizei, dem Kriegsgericht, Hauptmann Reisman ... Er war unschuldig.
Nach einem hastigen Abendessen nahmen sie sich am Bahnhof ein Taxi. Odell gab die Richtung an, und einen Häuserblock vor der Sanierungsstation stiegen sie aus. »Jetzt ist dort gerade Betrieb«, sagte Odell bitter, als sie auf der gegenüberliegenden Straßenseite standen und die Männer hineingehen und herauskommen sahen.
»Sie verstehen doch, was wir von Ihnen möchten – weshalb wir Sie allein hineingehen lassen?« fragte Reisman.
»Ja, Sir ... ich glaube, Sir«, sagte Odell beklommen. »Sie möchten, daß ich hineingehe, mich umsehe ... und versuche, ob ich im Geist rekonstruieren kann, was in jener Nacht geschehen ist. Wie lange soll ich bleiben?«
»So fünfzehn, zwanzig Minuten«, antwortete Osterman. »Bis Sie sich mit dem Ort vertraut gemacht haben. Lassen Sie alles noch einmal auf sich einwirken. Dann kommen Sie heraus, und wir gehen gemeinsam hinein und sprechen darüber.«
Wieder warf Odell einen unschlüssigen Blick auf Reisman.
»Gehen Sie nur, Mike«, drängte der Hauptmann. »Man braucht Schneid, um sich einer solchen Sache gewachsen zu zeigen, vielleicht mehr als zu einem Fallschirmabsprung – vielleicht mehr als zum Kämpfen. Sie wollen es doch noch einmal versuchen, nicht wahr?«
Odell holte tief Atem und reckte sich. Er hatte es gern, wenn der Hauptmann ihn Mike nannte. Den Namen Myron hatte er eigentlich nie gemocht. »Ja, Sir. Unbedingt, Sir«, sagte er und ging rasch über die Straße.
Sein Herz schlug so laut, daß ihm die Brust weh tat. Als er den vertrauten Eingangsraum der Sanierungsstation betrat und die Tür hinter sich geschlossen hatte, flog sein Blick unstet umher. Ein paar Soldaten warteten und vertrieben sich die Zeit mit Frozzeleien. Der diensttuende Sanitäter steckte den Kopf aus einem der Behandlungszimmer, sah Odell flüchtig an und wies ihn an, sich hinzusetzen und zu warten, bis er an die Reihe komme. Odell war froh, daß er den Mann nicht kannte.
Langsam wanderten seine Augen umher, bis sein Blick an der Tür jenes Raumes hängenblieb, wo er in jener schrecklichen Nacht das Mädchen versteckt hatte. Gerade wollte er aufstehen, als die Tür sich öffnete. Ein Soldat kam heraus, ging an ihm vorbei und verließ die Station. Wie in Trance erhob sich Odell und bewegte sich auf die Schwelle des offenen Raumes zu. Er erkannte die kahlen, weißen Wände wieder, das Stahlbett, auf dem sie sich nackt ausgestreckt hatte, den Tisch mit den prophylaktischen Geräten, das Erste-Hilfe-Schränkchen mit Medikamenten, Binden und Operationsbestecken. Zitternd und mit kaltem Angstschweiß bedeckt, drehte er sich um und stürzte den Flur hinunter zur Hintertür. In panischem Schrecken ergriff er den schweren Schnappriegel, schob ihn zurück und entfloh auf die dunkle Gasse.

Er entkam durch die neblig trüben Straßen Glasgows und fühlte: Das hatte er tun müssen; das hatte er vorgehabt. Und nun, da es geschehen war, freute er sich. Sein Wagemut beflügelte ihn; er fühlte sich stark.
Auf der Straße nach Edinburgh hielt er einen ostwärts fahrenden Tankwagen der Luftstreitkräfte an. Warum nach Osten, wußte er nicht. Wohin er sich wenden sollte, wußte er auch nicht. Aber aus Glasgow mußte er heraus. Wenigstens für eine Weile mußte er frei sein ... mußte er Dinge tun, die notwendig waren ... ungehindert Gedanken denken, die unaufschiebbar waren. Er dachte an London, aber das war zu weit. Er dachte an die junge Mutter im Zug, die so nett zu ihm gewesen war, die so einsam ausgesehen hatte. Wenn er ihre Adresse gewußt hätte, wäre er bestimmt zu ihr gegangen. Wohin ging man? Wie fing jemand wie er so etwas an? Den Lastwagenfahrer zu fragen, genierte er sich. In Coatbridge sprang er vom Wagen und ging südwärts. Warum nach Süden, wußte er nicht. Er wußte nur, daß er nicht zu lange in eine Richtung gehen wollte, für den Fall, daß man ihn verfolgte. Er mußte seine Spur verwischen, sie täuschen, mußte einen Hafen finden, wo er bleiben und das tun konnte, was notwendig war. Die ganze Nacht und noch den halben Samstag war er unterwegs, ziellos und dennoch einem Ziel zustrebend – Lanark, Moffa, Carlisle, ständig südwärts. Obwohl er hunrig war, aß er nicht, und trotz seiner Müdigkeit schlief er nicht. Auf den Straßen fuhren ständig Militärtransporte; für einen Landser gab es immer einen Platz, besonders wenn er nach dem Süden wollte. Penrith, Lancaster. In Stafford stand Militärpolizei auf der Straße, entwirrte die Wagenkolonnen und leitete sie um. Odell sprang hinten von dem Waffentransporter herunter und lief querfeldein davon. Er wußte, er war in Gefahr, konnte leicht bei irgendeiner Soldbuchkontrolle geschnappt werden, denn er besaß keine Ausweispapiere.
Am Sonntagabend hatte er es zu Fuß bis Birmingham geschafft. Er fragte einen Zivilisten nach der nächsten amerikanischen Militärbetreuungsstelle. Das war ein riesiger, überfüllter Bau. Hunderte von Soldaten stapften durch die Empfangshalle, fragten nach einem Bett in den mit Pritschen vollgestellten Schlafsälen, wollten sich rasieren, duschen, einen Brief schreiben, ein Buch lesen, sich ein wenig entspannen, ein Mädchen treffen, sich für eine Stadtrundfahrt anmelden. Odell drückte sich eine Weile in der Halle herum und spähte nach einer Gelegenheit, einen Ausweis zu bekommen. Er war selbst ganz erstaunt über seine Kühnheit.
Am besten, dachte er, sei der Ausweis eines Fallschirmjägers, dann würde er mit seinen Stiefeln und seinem Abzeichen nicht auffallen. Doch wußte er, allzu lange durfte er nicht mehr warten. Ehe er die Nerven verlor, ehe sie ihn fanden, mußte es geschehen sein. Er entschied sich für einen Soldaten, der in einer Gruppe von Artilleristen mit wenig Gepäck stand. Sie beantragten eine Übernachtung und erklärten der Dame hinter dem Schalter, sie wollten sich gerne rasieren und duschen und ihre Sachen abstellen, bevor sie in die Stadt gingen. Der Mann hatte die richtige Größe und das richtige Gewicht; er sah ihm, Odell, etwas ähnlich und trug offensichtlich keine Rangabzeichen.
Odell folgte ihnen in den großen Waschraum und fing zum Schein an, sich

auszuziehen. Er beobachtete, wie der Soldat seine Sachen in ein offenes Spind hängte, und wartete, bis er mit seinem Kameraden in dem dampfenden Duschraum verschwunden war. Dann handelte er schnell.

Erst als er wieder draußen und ein Stück weg war, untersuchte er die Brieftasche. Er hatte ein schlechtes Gewissen, war andererseits aber auch merkwürdig befriedigt darüber, daß er es in der Notlage verstanden hatte zu handeln. Der Mann war einfacher Soldat. Außer dem Soldbuch und einem Ausweis enthielt die Brieftasche auch Geld; Odell kehrte in einem Restaurant ein und aß seine erste warme Mahlzeit, seit sie am Abend vorher den Bahnhof in Glasgow verlassen hatten. Es war hübsch, dort zu sitzen, Speisen und Getränke zu bestellen und bedient zu werden. Als eine Militärstreife hereinkam und alle Soldaten kontrollierte, wäre er um ein Haar zur Tür hinausgerannt; doch er stand die Sache durch, sogar als der eine Bulle ihm erklärte, er dürfe keine Fallschirmjägerstiefel und auch das Abzeichen nicht tragen, wenn er Kanonier sei.

»Doch, dazu bin ich berechtigt«, erwiderte Odell mit eherner Stirn. »Ich bin ausgebildet und habe die Prüfung abgelegt. Ich habe das Recht, beides zu tragen. Als ich verletzt wurde, hat man mich versetzt. Mann, ich war sogar schon mal in der Sanitätstruppe«, sagte er und zeigte ihnen sein altes Käppi.

Als sie ihn fragten, wieso denn ein so alter Haudegen wie er keinerlei Ehrenzeichen und Lametta trage, meinte er mit einem selbstbewußten Grinsen: »Weil ich bescheiden bin.«

Seine gestohlenen Papiere waren jedenfalls in Ordnung; so ließen sie ihn in Ruhe, und er konnte fertigessen. Doch wußte er, daß er nie imstande gewesen wäre, sich durch so eine Sache hindurchzulavieren, wenn es nicht Hauptmann Reismans wegen hätte sein müssen. Wenn er an ihn und an die Kameraden dachte, bekam er ein schlechtes Gewissen und fragte sich, was sie jetzt wohl gerade taten. Doch dann zwang er sich, nicht mehr an sie zu denken.

Auf der Straße hielt er dann ein Taxi an. Soviel wußte er auch schon. In den Unterkünften hieß es immer, wenn man in einer fremden Stadt eine Frau finden wolle, brauche man nur einen Taxifahrer zu fragen. Er kannte sogar Burschen, die hatten behauptet, in Städten wie London hätten sie es gleich im Taxi getrieben. Aber Odell wußte, daß er selbst so etwas nie könnte.

»Wohin, Ami?«

Odell gab seiner Stimme einen festen, selbstbewußten und erfahrenen Klang. »Wo amüsiert man sich denn hier, Mac?«

»Es gibt eine Reihe von Klubs, Theatern, Kinos und so weiter. Meinen Sie das?«

»Ja, für den Anfang. Bringen Sie mich zu einem dieser Nachtklubs, die ein Programm haben – und Mädchen.«

Während der Fahrt kämpfte er gegen die Versuchung an, einfach zu sagen, was er dachte. He, Mac ... wo kann ich ein Mädchen flachlegen ... wo finde ich ... eine Nutte ... eine Biene ... wie all die anderen Jungens auch? Mein Gott, wo finde ich eine Frau, die mir hilft? Was er aber schließlich aufgeregt hervorstieß, war: »Sir ... wo, glauben Sie, könnte ich eine Frau finden, Sie wissen schon ...«

Der Fahrer drehte sich halb um und grinste. »Warum haben Sie das nicht gleich gesagt, Ami? Kostet ein Pfund.«
Odell beugte sich vor und gab ihm das Geld. Aus dem belebten Vergnügungsviertel bogen sie in eine Seitenstraße ein. »Ich hätte da ein paar ältere Puppen für Sie«, sagte der Fahrer fröhlich; er paßte seinen Ton dem Thema an. »Und natürlich auch ein paar junge«, setzte er lachend hinzu. »Was darf's denn sein, Ami? Klein, groß, mager, mollig, rot, schwarz? Blonde kenne ich leider keine.«
Odell war froh, daß es in dem Taxi dunkel war und der Fahrer sein Gesicht nicht sehen konnte. »Vielleicht eine etwas ältere«, sagte er stockend. Dann gab er seine Teufelskerlpose auf. Die mochte für andere Dinge gut sein – hierfür nicht. »Nein ... kein junges Mädchen«, meinte er nachdenklich. Er sprach so leise, daß der Fahrer ihn kaum verstehen konnte. »Es braucht keine Schönheit zu sein ... aber eine, die nett aussieht ... und freundlich ist ... keine gierige, unersättliche, sondern eine willige ... eine, die nett ist.« Eine, die ihm helfen würde, das zu tun, was er tun mußte, damit er endlich kennenlernte, was an seiner Mannesehre nagte. Damit er leben konnte ... und sterben ... Denn wie konnte er dem Tod ins Gesicht sehen, ohne diese Erfahrung gemacht zu haben, ohne zu wissen ...
Der Fahrer fuhr an den Bordstein und starrte ihn durch die Dunkelheit an. »Ich kenne eine«, sagte er. »Ein liebes altes Mädchen. Das heißt, so alt ist sie nun auch wieder nicht. Wieviel Geld haben Sie?«
Odell gab ihm alles, was in der Brieftasche war, bis auf eine Pfundnote. Schlimmstenfalls konnte er ja später noch mehr Geld stehlen. Der Fahrer nahm sich ein paar Scheine und gab ihm den Rest zurück.»Das ist mehr als genug für sie«, sagte er. »Warten Sie hier.«
Er verschwand in dem billigen Mietshaus. Während der Minuten, die Odell auf ihn warten mußte, kämpfte er gegen den Wunsch an, davonzulaufen. Dann kam der Fahrer zurück und machte ihm die Tür auf.
»Alles soweit in Ordnung, Ami«, sagte er. »Sie erwartet Sie. Zweiter Stock, hinten raus. Ein gutes Mädchen ... nett wie Ihre Mutter, wenn ich so sagen darf.«
Als er klopfte, machte sie die Tür auf und blinzelte neugierig aus dem hellen Zimmer auf den dunklen Flur hinaus. »Kommen Sie herein«, sagte sie lächelnd.
Gott sei Dank ist sie angezogen, dachte Odell, als er zögernd die Wohnung betrat. Und Gott sei Dank ist sie allein. Es war kein öffentliches Haus – keins dieser Bordelle mit Klavierspielern und geilen, betrunkenen Kerlen, wo überall schlampige Weiber herumlagen und jeder wußte, was man vorhatte.
Sie schloß die Tür hinter ihm und drehte sich unsicher um. Odells Herz schlug wie ein Schmiedehammer, und der Schmerz in seinen Leisten nahm zu. Sein Blick überflog die billige Einrichtung, den Fußboden, die Decke, die Landschaftsdrucke an den tapezierten Wänden des Wohnraums, und er zwang sich, an diese Dinge zu denken.
»Geben Sie mir Ihre Mütze«, sagte sie und kam auf ihn zu.
Odell wollte vor ihr zurückweichen; alles drehte sich in seinem Kopf, und er

war versucht, zur Tür hinauszurennen. Es kostete ihn eine übermenschliche Anstrengung, wie angewurzelt dort stehenzubleiben und sein Zittern zu überwinden. Sie nahm ihm die feuchte, zerknüllte Mütze aus den schwitzenden Händen. Ein starker, süßlicher Parfümgeruch ging von ihr aus. Ihr Gesicht war gewöhnlich und leicht aufgedunsen, hatte aber einen weichen Teint. Puder, Rouge und Lippenstift schienen frisch aufgelegt. Vermutlich war sie Ende Dreißig.
»Ich bin Mrs. Barnes, aber Sie nennen mich jetzt Nora«, sagte sie fröhlich. »Wie heißen Sie, Ami?«
»Myr- Mike Odell«, erwiderte er heiser. Zu spät – er konnte es nicht mehr zurücknehmen und den Namen auf den gestohlenen Papieren angeben. Er hätte gern gewußt, ob es einen Mister Barnes gab, und wenn ja, wo er wohl war.
Seine Augen folgten ihr, als sie von ihm wegging und seine Mütze auf einen Schrank legte. Sie hatte schwere Brüste, worüber er sich freute, und breite Hüften und Hinterbacken. Als er sich die prallen Rundungen unter dem billigen Baumwollkleid vorstellte, mußte er die Luft anhalten.
Sie wandte sich wieder zu ihm und schwatzte drauflos: Daß sie gerade habe ausgehen wollen, als ihr Freund vorbeigekommen sei und gesagt habe, er bringe ihr einen netten jungen Mann, der Gesellschaft suche ... »Ein hübscher Name ist das, Mike Odell. Klingt irisch. Sind Sie Ire, Mike?«
»Das weiß ich nicht.«
Sie lachte. »Das wissen Sie nicht?«
»Nein. Ich habe nämlich meine Mutter und meinen Vater nie gekannt. Ich habe den Namen nur so. Wer ich eigentlich bin, weiß ich nicht. Übrigens ist mein Name gar nicht Mike ... sondern Myron.«
»Myron« – sie wiederholte das Wort mit klangvoll gedehnten Vokalen und scharf artikulierten Konsonanten. »Ein wunderhübscher Name. Der gefällt mir noch besser.«
Er strahlte und faßte Zutrauen zu ihr; fast fühlte er sich entspannt. Da schüttelte sie traurig den Kopf und sagte: »Keine Mutter und keinen Vater! Sie armer Junge. Und nun kämpfen Sie hier für Ihr Land – und auch für unseres. Was für ein tapferer Junge Sie sein müssen.« Sie kam zu ihm und drückte ihm die Lippen auf die Wange. »Sehen Sie wohl, gleich macht Nora Sie glücklich. Wenn es das ist, was Sie möchten.«
Sie nahm seine Hand und wollte ihn in das andere Zimmer führen. »Sie müssen sich auch den übrigen Teil meiner Wohnung noch ansehen«, sagte sie stolz. »Ich habe es hübsch. Es wird Ihnen hier bestimmt gefallen. Und wir haben die ganze Nacht für uns allein. Bei mir gibt's kein Kommen und Gehen ... und ich kann wohl sagen, daß ich auf so eine Nacht gar nicht gefaßt war, Myron.«
Odell blieb stehen; sie drehte sich um und sah ihn wieder unsicher an.
»Soll ich hinuntergehen und etwas für Sie besorgen, Mrs. Barnes?« sagte er. »Eine Flasche Whisky vielleicht ... oder etwas zu essen?«
Sie lächelte ihn an. Er merkte, daß sie seine Nervosität verstand, und im stillen war er ihr dafür außerordentlich dankbar.

»Sie sagen jetzt Nora zu mir, Myron«, erwiderte sie. »Nicht Mrs. Barnes. Das ist nur ein Name ... wie Ihrer. Er hat nichts zu bedeuten. Ich habe schon zu Abend gegessen, vielen Dank. Wenn Sie aber etwas trinken möchten, ich habe etwas Weinbrand hier. Deshalb brauchen Sie nicht extra hinunterzugehen. Genügt Ihnen der?«

»O ja, vielen Dank ... völlig.«

Odell ließ sich auf einen Stuhl fallen; seine Nerven zuckten, und er zwang sich, steif und ruhig dazusitzen, als sie mit der Flasche und einem Glas zurückkam. Den ersten Schluck stürzte er rasch hinunter. Sie lächelte und schenkte neu ein. »Trinken Sie noch einen«, meinte sie; doch als er das Glas zum Munde hob, legte sie ihm die Finger über die Lippen und sagte: »Langsam, dann bekommt es besser ... Daß Sie mir keinen Schwips kriegen, Myron.« Sie zwinkerte ihm zu, stellte die Flasche auf einen Tisch neben ihn und setzte sich ebenfalls. Diesmal nippte er nur; dann hielt er das Glas fest und starrte hinein, als wolle er vermeiden, sie anzuschauen. Er spürte, wie ihm nach dem ersten Glas eine Wärme vom Magen aus durch die Glieder strömte und seine Nerven beruhigte. Verstohlen sah er sie an, und sie lächelte. Wie nett sie war!

»Erzählen Sie mir ein wenig von sich, wenn Sie möchten, Myron«, sagte sie. »Viele Jungen möchten zuerst ein wenig reden ... das ist ganz in Ordnung. Einige möchten lieber reden als sonst irgend was ... und auch das ist in Ordnung.« Sie lachte herzlich über sich selbst. »Einige erzählen mir sogar, ich erinnerte sie an ihre Mutter. Wie finden Sie das, Myron? Ist das nicht ein schreckliches Kompliment für ein Mädchen?«

»O ja ... ich meine ... ich würde so etwas nie zu Ihnen sagen«, stimmte Odell rasch zu.

Sie lehnte sich zurück, summte eine Melodie und trommelte mit den Fingern auf die Stuhllehne. Odell nippte abermals an seinem Glas, begegnete ihrem Blick und sah dann wieder auf sein Getränk. Mit großer Mühe begann er zu sprechen, so leise, daß sie sich vorbeugen mußte, um seine Worte mitzubekommen. »Sie müssen verstehen, Mrs. Barnes ... Nora ... ich muß etwas tun ... Ich bin nicht, was Sie denken ... Ich bin ... ich kann es Ihnen nicht sagen ... Ich bin noch unberührt«, stieß er hervor. »Ich weiß nicht ... ich kann nicht.«

»Aber das macht doch nichts, Myron«, sagte sie und kam zu ihm. Sie kniete nieder, legte ihm die Hände auf die Knie und sah ihm ins Gesicht. »Ich war es auch einmal.«

Er zitterte unter ihrer Berührung und spürte den Schmerz in der Leiste stärker. Um gegen die Angst und das Entsetzen anzukämpfen, die ihn gepackt hatten, gegen die Scham und das Unbekannte in der Vergangenheit und Zukunft, rief er sich krampfhaft die Dinge ins Gedächtnis, die er in den letzten Monaten, ja an diesem Tage noch getan hatte – Dinge, die Kraft und Mut verlangten. Er fühlte, wie ihre Finger mit dem Fallschirmspringerabzeichen auf seiner Brust spielten.

»Bist du wirklich einer von diesen Springern?« fragte sie mit einem Unterton von Ehrfurcht.

»Ja, das bin ich«, erwiderte Odell voll Stolz.
»Dann sollte es nichts mehr auf der Welt geben, wovor du Angst hast«, sagte sie und sah ihn mit so aufrichtiger Bewunderung an, daß ihm das Herz aufging. »Du wirst es gut machen. Das weiß ich, Myron.« Sie nahm seine Hand und zog ihn leicht auf die Füße. »Komm jetzt. Trink dein Glas aus, wenn du möchtest. Ich will dir den schönsten Teil der Wohnung zeigen. Ich habe es sehr hübsch da drinnen – richtig gemütlich.«
Er ging mit ihr. Sie führte ihn wie einen kleinen Jungen an der Hand, und das gefiel ihm. Neben dem Bett brannte eine Lampe. Er nahm das Zimmer kaum wahr, sagte aber mit brüchiger Stimme: »Ja, es ist sehr nett.« Dann stolperte er mit wild pochendem Herzen zu seinem Stuhl im Wohnraum zurück, wo er sein Glas abermals leerte.
Sie stand in der Tür und sah ihn enttäuscht an. »Gefall ich dir nicht?« fragte sie.
Einen entsetzlichen Augenblick lang sah er, fast ohne daß es ihm bewußt wurde, wieder das schwachsinnige Mädchen in der Sanierungsstation in Glasgow vor sich, hörte ihre Stimme ... Catherine ... Catherine ... Katze ... Katze ... Gefall ich dir, Meirun ... Komm her, Katze lieben ... Meirun hat Angst ... Er schauderte zusammen und kniff die Augen zu; dann machte er sie wieder auf und sah die Frau in der Tür stehen.
»O doch ... ja, sehr«, sagte er, viel zu laut, und verscheuchte damit das Trugbild.
Die Frau lächelte und ging auf ihn zu.
»Nein ... bitte, nicht ... Bleiben Sie dort ... Ich möchte ... Sie nur einmal anschauen ... ohne etwas an«, sagte er aufgeregt.
»Ist das alles?«
»Ich weiß nicht.«
»Nun, mein Kleiner, wenn es das ist – an mir gibt's nicht viel zu sehen«, meinte sie gleichmütig.
»Doch!« rief er plötzlich energisch, denn er hatte Angst, sie könne es ablehnen. »Sie sind sehr nett ... Sie sind sehr schön.«
»Na meinetwegen«, murmelte sie beinah schüchtern; es klang wieder herzlicher.
Sie verschwand im Schlafzimmer. Am liebsten wäre Odell ihr nachgelaufen und hätte sie angeschrien: »Nein, nicht dort, wo ich dich nicht sehen kann ... Ich muß dich sehen können und wissen, was das ist, eine Frau!« Doch im Handumdrehen war sie wieder zurück; nur mit einem Unterrock bekleidet, stand sie im Türrahmen. Sie bückte sich zu ihren Strümpfen hinab und beachtete ihn gar nicht, als wäre er Luft. Das war gut; so wollte er's haben. Wenn sie ihn nur nicht berührte und den brennenden Schmerz in seinen Genitalien verschlimmerte, der ihn verhöhnte und den alten Schrecken heraufbeschwor, die alten Alpträume und Ängste herbeizog.
Schuldbewußt und doch voll Genuß ließ er seinen Blick über ihre Beine und Knie gleiten, die blassen, fleischigen Oberschenkel, die bloßen Arme und Schultern, den Nacken und den tief geteilten, kaum verhüllten Busen. Darauf verschwand sie wieder im Schlafzimmer, gönnte ihm eine kurze Atempause.

Zitternd blieb er zurück. Er hörte, wie sie mit einem Kleidungsstück kämpfte, das gegen ihre Haut schnappte, hörte dann das Bett knacken, als sie sich darauf setzte und wieder aufstand. Nun erschien sie erneut im Türrahmen. Der Unterrock bauschte sich um ihre Hüften, und mit den Händen griff sie sich auf den Rücken an die Schnalle ihres Büstenhalters.
Odell wandte den Blick ab, preßte die Beine zusammen und sah dann wieder hin. Beim Anblick des weißen, wogenden, schweren Busens stockte ihm der Atem. Nora blickte ihn an, und er senkte beschämt die Augen.
»Nur zu. Sieh mich an. Ich möchte es«, sagte sie. »Gefalle ich dir jetzt?«
Er sah zu ihr hin, nicht in ihr Gesicht, sondern auf ihre dunkel schwellenden Brustwarzen, und versuchte zu erkennen, ob sie hart und spitz wurden, wie die Weiberhelden in den Unterkünften immer behauptet hatten. Er konnte nichts feststellen. Zitternd stand er auf. »Bleib da . . . bitte«, flehte er und ging auf sie zu. O Gott, mit welcher Wonne würde er seinen Mund darauflegen. Er beugte sich vor und berührte mit den Lippen ihre Haut, rieb mit einem Seufzer seine Wange an ihr und drückte sein Gesicht in den kühlen Hügel. Langsam wühlte er sich tiefer. Auf einmal hob die Frau, da sie fühlte, was er wollte, ihre eine Brust und schob ihm die Warze in den Mund.
Die Sekunden, in denen er so an ihr hing, erschienen ihm wie Ewigkeiten eines unglaublichen Glücks. Er spürte, wie ihre Hand in sein Haar griff und ihn an sich preßte. Unter sanften, liebevollen Worten, die sie ihm ins Ohr flüsterte, zog sie ihn ins Schlafzimmer hinüber. Dort ließen beide sich auf das Bett sinken. Sie nahm ihm die Brille ab. »Daran verletzen wir uns nur«, sagte sie. Er aber wußte, daß alles so geschehen mußte, wie er es bestimmte, oder dies hier würde ihm aus der Hand gleiten und nicht entfernt so werden, wie er erhoffte.
Widerstrebend löste er sich von ihr. »Gib mir meine Brille wieder«, sagte er.
»Aber du brauchst sie doch wirklich nicht, Kleiner.«
»Doch. Ich will dich anschauen. Ohne Brille kann ich dich nicht sehen.« Er setzte sie wieder auf und fragte: »Findest du mich häßlich?«
»Nein, Myron, natürlich nicht. Ich finde, daß du recht hübsch bist.«
Wieder dankte er ihr im stillen dafür, daß sie ihn verstand und nett zu ihm war und tat, was er wollte. Daß sie ihn jetzt schon zweimal ›Kleiner‹ genannt hatte, verzieh er ihr, obgleich er es nicht mochte. Wenn sie es sagte, war es gut so; er wollte sie nicht kränken, wollte diese Sache nicht verderben, und er mußte sich vor allem hüten, was an Wut oder auch nur Groll gemahnte.
Odell stand auf und bog den Lampenschirm so zur Seite, daß der Lichtschein voll auf das Bett fiel; dann stellte er noch eine zweite Lampe neben das Bett.
»Was tust du denn da?« fragte sie beunruhigt.
»Ich will dich ansehen. Zieh das aus«, drängte er.
Sie stemmte die Hüften hoch und zerrte den Unterrock, der ihr zwischen Bauchnabel und Oberschenkeln gesessen hatte, herunter. Und verborgen hinter den Lampen, wie ein Publikum im Halbdunkel eines Theaters – mit Mrs. Nora Barnes als Star-Mutter-Schwester-Freundin-Lehrerin-Hure-Ehefrau –, zog Myron Odell den Atem ein und erforschte mit gierigem, freudigem, herzbeklemmendem Staunen ihre ehrfurchtgebietende Nacktheit.

Nachdem er jeden Zoll an ihr aus der Entfernung erforscht hatte, jede Wölbung und Höhlung, jede Öffnung und jedes Geheimnis, wurde es ihm zutiefst bewußt, daß er von einer Frau wie dieser geboren worden war, und das war gut. Nun kehrte er dorthin zurück und wußte, woher er kam; nun konnte er mit eigenen Augen sehen, was er noch nie gesehen hatte, und darüber war er so froh, daß es ihm nicht einmal mehr etwas ausmachte, daß er vielleicht bald sterben mußte.
Odell näherte sich ihr, noch immer völlig angezogen, und beugte sich auf dem Bett über sie. Er berührte ihren warmen, feuchten Leib hier und dort, folgte mit sanft knetenden, erstaunten, forschenden Bewegungen den Hügeln, Flächen und Höhlen ihres Körpers. Behutsam und tastend glitten seine Finger in Öffnungen und Geheimnisse, und die Frau krümmte und wand sich, bog sich ihm entgegen und stöhnte vor Lust: »O mein Gott, du bist wundervoll, Kleiner ... Myron ... Du vertauschst ja die Rollen; ich müßte eigentlich dich streicheln ... Hör nicht auf!«
Odell hatte das Gefühl einer ungeheuren, unverhofften Macht und Herrschaft über diese Frau, weil sie nun ihn begehrte, und nicht umgekehrt wie sonst immer – und er war freudig erregt.
»Zieh dich aus, Myron!« keuchte sie. »Bitte ... zieh dich jetzt aus!«
Die Frau spürte seine Angst, und mit größter Selbstbeherrschung zog sie seine Hände von ihrem Körper, küßte seine Finger und fragte: »Wovor fürchtest du dich, Myron? Ich bin sauber ... ich bin gesund.«
Odell saß auf dem Bett, drückte die Oberschenkel zusammen und schüttelte verstört den Kopf. Er ließ ihr seine Hände, und sie legte sie sich wieder auf den Busen.
»Hast du Angst vor Frauen? Hab keine Angst, Myron! Du bist stark ... mutig ... gut.« Sie erhob sich und drückte ihn sanft auf die Kissen hinab, wobei sie ihm leise und beruhigend zusprach und ihm Gesicht und Nacken streichelte. Dann beugte sie sich über ihn und küßte ihn heftig; sie schob ihm die Zunge in den Mund und fuhr über seine Zunge, Wangen und Zähne. Nun stöhnte er, wie zuvor sie gestöhnt hatte. Er griff nach den üppigen weißen Brüsten, die über ihm hingen, saugte an einer und fühlte sich glücklich und sicher. Währenddessen beschäftigten sich ihre Finger mit seiner Kleidung.
Sie zog ihn aus. Mein Gott, sie zog ihn aus, entblößte ihn. Und doch blieb sie freundlich, gelassen, weiblich sanft, mütterlich besorgt.
»Entspann dich«, flüsterte sie schwer atmend und zog ihm die Hose aus. »Ich mach' schon alles.« Jede Bewegung ihrer geschickten Finger war eine Liebkosung. »Du bist wundervoll«, sagte sie, beugte sich hinab und küßte ihn da unten.
»Es tut weh. Irgend etwas tut schrecklich weh«, keuchte Odell.
Sie sah seinen gequälten Gesichtsausdruck, die fest geschlossenen Augen und geballten Fäuste.
»Wo?«
»Dort«, sagte er und deutete mit dem Figer darauf. »Es tut so weh ... Ich kann nicht ... Ich bin dort mal verletzt worden.«
»Im Krieg?« fragte sie mit plötzlichem Verständnis und Mitgefühl.

»Nein, viel früher ... als ich noch ein kleiner Junge war. Ein Arzt hat gesagt, ich bildete mir das alles nur ein; aber das stimmt nicht. Es ist da und tut weh ... Ich kann nicht ... Verzeih mir, Nora, ich kann nicht.«
Hinter seinen geschlossenen Lidern, in seinem von Angst und Qual halb gelähmten Bewußtsein hörte er ihre besänftigenden, kosenden Worte. »Aber nein, mein Junge, nein ... Du bleibst einfach so liegen und bewegst dich nicht ... sagst nichts, denkst nichts ... Ich mache alles ... Du wirst glücklich sein, Myron ... Ich weiß, du wirst glücklich sein ... Ich bin gut ... Ich bin sehr gut ... Du wirst glücklich sein.« Er fühlte, wie das Bett sich knarrend bog und federte, als sie hinaufkletterte. Und während sie sich dann über ihn schob und auf ihm auf und nieder glitt, auf und nieder – da fühlte er ihre Feuchtigkeit und Wärme und geriet in einen unglaublichen Taumel. Die alte Qual verließ ihn und eine neue, unerträgliche überkam ihn, nahm immer mehr zu, bis er keuchend und stöhnend ihre Hinterbacken packte und mit dem Becken zustieß. »Nicht aufhören«, ermahnte sie ihn in flehendem Ton. Und aus Furcht hielt er stand, beherrschte er sich noch und ließ sich nicht gehen, während sie weiter gegen ihn wuchtete, ihren Leib gegen seinen warf und ihn dem Höhepunkt zutrieb. »Du bist gut, du bist gut ... o Junge ... o Myron, bist du gut! Bei den anderen geht es immer so schnell; ich merke sie gar nicht richtig. Aber du bist gut ... so gut ... aachhh!« Als er sich fortreißen ließ, als die Wogen des Orgasmus über ihm zusammenschlugen und alle Scham, alle Angst und Qual, den Kampf und den Tod hinwegnahmen, da genoß Myron Odell den herrlichsten Augenblick seines Lebens.

Am späten Sonntagvormittag war er schon fünfzig Kilometer weiter südlich bis Gloucester marschiert. Und nun kam – wiederum ganz seinem Plan gemäß, demzufolge er sich auf das Kommende vorbereiten wollte – nach dem Erlebnis am vorhergehenden Abend der zweite, völlig andere Höhepunkt. Er betrat eine schöne, alte Kirche. Es war gerade keine Messe, und er ließ sich auf einer der hinteren Bänke nieder. Wie er da so allein saß, nahm er die Steine und das Holz, die Heiligen und Jesus dort oben am Kreuz in sich auf. Die großartige Orgelmusik, der süße, heilige Geruch und der Friede des Kirchenraums durchströmten ihn und erfüllten ihn ganz. An diesem Morgen fühlte Odell sich unendlich glücklich, und er liebte die Welt. In einer Stimmung, die aus Ehrerbietung, Dankbarkeit und Selbstzufriedenheit gemischt war, durchlebte er das, was ihm widerfahren war, noch einmal bis in jede freudenreiche und berauschende Einzelheit. Nein, nicht was ihm widerfahren war, sondern was er selbst herbeigeführt hatte. Und als bete er einen Rosenkranz, murmelte er beständig vor sich hin: Ich habe es getan, ich habe es getan ...
Er fragte nach einem Priester, der ihm die Beichte abnähme.
»Segnen Sie mich, Vater, denn ich habe gesündigt«, murmelte er mechanisch. Dann zählte er stolz und mit kaum verhaltener Freude auf, was er in der vergangenen Nacht getan hatte.
»Und nicht nur, daß es das erste Mal war, Sir ... Vater, meine ich ... Ich hätte nie geglaubt, daß Gott mir je so viel gewähren würde. Und er hat mich

nicht bestraft. Nein, er hat mich belohnt. Ich hatte ein Verlangen nach sinnlicher Lust. Ja, ich habe ihm gern nachgegeben ... sehnte mich nach den Freuden des Fleisches. Und dann war es, als ob mir die Hand aufgelegt würde, wie ich es von Jesus gehört habe ... Diese entsetzlichen Schmerzen ... diese entsetzlichen körperlichen Schmerzen hier in ... hier unten, Sie wissen schon ... und nicht nur die körperlichen Schmerzen, sondern auch der seelische Druck von Jahren ... plötzlich waren sie weg, ganz weg, Sir ... Vater. Ich meine, ich war plötzlich davon befreit, und ich war ein Mann. Danach schlief ich wie ein Säugling ... wie man so sagt. Ich selbst habe das nie gekannt, denn als ich ein Baby war, hatte ich keine Mutter und keinen Vater, und darum habe ich wohl noch nie so geschlafen. Und dann, als ich aufwachte und mir klarwurde, was ich getan hatte und wo ich war, und wie sie da neben mir lag und die ganzen Schmerzen weg waren ... da wollte ich noch einmal ... und tat es auf der Stelle ... Und diesmal wußte ich schon, wie alles ging und gemacht wurde, und packte es richtig an wie ein Mann. Und das wollte sie, Vater, und ich auch, und hinterher fühlte ich mich wunderbar ruhig ... Und dann später noch einmal – dreimal in der Nacht, Vater. Zuletzt habe ich ihr mein ganzes übriges Geld gegeben. Das heißt, es war eigentlich nicht mein Geld, Sir ... da habe ich wirklich gesündigt ... Ich weiß, daß das Sünde war ... aber ich mußte es tun. Davon wissen Sie noch nichts, weil das eine ganz andere Geschichte ist, die ich Ihnen nicht erzählen kann, nicht einmal Ihnen ... Also das ganze Geld habe ich ihr gegeben, weil sie so gut zu mir war. Sie wollte es gar nicht, und ich mußte es ihr aufdrängen, denn wo ich hingehe, da brauche ich kein Geld, und wie ich schon sagte, war es sowieso nicht meins. Nur ein Pfund habe ich behalten ... und das möchte ich der Kirche geben, Vater ... Das möchte ich auf den Sammelteller legen, weil ich es nicht mehr brauche und es opfern möchte ... Ich habe heute morgen noch nichts gegessen. Seit dem Morgengrauen bin ich unterwegs, und ich habe deshalb nichts gegessen, weil ich beichten wollte und die Kommunion empfangen möchte, denn es ist vielleicht das letzte Mal, daß ich es kann ... Und noch etwas anderes, Vater, Sie müssen wissen, ich bin unschuldig ... Ich weiß jetzt, daß ich unschuldig bin ... das mag Ihnen vielleicht albern vorkommen, wenn jemand gesteht, er sei unschuldig, und ich kann Ihnen nicht einmal sagen, woran ich unschuldig bin ... Wissen Sie, die ganze letzte Zeit hat man mir gesagt, ich sei schuldig und hätte etwas ganz Schlimmes getan, und ich habe es nie genau gewußt, weil ich manchmal diese Anfälle kriegte, wo ich nicht mehr wußte, was geschah ... Und das eine Mal, wo sie sagen, ich sei schuldig, da hatte ich auch so einen Anfall. Ich habe aber nicht geglaubt, daß ich etwas so Schreckliches tun könnte, und habe ihnen immer gesagt, ich sei unschuldig. Aber keiner wollte mir glauben ... Doch jetzt weiß ich es bestimmt, weil ich letzte Nacht diese Sache durchgestanden habe, und es war schön und wunderbar, wenn Sie auch sagen, es sei Sünde, Vater ... und ich hatte keinen Anfall und habe Nora nichts getan ... Und ich begreife einfach nicht, wie ich es überhaupt hätte fertigbringen sollen, einer was zu tun, wie sie behaupten ... Und noch so vieles, Vater, so vieles. Ich würde Tage brauchen, um alles zu beichten ... vielleicht Jahre ... Alles kommt noch aus der Zeit, als ich ein kleiner Junge war ... Seitdem bin ich nicht mehr zur Messe gegangen ... und nicht zur Beichte. Das ist alles, Vater, denn ich muß jetzt gehen, oder ich komme in noch größere Schwierigkeiten ... Ich weiß, was ich tun muß ...«

Odell vernahm ein tiefes Aufatmen des Verstehens hinter dem Vorhang ... eine freundliche Frage nach seinem Befinden ... eine teilnehmende Bemerkung über seine körperliche, geistige und seelische Gesundheit ... und eine entschiedene, doch taktvolle Empfehlung, sich sofort einem Arzt oder seinem vorgesetzten Offizier anzuvertrauen.

»Oh, es ist alles in Ordnung, Vater ... bestimmt«, versicherte Odell. »Ja, Sir, ich werde mit meinem vorgesetzten Offizier sprechen, wie Sie sagen ... Sobald ich zurück bin, suche ich ihn auf. Doch was ist mit meiner Buße? Damit ich zur Kommunion gehen kann. Es ist schon so lange her, Vater. Ich möchte so gern. Ich brauche es. Vielleicht habe ich nie mehr die Möglichkeit dazu.«

Er war erstaunt über die leichte Buße: Er solle fünf Vaterunser und fünf Ave-Maria beten. Und als die Stimme hinter dem Vorhang ihm die Absolution erteilte – »Möge unser Herr Jesus Christus dich erlösen ...« –, fing Odell an, mit großer Inbrunst sein Reuegelöbnis aufzusagen: »O mein Gott, ich bereue von Herzen, daß ich Dich beleidigt habe, und ich verabscheue alle meine Sünden, denn ich fürchte den Verlust des Himmels und die Qualen der Hölle ...«

Darauf sagte er seine Bußgebete auf, blieb bis zur Messe, empfing die heilige Kommunion, legte seine letzte Pfundnote auf den Sammelteller und machte sich wieder auf den Weg nach Süden.

Den ganzen Tag lang bis in die Nacht hinein wanderte, trottete, trampte er, getrieben von einer Kraft, die stärker war als er. Und mit ihm und rings um ihn zogen die endlosen Kolonnen olivgrüner Lastwagen, die mit Soldaten, Waffen, Munition und Treibstoff vollgepfropft waren und der Südküste Englands zustrebten. Die Wiesen überzogen sich nicht mit üppigem Grün, sondern mit riesigen, getarnten Vorratslagern. An den Straßenrändern erwachten, Kilometer um Kilometer, getarnte Panzer, schwere Artillerie, Transport- und Munitionswagen zu donnerndem Leben. Räder rasselten schwerfällig vorbei, drehten sich schneller und fügten sich in die massiven Ströme ein. Odell wünschte, er wäre auch dabei – als Vorhut mit Hauptmann Reisman und dem dreckigen Dutzend. Ob unschuldig oder nicht – es war ihm egal. Er wollte nicht abseits stehen bei der größten Sache, die zu seinen Lebzeiten in der Welt geschah oder voraussichtlich geschehen würde.

34

Am Montagmorgen erschien Stuart Kinder im Lager. Reisman paßte das ganz und gar nicht. Er hatte die unklare Vorstellung, wenn Kinder nur so lange fortbliebe, bis sie aufgebrochen waren, dann würde in den verbleibenden Tagen alles schon noch irgendwie ins Lot kommen – beziehungsweise, war

es dann egal. Doch hatte Reisman gewußt, daß Kinder von London herunterkommen würde, um über ihren Auszug aus Stokes Manor zu wachen; einen Vorwand, ihn abzuwimmeln, gab es nicht. Die Eilnachricht, die Leon Osterman Reisman am Bahnhof von Marston-Tyne gegeben hatte, war von Kinder gekommen. Sie setzte den Hauptmann und das dreckige Dutzend in Alarmbereitschaft. Die Männer sollten sich darauf vorbereiten, Stokes Manor am Mittwoch, dem 31. Mai, voll ausgerüstet für ihren Einsatz zu verlassen und in Oberst Breeds Sprungschule auf dem Flugfeld zu kampieren.
Kinder hielt sich schon über eine halbe Stunde in der Baracke auf und sah zu, wie Reisman ihm mit seinen Leuten am Modell des Château de la Vilaine den Angriffsplan demonstrierte, da erst bemerkte er, wie ungewöhnlich gereizt Reisman sprach und reagierte, und schließlich ging ihm auf, daß nur elf Häftlinge anwesend waren.
»Wo ist denn Myron Odell?« fragte er besorgt.
Die Männer sahen ihn schweigend und wie versteinert an. Sie wußten, daß Odell weg war, aber nicht, wieso und warum. Reisman hatte ihnen nichts erzählt. Einige argwöhnten das Schlimmste: daß Odell zur Hinrichtung ins Gefängnis zurückgebracht worden sei – obgleich sie nicht verstehen konnten, weshalb. Andere meinten, er sei geflohen – was sie sich kaum vorstellen konnten. Es machte sie verrückt, daß er den Mut dazu gehabt haben sollte und sie nicht und daß er sie jetzt noch im Stich gelassen hatte.
Reisman nahm Kinder mit in sein Zimmer, schloß die Tür und berichtete ihm, was geschehen war. Er erzählte ihm von Leon Osterman, von der unbefugten Reise nach Glasgow und schilderte, wie sie eine halbe Stunde vor der Sanierungsstation gewartet hatten, ehe sie hineingegangen waren und entdeckt hatten, daß Odell durch den Hinterausgang entwischt war. Osterman sei die Gasse hinuntergelaufen, wieder zurückgekehrt und habe wütend ausgerufen: »Dieser Schweinehund! Er ist abgehauen. Undankbarer Kerl! Ich lasse sofort nach ihm fahnden. Militärpolizei, Kriminalpolizei, lokale Beamte, Scotland Yard – die ganze Meute. In zwei Stunden haben wir ihn.« Er habe schon nach dem Telefon auf dem Schreibtisch in der Ambulanz gegriffen, sei aber von Reisman daran gehindert worden.
»Ja, mein Gott, warum denn nur?« rief Kinder aus. »Das kann doch unsern ganzen Plan umwerfen ... monatelange Arbeit. Und was tun Sie nun, John?«
»Nichts. Osterman sucht allein nach ihm weiter. Wir stehen in ständiger Verbindung miteinander. Keine Spur – und das müssen wir dem kleinen Dreckskerl eigentlich noch zugute halten«, sagte Reisman mit einem sonderbaren Anflug von Stolz. »Jede offizielle Maßnahme hätte nur einen Riesenstaub aufgewirbelt. Schließlich hatten wir ja an seiner Flucht Anteil gehabt. Wenn die Geschichte herauskäme, würde das vielleicht das ganze Unternehmen zur Strecke bringen. Darum muß die Nachforschung im stillen geschehen. Wenn irgend jemand das kann, dann Osterman.«
»Und wenn er ihn nun nicht findet?« fragte Kinder. »Ich muß es melden, John. Wir können ihn nicht einfach frei herumlaufen lassen. Er weiß zuviel.«
»Sie brauchen es niemandem zu melden, Stu«, widersprach Reisman. »Warum Odell davongelaufen ist, weiß ich nicht. Aber über das Unternehmen *Amne-*

stie wird er nichts ausplaudern. Es wäre sein Ende. *Quién sabe?* Vielleicht hatte er eine Todesangst vor dem, was auf ihn zukam. Vielleicht ist er auch wirklich unschuldig und versuchte nun auf diese Weise, sich Luft zu verschaffen, um der Sache selbst auf den Grund zu gehen und seine Unschuld zu beweisen ... Vielleicht ist ihm da drinnen aber auch klargeworden, daß er den Mord begangen hat; oder er wußte es schon immer und hat nur auf eine Gelegenheit gewartet auszubrechen.«

»Nein, er war von seiner Unschuld überzeugt«, sagte Kinder. »Mich hätte er nicht täuschen können. Dazu habe ich mich zu lange mit ihm beschäftigt und ihn zu eingehend getestet.« Er schüttelte ungläubig den Kopf. »Von dem ganzen Haufen ist er der letzte, dem ich einen Fluchtversuch zugetraut hätte.«

»Kann sein«, gab Reisman nachdenklich zu. Doch behielt er für sich, daß er in diesen letzten Tagen auf merkwürdige Art erleichtert war; denn ob unschuldig oder nicht – Myron Odell hatte sein Schicksal selbst in die Hand genommen.

Gegen Mittag waren sie eben dabei, den Stacheldraht abzumontieren – Reisman und Kinder überwachten die Arbeitstrupps –, da hörte Reisman, wie Feldwebel Bowren auf dem Barackendach einen Ruf ausstieß. Seit der Hauptmann Sonntag früh ohne Odell zurückgekehrt war und Bowren den Vorfall berichtet hatte, stand dieser wieder mit umgehängter Knarre Wache.

Jetzt hielt der Feldwebel seine Maschinenpistole auf etwas gerichtet, das aus dem Wald auf das Lager zukam. Reisman und Kinder rasten hinaus, um nachzusehen. Reisman traute seinen Augen nicht. »Nun laust mich doch der Affe! Sehen Sie mal, wer da kommt!«

Als Kinder seinen Mund wieder geschlossen hatte, murmelte er: »Die Heimkehr des verlorenen Sohnes!«

Zerzaust, erschöpft und schmutzig stand Myron Odell da, mit über den Kopf erhobenen Händen, wie Bowren es ihm befohlen hatte, aber er strahlte triumphierend. Reisman durchsuchte ihn rasch. Er fand nur die gestohlene Brieftasche.

»Ich möchte sie dem Besitzer zurückschicken«, sagte Odell verlegen.

Reisman gab sie Kinder. »Warum sind Sie zurückgekommen, Myron?« fragte er.

Odell nahm die Arme herunter und rieb sich einen Bluterguß im Gesicht. »Ich weiß nicht, Herr Hauptmann ... ich wollte es eben. Ich glaube, ich konnte nicht anders.«

»Warum?«

Odell hielt Reismans Blick stand. »Ich habe hier etwas gefunden, das ich vorher nicht kannte«, sagte er leise. »Achtung ... Stolz ... vielleicht auch Mut. Das verdanke ich Ihnen. Sie haben mir Vertrauen geschenkt, und ich möchte es nicht wieder verlieren.«

Nun war es Reisman, der den Blick verlegen abwandte. »Haben Sie irgend etwas herausgefunden ... über sich selbst, über das, was damals geschah?«

Odell schüttelte den Kopf. »Nein. Ich glaube immer noch, daß ich unschuldig bin, Herr Hauptmann; aber es ist jetzt nicht mehr wichtig.«

Kinder starrte ihn ungläubig an. »Wie um alles in der Welt sind Sie von Glasgow bis hierher gekommen?« fragte er. »Südengland wird von der Militärpolizei und außerdem noch von zweitausend Beamten der Spionageabwehr durchgekämmt.«
Odell grinste und rieb sich den Bluterguß in seinem Gesicht. Sie sahen, daß seine eine Hand verletzt und mit geronnenem Blut bedeckt war; die Knöchel waren geschwollen. »Ich weiß, Sir. Ich habe ein paar von diesen Burschen in der Nähe von Taunton getroffen – frühmorgens bei einem dieser Truppenlager, die mit Stacheldraht eingezäunt sind. Ich glaube nicht, daß sie schlimm verletzt sind. Habe sie nur kampfunfähig gemacht und gefesselt und mir dann ihren Jeep ausgeliehen. Der steht jetzt bei Stokesmouth. Von da bin ich querfeldein getigert.« Er streckte Reisman seine verletzte Hand hin. »Sie haben recht gehabt, Herr Hauptmann«, sagte er. »Es tut weh, wenn man die Faust nimmt. Das nächste Mal muß ich daran denken.« Dabei schlug er die unverletzte Hand mit der Kante gegen seinen Unterarm.
Als sie der Baracke zustrebten, ließ Reisman Kinder vorausgehen und hielt Odell einen Augenblick zurück. »Haben Sie eine Frau umgelegt, Junge?«
Odell sah ihn selbstbewußt an. »Na klar, Herr Hauptmann!« erwiderte er.

Sie bauten das Lager ab, bargen aber das meiste Material; sogar die Nägel wurden, soweit möglich, gerettet. »Wir haben nämlich Krieg«, ranzte Reisman die Leute gutmütig an, als sie sich daranmachten, die Spuren ihres Aufenthalts auf dem Grundstück zu tilgen.
Kinder hatte versucht, ihnen die Sache zu erleichtern. »Es ist wirklich nicht nötig, daß ihr das macht«, meinte er zu Reisman. »Sowie sich die Dinge etwas beruhigt haben, schicke ich Leute her, die sich darum kümmern.«
»Das meiste machen wir selbst. Um den Rest können Sie sich immer noch kümmern. Ich habe es Lady Margot versprochen«, erklärte Reisman. Außerdem aber brauchte er etwas, womit er die Männer in diesen Tagen beschäftigen konnte.
»Haben Sie viel mit ihr zu tun gehabt?« fragte Kinder gutgelaunt und deutete mit einem Kopfnicken zum Herrenhaus hinüber.
»Nein. Sie ist nicht gerade umgänglich«, erwiderte Reisman und ließ damit das Thema fallen. Er war überzeugt, daß Margot diese letzte fieberhafte Aktivität auf ihrem Grundstück sehr wohl bemerkte, und er hätte gern gewußt, ob sie froh war, daß er mit seinen Männern endlich abzog, oder entsetzt, weil der Aufbruch darauf hindeutete, daß bald jenseits des Kanals die Hölle los sein würde.
Kinder nahm das auseinandergenommene Modell des Château de la Vilaine in seine Obhut. Er wollte es in seinem Stabswagen zum Flugplatz hinüberbringen, damit es für weitere Übungen und Besprechungen noch zur Verfügung stände. Später würde er es dann mit nach London nehmen.
Nun schliefen sie wieder in Zelten, die Abgehärteten sogar in Decken eingewickelt unter freiem Himmel. Die Stacheldrahtzäune, die Wachttürme und die Baracke wurden wieder in Draht, Bohlen und Balken zerlegt, dann mit Lastwagen und im Jeep aus Stokes Manor hinausgefahren und verdeckt neben der

Straße aufgestapelt. Später würden Leute, die dafür zuständig waren, die Sachen abholen.
Nur das Holz des tragbaren Galgens, das seine Doppelrolle als Bestandteil des Lagers und als ständig drohende Mahnung für die Männer ausgespielt hatte, blieb da. Die zum Galgen gehörenden Balken, Pfähle, Geländerteile und Stufen wurden samt dem Seil mitten auf der Lichtung aufgestapelt.
Als alle übrigen Arbeiten erledigt waren – die Deckungslöcher am Schießplatz zugeschüttet, die Beschädigungen durch Schüsse und Explosionen soweit wie möglich repariert, die Latrinen sorgfältig zugeworfen und mit ausgegrabenen Büschen und Schößlingen bepflanzt –, da versammelte Reisman seine Leute um den tragbaren Galgen auf der Lichtung.
»Franko!« rief er – und natürlich fuhr der Halunke zusammen, als hätte er gerade etwas Verbotenes getan oder gedacht. Reisman entzündete sein Feuerzeug, übergab es Franko, deutete auf das Galgenholz und sagte: »Stecken Sie es in Brand!«

Am Mittwoch, dem 31. Mai, legte Feldwebel Bowren die letzte Sonderzuteilung an Verpflegung auf Lady Margots Türstufe. Er klingelte; der Hund schlug an. Reisman bemerkte, wie sich im ersten Stock hinter einem Fenster etwas bewegte, und wußte, daß sie den Abzug der Gruppe auf dem Kiesweg beobachtete. Draußen vor dem Grundstück sprang er aus dem Jeep, lief zurück und schloß das Tor. Neben dem Telefonmast wartete Glenn Gilpin; er hatte die Leitung aufgewickelt.
»Tut er's noch?« fragte Reisman.
Gilpin nickte, übergab ihm den Feldapparat und stieg zu den anderen in den Lastwagen. Reisman rief die Vermittlung an. Es dauerte nur wenige Minuten, dann war er mit Tess in *The Butcher's Arms* in Marston-Tyne verbunden. Er sagte ihr, daß er nun eine Zeitlang fortbleiben werde. »Ich habe einem Freund von dir erzählt: Leon Osterman. Er wird sich um dich kümmern.«
»Um mich braucht sich niemand zu kümmern«, protestierte sie. »Ich habe meinen Onkel und Mrs. Culver. Aber natürlich freue ich mich, wenn er mal kommt – und ich mit ihm über dich sprechen kann. Ich liebe dich. Denk an mich – wohin du auch gehst, und was du auch tust. Denk an mich, wenn du einsam und müde bist ... wenn alles schiefgeht. Vertrau auf meine Liebe.«
»Du auch«, sagte er mit belegter Stimme. »Ich liebe dich ... Du bedeutest mir sehr viel.« Er hängte ein, zog das Stechmesser aus der Scheide am Stiefel und schnitt die Leitung durch.

Auf dem Flugfeld der Sprungschule schlugen sie ihr Lager unmittelbar neben der Rollbahn auf, wo inmitten einer ganzen Staffel, die Breeds Fallschirmjäger in die Normandie bringen würde, ihre C-47 auf sie wartete. Reisman und das dreckige Dutzend trugen normales Drillichzeug und amerikanische Waffen. Die deutschen Uniformen und Waffen waren gesondert verpackt; man wollte sie erst im Flugzeug anlegen. Minen, Sprengkörper und Munition, die zusammen mit schweren Waffen an Lastschirmen abgeworfen werden sollten, wurden ebenfalls getrennt mitgeführt.

Das Wetter war ideal. Morgens flogen Major Armbruster und Oberst Denton in einem Militärflugzeug von London herüber, um den Einsatz ein letztes Mal durchzusprechen. »Am Montag, dem 5. Juni, geht's los«, sagte Denton zu Reisman und Kinder, nachdem er ihren Gruß erwidert hatte. Und sogar in seiner Stimme lag mühsam unterdrückte Erregung.
Sie standen neben dem leichten Flugzeug und unterhielten sich leise. Der Pilot war in den Bereitschaftsraum gegangen, um ein paar Stunden zu schlafen. Reisman behielt das dreckige Dutzend im Auge, das sich dicht neben der Startbahn zwischen den Zelten herumdrückte und die Zeit mit Gewehrreinigen und Messerschärfen totschlug; doch spitzten die Männer die Ohren, um von dem Gespräch der Offiziere etwas mitzubekommen.
»Sie starten Sonntag abend«, fuhr der Oberst fort. »Zeitig genug, um mit großem Vorsprung vor den ersten Maschinen der Luftlandeeinheiten in Rennes anzukommen. Sie dürften etwa dann an Ihrem Zielort sein, wenn die anderen England verlassen. Sollte sich noch etwas ändern, erhalten Sie das Codewort *Bugspriet*. Es bedeutet einen Aufschub um vierundzwanzig Stunden. Falls eine Verzögerung darüber hinaus eintritt, wird es sich, fürchte ich, gleich um vierzehn Tage oder noch mehr handeln, wegen der Gezeiten an den Küsten. Dann wird man wohl die ganze Chose neu aufbauen müssen. Alles über einen so langen Zeitraum auf dem Sprung zu halten, dürfte schwierig sein. Hoffen wir, daß sich das Wetter hält. Die Voraussage auf längere Sicht ist bis jetzt gut.«
Major Armbruster teilte Reisman noch weitere Einzelheiten mit. Die Luftstreitkräfte würden von Osten einen Bombenangriff gegen den Verschiebebahnhof von Rennes fliegen, um so das von Westen herankommende dreckige Dutzend zu decken. »Damit scheidet Ihr Alternativziel für den Fall, daß kein *Kriegsspiel* stattfindet, aus«, sagte der Major. »Das Bahnhofsgebiet ist für Sie tabu.«
Reisman klopfte auf die Karte, die sie studierten, und zeigte auf das Hauptquartier der deutschen Fünften Fallschirmjägerdivision. »Vielleicht machen wir dann einen Abstecher nach dort und nehmen uns dieser Burschen an«, meinte er. »Wenn sie nicht sowieso schon am Schloß auf uns warten – und die Generale bewachen.«
»Das kommt nicht in Frage – weder vorher noch hinterher, John«, sagte Oberst Denton barsch. »Ich weiß sehr wohl, daß Sie für so was eine Vorliebe haben – wie sich diesen Winter in den Mottarone gezeigt hat. Erfüllen Sie nur den geplanten Auftrag, sofern die Generale da sind ... und bringen Sie Ihre Leute heil wieder heraus. Und, was noch wichtiger ist, sich selbst.«
»Es gibt kein Alternativziel, John«, sagte Major Armbruster. »Wenn Sie feststellen, daß die Generale nicht da sind, müssen Sie sofort den Rückzug antreten.«
»Und das Zeug, das wir mitführen, sollen wir zurückschleppen?«
»Meinetwegen vergraben Sie es ... vernichten Sie es. Oder machen Sie sonstwas damit, das ist mir egal. Behalten Sie nur, was Sie zu Ihrer Selbstverteidigung benötigen. Ich weiß, es wird Ihnen schwerfallen, aber vermeiden Sie jede unnötige Berührung mit dem Feind.« Er sah Reisman sorgenvoll an.

»Wir können Ihnen diesmal keinerlei Rückendeckung geben, das wissen Sie ja. Wie stellen Sie sich den Rückzug vor? Sie haben sich darüber in beängstigender Weise ausgeschwiegen und uns auf die Folter gespannt.«
»Es gibt verschiedene Möglichkeiten«, erklärte Reisman. »Wahrscheinlich ist es am besten, wir teilen uns auf. Eine Gruppe schnappt sich eins der Boote, die dort liegen, und fährt flußabwärts durch die Bretagne zur See. Die andere Gruppe benutzt einen der wundervollen deutschen Personenwagen und fährt auf Teufel komm 'raus zur nächstbesten alliierten Einheit. Eventuell kann sie auch versuchen, auf einen der Transportzüge aufzuspringen, die zur Invasionsfront rollen.«
»Sie sind sich natürlich darüber im klaren, daß Sie dabei vogelfrei sind«, sagte Armbruster. »Einmal die Nazis; dann die französischen Untergrundleute, die auf alles schießen werden, was deutsch aussieht; und schließlich unsere eigenen Leute, wenn Sie nahe genug herankommen. Vielleicht sollten Sie lieber versuchen, Ihre deutschen Uniformen loszuwerden, bevor Sie zurückgehen ... sich irgendwo dem *Maquis* anschließen und abwarten, bis die Alliierten das Gebiet befreit haben.«
»Ich spiele das nach dem Gehör, Max«, erwiderte Reisman, »je nachdem, wie die Sache im Schloß verläuft. Wir müssen uns den Weg zurück erkämpfen, egal wie.«
»Was machen Sie mit Ihrem farbigen Mann und dem Indianer?« fragte Denton. »Ich kann mir zwar denken, daß Sie sich bei Nacht heranpirschen. Aber was geschieht, wenn Ihre Leute den Nazis Auge in Auge gegenübertreten und ihnen vortäuschen müssen, daß sie deutschen Verbänden angehören?«
»Auf Täuschungsmanöver verstehe ich mich bestens, Herr Oberst. White und Posey sind entschlossen, ihre Chance wahrzunehmen, und ich gehe das Wagnis ein. White ist immer noch mein bester Mann, und wenn es darauf ankommt, schüttelt er Französisch und Deutsch nur so aus dem Ärmel. Posey führe ich Ihnen jetzt mal vor.«
Reisman rief den Indianer; der kam zu den Offizieren neben der Kuriermaschine herübergetrabt. Er grüßte gravitätisch und wartete in strammer Haltung.
»Was sagen Sie den Deutschen, wenn Sie mit einem von ihnen reden müssen?« fragte Reisman.
Voller Staunen vernahmen Denton und Armbruster, wie Samson auf deutsch hervorsprudelte: »Ich bin ein Tatar aus Sibirien. Die Russen haben mich gezwungen, für sie zu kämpfen. Ich wurde gefangengenommen. Jetzt bin ich ein deutscher Soldat. Ich hasse Joseph Stalin ...« Anschließend ließ er einen Redeschwall vom Stapel, den keiner der Offiziere verstand.
»Was ist das denn?« fragte Oberst Denton.
»Die Ute-Sprache«, erklärte Reisman. »Bei den Krauts geht das bestimmt für Sibirisch durch. Die merken das nie.«

Stuart Kinder baute das Modell des Château de la Vilaine hinten im Lastwagen auf, damit das dreckige Dutzend den Angriffsplan noch einmal für Denton und Armbruster durchgehen konnte. Die Planen waren ringsum her-

untergelassen, und es war eng, dunkel und stickig im Wagen. Jeder kam an die Reihe und erklärte mit Hilfe einer Taschenlampe seine Aufgabe.
Reisman machte den Anfang. »Hier, einen halben Kilometer vom Schloß entfernt, dringen wir in ihren Sicherungsgürtel ein. Die Umgebung ist durch einen Ring von Straßensperren und Kontrollstellen wie diese hier leicht abgeriegelt. Dies da ist der schwächste Punkte: zwei Leute, die sich langweilen, auf einem einsamen Vorposten.«
Schritt für Schritt prägten Denton und Armbruster sich den Plan ein. Als sie fertig waren und die Offiziere wieder für sich draußen in der Sonne standen, bemerkte Denton: »Ich bin nicht sicher, ob ich tatsächlich wünschen soll, daß das *Kriegsspiel* stattfindet.«
»Wie meinen Sie das?« fragte Reisman. »Billigen Sie den Plan nicht?«
»Er ist glänzend ... aber ich sehe jetzt, warum Sie unbedingt selbst dabei mitmachen wollten. Sie sind die ganze Zeit über der Lockvogel. Sagen Sie mir, *Herr Oberst*, haben Sie schon jemals die Rolle eines deutschen Offiziers gespielt?«
Reisman knallte die Hacken zusammen und erhob die Hand zum Nazigruß. »Gelegentlich ... aber noch nie mit Ihrem hohen Rang, *Herr Oberst.*«
»Und wenn Sie nun im Schloß sind und Ihren Kopf hinhalten – was sollte dann Ihr dreckiges Dutzend daran hindern auszureißen – oder den einen, der bei Ihnen ist ... wie heißt er doch ... der *Ersatzmajor?*«
»Sawyer.«
»Ja ... was soll ihn hindern, Sie zu verraten?«
»Sawyer ist ein guter Soldat, Sir. Er hat einige Monate in Italien an der Front gestanden, bevor ihm diese dumme Sache passierte. Ich vertraue ihm. Ich vertraue beinah allen – nicht völlig, aber fast. Jedenfalls so viel, daß die Waagschale sich zu unsern Gunsten senken wird.«
Ehe Major Armbruster mit Denton wieder die Kuriermaschine bestieg, um nach London zurückzufliegen, ergriff er Reismans Hand und wünschte ihm Glück. »Ich werde die Badewanne für Sie bereithalten«, flüsterte er. Was immer er auch sagen mochte, es würde doch nur albern, sinnlos und überflüssig sein. Hunderte von Malen hatte er so wie jetzt von Kameraden Abschied genommen, und doch konnte er sich nie daran gewöhnen. Mit der anderen Hand suchte er in seiner Tasche nach einer kleinen Schachtel und gab sie dann Reisman. »Ich weiß, Sie werden es nicht nötig haben ... nur falls Ihre Leute so früh geschnappt werden, daß sie die ganze Geschichte verraten könnten.«
Reisman öffnete die Schachtel und sah Zyankalitabletten. »Das ist nichts für diesen Haufen, Max«, sagte er und reichte sie ihm zurück. »Kann sein, sie bringen sich gegenseitig um oder mich, bevor die Sache zu Ende ist – aber nicht sich selbst.«

Im Beisein von Feldwebel Bowren und Hauptmann Kinder, die mit im Halbkreis der aufgeschlagenen Zelte saßen, enthüllte Reisman am Nachmittag seinen Männern den Ort und den Zeitpunkt des Unternehmens. Er nannte ihnen den Namen des Schlosses und der nahe gelegenen Stadt. Auf einer

Karte, die er ausgebreitet hatte, konnten sie sehen, wie weit sie der Invasionsarmee voraus sein würden.
Wieder dachte Victor Franko an die Vorteile eines deutschen Kriegsgefangenenlagers. Mit den Augen verschlang er die Karte von Europa, auf der die Stärke der feindlichen Truppen und ihr Aufmarsch eingezeichnet waren.
Joe Wladislaw wartete, bis der Hauptmann mit der Bemerkung »Noch irgendwelche Fragen?« geendet hatte. Dann hob er nervös die Hand und sagte: »Ja. Wie kommen wir eigentlich zurück? Nicht nur ich will das wissen. Wir alle haben darüber gesprochen, und jetzt muß davon doch mal geredet werden.«
»Etwa gegen 0 Uhr 45 am Morgen des 5. Juni«, erwiderte Reisman gelassen, »nachdem Sie Ihre Aufgabe erfüllt haben und im Fahrzeugpark des Schlosses wieder zu mir gestoßen sind, erfahren Sie alles Nötige über den Rückweg.«
»Ja aber, Herr Hauptmann«, wollte Roscoe Lever protestieren, »und wenn Sie nun nicht . . .«
»Wenn ich nun nicht da bin, wenn ich es nun nicht schaffe«, vollendete Reisman den Satz, »dann müssen Sie selbst zurechtkommen, ohne daß Ihnen einer sagt, wie, wann und warum. Sie können sich zu unsern Linien durchschlagen, indem Sie auf Kosten der Deutschen leben oder von dem, was das Land Ihnen bietet. Sie können den Deutschen so oft und so tüchtig Saures geben, wie Sie wollen – sei es zum Spaß, sei es zu einem guten Zweck . . . oder auch nur, um Ihre Bösartigkeit abzureagieren. Doch keine Sorge, Lever, ich habe die Absicht, zur Stelle zu sein, und zwar heil und ganz.«
»Um des Ruhmes willen!« spottete Napoleon so laut, daß alle es hörten.
Reisman überging die Bemerkung. »Ich schlage vor, daß Sie jetzt alle Briefe schreiben, falls Sie wollen«, sagte er. »Hauptmann Kinder gibt Ihnen Schreibsachen und wird die Briefe dann absenden. Bedenken Sie wohl, was Sie schreiben. Wir müssen die Briefe zensieren, bevor sie abgehen.«

Reisman schrieb an seinen Vater. Ein paar Absätze lang sprach er in herzlich gehaltenen Worten von den gemeinsam verlebten alten Zeiten und von seiner Liebe zu ihm, heute wie damals. Er las Aarons Brief vom Februar noch einmal durch, um herauszufühlen, was sein Vater gern lesen würde, welche Gedanken und Gefühle er brauche, um glücklich zu sein. Dann schrieb er zuversichtlich, aber in unbestimmten Wendungen über den Krieg und die Rolle, die er selbst darin spielte. Zum Schluß konnte er es sich nicht verkneifen, einen leisen Tadel und eine kleine geschichtliche Lektion anzufügen.

Sage mir nichts gegen die Schwarzen, Paps – um deinen Ausdruck zu benutzen. Sie waren schon vor Dir da. Der erste Siedler in dem späteren Chicago war ein Neger namens Point Sable. Damals war der Ort noch wildes Indianerland. Viel zu viele sind skalpiert worden, und viel zuviel ist seither dort und in der übrigen Welt gekämpft worden. Glaub mir, Paps, sie ist es gar nicht wert.

Nachdem Reisman den Brief an seinen Vater beendet hatte, schrieb er noch einen an Tess und dann einen an Leon.
Als die Leute abends ihre Briefe ablieferten, sah er, daß Samson Posey an seine Frau geschrieben hatte, sorgfältig und stolz, den ersten Brief seines Lebens. Napoleon White hatte an seine Familie und an einen Freund in New York geschrieben. Auch Luis Jimenez, Kendall B. Sawyer, Calvin Ezra Smith, Vernon Pinkley, Joe Wladislaw und Glenn Gilpin hatten Briefe geschrieben. Wenn auch die Worte verschieden waren, so herrschte doch in allen der gleiche Ton vor: Einsamkeit, Sehnsucht, Heimweh und ... für den Fall, daß ich nicht zurückkomme.
Victor Franko, Archer Maggot, Roscoe Lever und Myron Odell hatten keine Briefe geschrieben.

Samson Posey träumte in jener Nacht vom Sonnentanz, und er wußte, was das bedeutete. Es war ein Zeichen, das direkt von der Sonne kam. Wenn er jetzt zu Hause wäre, müßte er sich zum Tanz einfinden und mit aller Macht Kraft zu erlangen suchen.
Am Morgen ging die Sonne wieder glutvoll auf. Bald schon, das wußte er, vielleicht in einem Monat, würde man in Towaoc und Ignacio den Sonnentanz veranstalten.
Und plötzlich wurde ihm wie in einer Erleuchtung bewußt, daß sie in seiner Einheit genau zwölf waren – wie ja auch zwölf Pfähle für den Sonnentanz-Korral gebraucht wurden und Christus zwölf Jünger hatte. Warum es zwölf Pfähle waren oder welcher zuerst gekommen war, wußte er jedoch nicht. Diese Dinge hatten sich in der Ute-Religion miteinander vermischt, und es war manchmal schwer zu unterscheiden, was auf die Ute und was auf die Spanier, die anderen Indianerstämme, die Amerikaner und all ihre verschiedenen Missionare und Heiligen zurückging. Selbst bei dem gegabelten Baumstamm, den man in der Mitte des Korrals aufpflanzte und der ein Symbol für den Schöpfer-der-Menschen war, behaupteten manche, er stelle Gott dar, während andere meinten, es sei Jesus. Alles änderte sich sowieso ständig, sogar noch zu seinen Lebzeiten – etwa die Art und Weise, wie man den Sonnentanz und andere Zeremonien ausführte. Ständig wurden die alten Bräuche verändert, ständig wurde etwas Neues hinzugefügt, oder irgendeiner machte Einwände und sagte, so sei es nicht richtig, so habe man es früher nicht gemacht.
Samson ging zum Hauptmann, erklärte ihm, was er tun wolle, und bat ihn um allerlei Material.
»Einen Fächer aus Adlerschwanzfedern!« rief Stuart Kinder etwas später aus. »Eine Flöte aus Adlerknochen! Rote, schwarze, gelbe Farbe, frisch geschnittene Weidenruten. Ist das ein Witz, John?«
»Nein, es ist bitterer Ernst«, erwiderte Reisman. »Ich hätte geglaubt, daß Sie das am ehesten verstehen würden. Für ihn ist die Sache sehr wichtig, und ich meine, wir sollten ihm die Möglichkeit geben, daraus die Kraft und den Frieden zu schöpfen, die sie ihm geben kann.«
»Nun, die Farben kann ich vermutlich leicht beschaffen ... und auch die

Trommel«, sagte Kinder mit einem Blick auf die Liste, die Reisman ihm gegeben hatte. »Aber all das andere Zeug!«
»Improvisieren Sie doch. Er hat gesagt, so genau käme es nicht darauf an; er würde das schon verstehen. Und wenn er sich nur recht bemühte, würde auch sein Gott ihn verstehen.«

Reisman sah, wie die Geistlichen in einem Lastwagen vorfuhren, und stand auf, um sie abzufangen. Er hatte mit Stuart Kinder neben dem Kreis gesessen und der Zeremonie mit großem Interesse zugesehen.
»Wir haben gehört, daß Sie mit Ihren Leuten hier draußen sind«, sagte einer der Geistlichen, nachdem sie sich wechselseitig vorgestellt hatten. Sie waren vom Luftlandestab herübergekommen und vertraten jeder ein anderes Glaubensbekenntnis. »Wir dachten, wir könnten vielleicht hilfreich sein .. mit den Männern sprechen ... gemeinsam beten. Später dürfte nicht mehr viel Gelegenheit dazu sein. Wir müssen uns dann um unsere eigenen Leute kümmern.«
»Nicht jetzt«, sagte Reisman. »Ich möchte das hier nicht unterbrechen.«
Die Priester waren sprachlos über das, was sie da sahen und hörten. Eingezwängt in eine Lücke zwischen parkenden Fahrzeugen, saßen die Männer, denen sie geistlichen Beistand leisten wollten, in einem weiten Kreis um einen Mast herum, der entfernt an ein großes Kruzifix erinnerte, nur daß der Querbalken schräg angenagelt war, so daß das Ganze eher einem Ypsilon glich. In Augenhöhe waren drei breite rot-schwarz-rote Streifen aufgemalt. In der Mitte des Kreises schritt ein riesiger Indianer mit nacktem Oberkörper und bemaltem Gesicht wie in Trance vorwärts und rückwärts, den Blick starr auf die Gabelung gerichtet. Im Mund hatte er eine Pfeife, auf der er zum Rhythmus einer Trommel stakkatoartige Töne blies; die Trommel handhabte ein Negersoldat. In der Rechten hielt der Indianer einen Federstrauß, den er von Zeit zu Zeit mit beschwörenden Bewegungen über seinem Kopf und über den Männern ringsum auffächerte. Einige der Leute machten einen unwirschen, gelangweilten Eindruck und schienen beinah wütend über das zu sein, was da vor sich ging, obgleich der Trommler sein Instrument mit Hingabe spielte.
»Kriegstanz?« fragte einer der Pfarrer.
»Sonnentanz. Eine religiöse Zeremonie«, antwortete Reisman. »Wir mußten ein wenig improvisieren, um ihm zu helfen. Feldwebel Bowren und die andern Männer stellen die zwölf Hauptpfähle für den Korral des Sonnentanzes dar. Statt Adlerfedern haben wir Hühnerfedern genommen, und die Pfeife ist nicht aus Adlerknochen, sonder stammt von der Militärpolizei.«
»Zwölf? Warum zwölf? Was bedeutet diese Zahl?« fragte einer der Geistlichen spitz.
»So ist es in Poseys Heimat Brauch, Pater«, erklärte Kinder. Bevor Samson anfing, hatte der Hauptmann ihm rasch ein paar Fragen gestellt, um sich von einigen Einzelheiten und ihrer Bedeutung ein Bild machen zu können. »Ich weiß, was Sie denken ... auch die Apostel spielen mit hinein; es geht da alles ein wenig durcheinander.«
»Ich sollte für ihn den Schöpfer-der-Menschen darstellen«, sagte Reisman.

»Hielt mich aber nicht für geeignet. Statt dessen haben wir den Pfahl dort aufgerichtet. Er ähnelt eher dem gegabelten Baum, den sie zu Hause benutzen.«
»Wie lange wird es dauern?«
Der Ton des Geistlichen war freundlich-wohlwollend und weder verächtlich noch gönnerhaft. Sie traten alle näher an den Kreis heran und verfolgten das Schauspiel nicht nur mit höflichem Interesse.
»Ich weiß nicht«, erwiderte Reisman. »Posey sagt, es dauere manchmal Tage, ehe man wisse, ob der Zauber gewirkt habe. Und er hat eben erst angefangen.«
Eine Weile sahen die Geistlichen zu. Dann fuhren sie fort und sagten, sie kämen noch einmal wieder.

Samson tanzte den ganzen Tag und die Nacht des zweiten Juni durch bis in den Morgen des dritten hinein. Er war wieder Indianer und fühlte sich stark. Sein Haar war jetzt lang und mit roten Bändern in zwei Zöpfe geflochten, die wie die Hörner eines Stieres abstanden. Er rührte weder Speise noch Trank an, obwohl er sich zu Hause ab und zu eine Rast gegönnt und etwas Wasser getrunken hätte. Er betete und öffnete sich der Macht – jener selben Macht, die Billy Dreibein besessen hatte und kraft derer er hatte laufen können, damals beim Sonnentanz, als er wieder einmal aus dem Krankenhaus des weißen Mannes zurückgekommen war. Die weißen Ärzte hatten ihm nicht helfen können, wohl aber der Sonnentanz. Billy Dreibein saß einfach nur dabei, lauschte, sah zu und betete; und manchmal wurde er mit dem Zauberstab aus Adlerschwanzfedern angefächelt. Da drang die Macht in ihn. Er sprang auf, riß dem alten Medizinmann den Stock aus der Hand und konnte gehen. Danach besaß Billy Dreibein mehr Macht als alle anderen.
Während er tanzte, bemerkte Samson, daß die anderen Männer mit vorrückender Nacht ihren Platz im Kreis verließen, um sich schlafen zu legen. Doch freute er sich, daß sie ihr Seitengewehr aufpflanzten und es dort, wo sie gesessen hatten, in den Boden rammten, um die zwölf Korralpfähle zu markieren, und daß sie am Morgen auf ihren Platz zurückkehrten.
Es war aber ein grau verhangener Morgen – und es wurde noch schlimmer. Es fing an zu regnen; der Wind nahm zu, und dann schüttete es vom Himmel – wie ein stürmisches Unwetter im Winter. Samson tanzte und betete und versuchte, dem Regen Einhalt zu gebieten, aber es gelang nicht. Die Farben, die er sich aufs Gesicht gemalt hatte, liefen in Bächen über seine nackte Brust und seinen Bauch, als wollten sie ihn verspotten. Sie machten seine Hose fleckig und auch die bloßen Füße. Die Erde verwandelte sich in Schlamm; sein Pfeifen und der Schlag der Trommeln gingen im Heulen des Sturmes unter. Die anderen suchten Schutz in ihren Zelten, und der Hauptmann duldete es; aber Samson tanzte immer weiter. Nicht für sich allein wollte er Kraft gewinnen, sondern er wollte Kraft, um diesen Männern zu helfen, die mit ihm in den Kampf zogen, und dem Hauptmann auch.
Ein paar machten sich über den Indianer lustig. Nicht alle, der Hauptmann nicht, der Feldwebel, der andere Offizier und einige von den Männern auch

nicht – aber einige doch. Er hörte ihre höhnischen Worte und Pfiffe und fühlte den peitschenden Regen wie Messerstiche; er zitterte vor Kälte, schmeckte abermals die Bitterkeit der Niederlage und gab endlich beschämt auf.
Samson setzte sich allein neben den gegabelten Mast in den Sturm und wußte nicht, was er falsch gemacht hatte. Einmal, als auch Regenwolken über dem Sonnentanz aufgezogen waren, hatte er erlebt, wie die Mächtigen sie auseinanderrissen und vertrieben hatten. Aber hier gelang es nicht. Vielleicht weil hier nichts stimmte, der Adler nicht, Land und Geist des Volkes nicht. Er hatte weder die rote Ockererde aus dem Mancos Cañon noch eine Muschelkette oder eine Perlenstickerei auf seiner Brust noch die Ute-Kleidung, die frisch geschnittenen Weidenruten, die Sänger, Geschichtenerzähler und Tänzer – bis auf ihn. Nichts stimmte.
Oder war vielleicht alles Humbug? Womöglich war Billy Dreibein doch in dem weißen Krankenhaus geheilt worden und hatte sie alle zum Narren gehalten. Schon mehrfach hatte Samson diesen Gedanken gehabt. Doch wie er da so allein im Sturm saß und der Donner ihm wirklich durch und durch ging, da fiel ihm wieder ein, daß sein Großvater ihm einmal gesagt hatte, er solle beim ersten Gewitter im Frühling aufstehen und sich tüchtig recken, dann würde er wachsen. Nun, das hatte mit Sicherheit geholfen. Also gab es doch besondere Kräfte, gab es Dinge, auf die man Einfluß hatte.
Erschöpft, bis auf die Knochen durchnäßt und hungrig kroch Samson in sein Zelt. Er zog trockenes, warmes Zeug an, kaute an seiner Verpflegung und fiel in einen tiefen, aber unruhigen Schlaf.

4. Juni. Das Wetter war unverändert, eher noch schlechter. Reisman erhielt die Meldung *Bugspriet*, die den Einsatz um vierundzwanzig Stunden verschob. Über dem Kanal, an der Invasionsküste raste ein Sturm, der sich bis tief ins Binnenland hinein als Schlechtwetterzone auswirkte. Der Hauptmann hatte seine Leute hinten im Lastwagen versammelt und ihnen soeben die Verzögerung mitgeteilt. Da hörten sie an der hinteren Wagenklappe einen lauten Bums, und einer der Geistlichen schwang sich herauf und steckte den Kopf durch die Plane.
»Wenn Ihre Leute dem Ruf der Kirche folgen wollen, so stehen wir ihnen jetzt zur Verfügung«, verkündete er ohne weitere Umschweife.
»Einverstanden«, stimmte Reisman zu. Diesmal war er fast froh über die Unterbrechung, denn er sah die wachsende Anspannung in den Gesichtern seiner Leute – selbst bei Kinder und Bowren – und versprach sich von einer Andacht eine Erleichterung. »Ich schlage vor, ihr betet alle um gutes Wetter, damit wir hier endlich herauskommen.«
Sie schickten sich an, aus dem Wagen zu klettern, da hielt plötzlich der Ruf »Herr Hauptmann!« sie zurück.
Es war Samson Posey; die Muskeln in seinem Gesicht arbeiteten. »Wollen Sie, daß Sturm aufhört?«
»Das ist der allgemeine Wunsch, Posey«, erwiderte Reisman.
Samson erhob sich zu seiner vollen Größe und überragte sie alle beträchtlich,

obgleich er sich bücken mußte, um nicht mit dem Kopf an die Plane zu stoßen. »Ich kann Regen aufhalten!« erklärte er bestimmt.
Da er bei einigen verächtliche Gesichter sah und befürchtete, der Hauptmann würde ihm nicht die Möglichkeit geben, seine Behauptung zu beweisen, sprach er rasch weiter: »Ich komme aus einer sehr trockenen Gegend ... und wenn wir dann manchmal mit Regen gesegnet werden, kommt er zu rasch und zu heftig und muß aufgehalten werden. Ich habe es oft erlebt und weiß genau, wie es gemacht wird.«
Ohne Rücksicht auf den anwesenden Pfarrer fluchte Archer Maggot: »Scheiße, Häuptling, die haben dir bestimmt 'n Bären aufgebunden. Du hast doch mit deinem verdammten Sonnentanz den Regen erst herbeigeholt!«
»Spotten Sie nicht über ihn, Mann!« herrschte der Pfarrer ihn wütend an. »Was immer Sie für einen Glauben haben, wenn überhaupt – spotten Sie nicht über ihn!«
Im stillen dankte Reisman ihm für dieses Wort. »Aber ja, Posey, machen Sie nur«, sagte er. »Was brauchen Sie?«
»Stock ... so lang«, erklärte Samson aufgeregt und breitete die Hände aus. »Rote Farbe ... weiter nichts. Wenn Sonnentanz mir Kraft gegeben hat, auch nur ein bißchen, dann vertreibe ich Regen.«

Nachdem er den Stock angespitzt hatte, kroch Samson in sein Zelt, wo er den Rest Farbe aufbewahrte, die Hauptmann Kinder ihm mitgebracht hatte. Er malte den Stock rot an, entblößte abermals den Oberkörper und kam mit dem Stock heraus. Zwanzig Meter vom Zelt entfernt stieß er ihn tief in den Schlamm. Dann hockte er sich daneben, setzte sich der vollen Gewalt des Sturmes aus und betete.

Am nächsten Morgen kauerte er immer noch dort, scheinbar unempfindlich gegen die Elemente. Die Kameraden brachten ihm zu essen und heißen Kaffee, den sie über einem offenen Feuer unter einer aufgespannten Zeltbahnhälfte gekocht hatten; aber Posey lehnte ab und winkte ihnen, sich zu entfernen.
Später am Tage regnete es immer noch, als ein Meldefahrer durch den Morast angeprescht kam und Reisman die Nachricht überbrachte. Der fürchtete schon, nun würde ihr Einsatz wieder verschoben oder ganz abgeblasen werden. Er las die Meldung; dann ging er zu dem Indianer hinüber, beugte sich über ihn und sagte, was er selbst noch nicht recht glauben konnte: »Sie können jetzt aufhören, Posey. Es hat gewirkt.«
Samson neigte sein Gesicht schräg aufwärts in den Regen und sah Reisman verwirrt an. »Aber es regnet doch immer noch, verdammt noch mal«, murmelte er ungehalten.
»Vielleicht im Augenblick noch, Häuptling. Aber später, wenn es darauf ankommt, nicht mehr. Glauben Sie mir, was immer Sie auch getan haben, es hat gewirkt. Der Wettermann sagt, es wird heute nacht über dem Zielgebiet klar sein – klar für die Truppen an der Küste morgen. Wir starten.«

Als sie bereit waren, das Flugzeug zu besteigen, hatte es auf dem Rollfeld schon zu regnen aufgehört. Alle waren Reismans Beispiel gefolgt und hatten einem stolzen Samson Posey gratuliert. Obwohl es bereits spät am Abend war, herrschte infolge der doppelten Sommerzeit in England noch Tageslicht. Feldwebel Clyde Bowren ergriff Reismans Hand. Er sollte in den Lastwagen steigen, nach Marston-Tyne fahren und sich dort zurückmelden. Der Gedanke daran war ihm unerträglich. »Es war ein tolles Erlebnis, Sir«, sagte er. »Vielen Dank, daß Sie mich vor einem langweiligen Leben gerettet haben.« Er zögerte einen Augenblick, als wolle er noch etwas sagen. »Ich kontrolliere nur die Leute noch mal und überzeuge mich, daß sie alles haben.«

Reisman sah ihm nach, wie er zu den Männern hinübertrabte, die ihre Fallschirme und Ausrüstungen anlegten. Dann wandte er sich an Stuart Kinder. »Ich wette mit Ihnen, Stu, daß Sie Major sind, wenn wir zurückkommen.«

Kinder hätte auch gern eine forsche Bemerkung gemacht, aber er brachte es nicht fertig. Mit grimmigem Gesicht wünschte er Reisman Glück. »Ich bin in London – und warte voll Unruhe«, sagte er täppisch.

Keiner von den beiden bemerkte, wie Bowren den Platz, wo das dreckige Dutzend sich aufhielt, umging. Und auch von den Leuten sah keiner, wie der Feldwebel die Maschine mit zusätzlichen Gepäckstücken, Waffen und Fallschirmen belud, die er schon vorher bereitgelegt hatte, in der Hoffnung, es werde sich ein günstiger Augenblick ergeben und er werde dann den Schneid haben, ihn zu nützen.

Reisman sah, wie sich jetzt überall auf dem Flugfeld Lastwagen und Jeeps in Bewegung setzten. Die Luftlandeeinheiten versammelten sich um ihre Maschinen. Am Tage vorher hatte einer der Geistlichen ein wenig schuldbewußt gesagt, Oberst Breed habe erfahren, daß das dreckige Dutzend früher eingesetzt werde, und möchte gern wissen, was Reismans Gruppe eigentlich machen solle. »Insbesondere interessiert es ihn«, hatte der Priester mit schnell reagierendem Taktgefühl betont, »ob Sie bei den Vorausabteilungen sind. Er sagte nämlich, wenn er seine Männer bei einer Leuchtmarkierung abspringen lasse, die etwa einer Ihrer Leute gesetzt habe, sei der Teufel los.«

Reisman hatte über die Halsstarrigkeit des Mannes gegrinst und erwidert: »Nein. Versichern Sie dem Oberst, daß wir nicht bei den Vorausabteilungen sind. Unser Weizen blüht anderswo.« Er meinte, Breed das schuldig zu sein.

Als sie schon eine ganze Weile in der Luft waren, ging Reisman nach vorn, um mit den Piloten über den Kurs und die geschätzte Ankunftszeit zu sprechen. Da entdeckte er Feldwebel Bowren, der sich in der Kanzel verkrochen hatte und gebannt den Fliegern bei der Arbeit zusah.

»Sie können nicht mitkommen«, brüllte Reisman über den Motorenlärm hinweg. »Sie müssen sofort aussteigen!«

»Ich glaube, wir sind über dem Kanal, Herr Hauptmann. Soll ich zurückschwimmen?«

»Heute ist nicht Ostern, Clyde. Am Ende dieser Reise warten bewaffnete, ausgekochte Burschen auf uns.«

»Genau solche Leute haben Sie hier bei sich, Herr Hauptmann, und ich habe das Gefühl, Sie könnten Hilfe gebrauchen. Außerdem habe ich genauso schwer gearbeitet wie diese Kerle, und der Teufel soll mich holen, wenn ich sie in dem Glauben lasse, sie könnten mehr als ich.«

Während das Flugzeug südwärts der bretonischen Küste entgegenbrummte und den Kanal weit westlich der Halbinsel Cotentin überquerte, um dem starken Verkehr in jener Nacht auszuweichen, legten Reisman, Bowren und das dreckige Dutzend ihr Gepäck und die Fallschirme ab und zogen sich schnell um. Die amerikanischen Uniformen wurden mit deutschen vertauscht, die Waffen ausgewechselt, Gepäck und Frachtbehälter neu gepackt.
Reisman hatte Angst. Sie saß ihm im Magen und in der Kehle. Aber das wunderte ihn im Grunde nicht und störte ihn auch nicht. In diesen Augenblicken vor dem Einsatz hatte er immer Angst. Bowren hatte ebenfalls Angst. Reisman sah sie in seinen Augen und erkannte sie an der Art, wie Bowren sich unruhig auf seinem Klappsitz an der Flugzeugwand herumdrückte. Das dreckige Dutzend jedoch verhielt sich zu Reismans Verwunderung ausnahmslos merkwürdig ruhig. Dann ging ihm plötzlich auf: Er hatte die Männer während der Ausbildungszeit so scharf rangenommen, hatte sie über so viele körperliche und seelische Hindernisse gehetzt, daß der Ernstfall nun wahrscheinlich ein Klacks für sie war – eine Erleichterung.
Der Absetzer kam den Gang herunter und beugte sich zu Reisman hinüber. »Am besten machen Sie sich jetzt fertig, Herr Hauptmann. Wir sind bald da.« Als er aber die Leute in den fremden Uniformen vor sich sah, konnte er nicht länger an sich halten. »Was, zum Teufel, habt ihr Jungs denn bloß gemacht, daß man euch ein so schmutziges Geschäft aufhalst?« fragte er.
Reisman rief zurück: »Was wir gemacht haben, ist nicht so schlimm; aber das Geschäft, das wir tun müssen, verlangt Leute wie uns.«
Über der Tür ging das rote Licht an. Reisman gab den Leuten ein Zeichen, sie sollten sich an der Reißleine einhaken. Es war ihm nicht recht, daß er diesmal als letzter drankam, aber er mußte sichergehen, daß vor ihm alle sprangen. Bowren schob sich nach vorn an den Anfang der Reihe. Reisman quetschte sich den Gang entlang nach hinten, überprüfte zweimal die Ausrüstungen, drückte Hände, Arme, Schultern und murmelte jedem ausgerechnet ein »Gott befohlen« zu. Was hätte er auch sonst sagen können, außer, daß er ihnen rate, lebendig und heil unten anzukommen.
Er hakte sich ein, überprüfte den Verpackungssack seines Vordermannes und dann seinen eigenen. Der Pilot drosselte die Motoren, damit die Maschine sich dem Absprunggebiet leiser näherte. Dann hörten sie entferntes Flakfeuer. Der Angriff auf den Verschiebebahnhof rollte und lenkte die Deutschen ab. Als das grüne Licht anging, schlurfte Reisman immer weiter nach vorn und sprang seinen Männern nach. Hinter ihm schubste der Absetzer die Lastenfallschirme hinaus.

35

Myron Odell stand zitternd im Kleiderschrank der Zimmerflucht, die er zu überwachen hatte. Als er sich hineingeschlichen hatte, waren die Räume leer und dunkel gewesen. In dem Schrank hingen eine deutsche Offiziersuniform und ein paar Frauenkleider. Es kam Odell wunderbar vor, daß er tatsächlich hier an diesem Ort war, bereit, etwas zu tun, vor dem er eine Todesangst hatte.

Die anderen mußten überall in dem Riesenhaus und auf dem dazugehörigen Anwesen ohne Zwischenfall ihre Stellungen bezogen haben, denn er hatte keinen auffallenden Lärm gehört. Sawyer und Reisman, der ja fließend Deutsch sprach, hatten geblufft und waren mit falschen Papieren als deutscher Oberst und Major durch den Haupteingang gekommen. Man hatte ihnen Zimmer angewiesen und sie ungehindert durch das Schloß streifen lassen. Auf diese Weise konnten sie für Odell, Bowren und die anderen vorher vereinbarte Türen und Fenster öffnen. Odell wußte, wo jeder in diesem Augenblick steckte und was die einzelnen, die draußen ihre Stellung bezogen hatten, plangemäß tun mußten. Das Signal zum Angriff würde die Explosion von Sprengladungen mit Zeitzündern sein, die der Hauptmann und Sawyer in Aktentaschen in die Nachrichtenzentrale und in den Raum, wo die *Kriegsspiele* abgehalten wurden, gebracht hatten. Glenn Gilpin mußte derweil eine Ladung an dem hohen Antennenmast auf dem Dach angebracht haben, die er um 0 Uhr 15 zünden würde, wenn schon die ersten Fallschirmtruppen in der Normandie gelandet waren. Der Augenblick des Angriffs konnte aber auch früher kommen, wenn nämlich Schüsse verrieten, daß einer von ihnen entdeckt worden war. Odell hatte dann in seine Räume zu stürzen, jeden zu erledigen, der ihm entgegentrat, und sich in den Fahrzeugpark zurückzuziehen, wo er von Reisman weitere Anweisungen bekommen sollte. Falls er vorher jemanden töten mußte, hatte dies geräuschlos zu geschehen.

Er hielt das Messer stoßbereit in der Hand und dachte traurig und voller Grauen an das erste Blut, das sie vergossen hatten. Man hatte nicht von ihm erwartet, daß er es täte, und das hätte er so auch gar nicht können. Maggot, Posey, Lever und Jimenez hatten sich freiwillig gemeldet, je zwei auf einen, während der Hauptmann dreist mitten auf der Straße gegangen war und die Deutschen herausgelockt hatte. Odell sah sich wieder allein im Dunkeln warten, hatte wieder den grausigen Anblick vor Augen, wie die Körper der niedergestochenen und erdrosselten Soldaten an der Straßensperre, dort einen halben Kilometer vor dem Schloß, weggezogen und in einem Obstgarten versteckt wurden. Noch im Tode zeigten die Gesichter der Männer einen Ausdruck von Auflehnung, Verachtung und wilder Erregung. »Es sind Soldaten der Fünften Fallschirmjägerdivision. Also ist ein *Kriegsspiel* angesetzt«, hatte der Hauptmann triumphierend gesagt, nachdem er bei den Leichen die nötigen Hinweise gefunden hatte. »Die Generale sind auf dem Wege oder schon dort.«

Pinkley und Smith hatten sich zum Fluß hinüber geschlagen, um das Schloß östlich und westlich zu umgehen und auf das Bootshaus zuzuhalten. Die übrigen hatten sich getrennt. Napoleons Gruppe, zu der Odell gehörte, legte Minen, Sprengfallen und Stolperdrähte auf den Anmarschwegen, über die die deutschen Truppen zur Unterstützung herankommen würden, wenn der Kampf um das Schloß entbrannte. Feldwebel Bowren hatte sich ihnen angeschlossen und sich ohne weiteres in den Plan eingefügt, da er ihn ja in- und auswendig kannte, obgleich seine Teilnahme nie vorgesehen gewesen war. Die zweite Gruppe – *Herr Oberst* Reisman, *Herr Major* Sawyer und die *Soldaten* Posey, Franko und Wladislaw – war eiligst auf das Holztor zugesteuert, das den Zugang zu dem Fahrzeugpark im Schloßhof versperrte. Odell war nicht dabeigewesen; doch als seine Gruppe dann ihre Arbeit weiter draußen beendet hatte und zum Hoftor kam, waren die beiden deutschen Posten, die dort gestanden und »Halt, wer da? Ausweise bitte!« gerufen hatten, schon tot. Sie waren rasch und geräuschlos durch Kopfschüsse aus der Schalldämpferpistole gestorben, die Franko und Wladislaw ihnen an die Schläfe gesetzt hatten. Nun hielten die beiden Amerikaner Wache.

Napoleon White stand auf der Außentreppe eines gesondert liegenden Gebäudes, in dem das deutsche Wachkommando Quartier bezogen hatte, und beobachtete durch ein Fenster eine Gruppe dienstfreier Soldaten bei einem Kartenspiel. Er wußte, daß erst um zwei Uhr nachts Wachablösung war, und fühlte sich seltsam sicher, entspannt und unbeteiligt an dem, was er tat. Inzwischen hatten Pinkley und Smith wohl die beiden Posten am Bootshaus beseitigt – wobei Smith zweifellos um eine Antwort auf die ewig gleiche Frage rang, ob er Gottes oder des Teufels Werk vollbringe. Alarm war nicht geschlagen worden, und Napoleon durfte annehmen, daß das eine Boot unauffällig unbrauchbar gemacht und das andere vorübergehend außer Betrieb gesetzt worden war, indem die Amerikaner ein paar elektrische Kontakte unterbrochen hatten, die sie bei Bedarf rasch wieder schließen konnten. Smith würde dann am Hilfskraftwerk Stellung beziehen und es gleichfalls außer Funktion setzen, sobald Reisman im Keller des Schlosses die Verbindung zur Hauptstromquelle unterbunden hatte. Pinkley war vermutlich in den unterirdischen Gang zwischen Bootshaus und Schloß eingedrungen. Mit Maschinenpistole, Karabiner und Handgranaten konnte er dort einer ganzen Armee standhalten und jeden an der Flucht über den Fluß hindern.
Plötzlich und unerwartet hörte Napoleon Schritte auf der Eisentreppe, und er konnte nirgendwohin ausweichen. Er wandte sich vom Fenster und der daneben liegenden Tür ab, lehnte sich über das Geländer und blickte auf den Hof in Richtung Fahrzeugpark. Seine Hand umklammerte die Pistole mit dem Schalldämpfer; Sehnen und Muskeln seiner Finger zitterten, und er bekam eine Gänsehaut. Er hoffte, daß er keinen vorzeitigen Gebrauch von der Waffe machen mußte. Hinter ihm grüßte eine Stimme auf deutsch. Er erwiderte den Gruß und wechselte ein paar Worte mit dem Mann, bevor dieser die Wachstube betrat und Napoleon seine feuchte Hand mit einem Seufzer der Erleichterung von der Pistole lösen konnte. In der Dunkelheit hatte der Soldat weder sein Gesicht noch seine Hände gesehen. Man hatte ihn für einen Deutschen gehalten.

Napoleon bemerkte, daß am Tor zum Fahrzeugpark etwas los war. Er beobachtete, wie Franko und Wladislaw die Flügel öffneten und eine Limousine mit Generalsstandarte am Kühler hindurchbrauste. Der General und sein Adjutant schritten über den Hof und betraten das Schloß. Darauf wandte Napoleon sich wieder dem Fenster zu und beobachtete die Kartenspieler. Es waren Weiße, Nazis, aber er wußte, es würde ihm schwerfallen, sie umzubringen. Er verspürte keinen so brennenden Haß mehr wie zu der Zeit, als Reisman ihn aus der Hinrichtungsabteilung im Gefängnis von Marston-Tyne herausgeholt hatte. Ihm fiel das Gebet von dem freigelassenen Negersklaven ein, das sein Vater ihn gelehrt hatte, als er, Napoleon, noch ein kleiner Junge gewesen war: Lieber Gott, wir sind nicht, was wir sein wollen, wir sind nicht, was wir sein sollen, und wir sind nicht, was wir sein werden; aber hab Dank, lieber Gott, daß wir nicht sind, was wir waren.

Roscoe Lever wartete hinter den Verdunklungsvorhängen in einem Schlafzimmer des ersten Stocks. Er hielt ein Seil bereit, um notfalls durch das Fenster zu entkommen. Ein Hausmädchen trat ins Zimmer. Er konnte sie sehen, aber sie ihn nicht. Das Mädchen ging nervös im Zimmer umher, sie sah andauernd auf ihre Uhr und schien auf dem Sprung fortzugehen. Lever schwitzte und zitterte. Er erinnerte sich an die völlige Hilflosigkeit jener anderen Frau in dem Juweliergeschäft in Birmingham. Das gleiche Machtgefühl wie damals ergriff ihn jetzt. Er starrte von seiner Uhr auf die Frau und wieder auf die Uhr. Es war 23 Uhr 50. Der Zeitpunkt war nah ... Wenn er nun aber verletzt oder umgebracht wurde ...
Das Mädchen hatte jetzt einen Mantel angezogen und hielt eine Stofftasche fest umklammert. Als sie die Tür öffnete, bewegte er sich unbemerkt auf sie zu. Sie blickte nervös den Gang hinunter, als wolle sie davonlaufen oder irgend etwas Verbotenes tun. Lever packte sie und erstickte mit der Hand ihren Schrei. In französisch-deutschem Kauderwelsch flehte, drohte, schmeichelte er. Sie wehrte sich gegen ihn, einen deutschen Soldaten, der drauf und dran war, sie zu vergewaltigen – sagte eindringlich auf französisch und in gebrochenem Deutsch, daß sie fort müsse, daß sie es den Offizieren sagen werde, wenn er sich nicht anständig benehme, und daß sie in der nächsten Nacht zu ihm kommen werde, wenn er sie nur jetzt in Ruhe lasse. Nichts von alldem verstand Lever. Er zerrte sie aufs Bett, warf sich über sie und sah dabei nicht, wie sie in ihrer Verzweiflung in die Stofftasche griff, eine Schere herausholte und sie ihm in die Brust bohrte. Roscoe Lever starb röchelnd. Er stammelte noch, daß er auf ihrer Seite stehe, daß er kein Kraut sei, daß er Ameri ...

Samson Posey hatte ein kurzes Stück vom Schloßgrundstück entfernt Stellung bezogen. Stolz sah er auf die Uhr, die der Hauptmann ihm gegeben hatte. Es war Mitternacht – 24 Uhr, wie er zu sagen gelernt hatte –, und er wußte, daß der Zeitpunkt nahe war. Er war jetzt allein und froh darüber, denn er bezweifelte, daß der Hauptmann oder die anderen mit seinem Aufzug einverstanden sein würden. Er hatte nämlich die schwere, häßliche deutsche

Uniform ausgezogen und trug jetzt Stiefel und Hose seiner amerikanischen Drillichkombination. Sein Oberkörper war nackt, das lang geflochtene Haar unbedeckt. Eine gelb-schwarze Kriegsbemalung schmückte sein Gesicht. Posey hatte das schwere Maschinengewehr samt Munition bei sich, das sie dem deutschen Posten an der Straßensperre abgenommen hatten, dazu ein Arsenal kleinerer Waffen und Handgranaten. Damit sollte er Nazitruppen und Fahrzeuge aufhalten, die zum Schloß wollten, wenn die Sache begonnen hatte. Er war bereit und kampfbegierig.

Myron Odell hörte, daß Leute den Salon in seiner Zimmerflucht betraten. Er unterschied die Stimmen und das Lachen eines Mannes und einer Frau. Dann hörte er Schritte, die in das Schlafzimmer und zum Schrank kamen. Er spürte, daß sich seine Eingeweide entleeren würden, mit ungeheurer Anstrengung gelang es ihm, sich zu beherrschen. Die Schranktür öffnete sich, und er rammte sein stoßbereites Messer einer reizvollen jungen Frau in den Leib.
Gelähmt vor Entsetzen starrte er sie an. Seine Hand hielt noch das Messer, und ihr Blut strömte über ihn hin. Und da erinnerte er sich an das andere Mal – das nackte Mädchen, seine eigenen Schmerzen, seine blinde Wut, den Instrumentenschrank, das Messer und das schreckliche Gefühl, als es weich in ihren Körper drang, das Blut – und er schrie: »Ich bin schuldig! . . . Mein Gott, ich bin schuldig!« Wie von Furien gehetzt rannte er davon. Im zweiten Raum erkannte er die verschwommenen Umrisse eines deutschen Offiziers, der eine Waffe in der Hand hielt. Er hörte den Schuß und fühlte, wie ihm das Blei in die Schulter schlug. Er wälzte sich auf dem Boden, kam wieder hoch und feuerte seine Maschinenpistole ab. Dann raste er über den Flur, schwenkte in der einen Hand das blutige Messer, feuerte mit der anderen die Maschinenpistole ab und schrie: »Ich bin schuldig! Ich bin schuldig! Ich bin schuldig!«

36

HAUPTQUARTIER
ABTEILUNG PSYCHOLOGISCHE KRIEGFÜHRUNG
AMT FÜR STRATEGISCHE STREITKRÄFTE
ETAPPE VEREINIGTES KÖNIGREICH
EUROPÄISCHER KRIEGSSCHAUPLATZ, US-HEER
Heerespostamt T 400

15. Juni 1944

Betreff: *Zusammenstellung und Auswertung* von Geheimberichten bis zum heutigen Datum über Mannschaft und Gefechtsauftrag des Unternehmens *Amnestie.*

An: Kommandierenden General, SHAEF, ETOUSA, Heerespostamt 400
Durchschlag Oberst Francis Denton, Mil. Geheimdienst, ETOUSA, Heerespostamt 400

Durchschlag Nr. 2 Major Max Armbruster, Mil. Geheimdienst, ETOUSA, Heerespostamt 400
Durchschlag Nr. 3 zu d. Akten Major Stuart Kinder, Abt. Psychologische Kriegführung, Mil. Geheimdienst, ETOUSA, Heerespostamt 400.

Einstufung: *Streng geheim*

Nachdem das Unternehmen abgeschlossen und genügend Zeit verstrichen ist, um seinen Erfolg in etwa abzuschätzen, wird folgender Bericht vorgelegt:
I. *Informationsquellen des Militärischen Nachrichtendienstes:*

a) Hauptquelle ist Bowren, Clyde, Kennummer 20467050, Feldwebel der Militärpolizei. Sein Bericht wurde von der 1. Division in der Registrierstelle für Verluste, Carentan, Normandie, Frankreich, am 14. Juni, gegen 16.00 Uhr aufgenommen. Am Morgen jenes Tages war Bowren von einer Vorausabteilung der 1. Division, die bei den feindlichen Linien nördlich von St. Lô vorfühlte, gegen 8.00 Uhr schwer verwundet und halb bewußtlos aufgefunden worden. Man hielt ihn irrtümlich für einen deutschen Kriegsgefangenen. Zu dem Zeitpunkt, da er einem Offizier der 1. Division Bericht erstattete, war Bowren infolge seiner Verwundung und der verabreichten Medikamente noch nicht wieder völlig bei Bewußtsein und klarem Verstand. (*Anmerkung betr. Feldwebel Bowren:* Von seiner Einheit, dem 51. Strafausbildungslager Marston-Tyne, Somerset, England, wird Bowren gegenwärtig noch unter unerlaubte Entfernung von der Truppe geführt. Der Unterzeichnete möchte jedoch darauf hinweisen, daß ihm militärische Führung und Charakter Feldwebel Bowrens persönlich bekannt sind und daß es sich hier nicht um einen gewöhnlichen Fall von unerlaubter Entfernung von der Truppe handelt, der mit den üblichen disziplinarischen und kriegsgerichtlichen Maßnahmen geahndet werden sollte oder müßte. Der Unterzeichnete befürwortet vielmehr, daß Feldwebel Bowren unverzüglich zum Oberfeldwebel im Zuständigkeitsbereich der Abteilung Psychologische Kriegführung, Mil. Geheimdienst, befördert wird, daß ihm für seinen heldenhaften freiwilligen Einsatz eine entsprechende Auszeichnung verliehen wird und daß er zum frühestmöglichen Zeitpunkt nach seiner Genesung endgültig in die Abteilung Psychologische Kriegführung, Mil. Geheimdienst, London, versetzt wird.)
b) Eine mittelbare, aber höchst erfreuliche und aufschlußreiche Informationsquelle – die zumindest vorläufig ein wichtiges Faktum dieses Berichts unterstreicht, nämlich das Überleben des Führers bei der Aktion, Hauptmann John Reismans – besteht aus zwei etwas rätselhaften privaten Mitteilungen von Reisman (Kopien anbei) und einer bestätigten Verlustliste (Kopie anbei), die in Feldwebel Bowrens Uniform gefunden wurden, als die alliierten Verbände ihn aufgriffen. Die eine Mitteilung ist an Hauptmann (sic) Stuart Kinder gerichtet und lautet: »Was, zum Teufel, sagte doch Napoleon noch in der Schlacht von Toulon?« Die andere Mitteilung ist an Major Max Armbruster gerichtet und lautet: »Halte die Wanne sauber und das Wasser heiß, Maxl!«

c) Weitere Informationsquellen sind Agenten der französischen Untergrundbewegung und aufgefangene deutsche Meldungen.

II. Verluste:

Informationsquellen sind Hauptmann Reismans bestätigte Liste, der mündliche Bericht Feldwebel Bowrens, Nachrichten aus dem französischen Untergrund und vorsichtige Mutmaßungen im Hinblick auf die Tatsache, daß zwischen dem 5. Juni 1944, dem Tage des Unternehmens *Amnestie*, und der Abfassung dieses Berichts ein beträchtlicher Zeitraum liegt, ohne daß einer der fehlenden Leute sich bei einer alliierten Einheit eingefunden hätte.

a) Gefallen: Odell, Myron; Lever, Roscoe K.; Smith, Calvin Ezra; Gilpin, Glenn; Franko, Victor.

b) Verwundet: Bowren, Clyde; White, Napoleon; Jimenez, Luis.

c) Vermißt: Posey, Samson; Sawyer, Kendall T.; Wladislaw, Joseph; Pinkley, Vernon; Maggot, Archer; Jimenz, Luis (auch als verwundet gemeldet); White, Napoleon (auch als verwundet gemeldet); Reisman, John, Hauptmann (möglicherweise verwundet).

III. Beurteilung des Unternehmens:

a) Gefechtsauftrag: Eine nicht näher bezeichnete Anzahl von Generalen und hohen Offizieren der deutschen Siebten Armee, die sich vermutlich in der Nacht vom 5. zum 6. Juni 1944 im Château de la Vilaine, Rennes, Frankreich, zu einem *Kriegsspiel* versammelte, war zu überfallen und zu liquidieren. Um größtmögliche Wirkung zu erzielen, wurde das Unternehmen unmittelbar vor der Landung der ersten alliierten Fallschirmtruppen in der Normandie angesetzt, ohne daß der alliierte Nachrichtendienst mit Sicherheit hätte sagen können, ob die feindlichen Generale nun wirklich anwesend sein würden oder nicht.

b) Planung und Ausbildung: Wurden unter Führung Hauptmann Reismans glänzend vorbereitet und durchgeführt, wovon der Unterzeichnete sich zwischen dem 26. Februar und dem 5. Juni regelmäßig überzeugen konnte.

c) Mannschaft: Trotz nahezu unüberwindlicher Hindernisse, die im Charakter, in der Herkunft und der Tauglichkeit der für das Unternehmen *Amnestie* aufgestellten Mannschaft, dem sogenannten dreckigen Dutzend, begründet waren – es handelte sich ja um zwölf Schwerverbrecher, die wegen Mordes, Vergewaltigung, Raub und anderer Vergehen kriegsrechtlich zum Tode oder zu langen Freiheitsstrafen verurteilt worden waren –, trotz dieser Schwierigkeiten ist der Unterzeichnete der Überzeugung, daß eine normalere oder selbst eine fähigere Gruppe von Soldaten kaum geeignet und imstande gewesen wäre, ihre Aufgabe so sorgfältig durchzuführen und sich unter diesen Umständen so tapfer zu schlagen wie diese Einheit.

d) Kampfbericht: Sobald Feldwebel Bowren hinreichend genesen ist oder sobald ein jetzt noch als vermißt gemeldetes Mitglied der Gruppe sich wieder bei den Alliierten einfindet, wird ein gesonderter und ausführlicher Bericht abgefaßt werden. Die Mitteilungen über die hier erwähnten Ereignisse und Einzelheiten beruhen fast ausschließlich auf den Angaben, die Feldwebel

Bowren am 14. Juni 1944 der 1. Division gemacht hat. Sie sind teilweise durch die französische Untergrundbewegung sowie durch aufgefangene und mitgehörte feindliche Geheimberichte und Nachrichten bestätigt worden.

1. Grundstück und Gebäude des Schlosses wurden bis zum Zeitpunkt des Angriffs – 6. Juni 1944, 0 Uhr 15 – planmäßig besetzt und die vorgesehenen Stellungen sicher und unbemerkt bezogen. Während dieser Phase des Unternehmens verlor der Feind mit Sicherheit sechs Mann. Der Augenblick des Angriffs trat schätzungsweise zehn Minuten zu früh ein – offensichtlich aber ohne nachteilige Folgen für den Auftrag der Leute. Dies geht aus dem Bericht von Feldwebel Bowren hervor, der eine Unterhaltung zwischen Hauptmann Reisman und Luis Jimenez mit anhörte, als die Überlebenden des Kampfes im Schloß zu dem Hauptmann im Fahrzeugpark stießen, um gemeinsam zu fliehen. Hauptmann Reisman fragte, wo Myron Odell, ein ehemaliger Sanitäter, geblieben sei; man brauchte ihn, damit er Bowrens und Napoleon Whites Wunden verband. Jimenez erwiderte: »Er ist tot, Herr Hauptmann. Er war ganz durchgedreht. Ihm verdanken wir überhaupt diese Scheiße (sic). Ich hörte ihn den Gang hinunterrennen und schreien: ›Ich bin schuldig! Ich bin schuldig!‹«

2. Es darf somit angenommen werden, daß Odell vor der Stunde S, Minute M, vom Feind in seinem Versteck entdeckt wurde und keine Möglichkeit mehr hatte, sich geräuschlos zu verteidigen, wie sein Befehl lautete und wozu er ausgebildet war. Sein Ausbruch hat offensichtlich den Kampf im Hauptgebäude des Schlosses ausgelöst. (*Anmerkung betr. Myron Odell:* Während der Monate, in denen der Unterzeichnete ihn kennengelernt und mit ihm gearbeitet hat, beteuerte Odell ständig, daß er an dem Mord, dessentwegen er vor Gericht gestanden hat, unschuldig sei. Es kann nunmehr, falls Jimenez' Angabe stimmt, vermutet werden, daß Odell während des Kampfes oder unmittelbar vorher einen schweren seelischen Schock erlitt, der ihm endlich bewußt machte, daß er das Verbrechen, dessentwegen er verurteilt wurde, tatsächlich begangen hat.)

3. Was den Auftrag der Gruppe, nämlich die Liquidierung wichtiger Persönlichkeiten des Gegners, betrifft, so muß auf folgendes hingewiesen werden: Hauptmann Reisman war zwar mit seinen Leuten dank unserer umsichtigen Planung zur rechten Zeit am rechten Ort, und es sollte auch in der Tat ein *Kriegsspiel* stattfinden; Feldwebel Bowren berichtet jedoch, daß Hauptmann Reisman in der Stunde vor dem Kampf, als Nazi-Infanterieoberst getarnt, frei durch das Schloß gegangen sei und erfahren habe, daß das Spiel im Stabszimmer des Schlosses erst am nächsten Morgen, dem 6. Juni 1944 um 10.00 Uhr, beginnen sollte. In Anbetracht der alliierten Invasion war das ein schicksalhaftes Zusammentreffen – das allerdings nie stattfinden sollte. Für Hauptmann Reismans Gruppe jedenfalls war die Wartezeit zu lang. Obgleich die Generale erst am nächsten Morgen vollzählig versammelt sein sollten und nur wenige schon im Schloß übernachteten, war es für Hauptmann Reisman zu spät, seinen Angriffsplan noch zu ändern.

4. In bezug auf den Auftrag der Gruppe – die Liquidierung wichtiger Persönlichkeiten des Gegners – ist weiterhin bekannt geworden, daß die

Generale Stumpffeldt und Volkmann ihre Stäbe am 5. Juni 1944 verlassen haben, um an dem *Kriegsspiel* in Rennes teilzunehmen, und nie zurückgekehrt sind. Andere, wie zum Beispiel die Generale Hellmuth und von Stollwitz, sind nachweislich dort gewesen. Wieder andere kamen niemals an oder machten unterwegs kehrt, als sie von dem alliierten Angriff unterrichtet wurden. Man darf annehmen, daß zumindest Stumpffeldt und Volkmann im Schloß umgekommen sind und das Unternehmen insofern ein Erfolg war.

5. Ein Ereignis, das Vernon Pinkley Feldwebel Bowren im Vertrauen erzählte, als sie sich im Fahrzeugpark trafen, scheint allem Anschein nach zu bestätigen, daß wenigstens ein General bei dem Versuch, über den Fluß zu entkommen, getötet wurde. Pinkley hatte befehlsgemäß in dem unterirdischen Gang zwischen Bootshaus und Hauptgebäude Stellung bezogen, um den Gegner daran zu hindern, die bereits außer Betrieb gesetzten Schnellboote zu erreichen oder auf andere Weise über den Fluß zu entfliehen. Pinkley erzählte Feldwebel Bowren, er habe kurz nach Ausbruch des Feuergefechts gehört, wie in dem dunklen Gang viele Leute auf ihn zugerannt kamen. Die Flüchtigen benutzten Taschenlampen, so daß Pinkley in aller Ruhe und mit großer Genauigkeit schießen konnte. Die offensichtlich tödlich getroffenen Gegner fielen übereinander. Sekunden danach hörte Pinkley noch jemanden auf sich zurennen, der abwechselnd auf deutsch und englisch »General ... General! ... halt!« rief und den er um ein Haar erschossen hätte. Doch da erkannte er die Stimme von Victor Franko. Er leuchtete ihn mit der Taschenlampe an und vergewisserte sich, daß er es war. Als Franko, der gar nichts in dem Tunnel zu suchen hatte, sich über die Leiche eines toten Offiziers beugte und sie mit seiner Taschenlampe anstrahlte, lief Pinkley zu ihm. Im Schein seiner eigenen Lampe erkannte er vier tote Deutsche – zwei Offiziere und zwei Soldaten. Er berichtete Feldwebel Bowren, daß Franko in diesem Augenblick ärgerlich ausgerufen habe: »Du hast ihn erschossen, du blöder Hund!« und daß er, Pinkley, daraufhin die Uniform des Toten untersucht und geantwortet habe: »Teufel noch eins, ich habe meinen General erwischt. Was hätte ich denn wohl sonst tun sollen? Ihn als Andenken mit nach Hause nehmen?« Pinkley beschrieb, wie sie beide keuchend und noch ganz erfüllt von der Aufregung des Kampfes dagestanden hätten, obwohl sie in diesem Augenblick allein waren und nur entfernte Schüsse hörten. Daraufhin habe er Franko argwöhnisch angesehen und gefragt: »Was, zum Teufel, hast du ihm denn zugerufen? Was wolltest du?« Franko soll erwidert haben: »Du blöder Sack! Er war unser Ausweg ... vielleicht der einzige.« Woraufhin Pinkley Franko die Pistole in den Bauch gedrückt und gesagt haben will: »Versuch das ja nicht, Vic. Ich warne dich. Du kommst nicht damit durch.«

6. Der oben geschilderte Vorfall, der den Tod eines deutschen Generals zu bestätigen scheint, ist bedauerlicherweise zugleich der augenfällige Beweis für eine negative Tatsache, die weiter unten in diesem Bericht im Zusammenhang mit der Handlungsweise und dem Tod Victor Frankos noch näher erläutert werden wird. Zunächst jedoch erscheint es angezeigt, weitere von Feldwebel Bowren berichtete Einzelheiten über die erlittenen Verluste aufzuführen.

Calvin Ezra Smith: Pinkley hat Feldwebel Bowren berichtet, daß er und

Franko auf ihrem Rückweg vom Fluß zum Fahrzeugpark an der Leiche von Calvin Ezra Smith vorbeigekommen seien, der neben dem von ihm erfolgreich zerstörten Hilfskraftwerk erschossen worden sei. In seiner Nähe hätten sechs tote deutsche Soldaten gelegen, die Smith offensichtlich mit Handgranaten und Maschinengewehrfeuer erledigt habe, ferner drei Verwundete, denen Pinkley und Franko dann den Garaus gemacht hätten, da sie ja nicht in der Lage waren, Gefangene zu machen.

Glenn Gilpin: Feldwebel Bowren gibt an, Gilpin habe wenige Augenblicke nach Beginn des Feuergefechts den Antennenmast auf dem Dach gesprengt. Sowohl Bowren wie Reisman hätten Gilpins Leiche gesehen, als der Hauptmann den Feldwebel über den Hof zu einem der deutschen Kraftwagen brachte. Bowren war durch Schüsse aus Handfeuerwaffen an beiden Beinen verletzt und konnte nicht gehen. Offensichtlich hatte Gilpin vom Dach aus den Gegner unter Beschuß genommen und war dann, als er sich an einem Seil herabließ, mit einer Maschinenpistole beschossen worden und abgestürzt.

Roscoe Lever: Feldwebel Bowren sagt aus, er sei zu Beginn der Kampfhandlungen, bevor er verwundet wurde, auf der Suche nach den deutschen Generalen durch das Schloß gegangen und dabei auf Levers Leiche gestoßen. Lever habe auf einem Bett gelegen, und in seiner Brust habe eine ganz gewöhnliche Schere gesteckt. Da es unwahrscheinlich ist, daß ein deutscher Soldat oder Offizier sich einer derartigen Waffe bediente, können nur Vermutungen darüber angestellt werden, wie und durch wen er zu Tode gekommen ist.

Napoleon White: Feldwebel Bowren berichtete, als er mit Hauptmann Reisman zum Wagenpark gekommen sei, habe White mit anderen dort schon auf sie gewartet. White blutete aus einer schweren Wunde an der Seite, konnte aber noch laufen. Der Gegner, soweit er den Kampf im Schloß überlebt hatte, war noch nicht hinter ihnen her, und Entsatztruppen von außen waren noch nicht eingetroffen. Obwohl die Zeit drängte, bestand Hauptmann Reisman darauf, die Verwundeten zu betreuen, ehe die Männer dann getrennte Fluchtwege einschlugen. Kendall T. Sawyer, Joseph Wladislaw, Archer Maggot und Luis Jimenez erhielten den Befehl, einen Verteidigungsring zu bilden, während der Hauptmann die Verwundeten versorgte und in einem der Kraftwagen unterbrachte. Zu diesem Zeitpunkt stießen auch Vernon Pinkley und Victor Franko zu der Gruppe. Samson Posey wartete dagegen in der Nähe des Schloßgrundstücks darauf, daß er zurückgerufen würde, um entweder mit den anderen die Flucht anzutreten oder heranrückende deutsche Truppen aufzuhalten. Was Napoleon Whites Auftrag betrifft, bei dessen Durchführung er verwundet worden ist, so erinnert Feldwebel Bowren sich an eine Unterhaltung zwischen White und Hauptmann Reisman, als dieser die Wunde mit Schwefelpuder behandelte und verband. Der Hauptmann deutete mit einer Kopfbewegung auf die Wachstube, für die White zuständig war, und lobte ihn: »Sie müssen Ihre Sache da drüben gut gemacht haben, Leutnant (sic). Ich habe niemanden dort herauskriechen sehen. Es ist absolut still.« White soll spöttisch geantwortet haben: »Jawohl, mit denen hab' ich aufgeräumt. Aber Sie müssen eines wissen, Hauptmann, ich habe wieder mal um meinetwillen getötet, nicht um Ihretwillen. Als ich zur Tür hereinkam, warfen diese

Scheißnazis (sic) nur einen Blick auf mich und fingen schon an zu schreien: *›Ein Schwarzer! Ein Schwarzer!‹* Da hab ich's ihnen besorgt, und nicht zu knapp!«
Luis Jimenez: Feldwebel Bowren erinnert sich, daß Jimenez, Sawyer, Pinkley und Wladislaw gerade vom Hauptmann den Befehl erhalten hatten, sich zum Bootshaus durchzuschlagen und über den Fluß zu entfliehen, als man aus Poseys Richtung, jenseits der Mauern, massives Feuer hörte. Während die drei übrigen sich zum Schnellboot hin absetzten, raste Jimenez ohne Befehl davon, um Posey zu holen und seinen Rückzug zu decken. Feldwebel Bowren setzte sich mit White und Franko auf den Rücksitz des deutschen Wagens; Hauptmann Reisman saß am Steuer, neben sich Maggot. So fuhren sie aus dem Fahrzeugpark hinaus auf Poseys Standort zu, der immer wieder von feindlichen Leuchtkugeln erhellt wurde. Als wieder einmal eine Leuchtkugel aufflammte, sahen sie, daß Jimenez, schon nahe bei Posey, taumelte und hinfiel. Dann richtete er sich wieder auf, kroch langsam weiter und umklammerte seinen Oberschenkel, als sei er dort verwundet worden.
Samson Posey: Zieht man Feldwebel Bowrens Zustand zu dem Zeitpunkt in Betracht, da er am 14. Juni der 1. Division Bericht erstattete, so ist seine Erinnerung an Posey erstaunlich lebendig. Was er über Posey berichtet, gereicht der Truppe zur höchsten Ehre. Die Leute im Wagen konnten ihn nur ab und zu einmal sehen, doch kam es ihnen so vor, als wenn Posey, ein Ute-Indianer, es irgendwie fertiggebracht hätte, sich wie ein indianischer Krieger zu kleiden und zu bemalen. (*Anmerkung:* Der Unterzeichnete hatte ihn auf Ersuchen von Hauptmann Reisman am 2. Juni 1944 mit Farbe und Federn zur persönlichen Religionsausübung versehen, und wahrscheinlich hat der Indianer davon etwas in seinem Gepäck mit sich geführt.) Die Leute im Wagen sahen, wie Posey mit einem erbeuteten schweren Maschinengewehr heftig schoß und zwischendurch mit großer Genauigkeit Handgranaten warf. Zahlreiche deutsche Einheiten und Fahrzeuge waren im Anmarsch. Wegen des massiven feindlichen Drucks konnte Hauptmann Reisman die Limousine nicht dichter an Posey und Jimenez heranfahren, ohne ihren Verlust zu riskieren. So wartete er darauf, daß Posey und Jimenez sich zum Wagen zurückzögen. Er und die andern Männer, einschließlich der Verwundeten, gaben den beiden mit Maschinenpistolen und Karabinern Feuerschutz. Die Deutschen hatten sie offensichtlich noch nicht entdeckt, denn sie schickten weder Feuerstöße noch Leuchtkugeln in ihre Richtung. Vielmehr schien der Feind laut Feldwebel Bowrens Aussage den Angriff gegen Poseys Stellung zu verstärken. Dann sahen sie, wie Jimenez Posey erreichte, mit ihm sprach und ihm den Rückzugsweg zum Wagen zeigte. In diesem Augenblick stieß Posey den Kameraden zur Seite, sprang aus der Deckung heraus und stürzte sich auf zwei Deutsche, die sich auf seine linke Flanke geschlichen hatten. Jimenez übernahm das Maschinengewehr. Trotz seiner Verwundung wollte Napoleon White aus dem Wagen heraus, um Posey zu helfen, aber Hauptmann Reisman hielt ihn zurück. Feldwebel Bowren erinnert sich, daß der Hauptmann ausrief: »Nein, laß ihn! Und wenn er hundert Jahre alt wird, erlebt er einen solchen Augenblick nicht mehr wieder!«

Victor Franko: Handlungsweise und Tod Victor Frankos bringen bedauerlicherweise die einzige erwiesene negative Note in das rühmliche Verhalten des sogenannten dreckigen Dutzends. Feldwebel Bowren sagt aus, der Kraftwagen sei die Straße hinuntergefahren, und zwar fort von den deutschen Truppen, die Poseys Stellung umzingelten. Doch schon nach wenigen Augenblicken hätten die Autoscheinwerfer eine starke feindliche Straßensperre erfaßt. Von Panik ergriffen – möglicherweise hatte er dies aber auch die ganze Zeit vorgehabt – schrie Franko dem Hauptmann zu, er solle anhalten und sich den Deutschen ergeben. Nach Feldwebel Bowrens Aussage brachte der Hauptmann den Wagen auf höchste Geschwindigkeit, um eine Holzbarrikade zu durchbrechen. Darauf hörte Feldwebel Bowren, wie Franko einen Schwall obszöner Flüche ausstieß, und sah, daß er dem Hauptmann seine Maschinenpistole an den Hals setzte. Feldwebel Bowren, der seine 12-mm-Automatikpistole für den Feind schußbereit gehalten hatte, schoß zweimal auf Franko, gerade in dem Augenblick, als die deutschen Soldaten an der Straßensperre merkten, daß das Auto nicht anhalten würde, und das Feuer eröffneten. Als sie die Barrikade durchbrachen und dahinter wieder die offene Straße erreichten, fiel Frankos Leiche aus dem Wagen.

e) Bericht über das Verhalten der Überlebenden sowie über ihre Berührung mit dem Feind und mit der freundlichen französischen Bevölkerung in der Zeit vom 6. bis 14. Juni 1944 und später:

1. Hier handelt es sich um Geschehnisse, bei denen man Feldwebel Bowrens gesonderten, ausführlichen Bericht abwarten muß, der dann mit Angaben aus der französischen Untergrundbewegung sowie deutschen Nachrichten und Geheimmeldungen verglichen werden kann. Auch stehen die Berichte derjenigen Männer vom Unternehmen *Amnestie* noch aus, die jetzt als vermißt gelten, letztlich aber doch zurückerwartet werden dürfen.

2. Über das Verhalten seiner drei Gefährten in diesem Zeitraum und ihren jeweiligen Aufenthaltsort hat Feldwebel Bowren nur wenig ausgesagt, weil sich sein körperlicher Zustand verschlechterte und er diese Tage in einem halben Dämmerzustand hinbrachte. Er weiß jedoch bestimmt, daß sie tagelang in dem erbeuteten deutschen Fahrzeug auf die sich ausdehnende alliierte Invasionsfront in der Normandie zugefahren sind, wobei sie wegen der alliierten Lufttätigkeit, der intensiven feindlichen Truppenbewegungen oder der Entdeckungsgefahr viele Stunden anhalten mußten. Bowren nimmt an, daß sie eine Reihe kurzer Feuergefechte austrugen, und meint gesehen zu haben, daß Hauptmann Reisman am Hals und am linken Oberarm einen Verband trug. Er ist ferner ziemlich sicher, daß der Hauptmann vielfach mit der französischen Zivilbevölkerung Fühlung aufgenommen hat, der er sich zu erkennen gab. Als sie wieder einmal bei einer solchen Gelegenheit Nahrung und Obdach fanden, habe Archer Maggot den Befehl erhalten, dort mit Napoleon White zurückzubleiben und sich um ihn zu kümmern, bis die Alliierten das Gebiet befreit hätten. Feldwebel Bowren hat bei der 1. Division angegeben, er glaube, daß Hauptmann Reisman von der Vorstellung besessen gewesen sei, er trage persönlich die Verantwortung dafür, daß er, Bowren, sicher zurückkomme. Wahrscheinlich habe er es für gefahrloser gehalten, sich

von White und Maggot zu trennen, weil es zwischen diesen beiden ständig Reibereien gegeben habe.

3. Feldwebel Bowren gibt ferner an, er habe den Hauptmann zuletzt in dem Bauernhaus einige Kilometer nördlich von St. Lô gesehen, in dem er selbst von amerikanischen Truppen aufgefunden wurde. Hauptmann Reisman wußte offenbar, daß die deutschen Truppen sich aus der nächsten Umgebung schon zurückgezogen hatten und daß die ersten amerikanischen Soldaten in kurzer Zeit eintreffen mußten. Es ist sogar durchaus möglich, daß er sie schon kommen sah. Feldwebel Bowren erinnert sich, daß der Hauptmann ihn aus seinem halb bewußtlosen Zustand wachgerüttelt und gesagt hat: »Clyde, die Reise ist zu Ende. Ich fahre zurück und sehe nach, was aus den anderen geworden ist.« Als man Bowren fand, war der Hauptmann fort.

IV. Empfehlungen

a) Der Unterzeichnete empfiehlt, daß eine Aktion wie das Unternehmen *Amnestie* niemals wiederholt wird. Eine ausführliche Begründung wird auf Wunsch vorgelegt.

b) Der Unterzeichnete befürwortet, daß die Personalakten der zwölf amerikanischen Soldaten, die unter dem Namen »Das dreckige Dutzend« bekannt sind, unverzüglich dahin gehend geändert werden, daß die Männer ab 5. Juni 1944 in ihren alten Dienstgraden wieder in den aktiven Dienst übernommen werden.

Stuart Kinder, 0-42280485
Major, Abt. Psychologische Kriegführung, Mil. Geheimdienst

Ich danke

Russ Meyer für seine Erinnerungen an den Zweiten Weltkrieg; Charles B. Bloch, der mir mit großem Einfühlungsvermögen Hinweise gegeben und mit Begeisterung an meinem Werk Anteil genommen hat; Robert Specht, Jack Guss, Joseph Morhaim für Rat und Ermutigung; Ed und Shirley Duffy, die mir all die Zeit treu zur Seite gestanden; Ira A. Greenberg für kritische Durchsicht des Manuskripts und viele nützliche Nachschlagewerke aus seiner Bibliothek; meiner Verlegerin Lee Wright für ihre Geduld und Hingabe.
Der Autor ist ferner zahlreichen Persönlichkeiten zu Dank verpflichtet, die ihm bei der Beschaffung von Unterlagen geholfen, ihre Kenntnisse zur Verfügung gestellt und Zeit und Mühe an das Buch gewandt haben, unter anderen: Dr. Ernest A. Weizer (Oberstarzt i.R.); Dr. Milton B. Asbell; Henry L. Peck (Oberst d.R. und Mitglied des kanadischen Parlaments); Walter Dillon; Bud Kane; William G. McNamara (Oberstleutnant i.R.), sowie verschiedenen Militärpersonen und Zivilisten aus dem Verteidigungsministerium; Oberst Alan Beresford Todd (jetzt Brigadegeneral d.R.) und verschiedenen Militärpersonen und Zivilisten im Amt des Chefs der Militärjustiz, Abteilung Heer, sowie Mrs. Elisabeth Lee aus der juristischen Bibliothek; Wilbur J. Nigh und seinen Kollegen aus dem Archiv Zweiter Weltkrieg, den Nationalarchiven und sonstigen Archiven; Rechtsanwalt G. Rubenstein; Rechtsanwalt S. N. Arkin. Zu besonderem Dank bin ich Robert White vom amerikanischen Innenministerium, Amt für indianische Angelegenheiten, verpflichtet, vormals beim Ute-Amt in Ignacio, Colorado, für seine ausführlichen und aufschlußreichen Briefe und seine wertvollen Hinweise auf Quellenmaterial.
Ferner möchte ich Rechtsanwalt Nathan L. Schoichet und dem Kongreßabgeordneten James C. Corman danken, die mir eine bestimmte Quelle zugänglich gemacht haben, sowie Dr. med. Merril B. Friend, der mir psychiatrische und psychologische Unterlagen geliehen und sich für Gespräche zur Verfügung gestellt hat.
Viele andere haben brieflich und mündlich Auskunft erteilt oder dem Autor manchen Weg abgenommen, unter ihnen Miss Vivien Hughes in England; zahlreiche aktive Offiziere oder Reserveoffiziere und ehemalige Kriegsteilnehmer haben meine Arbeit sachkundig unterstützt.
Auf einem anderen Gebiet, das nichts mit meinen Nachforschungen zu tun hatte, aber gleichwohl für meine Arbeit wichtig war, gilt mein aufrichtiger Dank den Rechtsanwälten Paul P. Selvin und Saul Cohen.
Meinem unbestechlichsten, treuesten und besten Kritiker aber – meiner Frau Marianne Duest Nathanson, der ich diesen Roman gewidmet habe, schulde ich den größten Dank: für ihre Liebe, ihre Begeisterung und ihre Hingabe an mein Werk, wie auch für ihre unschätzbare kritische Mitarbeit an dem wachsenden Manuskript während der langen Jahre seiner Entstehung.

E. M. N.

Knaur-Taschenbücher
Das moderne Programm

361	Jacques-Yves Cousteau	Korallen – Bedrohte Welt der Wunder *Mit 83 meist farbigen Abbildungen*
362	Carl Bernstein/ Bob Woodward	Die Watergate-Affäre *Die beiden Pulitzer-Preisträger berichten*
363	Erich Maria Remarque	Schatten im Paradies *Remarques letzter großer und erschütternder Roman über das Thema der Emigration*
364	S. Fischer-Fabian	Aphrodite ist an allem schuld *Die humorvolle Geschichte über eine Schlankheitskreuzfahrt*
365	Kurt Pollak	Knaurs Lexikon der modernen Medizin *Ein aktuelles Nachschlagewerk* *Mit zahlreichen Abbildungen*
366	Helmut Swoboda	Knaurs Buch der modernen Statistik *Eine gefällig lesbare Darstellung* *Mit zahlreichen Abbildungen*
367	Abba Eban	Dies ist mein Volk *Ein glänzender Kommentar zur Gesamtheit jüdischer Erfahrungen* *Mit 33 Abbildungen*
368	Victor W. von Hagen	Der Ruf der Neuen Welt *Die einzigartige Geschichte der Deutschen, die halfen, Amerika zu bauen* *Mit 32 Abbildungen*
369	Karl Heinz Hanisch	Sonntagsgärtner unter Glas *Ein eigenes Treibhaus – das Paradies unter Glas. Mit zahlreichen Abbildungen*
370	Gilbert K. Chesterton	Menschenskind. *Ein humorvoller Roman*
371	Jerzy Kosinski	Chance *Das burleske und groteske Geschehen um einen fernsehbesessenen Gärtner*
372	Walter Henkels	Bacchus muß nicht Trauer tragen *Eine heiter-beschwingte Expedition an die Mosel der Gegenwart*
373	Dmitri Mereschkowski	Napoleon *Das Leben des genialen Feldherrn und Staatsmannes Napoleon. Ein biographischer Roman. Mit 25 Abbildungen*
374	Hans F. Nöhbauer	Von A–Z im Kinderland *Ein unterhaltsames Buch zum Lesen und Vorlesen für Kinder und Erwachsene* *Mit 45 Abbildungen*
375	Bernard Denvir	Impressionismus *Die Geschichte des Impressionismus und seine Bedeutung für die moderne Kunst* *Mit 62 Farbtafeln*

376	John Kenneth Galbraith	Wirtschaft, Friede und Gelächter *Ein Kommentar zu brennenden Wirtschaftsproblemen unserer Zeit*
377	Frederick Forsyth	Der Schakal *Das atemberaubende Duell der französischen Polizei mit einem eiskalten Killer*
378	Michel Tournier	Der Erlkönig *Ein mit psychologischer Meisterschaft geschriebener deutsch-französischer Roman*
379	Simon Wilson	Pop Art. *Ein Überblick über die Entwicklung der Pop Art. Mit 62 Farbtafeln*
380	C. Northcote Parkinson	Die nerzgefütterte Mausefalle *Essays. Ein Duell des Geistes mit den Themen unserer Zeit*
381	Joachim Rudolph	Knaurs Buch der modernen Chemie *Eine allgemeinverständliche Darstellung Mit 158 meist farbigen Abbildungen*
382	Monika Schwinn und Bernhard Diehl	Eine Handvoll Menschlichkeit *Das Dokument einer Gefangenschaft in Vietnam*
383	Jürgen Thorwald	Die Patienten. *Menschen wie du und ich sind die Helden dieses großen Tatsachenromans. Mit 14 Abbildungen*
384	Erich von Däniken	Aussaat und Kosmos *Neue Beweise für seine These vom Besuch außerirdischer Intelligenzen Mit 72 Abbildungen*
385	J. M. Nash	Kubismus, Futurismus und Konstruktivismus *Die Kunstbewegungen des frühen 20. Jahrhunderts. 62 Farbtafeln*
386	Sir Rudolf Bing	5000 Abende in der Oper *Die Sir Rudolf Bing Memoiren Mit 34 Abbildungen*
387	Cornelius Ryan	Der letzte Kampf *Ein historisches Ereignis – die letzte Schlacht um Berlin. 32 S. Bildteil*
388	Sol Stein	Der junge Zauberer *Die faszinierende, bedrohliche Geschichte, wie sich Recht in Unrecht verwandeln läßt*
389	Dieter Vogt	Knaurs Anglerbuch *Das Haus- und Handbuch für Sportfischer. 48 Farbtafeln, 45 Zeichnungen*